KB120727

공감의 시학

시작비평선 0014 이형권 평론집 공감의 시학

1판 1쇄 펴낸날 2017년 2월 27일
1판 2쇄 펴낸날 2020년 2월 17일
지은이 이형권
펴낸이 이재무
책임편집 김연필
디자인 이영은
펴낸곳 (주)천년의시작
등록번호 제301-2012-033호
등록일자 2006년 1월 10일
주소 04618 서울시 중구 동호로27길 30, 413호(묵정동, 대학문화원)
전화 02-723-8668
팩스 02-723-8630
홈페이지 www.poempoem.com
이메일 poemsijak@hanmail.net

ISBN 978-89-6021-315-9 04810
978-89-6021-122-3 04810(세트)

값 24,000원

*이 도서의 국립중앙도서관 출판시도서목록(CIP)은 서지정보유통지원시스템 홈페이지(http://seoji.nl.go.kr)와 국가자료공동목록시스템(http://www.nl.go.kr/kolisnet)에서 이용하실 수 있습니다.(CIP 제어번호: CIP2017003713)

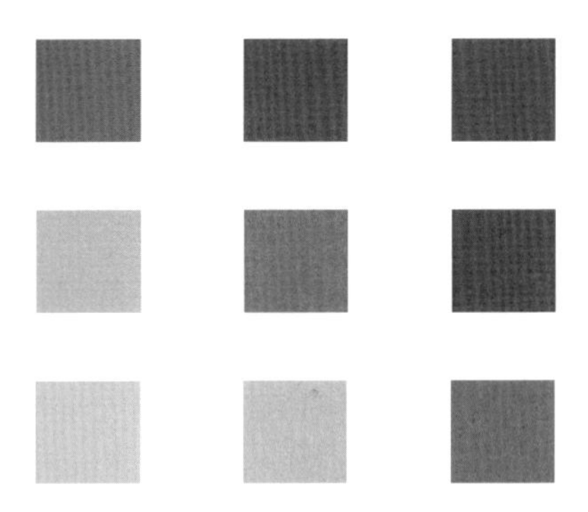

공감의 시학

이형권 평론집

천년의 시작

서 문

공감의 시학을 위하여

올해 우리 시단을 강렬하게 뒤흔든 일이 두 가지 있다. 하나는 미국의 팝 가수 밥 딜런Bob Dylan이 노벨문학상을 수상했다는 사실이고, 다른 하나는 제법 유명세를 타고 있는 몇몇 시인들이 성추문의 주인공이 되어 사회적 지탄을 받은 일이다. 이 두 가지 사건이 우리 시단에 준 충격은 가히 메가톤급이라고 해도 과언이 아니다. 시인이든 평론가이든 한국 시단에서 시업에 종사하는 사람들은 이 두 사건에 대해서 많은 생각을 하지 않았나 싶다. 이 두 사건들은 겉으로 보면 전혀 상관이 없는 일처럼 보이지만, 그 근본을 따져보면 사실은 같은 뿌리에서 파생된 문제의 줄기들이다. 그 뿌리는 다름 아닌 시의 사회적, 인간적 공감共感의 문제일 터, 밥 딜런은 공감에 성공했으나 성추문 시인들은 공감의 낙오자들이다. 벌써 오래된 이야기이긴 하지만 우리 시는 언제부턴가 공감의 능력을 급속히 상실한 듯하다. 우리 시인들이 지식과 정보를 다룰 줄 아는 IQ는 높아진 듯한데, 사회적 공감을 이끌어내는 SQ(Sympathy Quotient)는 많이 낮아진 듯하다.

스웨덴 한림원이 발표한 2016년 노벨문학상 시상 이유를 보면, 밥 딜런이 미국 노래의 전통 속에 새로운 시적 표현을 이루었다는 점, 고대 그리스의 음유시인의 가치를 되살려 '귀로 듣는 시'를 창작했다는 점을 들고 있다. 또한 시 노래에 시대와 사회에 대한 비판 정신을 충실히 담아낸 것도 중요한 이유라고 밝히고 있다. 그러면 한림원이 시적 가치를 인정한 밥 딜런의 노래(시)와 우리 시의 현실을 비교해 보면 어떤가? 우리 시가 과연 한국의 전통 속에서 새로운 시적 표현을 하고 있는지, 시는 운율적 언어로 부르는 노래의 일종이라는 근본 속성을 지켜내고 있는지, 독자들과의 소통을 통한 사회적 공감을 이끌어내고 있는지 생각해볼 필요가 있다. 작금의 우리 시를 돌아보건대 어떤 물음에도 긍정적인 답변을 내놓기가 쉽지 않다. 우리 시는 현재 서구적 전통에 지나치게 얽매여 있을 뿐만 아니라, 노래하는 시보다는 읽는 시나 보는 시가 대세를 이루고 있다. 그리고 사회적 공감보다는 개인적 내면으로 들어가 자폐의 언어를 과잉 생산하고 있는 게 사실이다.

시단을 뒤흔든 성추문 사건은 시인들이 기본적으로 공감의 인생을 살아내지 못했다는 점을 적나라하게 드러내준다. 공감을 모르는 인생에서 공감의 시가 나올 리 만무하다. 올해에 성추문과 관련하여 구설수에 오른 시인들이 대부분 자폐적인 시를 써온 시인들이었다는 점은 시사하는 바가 적지 않다. 시가 원래 주관적 정서를 기조로 하는 장르임에는 틀림없지만, 그렇다고 하여 그 정서가 자위自慰 행위의 차원에 머물러야 하는 것은 아니다. 아무리 독특한 체험과 창의적 상상을 토대로 하는 시일지라도 그것을 읽는 독자들의 공감을 이끌어내지 못한다면 살아있는 작품이라고 말하기 어렵다. 시인이 형상화한 주관적 정서는 독자들과 함께 나눌 수 있을 때 진정한 의미가 부여될 수 있을 터, 철학자 칸트의 말을 빌리면 '주관에 철저하면 객관이 된다'는 경지에 도달해야 하는 것이다. 주관적이고 창의적인 정서는 많은 사람들에게 새로운 미적 체험을 가능케 할 것이기 때문이다. 시 창작의 근간이 주관적이고 개성적인 창조 정신이라면, 발표된 시의 사회적 가치는 다수의 독자들이 객관적이고 보편적인 공감의 차원으로까지 나가는 것이다.

진정한 의미의 공감은 시의 정서적 깊이와 높이를 확보하여 시적 감동을 전문 독자들뿐만 아니라 일반 독자들에게까지 넓히는 일이다. 우리 시는 그동안 시의 깊이와 높이를 추구하는 데는 열성적이었지만, 그 넓이를 추구하는 데에는 인색한 편이었다. 많은 시인들은 시가 고급문화의 일종으로서 엘리트 의식의 소산이라고 생각해왔기 때문이다. 시를 쓰는 일을 지적으로 우수한 사람들만이 향유하는 고상한 취미라고만 여기고 있는 것이다. 이런 시인들은 전문 독자들마저 어리둥절해하거나 어렵다고 느끼는 시를 쓰는 것이 시인의 능력이라고 믿으며, 자신의 시가 아방가르드의 첨단을 실천하는 진정한 예술이라는 자만심으로 살아간다. 시의 넓이에 소홀한 시인들은 또한 시가 지극히 개인적인 예술이라고 생각한다. 시인은 스스로를 방언 공화국에 가두면서 그 속에서 언어적 유희를 즐기는 존재라고 여기는 것이다. 이들은 시인이 사회적 이슈나 공동체적 삶에 무관심한 것이 미덕이며, 시가 인간적이고 사회적인 공감에 매달리는 것은 스스로 언어적, 기교적 미성숙을 자인하는 것이라고 본다. 그래서 타인이나 타자의 공감이 거세된 자기만의 시가 탄생한다.

그러나 인간적, 사회적 공감이 없는 시를 진정한 의미의 시라고 말할 수 있을까? 공자가 일찍이 시를 '사무사思無邪'라고 정의한 까닭은, 시의 본질로서의 순수한 마음과 시를 읽는 독자들도 그러한 마음에 도달해야 한다는 생각을 강조하기 위한 것이었다. 시와 사람들이 모두 '사무사'에 이르게 되면 사회나 국가도 순수의 공동체로 나아갈 수 있다고 본 셈이다. 또한 아리스토텔레스도 문학의 기능으로 '카타르시스catharsis'를 제시하면서 인간적 공감을 추구하는 문학 작품을 적극적으로 옹호했다. 그는 문학의 본질이 감정의 정화라고 하는 인간적 공감이나 그 확장으로서의 사회적 공감과 불가분의 관계에 있다고 보았다. 이렇듯 공감은 오래전부터 문학의 본질 가운데 하나로서 인식되어 왔기에, 시가 공감을 추구(해야) 하는 것은 시의 오랜 전통이자 시의 본질로 돌아가는 일이다. 이 평론집을 내면서 유독 공감이라는 말에 마음이 머무는 이유는 그와 같은 맥락에서 시의 근원적 문제를 떠올렸기 때문이다. 내 마음에는 지금도, 시가 시인들만의 리그에 그치거나, 자폐의 그늘에 빠지거나, 시대의 변방에 머물러서는 안 되겠다는 생각들이 종종거린다.

시 비평 분야에서 공감의 결핍은 더 문제적이다. 사실 요즈음 시 비평문을 독서의 대상으로 삼는 경우는 흔치 않다. 1차 텍스트인 시마저도 외면받는 이 시대에 2차 텍스트인 시 비평문의 소외 현상은 어쩌면 당연한 일인지도 모르겠다. 한때 시 비평서가 필독 교양독서의 주요 목록에 엄연히 존재하던 시절이 있었다. 그러나 오늘날 시 비평문을 읽는 일반 독자를 찾아보기가 여간 어려운 게 아니다. 시 비평문은 시인이나 비평가, 혹은 시 전공 대학원생 정도에서만 제한적으로 읽히고 있을 뿐이다. 그러나 시 비평은 문학의 한 장르로서 더 많은 사람들이 시를 공감하도록 매개해야 하는 의무가 있다. 시 비평가는 시가 박물관의 박제된 자료로 전락하는 일을 막고, 도서관에서 많은 이들의 손길이 닿는 살아있는 실체가 되도록 노력해야 하는 사람이다. 이를 위해서 오늘날 우리의 시 비평은 많은 변화를 추구해야 하지 않나 싶다.

어디서부터 어떻게 변해야 할까? 그 출발점은 우선 시 비평의 언어가 현학성을 벗어나는 데서 찾아야 한다. 요즈음 시 비평이 텍스트 중심의 현장 비평보다는 이론 위주의 강단 비평이 우세하기 때문인지, 필요 이상으로 현학 취미에 붙들려 있다. 시는 물론 심오한 철학적인 문제를 내포하고 있는 것이어서 여러 가지 인문학 지식이 동원되어야 해석이 용이한 작품들이 적잖이 존재한다. 그러나 중요한 것은 시 비평에 인문학적 지식을 활용하는 그 자체가 아니라, 그것을 어떻게 활용하느냐의 문제이다. 유능한 비평가는 아무리 어려운 시와 이론일지라도 독자들이 이해할 수 있는 언어, 독자들이 감동할 수 있는 언어를 활용할 줄 알아야 한다. 그러나 현학성에 빠진 비평가는 시 공부나 이론 공부가 충분하지 않은 상태에서 자신도 정확하게 이해하지 못한 설익은 이론을 나열하곤 한다. 이런 비평가는 단순한 소품이나 서정적인 감흥을 가볍게 노래한 시마저도 생소한 외국 이론을 끌어들여 무슨 말인지 도무지 알 수 없는 비평을 하기도 한다. 이런 비평은 이론의 오용 내지는 남용이라는 혐의에서 자유롭지 못하다.

그러나 공감의 비평이라고 해서 쉬운 언어, 가벼운 텍스트만을 대상으로 해야 하는 것은 아니다. 진정한 의미의 공감을 위해서는 삶에 대한 성찰적 깊이나 정신적 높이, 그리고 사회적 넓이를 모두 갖추어야 한다. 또한 시 분석의 내용과 관점의 새로움도 반드시 견지해야 하는 중요한 요소이다. 다시 말하면 시로서 수준 높은 것들을 대상으로 비평 행위를 하되, 독자들이 충분히 이해하고 공감할 수 있는 표현을 지향하자는 것이다. 시 비평가들은 시적 공감의 가능성을 충실히 갖춘 텍스트를 선택하여 가독성이 높은 언어로써 비평문을 작성해야 한다. 어려운 말을 어렵게 하는 비평가가 아니라 어려운 말도 쉽게 할 줄 아는 지혜로운 비평가가 되어야 할 것이다. 더구나 오늘날은 시 비평이 다수의 독자들과 소통하는 데에 아주 유리한 시대이다. 각종 SNS를 활용하면 얼마든지 다양한 소통의 방식을 통해 공감의 넓이를 추구할 수 있는 환경을 갖추고 있다. 따라서 요즈음 SNS에서 시가 활발히 유통되듯이 시 비평도 순발력을 확보하여 공감의 넓이를 실천할 방안을 강구해야 한다. 이 책의 글들은 나름대로 그러한 공감의 시학을 실천하려고 노력한 결과이다.

요즈음 온 나라가 비선실세의 국정 농단 문제로 시끄럽다. 민족 문화가 무엇인지 문화 융성이 무엇인지 근본도 모르면서 문화 정책을 쥐락펴락했던 한 여인으로 인해 온 국민들이 크게 분노하고 있다. 이 나라의 문화, 이 나라의 문학이 어디로 갈지 심히 걱정이다. 지금의 국가적 혼란은 한마디로 지도자의 공감 능력이 크게 부족한 탓이므로, 앞으로 지도자를 뽑는 중요한 기준의 하나로 공감 능력을 꼽아야 할 것이다. 정치든 시 비평이든 인간관계든 그것이 정상적으로 작동하기 위해서는 공감 능력이 긴요하다는 생각을 다시 한 번 다져본다. 문화 융성의 기초는 문학 융성에 있고, 문학 융성의 기초는 시(비평)의 융성에 있다는 점을 많은 이들이 공감해 주었으면 한다. 끝으로 이 책이 나올 수 있도록 도움을 주신 여러 시인들에게 머리 숙여 감사의 말씀을 올린다. 여전히 소파에 마주 앉는 시간보다 서재에 앉은 나의 뒷모습에 더 익숙한 나의 가족들에게도 미안함과 고마움을 전한다.

2017년 입춘, 멀리 계룡산을 바라보며, 이형권 쓰다.

차 례

제3부

제1부

시의 본질에 관한 우문과 현답

1. 프롤로그

고대 그리스의 철학자인 플라톤은『공화국』에서 시인 추방론을 역설한 것으로 잘 알려져 있다. 그는 세상을 이데아와 현상계로 나누어서 인간이 궁극적으로 추구해야 할 곳을 이데아라고 했다. 그런데 이데아를 인식하기 위해서는 냉철한 이성이 기반을 둔 추상적 사유가 긴요한데, 시인은 그러한 사유보다는 즉흥적인 감정과 구체적 감각에 얽매이는 존재이기에 무용하다고 보았다. 더구나 시(예술)라는 것은 진리의 세계인 이데아에서 두 단계나 멀어진 것이기에 더욱 무익하다고 보았다. 인간이 살아가는 현실조차도 이데아의 세계를 모방한 것인데, 시는 그 현실을 다시 모방한 것이기에 쓸모없는 것이라고 여겼던 것이다. 그의 제자인 아리스토텔레스에 의해 극복되는 플라톤의 이러한 주장은 오늘날에도 시의 교훈적 기능을 설명하는데 자주 활용된다. 시가 긍정적으로든 부정적으로든 사람을 교화하는 기능을 간직한다고 하는 주장을 위한 반증의 근거로 활용되고 있는 것이다. 물론 플라톤이 다른 저술에서조차도 시의 기능을 전면적으로 부정한 것은 아니지만, 그는 시와 관련된 불편한, 아주 불편한 문제를 처음으로 제기한 사람이라고 할 수 있다.

플라톤 이후 오늘날에 이르러서 시의 본질 혹은 위의에 대한 불편한 질문들이 유령처럼 떠돌고 있다. 가라타니 고진이 '근대문학의 종언'을 선언한 사실을 염두에 두지 않더라도 전통적인 의미의 시는 존립 자체의 위기를 맞이하고 있는 것처럼 보인다. 마르크스가 "모든 견고한 것은 대기 속에 사라진다"고 했듯이, 시라는 견고한 성채도 시대의 바람을 견디어내지 못하고 차차 허물어지고 있는 것인가? 실제로 영상 문화가 급격히 대두되기 시작한 20세기 후반 이후 시의 위기는 더욱 가속화되고 있는 것처럼 보인다. 시집을 읽는 사람들이 급격히 감소하고 있으며, 시집은 서점의 중심 진열대에서 사라진 지 오래되었다. 특별한 날이나 연말연시의 사람들 사이의 선물 목록에서도 찾아볼 수가 없다. 학생은 물론 일반인들 사이에서도 시는 관심과 화제의 대상이 되지 못하고 있다. 특히 각종의 첨단 과학과 영상 이미지를 무기로 하는 영화가 각광을 받으면서 전통적인 인쇄 매체에 의존할 수밖에 없는 시는 상대적으로 초라해 보이기까지 하다. 저 1990년대 시의 위기론이 담론의 차원에서 대두된 이래 이제는 그것이 현실의 차원에서 구체화되고 있는 것일지도 모른다는 생각이 들기도 한다.

시의 위기 상황에 대한 사람들의 반응은 두 가지로 나뉜다. 시의 위기를 그대로 수용할 수밖에 없다는 소극적 반응과 시대에 맞는 새로운 시를 추구하자는 도전적 반응이다. 전자는 시에 대한 극단적 부정 의식의 소산으로서 논의조차 불필요한 사안이므로 이 자리에서 관심을 가져야 할 것은 후자이다. 후자는 다시 두 가지로 나뉜다. 하나는 시가 시대의 트렌드에 맞는 새로움을 적극적으로 추구해야 한다는 것이고, 다른 하나는 시대 추수적인 태도에서 벗어나 오히려 시의 정통으로 돌아가야 한다는 것이다. 한때 이들 가운데 어느 것이 효과적인가에 대한 논의가 활발히 이루어졌지만, 필자가 보기에는 그들은 양자택일의 대상이 아니라 두 가지 모두가 시의 위기를 타개해나가는 데 긴요하다. 이 자리에서는 세상에 유령처럼 떠돌고 있는 시의 본질과 관련된 우문들에 대한 적극적인 해명을 통해 시의 위기

(론)를 극복하기 위한 기초 작업으로 삼고자 한다. 그 해명이 현답이 되기를 기대하면서.

2. 시는 왜 시대적합성을 확보하지 못하는가?

시가 시대적합성을 확보하지 못한다는 것을 부정적으로 생각할 필요는 없다. 이 시대가 날이 갈수록 현실적, 물질적인 것만 추구하고 있기 때문에 시가 시대적합성을 견지하지 못한다는 것은 아주 긍정적으로 보아야 한다. 주지하듯 시는 이 지상에 존재하는 가장 오래된 예술 양식 가운데 하나이다. 시는 문학 가운데서는 단연 최고最古/最高의 양식으로서 인간의 정신적, 예술적 욕구를 충족시켜왔다. 시는 원시종합예술 시대부터 예술의 근간이 되는 양식으로 존재해왔다고 할 수 있다. 인류의 가장 오래된 문학 유산 가운데 하나인 고대 중국의 민요집인『시경』이나 고대 희랍의 서사시인『일리아드』,『오디세이』등은 모두 시의 양식으로 존재한다. 18~19세기의 저 낭만주의 시대나 상징주의 시대를 화려하게 장식한 것도 시 양식이었다. 동서고금을 막론하고 시는 근대의 문학 양식인 소설이 등장하기 전 수천 년 동안 문학의 중심 장르로서의 헤게모니를 놓치지 않았던 것이다. 그러므로 시가 물질주의적이고 반인간적인 이 시대와 불화를 겪는 것은 오히려 다행한 일이라고 할 수 있다.

가깝게는 1980년대 한국에서 시는 시대정신을 선도하는 역할을 담당했었다. 당시 시의 부흥은 민주화에 대한 열망과 경직된 다양한 가치관의 추구라는 시대정신과 밀접하게 관련된다. 반민주적이고 폭압적인 정치 현실에 대응하기 위해 짧은 형식으로 응전의 민첩성을 갖춘 시 장르가 크게 유행했던 것이다. 각종의 무크지가 발간되고 민중시, 해체시, 신서정시, 페미니즘시, 생태시 등의 다양한 시 양식이 등장한 것도 같은 맥락에서 이해된다. 또한 1980년대는 문단 내부에서뿐만 아니라 일반인들 사이에서도 시가 상당한 정도의 부흥을 이루었던 시기였다. 박노해나 백무산 같은 민중 시인들, 황지우나 박남철 같은 해체 시인들, 김용택이나 안도현 같은 신서정 시인들의 작품이 많은 사람들의 관심을 끌었다. 또한 도종환이나 서정윤 같은 시인이 한국문학 사상 처음으로 대형 베스트셀러 시집을 생산해 낸 것도 1980년대였다. 이들 시집은 물론 문학적 완성도의 측면에서는 미진한 면이 없지 않지만 시를 대중들의 인기 있는 독서 목록에 올려놓은 공로는 인정해야 한다.

그런데 2010년대에 이르러 시의 위상은 어떠한가? 한국은 물론 동서양의 문화 선진국들에서도 시는 과거에 비해 그 문학적, 문화적 위상이 많이 위축된 듯하다. 외국 문학 전공자들에 의하면, 유럽이나 미주에서 당대에 활동하는 시인들의 시집이 출판되는 사례는 아주 드물다고 한다. 한국의 문학 전문 출판사에서도 시집은 장르의 균형을 위한 차원에서 출판되는 경우가 많다. 저 1980년대 이전, 시가 시대정신을 선도해 나가면서 그 위의를 자랑했던 시절은 지나가고 말았다. 시의 생산자인 시인은 더 이상 시대의 예언자도, 사상의 지도자도, 이념의 선구자도 아니다. 시인이 차지했던 시대의 선도자 역할은 영화감독이나 영화배우, 혹은 스포츠 스타 쪽으로 옮겨가고 말았다. 각종 집회나 저널에서 시인의 목소리를 듣는 것은 지난한 일이 되어버렸다. 문화 생태계의 차원에서도 시는 영화를 중심으로 하는 영상 문화의 폭발적인 인기를 따라잡기에는 역부족인 것처럼 보인다. 우리 시대, 시의 위의는 분명히 낮은 곳으로 임하고 있다.

그렇다고 시가 장르적 특성으로 볼 때 우리 시대와 어울리지 못할 무슨 결함이 있는 것은 아니다. 시는 분명히 이 시대에 존재하는 다른 예술 장르가 갖추고 있지 못한 장점을 간직하고 있다. 그것은 첫째, 시는 함축적, 서정적 언어를 매개로 존재한다는 점이다. 시는 소리나 색채, 물체와 같은 물리적이거나 물질적인 것이 아니라, 언어라고 하는 관념적 기호 체계를 매개로 존재하는 것이기에 인간의 사유와 감각을 서정적으로 밀도 높게 드러내는 데 가장 유리하다. 특히 시의 언어는 인간의 깊은 사유와 절실한 느낌을 가장 구체적, 서정적, 경제적으로 드러낼 수 있는 특장점이 있다. 시는 오늘날처럼 인간적 서정이 메마른 시대, 경제적 효용성만을 추구하는 시대에 인간적 진정성을 회복하기 위해 긴요하게 활용될 수 있는 예술 장르이다. 둘째, 시는 물질적 기반이나 기계적인 장치 없이도 언제 어디서나 창작하거나 감상할 수 있다. 시는 아주 짧은 시간만 있어도 어느 장소에서나 책이나 모니터를 통해서 읽거나 쓸 수가 있는 장르이다. 시는 다른 예술 장르나 다른 문학 장르에 비해 시간적, 공간적 제약이 거의 없기에 누구나 바쁘게 살아가는 이 시대에 잘 어울린다고 할 수 있다. 셋째, 시는 다양한 매체를 활용할 수 있고, 다른 예술 장르와의 혼성성이나 상보성이 아주 강하다. 시는 육필 원고에서부터 종이책, 이북, 휴대폰, 모니터 등 모든 매체를 통해 손쉽게 유통될 수 있으며, 소설이나 영화, 연극, 드라마, 게임 등 어떤 장르와도 상호텍스트성을 유지할 수 있는 장점이 있다.

따라서 이 시대에 시가 소외되고 있는 것은 시 자체의 문제라기보다는 이 시대의 문제이다. 거칠게 표현하면 이 시대가 진지하지 못하고 아름답지 못한 탓에 시가 소외되고 있는 것이다. 그러나 시는 역설적 존재이다. 사실 시는 어느 시대이든, 특히 근대 이후에 시는 속악한 문명 현실과 조화를 이루면서 존재한 적이 없었다. 시는 차라리 그러한 현실에 태클을 걸고 불화를 깊게 해야 하는 것이 본연의 임무라고 생각돼왔다. 물질문명이 정신문화를 압도하는 시대에 시가 물질문명을 위한 찬가를 부를 이유가 없었던 것이다. 시는 오히려 물질문명에서의 소외를 무기로 삼아 견결한 정신과 맑은 영혼의 지렛대 역할을 해왔다. 혼탁한 세상일수록 촛불과 소금의 역할이 증대되는 것처럼, 인간 영혼의 순수 형식인 시는 세상이 속악해질수록 그 존재 의의를 역설적으로 부여받는다.

> 누군가 나에게 물었다. 시가 뭐냐고
> 나는 시인이 못 됨으로 잘 모른다고 대답하였다.
> 무교동과 종로와 명동과 남산과

서울역 앞을 걸었다.
저녁녘 남대문 시장 안에서
빈대떡을 먹을 때 생각나고 있었다.
그런 사람들이
엄청난 고생되어도
순하고 명랑하고 맘 좋고 인정이
있으므로 슬기롭게 사는 사람들이
그런 사람들이
이 세상에서 알파이고
고귀한 인류이고
영원한 광명이고
다름 아닌 시인이라고

—김종삼, 「누군가 나에게 물었다」 전문

이 시의 "시인"은 현실에서는 "엄청난 고생"을 하는 사람들과 동격이다. 영혼이 맑은 시인은 속악한 현실과 비굴하게 타협하지 않는다. 보통 사람들 같으면 그냥저냥 넘어갈 수도 있는 불순과 부정과 불의에 대해서도 시인은 끝까지 태클을 건다. "시인"은 가변적인 시대성에 일희일비하는 것이 아니라 모든 시대를 아우를 수 있는 보편적이고 영원한 시대성을 추구하는 존재이다. 현실에서 "엄청난 고생"을 하지 않을 수 없는 존재이다. 그러나 그 대신 "시인"은 "순하고 명랑하고 맘 좋고 인정이/ 있으므로 슬기롭게 사는 사람들"과 동격이다. 이처럼 "시인"은 인간이 근본적으로 지녀야 할 심성과 가치를 지닌 인간다운 인간을 지향하는 존재이다. 당연히 그는 세상의 "알파"이자 "고귀한 인류이고/ 영원한 광명"일 수밖에 없다.

하여 "시인"은 속악한 시대에 매몰되지 않은 채 순수와 진실을 지켜나가는 존재이다. 만일에 시대 적합성을 확보한다는 것이 그러한 시대에 무리 없이 적응하면서 살아가는 것이라면, "시인"은 그러한 시대 적합성에서 멀어지는 것이 오히려 시적 진실을 지켜나가는 일이 된다. 진정한 "시인"은 비속한 시대와의 불화를 꿋꿋이 지켜나가면서 스스로 고난에 빠지는 존재이다. 그의 고난은 예수님의 그것처럼, 부처님의 그것처럼 세상의 진실과 아름다움을 구현하기 위한 희생정신의 발로이다. 그의 고난은 속악한 현실의 구렁텅이에 빠져드는 자신을 구하고 세상을 구하는 에너지로 작용한다. 자본도 권력도 되지 못하는 시를 위해 밤을 지새우는 시인의 눈빛은, 어두운 방안의 촛불처럼 캄캄한 하늘의 별빛처럼 영롱하게 빛난다. 시인은 자본도 권력도 할 수 없는 일을 수행한다. 시인은 성찰을 통해 자기 자신을 증명하고, 발견을 통해 자연과 세상을 재창조하고, 고발을 통해 속악한 세상을 질정한다. 그는 다른 예술가들이 갖지 못한 위대한 언어, 함축적이고 비유적인 언어를 사용할 줄 아는 세상의 "알파"이고 오메가이다. 따라서 그는 시대적합성을 넘어 인간적합성, 영혼적합성을 지닌 위대한 존재이다.

3. 시는 왜 상품으로서의 가치가 없는가?

시가 물질적 상품商品으로서의 가치가 없는 것은 사실이다. 시는 문화 상품의 목록에서 그다지 비중 있는 자리를 차지하고 있지 못하다. 실제로 요즈음 시중 서점에 나가보면 시집의 진열대가 예전에 비해 뒷전으로 많이 밀려나 있다. 인터넷 서점에서도 구매지수를 살펴보면 시집을 상품으로 구매하는 비율은 아주 낮은 편이다. 시집 한 권의 정가가 대개 7~8천 원에 불과한데, 이런저런 할인 혜택을 받으면 그 가격에서 10~20%가 저렴해진다. 시인이 한 권의 시집을 발간하는 데 들이는 시간과 노력을 생각하면 너무도 값싼 편이다. 요즈음 영화 한 편을 보는 데도 시집 한 권 가격과 비슷하고, 냉면 한 그릇의 가격도 시집의 한 권보다 결코 저렴하지 않다. 시는 영화의 대중성이나 음식의 일상성과는 다른 차원의 밀도 높은 예술 작품임에도 불구하고 문화 시장에서 유통되는 가격이 터무니없이 낮은 셈이다.

물론 시장에서 물품의 가격은 수요와 공급의 상황에 따라 결정된다. 수요가 많지 않은 상태에서 공급이 과잉이니 가격이 높을 리 없다. 매년 발간되는 문화예술위원회의『문학통계연감』에 의하면 한 해에 출간되는 시집이 보통 1,200여 권에 이르는 것으로 나타난다. 평균적으로 한 달에 100여 권씩의 시집이 발간되는 셈인데, 이 정도면 다른 문학 장르에 비해서 상당히 많은 양이라고 할 수 있다. 문제는 이 많은 시집들을 소비하는 사람이 극히 적다는 것이다. 그나마 시집을 구매하는 사람들이 시인들이나 비평가들, 대학원생들, 혹은 학습 과제를 하기 위한 학생들에 국한되고 있는 형편이다. 문학과 관련이 없는 일반인들의 시집 구매는 거의 이루어지지 않고 있는 것이다. 그렇다고 시집 출판이 쉽게 이루어지는 것은 아니다. 제법 유명 시인도 잘 알려진 출판사에서 시집을 내려면 한두 해를 기다려야 하는 것이 다반사이고, 그나마 기다리지 않으려면 군소 출판사에서 자비 출판을 해야 하는 것이 현실이다. 하물며 보통의 시인들의 시집 출판 환경은 말할 필요도 없이 열악하다. 그 이유는 췌언의 여지없이 상품성이 떨어지기 때문이다.

그렇다면 시가 사라진 문화의 중심부에 존재하는 것은 무엇인가? 아도르노가 말했던 '문화 산업'이 자리를 잡고 있다. 문화 산업은 문화 본연의 고상한 가치를 자본의 논리에 복속시킴으로써 문화를 상업주의의 틀 속에 가둔다. 문화 산업의 체제 하에서 진정한 새로움을 추구하는 진지한 예술은 환영을 받지 못한다. 예술적 완성도도 중요하지 않다. 중요한 것은 문화 상품의 구매자인 일반 대중의 욕구를 충족시켜 줄 수 있는 상품으로서의 재미와 오락성이다. 소수의 전위적 소비자나 고급의 소비자는 문화 산업에서 전혀 환영을 받지 못한다. 대중추수적인 문화가 사람들의 시간과 관심을 잡아둠으로써 진정한 예술의 위축이 가속화된다. 사람들은 상업적으로 생산된 영화나 드라마와 같은 값싼 대중문화를 매개로 하여 자신들의 문화적 정체성을 확보하고자 한다. 인기 있는 TV드라마를 보지 않으면 친구들과의 대화에서 소외되기 때문에 자신의 문화적 취향과 관계없이 그 드라마를 시청한다. 사람들은 문화의 주체가 아니라 문화 산업의 상업적 메커니즘에 끌려다니는 기계적 소비자가 되어버리고 마는 것이다.

이런 점에서 문화 산업은 사람들을 자발적인 억압에 빠져들게 하는 독재자의 생리를 닮았다. 문화 산업은 새로울 것도 치열할 것도 없는 뻔한 내용의 상업적 영화나 드라마, 대중가요에 자신의 진정한 문화적 욕구를 던져버리게 유인한다. 그러나 많이 소비된다고 반드시 좋은 작품은 아니다. 아도르노와 호르크하이머가 『계몽의 변증법』에서 말한 문화 현실에 대한 비판적 진술은 오늘의 우리 문화와 관련하여 시사해주는 바가 크다. 그들은 "영화나 라디오는 더 이상 예술인 척할 필요가 없다. 대중매체가 단순히 '장사business' 이외에는 아무것도 아니라는 사실은 중요하며, 더 나아가 그 사실은 그들이 고의로 만들어낸 허접한 쓰레기들을 정당화하는 이데올로기로 사용된다"고 주장한다. 문화가 장사의 수준으로 전락할 때 가장 문제가 되는 것은 인간적 성찰이 부재한다는 것이다. 성찰이 없다는 것은 진실하지 않다는 것과 다르지 않다. 문화 산업의 메커니즘은 상업성을 지향하는 영화나 드라마의 경우가 그러하듯이, 그 소비자들은 재빠르게 지나가는 장면들을 순발력 있게 감각적으로 받아들이는 데에만 익숙하다. 수동적이거나 피동적인 문화의 수용에 머물러 자아의 발견이나 세계의 창조에까지 나아가지 못하는 것이다. 문화가 장사꾼들의 자본에 예속될 때 속화와 악화의 길로 가는 것은 당연한 일이다.

문화 산업이 지배하는 엇나간 문화의 세계를 정상적인 문화의 세계로 돌려놓는 데에 시는 가장 효과적인 예술 장르이다. 거듭 말하자면 시가 문화 산업에 가장 어울리지 못하는 예술 장르라는 것은 오히려 시의 중요한 가치라고 할 수 있다. 실제로 시는 문화 산업의 측면에서 장사를 하기에 가장 열악한 조건을 갖고 있는 예술 장르이지만, 시에는 분명 시장 경제의 논리로는 설명할 수 없는 이상한 매력이 존재한다. 시는 물질적, 육체적 욕망을 충족시켜 주는 상품商品이 아니라 인간의 정서와 영혼을 고양하는 정신적 차원의 상품上品으로서 가치가 있다.

시 한 편에 삼만 원이면
너무 박하다 싶다가도
쌀이 두 말인데 생각하면
금방 마음이 따뜻한 밥이 되네

시집 한 권에 삼천 원이면
든 공에 비해 헐하다 싶다가도
국밥이 한 그릇인데
내 시집이 국밥 한 그릇만큼
사람들 가슴을 따뜻하게 덮여줄 수 있을까
생각하면 아직 멀기만 하네

시집이 한 권 팔리면
내게 삼백 원이 돌아온다
박리다 싶다가도
굵은 소금이 한 됫박인데 생각하면
푸른 바다처럼 상할 마음 하나 없네

—함민복, 「긍정적인 밥」 전문

이 시는 "시 한 편에 삼만 원" 하던 시절, 지금부터 십수 년 전에 발표된 작품이다. 시인은 "시 한 편"의 가격이 "너무 박하다"고 생각을 하다가 그 가격이면 "쌀이 두 말"이라고 생각하는 순간 마음을 달리 먹는다. 시는 무엇보다도 "마음이 따뜻한 밥"이 되는 순간인데, 이 밥의 가격은 물질적인 차원을 넘어선다. 시는 몸이 아니라 "마음이 따뜻한 밥"이기 때문이다. 시인은 또한 "시집 한 권"의 가격이 "삼천 원"에 불과한 것은 "든 공에 비해 헐하다"고 생각한다. 그런데 그것이 "국밥 한 그릇"의 가격이고, 자신의 시집이 "국밥 한 그릇만큼/ 사람들 가슴을 따뜻하게 덮여줄 수 있을까" 생각하는 순간 마음을 달리 먹는다. 이 순간에 시인은 자신의 시에 대한 성찰을 한다. 자신의 시가 "사람들 가슴"을 감동시키기에는 "아직 멀기만 하"다는 것이다. 이 도저한 성찰의 마음은 성자의 마음과 다르지 않다.

진정한 시인은 사실 성자와 비슷한 존재이다. 시인은 현실에서는 스스로 고난에 빠짐으로써 높은 영혼의 세계에 이르는 존재이기 때문이다. 마지막 연에는 그러한 존재감이 강조된다. 시인은 시집 한 권의 인세로 받는 "삼백 원"이라는 적은 금액도 "굵은 소금 한 됫박"의 가격이라면서 "긍정적인", 너무도 "긍정적인" 생각을 하고 있다. 이 "소금"의 가치는 물론 물질적인 것이라기보다는 정신적인 차원의 것이다. "푸른 바다처럼 상할 마음 하나 없네"라는 시구에 드러나듯이, 시인의 "마음"은 "푸른 바다"의 출렁이는 물결처럼 깨끗한 상태에 존재하는 것이다. 그 "마음"이 바로 황금만능주의, 물신주의, 천민자본주의에 찌든 현대인의 부패한 마음을 정화시켜 주는 "소금"인 셈이다. 시가, 시집이 이처럼 "소금" 역할을 하면서 인간의 마음과 영혼을 고양해준다면 그것을 시장 바닥에서 알아주지 않는다고 마음 상할 이유 하나도 없다. 시는 분명 정신과 정서의 높은 품격(上品)을 지향하기 때문이다. 그것은 천만금을 가지고도 구매할 수 없는 고귀한 것이다.

4. 시는 왜 대중과의 소통에 소극적인가?

시의 소통 맥락은 저자와 텍스트와 독자로 구성된다. 시인은 텍스트의 생산자로서 표현의 주체이고, 텍스트는 시인에 의해 생산된 예술 작품이고, 독자는 텍스트를 최종적으로 소비하는 존재이다. 이들 가운데 저자의 권위가 강조되는 모더니즘 이전의 시대에는 시인이나 텍스트가 가장 중요한 요소였다. 시인은 절대적이고 전능한 존재이고, 텍스트는 그의 삶과 불가분의 관계에 놓이는 불변의 대상이었다. 그러나 포스트모더니즘 이후 시인과 텍스트의 절대적인 권위는 사라졌다. 시의 소통 맥락에서 오히려 독자의 위상이 강화되고 있다. 시인은 독자들을 의식하지 않을 수 없는 시대로 접어든 것이다. 시인과 텍스트는 시의 소통 과정에서 고정불변의 상수에서 변수로 바뀐 것이다. 시인은 이제 독자들과의 소통을 적극적으로 추구해야 하는 시대를 맞이하고 있다.

시의 독자는 전문 독자와 일반 독자로 나누어 생각해볼 수 있다. 전문 독자는 시인이나 시 평론가와 같이 시에 종사하는 사람들이고, 일반 독자는 비전문가로서 학생이나 일반 대중을 일컫는다. 이들 가운데 전문 독자는 과거에 비해 상당한 수준에서 진화를 해왔다고 할 수 있다. 시인의 숫자나 각종 문예지의 발간 현황을 살펴보면 상당한 정도의 양적인 팽창을 해왔음을 알 수 있다. 한국에는 다른 나라에서 이미 낡은 유습이 되어버린 등단 제도가 남아있어서 한 해에도 수백 명의 시인들이 새롭게 탄생하고 있다. 종합 문예지를 포함한 시 전문지만 해도 수백 종에 이르러 한 해 수만 편의 시가 생산되고 있는 실정이다. 시인의 등단과 작품의 생산에 관한 한 오늘날 한국은 가히 시의 르네상스를 맞이하고 있다고 할 만하다. 시의 수준도 상당한 정도까지 진화하여 상향평준화가 꾸준히 이루어지고 있는 실정이다.

문제는 일반 독자이다. 전문 독자들의 약진에도 불구하고 일반 독자들은 시간이 지날수록 시를 멀리하고 있다. 시중의 서점에서 시집의 판매지수는 다른 종류의 도서와 비교하면 아주 낮은 편이다. 시가 대중의 외면을 받는 이유는 두 가지로 생각해볼 수 있다. 하나는 시 장르가 가지고 있는 근본적 특성이고, 다른 하나는 시대의 변화에 따른 독자들의 취향의 변화이다. 사실 시는 원래부터 그 사회의 지배 계층들이 향유하던 고급의 지식이자 예술 장르였다. 일부 민요의 경우를 제외하면 시는 글을 읽고 쓸 수 있는 능력을 바탕으로 하는 것이었다. 자연히 문식성(literacy)을 갖추지 못한 일반 서민들은 시의 창작과 향유에 한계를 느낄 수밖에 없다. 문맹률이 현격히 줄어든 근대 이후에도 시는 어느 정도의 지적인 능력을 갖춘 사람들에 의해 향유되던 장르였기 때문에 일반인들 사이에서는 소설에 비해 인기가 적었다. 그리고 시 장르 자체의 성격도 누구나 쉽게 향유하기에는 한계를 지닌다. 시는 무엇보다도 고도의 전위성, 함축성, 음악성을 추구하기 때문이다. 그러나 일반 대중과의 소통을 위해 시만이 지닌 이러한 문학성을 포기할 수는 없는 일이다.

또한 독자들의 취향 변화는 너무 감각적인 것만을 추구하는 이 시대의 문화적 흐름과 관계 깊다. 정서적으로 깊고 절실하고 진정한 것보다는 얄팍하고 가볍고 유희적인 것에 매력을 느끼는 현대인들의 취향이 문제인 것이다. 진정한 의미의 문화라는 것은 대중적 취향을 추수하는 것이 아니라 대중의 취향을 선도하고 고양하는 기능을 하는 것이라고 볼 때, 시가 독자들의 저급한 취향에 따라갈 필요는 없을 것이다. 시는 고도의 압축성과 첨단의 수사법을 동원해야 하는 것이기에 시 읽기에 익숙하지 않은 대중, 시의 새로움에 익숙하지 않은 대중은 시와의 소통에 어려움을 겪을 수밖에 없다. 그러한 어려움을 넘어서기 위해서 대중에 영합하는 시를 쓸 수는 없을 터, 유행가 가사와 같이 뻔한, 너무도 뻔한 서정의 대중시가 누구에게나 쉽게 읽힌다고 해서 진정한 의미의 시적 소통을 이루었다고 할 수는 없다. 대중시는 소통이라기보다는 유통이라고 보는 편이 나을 터, 이때 소통이 깊은 정서의 공감을 추구한다면 유통은 부박한 정서에의 동감에 그치는 것이다. 노래를 재밌게 부르기 위해서는 연습을 해야 하듯이, 시라는 고급의 예술을 향유하기 위해서는 그 기초적인 감상법 정도는 익혀야 한다.

시에 대한 독자의 인식은 매우 중요하다. 독자들은 시를 감상할 수 있는 안목을 길러야 하는 것인데, 오늘날 시의 일반 독자인 대중은 충분히 그럴 만한 능력을 간직하고 있다. 대중은 과거 서민과는 다르기 때문이다. 서민은 전근대적 사회에서의 가난하고 무지한 아웃사이더 출신이라면, 대중은 근대화 이후 사회를 떠받치고 있는 가난하지도 않고 무지하지도 않은 지배적 계층 개념이다. 대중 사회에서 대중은 어느 정도의 지적인 능력과 경제적인 능력을 갖춘 주류 계층인 것이다. 따라서 대중은 다소 고급스런 정서에 의지하는 시를 감상할 만한 충분한 여력을 가진 존재이다. 문제는 디지털 게임이나 영상 매체에 투자하는 시간을 시 쪽으로 배분을 해야 한다. 대중 독자들은 이제 감각적인 대중문화에만 마음을 빼앗길 것이 아니라 문학 중의 문학인 시에도 관심을 가져야 할 터이다. 시는 끝없이 진화를 하는데 독자들이 제자리를 맴돌다 보면 시의 미래는 희망적이지 못하다. 하여 독자를 향한 어느 시인의 질책은 과격하지만 설득력이 있다.

> 내 시에 대하여 의아해하는 구시대의 독자 놈들에게→차렷, 열중쉬엇, 차렷,
>
> 이 좆만한 놈들이……
> 차렷, 열중쉬엇, 차렷, 열중쉬엇, 정신차렷, 차렷, ○○, 차렷, 헤쳐모엿!
>
> 이 좆만한 놈들이……
> 해쳐모엿,
>
> (야 이 좆만한 놈들아, 느네들 정말 그 따위로들밖에 정신 못 차리겠어, 엉?)
>
> 차렷, 열중쉬엇, 차렷, 열중쉬엇, 차렷……
>
> —박남철, 「독자놈들 길들이기」 전문

이 시는 축자적으로 읽다 보면 많이 불편할 수도 있지만, 정직성의 미학이나 해체주의 시학의 차원에서 읽어보면 매우 흥미로운 작품이다. 이 시에 등장하는 비속어는 대상에 대한 시인의 의도를 효과적으로 표현하기 위한 것으로 이해해야 한다. 비속어는 이 시에서처럼 때로 시인의 내면을 거짓 없이 정직하게 비춘다는 점에서 미학적 효과를 발휘할 수 있는 것이다. 해체주의와 관련된 이 시의 특이점은 우선 시 속에 "독자"를 수용했다는 데

서 찾을 수 있다. 메타시에서 시인과 시의 경계가 해체된 것처럼 시와 "독자"의 경계가 해체된 것이다. 이는 이른바 해체시가 갖는 일반적인 특성이기도 하다. 이 시의 특이점은 또한 "독자"를 비하하고 있다는 데서 찾을 수 있다. 한국 시사에서 이처럼 "독자"를 노골적으로 비하시킨 작품은 전례가 없다. 이 시 이전에 "독자"는 시인의 입장에서 무조건 존중해야 하는 존재였다. 자신의 시를 읽어줄 독자를 비난하거나 비하한다는 것은 있을 수 없는 일이었다.

그런데 이 시에서 중요한 것은 "독자"의 특성이다. 이 시에 비난의 대상은 "내 시에 의아해하는 구시대의 독자놈들"이다. 일반적인 모든 "독자"가 아니라 "구시대의 독자" 즉 새로운 시대의 시를 이해하지 못하는 답답한 "독자"인 것이다. 이 "독자들"이 비난을 받아야 하는 이유는 물론 시의 진화를 방해하는 존재이기 때문이다. 시인은 시대는 급격히 변해가는데 수십 년 전 혹은 수백 년 전의 시적 관습에 얽매여 있는 "독자들"을 문제 삼고 있는 것이다. 그들은 아마도 시가 조금만 새로워져도 난해하다고 불평을 하면서 시를 외면할 사람들일 뿐만 아니라 말초적인 감각을 만족시켜 주는 문화 산업 쪽으로 눈길을 돌릴 사람들이다. 그래서 항시 고독하게 전위의 시를 추구하는 시인의 입장에서 그러한 "독자들"은 노골적인 비하의 대상이 아닐 수 없는 셈이다. 이 시의 "독자" 비하는 시의 소통과 관련하여 독자의 의미와 역할에 대해 깊이 생각해보게 한다.

6. 시는 왜 너무 정치적이거나 비정치적인가?

한국 현대시는 그동안 너무 정치적이었거나 너무 정치에 무관심했다. 이른바 순수시 계열의 시인들은 현실 정치에 대한 무관심을 시의 근간이라 여겼고, 참여시 계열의 시인들은 현실 정치에 대한 적극적인 응전을 시의 기본 목적으로 삼았다. 그리고 이들 두 계열의 시인들은 지나치다 싶을 정도로 배타적인 길을 걸어왔다. 일제 치하의 카프 시나 광복 이후 북한의 시, 광복 이후 남한의 저항시나 민중시 등은 정치적 행위를 고무하고 추동하는 수단으로 활용되어 왔다. 반면에 일제 치하의 순수서정시나 모더니즘시, 생명시, 자연시와 광복 이후 남한의 순수서정시 등은 현실 정치에 대한 초월이나 무관심의 태도를 견지해왔다. 시의 예술성을 강조하는 사람들은 시가 정치적 현실에서 독립된 순수한 예술성을 확보하는 것이 중요하다고 강조한다. 이에 반해 시의 정치성을 강조하는 사람들은 시가 정치적 현실과 밀접한 관계 속에서 사회의 변혁을 추구해야 한다고 강변한다.

그러나 두 극단적인 주장, 너무도 정치적이거나 너무도 비정치적인 시는 시와 정치의 관계에 대한 편견에서 비롯된 것이다. 시와 정치의 관계에 대한 배타적인 입장으로 인해 한국의 현대시단은 극단적으로 대립되어 왔다. 그 대립의 층위는 남북한뿐만이 아니라 남남 사이의 광범위하고 지속적인 갈등을 유발해왔다. 그러나 다시 생각해보면 예술성과 정치성이 반드시 배타적인 것만은 아니다. 생각해보면 인간의 모든 행동을 정치적이라 할 수 있을 터, 시도 사람과 사람 사이의 관계와 소통을 지향하는 것이기 때문에 정치와 무관할 수는 없다. 시는 운율적 언어를 매개로 하는 예술의 일종이지만, 그것이 공동체 구성원들의 생각과 느낌과 행동을 변화시킨다는 점에서 정치 행위의 일종이라고 할 수 있다. 다만 시는 현실 정치를 그대로 추수하거나 그것에 평면적으로 상응하는 것이 아니다. 시의 정치는 가령 정치가들이 현실 권력의 장악을 위해 정파적 이해관계에 속박되어 행동하는 현실의 정치와는 근본적으로 다르다.

시의 정치는 시가 현실 정치에 예속되는 것이 아니라 미학적 언어가 포함하고 있는 정치적 요소를 적극적으로 활용하는 것이다. 시의 정치는 현실 정치가 지향하는 피상적인 행동의 변화와는 다르게, 정신과 감정과 감각을 포함하는 내적 의식의 고양을 통한 근본적인 행동의 변화를 추구한다. 정치가의 연설은 현실 문제에 대한 사람들의 즉각적이고 집단적인 호응을 유도하지만, 그것은 대개 표피적이고 일시적인 차원에서 이루지는 한계를 지닌다. 그러나 시를 통해 이루어지는 의식과 행동의 변화는 깊은 정서의 공감을 토대로 하기 때문에 보다 근본적이고 지속적이다. 이것이 바로 시의 미학이 높은 정치 의식으로 변환될 수 있는 이유이다. 자크 랑시에르의 말처럼 특정한 시대의 공동체를 기반으로 하는 미학 속에는 이미 정치가 내재해 있다. 그가 주장하는 '문학의 정치'는 물론 문학을 현실 정치와 기계적으로 일체화하는 것이 아니라 감성의 분할(감성은 인식에 가깝다. '대상-인식-판단-행동'의 과정에서 미적 인식이 대상에 대한 판단과 행동의 변화에까지 영향을 미친다)을 통해 현실을 고양하는 것이다. 그의 관점에 의하면 시는 속악한 현실에 대한 정치적 저항과 미적 혁명 사이에 존재하는 본질적 긴장 관계를 해소시킬 수 있다. 따라서 시는 가장 고급한 정치 행위, 가장 정서적인 정치 행위의 일종이라고 할 수 있는 것이다.

그렇다. 시는 정치를 부정하지 않되 현실 정치와는 '다른 정치'를 추구한다. 시의 정치는 언어를 매개로 이루어진다는 점, 언어 가운데서도 가장 밀도 높은 미학적 언어를 매개로 한다는 점에서 현실의 정치와는 다르다. 시의 정치는 보다 간접적이지만 보다 근본적인 변화를 추구하는데, 이를 위해 시가 지니고 있는 수사적 속성을 적극적으로 활용하게 된다. 시의 미학 혹은 시학은 기본적으로 정치를 포함한다.

> 자유가 시인더러 하는 말 좀 들어보게
> 시인이 자유더러 하는 말 좀 들어보게
> 서로 먼저 말하겠다고 싸우는 꼴 좀 바라보게
> 도무지 무슨 말인지 알아들을 수도
> 없는 말 한번 들어보게
>
> 자유가 시인더러
> 시인이 자유더러
> 멱살을 잡고 무슨 말인가를 하지만

전혀 알아들을 수 없네
우리 같은 촌놈은 도무지 알아들을 수 없네

자유가 시인더러
시인이 자유더러
따귀를 올려치면서 탁탁탁 치면서
하는 소리 들어보게나
아아, 저게 상징이구나 은유로구나
상상력이구나
아픔만 낳는 시법詩法이구나
오늘 하루도 평탄치 못하겠구만
일찍 일어나 세수부터 정갈하게 하고
구두끈도 단단히 동여매야겠구만

—조태일, 「자유가 시인더러」 전문

이 시에서 "시인"과 "자유"는 가장 밀접한 동지적 관계에 놓인다. 그들은 "먼저 말하겠다고 싸우는" 관계이거나 "따귀를 올려치면서" 논쟁을 하는 관계이다. 아주 가깝고도 치열한 관계이다. 그런데 그들이 싸우면서 하는 소리는 시정잡배의 그것과는 차원이 다르다. 그들은 "상징"이고 "은유"이고 "상상력"의 차원에서 논쟁을 하는 것이다. 이를 축약하면 "시법"의 차원이라고 할 수 있을 터, 이것이 바로 "시인"이 정치 행위로서의 "자유"를 지향하는 방식이라고 할 수 있다. 이것은 시(문학)는 결국 미학을 통한 정치를 수행한다는 랑시에르의 주장과 다르지 않다. 시의 미학의 핵심은 "상징"이나 "은유"를 통한 "상상력"의 세계에 진입하는 것일 터, 시인이 "자유"를 추구하는 방식은 그러한 미학적 행위와 관계가 깊다고 할 수 있다.

그런데 시의 정치, 혹은 미학의 정치는 "아픔만 낳는 시법"이라는 진술은 흥미롭다. 시인은 이 "아픔"으로 "오늘 하루도 평탄치 못하겠"다고 생각한다. 중요한 것은 이 "아픔"이 생산적 의미를 지닌다는 점이다. 이 시가 창작된 7,80년대 시대적 상황을 염두에 둘 때 "아픔"은 "자유"를 상실한 시대의 "아픔"이고, 이 "아픔"으로 인해 시인은 "자유"의 소중함에 대해 깊은 자각을 하게 되는 것이다(이 "아픔"의 심도는 정치 구호로서는 느낄 수 없는 것이다). 그래서 "자유"를 지켜내기 위해서 마음을 정갈하게 하기 위해 "세수부터 정갈하게 하고/ 구두끈도 단단히 동여매야겠"다고 생각하는 것이다. "자유"라는 목적을 향한 정치적 행동을 위해 시적 혁명을 추구하고, 시적 혁명이라는 목적을 위해 정치적 행동을 도모하는 것이다. 다시 랑시에르의 관점에 기대면, 이는 시(미학)의 정치는 현실의 정치와 직접적으로 대응하지는 않지만, 그와 무관하거나 그것을 금지하는 것이 아니다. 미학적 감각의 새로움을 통한 사회적, 정치적 사건들에 대한 참여는 미학의 정치를 실현하는 시 창작의 계기가 될 수 있다. 이를 통한 문학적인 방식의 현실참여 활동은 그 자체로 미학의 정치를 실현할 가능성을 지닌다. 이것이 바로 시와 정치가 만나는 방식이다.

7. 에필로그

지금까지 우리는 시의 본질에 관한 우문들에 대한 현답을 살펴보았다. 세상에는 시에 관한 우문들, 혹은 진지한 예술에 대한 우문들이 유령처럼 떠돌고 있다. 시의 시대 적합성, 상품성, 대중성, 정치성 등과 관련된 우문들의 공통점은, 첨단 과학과 디지털 문명이 급속도로 발달하고 있는 이 시대에 시가 무슨 쓸모가 있느냐는 것이다. 우문들이 말하는 쓸모라는 것은 실용적이거나 생활 차원의 용도를 의미하는 것일 터, 그렇다면 시는 정말로 쓸모가 없는 것이 맞다. 무한 경쟁의 시장경제원리가 지배하는 후기 산업시대에 시는 돈이 되지 못하는 것임에 틀림없다. 아직도 시를 돈을 주고 구매하는 사람은 시대에 뒤떨어진 회고주의자에 지나지 않을지 모른다. 시집

한 권을 사 보느니 영화 한 편을 편하고 재밌게 즐기는 편이 나을지 모른다. 시집을 들고 다니거나 책장을 넘길 일도 없이 모니터나 스크린에서 펼쳐지는 감각적 영상을 그대로 좇아가면 되는 것이다. 시를 읽을 때처럼 깊이 생각할 필요도 없다. 그러니 상업적 대중문화에 길들여진 사람들은 한 구절 한 구절을 느리게, 찬찬히 음미하면서 그 깊은 사유와 절실한 감각을 공유해야 하는 시를 좋아할 리 없다.

그러나 시는 쓸모가 없기 때문에 오히려 쓸모가 있다. 문학평론가 김현이 말한 대로 "문학은 배고픈 거지 하나 구원하지 못한다. 문학은 아무짝에도 쓸모없는 것이다. 그런데 그 쓸모없음으로 인해 오히려 가치가 생긴다". 사실 현대 사회는 쓸모를 지나치게 추구하기 때문에 아름답지도 진실하지도 못하다. 자본이라는 쓸모, 권력이라는 쓸모, 혹은 석유와 같은 쓸모, 곡물과 같은 쓸모 때문에 전쟁도 살인도 불사한다. 하여 그런 쓸모에서 자유로운 시는 오히려 세상을 아름답게 하는 데 쓸모가 크다. 시는 속악한 현실에서 무용지물이기 때문에 오히려 그러한 현실을 가볍게 넘어설 수 있는 것이다. 시(인)는 속세의 셈법으로는 계산할 수 없는, 계산해서도 안 되는 위대한 가치를 지닌 존재이다. 밀란 쿤데라가 "시인이 된다는 것은/ 끝까지 가보는 것을 의미하지// 행동의 끝까지/ 희망의 끝까지/ 열정의 끝까지/ 절망의 끝까지// 그런 다음 처음으로 셈을 해보는 것/ 그 전엔 절대로 해서는 안 될 일/ 왜냐하면 삶이라는 셈이 그대에게/ 우스꽝스러울 정도로/ 낮게 계산될 수 있기 때문이지"(「시인이 된다는 것」 부분)라고 노래했듯이.

또한, 아래의 시에서처럼 시(인)는 현실적으로 "가난하고 외롭고" "쓸쓸"하지만 정신적으로는 "높은" 영혼을 간직한 고귀한 존재이다. 어둠이 깊을수록 별이 더 빛나는 것처럼 세상이 타락할수록 시(인)의 존재는 더욱 가치 있다. 시가 근본적으로 역설이듯이, 우리 시대의 시인도 역설적으로, 아주 역설적으로 존재(해야) 한다. 인간적인, 너무도 인간적인 세상, 아름다운, 너무도 아름다운 세상을 만드는 주인공은 시(인)이다.

이 흰 바람벽엔
내 쓸쓸한 얼굴을 쳐다보며
이러한 글자들이 지나간다
—나는 이 세상에서 가난하고 외롭고 높고 쓸쓸하니 살아가도록 태어났다
그리고 이 세상을 살아가는데
내 가슴은 너무도 많이 뜨거운 것으로 호젓한 것으로 또 사랑으로 슬픔으로 가득 찬다
그리고 이번에는 나를 위로하듯이 나를 울력하는 듯이
눈질을 하며 주먹질을 하며 이런 글자들이 지나간다
—하늘이 이 세상을 내일 적에 그가 가장 귀해 하고 사랑하는 것들은 모두
가난하고 외롭고 높고 쓸쓸하니 그리고 언제나 넘치는 사랑과 슬픔 속에 살도록 만드신 것이다
초생달과 바구지꽃과 짝새와 당나귀가 그러하듯이
그리고 또 프랑시스 잼과 도연명과 라이너 마리아 릴케가 그러하듯이

—백석, 「흰 바람벽이 있어」 부분

시의 새로움에 대하여
—시의 독창성과 창작 방법

르네 마그리트의 「이미지의 배반」(1929)

1. 새로움의 새로움

시의 새로움을 말할 때 이런 문장은 어떤가? "진정한 새로움은 '새로움의 새로움'을 추구한다." 혹은 "진정한 새로움은 '새로움을 새롭게 하는 새로움'이다." 이들 두 문장이 공통적으로 내포하고 있는 것은 시에서 추구해야 할 '새로움'은 부단한 자기 갱신의 과정을 거쳐야 한다는 의미이다. '새로움'은 어느 고정된 시기의 정체적 현상이 아니라 부단히 역동하는 동적 개념이라는 의미를 지녔다는 것이다. 시는 이러한 새로움을 운명으로 삼는 첨단의 언어 양식이다. 새로움을 견인하지 못하는 시는 관습의 굴레에서 벗어나지 못한 일상적 진술과 다르지 않다. 일상적 진술은 일간 신문이나 생활 현장에서 사용되는 것과 다름없는 어법을 활용하기 때문에 시적이지 못하다. 동서고금의 수많은 시인들은 일상어와 구분되는 새로운 언어를 찾아 수천 년을 방황해왔다. 그렇다면 시적 새로움의 정신적인 자질은 무엇이고 그 구체적인 요소는 무엇인가?

현대 철학의 첨단을 지향했던 칸트는 미학과 관련한 일련의 진술에서 "주관에 철저하면 객관이 된다"고 말한 적이 있다. 주관에 철저하다는 것은 관습적인 것들로부터의 일탈을 의미한다. 미학의 기본은 새로움일 터인데 철저히 주관적이어야만 창조적인 것이 된다는 것이다. 그리고 그것이야말로 객관이 된다는 것은 진정한 의미의 새로움을 견지했을 때 많은 사람들의 공감을 얻을 수 있다는 의미이다. 이것을 우리는 주관의 객관화라고 고쳐 말할 수 있을 터인데, 이때의 주관이라는 말은 관습적 대상에 대한 창조적 해석을 의미하는 객관의 주관화를 포함하는 것으로 이해할 수 있다. 문제는 시인에 따라서는 주관의 주관화를 지향하기도 하고 객관의 객관화를 지향하기도 한다는 점이다. 전자는 자폐적 자기만족의 시를 쓰는 데 그치는 시인이며, 후자는 대중적 흥미를 좇으면서(결코 선도하는 것이 아니라) 유행가 가사와도 같은 시를 쓰는 시인이다. 러시아 형식주의자 쉬클로프스키가 말한 '낯설게 하기(defamiliarization)'도 창의적 상상을 통한 다중의 공감을 지향한다는 점에서 칸트가 말한 주관의 객관화와 다르지 않다.

시의 새로움은 전위 정신을 근간으로 삼는다. 전위 정신은 새로운 영토를 개척해 나가는 과정에서 맨 앞에 나아가는 첨병의 정신이다. 전위에 선 시인의 임무는 관습과 객관의 고루한 메커니즘에 빠져 있는 다른 시인이나 독자들을 새로운 언어의 영토로 안내하는 일이다. 아방가르드라고도 불리는 전위 정신의 범위는 매우 넓다. 광의의 의미로는 모든 예술이 아방가르드 정신을 추구한다고 할 수 있다. 예술의 궁극적인 역할이라 할 수 있는, 사람들에게 일상과 보편의 굴레를 벗어나 새로운 감각과 사유에 이르도록 유인하는 일은 아방가르드 정신과 일치한다. 협의의 의미로는 20세기 초에 일어난 혁명적인 예술 경향을 지칭하는 것이다. 러시아의 화가 칸딘스키가 '정신의 삼각형'이라는 비유를 통해 제시한 아방가르드 정신은 전위에 선 예술가의 고독한 존재를 표상한다. 삼각형의 저변에는 광범위한 대중이 있고 그 위의 정점에 고독하고 이해받지 못하는 예술가가 있다. 중요한 것은 이 삼각형 전체가 눈에 띄지 않게 조금씩 앞으로 나아간다는 사실이다. 아무리 첨예한 아방가르드 정신일지라도 시간이 흐르면 보편적인 것이 되고 만다는 것, 그러니까 진정한 예술가는 한순간도 머무르는 일 없이 앞으로/새롭게 나아가야 한다는 것이 '정신의 삼각형'의 내포적 의미이다.

새로운 새로움은 항상 정착민의 농경적 상상력보다는 유랑인의 노마드적 상상력에 의해 견인된다. 들뢰즈가 말한 노마드 정신을 가장 효율적으로 대변하는 용어는 '신체 없는 기관'이다. 이미 규정되어 있지 않은 그 무엇(the thing)으로서의 '신체 없는 기관'은 무한한 가능성을 상징한다. 구체적인 신체로 분화되기 이전의 기관은 새로운 것들이 잉태되어 있는 자궁과도 같다. 미리 규정되지 않은 채 무엇이 태어날지는 아무도 모르는 미지의 무한한 가능성이 바로 '신체 없는 기관'이다. 마치 부화되기 전의 알이나 남상되기 전의 알곡과도 같은 이것을 우리는 시정신이라는 말로 바꾸어 말할 수도 있다. 시정신은 기존의 가치나 관념에 의해 구체화되지 않은 새로운 그 무엇을 지향하는 마음의 자세이다. 이미 구현된 현실 세계, 이미 말해버린 세계는 '신체 없는 기관'이라고 말할 수 없다. 따라서 새로움을 추구하는 시인은 항상 '신체 없는 기관'과 같은 시심의 알을 품고 살아야 한다.

한 시인이 한국현대시사에서 살아남을 수 있는 첩경은 결국 기존의 시인과는 다른 '새로움'을 확보하는 일이다. 시의 새로움은 시적 대상이나 주제 혹은 표현 방식의 일신을 지향하면서 이루어지는데, 구체적으로는 문명이나 사상, 서정, 형식(언어), 장르의 차원에서 실현될 수 있다.

2. 현대 문명의 새로움

어떤 예술이든 재료가 새로우면 작품도 새로워질 가능성이 높다. 예술에서 새로운 재료를 활용했다면 그 자료 자체로도 어느 정도의 새로움을 확보하고 있기 때문이다. 백남준의 비디오 아트는 텔레비전과 영상물이라는 새로운 소재가 없이는 존재 자체가 불가능한 것이다. 물론 소재가 새롭다고 하여 자동적으로 새로운 작품이 탄생되는 것은 아니다. 예술은 자연적인(natural) 것이 아니라 인공적인(artificial) 것이기 때문에 의미 있는 예술적 가공이 따르지 않는 한 재료가 가진 새로움은 아무런 의미가 없다. 새로운 재료는 새로운 감각과 새로운 정신을 담아내는 데 다른 재료보다 조금 유리할 뿐이다. 누구나 알다시피 현대문학 초기에 개화가사나 창가, 신체시 등에서 서구의 현대화된 문물들은 시가 가체를 새롭게 하는 데 많은 기여를 했다. 또한 서구의 새로운 문물이 한국시의 새로움에 가장 적극적으로 기여한 것은 1930년대 모더니즘 시에서 연원을 찾을 수 있다. 이들은 모두 새로운 문명을 시의 재료로 취택하여 시의 새로움을 추구했던 사례들이다.

하이얀 모색暮色 속에 피어 있는
산협촌山峽村의 고독한 그림 속으로
파—란 역등驛燈을 달은 마차가 한 대 잠기어가고
바다를 향한 산마루길에
우두커니 서 있는 전신주 위엔
지나가던 구름이 하나 새빨간 노을에 젖어 있었다

바람에 불리우는 작은 집들이 창을 내리고
갈대밭에 묻히인 돌다리 아래선
작은 시내가 물방울을 굴리고

안개 자욱—한 화원지花園地의 벤취 위엔
한낮에 소녀들이 남기고 간
가벼운 웃음과 시들은 꽃다발이 흩어져 있다

외인묘지의 어두운 수풀 뒤엔
밤새도록 가느란 별빛이 내리고

공백空白한 하늘에 걸려 있는 촌락의 시계가
여윈 손길을 저어 열시를 가리키면

날카로운 고탑古塔같이 언덕 위에 솟아 있는
퇴색한 성교당聖教堂의 지붕 위에선

분수처럼 흩어지는 푸른 종소리

—김광균, 「외인촌」 전문

이 작품은 1930년대의 작품으로 모더니즘 시학에 기반을 두고 있다. 1930년대 모더니즘 문학의 특성으로는 이국적 문물에 대한 적극적 인식, 표현 방식으로서의 회화적 이미지의 차용, 시적 대상에 대한 지성적 태도의 중시 등을 들 수 있다. 이러한 특성은 당시로서는 아주 새로운 면모였다. 우선 이 시에는 이국적 문물들이 등장하는데, 시의 제목인 "외인촌"은 "산협촌"에 드리운 현대 문명의 모습을 함의한다. 전통적인 "산협촌"이 "외인촌"처럼 보이는 것은 현대 문명의 다양한 요소들을 수용했기 때문이다. 가령 "파란 역등" "전신주" "벤취" "외인묘지" "시계" "성교당" 등은 전통 문화와 대비되는 현대 문명을 상징한다. 이런 요소들을 시의 구성 요소로 수용했다는 것에서부터 이 시의 새로움은 출발한다. 그런데 이러한 구성 요소들이 한 편의 회화 작품과 같은 구도를 보이고 있다. 석양녘의 저물어가는 "외인촌"의 원경과 근경을 다양한 색감을 통해 조화롭게 보여주고 있다.

1연은 원경으로서 공간적으로는 "바다" 근처에 있는, 시간적으로는 "새빨간 노을"이 드리운 저녁의 "외인촌"을 조감하고 있다. 전체적으로 "외인촌"의 분위기는 황혼의 시간이 일반적으로 그러하듯이 "고독"하고 쓸쓸한 분위기이다. 2연부터는 근경으로 "작은 집들"과 그 주변의 "돌다리"와 "시내", 그리고 "화원지"(꽃밭)와 "성교당"을 묘사하고 있다. 원근법은 원래 현대적인 회화의 기법에 해당하는 것으로서 이 시는 그러한 기법을 도입함으로써 현대성을 드러내고 있다. 문제는 이처럼 현대 문명에 기반을 둔 "외인촌"의 분위기가 "시들은 꽃다발" "외인묘지의 어두운 수풀" "여윈 손길" "퇴색한 성교당" 등에서 연상되듯이 애처롭고 쓸쓸하다는 점이다. 이는 모더니즘 자체가 지니고 있는 불연속적 세계관과 관계가 깊다. 시인은 현대 문명이 발달할수록 인간은 자연이나 신과의 유기적 관계를 상실하고 소외감과 불안감이 더 깊어질 수밖에 없다는 인식을 하는 것이다. 요컨대 이 시는 '시는 한 편의 그림이다'라고 했던 김광균 시인의 시관이 드러난 작품으로서 창작 당시 유행했던 모더니즘적 기법과 세계관 자체가 시를 새롭게 하는 원천으로 작용한 사례에 해당한다.

요즈음 들어서 가장 전위적인 문명 가운데 하나는 컴퓨터와 관련된 것이다. 1990년대 이후 컴퓨터의 대대적인 보급으로 인한 사이버 공간의 태동은 시의 새로움을 견인하는 데 많은 기여를 했다. 컴퓨터 혹은 사이버 공간을 시적 소재로 활용한 사례들은 적지 않은 시인들의 작품에서 매우 다양하게 나타난다. 하재봉의 「비디오/퍼스널 컴퓨터」를 비롯하여 최영미의 「Personal computer」, 이원의 「PC」, 유형진의 「모니터킨트」 등이 대표적인 사례이다.

> 불지 마 꺼질 것 같아
> 건드리지 마 다칠 것 같아
> 상처 옆에 눈이 내린다 창문을 두드린다
> 한밤중에 일어나 눈동자를 열고 모니터를 꺼낸다
> 붉고 싱싱한 잘 익은 놈으로
> 너에게 줄게 아무것도 먹지마
> 이것만 있으면 모니터 속 아이리스
> 보라색 꽃잎 가장자리 휘어진 엷게 눈웃음치는
> 이슬보다 영롱한 0과 1
> 샤갈의 마을에 내리는 눈은 녹지도 않고

나의 모니터 속에 쌓인다
눈보다 차가운 아이리스 눈이 없는 꽃
천만 개쯤 되는 눈들을 달고
늘 살아야 되는 꽃
수미산 꼭대기에 피어나고 싶어
불지 마 거봐 날아가잖아

—유형진, 「모니터킨트」 전문

시의 제목인 모니터킨트Monitor Kind는 디지털 세계를 살아가는 현대인을 표상한다. 모니터킨트는 '도시의 아이'인 아스팔트킨트나 '영화의 아이'인 시네마킨트처럼 '모니터'로 표상된 특정한 세계에 복속된 존재를 의미한다. 이 시는 디지털 영상 세계에 대한 시들이 대부분 단순한 비판의식에 머물러 있는 것과 다른 양상을 보여준다. 긍정과 부정의 양가적 인식을 동시에 보여주는 것이다. 그 세계는 '없음의 있음' 혹은 '있음의 없음'의 세계이다. "아이리스"는 이중적인 의미를 지닌다. 꽃의 한 종류로서의 아름다운 아이리스이기도 하지만, 디지털 시대에 진짜를 보지 못하는 장님으로서의 아이리스eyeless라는 의미도 지닌다. 이것은 현대 사회의 디지털 문명이 지닌 이중적인 속성과 일치한다. 디지털 문명을 비유한 모니터의 세계는 생활을 위해 수용할 수밖에 없지만, 진정한 것에는 눈이 멀어버리게 하는 문제를 내포하고 있는 것이다.

그러나 디지털 세계는 인간의 삶을 획기적으로 업그레이드시켜준다는 점에서 완전히 부정할 수도 없다. 디지털 세계도 다시 생각해보면 긍정적인 차원이 존재한다는 것을 알 수 있다. "늘 살아야 되는 꽃"으로서 불교적 영생의 세계인 "수미산 꼭대기에 피어나고 싶"다는 시인의 소망은 그러한 인식을 대변한다. 즉 이는 일종의 합리적 비판 의식이라고 할 수 있을 터, 이는 그동안 사이버 세계나 디지털 세계에 대해 아우라가 부재하는 가짜의 세계로만 폄하하던 시인들의 관점과는 다른 모습이다. 결국 이 시의 새로움은 최근의 첨단 문명에 속하는 디지털 세계를 시에 수용했다는 점, 그리고 그 세계에 대한 긍정적 차원으로의 인식의 갱신을 했다는 점에서 찾을 수 있다.

3. 전위 사상의 새로움

시의 형식이나 형태에서는 기존의 것을 유지하면서 그 내용이나 대상에 대한 해석의 특이성을 확보하여 새로움을 추구하는 시인들도 있다. 당대에 새롭게 유입된 사상이나 이데올로기를 시의 핵심적 기반으로 삼는다든가, 낯익은 시적 대상에 대한 새로운 해석(비유)을 하는 방식을 활용하는 것이다. 먼저 현대시에 나타난 사상의 새로움은 개화기의 계몽사상으로부터 출발하여 1920년대 초의 신경향파 사상과 사회주의 사상 등이 해당된다. 특히 사회주의 사상은 시인들이 카프(KAPF)라는 거대한 문학 단체를 만들어서 활동을 하게 할 정도로 현대시에 끼친 영향력이 막강하였다. 카프 시인들에게 시의 새로움은 사상의 새로움, 이데올로기의 새로움과 일치하는 것이었다. 박영희의 주장대로 문학이라는 집은 '서까래나 기둥'이라는 디테일한 의장보다는 '붉은 지붕'이라는 사상적 선명성만 있으면 충분한 것이었다. 그런데 사상이나 이데올로기는 그것이 아무리 새롭다고 해도 그 자체로 시의 새로움이 될 수는 없다. 아무리 전위적인 사상과 이데올로기라 하더라도 시적인 형상화의 과정을 거치지 않으면 안 된다는 말이다.

> 네가 지금 간다면, 어디를 간단 말이냐?
> 그러면, 내 사랑하는 젊은 동무,
> 너, 내 사랑하는 오직 하나뿐인 누이동생 순이,
> 너의 사랑하는 그 귀중한 사내,
> 근로하는 모든 여자의 연인…….

그 청년인 용감한 사내가 어디서 온단 말이냐?

눈바람 찬 불쌍한 도시 종로 복판에 순이야!
너와 나는 지나간 꽃피는 봄에 사랑하는 한 어머니를
눈물 나는 가난 속에서 여의였지!
그리하여 이 믿지 못할 얼굴 하얀 오빠를 염려하고,
오빠는 가냘픈 너를 근심하는,
서글프고 가난한 그 날 속에서도,
순이야, 너는 마음을 맡길 믿음성 있는 이곳 청년을 가졌었고,
내 사랑하는 동무는…….
청년의 연인 근로하는 여자, 너를 가졌었다.

겨울날 찬 눈보라가 유리창에 우는 아픈 그 시절,
기계 소리에 말려 흩어지는 우리들의 참새 너희들의 콧노래와
언 눈길을 걷는 발자국 소리와 더불어 가슴 속으로 스며드는
청년과 너의 따뜻한 귓속 다정한 웃음으로
우리들의 청춘은 참말로 꽃다웠고,
언 밤이 주림보다도 쓰리게
가난한 청춘을 울리는 날,
어머니가 되어 우리를 따뜻한 품속에서 안아주던 것은
오직 하나 거리에서 만나, 거리에서 헤어지며,
골목 뒤에서 중얼대고 일터에서 충성되던
꺼질 줄 모르는 청춘의 정열 그것이었다.
비할 데 없는 괴로움 가운데서도
얼마나 큰 즐거움이 우리의 머리 위에 빛났더냐?

그러나 이 가장 귀중한 너 나의 사이에서

한 청년은 대체 어디로 갔느냐?
어찌 된 일이냐?
순이야, 이것은…….
너도 잘 알고 나도 잘 아는 멀쩡한 사실이 아니냐?
보아라! 어느 누가 참말로 도적놈이냐?
이 눈물 나는 가난한 젊은 날이 가진
불쌍한 즐거움을 노리는 마음하고,
그 조그만, 참말로 풍선보다 엷은 숨을 안 깨치려는 간지런 마음하
고,
말하여 보아라, 이곳에 가득 찬 고마운 젊은이들아!

순이야, 누이야!
근로하는 청년, 용감한 사내의 연인아!
생각해보아라, 오늘은 네 귀중한 청년인 용감한 사내가
젊은 날을 부지런한 일에 보내던 그 여윈 손가락으로
지금은 굳은 벽돌담에다 달력을 그리겠구나!
또 이거 봐라, 어서.
이 사내도 네 커다란 오빠를…….
남은 것이라고는 때 묻은 넥타이 하나뿐이 아니냐!
오오, 눈보라는 '튜럭'처럼 길거리를 휘몰아간다.

자 좋다, 바로 종로 네거리가 예 아니냐!
어서 너와 나는 번개처럼 두 손을 잡고,
내일을 위하여 저 골목으로 들어가자.
네 사내를 위하여,
또 근로하는 모든 여자의 연인을 위하여…….

이것이 너와 나의 행복된 청춘이 아니냐?

—임화, 「네 거리의 순이」 전문

이 작품은 1929년에 발표된 것이다. 주지하듯 당시 우리 사회는 사회주의 혹은 공산주의 사상이 시대의 전위로서 많은 지식인들의 공감을 얻고 있었다. 이 시의 새로움은 두 단계를 거쳐 확보된다. 첫 번째 단계는 이데올로기의 전위성으로 시의 새로움을 확보했다고 할 수 있다. 두 번째 단계는 당시의 일반적인 시나 카프시와 다른 형상화 방식을 통해 새로움을 확보하고 있다. 이 시가 당시의 카프시와 다른 점은 서정성을 충실히 반영하여 이데올로기의 형해를 직접 드러내지 않고 있다는 점이다. 당시 카프시의 가장 큰 맹점 가운데 하나가 서정성의 부족을 들 수 있을 터, 이 시는 다양한 비유적 표현과 혈연적 연대감과 사랑 이야기의 도입으로 인해 이데올로기를 서정적으로 전달하는 데 성공하고 있다. 이 시는 또한 임화가 내세운 '단편서사시'라고 하는 프로시의 새로운 양식을 보여주는 첫 작품이기도 하다. 시에 노동 운동과 관련된 서사(이야기)를 도입함으로써 현장성과 구체성을 강화하여 민중 선동에 효과를 발휘하고 있는 셈이다.

이 시에서 서정성을 고양하는 장치는 우선 제목인 "네거리의 순이"가 갖는 상징성에서부터 나타난다. "종로 네 거리"는 당시 젊은이들의 역사적, 정신적 방황을 상징하는 동시에 노동 운동을 열성적으로 하는 새로운 삶의 기로를 상징한다. 그것을 광의로 보면 자본주의의 착취 사회에서 일탈하여 프롤레타리아 사회를 건설하려고 하는 당시 한국의 상황을 제유하기기도 한다. 또한 "순이"는 이 시의 주인공으로서 "어머니를/ 눈물 나는 가난 속에서 여윈" 불쌍한 우리나라의 젊은이를 상징한다. 그러나 화자인 "나"는 "순이"의 "오빠"로서 "순이"가 슬픔 속에서 청춘을 보내서는 안 된다고 생각한다. "순이"는 그녀의 "연인"인 "청년"이 노동 운동을 하다가 감옥("굳은 벽돌담") 속에 갇혀 있으니 그를 따라 노동 운동을 할 것을 권한다. "너와 나는 번개처럼 두 손을 잡고/ 내일을 위하여 저 골목으로 들어가자/ 네 사내를 위하여"라고 한다. 결국 노동 운동의 주체인 세 사람은 사회주의 사상이라는 이념적 동질성 외에도 혈육애("나"와 "너")와 동지애("나"와 "사내"), 그리고 남녀의 애정("너"와 "사내") 관계로 결속된 것이다. 그럼으로써 노동 운동의 당위성이 더욱 강조된 셈인데, 이는 막연한 이념적 동지애만을 강조하는 다른 프로시와는 색다른 양상이 아닐 수 없다.

사상이나 이데올로기는 시대에 따른 변화를 겪는다. 어느 시대에는 만인의 환영을 받던 사상이나 이데올로기가 시간이 흐르면서 낡은 것으로 규정되기도 한다. 따라서 사상이나 이데올로기도 시대의 변화를 적극적으로 수용하면서 변신을 거듭해야 한다. 가령 혁명이라는 말은 그 자체가 사회를 혁신하는 사상이자 이데올로기로서 한 시절에는 거시적 사회변혁이라는 정치적 의미를 부여받았었다. 그러나 오늘날 정치사회적 차원의 혁명이나 혁명 의식은 우리 사회의 어느 곳에서도 찾아보기 어렵다. 그러면 과연 혁명이 사라진 이 시대는 과연 평화와 안정의 시대라고만 말할 수 있을까? 때로는 태풍이 바다를 정화하듯이 과격한 혁명이 한 사회를 더욱 건강하게 하는 것은 아닐까, 하는 생각을 해볼 수 있다. 그것이 불가능하다면 혁명에 대한 새로운 관점을 가져보는 것도 혁명이 사라진 시대에 그 순기능에 대한 진보된 인식을 유지해 나가는 하나의 방법일 수도 있다.

> 소녀는 꽃무늬 혁명을 떠야 한다고 했지요
> 왼편의 대바늘과 오른편의 대바늘 사이에서 데굴데굴 굴러다니는 붉은 실타래는 소녀의 혁명을 돕기도 했지요
>
> 아버지의 혁명은 아버지의 구식舊式 혁명으로 끝나버리고
> 한 코 한 코 풀어지면서 새로운 혁명을 끌어내야 한다고 털옷은 어머니의 손에 이끌려 장롱 속에서 나왔죠
>
> 낡은 털실은 팽팽한 긴장감을 놓지 않으면서 혁명가를 계속 불렀

지요
그 옆에서 소녀의 꽃무늬 혁명은 계속 줄기를 뻗어나갔죠

풀어진 아버지의 혁명은 새 혁명의 넝쿨로 이어졌죠
소녀의 꽃무늬 혁명이 성공을 거둔다면 이 겨울도 이젠 춥지 않을 거라 믿었죠

붉은 실타래의 아우성이 무릎 위에 놓여 있다 차가운 책상 밑으로 또 기어들어갔죠
어두운 그곳에서 뭐해? 혁명을 꿈꾸는 실타래가 다시 뒹굴어 나오면서 실오라기 하나를 데리고 나왔죠

문득문득 소녀의 혁명이 모자라지 않나, 소 눈동자만해진 털실을 바라보며 불안했죠
어서어서 꽃무늬 혁명을 하나 떠서, 추위에 떠는 당신께 가야 한다고 말했죠

—이기인, 「소녀의 꽃무늬 혁명」 전문

이 시는 2006년에 발표된 것으로서 혁명에 대한 새로운 정의를 내린다. 한국 사회에서 혁명에 대한 낭만적 인식은 1990년대 이후 사라졌다. 간혹 혁명이라는 말이 통용되기도 하지만, '감성 혁명'이라든가 '자기 혁명'이라든가 하는 용어에서처럼 집단적이고 정치적인 의미보다는 문화적이고 개인적인 변화를 지시한다. 그러나 혁명이 반드시 집단적, 정치적이어야만 가치가 있는 것은 아니다. 특히 오늘날과 같이 개별적인 네트워크를 삶의 기반으로 하는 시대에는 더욱 그러하다. 이 시에서 "소녀"의 "혁명"은 "아버지의 구식 혁명"과 구분되는 새로운 "혁명"이다. 시인은 그것을 "꽃무늬 혁명"이라고 명명하는데, 이를 산문적으로 해석하면 오래된 실타래를 끄집어내

서 "겨울"을 보낼 새로운 옷을 뜨개질하는 일을 의미한다. 이 "혁명"은 장롱에 가두어두면 아무런 의미로 간직하지 못한 "실타래"가 뜨개질을 통한 존재의 변환을 통해 새로운 가치를 갖게 하는 것이다.

"꽃무늬 혁명"은 민중 혁명, 민주 혁명, 민족 혁명 등과 구분된다는 점에서 명명 자체가 새롭다. "아버지의 혁명"이 거대 담론에 복속된 이념적, 정치적 혁명이라면, "소녀의 혁명"은 "꽃무늬 혁명"으로서 미시 담론을 강조하는 생활적, 문화적 혁명이라 할 수 있다. 그런데 "아버지의 혁명"과 "소녀의 혁명"이 반드시 단절적인 것만은 아니다. "풀어진 아버지의 혁명은 새 혁명의 넝쿨로 이어졌"기 때문이다. 모든 혁명의 기본적 목적은 인간의 삶을 향상시키기 위한 전면적이고 급진적인 변화라고 할 수 있다. 온건한 변화나 부분적인 변화로는 소기의 목적을 달성할 수 없을 때 혁명이 요구되는 것이다. 그렇다면 거시적 혁명이든 미시적 혁명이든 인간의 삶을 고양하기 위한 커다란 변화를 추구한다는 점에서 공통적이다. 이 시에서 "장롱"에 처박혀 있던 "털옷"이라는 낡고 무용한 옷을 "뜨개질"을 통해 유용한 새 옷으로 탈바꿈시키는 것은, 낡은 이념이나 제도를 혁파하고 새로운 이념이나 제도를 건설하여 인간의 삶에 급격하지만 유용한 변화를 가져다주는 거시적 혁명의 특성과 큰 차이가 없다. 그런데 오늘날 시대적 적합성의 차원에서 보면 "소녀"의 "꽃무늬 혁명"이 더 호소력이 크다. 따라서 이 시의 새로움은 혁명의 의미와 방식에 대한 독특한 해석을 했다는 점에서 찾을 수 있다.

4. 전통 서정의 새로움

시의 새로움은 오래된 것, 전통적인 것을 통해서도 성취할 수 있다. 사실 시 장르 자체는 다른 어느 문학 장르나 예술 장르보다도 연원이 오래된 것이다. 그러므로 시를 통해서 언어예술의 세계에 도달하려는 것은 그 자체가 '오래된 새로움'을 추구하는 행위라고 할 수 있다. 순수 서정시나 전통 서정시는 시의 탄생과 더불어 오늘날까지 주류 장르의 자리를 내어준 적이 없다. 다양한 실험과 전위의 시학이 유행병처럼 번지는 가운데서도 많은 시인들은 여전히 전통 서정의 아름다움을 부단히 갱신해 나아가고 있다. 이를테면 김소월이나 한용운, 백석, 서정주, 박목월이 한국 현대시의 대표적인 시인으로 평가받는 것은 시를 새로운 문물이나 새로운 문명의 차원에서 추구했기 때문이 아니다. 그들은 전통적인 정서나 사상을 현대화하는 작업을 통해 대표적인 현대시인의 반열에 올랐던 것이다. 김수영이 노래했듯이 "전통은 아무리 더러운 전통이라고 좋다"(「거대한 뿌리」)는 인식을 기반으로 '새로운 새로움'이 아니라 '오래된 새로움'을 추구하는 것이다. 전통 서정 시인이나 순수 서정 시인들은 서정시의 오래된 방식을 견지하면서 시적 대상에 대한 새로운 발견이나 해석을 내놓는다. 이것이 바로 온고창신溫故創新의 시학이다.

> 가난한 내가
> 아름다운 나타샤를 사랑해서
> 오늘밤은 푹푹 눈이 나린다
>
> 나타샤를 사랑은 하고
> 눈은 푹푹 날리고
> 나는 혼자 쓸쓸히 앉어 소주를 마신다
> 소주를 마시며 생각한다
> 나타샤와 나는
> 눈이 푹푹 쌓이는 밤 흰 당나귀 타고
> 산골로 가자 출출이 우는 깊은 산골로 가 마가리에 살자
>
> 눈은 푹푹 나리고
> 나는 나타샤를 생각하고

나타샤가 아니 올 리 없다
언제 벌써 내 속에 고조곤히 와 이야기한다
산골로 가는 것은 세상한테 지는 것이 아니다
세상 같은 건 더러워 버리는 것이다

눈은 푹푹 나리고
아름다운 나타샤는 나를 사랑하고
어데서 흰 당나귀도 오늘밤이 좋아서 응앙응앙 울을 것이다

—백석, 「나와 나타샤와 흰 당나귀」 전문

이 시는 1930년대에 발표된 것으로서 사랑에 대한 새로운 서정을 드러낸다. 이 사랑의 주인공인 "가난한 나"는 세속적 욕망을 초월해서 살아가려는 시인이다. 그는 "나는 이 세상에서 가난하고 외롭고 높고 쓸쓸하니 살아가도록 태어났다"(「흰 바람벽이 있어」)고 할 때의 "나"와 같은 존재이다. "나"는 평생을 염결한 시인으로 살고자 했던 백석 자신과 다르지 않는 존재이고, 그의 사랑은 비록 현실에서는 "가난하고 외롭고 쓸쓸하니" 살아가면서도 정신적으로는 탈속의 "높고" 우아하게 살게 하는 정신적 에너지이다. 물론 이러한 사랑 노래는 그 내용 자체만으로는 새롭다고 볼 수 없다. 사랑하는 사람과 함께 속악한 현실에서 탈출하여 순수한 사랑의 공간에서 마음껏 사랑하고 싶은 소망은 전통 민요나 시가에도 편재하는 것이다. 보편적인 차원에서도 낭만적인 속성을 간직하고 있는 사랑을 추구하기 위해서 현실 너머의 이상 세계를 동경하는 것은 자연스러운 일이다.

그렇다면 무엇이 새로운가? 우선 눈이 내리는 서정을 독특하게 표현했다. 하늘에서 눈이 내리는 이유가 "나타샤를 사랑해서"라고 한다. 일상적 문맥으로 보면 눈이 내리니까 나타샤를 사랑하는 마음이 절실해진다고 할 수 있다. 그러나 나타샤를 사랑해서 눈이 내린다는 초논리적 진술은 매우 강렬한 정서를 유발한다. 또한 토속적인 소재들과 함께 활용된 "나타샤"라

는 이국적 이름이라든가 시각적 이미지의 적극적인 활용은 모더니즘을 연상케 할 정도로 새로운 정서를 유인한다. 사랑의 공간인 "산골"의 "마가리"로 가는 것을 "세상 같은 건 더러워 버리는 것"이라고 진술하는 것도 현실도피적 사랑의 전통적 정서와는 구별되는 것이다. 이는 순수한 사랑의 정서는 결국 이상주의적, 낭만주의적일 수밖에 없다는 점을 개진하고 있는 셈이다. 시인의 사랑은 이처럼 위대하고 새롭다. 한때 백석의 연인이었던 박영한이 모든 재산을 법정 스님에게 헌납한 이후 어느 기자에게 "1000억이 그 사람의 시 한 줄만 못해. 다시 태어나면 나도 시 쓸 거야"라고 했다고 한다. 시인의 사랑은 세속적 가치의 세계를 훌쩍 넘어서게 한다.

요즈음 활발하게 활동하고 있는 순수 서정시 계열에 속하는 젊은 시인들도 온고창신의 새로움을 추구한다. 오늘의 우리의 시단에는 미래파니 전위시학이니 하면서 전통적인 시(학)에 대해서 극단적인 부정을 하는 젊은 시인들이 많지만, 그들만큼이나 정통의 서정시를 추구하는 시인들이 세대별로 다양하게 활동하고 있다. 그들은 시의 형식이나 발상의 방식은 전통적인 서정시의 방법을 따르지만 시적 대상에 대한 비유나 해석에서 새로움을 도모한다.

> 어물전 개조개 한 마리가 움막 같은 몸 바깥으로 맨발을 내밀어 보이고 있다
> 죽은 부처가 슬피 우는 제자를 위해 관 밖으로 잠깐 발을 내밀어 보이듯이
> 맨발을 내밀어 보이고 있다
> 펄과 물 속에 오래 담겨 있어 부르튼 맨발
> 내가 조문하듯 그 맨발을 건드리자 개조개는
> 최초의 궁리인 듯 가장 오래하는 궁리인 듯 천천히 발을 거두어 갔다
> 저 속도로 시간도 길도 흘러왔을 것이다
> 누군가를 만나러 가고 또 헤어져서는 저렇게 천천히 돌아왔을 것이다
> 늘 맨발이었을 것이다

사랑을 잃고서는 새가 부리를 가슴에 묻고 밤을 견디듯이 맨발을 가슴에
묻고 슬픔을 견디었으리라
아……, 하고 짐이 울 때
부르튼 맨발로 양식을 탁발하러 거리로 나왔을 것이다
맨발로 하루 종일 길거리에 나섰다가
가난의 냄새가 벌벌벌벌 풍기는 움막 같은 집으로 돌아오면
아……, 하고 울던 것들이 배를 채워
저렇게 캄캄하게 울음도 멎었으리라

—문태준, 「맨발」 전문

이 시의 소재나 언어는 새로울 것이 없다. 그러나 평범한 소재를 매개로 하여 참신한 비유를 하고 있다는 점에서 새롭다. "어물전 개조개"라는 해산물의 생리를 관찰하면서 고달프면서도 희생적인 존재를 상상하고 있는 것이다. 주지하듯 "개조개"는 날쌘 물고기처럼 푸른 파도를 가르며 활기차게 사는 생물이 아니다. 그는 "펄과 물"이 뒤섞인 곳에서 딱딱한 껍데기를 짊어지고 느릿느릿 살아가는 존재이다. 느리다 보니 항상 먹을거리가 충분하지 못할 것이고 바다 생물 치고는 가난한 생애를 살 수밖에 없을 것이다. 그럼에도 불구하고 "개조개"는 배가 고픈 새끼들("울던 것들")을 거두기 위해 열성으로 먹이를 구하러 다닌다. 이러한 특성은 모든 생물들이 지니고 살아가는 모성적 본능에 해당한다. 그런데 이 시가 이러한 본능을 묘사하기 위한 것이라면 생물도감의 내용과 다르지 않을 것이다. 시인은 "개조개"의 이러한 생리에서 인간의 정신적 가치나 생명의 윤리를 새롭게 발견한다.

시인이 "개조개"의 생리에서 연상한 것은 "부처"의 생애이다. 시인은 "개조개"를 현실에서의 화려한 삶을 마다하고 중생 구제를 위해 출가하여 스스로 고행에 빠진 "부처"와 동일시하고 있다. 그 과정은 복합적이다. 그것은 첫째, 고달픈 삶: "개조개"가 느린 행동 때문에 "물과 펄" 속에서 힘겹게 살아가는 것과 부처가 세속에서 중생과 더불어 고달프게 살았던 것이 비슷하

다. 둘째, 희생적인 삶: "개조개"가 새끼들을 위해 희생적으로 먹이를 구하는 것과 "부처"가 중생을 구원하기 위해 자신을 돌보지 않고 세상을 주유한 것이 비슷하다. 특히 "개조개"가 "어물전"까지 끌려와 사람들의 양식이 되려는 것도 부처가 중생을 위한 마음의 양식이 되고자 한 것과 유사하다. 셋째, 인고의 삶: "개조개"가 불리한 환경과 생리를 꿋꿋하게 살아내는 것과 "부처"가 고해와도 같은 세상살이를 극복하여 득도에 이른 것과 비슷하다. 이처럼 "개조개"의 생리와 "부처"의 생애를 동일시하면서 높은 정신적 가치를 발견해 냈다는 점에서 이 시는 새로움을 획득한 것이다.

5. 형식 실험의 새로움

시의 새로움은 형식이나 표현의 갱신과도 관계가 깊다. 시는 기본적으로 관념적 언어가 아니라 구체적인 언어를 활용해야 하기 때문에 시인들은 형식과 표현의 문제에 많은 공력을 들이지 않을 수 없다. 시의 역사는 어쩌면 시의 형식과 표현의 새로움을 위한 부단한 모색의 과정이라고 해도 과언이 아니다. 시의 현대성이라는 것도 결국 시의 형식이나 표현의 변화와 가장 관계가 깊다는 점이 그런 사실을 증명한다. 동서양을 막론하고 '현대시=자유시'라는 등식이 성립된다고 볼 때 시의 현대성은 형식의 자유와 그에 따른 표현의 자유로부터 확보된 것이라고 할 수 있다. 특히 시의 현대성을 강조하는 시인들은 형식과 표현의 새로움을 지상 명제로 삼는다.

> 13인의아해가도로로질주하오.
> (길은막다른골목길이적당하오.)
>
> 제1의아해가무섭다고그리오.
> 제2의아해가무섭다고그리오.

제3의아해가무섭다고그리오.

제4의아해가무섭다고그리오.

제5의아해가무섭다고그리오.

제6의아해가무섭다고그리오.

제7의아해가무섭다고그리오.

제8의아해가무섭다고그리오.

제9의아해가무섭다고그리오.

제10의아해가무섭다고그리오.

제11의아해가무섭다고그리오.

제12의아해가무섭다고그리오.

제13의아해가무섭다고그리오.

13인의아해는무서운아해와무서워하는아해와그렇게뿐이모였소.

(다른사정은없는것이차라리나았소)

그중에1인의아해가무서운아해라도좋소.

그중에2인의아해가무서운아해라도좋소.

그중에2인의아해가무서워하는아해라도좋소.

그중에1인의아해가무서워하는아해라도좋소.

(길은뚫린골목이라도적당하오.)

13인의아해가도로로질주하지아니하여도좋소.

—이상, 「오감도 시 제1호」 전문

이 시는 독특한 표현 방식으로 인해 한국 전위시를 논할 때 빼놓을 수 없는 작품이다. 초현실주의 경향을 선구적으로 드러낸 이 작품으로 인해 한국시는 새로운 표현의 획기적인 경지에 도달했다고 할 수 있다. 물론 이전에도 임화의 다다이즘적인 시나 정지용의 모더니즘 시가 없었던 것은 아니지만, 이 작품처럼 시의 표현법을 혁명적으로 변화시킨 사례를 찾아보기는 어렵다. 이 작품 이후 한국시는 진정한 의미의 전위적 표현법을 본격적으로 전개하게 되었다고 해도 과언이 아니다. 이 시는 발표 당시 파격적인 표현으로 인하여 어느 독자로부터 '미친놈의 개수작'이라는 혹평을 받기도 했지만, 그러한 반응은 오히려 이 작품이 지향하는 '새로움의 새로움'을 반증하는 것이라고 할 수 있다. 미학적 새로움은 때로 보통 사람들의 불평과 불만을 수반하게 마련이기 때문이다.

사실 이 시의 주제는 그다지 새롭다고 할 수 없다. 이 작품은 현대인의 문명세계에 대한 불안의식 혹은 식민지인의 피지배적 상황에 대한 불안의식이라고 하는 보편적인 주제를 담고 있다. 그러나 그 표현 방식은 발표 당시의 시적 관습으로 볼 때 몇 가지 점에서 획기적이라고 평가할 수 있다. 우선 제목을 보면 국어사전에도 없는 특이한 신조어를 사용하고 있다. 조감도鳥瞰圖를 "오감도烏瞰圖"라고 표현함으로써 먼 상공에서 불안한 세상을 바라보는 주체를 새(鳥)가 아니라 까마귀(烏)로 상정한 것이다. 이는 불안 의식이라는 추상을 더 구체적으로 생생하게 드러내기 위한 독특한 시적 감각에 속한다. 새가 세상을 바라보는 구도(조감도)는 비유적인 표현이긴 하지만 원근법적인 조망이라는 기능적인 의미가 중심을 이룬다. 그러나 까마귀가 세상을 바라보는 구도(오감도)는 불길한 새로서의 까마귀가 지닌 상징적 의미에 의해 기능적인 의미 이상의 시적인 의미가 강조된다. "오감도"에서는 구도라는 객관적 시선이 아니라 불안이라는 주관적 의식이 강조되는 것이다.

이 시에서 13이라는 숫자의 사용도 독특하다. 13이라는 숫자에 의한 상상이 한국에서 시적인, 문화적 의미를 획득하게 된 것은 이 작품에서 비롯된다. 그 상징적 의미에 관해서는 주지하듯 식민지 상황에 처한 조선 13도, '13일의 금요일'과 연관되는 불길한 상황, 공배수가 없는 숫자로서의 불안한 상황, 1년 12개월을 벗어난 자유로운 상상의 시간, 무의식 속의 성적 욕망 등의 다양한 해석이 있어 왔다. 그런데 이러한 해석들이 갖는 공통점은 현대 문명이나 식민지 상황에서 비롯되는 불안 의식이나 불길한 징조라는 부정적 의미에서 크게 벗어나지 않는다는 점이다. 따라서 13이라는 숫자의 시적인 새로움은 그 내포적 의미의 다양성을 통해 시대정신을 적실하게 반영해 주었다는 데 있다. "13인의 아해"가 "도로를 질주"하는 상황에 처해 있다거나 그 공간적 배경으로서 "막다른 골목"이든 "뚫린 골목"이든 차이가 없다는 것은 그 불안과 불길을 강조하기 위한 것이다. 더구나 "13인의 아해"가 "무서운 아해"와 "무서워하는 아해"뿐이라는 진술도 현대인이나 식민지인의 불안, 불길의 원인이 주동적인 동시에 피동적이라는 점을 강조한다.

이상은 "절망은 기교를 낳고 기교는 절망을 낳는다"고 말한 적이 있다. 시인의 절망은 언어의 결핍과 관계가 깊다. 언어는 기본적으로 불연속적인 특성을 지니고 있는 것이기에 세상의 모든 것을 표현하고 싶어 하는 시인에게 불완전한 것일 수밖에 없다. 언어의 불완전성을 극복하기 위해 시인들은 은유나 환유와 같은 기교를 적극적으로 활용한다. 수사법의 발달은 언어에 대한 시인들의 절망에 힘입은 바 크다. 그런데 언어의 결핍을 대체하기 위해 기교를 부려보지만 시인은 근본적으로 완벽하고 이상적인 시를 지향하므로 만족이란 있을 수 없다. 스스로 구사한 기교 앞에 절망할 수밖에 없는 이유이다. 예컨대「오감도」연작에서 이상이 추구했던 다양한 형식 실험은 더욱 효과적이고 적실한 표현을 하기 위한 열망과 관계 깊다. 띄어쓰기를 무시한 것이라든지 숫자나 부호나 도형을 사용한다든지 하는 것은 기존의 언어만으로는 표현할 수 없는 의식과 무의식의 이면을 드러내기 위한 고투의 흔적이다. 시인의 절망은 새로운 표현을 얻기 위한 중요한 동력인 셈이다.

이상의 형식 실험은 김춘수의 무의미시나 김수영의 일상시, 이승훈의 비대상시, 오규원의 날이미지의 시, 이성복의 고백시 등으로 비교적 온건하게 이어지다가, 1980년대 황지우나 박남철의 해체시에 의해 과격한 양상으로 나타난다. 특히 황지우는 요설체를 통한 응축적 언어의 해체를 시도하는가 하면, 신문기사나 벽보와 같은 지극히 일상적인 언어를 시의 문맥으로 끌어들여 '시'를 넘어선 '시적인 것'을 추구한다. 또한 박남철은 활자 뒤집기, 점층적(점강적) 활자 배열, 이모티콘 활용, 컴퓨터 언어의 카피 등을 통해 시적 언어의 외연을 확장하는 데 앞장서고 있다. 젊은 시인 가운데 황병승이나 김경주의 시에서도 활자 누이기, 활자에 중간선 넣기 등이 활용되고 있다. 형태 실험도 형식 실험과 관계 깊다.

山
절망의 산,
대가리를 밀어버
린, 민둥산, 벌거숭이산
분노의산, 사랑의산, 침묵의
산, 함성의산, 증인의산, 죽음의산,
부활의산, 영생하는 산, 생의산, 희생의
산, 숨가쁜 산, 치밀어오르는산, 갈망하는
산, 꿈꾸는산, 꿈의산, 그러나 현실의산, 피의산,
피투성이산, 종교적인산, 아아너무나너무나 폭발적인
산, 힘든산, 힘센산, 일어나는산, 눈뜬산, 눈뜨는산, 새벽
의산, 희망의산, 모두모두절정을이루는평등의산, 평등한산, 대
지의산, 우리를감싸주는, 격하게, 넉넉하게, 우리를감싸주는어머니

—황지우, 「무등無等」 전문

이 시는 일종의 형태시(구상시)로서 상형 문자인 山자의 형태에 따라 활자를 배열하는 방식으로 시를 쓴 것이다. 이 시는 1980년대 광주에 관한 시편들이 대부분 지나치게 진지한 시상과 서술과 설명의 과잉으로 패턴화된 상황에서 벗어나 있다는 점에서 주목할 만하다. 그러나 이 시가 새로운 것은 특이한 형태 때문만은 아니다. 사실 형태시라는 것은 서양의 고대시나 르네상스 시대의 시에서도 창작된 적이 있으며, 20세기 초에는 프랑스의 말

라르메나 아폴리네르 등이 실험시의 일종으로 선보인 적이 있다. 특히 아폴리네르의 「비가 내리네」는 활자를 비가 흘러내리는 것처럼 배열한 시로 널리 알려져 있다. 가장 최근의 형태시는 1950년대에 이후의 전위시 운동과 연관된 포스트모더니즘 시에서 나타나곤 한다. 시가 문자에 의한 운과 율의 형식이라는 전통적인 인식을 넘어서 조각이나 소조 작품처럼 일련의 입체성이나 형태성을 띠어야 한다고 보는 것이다. 이는 시적 표현의 다양성이라는 측면과 시의 재미를 지향하는 차원에서 의미 있는 시도라고 할 수 있다.

이 시의 새로움은 형태시의 파격성과 역사적 상상력을 결합한 데서 발생한다. "무등"산은 이 시가 창작된 시기를 염두에 두면 1980년대 민주투쟁의 상징 공간인 광주(나아가 당시의 한국)를 제유한다. 알려진 대로 1980년대 초 '광주, 5월'은 신군부의 강고한 폭력에 맞서 피의 희생을 통해 민주화를 성취했던 역사적 사건이었다. 시의 앞부분에 "무등"을 "절망의 산" "분노의 산"이라고 한 것은 당시 민주화의 열망을 잔인하게 짓밟던 세력에 의해 광주 시민들이 경험했던 고통과 울분을 암시한다. 무등산을 "희생의 산" "민둥산" "벌거숭이 산"이라고 하는 것은 민주화의 길이 멀기만 했던 당시의 척박했던 상황을 드러낸다. 그러나 "무등"은 역사의 질곡을 뚫고 "일어나는 산"이므로 "사랑의 산" "꿈의 산" "희망의 산"이다. "무등"은 희생과 투쟁을 통해 독재를 민주로, 절망을 희망을 바꾸는 위대한 산이었던 것이다. 하여 "무등"은 독재자가 백성 위에 군림해서는 안 된다는 사실, 모든 사람이 차별 없이 평화롭게 살아가야 한다는 사실을 깨우쳐주는 "평등의 산"인 것이다.

6. 장르 혼성의 새로움

장르 혼성은 시의 형식 자체를 넘어서려는 시도를 통해 새로움을 추구한다. 장르 혼성은 시, 소설, 시나리오와 같은 다른 문학 장르, 다큐, 만화, 영화, 드라마, 사진 등 다른 예술 혹은 비예술 장르와의 뒤섞임을 통해 이루어진다. 장르 혼성은 장르 차원의 새로움을 추구하는 하나의 방법이라 할 수 있는데, 그 구체적인 사례들은 1950년대 조향이 시나리오 용어들을 시에 수용한 것에서부터 비롯되어 1980년대 이후 빈도 높게 나타난다. 황지우의 만화시나 벽보시, 이승하의 사진시, 유하의 영화시, 장정일의 시나리오시, 김경주의 희곡시 등은 시 장르 바깥의 표현법을 패러디하여 시의 외연을 넓힌 사례들이다. 또한 2000년대 중반에 이른바 미래파 시인들이 보여주었던 환상 장르의 차용도 장르 혼성에 해당한다.

S#1.
*F.I.
카메라가 높은 하늘에서 점점 내려오며 고속도로 위를 질주하고 있는 오픈카를 클로즈 업시킨다. 운전자는 젊고 잘생긴 청년으로, 즐거운 듯 경쾌한 휘파람을 불고 있다. 카메라가 그의 상반신을 비추다가 뒤로 빠진다.(D.L.S)

…(중략)…

S#7.
*F.I.
카메라가 고속도로를 질주하는 자동차를 비춘다. 잠시후, 스톱 모션이 되면서 포토 컷.

C#1. 자동차와 자동차의 충돌 사진(흑백사진)
C#2. 굴러떨어지는 오픈 카(S#4 C#1)
C#3. 거적에 쌓인 도로가의 시체(칼라사진)
C#4. 콘바인 위에 줄지어 선 자동차 공장의 자동차(흑백사진)
C#5. 허공을 향한 자동차 바퀴(S#4의 C#4)

C#6. 러시아워 때 자동차로 길이 막힌 도심의 네 거리(칼라사진)
C#7. S#5 중에서 남자를 기다리던 여주인공의 모습 중에서 하나
(흑백사진)

—장정일, 「자동차」 부분

이 시는 시나리오 용어를 시의 문맥에 도입하고 있다. 시나리오에서 흔히 사용되는 장면 번호(S#)나 커트번호(C#) 등을 시적 진술의 중요한 매개로 사용하고 있는 것이다. 그렇다면 시인은 왜 시에서 익숙하지도 않고 잘 어울릴 것 같지고 않은 이런 표현 방식을 택하고 있을까? 단지 신기한 표현으로 독자를 현혹하기 위해서 그랬을까? 만일 그렇다면 이 시의 새로움은 시적으로 아무런 의미가 없다. 색다른 표현만을 위한 새로운 표현법은 외양만 화려한 채 내용이 없는 빈 껍데기에 불과한 것이다. 이 시의 새로움을 만끽하기 위해서는 시의 내용을 염두에 두고 그것이 왜 이러한 낯선 표현법과 어우러져야만 하는지를 살피지 않으면 안 된다. 시의 표현은 어디까지나 시상이나 시정신과 같은 내용을 효과적으로 전달하기 위해 존재하는 것이기 때문이다. 표현을 위한 표현은 왜곡과 과정을 통해 '물질적 현실'을 거부하고 '주관적 현실'의 확장을 추구했던 표현주의에서조차도 환영받지 못한다는 사실을 떠올려봄 직하다.

이 시가 표현하고자 한 것은 시의 표제인 "자동차"로 상징되는 현대문명의 위험성과 비정함이다. "자동차"는 이제 현대인들에게 없어서는 안 될 생활 필수품이다. 출근을 할 때나 여행을 할 때나 시장을 보러 갈 때, 심지어는 예술가들이 예술 활동을 하러 갈 때에도 "자동차"를 타고 이동한다. 장면7(S#7)의 중심 이미지는 "고속도로를 질주하는 자동차"이다. 그런데 이 이미지의 종착점은 커트3(C#3)의 "거적에 쌓인 도로가의 시체"이다. 이때 "자동차"와 "시체"는 인과 관계를 구성한다. "자동차"로 인해 인간의 비극이 야기된 것이다. 그리고 그 중간에 몽타주로 제시된 여러 커트들은 현대 사회의 실상을 그대로 드러낸다. 즉 "공장의 자동차"는 자동화된 현대 산업사

회의 모습을, "러시아워 때 자동차로 길이 막힌 도심의 네 거리"는 문명 세계의 답답한 모습을 드러낸다. 그런데 가장 심각한 이미지는 커트7(C#7)의 "남자를 기다리던 여주인공의 모습"이다. 이 커트는 "질주"하던 "자동차"의 사고로 인해 "시체"가 되어버린 사람은 "여주인공"의 애인이었음을 짐작케 한다. 그렇다면 "자동차"가, 아니 현대 문명이 두 연인의 아름다운 사랑을 사지로 몰아넣은 셈이다. 사랑뿐만이 아니다. 시인은 날이 갈수록 편리해지지만 갑작스런 사고에 노출된 현대인의 삶을 드러내고자 한 것이다. 그 표현의 방식으로 현실의 핍진성과 극적인 구성을 생명으로 하는 시나리오의 표현법을 차용함으로써 효과를 발휘하고 있다. 만일 이 시가 시의 주관적 진술이나 고백적 진술과 같은 서정시의 일반적인 표현법에만 의지했다면 시적 전달의 효용성이 지금보다 약화되었을 것이다. 표현의 새로움이 내용의 강조를 이끌어낸 셈이다.

장르 혼성의 또 다른 방식은 다른 예술 장르의 작품 내용을 시에 수용하는 것이다. 그 대상은 소설, 회화, 음악, 만화, 영화 등 다른 장르의 작품이 두루 해당되는데, 최근 들어서는 특히 영화 작품들이 시의 문맥으로 편입되는 사례가 빈도 높게 나타난다. 방법적으로는 일종의 패러디에 의한 것으로 해당 작품이나 그 작품과 관련된 대상을 비판적으로 수용하는 경우가 대부분이다. 그 방법은 주로 인유나 패러디를 활용한다.

몽타주 기법의 마술사
에이젠슈타인 선생이 만든 세계영화사상 불후의 명작
전함 포템킨
특히 오뎃사 계단 위의 군중 학살 장면은
몽타주의 진수를 보여준다
발포하는 코자크 병사들
계단 위에 피흘리며 뒹구는 군중들

우리나라 영화학도들은 그 장면을
바이블처럼 뒤적이며
몽타주를 배운다
같은 학살의 경험이 있는, 우리나라 몽타주 발전을 위해

진실을 요리조리 잘도 빠져나가는
약삭빠른 다람쥐
우리나라 몽타주

—유하, 「전함 포템킨」 전문

이 시에서 차용된 예술 작품은 러시아의 「전함 포템킨」이라는 영화이다. 이 영화는 시에서도 밝히고 있듯이 "세계영화사상 불후의 명작"으로 알려진 작품이다. 이 작품의 명성은 쇼트와 쇼트의 돌발적인 결합으로 새로운 의미를 창출하는 "몽타주" 기법을 본격적으로 영화에 도입했다는 데 있다. 영화 가운데 "오뎃사 계단" 아래로 쫓기던 군중들을 독재 왕조의 "병사들"이 보여준 잔인한 "학살 장면"은 "영화학도들"에게는 "바이블"처럼 여겨진다. "몽타주" 기법은 영화의 역사를 새롭게 열었다고 평가받을 정도로 이전의 창작 방법에 일대 혁신을 가져왔던 것이다. 그런데 이 시는 영화사에 대한 사실적인 기록에 목적이 있는 것이 아니다. 이 작품의 창작 의도는 현대사에서 빗나간 군인들에 의해 저질러졌던 한국의 "학살"의 역사를 비판하기 위한 것이다. 러시아의 마지막 왕조가 그랬듯이 민주화를 요구하는 민중을 잔인하게 "학살"했던 군인들의 만행을 고발하는 것이다. "우리나라 몽타주"는 그러니까 비극적 역사의 현장을 의미하며 그것의 "발전을 위해" 러시아의 비극적 역사("몽타주")를 "배운다"는 것이다. 마지막 연에서 "우리나라 몽타주"가 "진실을 요리조리 빠져나가는" 것이라는 진술은 그러한 비판적 의도를 더욱 강조한다. 이 시의 새로움은 바로 역사의 비극적 현실을 고발하기 위해 영화의 내용을 차용하면서 더 흥미로운 표현 방식을 보여주었

다는 데서 찾을 수 있다.

7. 새로움의 외로움

이처럼 시의 전위에는 형식의 차원과 내용의 차원이 있다. 형식의 차원에서 전위는 예술적 언어와 표현 방식의 첨단을 지향하는 것을 의미한다. 즉 표현이나 수사적 장치에서 부단히 새로움을 추구하는 것이다. 앞서 살펴보았듯이 비유나 형식(언어), 장르의 일신을 꾀하는 경우를 들 수 있다. 내용의 차원에서 전위는 문명, 사상, 서정 등에서 새로움을 추구하는 것을 의미한다. 어느 시대이든 그 시대를 선도해 나가는 사상이나 이데올로기가 있기 마련일 터 한 시인이 그러한 사상이나 이데올로기에 의한 시를 창작했을 경우 그의 작품은 전위적인 것이 된다. 중요한 것은 이러한 형식의 전위와 내용의 전위는 결코 배타적으로 분리되지 않는다는 점이다. 시의 형식이 진정으로 새로우면 그 내용도 새로워지며, 그 내용이 진정으로 새로우면 그 형식도 새로운 것이 될 수밖에 없다. 하지만 그동안 한국시가 추구해온 새로움의 역사는 어느 한쪽에 편중되어 왔다. 그 단적인 사례로서 카프 시를 비롯한 리얼리즘 계열의 시는 내용의 새로움을, '3 · 4문학' 시인들의 시와 같은 모더니즘 계열의 시는 형식의 새로움을 지나치게 강조해왔다.

시의 새로움에는 또한 '오래된 새로움'과 '새로운 새로움'이 있다. 오래된 새로움은 전통적인 서정시나 순수한 서정시에서 시적 대상에 대한 새로운 비유를 통해 그 의미를 갱신하는 것이다. 이와 달리 새로운 새로움은 시의 언어, 형식, 장르 등에서 기존의 틀에서 벗어나 새로운 영역을 개척하려는 것이다. 전자가 구심적 새로움이라면 후자는 원심적 새로움이다. 이들 두 가지는 시의 새로움을 지탱해나가는 두 가지 축이다. 오랜 역사를 지닌 서정시가 안으로는 깊어지고 밖으로는 넓어지는 과정을 통해 시대 적합성을 확보하여 생명력을 유지해나갈 수가 있는 것이다. 생각해 보면 세상에 존재하는 모든 예술 장르는 영원히 존재할 수는 없다. 당대에 아무리 활성화된 장르일지라도 시간이 흐르면 쇠퇴하여 다른 장르에 헤게모니를 내주어야 하는 것이다. 시, 혹은 서정시의 장르도 마찬가지다. 그래서 부단한 자기갱신을 통해 시대 적합성을 확보해 나가는 길만이 시의 생명을 오래도록 유지시켜 나갈 수 있다.

그러나 시가 새로움을 추구해야 한다고 하여 신기한 것들이 모두 시학적 새로움에 이른다고 볼 수는 없다. 새로운 문물에 '대하여' 노래하는 데 그친다든지, 새로운 이론을 '위하여' 노래하는 데 그치는 시는 진정한 의미의 새로움을 개진했다고 볼 수 없다. 진정한 의미의 새로움은 소재든 주제든 형식이든 시인의 주관적인 철저함이 개입되지 않으면 안 된다. 또한 시의 새로움은 항상 진행형이면서 첨단을 지향해야 한다. 시가 언어 예술의 가장 전위적이고 첨단적인 양식이므로 다른 예술 양식보다도 한 걸음 앞장서 나가야 한다. 시인들은 새로움을 넘어서 '새로움의 새로움'을 추구하는 자세로 창작 활동을 해야 한다. 그러나 새로움은 생명력이 그다지 길지 못하다. 새로움은 순간적이어서 한 번 획득된 새로움은 다른 새로움에 자리를 내주어야만 한다. 시인은 항상 다른 새로움을 추구면서 익숙한 것들에서 멀리 벗어나야 하기에 외롭지 않을 수가 없다. 하여 외로움은 전위에 서서 새로운 세계를 창조해야 하는 시인이 일평생을 끌어안고 살아야 하는 절박한 삶의 조건이다. 시인이 이 조건을 거부하는 순간, 시는 도서관의 열람실이 아니라 박물관의 고서류 섹션에 들어갈 수밖에 없다.

그렇다. 진정한 새로움을 추구하는 시인은 외로워야 한다. 아니 시인은 포즈나 과장을 넘어서 진심으로 외로워야만 시의 '새로움을 새롭게 하는 새로움'이 탄생한다.

문학이 철학과 만나는 몇 가지 방식

비록 오늘날 비행기와 라디오가 가장 가까운 사물들에 속한다 해도, 만일 우리가 궁극적인 사물들을 사념할 경우 이때 우리는 전혀 다른 것을 사유하고 있는 것이다.
—하이데거(M. Heidegger), 「예술작품의 근원」 부분

1. 문학의 '신발'을 찾아라

문학과 사유의 관계를 본격적으로 논의한 철학자 가운데 주목할 만한 사람은 하이데거이다. 그는 횔더린의 시를 비롯한 여러 예술 작품을 통해 철학적 사유를 심화하고 확장시켰다는 점에서 흔히 '예술' 철학자라고 불린다. 그는 그가 추구한 철학의 핵심 주제인 '진리의 비은폐성'이 일어날 수 있는 가장 큰 가능성을 예술 세계에서 찾았기 때문이다. 그는 일상의 세계에는 존재의 진리가 은폐되어 있지만, 예술 작품은 그 은폐성을 넘어 비은폐성을 지향하는 것이라고 보았다. 다시 말해 예술 작품은 그 무엇보다도 존재의 진리를 드러낼 가능성이 높은 세계라고 본 것이다.

하이데거는 예술과 사유의 관계를 빈센트 반 고흐의 「신발」이라는 그림을 통해 흥미롭게 개진한다. 낡은 신발 한 켤레를 그린 그림을 통해 하이데거는 예술로서의 신발도구가 표상하는 복잡한 인간 내면과 굴곡진 삶의 의미를 사유한다.

닳아 빠져나온 신발도구의 안쪽 어두운 틈새에는 노동을 하는 발걸음의

힘겨움이 배어 있다. 신발도구의 옹골찬 무게 속에는 거친 바람이 부는 가운데 한결같은 모양을 계속해서 뻗어있는 밭고랑 사이를 통과해 나아가는 느릿느릿한 걸음걸이의 끈질김이 차곡차곡 채워져 있다. 가죽 표면에는 땅의 축축함과 풍족함이 어려 있다. 해가 저물어감에 따라 들길의 정적감이 신발의 밑창 아래로 밟혀 들어간다. 대지의 침묵하는 부름, 무르익은 곡식을 대지가 조용히 선사하는 일, 그리고 겨울 들판의 황량한 휴경지에서의 대지의 설명할 수 없는 거절이 신발도구 속에서 울리고 있다. 빵을 안전하게 확보하는 데 대한 불평 없는 근심, 궁핍을 다시 넘어선 데 대한 말없는 기쁨, 출산이 임박함에 따른 초조함, 그리고 죽음의 위협 속에서의 전율이 이 신발도구에 스며들어 있다. 대지에 이러한 도구가 귀속해 있고 농촌 아낙네의 세계 안에 이 도구가 보호되어 있다. 이러한 보호된 귀속함에서부터 도구 자체가 그것의 '자기 안에 머무름'에로 일어선다.

—하이데거, 「예술작품의 근원」(이기상 · 강태성 옮김) 부분

철학자의 것이라고 믿기지 않을 정도로 서정적인, 너무도 서정적인 글이다. 하이데거는 이 글에서 일상의 신발은 한낱 소비해버리는 물품에 불과하지만, 예술작품에 편입된 신발은 삶의 진리를 개진해준다고 주장한다. 고흐의 그림 「신발」은 일상생활의 신발을 소재로 삼았지만, 그것이 작품 속에 수용되는 순간 전혀 다른 존재로 변용된다고 본다. 그 이유는 작품 속의 신발에는 발을 보호하기 위한 실용적 목적을 지닌 일상의 신발과는 달리 그 주인의 삶과 관련된 풍경과 내면이 고스란히 스며들어 있기 때문이라는 것이다. 그 풍경은 "땅의 축축함"이나 "들길의 정적감" "겨울 들판의 황량한 휴경지" 등이고, 그 내면은 "끈질김"이나 "근심" "기쁨" "초조함" "전율" 등과 같은 삶의 내막이다.

이렇듯 하이데거는 예술과 철학적 사유의 상관성을 실증적으로 보여주고 있는데, 문학은 언어라는 매질媒質 때문에 예술 가운데서도 철학적 사유

와 가장 밀접한 관련을 맺는 양식이다. 그래서 문학작품의 창작과 감상을 위해서는 자기만의 독특한 '신발'을 찾는 일이 중요하다. 고흐의 '신발'처럼 자유롭게 상상하고 하이데거의 '신발(론)'처럼 깊이 사유하기 위한 매개가 필요한 것이다. 작가이든 독자이든 사유와 상상의 독창성을 확보하기 위해서는 평소에 열린 마음, 다른 마음, 앞선 마음을 간직하고 살아야 한다. 열린 마음은 편견에 사로잡히지 않는 마음이고, 다른 마음은 기존의 것을 반복하지 않는 마음이며, 앞선 마음은 누구보다도 먼저 새로운 것을 지향하는 마음이다. 이러한 마음을 고양하기 위해서는 평소에 거꾸로 생각하기, 마인드 맵mind map 그리기, 브레인스토밍brainstorming 등을 자주 연습해보는 것도 필요하다.

2. 종교와 사유 : 문학 작품으로서의 불경/성경

불경/성경은 영적 내용의 차원뿐만이 아니라 문학적 표현의 차원에서도 인간에게 주어진 위대한 선물이다. 불경과 성경에는 이른바 문학적 표현의 원형이라고 할 수 있는 비유와 상징, 알레고리, 역설 등의 수사적 장치들이 빈도 높게 나타난다. 특히 성경의 「시편」이나 불경 가운데 「법화경」은 구구절절 고도의 시적인 표현으로 빼곡히 채워져 있다. 불경이나 성경이 이렇듯 문학적인 것은 당연하다. 경전은 원래가 절대자의 가르침이나 영적인 세계를 대중들에게 효과적으로 전달하기 위한 것이기 때문이다.

• 성경, 인간 구원의 정전

성경은 희랍신화와 함께 서양의 문학과 예술의 원천으로서 그 자체가 문학 작품일 뿐만이 아니라 문학의 존재 의의에 관한 근본적인 해명을 해준다. 「창세기」에 등장하는 "태초에 말씀이 있었다"라는 구절이나 '바벨탑'에 관한 이야기는 인간의 역사와 삶에서 언어 혹은 문학이 얼마나 중요한 것인가를 암시해 준다. 바벨탑을 축조하여 하늘에 이르려는 인간의 오만과 신성모독! 하느님은 이에 대한 응징으로서 인간이 사용하는 언어를 여러 개로 분화했는데, 이것은 역설적으로 인간이 완전한(하나의) 언어를 회복하기 위해 문학을 추구하는 계기가 되었다. 인간은 문학을 통해 불완전한 언어를 극복하여 아름답고 완전한 소통에 이르려고 했던 것이다.

성경은 서양 문화의 정전(Canon) 중의 정전으로서 세계 문학에 끼친 영향은 절대적이다. 성경에 등장하는 상징과 서사를 이해하지 못하면서 서양 문학을 감상한다는 것은 거의 불가능한 일이다. 셰익스피어, 단테, 괴테부터 도스토예프스키, 톨스토이, 사르트르, 프루스트에 이르기까지 서양의 대표적 작가들의 작품에는 항상 기독교 정신이 직간접적으로 배태되어 있다. 한국의 현대 문학사에서도 기독교 정신은 문학 사상의 중요한 부분을 차지한다. 특히 이광수, 염상섭, 전영택, 황순원, 윤동주, 박두진, 김현승, 구상 등의 작품에 기독교적 요소가 빈도 높게 드러난다.

도스토예프스키의 문학은 어두운 인간 사회에 대한 통찰과 복잡다단한 인간 내면에 대한 성찰을 동시에 보여주는 것으로 유명하다. 그 넓고 깊은 세계의 바탕에는 인간이란 근본적으로 타락과 갈등의 존재일지라도 끝내 구원을 포기해서는 안 된다는 기독교 정신이 배어 있다. 그의 대표작인 「카라마조프가의 형제들」은 서두에서 “내가 진실로 너희에게 말한다. 밀알 하나가 땅에 떨어져 죽지 않으면 한 알 그대로 남고, 죽으면 많은 열매를 맺는다”(요한복음서 12:24)는 성경 구절로 시작한다. 이는 아버지 표도르의 죽음으로 자식들과 이웃들의 영혼이 성장하여 구원받는다는 이 소설의 기본적인 내용을 암시한다.

소설 「카라마조프가의 형제들」은 러시아의 한 작은 도시에서 벌어지는 아버지 표도르와 세 아들(드미트리, 이반, 알렉세이)의 이야기이다. 19세기의 막장 드라마인 이 소설에서 갈등의 핵심은 유산 문제와 여자 문제이다. 특히 호색한인 아버지 표도르 카라마조프와 큰아들 드미트리가 변덕이 심한 요부 그루센카와 벌이는 애정의 삼각관계는 인간 타락의 극한을 보여준다. 그 와중에 둘째 아들 이반은 재산에 대한 욕심으로 사생아인 동생 스메르쟈코프를 사주하여 아버지를 살해한다. 그런데 그 죄과는 평소에 아버지를 증오하는 것으로 알려진 큰아들에게 덧씌워져 버리고 만다. 당시 러시아의 문제적 개인과 문제적 사회를 동시에 반영하고 있는 것이다.

이처럼 복잡하게 전개되는 가족사의 와중에 셋째 아들인 알렉세이는 신앙생활을 통해 묵묵히 인간 구원의 길을 간다. 그는 작가인 도스토예프스키의 생각을 대변하는 존재로서, 비극적인 인간사의 관찰자이나 그 내면의 전지자로서, 인간은 궁극적으로 기독교적인 신앙을 통해 구원받아야 한다는 점을 끝까지 강조한다. 나아가 이 작품에는 탐욕의 상징인 아버지의 질서를 부정함으로써 타락한 세계를 극복하고 새로운 구원의 세계를 개척해야 한다는 메시지도 담겨 있다. 이를테면 큰아들 드미트리가 아버지를 살해하지 않았음에도 스스로 그 죄를 인정하는 것은 자기희생을 통한 인간 구원이라는 기독교 정신과 무관하지 않다. 그 주제가 함축된 대단원의 막은 이렇게 내린다.

> "카라마조프 씨!" 콜랴가 말했다. "정말로, 진짜로 종교에서 말하듯, 우리 모두가 죽은 자들을 가운데서 되살아나 생명을 얻고 서로서로를, 모든 사람들, 알류세치가를 다시 보게 될까요?"
> "꼭 되살아나서 꼭 다시 보게 될 것이며 그동안 있었던 일을 즐겁고 기쁘게 서로서로 얘기하게 될 겁니다." 반쯤은 웃고 반쯤은 환희에 젖어 알료사가 대답했다.
> "아, 그렇게만 되면 얼마나 좋을까요!" 콜랴의 입에서 이런 말이 불쑥 튀어나왔다.
> "자 이제 말들은 그만 하고 알류사의 추도식에 가봅시다. 우리가 블린을 먹는다고 해서 당혹스러워할 필요는 없습니다. 이것은 태곳적부터 내려오는 영원한 풍습이고, 여기엔 좋은 점이 있습니다." 알료사가 웃기

시작했다. "자, 그럼 갑시다! 자 이제 이렇게 손에 손을 잡고 갑시다." "영원히 이렇게, 평생 이렇게 손에 손을 잡고! 카라마조프 만세!" 콜랴가 다시 한번 환희에 차서 이렇게 외쳤으며, 다른 소년들도 전부 그의 외침에 화답했다.

—도스토예프스키, 『카라마조프가의 형제들』
'에필로그'(김연경 옮김) 끝부분

소설의 종결 부분으로서 알류사라는 인물의 장례식 장면이다. 여기서 도스토예프스키는 아버지를 죽인 이반을 통해 인간의 반역적 행위에 대한 문제를 제기하는 동시에, 형을 용서하는 알렉세이를 통해 기독교적 용서와 구원의 중요성을 강조하고 있다. "죽은자들 가운데서 되살아나 생명을 얻"는다는 것은 기독교적 부활 정신을 드러내고 있는 부분이다. 또한 장례식 직후일지라도 "블린"(러시아 명절음식, 버터를 듬뿍 바른 팬케이크)을 먹을 수 있다는 메시지를 통해, 인간의 육체적 욕망이 정신적 갈망과 모순되지 않는다고 하는 메시지를 전달한다. 종교와 인생에 대한 현실적이고 인간적인 통찰을 보여주고 있는 것이다. 이 소설은 이렇듯 인생과 동떨어진 관념으로서가 아니라 실생활과 관계 깊은 기독교 정신을 드러내주었다는 점에서 흥미로운 작품이다.

• 불경, 불립문자와 역설의 고전

불경은 서양 문학과 성경의 관계처럼 수천 년 동안 동양 문학의 원천으로 작용해 왔다. 불교의 언어관 내지 세계관을 드러내 주는 불립문자不立文字는 성경의 바벨탑 이야기와 비슷하게 인간 세계에 문학과 예술이 존재할 수 있는 틈새를 열어준다. 부처의 세계, 궁극적 진리의 세계를 언어로 드러낼 수 없다는 사실은 인간으로 하여금 그 세계에 대한 무한한 동경 혹은 도전 정신을 갖게 한다. 그래서 문학은 '말할 수 없는 세계에 대한 말하기'라는 동양의 역설적 문학관이 탄생한다. 불경은 그러한 문학관을 바탕으로 삼고 있는 고전古典 중의 고전이다.

불경이 문학에 끼치는 영향은 내면적 자기 수양 혹은 인간 구원의 정신과 연관된다. 인간이 본질로서의 불법佛法 세계를 지향하는 것은 현상으로서의 이승 세계를 극복하기 위한 것이다. 불교에서 이승은 고해苦海라고 표현되듯이 온갖 슬픔과 고통으로 점철된 업보의 세계이다. 이 업보를 벗어나기 위해서는 이승에서 자기수양을 바탕으로 하는 이타적인 삶을 살아가면서 후생을 기약하는 것이다. 불교에서 극락왕생을 꿈꾸는 일은 문학이 궁극적으로 추구하는 인생의 승화나 초월과 크게 다르지 않다.

한국 문학에서 불교적 사유 가운데 도드라지는 것은 인연의 관계, 윤회의 섭리, 업보의 성찰, 청빈의 사상 등이다. 이러한 불교적 사유를 문학 작품에 구현한 작가로는 박종화, 김동리, 김성동 등의 소설가와 한용운, 조지훈, 신석정, 고은, 문태준 등의 시인이 대표적이다. 또한 조오현 스님이나 법정 스님의 작품도 주목할 만하다. 이들 가운데 문태준은 불교적 사유를 오늘의 시대감각에 알맞게 변용하는 시적 재주를 보여주곤 한다.

> 칠성여인숙에 들어섰을 때 문득, 돌아 돌아서 독방獨房에 왔다는 것을 알았다
>
> 한 칸 방에 앉아 피로처럼 피로처럼 꽃잎 지는 나를 보았다 천장과 바닥만 있는 그만한 독방에 벽처럼 앉아 무엇인가 한뼘 한뼘 작은 문을 열고 들어왔다 흘러나가는 것을 보았다
>
> 고창 공용버스터미널로 미진 양복점으로 저울 집으로 대농 농기계수리점으로 어둑발은 내리는데 산서성의 나귀처럼 걸어온 나여
>
> 몸이 뿌리로 줄기로 잎으로 꽃으로 척척척 밀려가다가 슬로우비디오

처럼 뒤로 뒤로 주섬주섬 물러나고 늦추며 잎이 마르고 줄기가 마르고 뿌리가 사라지는 몸의 숙박부, 싯타르타에게 그러했듯 왕궁이면서 화장터인 한 몸

나는 오늘도 아주 식물적으로 독방이 그립다.

—문태준, 「극빈 2-독방」 전문

이 시의 "나"는 농촌의 작은 도시를 배회하다가 지친 몸을 이끌고 "칠성여인숙"에 들어서서 자신의 삶을 성찰한다. "칠성여인숙"의 "독방"은 속된 세상과 절연된 누추한 처소로서 "나"의 삶을 성찰하기에 알맞은 공간이다. "나"는 그곳에서 자신의 고달픈 인생살이 가운데서도 정신적으로 고결한 세계를 생각한다. 스스로 화려한 왕궁의 생활을 외면하고 중생 구제를 위해 고난의 길을 자처했던 "싯타르타"의 생애를 떠올려보는 것이다. 그럼으로써 "나"는 "산서성의 나귀처럼" 고달프게 살아온 자신의 삶을 위안받는 것이다.

"나"가 "식물적으로 독방이 그립다"는 것도 "싯타르타"의 삶을 따르고 싶은 마음의 표현이다. 불가에서 살생과 육식을 금하는 것은 모든 생명이 부처와 같다는 가르침을 실천하는 것이다. 이 가르침을 더 확대하면 약육강식의 동물적 현실을 극복하여 상생동락의 식물적 정신을 지향하라는 것이다. 또한 "나"의 "독방" 지향은 세속과 절연한 절대 고독의 상태에서 그러한 가르침을 수용하려는 의지와 관계 깊다.

시의 제목인 "극빈"은 역설적인 의미를 지닌다. 정신적 풍요를 위해 물질적인 가난을 자처한다는 의미를 내포하고 있기 때문이다. 극빈의 정신은 다른 시의 "내 열무밭은 꽃밭이지만/ 나는 비로소 나비에게 꽃마저 잃었다"(「극빈 1」)는 시구에서도 드러난다. 이것은 마치 법정 스님의 무소유 정신과 다르지 않다. 즉 "크게 버리는 사람만이 크게 얻을 수 있다는 말이 있다. 물건으로 인해 마음이 상하고 있는 사람들에게는 한 번쯤 생각해볼 말씀이다. 아무

것도 갖지 않을 때 비로소 온 세상을 갖게 된다는 것은 무소유의 역리逆理이니까"(「무소유」)와 같은 정신세계이다. 극빈이나 무소유는 정신적 풍요의 역설이요 견결한 영혼의 상징이다.

그런데 문학작품에서 사유의 차원이든 표현의 차원이든 종교의 교리를 그대로 수용하는 것은 바람직하지 않다. 불경과 성경의 교리를 무비판적으로 문학 작품에서 반복하는 것은 문학보다는 종교에 가깝다. 진정한 종교 '문학'은 불경이나 성경의 내용을 색다르게 변용하거나 재창조하는 데까지 나아가야 한다. 문학이 종교를 수용할 때에는 종교적 사유를 바탕으로 삼으면서도 독창적이고 심미적인 형상성을 충분히 확보해야 한다는 말이다. 그렇지 못할 경우라면 차라리 불경이나 성경을 있는 그대로 읽는 편이 더 낫다.

3. 자연과 사유 : '오래된 미래'의 세계

자연은 인간 삶의 현실적 터전으로서 문학 작품의 공간적 배경이자 사유의 대상이다. 동서양 철학에서 자연의 가치를 가장 적극적으로 옹호한 것은 노자와 장자의 사상이다. 특히 노자의 무위자연 사상은 당시 사회를 지배하던 공자의 유교적 세계관에 대한 비판적 사고와 관계 깊다. 노자는 당시의 국가가 유교적인 세계관에 의한 인위적인 가치와 제도를 국민들에게 강요하고 있다고 보았다. 그래서 노자는 춘추전국시대의 혼란을 유교적 통치 이념 때문이라고 진단하고 그 대안적 처방으로 무위자연을 주장한 것이다.

현대 사회에서도 무위자연의 가치는 여전히 유용하다. 제국주의적 속성을 지닌 오늘날의 현대적인 국가들도 인간 사회를 혼란스럽게 하기는 춘추전국시대의 패왕국가들과 다르지 않다. 현대의 국가들은 자연스러운 개인의 삶보다는 인위적인 집단의 삶을 강요하는 속성을 간직한다. 다만 각종 과학기술과 정보 능력을 활용하여 춘추전국시대의 국가들보다 더 세련되게 강요할 뿐이다. 따라서 무위자연은 이 시대에도 여전히 순수한 인간을 지켜내기 위한 소중한 가치로 전유되어야 마땅하다.

무위자연은 오늘의 관점에서 보면 과학기술에 바탕을 둔 근대적 가치관을 부정하는 것이다. 탈근대적 가치를 지향하는 사람들은, 근대인들이 인간중심주의를 기반으로 삼아 자연을 정복의 대상으로 본 것에 비해 고대인들은 자연을 주술적 권능마저 지닌 동반적 관계로 인식했다는 점에 주목한다. 자연과 더불어 상생하는 과거의 가치를 현재뿐만이 아니라 미래에도 지향해야 할 가치로 인식하는 것이다. 자연은 순수한 생명 세계의 표상으로서 시공을 초월하는 '오래된 미래'의 세계이기 때문이다.

• 이슬, 전일적 생명의 원천

문학과 자연의 관계는 오랜 역사성을 갖는다. 동서고금의 문학적 전통 가운데 자연 친화 사상은 가장 오래되고 가장 보편적인 특성에 해당한다. 최근의 문학 현상 가운데 생태 문학은 자연문학의 전통을 계승하면서 자연의 궁극적 원리와 우주적 상관성에 대한 깊은 사유를 보여준다. 생태 문학은 '오래된 미래'로서의 상생의 자연 원리, 즉 자연과 인간, 물질과 정신, 지구와 우주 사이의 순환적 상관성을 탐구한다.

강물을 보세요 우리들의 피를
바람을 보세요 우리의 숨결을
흙을 보세요 우리들의 살을.

구름을 보세요 우리의 철학을
나무를 보세요 우리들의 시를
새들을 보세요 우리들의 꿈을.

아, 곤충들을 보세요 우리의 외로움을
지평선을 보세요 우리의 그리움을
꽃들의 三昧를 우리의 기쁨을.

어디로 가시나요 누구의 몸 속으로
가슴도 두근두근 누구의 숨 속으로
열리네 저 길, 저 길의 무한—

나무는 구름을 낳고 구름은
강물을 낳고 강물은 새들을 낳고
새들은 바람을 낳고 바람은
나무를 낳고……

열리네 서늘하고 푸른 그 길
취하네 어지럽네 그 길의 휘몰이
그 숨길 그 물길 한 줄기 혈관……

그 길 크나큰 거미줄
거기 열매 열은 한 방울 이슬—
(眞空이 妙有로 가네)
태양을 삼킨 이슬 萬有의
바람이 굴려 만든 이슬 만유의
번개를 구워먹은 이슬 만유의
한 방울로 모인 만유의 즙—
천둥과 잠을 자 천둥을 밴
이슬, 해왕성 명왕성의 거울
이슬, 벌레들의 내장을 지나 새들의

목소리에 굴러 마침내

잎에 맺힌 이슬……

—정현종, 「이슬」 전문

이 시에서 자연과 인간 혹은 물질적인 것과 정신적인 것은 일체적인 존재이다. 이러한 속성은 모든 생물종들이 하나의 시스템 속에서 살아가는 생태계의 원리와 일치한다. 나아가 인간의 정신적인 면도 생태계의 원리와 밀접한 관련을 맺는다. 즉 "구름"이나 "나무"와 같은 무정물이 "새들"이나 인간의 정신세계로서의 "철학" "시" "꿈"과 연속적인 관계에 놓인다. 또한 무정물인 "곤충들"이나 자연 풍경인 "지평선"이나 "꽃들"은 인간의 감정세계인 "외로움" "그리움" "기쁨"과 상관적으로 존재한다. 이 "길의 무한"은 다름 아닌 인간의 마음을 포함하는 생태계 전반의 영원한 상생 관계를 의미한다.

상생의 세계에서 "나무는 구름을 낳고 구름은/ 강물을 낳고 강물은 새들을 낳고/ 새들은 바람을 낳고 바람은/ 나무를 낳고" 하는 순환성의 갖는다. 이것은 허무맹랑한 시적 비약이 아니라 자연 과학의 차원에서도 충분히 수긍할 수 있는 생태적 진리에 속한다. 실제로 "나무"가 수분을 배출하여 "구름"을 만들고, "구름"이 비가 되어 내려서 "강물"을 만들고, 그 "강물"을 먹으면서 "새들"이 살아가고, "새들"의 날갯짓이 "바람"을 만들고, 그 "바람"을 흡수하여 "나무"가 살아가지 않는가?

그래서 "푸른 그 길"은 생명의 길이요, 순환의 길이고, 그 역동성은 "휘몰이"와 같다고 하지 않을 수 없다. 그 길은 생태학자 러브록(J. Lovelock)이 말했던 '가이아' 혹은 카프라(F. Capra)가 말했던 '생명의 그물'과 다르지 않다. "크나큰 거미줄"은 그러한 전일적全一的, 순환적 생명의 길을 의미하고, "거기 열매 열은 한 방울 이슬"은 그 길을 가능케 하는 모든 생명의 원천인 "만유의 즙"이라 할 수 있다. 그래서 "이슬"은 "벌레들의 내장"과 같이 미세한 내부로부터 "명왕성"과 같이 거대한 우주적 공간으로까지 이어지는 생명의 근간을 표상하게 되는 것이다.

• 도요새, 생태계의 지킴이

생태 문학의 또 다른 모습은 현대 문명이 지향하는 인간 중심주의를 고발하고 비판하는 것이다. 생태 문학 가운데는 인간이 자연을 이용의 대상으로만 보면서 생태계를 파괴시키는 현실에 대한 고발을 하는 작품이 적지 않다. 생물중심주의를 주창하는 심층생태학과 깊이 연관되는 이러한 생태 의식은 인간 사회를 지배하는 무한경쟁과 약육강식의 세태를 비판하는 데에도 유효하다. 김원일의 「도요새에 관한 명상」은 사회적 차원의 생태 의식을 드러내주는 선구적인 소설에 속한다.

> "너 그날 석교천 방죽에서 말야. 새를 독살하고 오던 길이지?"
> "그래서, 그게 뭘 어쨌다는 거야?"
> 병식의 표정에서 비로소 장난기가 사라졌다. 그는 조금 전 얘기의 종호처럼 아주 당당한 얼굴이었다.
> "뻔뻔스러운 자식. 언제부터 그 짓을 시작했냐? 그건 그렇고, 왜 새를 죽여, 죽인 새로 뭘 하냐?"
> 병국의 언성이 높아졌다. 여윈 목에 푸른 심줄이 불거졌다. 그때 늙은 주모가 술 주전자와 안주를 날라 왔다.
> "나 원, 별 말코 같은 소릴 다 듣는군. 아니, 날아다니는 새도 임자 있나? 형, 지구의 새를 형이 몽땅 사들였어, 어쨌어?" 하고는 병식이가 스테인리스 잔을 형 앞에 밀어 놓았다. 그리고 그 잔에다 술을 부었다.
> "자, 우선 한잔 꺾지. 형제의 우정을 위해서."
> "누가 네게 그 일을 시키고 있어? 그 사람을 대."
> 병국이가 술이 찬 잔을 한쪽으로 밀며 소리쳤다. 출렁거린 술이 반쯤 식탁 위에 쏟아졌다.

"이 지구상에 희귀조가 계속 멸종되어 간다는 건 너도 알지? 인간이 새로운 새를 창조해 낼 순 없어."

"그 개떡 같은 이론은 집어쳐. 내가 알기론 이 지구상에는 삼십억이 넘는 새들이 살고 있어. 그중 내가 오십 마리를 죽였다 치자. 그게 형은 그렇게 안타까워? 그렇담 숫제 참새구이도 없애 버리지 뭘, 닭도 진화를 도와 하늘로 해방시키구."

"박제하는 놈을 못 대겠어?"

병국이가 의자에서 벌떡 일어서더니 아우의 멱살을 틀어쥐었다. 주모가 달려와 둘 사이에 끼어들었다. 개시도 안 한 술집에서 웬 행패냐고 주모가 소리쳤다.

—김원일, 「도요새에 관한 명상」 부분

"병국"은 명문대학교에 다니다가 학생 운동이 문제가 되어 학교에서 제적당하고 고향에 내려와서 환경 운동을 하는 인물이다. 그는 동진강 하구의 도요새들의 생태를 연구하면서 그들을 환경오염과 인간으로부터 보호하는 일에 종사하고 있다. 그런데 그의 동생인 "병식"이는 야생조류를 잡아 박제상에게 팔아넘기는 일에 종사한다. 형과 아우가 생태 문제에 관한 극단적인 대립 상태에 놓인 셈이다. 형인 "병국"은 동생에게 그 일을 그만두라고 설득하지만 "아우의 멱살을" 잡아야 할 정도로 형제간의 갈등이 심각해진다.

이 소설에서 중심 소재인 "도요새"는 생태계 전반을, "병식"이는 순수성을 상실한 인간 전체를 제유한다. 그래서 "병식"이가 "도요새"를 잡는 것은 자연의 파괴와 인간의 타락상을 상징한다. 생태계의 파괴가 단지 자연 환경의 죽음뿐만이 아니라 인간성의 타락으로까지 이어진다는 사실을 고발하는 것이다. 이 소설은 사회생태학에서 말하듯이, 자연의 문제에 대한 생태학적 대응은 단지 생물중심주의라고 하는 이상적인 차원을 넘어, 인간과 다른 생물과의 상관적 관계라고 하는 현실적인 차원을 고려해야 하는 것임을 강조하고 있다.

현대 사회는 자연을 파괴하면서 물질적 풍요를 추구해왔지만, 그 결과 인간의 삶이 과연 더 행복해졌다고 말할 수 있을까? 이 질문에 대해 긍정적인 답을 하기는 쉽지 않다. 오늘의 삶이 과거에 비해 편리성과 생산성은 증대되었을지라도 근본적인 차원에서 삶의 질이 향상되었다 할 수는 없기 때문이다. 실제로 현대인은 첨단 도시에서 각종의 기계장치에 의존하여 살아가지만 날이 갈수록 자연의 아우라와 인간의 자기정체성을 상실해가고 있다. 이것이 바로 문학이 다시 자연이라는 '오래된 미래'를 보호하고 그 의의를 재발견하는 이유이다.

4. 니체와 사유 : 예술은 진리보다 강하다

니체(F.W. Nietzsche)는 현대인의 사유를 가장 직접적이고 광범위하게 지배하는 철학자 가운데 한 사람이다. "신은 죽었다"라는 그의 철학적 명제는 현대 철학의 패러다임을 총체적으로 변화시켜주었다. 그가 말하는 "신"은 물론 기독교적인 신앙의 대상만을 의미하지 않는다. "신"은 서양의 역사를 오랫동안 지배했던 형이상학적 전통뿐만 아니라 현재의 관습적 삶을 지배하는 모든 사상과 철학을 의미한다. 그는 "신"을 부정함으로써 절대자의 영원한 부속물에 불과했던 인간, 정신의 세계에서 부수적 존재로 취급받았던 육체, 이성중심주의가 지배하는 사회에서 장식품처럼 간주되었던 감각, 관념적 진리의 세계에서 서자 취급을 받던 예술 세계 등에 새로운 가치를 부여한다.

니체는 '예술은 진리보다 강하다'고 보았다. 그는 추상의 진리를 추구하는 관념의 철학보다는 구체적인 가상을 중시하는 삶의 미학을 강조했다. 그 이유는 혼란스러운 인간의 현실 속에서 철학적 진리를 추구하는 일은 지속적으로 이루어지기 어렵다고 보았기 때문이다. 하여 가상假像의 세계인 예술이야말로 반복적으로 철학적 진리에 육박해갈 수 있는 지름길이라고 본

것이다. 니체가 예술을 중시한 것은 또한 진리에 다가가는 방식으로 이성보다는 감각이 효과적이라고 보았기 때문이다. 그가 말하는 감각은 예술적 표현의 구체적, 서정적, 비유적 특성과 관계 깊다.

예컨대 이상李箱의「오감도」라는 시는 '존재의 불안'이라는 관념적 진리를 드러내고자 한다. '불안'이라는 것은 일종의 관념이기에 인간은 아무리 노력을 해도 그 실상에 다가가기 어렵다. 관념은 관념을 낳고 인간은 그 관념의 주변을 맴돌 뿐이다. 그러나 '13인의 아이가 막다른 골목을 향해 질주한다'라는 상황을 설정함으로써 '불안'이라는 관념의 실체에 근접하게 된다. 이 상황은 물론 시인의 상상력에 의해 만들어진 일종의 가상일 터, 시(예술) 작품에서 이러한 가상의 다양한 설정과 반복은 '불안'이라는 관념적 진리를 구체적으로 지각하게 해준다. 이것이 바로 예술이 진리보다 강한 이유이다.

• 예술가, 고독한 창조자

니체의 철학은 현대 문학에도 지대한 영향을 끼쳤다. 그는 철학자였지만 적지 않은 시를 창작했고, 그의 철학 사상 자체도 첨단의 정신을 추구한다는 점에서 가장 전위적인 시인의 모습을 보여주었다. 니체 사상의 핵심이 잘 드러나는『짜라투스트라는 이렇게 말했다』에서「시인에 관하여」부분을 보면 짜라투스트라는 시인과 다르지 않은 존재라는 구절이 나온다. 이때 시인이라는 존재는 현실과 현재를 뛰어넘는 예언자이자 초인을 의미하면서, 광의로 보면 진정한 의미의 창조적인 예술가 전체를 제유하는 것으로 읽어도 무방하다. 니체에 의하면, 시인 혹은 예술가는 고독한 창조자이다.

> 그대는 그대 자신에 대하여 이단자요 무당이며, 예언자요 또한 바보요, 의심꾸러기이며 놈팡이요 악당인 것이다.
> 그대는 그대 자신의 불길 속에 스스로를 불태워버리려고 하지 않으면 안 된다. 그대가 먼저 재가 되지 않는다면 어떻게 다시 태어나기를 바

라겠는가?

고독한 자여, 그대는 창조자의 길을 가고 있다. 그대는 그대를 위하여 일곱 마리의 마귀로부터 하나의 신神을 창조하려 한다.

고독한 자여, 그대는 사랑하는 자의 길을 걸어간다. 그대는 그대 자신을 사랑하며, 그것 때문에 그대는 오직 사랑하는 자만을 경멸하는 것과 같이 그대 자신을 경멸한다.

사랑하는 자는 경멸하기 때문에 창조하려 한다. 자기가 사랑한 것을 경멸하지 않는 자가 사랑에 관하여 무엇을 알 것인가!

나의 형제여, 그대의 사랑과 창조와 함께 그대의 고독으로 돌아가라. 그러면 뒤이어 정의正義는 절름거리며 그대를 따를 것이다.

나의 형제여, 나의 눈물과 함께 그대의 고독으로 돌아가라. 나는, 자신을 초월하여 멸망하는 자를 사랑한다.

—니체, 『짜라투스트라는 이렇게 말했다』의
「창조자의 길에 관하여」(정경석 옮김) 부분

진정한 "창조자"는 자기 "자신"에 대한 "이단자이고 무당"이다. 과거와 현재의 자기를 부정하지 않는 자는 "창조자"가 될 수 없다는 것이다. "창조자"는 새로운 미래를 개진해나가는 "예언자"이기에 현재에서는 항상 "바보"일 수밖에 없는 존재이다. 다시 말해 "창조자"는 고루한 현실이나 현재를 살아가는 "자신"을 끝없이 의심하고 부정하는 "의심꾸러기이고 놈팡이"이다. 과거와 현재의 것에 대한 부단한 의심이야말로 새로운 것을 창조하는 자의 책무이자 권리임을 강조하고 있는 것이다.

"창조자"는 또한 스스로 "자신"을 불태워 언제나 다시 태어나는 "영원회귀"의 존재이다. 그는 영원한 실존을 살기 위해서 "사랑하는 자"이자 "고독한 자"로서의 삶을 살아간다. 중요한 것은 그 길을 살기 위해서는 자기 "자신"마저도 "경멸"하고 "초월하여 멸망하는" 부정의 정신이 요구된다는 점이다. 부정의 부정 혹은 철저한 부정은 긍정의 다른 이름이므로, 이 글에서 니체는 "창조자"의 중요한 조건으로 역설적인 "사랑"과 예언자적인 "고독"의 정신을 제시한 셈이다. 진정한 "창조자"는 그래서 "사랑과 창조와 함께 그대의 고독으로 돌아가"야 하는 존재이다. 그는 다름 아닌 예술가/작가이다.

• 디오니소스, 초인의 다른 얼굴

니체는 디오니소스적인 충동으로 이루어지는 예술 세계를 철학적 사유의 중요한 매개로 삼았다. 그에 의하면 예술은 디오니소스적인 것과 아폴론적인 것의 결합으로 이루어지는데, 그 근원적 충동을 불러일으키는 것은 디오니소스적인 것이다. 디오니소스적인 것은 불멸보다는 변화를, 명료함보다는 모호함을, 완료형보다는 진행형을, 안정보다는 모험을, 관념보다는 인생을, 노예의 삶보다는 주인의 삶을, 이상보다는 현실을, 미래보다는 현재를, 정신보다는 육체를, 이성보다는 감정을, 질서보다는 혼돈을, 억압보다는 자유를, 안정보다는 혁명을, 진리보다는 예술을 중시하는 삶의 태도이다.

니체는 디오니소스적인 충동이 도드라지는 예술 형식으로 서정시와 비극을 각별히 주목했다. 그는 서정시가 음악성과 관계 깊은 예술 장르로서 인간의 본성인 고통과 슬픔을 형상화한다고 보았다. 그리고 서정시의 절정에서 비극이 탄생한다고 보았는데, 아래의 시에는 디오니소스적인 것에 대한 그의 사유가 흥미롭게 드러난다.

> 착실하기만 하다면, 그것은 인생이 아니다.
> 언제나 돌다리를 두드리고 걷는, 그것은 딱딱하고 편하지 않다.
> 바람에게 말했지. 나를 치켜 올려 달라고.
> 나는 새들과 어울려 나는 것을 배웠지.
> 남녘을 향해, 바다를 건너 나는 비상하였다.

> 언제인가 많은 것을 일러야 할 이는
> 많은 것을 가슴 속에 말없이 쌓는다.
> 언제인가 번개에 불을 켜야 할 이는
> 오랫동안 구름으로 살아야 한다.
>
> —니체, 「디오니소스 찬가」(이상일 옮김) 부분

"나"는 열정의 주신酒神 디오니소스를 찬양하는 시적 자아이다. 그는 "착실하기만 하다"는 것에 대해 진정한 "인생이 아니다"고 정의한다. 이때 "착실"하다는 것은 새로운 세계를 향한 모험심이 없는 상태를 의미한다. 또 "언제나 돌다리를 두드리고 걷는" 것도 경직된 태도일 뿐이어서 "편하지 않다"고 한다. 이는 기존의 세계에 안주하는 것에 대한 부정적인 인식을 드러낸 것이다. 따라서 "나"가 "바람"과 함께 "새들과 어울려 나는 것을 배웠"다는 것은 디오니소스적인 자유와 열정의 예술을 추구했다는 뜻이다.

"나"는 또한 "언제인가 번개에 불을 켜야 할 이"와 같은 전위적인 존재와 "오랫동안 구름으로 살아야 하"는 이와 같은 유랑하는 존재를 찬양한다. 이러한 존재는 고루한 선입관이나 경직된 현실의 질서를 전복하여 생의 근원에 다가가려는 디오니소스 혹은 예술가의 초상이다. 그 모습을 니체의 철학적 사유에서 과거와 미래를 아우르면서 영원한 현재의 길을 가는 '짜라투스트라'와 다르지 않다. "나"와 "디오니소스"는 관념적 이상을 부정하고 가상의 예술적 충동을 통해 영원회귀를 지향하는 초인超人과 다르지 않은 것이다.

현대 예술이 지향하는 전위 정신의 배후에는 항상 니체의 철학이 존재한다. 유럽의 전위 예술을 사상적으로 이끌었던 데리다나 푸코의 탈구조주의나 미국의 포스트모더니즘도 니체의 사유에 많은 부분을 빚지고 있다. 이들이 추구하는 탈중심주의, 전복적 사유, 다원적 가치관, 상대적 가치관 등은 모두 니체의 철학에서 발원한 것이다. 주체 중심의 철학을 타자의 철학으로 진화시킨 것도 니체이고, 문학에서 타자의 가치를 옹호하면서 작은 것, 주변적인 것, 소외된 것들의 문학적 권리장전을 확보하게 한 것도 니체이다.

니체의 후예인 전위 작가들은 이러한 사유를 토대로 견고했던 문학의 경계를 해체하여 '문학적인 것'을 추구했다. 그동안 견고한 성채처럼 변하지 않던 '문학'의 견고한 틀을 부수고 나아가 새로운 문학을 지향해나갔다. 그들에 의해 문학은 현실 너머의 허무맹랑한 이상을 좇는 것보다는 구체적인 삶과 현재의 삶을 있는 그대로 긍정하면서 그 고통과 억압을 극복해나가는 것으로 재정의되었다. 디오니소스적인 열정과 격정이 니체의 후예들에 의해 우리 시대의 중요한 문학 정신으로 자리를 잡게 된 것이다.

5. 타자와 사유 : 너에게 말을 걸다

탈구조주의 혹은 포스트모더니즘은 타자(the other)의 철학이라고 할 수 있을 만큼 타자에 대한 사유를 강조한다. 타자에 대한 사유는 서구를 지배해온 주체중심의 형이상학을 해체하여 새로운 가치 체계를 세우려는 것이다. 서구 형이상학은 인간/자연, 서양/동양, 남성/여성, 정신/육체, 이성/감성, 의식/무의식 등을 이분법적으로 구분하고 이들을 우열관계로 파악해왔다. 전자의 우등한 주체들이 후자의 열등한 타자들을 지배하고 통일하는 것이 당연시되었던 것이다. 해체철학자 데리다는 이러한 경향을 음성중심주의 혹은 폭력적 서열주의라고 이름을 붙인 바 있다.

하지만 세상이 그렇게 단순한 것일까? 자연이 없는 인간만의 세상, 육체가 없는 정신만의 인간이 가능한 것인가? 물론 불가능하다. 근대 사회가 지닌 여러 가지 문제점들은 서구의 전통적 형이상학이 내포하고 있는 폭력적 서열주의의 결과이다. 그래서 니체를 비롯한 (탈)현대 철학자들은 타자의 가치를 적극적으로 옹호한다. 인간이 자연을, 삶이 죽음을 전제로 하듯이 주체는 타자를 전제로 할 때만 존재한다는 사실에 주목한다. 타자의 철학은 타자와 주체를 동시에 중시함으로써 인간과 세상을 더 정직하게 인식하고자 한다.

타자를 사유한다는 것은 차이에 대한 인정을 전제로 한다. 나 자신과 다른 사람의 존재 가치를 인정하는 데서 타자의 철학은 출발한다. 차이를 인정하지 않으면서 타자를 인정한다는 것은 자가당착이다. 나와 다른 사람의 존재 가치를 인정하는 자세야말로 오늘날과 같은 글로벌 시대를 살아가는 데 필요한 소중한 지혜이다. 현대 사회는 공간적 차원에서뿐만이 아니라 문화적 차원에서도 다양한 것들이 공존하는 시대이므로 다양성을 인정하면서 그 장점들을 수용하는 것은 오늘처럼 복잡한 퓨전 시대를 살아가는 지혜라고 할 수 있다. 타자는 불완전한 나를 보완해주는 고마운 존재이다.

타자의 시선은 내가 결여한 남의 시선이다. 친구와 주점에서 술을 마실 때 친구는 내가 볼 수 없는 내 등 뒤의 풍경을 본다. 반대로 나는 친구가 보지 못하는 친구의 등 뒤의 풍경을 본다. 친구는 나에게 타자의 시선이고 나는 친구에게 타자의 시선이다. 또한 타자는 나의 안에서도 발견할 수 있다. 이를테면 술이 취했을 때 나/친구는 이성의 힘을 제어하고 감성의 힘을 빌려서 친구/나에게 평소에 말할 수 없었던 고민들을 털어놓는다. 이때의 술 취한 나/친구는 평소의 나/친구와는 다른 나/친구(타자)이다. 이처럼 타자는 내가 볼 수 없는 것을 볼 수 있게 해준다. 요즈음의 문학 경향과 관련하여 특별히 주목해야 할 타자는 혼성성, 추醜, 몸 등이다.

• 혼성성, 생각의 칵테일

현대 사회에서 타자를 강조하는 것은 그 배타적 우월성을 주장하기 위한 것이 아니다. 만일에 타자의 시대라고 해서 타자의 우월성을 주장한다면 이전 시대의 주체가 보여준 독재적 가치를 그대로 답습하는 것이 된다. 그렇게 되면 독재 타도를 외치던 사람이 다시 독재자가 되는 것과 같은 모순이 발생한다. 진정한 의미의 타자는 주체와 타자의 구별을 넘어서는 혼성을 지향하는 것이다. 이러한 혼성성은 복수複數의 대상이나 가치를 뒤섞음으로써 시너지 효과를 추구하는 것이다.

예컨대 인간을 이해하는 데 남성에게 그 대표성을 과도하게 부여하면 인간 전체를 정확히 이해할 수 없다. 타자인 여성을 남성과 같은 비중으로 의미를 부여해야만 인간 전체에 대한 더 정확한 이해를 할 수 있다. 하여 혼성성은 어떤 대상을 정확하고 객관적으로 이해하기 위한 가치관의 문제이기도 하다. 혼성성의 지향은 특정한 세계의 배타적이고 편파적인 경계를 해체함으로써 인생과 세상에 대한 인식의 독단을 벗어나기 위한 것이다. 혼성성은 복잡한 인생사를 중층적, 복합적으로 이해하게 한다.

> 열두 살, 그때 이미 나는 남성을 찢고 나온 위대한 여성
> 미래를 점치기 위해 쥐의 습성을 지닌 또래의 사내아이들에게
> 날마다 보내던 연애편지들
>
> (다시 꼬리가 자라고 그대의 머리칼 만질 수 있을 때까지 나는 약속하지 않으련다 진실을 말하려고 할수록 나의 거짓은 점점 더 강렬해지고)
>
> 어느 날 누군가 내 필통에 빨간 글씨로 똥이라고 썼던 적이 있다
>
> (쥐들은 왜 가만히 달빛을 거닐지 못하는 걸까)
>
> 미래를 잊지 않기 위해 나는 골방의 악취를 견딘다
> 화장을 하고 지우고 치마를 입고 브래지어를 푸는 사이
> 조금씩 헛배가 부르고 입덧을 하며
>
> —황병승, 「여장남자 시코쿠」 부분

성적 혼성성에 대한 인식은 우리 시대의 문화적 아이콘 가운데 하나이

다. 성적 혼성성에 대해 과거에는 성적 혼란이라고 치부하여 백안시했지만, 최근 들어서 인간의 다양한 문화 양태 가운데 하나로 적극 수용된다. 21세기 초반에 영화나 드라마에서도 빈도 높게 다루어졌던 동성애 코드나 성전환자 코드는 소수자에 대한 이해의 차원에서 의미 있는 역할을 수행했다. 이 시의 "나"는 생물학적, 의식적으로는 "남성"이지만 정서적, 무의식적으로는 "여성"이다. 그(녀)가 지닌 성적 혼성성은 "열두 살, 그때 이미 나는 남성을 찢고 나온 위대한 여성"이라는 시구가 말해주듯 선천적인 것이다. 현재 사회적, 현실적, 생물학적으로 남성인 그는 "미래"에는 여성이 되기를 소망한다.

그/그녀는 "미래를 잊지 않기 위해"서 "화장을 하고 치마를 입고 브래지어를 푸"는 일을 반복한다. 그는, 아니 그녀는 그러한 과정을 거치면서 "헛배가 부르고 입덧을 하"는 가상 임신의 상태, 즉 환상 속에서 이미 여성되기의 상태에 이른 것이다. 이처럼 성적 혼성성의 문제를 적나라하게 드러내는 것은 일방적이고 독단적인 기존의 가치관에 대한 전복의 의미를 지닌다. 사실 모든 남성은 여성성을 지녔고, 모든 여성은 남성성을 지녔음에도 불구하고, 모든 사회적 가치와 제도는 이런 사실을 단호하게 부정한다.

가치관의 독재를 불식시키기 위해 시인과 예술가들은 혼성성에 대한 정직한 인식을 수행하고자 한다. 정상이라고 일컬어지는 가치에 대한 도전을 통해 내면 깊숙이 감추어졌던 본성을 들추어내는 것이다. 이러한 작업은 문학 형식의 차원에서도 활발하다. 비교적 전위적인 작가들은 장르혼합이나 패러디를 통해 기본의 문학적 경계를 해체하여 '문학적인 것'을 추구하고 있다. 이는 문학이 문학의 내부에서 벗어나 문학 바깥으로 확장함으로써 문학의 새로움과 시대 적합성을 제고해 나가기 위한 작업이라고 볼 수 있다.

• 추의 미학, 정직성의 아름다움

독창적인 생각을 하기 위해서는 기존의 생각을 뒤집어보는 일이 요구된다. 그동안 중요하다고 여겨지던 것들, 그동안 진실이라고 여겨지던 것들을 부정적으로 생각해보는 것이다. 그러면 더 새로운 것이 보일 수 있다. 새로운 사유를 위해서는 예술 정신이란 기본적으로 역설과 아이러니와 불가분의 관계에 놓인다는 사실을 상기해야 한다. 모순되는 것을 아우르는 일, 겉으로 일어난 것과 반대로 생각하는 일 등은 예술가의 특권이자 의무이다. 모든 예술이 궁극적으로 추구하는 미美의 문제도 마찬가지일 터, 아름답지 않은 것에서 아름다움을 찾는 일은 역설적인 사유의 일종이다.

추한 것에서 아름다움을 탐구하는 것을 추의 미학이라고 한다. 추의 미학의 구체적인 목록으로는 엽기, 압젝션Abjection, 키치 등을 들 수 있다. 이들은 인간의 본성을 있는 그대로 드러낸다는 점에서 정직성 혹은 순수성의 미학과 맞닿는다.

> 새빨간 털실로 벙어리장갑을 한짝 뜨겠어요. 작고 톡톡한 벙어리장갑을. 그리고는 그 털장갑에 어울리는 희고 투명한 손을 가진 여자를 찾겠어요. 눈빛도, 몸도, 목소리도 아주 이쁜 여자를. 그 여자의 한쪽 손에 벙어리장갑을 끼워주겠어요. 그런 다음에는 그 손목을 잘라 벙어리장갑 속에 넣어둔 채 간직하고 싶어요. 창가에 놓인 테이블에 올려두고 손목에서 흘러나오는 붉은 피와, 그 피를 비추는 투명한 햇살을 감상하겠어요.
>
> —마르시아스 심, 「심미주의자」 부분

이 구절은 과연 아름다운가? 미라는 것은 칸트가 말한 대로 '주관적인 취미'의 문제일 터, 이것을 이성주의자의 눈으로 보면 추할 테지만 이 소설의 제목과 같은 "심미주의자"의 눈으로 보면 아름다울 것이다. 이 구절은 진선미의 가치 중에 미의 극단을 추구하는 "심미주의자"의 취향을 단적으로 드러낸다. "여자"의 손은 그 자체로도 아름다울 터, 더 전위적인 아름다움을 위해 이 소설에서는 "그 손목을 잘라 벙어리장갑 속에 넣어둔 채 간직하고 싶"다고 한다. 나아가 거기서 흘러나오는 "붉은 피와, 그 피를 비추는 투명한 햇살을 감상하겠"다는 것이다. 미가 엽기 혹은 추와 몸을 섞는 모습이다.

이 엽기적인 장면을 아름답다고 볼 수 있는 근거는 무엇인가? 그것은 특이성 혹은 새로움을 바탕으로 한 정직성이다. 물론 이와 유사한 취미는 호러Horror 소설이나 영화에서도 자주 드러나곤 한다. 그러나 이 소설에서 보여주는 엽기는 기존의 호러물들에서처럼 정서적 충격만을 의도하는 것이 아니라 심미적인 충격을 지향한다는 점에서 새롭다. 따라서 이 소설에서 우리는 탐미주의자는 곧 탐신주의자耽新主義者라는 사실을 확인해볼 수 있다.

• 몸, 지각과 생각의 근원

근대적 가치관 속에서 몸은 정신의 타자로 간주되어 왔다. 데카르트 식의 근대적 사고에 따르면 몸은 생각을 구현하는 부속적인 것에 불과하다. 그러나 포스트모더니즘의 관점에서 보면 몸은 정신과 대등한 가치를 지닌다. 생각이 몸을 움직일 뿐만이 아니라 몸이 생각을 움직인다. 현상철학자 메를로 퐁티의 '지각의 현상학'은 몸의 감각과 인식 작용이 아주 밀접하다는 사실을 강조하는 용어이다. 그는 몸의 지각이 어떤 의미의 기반이라고 보면서 나와 타자의 상호주의를 '전인칭적 주관'이라고 부른다. 이는 하나의 인칭, 특히 일인칭에 의한 일방성을 넘어 상호성을 지향하는 것인데, 이와 같은 맥락에서 몸은 나와 타자, 우주와의 상관성을 상징하는 지각의 총화이다.

> 저녁 몸속에
> 새파란 별이 뜬다
> 회음부에 뜬다
> 가슴 복판에 배꼽에

뇌 속에서도 뜬다

내가 타죽은
나무가 내 속에서 자란다
나는 죽어서
나무 위에
조각달로 뜬다

사랑이여
탄생의 미묘한 때를
알려다오

껍질 깨고 나가리
박차고 나가
우주가 되리
부활하라.

—김지하, 「줄탁茁啄」 전문

이 시의 배경은 시간적으로 "저녁"이고 공간적으로 "몸속"이다. "저녁"은 일상적인 한낮과 대비되는 생명의 시간이고, "몸속"은 생명이 "탄생"하는 사랑의 장소이다. 그런데 생명은 "내가 타죽은/ 나무가 내 속에서 자란다"고 한다. "나"의 죽음은 "나무"가 탄생한다는 것, 아니 "나"가 "나무 위에/ 조각달로 뜬다"는 것은 생명의 순환적 속성을 드러낸다. 모든 생명은 생태계의 속성이 그러하듯이 탄생과 소멸의 연속적 순환성 속에 있다고 보는 것이다.

그런데 생명의 탄생은 생명과 생명의 상관성 속에서 이루어지는 것이다. 시의 제목인 "줄탁"은 '안에서 쪼고 밖에서 깨는' 생명 탄생의 상호성을 의미한다. 이렇게 한 생명이 탄생한다는 것은 그 생명의 입장에서 보면 하나의 "우주"가 탄생하는 것이나 다름없다. "몸속"에서 "우주"로 이어지는 생명의 탄생은 자연 혹은 다른 생명이라는 타자와의 상생을 추구하는 정신과도 관련된다. 생명은 "줄"과 "탁"이 일치하는 순간, 몸과 몸이 하나가 되는 순간, 생명과 생명이 움직여 일체화되는 순간에 태어난다. 이 순간에 몸은 온 생명의 근원이자 실체가 된다.

6. 디지털과 사유 : 문명의 진화? 인간의 퇴화!

현대는 디지털 문명이 지배하는 사회이다. 인간은 불과 수십 년 전까지만 해도 아날로그 문화와 일상 속에서 살아왔지만 21세기 들어서서 디지털 문명의 전면적 지배 하에서 살아가고 있다. 디지털 문명의 총화인 컴퓨터는 가정이나 학교, 정부 기관, 회사, 은행, 교회, 병원 등 현대 사회의 모든 영역을 지배한다. 현대인들은 하루라도 컴퓨터를 켜지 않으면 살아갈 수 없는 시대를 살아가고 있다. 예컨대 생활의 도구인 텔레비전, 자동차, 비행기, 휴대전화기는 물론 아이들의 장난감마저도 디지털 기술에서 벗어날 수가 없다.

디지털 문명의 메커니즘은 정보의 전달 방식과 관련하여 몇 가지 특성을 보여준다. 그 대표적인 것으로는 실시간(realtime)적이라는 점, 쌍방향적(interactive)이라는 점, 비선형적非線型的이라는 점, 가상현실(virtual reality)을 구축한다는 점, 하이퍼텍스트hypertext를 구현한다는 점 등을 들 수 있다. 이러한 특성들은 모두 정보화 시대의 장점이라고 볼 수도 있으나, 다르게 보면 개인적 프라이버시나 인간적 정체성 또는 실제적 아우라를 상실케 하는 주범이다. 이는 디지털 문명을 포함하는 모든 문명이 운명적으로 지닌 아이러니일 터, 문학은 그러한 점에 대한 고발과 성찰의 언어를 기르는 일이다.

• 사이보그, 전자사막의 유랑인

디지털은 문명의 양태뿐만이 아니라 인간의 사고방식이나 그 내용마저 변화시킨다. 그 기반인 0과 1이라는 비트 기호가 암시해주듯이 디지털 문명은 인간을 기계적으로 단순화시킨다. 현대인이 복잡한 것을 싫어하고 깊게 생각하는 것을 꺼리는 현상, 웹서핑하듯이 어느 하나에 집중하지 못하고 안절부절 못하는 현상, 복제 문화에 길들여져 원본의 가치를 상실해가는 현상, 첨단 기계에 의지하여 인간 고유의 기억력과 판단력을 상실해가는 현상 등은 모두 디지털 문명의 역기능이다. 현대인은 디지털 문명에 복속되어 살아가는 사이보그로서 전자사막을 하염없이 유랑하는 존재이다.

내 몸의 사방에 플러그가
빠져나와 있다
탯줄 같은 그 플러그들을 매단 채
문을 열고 밖으로 나온다

비린 공기가
플러그 끝에 주렁주렁 매달려 있다
곳곳에서 사람들이
몸 밖에 플러그를 덜렁거리며 걸어간다

세계와의 불화가 에너지인 사람들
사이로 공기를 덧입은 돌들이
둥둥 떠다닌다

—이원, 「거리에서」 전문

이 시의 "플러그"는 각종의 기계장치 혹은 전자기기를 환기해준다. 사무

실마다 가정마다 컴퓨터와 주변기기를 운용하기 위해서는 "플러그"를 전원에 연결시켜야 한다. 컴퓨터 주변마다 주렁주렁 매달린 "플러그"를 보면 현대인의 복잡한 삶이 떠오른다. 그것은 살아갈수록 불안해지고 혼란스러워지는 현대인의 삶을 연상시켜준다. 더구나 현대인에게 컴퓨터는 아침부터 저녁까지 언제 어디서나 함께 살아가는 분신과도 같은 존재가 되어버렸다. 하여 현대인은 "내 몸의 사방에 플러그"가 달려 있는 것과 같은 모습으로 살아간다.

"내 몸의 사방에 플러그가/ 빠져나와 있다"는 것, 그것은 이미 디지털 문명으로 기계화, 자동화된 현대인의 모습이다. 이제 현대인은 "계속해서 나는 클릭한다 고로 나는 존재한다"(이원, 「나는 클릭한다 고로 나는 존재한다」)고 말할 정도로 보편화된 전자사막 속에서 살아갈 수밖에 없다. 위의 시에서 "거리"는 문명으로 화려해졌지만 인간적으로 황폐해진 마음의 사막을 지시한다. 그곳은 "세계와의 불화가 에너지인 사람들"이 살아가는 장소이고, 거기서 "나"는 전기 도체가 되어 마치 탯줄을 달고 버려진 사생아처럼 배회한다. 그들 사이로 "공기를 덧입은 돌들 둥둥 떠다닌다"는 것은 그들이 인간적 뿌리가 없이 전자적으로 부유하며 살아가는 상태를 암시한다.

• 디지털 문명, 인간의 확장?

전 지구적으로 보편화되어가고 있는 디지털 문명은 분명 인간의 비인간화를 촉진시켜 나아가고 있다. 맥루한의 『미디어의 이해』에 등장하는 표현을 빌리면 디지털 문명은 '사회에 가해지는 어마어마한 집단적 외과수술'을 통해 '인간의 확장'을 시켜주었다. 그러나 그것은 어디까지나 물리적인 차원에서만 그러하다. 사랑의 진정성과 인간적 진실성의 차원에서는 오히려 '인간의 축소'를 유인한다.

바람이 분다. 바람이 분다. 바람이 분다. 바람이 분다. 바람이 분다.

다섯 번을 되뇌고 하늘을 본다. 컴퓨터를 켠다. 컴퓨터를 끈다. 컴퓨터를 켠다. 컴퓨터를 끈다. 시간이 흐른다. 시간은 흐른다. 시간이 흐른다. 시간은 흐른다. 한 여자를 잊지 못하고 있다. 게임을 한다. 게임이 한다. 게일을 한다. 게임과 한다. 게임을 한다. 시간이 가지 않는다. 시간이 가지 않는다. 시간은 가지 않는다. 불을 끈다. 이제 그녀의 얼굴이 보인다.
그녀가 온다. 머리를 짧게 자른 그녀가 온다. 치렁한 흑갈색 원피스에 머리를 짧게 자른 그녀가 온다. 한때 나를 미치게 했던 치렁한 흑갈색 원피스에 머리를 짧게 잘라 더 고혹스러워진 그녀가 온다.

아무래도 나는 석 달 동안 신문을 돌릴 팔자는 아니었던 것 같다. 킬리만자로의 표범이 만년설이 쌓인 정상까지 기어올라 죽은 까닭을 다시 생각한다. 아마도, 바람이 불어서였을 것이다. 마사이 초원에 바람이 불고 바람이 불고 바람이 불고 또 바람이 불어 무료했을 것이다. 사냥을 하고 사냥을 하고 사냥이 하고 사냥을 하다가 지루해졌을 것이다. 「캘리포니아」의 백인 남자가 나를 쏘아보고 있다. 내일이면 나는 떠난다. 떠난다. 떠난다. 떠날 수 있다. 그녀가 없어도 떠날 것이다. 그럴 수 있다. 게임 따위는 집어치울 것이다. 나는 컴퓨터가 갈아주는 카드를 순서대로 맞추어가면서 계속 되뇌고 있다. 카드들은 벌써 수십 번이나 질서정연하게 정리되었다.
사방이 꽉 막힌 이 지하실 어디에서 이렇게 바람이 불어오는 걸까. 바람이 분다. 바람이 분다. 바람이 분다. 한 여자를 기다리고 있다. 바람이 분다. 바람이 분다. 분다.

—김영하, 「바람이 분다」 부분

소설의 맨 앞부분과 끝부분이다. 주인공 "나"는 지하상가 밀실에서 CD 불법복제를 하면서 살아가는 사람이다. "나"는 "사람보다는 책이, 책보다는 음악이, 음악보다는 그림이, 그림보다는 게임이 나를 편안하게 한다."고 생각한다. "나"는 생계를 위해 반지하의 밀실에서 사이버 공간에 갇혀 살아가는 자폐적인 인간이지만, 항시 밖의 세계를 향한 소통의 욕망이 들끓는다. 그 욕망을 불러일으킨 것은 "그녀"이다. "그녀"는 "그녀"의 사랑을 얻기 위해 손가락을 단절한 한 남자와 뇌성마비를 앓는 어린 아이가 있는 이혼녀이다. 이 누추한 결핍 투성이인 여자가 "나"의 사랑의 대상이다.

"나"가 "그녀"를 사랑하는 이유는 "그녀"가 "나"와 마찬가지로 "킬리만자로의 표범"처럼 죽음을 무릅쓰고라도 지루한 일상을 벗어나고 싶어 하기 때문이다. "나"와 "그녀"는 "사방이 꽉 막힌 이 지하실"에서 "컴퓨터"나 "게임"과 함께 살아가면서 인간다움이 한없이 축소되어감을 느낀다. 그래서 그들은 거기서 벗어나려는 공통의 욕망을 간직하고 있는 사람들이다. 이 소설에서 "바람"은 그러한 욕망 자체(望)를 의미하는 동시에 그런 욕망을 불러일으키는 매개(風)를 상징한다. 물론 그 바람이 현실에서 실현될 가능성은 "나"와 "그녀"의 킬리만자로 여행처럼 가능성이 높지 않지만, 그러한 욕망을 간직했다는 사실만으로도 그들은 디지털 문명의 문제적 국면을 성찰하고 있는 셈이다.

7. 여성과 사유 : 포용과 소통을 생각한다

페미니즘 문학은 생태문학과 함께 21세기 문학사에서 중요한 의미를 지닌다. 21세기의 생태 문제와 여성 문제는 모든 나라 사람들이 고민해야 할 핵심적 과제에 속하기 때문이다. 21세기에 생태 문제를 해결하지 못하거나 여성의 능력을 활용하지 못하는 나라는 성공하지 못할 것이 분명하다. 정치와 경제뿐 아니라 문학의 차원에서도 말이다. 그래서 여성은 여전히 인간의 문제, 생명의 문제, 소통의 문제를 풀어나갈 화두로서 문학적인 탐구의 대상이 되어야 한다. 그런데 아직도 '유리천장'이 여성의 머리 위에 드리워져 있다. '유리천장' 위로 한 인간으로서의 이상이 눈에 보이지만 그곳에 도달하는 것이 아직 불가능하다.

페미니스트들은 여성이 결코 남성에 비해 열등하다고 보지 않는다. 생물학적인 측면에서 생명의 잉태와 탄생을 담당하고, 언어의 측면에서도 남성의 언어보다 부드럽고 사교적이며, 사회경제적 능력도 남성에 못지않다고 주장한다. 페미니스트들의 주장에 기대지 않더라도 여성은 근본적으로 고통을 인내하고 타자를 포용하는 능력이 뛰어난 존재이다. 여성의 이러한 속성은 월경과 임신이라는 생리적인 차원의 특성과 밀접하게 관련된다. 한 생명(타자)을 잉태하고 탄생시키는 경험을 하기 때문에 그런 경험이 없는 남성에 비해 여성은 훨씬 포용적이다.

• 500파운드, 그리고 나만의 방

21세기의 첨단 과학 시대에는 남성적 근력이나 공격적인 성격보다는 여성적 섬세함이나 부드러운 감수성이 요구된다. 그래서 21세기는 여성(성)의 시대일 수밖에 없다. 문제는 아직도 완전한 남녀평등 혹은 독립적인 여성적 글쓰기(삶)가 불가능하다는 점이다. 'Pen is Penis'라는 말이 함의하듯이 글쓰기는 아직도 남성성의 상징으로 남아 있다. 이때 글쓰기는 물론 단순히 문학 작품을 생산하는 일이 아니라 인간 사회에서 요구되는 핵심적이고 중요한 일들을 전반적으로 표상한다.

> 우리들 누구나가 일 년에 500파운드의 돈과 자기 혼자만의 방을 가질 수 있다면, 만약 우리가 자유에 대한 습관과 자기 생각을 그대로 쓸 용기를 갖는다면, 만약 우리가 공동의 거실에서 조금이라도 벗어나 인간을 언제나 상호간의 관계가 아니라 현실적인 관계로 볼 수 있다면, 그래서 하늘이나 나무나 그 밖의 모든 것을 그 자체대로 볼 수 있다면, 그리고 만약 우리가 밀턴의 요괴의 그 머리를 바라볼 수 있다면(인간은 누구라

도 그 너머의 광경을 외면해서는 안 되니까), 그렇게 해서 우리가 사실을 사실로 볼 수 있다면, 즉 우리들이 매달려야 할 팔을 없으며, 완전히 우리는 혼자서 가는 것이라는 사실, 그래서 우리의 관계는 현실 세계와의 관계이지 남녀 세계와의 관계는 아니라는 사실, 이 엄연한 사실과 그대로 마주칠 수 있다면, 그때 기회가 와서 셰익스피어의 누이동생이었던 죽은 시인은 지금까지 내던져버렸던 육체를 다시 몸에 걸치게 될 것입니다. 일찍이 오빠가 그러했듯이 그녀도 자기 선구자인 많은 여성의 생명으로부터 스스로의 생명을 빨아들여 새롭게 태어날 것입니다.

—버지니아 울프, 『나만의 방』 제6장 부분

이 글은 여성들이 "자유에 대한 습관과 자기 생각을 그대로 쓸 용기"를 갖기 위한 글쓰기의 조건을 두 가지 제시하고 있다. 하나는 경제적 능력이고 다른 하나는 자기만의 공간이다. 사실 여성들에 대한 불평등은 무엇보다도 경제적인 측면에서 이루어져 왔다. 오늘의 자본주의 시대뿐만이 아니라 그 이전에도 경제력은 삶의 독립성을 지켜주는 최소한의 요건이다. 그래서 여성이 작가로서 남성에 의존하지 않고 좋은 작품을 쓰기 위해서는 "일 년에 오백 파운드의 돈"이 필요하다는 것이다.

여성적 글쓰기의 또 하나의 조건인 "나만의 방"은 물리적, 정신적인 독립성을 상징한다. 진정한 의미의 여성적 글쓰기는 "하늘이나 나무나 그 밖의 모든 것을 그 자체대로 볼 수 있"어야 하는데, 이를 위해서는 반드시 독립적인 생활과 사유의 공간이 필요하다는 것이다. 경제적 독립과 그러한 공간이 확보될 때 비로소 "셰익스피어의 누이동생이었던 죽은 시인은 지금까지 내던져버렸던 육체를 다시 몸에 걸치게 될 것"임을 강조하고 있다. 여성이기에 묻혀버릴 수밖에 없었던 여성의 재능과 능력을 발휘하기 위해서는 경제적 독립과 정신적 독립이 요긴하다는 것이다.

• 페미니즘, 남성의 여성화

페미니즘은 남성에 대한 투쟁과 저항만을 지향하는 것이 아니다. 초기 페미니즘 문학에서는 남성에 대한 대항적 담론을 중시했지만, 차차 성숙해 가는 과정에서 여성의 정체성을 추구하는 방향으로 나아간다. 사실 남성의 폭력적 언어를 극복한다고 하여 여성이 폭력적 언어를 사용한다는 것은 설득력이 부족하다. 한쪽 배가 기운다고 하여 모두가 반대쪽으로 간다면 배는 오히려 전복될 수밖에 없다. 하여 성숙한 페미니즘은 남성(성)을 비판하면서도 궁극적으로는 여성(성)의 긍정적인 측면을 발견하고자 한다.

남자가 모여서 지배를 낳고
지배가 모여서 전쟁을 낳고
전쟁이 모여서 억압세상을 낳았지

여성이 뭉치면 무엇이 되니?
여자가 뭉치면 사랑을 낳는다네

모든 여자는 생명을 낳네
모든 생명은 자유를 낳네
모든 자유는 해방을 낳네
모든 해방은 평화를 낳네
모든 평화는 살림을 낳네
모든 살림은 평등을 낳네
모든 평등은 행복을 낳는다네
여자가 뭉치면 무엇이 되나?
여자가 뭉치면 새 세상 된다네

—고정희, 「여자가 뭉치면 새 세상 된다네」 전문

이 시는 문학적 형상화의 측면에서는 그다지 성공한 작품은 아니다. 그러나 여성성을 추구하는 성숙한 페미니즘의 주제를 균형감 있게 담지하고 있다는 점에서 흥미롭다. 이 시에서 "남자"와 "여자"는 극단적으로는 상반되는 속성을 지닌 존재이다. "남자"는 "지배"와 "전쟁"과 "억압세상"을 만들어낸 장본인이다. 인류 역사상 전쟁이 대부분 "남자"들에 의해 이루어졌던 것이 사실이다. 인류학적으로도 모계사회에서 부계사회로 변하면서 인간 사회에 "전쟁"과 "지배"가 강화되어 왔다는 점을 부정할 수 없다.

반면에 "여자"는 "사랑, 생명, 자유, 해방, 평화, 살림, 평등, 행복"을 낳았다고 한다. 그리하여 "여자가 뭉치면 새 세상이 된다"고 강조한다. 여기서 우리는 과격한 페미니즘이 추구했던 여성의 남성화를 거부하고 남성의 여성화를 주장한 합리적 페미니스트 이리가레이의 주장을 떠올릴 수 있다. 그녀는 진정한 의미의 페미니즘은 남성(성)에 대한 공격과 폄하가 아니라 여성(성)이 지니고 있는 장점들에 대한 재발견을 강조한다. 가령 여성적 언어만 하더라도 그것이 애매모호하다는 비판을 받아왔지만, 뒤집어보면 그 부드러움과 섬세함으로 인해 오히려 인간관계에 유리하다는 것, 이러한 것을 발굴하여 옹호해 나가는 일이 중요하다는 것이다.

8. 문학과 사유의 만남, 깊어지다

문학과 사유의 관계는 그 주제뿐만이 아니라 표현의 문제까지 깊이 관련되는 것이다. 문학에서의 사유는 문학 사상 혹은 문예 사조라고도 할 수 있을 터, 이는 결국 철학이나 미학의 문제와 연관하여 생각해보아야 한다. 문학에서 철학의 문제는 문학 작품의 무게감과 심도를 제고하기 위해 아주 요긴한 것이다. 문학 작품을 창작하려는 사람이든 그것을 감상하려는 사람이든 철학적 인식의 여하에 따라 그 수준이 크게 달라진다. 따라서 사유가 깊은 문학은 뿌리가 깊은 나무와 다르지 않다.

사실 문학은 곧 철학이라고 할 수 있을 정도로 동질적이다. 조금 거칠게 정의한다면 문학은 철학을 예술적으로 형상화한 것이므로, 문학은 철학과 근본적인 차원에서 상생의 관계에 놓이는 것이다. 철학이 인생을 왜, 어떻게 살아야 하는가에 대한 질문과 대답을 관념적으로 하는 것이라면, 문학은 그것을 구체적인 삶의 경험과 비유적 언어를 통해서 한다는 점이 다를 뿐이다. 또한 문학은 철학을 만나 깊어지고, 철학은 문학을 만나 넓어진다. 이를테면 사르트르의 『구토』는 '부조리한 세상에 대한 실존적 저항'이라는 철학적 인식을 근간으로 삼고 있으며, 하이데거의 철학은 휠더린의 시를 통해 근원에 대한 인식의 폭을 넓힌 것으로 잘 알려져 있다.

한편으로 철학자 아렌트(H. Arendt)는 사유란 '타자의 입장에서 생각하고 판단하는 능력'이라고 정의한다. 『예루살렘의 아이히만』이라는 저서에서 그녀는 히틀러의 수족으로서 유대인 학살을 저지른 아이히만을 무사유의 인간이라고 본다. 아이히만은 가스실로 보내지는 유대인들의 처지에 대한 생각이 없이 학살을 집행했던 잔혹한 인간으로서 사유의 능력이 없는 존재였다는 것이다. 따라서 사유의 능력은 존재와 실존의 차원에서뿐만이 아니라 사회적 인식의 차원과도 깊이 연루되는 것이다. 진정한 작가의 사유는 아이히만과 같은 반사회적 인간을 부정하는 데까지 나아가야 하는 것이다.

이렇듯 문학의 깊이는 타자와 자아에 대한 사유를 근간으로 확보되는 것이다. 감각적인 표현만으로 한 편의 위대한 문학 작품이 탄생할 수는 없다. 문장의 현란한 수사만을 탐닉하기 위해 문학 작품을 읽는 이는 없다. 사람들은 문학 작품 속에서 세계에 대한 깊은 사색과 인생에 대한 심오한 성찰을 얻고자 한다. 자연히 독자들에게 심오한 감동을 선사하기 위해서 작가는 창작 과정에서 사유의 깊이를 확보하려는 노력을 게을리해서는 안 된다.

요컨대 문학에서 사유는 작가의 인생관이나 세계관, 그리고 자의식 등과 폭넓게 연관되는 것이다. 한 사람의 인생에 관여하는 철학, 이념, 사상, 역사 등은 모두가 사유와 밀접한 관계에 놓인다. 시에 등장하는 수많은 주체들, 소설에 등장하는 수많은 인물들, 그들이 겪어내는 서정과 서사는 결국 인간이 왜, 어떻게 살아야 하는가에 대한 철학적 명제에 대한 언어 예술적 해명이다. 그래서 우리는 고전의 반열에 오른 작품을 일컬어 '철학적 사유의 깊이를 충분히 확보한 예술품'이라고 말할 수밖에 없다.

타자를 환대하는 시인들

세월호 특별법을 둘러싼 여야와 유족들의 줄다리기가 아직도 진행 중이다. 최근 들어서 세월호 특별법에 대해 여야가 간신히 합의를 했지만 유족들은 아직도 흔쾌히 수용하지 않고 있는 듯하다. 지금까지 세월호를 둘러싼 논의가 반년 가까이 다양하게 논의되어 왔지만, 대부분의 것들이 단말마적인 임시방편의 수준에서 크게 벗어나지 못했다. 국민 대다수의 입장에서 보면 사실 특검이니 법안이니 하는 것들은 근본적인 대책이 되지는 못한다. 세월호 문제는 근본적으로 우리 사회의 건전한 철학이나 가치관의 부재와 연관되는 것이기 때문이다. 세월호 침몰로 인한 어린 학생들의 집단적 죽음의 원인은 일차적으로 우리 사회에 타자를 환대하는 철학이 부재하기 때문이다. 신자유주의, 상업자본주의의 유령이 온 세상을 뒤덮고 있는 시대, 세속적 권력과 자본의 가치만을 추구하는 극히 이기주의적인 시대, 이런 시대를 철학적으로 전복하지 않으면 세월호 사태는 다시 반복될 것이다. 세월호 비극을 되풀이하지 않기 위해서는 무엇보다도 저마다 타자를 배려하고 환대하는 정신적 태도를 간직해야 한다. 애초부터 타자로 존재해왔던 시인은 타자의 철학을 누구보다도 적극적으로 실천해왔다.

조금 거슬러 올라가 보자. 현대 문명사회는 이성적 주체에게 과도한 의미를 부여해 왔다. 현대 사회를 규율한 '나는 생각한다, 고로 존재한다'는 데카르트의 명제는 비이성적 타자의 존재를 인정하려고 하지 않았다. 그것은 마치 플라톤이 자신의 공화국에서 시인을 추방해야 할 대상으로 규정한 것과 다르지 않았다. 데카르트의 명제는 물론 근대 이전의 봉건적 시대가 안고 있는 비합리적 모순을 극복하기 위한 시대적 의미를 지닌 것으로서의 긍정적 의미를 지닌 것이었다. 문제는 이성에 대한 과도한 의미 부여와 타자에 대한 지나친 폄훼에 있었다. 인간이 이성이라는 고등한 정신 능력을 지녔기에 다른 동물들과 구별되는 존재라는 사실은 매우 중요하지만, 이성 역시 감성이나 감정, 육체 등과 같은 타자와의 조화 속에서 그 진정한 의미를 부여받을 수 있다는 사실을 망각했던 것이다. 그 결과 인간 정신과 사회 분위기는 획일화, 파편화, 자동화, 단순화의 길로 치닫고 말았던 것이다.

그러나 깨어 있는 시인들은 현대 문명사회를 살아가면서도 데카르트의 명제를 맹목적으로 추종하지는 않았다. 시는 어차피 현실 세계의 모순을 비판하면서 그 너머의 세계를 상상하는 것을 본연의 임무로 삼는 언어 예술이다. 현대 문명사회에서도 낭만주의 시인들은 감정의 유로를 강조하고, 순수서정 시인들은 심미의 세계에 매료되고, 리얼리즘 시인들은 어두운 시대에 저항하면서, 견고한 이성의 아성에 균열을 만들어왔다. 현대 문명을 존립의 기반으로 삼고 있는 모더니즘 시인들조차도 문명 현실은 비판의 대상이었다.

차단-한 등불이 하나 빈 하늘에 걸려 있다.
내 홀로 어딜 가라는 슬픈 신호냐

긴- 여름 해 황망히 날개를 접고
늘어선 고층 창백한 묘석같이 황혼에 젖어
찬란한 야경 무성한 잡초인양 헝클어진 채
사념 벙어리 되어 입을 다문다.

피부의 바깥에 스미는 어둠
낯설은 거리의 아우성소리
까닭도 없이 눈물겹고나

공허한 군중의 행렬에 섞이어
내 어디서 그리 무거운 비애를 지니고 왔기에
길-게 늘인 그림자 이다지 어두워

내 어디로 어떻게 가라는 슬픈 신호기
차단-한 등불이 하나 빈 하늘에 걸리어 있다

—김광균, 「와사등」 전문

이 시는 한국 모더니즘 시의 대표작 가운데 하나로 알려져 있다. 그런데 이 시는 보통 모더니즘 시가 지향하는 지성적 사유보다는 낭만적 감정이 주조를 이루고 있다. 시의 중심 소재인 "와사등"(가스등)은 현대 문명을 상징하는 것인데, 그것을 "차단-한 등불"이자 "슬픈 신호"라고 하고 있다. 그것이 슬픈 이유는 근대 문명이 신기한 세계를 펼쳐보이지만 한 인간으로서 인생의 방향성을 상실하게 하기 때문이다. 도시 문명이 가져다주는 편리함과 신기함보다는 불안감과 슬픔에 주목한 것이다. 이 시에서는 이전의 계몽주의 시가 견지했던 근대 문명에 대한 기대감과 호의감도 찾아볼 수가 없다. 도시를 상징하는 "늘어선 고층" 빌딩들은 "창백한 묘석"과 같이 음산한 이미지로 다가오며, "찬란한 야경"도 "무성한 잡초"처럼 어수선한 분위기를 보여줄 뿐이다. 더구나 "사념 벙어리 되어 입을 다문다"는 시구에 이르면 반지성주의의 면모까지도 드러난다. 이처럼 이 시에서 문명 현실은 인간에게 "슬픔", "눈물", "비애들"을 느끼게 하는 것으로 비춰진 것이다.

이즈음 탈현대의 시인들은 이전의 시인들보다 더 적극적으로 문명 현실을 비판하면서 타자를 옹호한다. 그들은 탈구조주의자 철학자들이 주장하는 대로 21세기는 타자의 시대라는 인식을 창작의 근간으로 삼는다. 데리다는 이주노동자들, 종교적으로 박해받는 자들, 사형수들과 같은 사회적 약자들의 존재를 발견하고, 그들의 부름에 응답하고 환대하는 일이야말로 깨어있는 자들이 담당해야 할 윤리적 책무라는 점을 강조한다. 데리다의 타자를 확장하여 해석하면 서구 형이상학적 전통에서 소외되어 온 것들, 즉 이성중심주의의 바깥에 존재하는 감성(감정), 광기, 무의식, 육체, 자연, 여성, 유색인, 동성애자 등을 모두 포괄할 수 있다. 이들은 그동안 현대 문명사회에서 자신의 입지를 마련하지 못한 채 타자에 불과한 것으로 간주되어왔다.

한국시에서 타자의 가치가 활발하게 다루어진 것은 1990년대 이후이다. 최승호나 박용하가 추구했던 생태 시, 김혜순이나 김선우가 추구했던 페미니즘 시는 자연과 여성이라는 타자를 옹호하는 데 바쳐졌다. 또한 김남주나 하종오가 추구했던 소수자 시, 최승자나 박진성이 추구했던 광기와 병증의 시, 채호기와 황병승의 게이와 동성애자에 관한 시 등은 타자의 가치를 적극적으로 옹호하고 나선 사례들이다. 이들 시에서 다루어지는 타자들은 인간 혹은 인간 사회에 분명히 존재하는 것이지만(사회 생태계, 정신 생태계 차원에서 존재 가치도 분명하지만) 이성의 바깥에 존재한다는 이유로 지워진 것이었다. 이들 가운데 박진성의 고호를 소재로 한 시는 이성 바깥에 존재하는 예술정신의 가치를 탐구하는 흥미로운 시이다.

오후에 발작, 지금은 비가 내리고 있다
간호사들은 대체로 친절하지만
캔버스를 자꾸만 치운다 팔레트와 물감도
훔쳐간다 도대체
그림 그리는 일 말고 내게 무엇을 바라는 건지
튜브를 먹으면서 빨간색 물감만
집요하게 빨았다 입술에 묻은 물감은

피처럼 내장으로 번지고
내 영혼이 측백나무처럼 통째로
하늘로 올라갈 것만 같았다
저 나무의 뿌리라든가
보이지 않는 물관을 팽팽하게 부풀려주는 일
그림을 그리면서 내가 할 수 있는 일이란다
떠오르고 싶은 자 떠오르게 하라
죽음으로도 별에 닿을 수 없다면
내 영혼에 구멍을 내어주마
구멍 틈새로 별빛이 빛날 테고 너는 놀라서
이곳으로 달려오겠지만,
침대 밑에서 자고 싶은 자 침대 밑에서
자게 하라 어느 날 내가 이곳에서 벌레처럼
침대 밑을 기어다니더라도 그것은, 테오야
낮은 곳을 그리기 위해 내 영혼을 대어보는 거란다
누군가 나를 죽이려 하고 있어
새벽에 몰래 그림 그리는 데 빗방울 사이
권총이 쇠창살로 들어오고 있었어 창문 틈으로
소용돌이치는 측백나무의 흔들림이 들린다
저 나무도 나처럼 발작,
하고 싶은 거겠지만
나도 안다 이 비 그치고 난 후에 맺혀 있을
이파리마다 맑은 물방울들.
캔버스 안에서, 낯선 사내가 나를 보고 있다
측백나무 속이란다, 테오야……

—박진성, 「발작 이후, 테오에게」 전문

이 시에 등장하는 "간호사"와 "나"(화가 고흐)는 각기 이성중심주의자와 타자를 상징한다고 할 수 있다. 푸코가 말했듯이 현대의 이성중심주의자들은 광기나 정신병증을 반사회적인 것으로 간주하면서 광인이나 정신병자를 사회와 격리시키기 위한 정신병원을 제도화했다. "간호사"는 그 주체이다. 그에 반해 "나"는 정신병증으로서의 비현실적인 상상과 창의적인 상상으로 현실 너머의 세계를 꿈꾸는 존재이다. 여기서 "간호사"와 "나"의 대립은 현실과 예술, 이성과 상상, 현대와 탈현대의 대립을 상징한다. "간호사"는 캔버스나 물감, 팔레트와 같이 그림을 그리는 데 필요한 도구들을 자꾸만 치워버리고, "나"는 그것에 집착하면서 "내 영혼이 측백나무처럼 하늘로 올라갈 것만 같"은 상상을 한다. 시인은 "나"를 통해 독자들을 이성적 사유로 점철된 각박한 현실의 논리를 넘어선 세계로 안내하는 것이다. 또한 "나"가 "침대 밑을 기어다니"는 기행을 하는 것도 "낮은 곳을 그리기 위"한 예술적 행위이다. 이런 기행을 통해 "나"는 마침내 "캔버스 안에서. 낯선 사내가 나를 보고 있다"는 사실을 발견하고자 한다. "나"는 현실 너머의 세계를 꿈꾸는 "나"의 이상적 자아인 "사내", 즉 타자를 만난 것이다. 문제는 이처럼 타자를 지향하는 "나"의 예술적 상상과 행위를 정신병으로 간주하는 "간호사"의 시선이다. "나"의 눈을 통해 이성중심주의에 길들여지지 않는 예술적 인간을 정신병자로 낙인찍어버리는 현대 문명세계를 고발하고 있는 것이다.

타자를 상상하거나 사유하는 시인, 나아가 타자들과 연대하려는 시인은 건강한 시심을 간직한 존재이다. 그는 타자를 거부하고 부정해야 할 대상이 아니라 환대해야 할 대상으로 여기는 윤리적인 행위를 실천한다. 그것은 이를테면 "허공 중에 흩어나는 너의 향기 따라/ 나를 던지느니, 저 포말의 몸으로 태어날 건가/ 벼랑의 컴컴한 틈에 아슬아슬히/ 피어 있는 꽃 한 송이 나를 잡아채니/ 너는 내 안의 오랜 나였구나"(채호기, 「게이 1」 부분)라는 인식 속에 함축되어 있다. 이러한 인식을 토대로 이성과 합리라는 미명하에 세계의 다양성과 균형감과 풍요로움을 거부하는 일은, 부단히 새로운 세계를 꿈꾸어야 하는 시인 본연의 임무이다. 시의 새로움이라는 것은 언제나 열린 마음과 배려의 마음으로 타자들을 발견하고 환대하는 곳에서 태어난다. 타자들을 환대하지 못하는 시는 현실 원칙에 얽매여 관습의 규율 속에서만 작동하고 만다.

타자는 고정불변의 가치나 대상이 아니다. 타자는 어느 시대나 존재(해야)하는 것으로서 시대의 주류에서 소외된 가치나 대상을 의미한다. 그것은 예술혼이 탄생하는 틈과 균열이다. 시는 이러한 타자에 대한 탐구를 게을리하지 않을 때 비로소 존재 의미를 부여받는다. 우리 시대의 시가 다른 문화종들에 비해 시대적 담론을 선도해 나가지 못하는 것도 실은 타자의 탐구에 소홀하기 때문이다. 랑시에르의 말을 빌리면 '감각의 분할'을 통해 새로운 감각을 창출하여 시대를 선도해 나가야 하는 미학적 정치력을 발휘하지 못하고 있는 탓이다. 이와 관련하여 요즈음 우리 시단에서 개별자로서의 '나'에 몰두하는 시들이 양산되고 있는 현실은 문제적이다. '나'를 노래하는 시에서 '나'가 예술적, 시대적 보편성의 차원으로까지 나아가지 못할 때는 자위의 수단에 불과하다. '나'를 탐구하더라도 예술적, 시대적 상징성을 담보하는 '나'를 탐구해야만 시는 타자의 윤리에 충실한 것이 된다. '나'를 탐구하는 것이 문제가 아니라 '나'를 사소한 개체에 머물고 마는 것이 문제인 것이다. '나'를 탐구하는 일을 멈출 수 없다면 '나' 안의 '너'라는 타자를 탐구하는 것이 올바른 태도일 터이다. 세상의 모든 '나'들마저도 타자의 윤리에 동참하도록 견인하는 시를 생산해야 하는 것이다. 그리하여 마침내 세월호의 비극을, 아니 그 비극의 메커니즘을 세월의 저편으로 영구히 추방해야 한다.

비평, 미혹적인 것과 매혹적인 것
—비판과 소통을 위하여

1. 프롤로그 : '비평'에서의 위기

언제부턴가 문학의 위기에 관한 말들이 유령처럼 떠돌고 있다. 문학의 위기론은 존 바쓰가 '소설의 죽음'을 말하고 가라타니 고진이 '근대 문학의 종언'을 주장하면서 절정을 이루었다. 그들은 더 이상 거대 담론을 기반으로 하는 전통적인 의미의 문학, 근대적인 의미의 문학은 없다고 단언했다. 물론 그들이 말하는 것은 문학 자체를 부정하는 것이 아니라 문학이 지니는 사회적, 문화적 정체성의 커다란 변화를 지적하는 것이었다. 실제로 20세기 후반 이래로 문학은 포스트모더니즘의 영향 아래에서 혁신에 혁신을 추구해 왔다. 즉 문학은 포스트모더니즘 이후 문학 이론이나 창작 방법의 차원에서 전위적이고 전복적인 변화를 적극적으로 시도하고 있다. 문학의 위기론은 그러니까 고루한 문학적 전통의 사망 선고와 함께 시대 적합성을 견지하는 새로운 문학에 대한 요구를 함의하는 것이다. 그렇다면 문학의 위기론은 결국 문학의 가능성을 탐색하는 기회가 될 수도 있을 터인데, 왜냐하면 새로움의 추구는 문학의 근원적인 속성이 아닐 수 없겠기 때문이다.

문학의 위기(론)에는 당연히 비평의 위기(론)도 포함된다. 그러나 비평의 위기는 문학의 위기와는 조금 다른 측면에서 생각해보아야 한다. 문학이 시대 적합성을 담보하는 새로운 것을 창출하지 못하는 데서 위기를 맞이했다면, 비평은 오히려 제 본연의 임무를 소홀히 하면서 위기를 자초했다고 보는 것이 옳을 듯하다. 오늘의 비평은 문학 현상이나 작가와의 비판적 긴장 관계, 독자와의 문학적 공감을 상실하면서부터 제 기능을 다하지 못하고 있다. 비평은 그 본래의 기능인 문학 작품에 대한 야멸찬 '해석과 평가'를 포기하고 너무 안이하게 타협을 하고 있다. 즉 비평이 작품에 내재하는 행간의 의미를 발견하여 작품을 재창조하는 진정한 '해석'의 차원으로까지 발전하지 못하고, 문학 권력이나 사적인 인간관계에 편승하여 공정한 비판적 '평가'를 수행하지도 못하고 있다. 비평이 비판 정신을 상실하면서 호의적 '해설'과 '찬사' 일변도로 나아가다 보니 이른바 '주례사 비평'이라는 비난을 받기도 했다. 뿐만 아니라 현장 비평보다는 강단 비평이 우세해지고 지식의 과시를 위한 현학적 비평이 주류화되면서 독자의 외면을 받는 사태로까지 이어지고 있다.

오늘의 비평은 미혹의 늪에서 방황하고 있다. 비평이 미혹적인 것에서 탈피하여 매혹적인 것이 되기 위해서는 이제 비평 본연의 자리로 돌아가야 한다. 비평이 돌아가야 할 본연의 자리는 작품에 대한 엄정한 비판을 전제로 한 창조적 비평, 독자와의 미학적 공감을 기본으로 삼는 소통의 비평 등이다. 그러면 비평은 어느 비평가가 말했듯이 "재미있고 쉽게 읽히면서도 인식의 넉넉한 깊이를 동반하며 어떤 글보다도 매혹적인 글쓰기"[1]로서의 자격을 획득하고, 혹은 "열린 사회를 향한 꿈은 열린 비평을 향한 꿈과 동의어"[2]로서의 의미를 부여받을 것이다. 비평이 미혹의 수렁에서 탈출하여 매혹의 세계로 진입할 수 있다면 비평은 분명 문학의 위기를 탈출하는 데도 일정한

---

1 권성우, 『비평의 매혹』, 문학과지성사, 1993, 「책머리에」 부분
2 박혜경, 『비평 속에서의 꿈꾸기』, 문학과지성사, 1991. 「책머리에」 부분

기여를 할 수 있을 것이다. 이제 미혹적인 것으로서의 비평의 문제점[3]을 점검해보고, 매혹적인 것으로서의 비평이 나아갈 길을 모색해보기로 한다.

2. 미혹적인 것과 매혹적인 것의 대위법

1) 주례사 비평 : 창조적 비평

시기적으로 보면 1990년대 이후의 일이었다. 그때부터 비평은 작품에 대한 혹독한 비판과 그에 뒤따르는 격렬한 논쟁을 거부하고, 대신 비판 없는 해설 비평이나 찬양 비평이 대세를 이루고 있다.[4] 주례사 비평을 간단히 정의하면 냉철한 비판 정신을 상실한 비평을 일컫는다. 비판 정신이란 어떤 대상이 지닌 장단이나 공과를 함께 보는 균형 감각을 의미한다. 장점이나 공의 부분에는 눈길을 주지 않고 단점이나 과의 부분만을 강조하는 것은 비난에 가깝고, 반대로 단점이나 과의 부분에는 한없이 너그럽고 장점이나 공의 부분만을 지나치게 강조하는 것은 찬양에 가깝다. 이들은 진정한 의미의 비판 정신과 거리가 멀다. 비평이 냉철한 비판 정신을 상실했을 때 자기 정체성과 자기주도성을 상실하고 작품이나 작가를 선형적으로 추수하는 데 머물게 된다. 비평은 스스로의 독립적 위치를 포기하고 작품이나 작가라는 주인의 노예로 복무하게 되는 것이다.

주례사 비평의 기본적 메커니즘은 문학 권력에 종속적인 태도를 취하는 것이다. 문학 권력을 구성하는 것은 출판 권력과 문단 권력이 요체인데 이들은 상보적 동업의 관계에 놓인다. 시중의 유명 출판사들은 경제 자본

---

3 이와 관련한 논의는 김명인 외,『주례사 비평을 넘어서』, 한국출판마케팅연구소, 2002; 강준만 · 권성우,『문학권력』, 개마고원, 2001; 노혜경 외,『페니스 파시즘』, 개마고원, 2001. 등에서 활발하게 이루어진 바 있다.

4 김명인,「신화는 어떻게 만들어지는가」, 위의 책, p.12.

(economic capital)의 힘을 앞세워 입도선매立稻先賣 방식으로 작가들을 지배하고 있다. 출판 권력은 그 지배력을 행사하고 강화하는 데 비평을 적극적으로 활용하는데, 출판 권력의 자장 안에서 비평에게는 작품에 대한 비판이나 공격이 절대적인 금기 사항이 된다. 출판 권력이 원하는 것은 최고의 찬사와 과장으로 독자들을 현혹시켜 베스트셀러를 만드는 일이다. 문학을 장사의 수단으로 삼아야 하기 때문이다. 출판 권력과 밀착한 문단 권력도 마찬가지다. 문단의 권력자들은 대개 출판 권력의 경제 자본의 도움으로 상징 자본(symbolic capital)을 유지해나가면서 그것을 경제 자본을 재생산하기 위한 디딤돌로 삼는다. 문학 권력은 그 힘을 유지하기 위해 비평을 매개로 하여 권력과 자본의 선순환을 도모하는 것이다.

물론 주례사 비평이 절대적으로 무용지물인 것만은 아니다. 작품집의 발문이나 해설은 주례사 비평의 메커니즘을 다룰 수밖에 없다. 대개 개인적인 친분이 있는 사람이 담당하는 작품집의 발문이나 해설문을 작성하는 데 작품의 문제적인 부분을 굳이 강조할 필요는 없다. 발문이나 해설은 성격상 작품의 긍정적인 의미를 부각시켜 주는 것을 목적으로 하는 것이기 때문이다. 문제는 이러한 주례사 비평이 과도한 찬사를 무기로 삼아 비주류의 자리에서 주류의 자리로 옮겨간다는 사실이다. 누가 보아도 우리 비평의 주류에 속하는 어느 비평가의 글에서도 주례사 비평이 어렵지 않게 발견된다.

> 미당 서정주가 <u>우리말 시인 가운데 가장 큰 존재로 떠오른다</u>는 점에 이의를 제기하는 사람은 별로 없을 것이다. 지금껏 낸 13권의 시집은 대체로 질적인 균질성을 가지고 있으며 미당의 손이 타지 않는다면 씌어질 수 없는 독자적인 울림과 호흡을 가지고 있다.
> …(중략)…
> <u>어떤 말이나 붙잡아 널리면 그대로 시가 되는 경지에 이른 미당을 뛰어난 부족방언의 요술사</u>라고 부르는 데 유보감을 드러내는 이 또한 없을 것이다. 〈나를 키운 건 8할이 바람이다〉라는 20대의 대담한 선

포에서 〈하늘이 싫어할 일을 내가 설마 했겠나〉라는 60대의 공자의 습용襲用에 이르기까지 미당의 말씨와 말투는 독창적이고 창의적이다. 시 8백에 높낮이 없게 골고루 배어 있는 요술쟁이의 솜씨는 낱낱의 작품마다에 무엇인가 새로운 면모를 보여주고 있다.

…(중략)…

진정한 의미의 살아 있는 고전이 영세한 우리 터전에서 전범에 값하는 작품은 현대의 고전으로 숭상되어 마땅하다. 에디슨이 없었더라도 라디오와 축음기는 결국 누군가의 손으로 발명되었을 것이다. 그러나 모차르트가 없었다면 모차르트 음악 그 자체는 우리의 것이 못되었을 것이다. 부족방언의 요술사이자 시인부락의 족장인 미당 시가 좀 더 널리 향수되기를 바라는 마음에서 씌어진 이 글은 어디까지나 미당론의 일부임을 밝혀둔다.[5]

이 비평문은 미당 서정주의 시에 대한 최고의 평가를 내리고 있다. 이 비평문은 주례사 비평이 지닌 전형적 특성을 몇 가지 보여주고 있다. 그것은 첫째, 비판이 없다. 상당히 긴 이 비평문의 전문 어디에도 미당 시의 아쉬움이나 문제점에 대한 언급이 전혀 없다. 이를테면 미당의 후기시나 친일시에서 보이는 문학적, 정신적 파탄에 대해서는 전혀 언급이 없다. 아무리 위대한 작가의 작품일지라도 문제적 부면이 있을 수밖에 없다는 진실을 의도적으로 외면하고 있는 것이다. 둘째, 과장의 제스처이다. "가장 큰"이라는 수식이나 "뛰어난 부족방언의 요술사"와 같은 정의를 통해 최고급의 시인임을 강조하면서 마침내는 "어떤 말이나 붙잡아 놀리면 그대로 시가 되는 경지"에 이른 "요술쟁이의 솜씨"라는 극찬에 이른다. 거의 신격화의 수준이라 할 만하다. 셋째, 성급한 일반화의 오류이다. "나를 키운 건 팔 할이 바

5 유종호, 「소리 지향과 산문 지향」, 『작가세계』 1994년 봄호, pp.79~101, 밑줄 필자, 이하 인용문도 마찬가지.

람이다"와 같은 유명한 시구를 예시하고는 그의 모든 시("시 8백")가 "독창적이고 창의적이다"라는 식으로 상찬을 한다. 이런 과정을 거쳐서 미당 시는 그 어떤 결함이나 문제가 전혀 없는 고전이자 신화의 반열에 오르게 된다.

주례사 비평은 기본적으로 문학 주변의 것들로 문학의 본령을 왜곡하는 속성을 지닌다. 오늘날 우리 비평계에는 흔히 말하는 학연과 지연(地緣/紙緣)뿐만이 아니라 심지어는 주연(酒緣)까지 작용하면서 주례사 비평이 횡행하고 있다. 비평이 치열한 논쟁과 창조적 담론을 생산하는 역할을 포기한 채 적당한 타협과 무조건적인 상찬의 기제로 전락해버리고 있는 것이다. 그러나 다행스럽게도 문단 권력이나 문학 주변에 연연하지 않는 비평이 없는 것은 아니다.

> 현실 인식의 결핍과 미학의 단순성은 서로 긴밀하게 맞물려 있다. 현실 인식이 누락된 소박한 미학은 우리가 살고 있는 사회의 삶의 원리를 대변하는 데도 실패한다. 위의 시들을 통해 이 시대와 사회의 실상을 미학적으로, 혹은 어떤 식으로든 재구상하기란 매우 난감한 일이다. 이 시들은 현실과 자연을 평면적으로 인식한 결과, 미의식의 유형에 있어서도 서로 엇비슷한 양상을 드러낸다. 위의 시들뿐만 아니라 최근 자연을 노래한 시들에서 숭고하거나 추한, 비극적이거나 희극적인, 풍자적이거나 아이러니컬한 것 등의 다채로운 미의식을 발견하기란 쉽지 않다. 시어의 선택도 뚜렷이 제한되어 있으며, 시의 화법도 편안하고 안정적인 어조로 일관되고 있다. 만일 최근 우리 시에서 모방의 문제를 논한다면, 사태의 본질과 심각성은 누가 누구를 모방하느냐의 개별적인 차원보다는, 많은 시인들이 비슷한 시정신과 미의식, 감각과 언어의 사용법에 함몰된 보다 근본적인 차원에 있다. 시인들이 자연에 대한 상상력을 넘어 자연에 대한 가상에 빠

져 있는 상황이 이런 사태를 초래한 것이다.[6]

이 비평문은 자연을 노래하는 최근의 서정시들의 문제점을 냉철하게 비판하고 있다. 이 글에서 말하는 "위의 시들"은 황동규의 「우포늪」, 최두석의 「사슴풍뎅이」, 이정록의 「가시연」, 송수권의 「수저통에 비치는 저녁노을」 등이다. 이 작품들을 창작한 시인들은 우리 시단에서 나름대로 주류의 위치를 점유하고 있는 사람들이다. 우리 시단에서 주류에 속하는 시인을 비판한다는 것은 만용에 가까운 용기가 없으면 불가능한 일이다. 그러나 이 비평문은 그 시인들의 명성이나 권력을 외면하고 작품 자체의 문제점을 들여다보고 있다. 이들 시에서의 자연 서정이 주객일체나 '세계의 자아화'라는 보편적인 서정시의 원리에만 기대어 너무 기계적이고 단순하고 비슷비슷하다는 점을 지적하고 나선 것이다. 특히 이 시들은 "현실 인식의 결핍"이나 "다채로운 미의식"의 부재라는 한계를 드러내고 있을 뿐이라는 사실을 예리하게 비판하고 있다. 시의 "자연" 서정이 그 아우라를 창출하지도 못하고 현실과의 교섭을 하지도 못하여 "가상"으로서의 "자연"이라는 "매트릭스"에 갇혀 있다고 진단한다. 이러한 비판 정신은 창조 정신의 다른 이름이다. 창조라는 것은 기존의 것, 뻔한 것, 그저 그런 것, 식상한 것에 대한 부정 정신의 다른 이름이기 때문이다. 하여 이 글은 창조적 비평의 한 사례라고 할 수 있다.

우리의 문단에서 시대와 공간을 초월할 세계적인 명작이 생산되지 못하는 것은 주례사 비평이 주류화되어가는 상황과 밀접히 관련된다. 비평이 이제는 문학의 위기를 침소봉대하거나 노벨문학상 타령이나 하지 말고 다시 창조적 비판 정신으로 돌아가야 한다. 창조적 비판 정신은 작품의 장단점이나 공과에 대한 정확하고 공정한 평가를 기조로 삼는 진정한 비평의 요체에 해당한다. 비평이 개인적인 친분 관계를 앞세우거나 출판 권력 혹은 문

6 김수이, 「자연의 매트릭스에 갇힌 서정시」, 『서정은 진화한다』, 창비, 2006, pp.22~23.

단 권력에 종속되는 것은 진정한 비평이기를 포기한 것이나 다름없다. 이러한 주례사 비평을 불식시키기 위해서는 작가들도 자신의 작품에 대한 비판에 대해 성찰적으로 받아들이는 자세가 필요하다. 전문 독자인 비평가들이 자신의 작품에 대한 비판을 할 경우 그 근거가 명확하다면 겸허히 받아들여 작품성 향상의 계기로 삼아야 한다. 비판 정신이 살아 있는 비평은 작품에 대한 애정의 표현이자 더 나은 작품에 대한 준엄한 요구이기 때문이다. 이 요구에 응할 때 비평과 작품은 일정한 긴장 관계를 유지하면서 창조적 상생의 관계를 유지할 수 있을 것이다.

2) 현학적 비평 : 소통의 비평

현학적 비평은 작품 감상의 과정에서 지식이나 이념, 철학, 이데올로기 등을 과도하게 동원하는 비평을 의미한다. 이즈음 현학적 비평이 주류화되는 데에는 강단 비평이 절대적인 우세를 차지하는 현상과 밀접히 관련된다. 오늘날 문단 현장에서 비평을 전업으로 하는 비평가를 찾아보기란 여간 어렵지 않다. 비평을 하는 사람들은 대개 어떤 형태로든 대학이나 연구 기관에 적을 두고 활동을 한다. 특히 1990년대 이후 대학원 교육이 활성화되면서 오늘날 문단에서 활동하는 대부분의 비평가들은 석박사 과정을 수료하거나 학위를 취득한 사람들이다. 그들은 대학원 재학 중에 혹은 졸업할 즈음에 교수 요원으로서의 스펙을 쌓기 위해 비평가로 데뷔를 한다. 그들은 한동안을 지식의 매트릭스 속에 갇혀 문학을 '공부'해온 탓에 진지한 창작 경험도 없고 문단에서의 현장 경험도 없이 비평의 현장에 불쑥 뛰어든 사람들이다. 이렇게 등장한 강단 비평가들은 문학 작품을 가슴으로 감상하기보다는 머리로 분석하는 데 익숙하다. 그들에게 비평은 지식과 이론의 경연장이 될 수밖에 없는 것이다.

현학적 비평은 철학이나 이론이 작품의 이해와 감상을 위한 보충적, 보조적 역할을 한다는 사실을 부정한다. 이때 오히려 이론이나 철학이 비평의 주인 역할을 하고, 작품은 그저 비평가의 입론을 위한 보조적인 수단으로 전락하고 만다. 본말이 전도되는 것이다. 이런 비평에서 작품은 한낱 비평가의 자기주장을 펼치거나 현학을 과시하기 위한 예시例示의 역할을 할 뿐이다.

> 문학은 불가피하다. 인간을 말하고 행동하는 존재이기 때문이다. 아니, 그 말과 행동이 형편없는 불량품이기 때문이다. 말이 대개 나의 진정을 실어나르지 못하기 때문이고 행동이 자주 나의 통제를 벗어나기 때문이다. 가장 친숙하고 유용해야 할 수단들이 가장 치명적으로 나를 곤경에 빠뜨린다. 왜 우리는 이 모양인가. 개별자의 내면에 '세계의 밤'(헤겔)이, 혹은 '죽음충동'(프로이트)이 있기 때문이다. 부분 안에 그 부분보다 더 큰 전체가 있다는 역설, 살고자 하는 것 안에 죽고자 하는 의지가 내재하고 있다는 역설 때문이다. (내가 부정해야 하는 혹은 나를 부정하려 드는 '그것'을 독일관념론과 정신분석학에 기대어 자기-관계적 부정성 self-relating negativity이라 부를 수 있다.) 덕분에 말은 미끄러지고 행동은 엇나간다. 과연 나는 내가 아닌 곳에서 생각하고, 내가 생각하지 않는 곳에서 존재하는 것인지도 모른다(라캉). 그러니 내 안의 이 심연을 어찌할 것인가. 그것의 존재를 부인하는 일(신경증)은 쉬운 일이고 그것은 그것에 삼켜지는 것(분열증)은 참혹한 일이다. <u>어렵고도 용기 있는 일은 그것과 대면하는 일이다. 그 심연에서 나의, 시스템의, 세계의 '진실'을 발굴해내는 일이다.</u> 내가 심연을 들여다보면 심연도 나를 바라보겠지만(니체), 그 대치(對峙) 없이는 돌파도 없다. 그것이 시인과 소설가의 일이다.[7]

---

7 신형철, 「몰락의 에티카-21세기 문학 사용법」, 『몰락의 에티카』, 문학동네, 2008, pp.13~14.

이 짧은 비평문 속에 "헤겔", "프로이트" "라캉" "니체" 등과 같이 위대한 철학자들의 이론이 빼곡하게 들어차 있다. "헤겔"의 "세계의 밤"이나 "프로이트"의 "죽음 충동", 그리고 "라캉"의 "욕망" "니체"의 "심연" 등은 근대 철학에서 탈현대철학까지 인간의 내면세계를 표상하는 핵심적인 용어에 속한다. 근대 이후 인간 탐구는 외부 현실과의 관계보다는 내면세계의 "심연"을 탐구하는 데 바쳐졌다고 해도 과언이 아니다. 이러한 점을 표현하기 위해 이 비평문은 희대의 철학자들과 그들의 이론을 다수 동원한 것이다. 그런데 이 번잡스러운 진술들은 밑줄을 그은 두 문장으로 요약할 수 있다. 문학은 "내 안"의 "심연에서" "나"와 "세계의 '진실'을 발굴해 내는 일"이라는 것이다. 이 주장을 드러내기 위해 이 많은 철학자들의 현학적인 용어들을 동원한 것은 지식의 과잉이라고 말하지 않을 수 없다. 이런 현학적 진술은 문학에 대한 자기주도적인 인식과는 거리가 먼, 지적인 자기과시의 혐의에서 벗어날 수 없다. 혹여 비평으로 성립하더라도 이것은 일반 최고급의 지식인 독자만을 위한 것이다.

진정한 비평은 쉬운 것만을 쉽게 전달하는 것도 문제지만 어려운 것을 어렵게 전달하는 것도 문제다. 좋은 비평은 복잡하고 어려운 것을 쉽게 전달하여 독자들과 함께 심미적 공감에 도달하는 것이다. 인생의 복잡하고 어려운 문제를 함의한 작품을 분석하기 위한 비평이 철학을 함의할 수는 있지만 철학 자체가 비평일 수는 없기 때문이다. 철학이 비평이 되기 위해서는 무엇보다도 독자들과의 미학적 소통이 중요하다는 말이다. 이때의 소통은 문학적 공감이라 할 수 있을 터인데, 이것은 머리로만 하는 현학적 비평에서는 기대할 수 없는 것이다. 그래서 소통의 비평을 위해서 비평가는 생경한 철학이나 이론을 날것으로 제공하기보다는 그런 것들을 완전히 자기화하여 자기의 언어로 표현해야 한다.

> 삶이 상투적이다. 따분한 모범생과 유치한 문제아들이 서로 다른 방향에서 세계의 상투성을 보호하고 육성한다. 세계의 상투성은 사유의 상

투성이고 그것은 곧 언어의 상투성이다. 혹은 상투적인 언어들이 상투적인 사유를, 상투적인 사유가 상투적인 세계를 만든다. 시란 무엇인가? 상투형과의 전면전이다. 시는 후기자본주의, 한미 FTA, 양극화 등과 직접 싸우지 못한다. 시는 세계를 인식하고 재현하는 상투적인 방식들과 싸운다. 우선 상투적인 언어들을 전복할 것, 그를 통해 사유를 전복하고, 가능하다면 세계를 전복할 것. 이것이 시인 카타콤의 행동 강령이다. 상투형을 인식할 능력이 없거나 그것과 타협한 시인들을 시인이라고 부를 수는 없다. 상투적인 것은 시의 극우極右이고, 상투형의 정복은 시의 제1윤리이다.[8]

이 비평문은 앞의 비평문과는 정반대의 모습을 보여준다. 시의 "상투성"에 관한 필자의 신념과 인식이 철학적 용어나 학문적 이론의 인용 없이 자연스럽게 개진되고 있다. 사실 이 글에서 비평가는 요즈음의 전위적인 시들을 대상으로 하고 있기 때문에 적어도 미학적 차원의 새로움이나 전위성에 관한 복잡한 이론들을 동원할 수도 있었을 것이다. 그러나 이 글은 "세계의 상투성"과 "사유의 상투성", 그리고 "언어의 상투성"을 연쇄적으로 진술 속에서, "시"가 결국은 "언어"를 통해 "세계"와 인간("사유")을 새롭게 "전복"시키는 것이라는 점을 유려하게 드러낸다. 이를테면 해체주의 철학이나 포스트모더니즘의 전복 이론 등을 끌어들일 법도 하지만 모든 문장을 필자의 언어로 진술해내고 있다. 그리하여 마침내 "상투형의 정복은 시의 제1윤리"라고 하는 이 글의 핵심에 무리 없이 도달한다. 또한 "윤리"와 관련된 이론도 도덕의 이론과 더불어 철학 분야의 중요한 영역일 터인데 이 글은 역시 그런 이론을 끌어들이지 않고 있다. 이 비평문은 시의 본질에 대한 상당히 심오한 내용을 진술하면서도 자기주도적이고 쉬운 언어를 활용함으로써 일반 독자와의 소통과 공감에 성공하고 있다.

---

8 신형철, 「시적인 것들의 분광, 코스모스에서 카오스까지」, 위의책, p.247.

진정한 비평의 임무는 작품을 매개로 하여 심미적 감각과 철학적 인식과 시대정신을 독자들과 함께 나누고 공유하는 일이다. 그러나 이즈음 우리 비평은 그러한 공유의 정신이 빈약하기 그지없다. 이렇게 된 데에는 가슴은 없고 머리만 거대한 기형의 비평이 문단을 지배하고 있기 때문이다. 비평은 당연히 문학의 한 영역으로서 반드시 감성적이고 미학적인 차원이 활성화되어야 하는데, 아이러니컬하게도 이성적이고 논리적인 차원이 지나치게 강조되고 있는 것이다. 이제 비평가들은 작품보다도 더 어려운 비평, 작품과 동떨어진 비평이 횡행하면서 독자들이 어디론가 사라져버렸다는 점을 인식해야 한다. 더구나 비평의 소통 부재는 곧장 문학의 소통 부재와 연결되면서 문학의 위기로까지 이어진다는 점도 주목할 필요가 있다. 하여 비평은 이제 지식의 자위적 자기복제를 극복하여 독자들의 미학적 감수성을 고양하는 창조와 지혜의 샘이 되어야 한다.

3. 에필로그 : '비평'으로의 회귀

우리나라의 문학 권력은 잘 알려진 몇몇 출판사를 중심으로 일종의 카르텔을 형성하고 있다. 창작과비평사, 문학과지성사, 문학동네, 민음사 등은 오늘의 문학 권력이 발동하는 원적지이다. 그들은『창작과비평』『문학과사회』『문학동네』『세계의문학』등의 문예지를 출간하면서, 주요 작가들의 작품집을 독점적으로 끌어들여 문학 권력의 아성을 구축하고 있다. 그들은 문학이라는 숭고한 대상을 상품화하면서 경제 자본과 문학 권력을 끊임없이 재생산하는 강력한 시스템을 갖추고 있다. 비평은 그 시스템을 활성화시키는 데 보조적 역할을 담당해왔는데, 이를 조금 과장하여 말한다면 비평은 문학 권력의 파출부[9] 역할에 충실히 복무해온 셈이 된다. 비평이 상업

9 강준만 · 권성우, 앞의 책, p.53.

적 마인드로 무장한 출판업자들에 의해 좌지우지되다 보니 독립성과 공정성을 지켜내는 것이 구조적으로 불가능하게 된 것이다. 결과적으로 비평은 독자들을 미혹의 세계로 이끌게 되는 것이다.

비평이 매혹적인 것이 되기 위해서는 비평의 본성을 되찾아야 한다. 건강한 비판적 야성을 회복하여 적당한 타협과 무갈등의 온실에서 벗어나야 한다. 비평은 본래 '批=手+比'로서의 작품이 지닌 가치를 정확하게 비판하는 기능과, '評=言+平'으로서의 작품을 공정하게 평가하는 기능을 근본으로 삼는다. 비평에 종사하는 사람들은 이러한 비평의 기능에 기반을 둔 자기정체성을 분명히 자각해야 한다. 이 시대에 비평의 역할이 위기를 맞이했다고 하여 스스로 위축되거나 자기 부정을 해서도 곤란하다. 디스렐리(B. Disraili)가 말한 대로 비평가는 '창작에 실패한 사람'이라거나 안톤 체홉이 말한 대로 '쇠꼬리에 붙어 다니는 파리'라는 식의 부정적 인식을 극복해야 한다. 오히려 윈스턴 처칠의 논법에 따라 비평가는 '계란을 낳지 못하지만 좋은 계란을 고를 수 있는 사람'이고, 머리(J.M. Murry)의 주장처럼 '비평의 역할은 본질적으로 문학 자체와 같다']는 인식을 분명히 해야 할 필요가 있다.

비판과 소통이 결여된 비평은 해설이나 찬양의 수준을 넘어설 수 없다. 주례사 비평은 사람들을 정신적 나태의 세계로 끌어들여 진보와 창조의 정신을 무력하게 한다. 현학적 비평은 사람들을 지식을 바탕으로 하는 자기과시와 자기만족에 빠져들면서 독자들의 무관심을 유발한다. 문제가 아닐 수 없다. 오늘의 비평은 이러한 문제 외에도 수사修辭의 과잉 문제, 당파적 편향성의 문제 등이 도사리고 있다. 수사의 과잉은 시집의 표사나 소설집의 추천사 등에서 나타나곤 하는데, 문학에서의 상징 권력을 간직한 유명 작가들이 실제의 작품보다도 더 화려한 수사를 동원하여 과장을 한다. 독자들은 혼란을 겪을 수밖에 없다. 당파적 편향성도 우리 비평의 고질적인 문제에 속한다. 일부 비평가들은 아직도 참여와 순수 혹은 정치와 미학의 사이의 해묵은 대립각을 완전히 포기하지 못하고 있다. 비평가들은 문학과 마찬가지로 획일성의 가치를 타파하고 다양성의 가치를 인정해야 한다. 이러한 문제들을 극복해낼 때 비평은 미혹적인 것을 넘어서 진정으로 매혹적인 것이 될 수 있다. 비평의 재미는 거기서 찾아야 한다.

코라의 노래를 부르는 시인들

—현대시와 여성 주체의 탄생

1. 시와 여성

시는 기본적으로 여성적 언어를 기반으로 한다. 물론 이 정의는 여성을 어떻게 규정하느냐에 따라 논란의 여지가 없지 않지만, 여성은 분명히 남성보다는 근원적이고 포용적이며 생산적이고 감성적인 존재라는 점에 동의를 한다면 큰 문제는 없을 듯하다. 여성에 대한 이러한 인식의 배후에는 한동안 여성은 뒤웅박 팔자처럼 수동적이고 나약하고 무능한 존재로 여겨져 왔던 사회적 편견에 대한 부정의식이 자리를 잡고 있다. 시에서 여성의 가치는 근대시 이후 혹은 페미니즘 시 이후 긍정적인 의미를 적극적으로 부여받아왔다. 여성적 가치의 발견은 1920년대 나혜석을 시발점으로 하여 고정희, 최승자, 김혜순, 김승희, 김선우 등의 시에 빈도 높게 드러난다. 특히 페미니즘이 유행했던 1980년대 후반 이후 우리 시에서 여성은 주체적 역량을 지닌 존재로 다시 태어났다.

페미니즘 시가 등장하기 이전까지 우리 시단에서 여성은 대부분 예쁘고 조신하고 수동적이고 희생적인 존재로 호명되어 왔다. 가령 김소월의 「진달래꽃」에 등장하는 여성은 애이불상哀而不傷의 성품을 지닌 존재이다. 그녀는 자신을 버리고 떠나가는 님에게 축복의 꽃을 뿌리면서 "죽어도 아니 눈물 흘리오리다"라고 말한다. 노천명의 「여인」에서는 여성이 "한 어머니로 여인은 8월의 태양처럼 믿다워라"고 하여 희생적 모성의 존재로 규정된다. 또한 오장환의 「온천지溫泉地」에서 여성은 "점잖은 신사는, 꽃같은 계집을 음식처럼 싣고 물탕을 온다"고 호명된다. 여성은 식민지 근대의 물결 속에서 "음식"과도 같이 물화된 존재로 불린 것이다. 그리고 김수영의 「여자」에서는 "여자는 에고이스트, 뱀과 같은 에고이스트"라고 규정되며, 오규원의 「한 잎의 여자 1」에서는 "물푸레 나무 그림자 같은 슬픈 여자"로 등장할 뿐이다. 이들 시에서 여성은 그다지 긍정적이거나 주체성을 간직한 존재로 호명되지 않는다.

그러나 여성의 언어는 시적 언어이자 혁명의 언어이다. '시적 언어의 혁명'을 주창한 크리스테바는 언어를 상징계(the symbolic)의 언어와 기호계(the semiotic)의 언어로 구분하면서 이들 가운데 시적 언어는 기본적으로 기호계의 언어와 관계가 깊다고 주장한다. 그녀는 기호계의 언어가 상징계의 언어와 다른 점은 의미를 만들어내는 데 그치지 않는 점이라고 주장한다. 기호계의 언어는 우리가 말하는 순간에 나타나는 것들로서 감정이나 신체적 충동을 드러내는 억양이나 리듬, 몸짓 등과 같은 요소들로 이루어진다고 보는 것이다. 그녀는 이러한 기호계 언어의 근원을 코라chora라고 부르는데, 코라는 우주의 자궁을 의미하는 것으로서 생성의 원천이자 저장소이다. 따라서 코라의 언어는 여성의 언어로서 시적 가치를 고양한다.

코라의 언어는 상징계의 언어에 진입하기 이전의 상태이며, 상징계의 언어에 침입하여 그 문법 규칙을 전복하거나 각종의 수사적 표현을 구사한다. 그리하여 진정한 의미의 시적 언어는 속악한 상징계의 질서를 거역하고 전복하는 혁명성을 간직하기 마련이다. 상징계의 언어는 남성의 언어이고 남녀 사이의 폭력적 서열 관계를 구성하는 현실의 언어이다. 크리스테바에 의하면 시적 언어는 상징계의 관습적 인식과 관습적 언어에 대한 생산적인 파괴의 행위에 의해 혁명적으로 갱신을 거듭하게 된다. 언어의 갱신이 없는 곳에 진정한 의미의 창조 정신은 존재할 수 없다. 페미니즘 시인들은 코라의 언어를 통해 시를 갱신하고, 시의 갱신을 통해 자아를 갱신하고, 자아의 갱신을 통해 세계를 갱신하고자 한다.

2. 여성 해방을 위한 성찰과 행동주의자로서의 여성

현대시사에서 코라의 노래를 부른 가장 선구적 시인은 나혜석이다. 그녀는 1920년대라는 근대 초기에 여성의 주체성을 적극적으로 주창한 언어의 혁명가이자 사상의 혁명가이다. 그녀의 혁명성은 그 시기가 데카당스와 결합한 병적 낭만주의의 시대였다는 점에서 더욱 설득력을 발휘한다. 그때는 이상화가 「나의 침실로」를 통해 "수밀도 같은 가슴"을 지닌 수동적 에로티시즘의 여성으로 "마돈나"를 호명하고, 김소월과 한용운이 경건한 마음으로 "님"을 부르는 여성이 등장하던 시절이었다. 그런 시대에 나혜석은 코라의 언어를 구사하는 선구적 신여성으로 홀연히 등장하여 여성의 주체적 삶에 대해 적극적으로 발언을 한다.

1)

내가 인형을 가지고 놀 때

기뻐하듯

아버지의 딸인 인형으로

남편의 아내 인형으로

그들을 기쁘게 하는

위안물 되도다

노라를 놓아라

최후로 순수하게

엄밀히 박아놓은

장벽에서

견고히 닫혔던 문을 열고

노라를 놓아주게

2)

남편과 자식들에게

의무같이

내게는 신성한 의무 있네

나를 사람으로 만드는

사명의 길로 밟아서

사람이 되고저

3)

나는 안다

내 마음에서

온통을 다 헐어 맛보이는

진정 사람을 제하고는

내 몸이 값없는 것을

내 이제 때도다

4)

아아 사랑하는 소녀들아

나를 보아

정성으로 몸을 바쳐다오

많은 암흑 횡행할지나

다른 날, 폭풍우 뒤에

사람은 너와 나

—나혜석, 「인형의 家」 부분

이 시는 희곡 「인형의 집」을 시적으로 전유한 작품이다. 잘 알려진 대로 입센의 「인형의 집」은 19세기 한 여성의 자기정체성의 문제를 다루고 있는 선구적인 페미니즘 희곡 작품이다. 주인공인 "노라"는 아내나 어머니이기 이전에 한 인간으로서의 자신을 찾기 위해 허위와 위선뿐인 '인형의 집'을 떠난다는 내용이다. 이 시의 화자는 신여성으로서 이른바 '노라이즘'을 탄생시킨 「인형의 집」의 내용을 전유하여 1920년대 초반의 한국 땅에서 살아가던 여성의 수동적 삶을 비판하고 주체적 삶을 살아갈 것을 주창한다. 이 시에서 "인형"은 주체적 삶을 상실한 여성을 표상한다. 그녀는 가부장제 사회 속에서 "아버지의 딸인 인형"이나 "남편의 아내 인형"으로 살아가고 있다. 당시 사회는 근대화의 물결을 맞이하고 있었지만 여성은 아직도 삼종지도三從之道의 울타리 속에서 살아가고 있다는 점을 문제 삼고 있는 것이다. 시의 화자는 "나를 사람으로 만드는/ 사명의 길"을 가면서 한 인간으로서의 존재 가치를 부여받아야 한다고 역설하는 것이다. 이 시의 화자는 현대시에 등장한 최초의 주체적 여성이자 여성 해방의 전사라고 할 수 있다.

나혜석의 시 이후 한동안 한국시단에서 페미니즘의 가치를 적극적으로 드러내는 시를 찾아보기는 매우 어렵다. 1920년대 이후 1970년대까지의 한국시에서 여성은 대부분 남녀평등 의지나 주체적 의식을 지닌 존재로 등장하는 빈도가 높지 않았다. 강은교나 문정희의 시에서 여성의 주체성에 관한 시적 인식이 간헐적으로 드러나기는 하지만, 대부분의 시에 등장하는 여성은 청순미나 원숙미의 대상이거나 모성애의 아름다움을 지닌 존재이다. 주체적 역량을 지닌 여성의 본격적인 등장은 1980년대 후반 페미니즘 시인들의 작품부터이다. 고정희는 페미니즘 시인 가운데 여성해방에 대한 가장 적극적인 행동적 언어를 구사하곤 했다. 그녀의 시에 등장하는 여성은 주로 화자의 역할을 부여받으면서 여성해방을 위한 적극적인 행동주의자로 등장하곤 한다.

치맛자락 휘날리며 휘날리며
우리 서로 봇물을 트자
옷고름과 옷고름을 이어주며
우리 봇물을 트자
할머니의 노동을 어루만지고
어머니의 보습을 씻어주던
차랑차랑한 봇물을 이제 트자
벙어리 삼년 세월 봇물을 트자
귀머거리 삼년 세월 봇물을 트자
눈먼 삼년 세월 봇물을 트자
달빛 쏟아지는 봇물을 트자
할머니는 밥이 아니다
어머니는 떡이 아니다
여자는 남자에게 남자는 여자에게
한반도 덮고 남을 봇물을 터서
석삼년 말라터진 전답을 일으키자
일곱 삼년 가뭄 든 강산을 적시자

—고정희, 「봇물을 트자–여성 해방의 문학에 붙여」 부분

이 시는 남녀평등이나 남녀의 동일성을 강조하는 전형적인 1세대 페미니스트의 입장을 보여주고 있다. “봇물”은 “가뭄”으로 상징되는 가부장적 사회의 문제를 극복할 수 있는 여성적 가치를 의미한다. 가부장제 사회에서 여성적 가치는 매우 소중한 것임에도 불구하고 “봇물”처럼 일정한 틀에 가두어져 있는 상태에 머문다. “할머니의 노동을 어루만지고/ 어머니의 보습을 씻어주던” 그 가치는 가령 모성애라든가 인내심, 포용력, 부드러움, 생산성 등과 같은 긍정적 가치일 터이다. 그것은 여성의 삶을 규제했던 “귀머거리 삼 년 세월, 눈먼 삼 년 세월”을 극복할 수 있는 가치로서 더 이상 “할

머니는 밥이 아니다/ 어머니는 떡이 아니다"라는 여성의 삶에 대한 주체적 인식을 배후에 거느린다. 시인은 이러한 가치와 인식이 "봇물"처럼 "터져" 버릴 때 비로소 "석삼년 말라터진 전답"이나 "일곱 삼년 가뭄 든 강산"처럼 각박한 가부장제 사회가 정신의 가뭄에서 벗어날 수 있다고 주장하는 것이다. 이 시는 결국 생명력이 넘치는 상생의 사회를 위해서는 남녀평등이 실현되어야 하고, 그 실현을 위한 중심에 여성해방 문학이 앞장 설 것을 주문(부제가 "여성 해방 문학에 붙여"이다)하고 있는 것이다.

3. 시원적 생명과 에로티시즘의 주체로서의 여성

페미니즘 문학이 초창기에는 여성해방 문학으로서의 적극적이고 투쟁적인 성격을 지니고 있었다. 그러나 시간이 갈수록 남녀 간의 성차를 강조하면서 남성 중심적인 사회의 법과 제도의 문제점을 비판하거나, 그런 사회의 가치관을 구성하는 서구의 형이상학적 전통을 비판하는 방향으로의 변화를 추구한다. 전자는 주로 영미 페미니스트들에 의해, 후자는 주로 프랑스 페미니스트들에 의해 이루어졌는데, 그러한 특성은 한국의 페미니스트들에게도 나타난다. 먼저 최승자의 시에서 "여성"은 시원적 생명의 원적지로 형상화된다는 점에 주목해보자.

여자들은 저마다의 몸 속에 하나의 무덤을 갖고 있다.
죽음과 탄생이 땀 흘리는 곳.
어디로인지 떠나기 위하여 모든 인간들이 몸부림치는
영원히 눈먼 항구.
알타미라 동굴처럼 거대한 사원의 폐허처럼
굳어진 죽은 바다처럼 여자들은 누워 있다.
새들의 고향은 거기.

모래바람 부는 여자들의 내부엔
새들이 최초의 알을 까고 나온 탄생의 껍질과
죽음의 잔해가 탄피처럼 가득 쌓여 있다.
모든 것들이 떠나고 또 죽기 위해선
그 폐허의 사원과 굳어진 죽은 바다를 거쳐야만 한다.

—최승자, 「여성에 관하여」 전문

이 시를 읽기 위해서는 우선 표제가 "여성에 관하여"라는 점에 유의할 필요가 있다. 이때 "여성"은 단순한 생물학적 존재에 국한되지 않고 보다 넓은 의미의 여성성을 간직한 존재이다. 그런 "여성"의 "몸"은 이 시에서 죽음의 공간인 동시에 탄생의 공간이다. 그러므로 여성의 몸은 생명 혹은 존재의 모든 비의를 간직한 대상이 되는 것이다. 생명을 탄생시키고 난 여성의 몸은 "거대한 사원의 폐허"나 "죽은 바다"와도 같지만, 어떤 생명도 그러한 공간을 거치지 않고는 탄생할 수가 없다. 그러므로 "폐허"는 생명의 "폐허"이고 "죽은 바다"도 생명의 "죽은 바다"라는 점에서 모두 역설적 존재이다. 에로스와 타나토스라는 생명의 역설이 공존하는 시원적 존재인 것이다. 여성은 예쁘고 착하고 순종하는 존재라는 전통적인 여성관을 해체하고 치열한 생명의 본질을 함의하는 존재로 재탄생한 것이다.

여성이 생명의 탄생과 죽음의 주인공이라는 인식은 또한 에로티시즘의 차원에서 능동적 주체라는 인식과 연결된다. 이리가라이는 여성의 언어를 '여성을 말하기'(womanspeak)라고 명명하며 그 원천을 여성의 몸에서 발견한다. 특히 성적인 쾌락과 관련된 여성과 남성의 차이에 주목하는데 그 이유는 여성의 성적 쾌락이 "더욱 다양하고 저마다 그 차이가 무궁무진하며, 흔히 상상하는 것보다 더욱 복잡하고 예민"하기 때문이다. 일반적으로 남성 시인들의 시에 등장하는 여성들은 에로티시즘에서 남성이 중심이고 여성이 부수적이라는 점을 무리 없이 수긍하는 존재이다. 그러나 여성 주체를 적극적으로 탐구하는 페미니즘 시에서 여성도 에로티시즘의 능동적 주인공이 된다.

옛 애인이 한밤 전화를 걸어 왔습니다
자위를 해본 적 있느냐
나는 가끔 한다고 그랬습니다
누구를 생각하며 하느냐
아무도 생각하지 않는다 그랬습니다
벌 나비를 생각해야 한 꽃이 봉오리를 열겠니
되물었지만, 그는 이해하지 못했습니다
얼레지……
남해 금산 잔설이 남아 있던 둔덕에
딴딴한 흙을 뚫고 여린 꽃대 피워내던
얼레지꽃 생각이 났습니다
꽃대에 깃드는 햇살의 감촉
해토머리 습기가 잔뿌리 간질이는
오랜 그리움이 내 젖망울 돋아나게 했습니다
얼레지의 꽃말은 바람난 여인이래
바람이 꽃대를 흔드는 줄 아니?
대궁 속의 격정이 바람을 만들어
봐, 두 다리가 풀잎처럼 눕잖니
쓰러뜨려 눕힐 상대 없이도
얼레지는 얼레지
참숯처럼 뜨거워집니다

—김선우, 「얼레지」 전문

이 시의 소재인 "얼레지"는 백합과의 야생풀꽃으로서 꽃말은 질투 혹은 "바람난 여인"이다. 이들 중에 이 시에서는 질투보다는 바람난 여인으로서의 성격이 더 강조되고 있다. 이때 바람난 여인은 특수한 존재라기보다는 에로티시즘을 간직하고 사는 여성의 보편적 속성을 표상하는 것이라 할 수 있다. 시의 구체적인 내용은 한밤중에 "옛 애인"이 "누구를 생각하며" "자위를" 하느냐는 뜬금없는 "전화"에 대해 "아무도 생각하지 않는다"는 대답을 했다는 것이다. 사랑에 깊이 빠져든 "바람난 여인"의 에로티시즘은, "얼레지"꽃의 흔들림처럼 외부의 "바람"이 아니라 "대궁 속의 격정"이 만든 내부의 "바람" 때문이라는 것이다. 이 시구에는 여성의 에로티시즘은 남성에 의한 수동적인 것이 아니라 여성 스스로 간직하고 있는 내적인 에너지라는 내용의 함의한다. 그렇다면 비록 남성이 여성의 에로티시즘을 위해 일정한 역할을 하더라도 그것은 부수적인 것에 불과하다. 이는 "쓰러뜨려 눕힐 상대"가 있어야만 에로티시즘에 이르는 남성보다 우월한 여성성을 강조한 것이다.

4. 자신만의 경험을 말하는 생명의 원적지로서의 여성

현대시에서 여성은 성스러운 존재로 등장하곤 한다. 특히 여성은 여성만의 경험으로 인해 남성과는 비교할 수 없을 만큼의 커다란 가치를 부여받는 존재이다. 가부장적 사회에서는 배란, 월경, 출산과 같은 여성만의 경험이 하찮은 것으로 여겨져 왔으나, 페미니즘 시 이후에는 생명을 탄생시키는 성스러운 것으로 간주된다.

> 한 남자를 사랑했다고 하여
> 이런 고통이 있는 것은 아닙니다
> 한 남자와 잠깐 쾌락을 같이 했다 하여
> 이런 원통한 아픔이
> 있는 것은 아닙니다
> 여인들이여, 울고 찢기고 흐느끼며 발광하는

여인들이여,

이 성스러운 하얀 굴속에서

한 남자란 이제 지극히 사소한 우연에

지나지 않습니다

짐승처럼 짐승처럼 지금 우리가

온몸을 물어뜯으며 울부짖는 것은

스님이 영혼을 구하기 위하여

다비의 불바다 속으로 들어감과 같습니다

하얀 도자기를 구워내기 위하여

불바다 속에 천하무비의 큰 불을

지피는 것과 같습니다

—김승희, 「여인 등신불」 부분

이 시는 출산의 성스러운 의미를 노래하고 있다. 이 시에 등장하는 "울고 찢기며 발광하는/ 여인들"은 출산의 고통을 경험하고 있다. 이 "여인들"은 한 생명의 탄생을 위해 세상의 모든 고통을 감내하고 있는 것이다. 그것은 마치, "스님이 영혼을 구하기 위하여/ 다비의 불바다 속으로 들어감과 같"은 일이다. 이때 출산하는 "여인들"과 "스님"의 공통점은 고통 속에서 새로운 세계를 창조한다는 사실이다. "여인들"은 출산의 고통을 통해 새로운 생명의 세계를 탄생시키고, "스님"은 "등신불"의 고통 속에서 새로운 열반의 세계에 도달한다. 그것은 완성도 높은 예술 행위와도 다르지 않은 것으로서 "하얀 도자기를 구워내기 위하여" "큰 불을/ 지피는 것과 같"은 것이다. 여성의 출산 행위는 단지 "한 남자를 사랑했다"거나 "한 남자와 잠깐 쾌락을 같이했"기 때문에 일어나는 일이 아니다. 그것은 시의 제목에 드러나듯이 큰 고통 속에서 새로운 열반의 세계를 여는 "등신불"과 다르지 않은 성스러운 행위인 것이다. 이 시와는 조금 다른 방향에서 김경미의 「월경」, 김혜순의 「해산」, 「딸을 낳던 기억」, 최승자의 「Y에게」 등도 모두 여성만의 경험을 말한다. 이들 시에 등장하는 여성들은 여성만의 경험을 통해 여성으로서의 자기정체성을 추구하면서 남성중심주의의 폭력성을 고발하는 역할을 부여받는다.

여성의 정체성을 규정하는 특성으로 가장 대표적인 것은 모성이다. 모성은 인간의 속성 가운데 가장 위대한 것일뿐더러 한 생명이 생명답게 성장하는 데 필요한 몸과 마음의 자양분이다. 그것은 자기희생을 전제로 한다는 점에서 사랑 가운데서도 에로티시즘보다는 아가페의 속성과 관계 깊다고 할 수 있다.

가르쳐 주지 않아도
열려진 입술은 젖을 찾아낸다
그리곤 내 몸속에서 단물을 빼내간다
금방 먹고도 또 빨아먹으려고 한다
제일 처음
내 입안에선 침이 마른다
두 눈에서 눈물이 사라지고
혈관이 말라 붙는다
흐르던 피가 사라지고
산천초목이 쓰러지고
낙동강 물이 마르고 강바닥이
외마디 비명을 지르며 터진다
전신이 흠뻑 빨려 나간다
먹은 것을 토하면서도
열려진 너희들의 입술은
젖꼭지를 물고야 만다
마침내 온 몸이 텅 비어
마른 뼈와 가죽이 남을 때까지

천궁이 갈라지고
은하수길이 부숴져 내릴 때까지
아무런 생각도 떠오르지 않고
영혼마저 말라 죽을 때까지

—김혜순, 「껍질의 노래」 전문

이 시는 수유授乳의 과정을 통해 희생적 모성애를 노래하고 있다. 어머니인 "나"는 아이가 자신의 "젖을 찾아" 먹는 경험을 하면서 "내 몸속에서 단물을 빼내간다"고 느낀다. 아이의 "젖"에 대한 집착은 "먹은 것을 토하면서도/ 열려진 너희들의 입술은/ 젖꼭지를 물고야 만다"라고 표현한다. 이는 자식들이 어머니에게 무한 희생을 요구하는 속성을 비유하고 있는 부분이다. 자신이 가진 것을 모두 내주는 어머니는 "제일 처음/ 입안에선 침이 마르"는 경험을 하며, "눈물이 사라지고/ 혈관이 말라붙는" 느낌을 갖는다. 어머니는 자신의 몸이 마치 "낙동강 물이 마르"는 것과 같이 야위어간다고 생각한다. 그러나 "나"는 자식의 이러한 요구에 대해 어떠한 불평불만도 드러내지 않는다. "마침내 온 몸이 텅 비어/ 마른 뼈와 가죽이 남을 때까지" 아이에게 몸을 맡길 뿐이다. 그것은 "은하수길이 부숴져 내리"는 것과 같은 우주적 희생이며, "영혼마저 말라죽"는 희생인 것이다. 이처럼 어머니라는 이름으로 호명되는 순간 여성은 모두가 이러한 희생적 모성애의 주인공이 되는 존재이다.

5. 여성의 역사성과 인간적 정체성을 발견하는 여성

가부장적 역사관 속에서 여성은 항상 타자의 위치에 머물러 있었다. 근대 시대뿐 아니라 그 이전의 시대를 지배했던 남근 중심적 역사관 속에서도 역사는 남성만의 전유물이기 때문이다. 그러나 진정한 의미의 역사는 인간의 역사이므로 여성의 역사를 포함하는 것이다. 최근의 페미니즘 시에서 여성은 유구한 역사성을 지닌 존재로서 가부장제 사회의 불합리한 관습을 타파하는 존재로 등장하곤 한다.

거울을 열고 들어가니
거울 안에 어머니가 앉아 계시고
거울 열고 다시 들어가니
그 거울 안에 외할머니가 앉으셨고
외할머니 앉은 거울을 밀고 문턱을 넘으니
거울 안에 외증조할머니 웃고 계시고
외증조할머니 웃으시던 입술 안으로 고개를 들이미니
그 거울 안에 나보다 젊으신 외고조할머니
돌아 앉으셨고
그 거울을 열고 들어가니
…(중략)…
거울 속은 넓고넓어
지푸라기 하나 안 잡히고
번개가 가끔 내 몸 속을 지나가고
바닷속에 자맥질해 들어갈 때마다
바다 밑 땅 위에선 모든 어머니들의
신발이 한가로이 녹고 있는데
청천벽력.
정전. 암흑천지.
순간 모든 거울들 내 앞으로 한꺼번에 쏟아지며
깨어지며 한 어머니를 토해내니
흰 옷 입은 사람 여럿이 장갑 낀 손으로
거울 조각들을 치우며 피 묻고 눈 감은
모든 내 어머니들의 어머니

조그만 어머니를 들어올리며
말하길 손가락이 열 개 달린 공주요!
—김혜순, 「딸을 낳던 날의 기억-판소리 사설조로」 부분

이 시는 여성만이 경험할 수 있는 출산의 과정을 통해 여성적 삶의 정체성과 역사성을 성찰하고 있다. 시의 주인공은 출산의 순간으로 다가갈수록 그 고통으로 인해 정신은 혼미해지지만 오히려 자신의 정체성에 대한 자각은 더욱 또렷해지는 경험하게 된다. 예컨대 “열고 들어가니”, “또다시 들어가니”, “문턱을 넘으니” 등의 표현은 점점 격심해지는 분만의 고통을 드러내고 있다. 하지만 그러한 고통에도 불구하고 “청천벽력”과 아무도 안 보이는 “암흑천지”의 미명으로부터 새로운 여성이 탄생한다. 이때 태어나는 여성은 단순한 개체가 아니라 모든 생명의 원형질에 해당하는 것이다. 여성 혹은 생명이 탄생하는 “거울” 안은 여성의 역사가 펼쳐진 세계이다. 그곳은 “어머니”를 비롯하여 “외할머니”, “외증조할머니”, “외고조할머니” 등의 삶이 유전되어오는 곳이다. 안으로 들어갈수록 “점점점 어두워지는 거울”의 세계는 “지푸라기 하나 안 잡히고/ 번개가 가끔 내 몸속을 지나가”는 고통스러운 곳이다. 그 세계로부터 “모든 내 어머니들의 어머니”가 이어온 생명의 역사를 담지한 주체로서의 여성이 새롭게 탄생하는 것이다. 이런 과정을 거쳐 탄생한 “조그만 어머니”는 “손가락이 열 개 달린” 아주 정상적인 사람(여성은 결핍된 존재가 아니다)으로서 “공주”에 버금가는 소중한 존재이다. 이 시대에 다시, 모계 사회적 대모신의 여성이 시의 형식을 빌려 탄생한 것이다.

주체적 여성의 탄생은 이처럼 한 가문의 역사 속에서 면면히 이어져 내려온 고루한 관습을 타파하는 데서부터 시작되는 것이다. 이러한 여성의 탄생 과정은 역사성의 범주가 더 확대되면서 더 구체적 형상을 띠기도 한다.

늦봄 저수지 둑 위에 앉아

물속을 오래 들여다보면
거기 무슨 잔치 벌였는지
북소리 징소리 어깨춤 법석입니다

바리공주 방울 흔들어 수문 열리자
시루떡 찌고 있는 명성황후가 보입니다
구름이 내려와 멍석을 펼치고
축문을 쓰고 있는 황진이 쪽찐 머리
가르마 따라 흰 새 날고 바람 불어옵니다
난설헌이 어린 남매를 위해 소지를 사르다가
문득 눈을 들어 감나무를 봅니다
우듬지에 걸려 펄럭이는 나비연
황진이가 다가와 장옷을 걸쳐줍니다
두 여자 마주보고 하하 웃습니다
명성황후 다가와 붉은 석류를 내밉니다
석류알 새금새금 발라 먹으며
세 여자 찡그려 하하하 웃습니다
물보라치는 눈물,

이승을 혼자 노닐다 온 여자들이
휘모리 장단을 칩니다 지전 흩어지고
까치밥마냥 미쳐서
술잔 속에 한 하늘이 천년을 헤매었습니다

물속에 웬 잔치 벌였는고?
어머니 입 속에 상추쌈 넣어드리니
저수지의 봄날이 흐득 깊어갑니다

—김선우, 「물속의 여자들」 전문

이 시는 굿판의 형식을 빌려 "물속"의 "잔치"를 노래하고 있다. "잔치"의 주인공들은 "바리공주 방울 흔들어 수문 열리자" 등장하는 여인들이다. "수문" 안의 "물속"의 세상은 저승의 세상으로서 이승에서의 힘겨웠던 여성적 삶을 성찰하고 승화하는 곳이다. "물속"의 세상에서 "명성왕후" "황진이" "난설헌" 등의 여성들이 "하하하 웃"으면서 "물보라치는 눈물"을 흘리는 것은 이승에서의 외롭고 힘겨웠던 삶을 극복하기 위한 것이다. 세 여인들의 공통점은 가부장적 사회에서 여성의 주체적 삶을 추구했다는 점이다. 그녀들은 "이승을 혼자 노닐다 온 여자들"로서 남성 중심 세계에서 소외된 채 고독한 삶을 살았던 셈이다. 그러나 이들 "세 여자"는 시대를 초월한 동질감과 연대 의식을 간직하는 존재들이다. 즉 "난설헌이 어린 남매를 위해 소지를 사르"는 비극(조선중기의 천재 시인 허난설헌은 실제로 두 아이를 돌림병으로 잃고 한 아이를 유산하는 불행을 겪었다)을 맞이하자 "황진이가 다가와 장옷을 걸쳐주"고 "명성황후는 다가와 석류를 내미"는 행위를 통해 그 비극을 위무한다. 이들은 아주 오랜 세월 동안("천년") 이어져온 여성의 삶이 겪는 비극에 공감하고 연대하여 극복하고자 하는 것이다. 이 같은 여인들의 전통은 이 시대의 "어머니"에게 이어지고, 그 어머니의 딸인 시의 화자에게도 이어지는 것이다. "물속에 웬 잔치를 벌였는고?"라고 묻는 "어머니의 입속에 상추쌈을 넣어드리"는 것도, 그러한 여성적 삶의 역사에 대한 공감과 연대를 의미하는 것이라 할 수 있다. 하여 역사성과 정체성을 지닌 새로운 여성이 탄생한 것이다.

6. 여성의 저편

코라의 언어는 여성의 언어이자 혁명의 언어이다. 코라의 언어가 시적 리듬을 부여받는 순간 혁명의 노래가 탄생한다. 코라의 노래를 부르는 여성들, 그녀들은 능동적이고 주체적이며 인간다운 삶을 추구하는 시인들이다. 그녀들의 시에 등장하는 여성들은 시인 자신의 분신으로서 남성중심주의 폭력적 사열제도를 전복하고자 한다. 나혜석의 「인형의 家」와 고정희의 「봇물을 트자」에는 여성 해방을 꿈꾸는 혁명가로서의 여성이 등장하고, 최승자의 「여성에 대하여」와 김선우의 「얼레지」에는 시원적 생명과 에로티시즘의 주체로서의 여성이 등장한다, 또한 김승희의 「여인 등신불」과 김혜순의 「껍질의 노래」에는 여성만의 경험으로 위대한 존재가 되는 여성이 등장한다. 나아가 여성의 존재가 유구한 역사성을 지녔다는 점을 역설하기도 한다. 김혜순의 「딸을 낳던 기억」과 김선우의 「물속의 여인들」은 삶에 대한 주제적 역량을 지닌 여성이 역사적 맥락 속에서 면면히 존재해온 것임을 노래한다.

코라의 노래는 이른바 페미니즘의 역사와 함께한다. 페미니즘이 문예사조의 차원에서 존재한다는 것은 그 가치가 특정한 시기에 한정된다는 의미가 된다. 그래서인지, 시기적으로 1990년대에 전성기를 맞이했던 페미니즘 시는 21세기 초반 이후 별다른 진화를 이루고 있지 못한 것으로 보인다. 이런 현상은 우리 시단의 문제라기보다는 우리 사회의 변화와 관계 깊다고 할 수 있다. 최근 들어서 우리 사회의 여러 분야에서 여성의 권리에 대한 의식적 개혁과 제도적 개선이 적극적으로 이루어져왔다. 여성의 인권은 이제 인간의 인권이라는 보편적 차원 이상의 수준을 확보하고 있지 않나 싶다. 일부 남성들은 남성해방을 외쳐야 할 시기가 왔다고 엄살을 부릴 정도다. 그렇다면 페미니즘 시인들이 남성을 극복과 타도의 대상으로 상정하고 저항의 노래를 부르는 것은 이제 자연스럽지 않다. 페미니즘 시인들이 해야 할 일은 이제 여성의 삶을 넘어 인간의 삶, 생명의 가치를 깊이 있게 성찰하는 일이다.

물론 아직도 우리의 시단과 우리 사회에 여성의 삶을 제약하는 '유리벽'이 전혀 존재하지 않는다고 말할 수는 없다. 그러나 그렇다고 하여 이 시대가 남녀차별이나 가부장제적 가치관이 시의 중심 테마 차원에서 전경화해야 할 정도는 아니다. 어쩌면 시가 여성을 결핍된 존재로 규정하고 남성과의 차별을 타파하자고 강조할수록 여성의 주체성을 부정하는 결과를 가져

올 수도 있다. 생태 시가 없는 사회가 생태적으로 건강하다고 할 수 있는 것처럼, 페미니즘 시가 없는 사회가 진정한 의미의 남녀평등 사회라고 할 수 있겠기 때문이다. 따라서 우리는 상처를 아우르는 여성의 이미지를 주목해야 한다. 이를테면 "나는 꽃 피우는 기계/ 이성이 마비된 울창한 책/ 한 번도 읽지 못한/ 아무도 펼치지 못한 무한한 페이지/ 인류 문명의 근원보다 위대한/ 생명의 발상지/ 육덕한 젖줄기가/ 골짜기를 타고 대지를 흐른다"(문혜진, 「야생의 책」 부분)에서의 "나"와 같은 여성, 그녀는 생물학적 여성의 저편에 존재하는 생명의 근원이자 풍요의 여신이다.

마지막으로 코라의 노래가 남성 시인들의 시에서도 다양하게 불리어야 하지 않을까 하는 바람을 적어본다. 남성 시인들이 위와 같은 모습의 여성 혹은 여성성에 대해 관심을 가지고 시를 쓸 때 비로소 코라의 언어는 더욱 활력을 얻을 수 있을 것이기 때문이다. 단순히 남성의 처지에서 이성적 대상으로 여성을 노래하는 시가 아니라, 여성을 대상으로 하되 한 인간으로서의 위대성과 아름다움을 노래하는 시 말이다. 이런 시를 기대해보는 것은 이 땅의 적지 않은 남성 시인들이 아직도 가부장제의 특권 의식에서 자유롭지 못한 것으로 보이기 때문이다. 남성 시인들의 시에 등장하는 여성들은 아직도 예쁘고 청순하고 비논리적이고 나약하고 가련한 이미지로 그려지는 경우가 허다하다. 더구나 시를 둘러싼 환경적인 요인들, 이를테면 시단 권력이나 출판 권력과 관련된 부분에서는 아직도 남성 시인 중심의 구도가 고착되어 있는 것도 문제이다. 그러나 코라의 노래는 양성적 대립 구도를 넘어서는 곳, 혹은 상징계의 질서 저편에 존재(해야)하는 것이다. 이 당연한 이치를 실현하기 위해서 코라의 노래는 앞으로도 더 다양하고 더 새롭게 계속 불려야 한다.

마중물조차 없는, 문학의 타는 갈증

—우수문예지지원사업의 부활을 위하여

1. 문예지의 역할과 존재 이유

한국문화예술위원회가 주관하는 우수문예지발간지원 사업이 폐지된다. 작품 공모를 통해 작가에게 창작 지원금을 주는 '아르코문학창작기금' 사업도 축소된다. 사실상 정부가 문학 창작 활동을 지원하는 유일한 통로인 이들 사업이 표류하면서 '문화융성'이라는 박근혜정부의 국정지표가 무색해진 상황이다. 16일 예술위에 따르면 예술위는 올해부터 우수문예지발간지원사업을 중단한다. '문예진흥기금' 재원을 활용해 우수문예지와 문학 분야 주요 기관지의 작품 원고료를 지원했던 사업은 경제적 기반이 취약한 문예지 시장을 살리고 실질적으로는 작가들의 생계 유지를 돕는 역할을 해왔다. 2014년의 경우, 55개 문예지에 10억 원이 지원됐다. 월간지는 3,000만~4,000만 원, 계간지는 1,000만~2,000만 원 수준이었다. 하지만 예술위는 지난해 예산을 3억 원으로 깎고, 지원 대상을 열네 곳으로 줄인 데 이어 올해 공고 없이 관련 사업을 없앴다.[1]

---

1 《문화일보》 2016년 2월 17일.

이처럼 과격한 행정이 있을까? 우수문예지지원사업이나 아르코문학창작기금은 위기의 시대를 맞이한 한국 문단의 마중물과도 같은 것이었다. 비록 충분한 금액은 아니었지만, 우리의 청정수를 끌어올리는 데 적지 않은 기여를 해온 것이 사실이다. 말 그대로 "작가들의 생계 유지를 돕는 역할"을 하면서 한국문학의 발전을 위해 긴요한 역할을 수행해왔던 것이다. 이들 가운데서도 문인들의 원고료를 지원했던 우수문예지지원사업의 폐지는 그 과격한 방법만큼이나 문단에 미치는 파급력 또한 매우 크다. 정부의 지원금이 사라져버린 지금, 문예지의 발간은 더욱 어려워지면서 주요 문예지들의 폐간 사태가 줄을 잇고 있다. 대표적으로 계간지 중에는 종합문예지 『세계의문학』이, 월간지 중에는 시전문지 『유심』이 이미 폐간되어 독자들에게서 멀어져갔다. 소수자 문학으로서의 장애인 문학을 대표해온 『솟대문학』도 문을 닫았다. 다른 유수의 문예지들도 경영 압박을 받으면서 폐간을 고려하고 있다는 우울한 소식이 여기저기서 들린다.

예전의 문예지들은 나름대로 자생력이 있었다. 문예지의 숫자도 적었을 뿐만 아니라 독자층도 다양하게 형성되어 정부 지원금 없이도 무리 없이 발간되었다. 정기구독자들의 숫자도 적지 않았다. 적어도 1980년대까지만 해도 문예지는 전문 독자들뿐만 아니라 일반 독자들도 두루 탐독하는 인기 잡지였다. 문예지가 시대의 담론을 선도하면서 사회적 이슈를 이끌어가거나 당대인들의 미적 감각을 고양하는 데 중요한 역할을 수행하기도 했던 것이다. 이를테면 『창작과비평』을 읽으면서 사회에 대한 비판적 인식을 길렀고, 『문학과지성』을 읽으면서 세련된 문화 감각을 익힐 수 있었다. 문예지와 사회와 독자들이 상보적 역할을 하면서 사이좋게 공존했었다.

그러나 1990년대 이후 전문 문예지는 일반 독자들의 관심에서 멀어져갔다. 문예지는 시인, 소설가, 평론가 등 전문 독자들이 그들만의 리그를 하기 위한 지면으로 변해버렸다. 일반 독자들의 관심은 영화나 드라마와 같은 영상 예술로 대거 옮겨갔다. 이제는 1,000만 관객을 동원하는 영화가 한 해에 여러 편 등장하는 일이 자연스러워졌을 정도다. 1993년에 임권택 감독의 『서편제』가 한국 영화 사상 최초로 100만 관객을 동원했다고 떠들썩했던 이야기는 먼 과거의 전설이 되어버렸다. 이후 영상 예술의 급속한 팽창으로 문예지에 실린 신작시나 신작소설은 일반인들의 관심 영역에서 멀어져갔다.

얼마 전 한강의 『채식주의자』가 맨부커상을 받은 것을 두고 우리 사회가 떠들썩했다. 그런데 그녀의 문학적 출발이 『문학과사회』(1993년 시 부문)라는 문예지였고, 이후 소설의 발표 무대로 문예지를 활용했다는 사실[2]을 기억할 필요가 있다. 만일 문예지가 없었다면 한강이라는 작가의 존재나 맨부커상의 수상이 불가능했을지도 모른다. 실제로 현재 왕성하게 활동하고 있는 많은 작가들이 문예지를 통해 등단했다. 문예지를 통한 등단은 신춘문예를 통한 등단보다 작품 발표의 기회나 다른 작가들과의 교류가 유리하기 때문에 지금도 많은 작가 지망생들이 등단 코스로 주목하고 있다. 그런데 한국문학의 중심 터전이자 꿈이었던 문예지가 날이 갈수록 초라해져 가는 처지에 놓이게 되었다. 자연히 문예지를 발판으로 성장해왔던 한국 문학이 급속도로 위축되고 있다. 이것이 바로 우수문예지지원사업 폐지를 다시 생각해야 하는 이유이다.

2. 문학장에서 문예지의 자리와 역할

문예지는 작가들에게 문학 작품의 생산을 독려하여 그 결과물을 독자들에게 전달하는 공공의 장이다. 이런 역할은 물론 문예지들만이 담당하는 것은 아니다. 각종의 신문, 단행본들, 영상 미디어 등도 문예지 못지않은 문학예술의 소통 매체로서 중요한 역할을 해왔다. 그렇지만 문단 현장의 생생한 풍경이나 새로운 작품들을 체계적, 정기적, 계획적으로 독자에게 전

2 소설 부분은 「붉은 닻」이라는 작품으로 1994년 《서울신문》을 통해 등단하였다.

달하는 중심 역할은 역시 문예지가 수행해왔다. 문예지는 또한 신인을 배출하는 데에도 핵심 역할을 담당한다. 각종 신문들이 주관하는 신춘문예 제도가 연례행사로서 극소수의 문인들에게만 등단의 기회를 제공하는 데 따른 한계를 보완하는 구실을 해왔다. 한 통계에 의하면 1895년부터 1990년까지 우리나라 주요 문인들의 매체별 등단 비율은 문예지가 61.7%, 신문이 32.2%, 학보나 월보가 2.3%, 사화집(단행본)이 3.7%로 나타난다.[3] 이는 신인 배출에 있어서 문예지가 중추적인 역할을 담당해왔다는 사실을 의미한다.

한국 현대문학의 역사는 문예지의 역사라고 해도 과언이 아니다. 1919년 김동인에 의해『창조』가 창간된 이래로『백조』,『폐허』,『장미촌』,『조선문단』,『문예운동』,『해외문학』등 각종 문예지들은 우리 문단을 발전시키는 데 기둥 역할을 해왔다. 1920년대를 일컬어 다수 동인지 문단 시대라고 할 정도로 동인지 성격의 문예지는 문단 형성의 주축 역할을 했다. 1930년대『시문학』을 비롯한『시인부락』,『문장』등의 문예지들도 당시의 문단을 주도했다. 광복 이후『현대문학』,『문예』,『창작과비평』,『문학과지성』,『세계의문학』,『문학사상』등 많은 문예지들이 한국 문학 발전에 저마다 중요한 역할을 해왔다. 문예지의 중요성은 1980년대 초반 군부 정권에 의해 주요 문예지들이 강제 폐간된 이후 문단이 얼마나 황폐화되었고 문학 하기가 얼마나 고달팠는지를 생각해보면 안다.

현재 우리나라의 문예지 발간은 아주 풍요로운 양상을 보이고 있다. 문화예술위원회의『2015년 문예연감』에 의하면 현재 우리나라에서 발간되는 문예지의 총수는 약 244종으로 파악된다.[4] 이들 외에도 각종 동인지나 시, 군, 구 등의 기초단체를 단위로 하여 발간되고 있으나 공식적으로 등록되지

---

3 이선영,『한국문학의 사회학』, 태학사, 1993, pp.123~124.

4 문화예술위원회,『2015년 문예연감』'문학' 부문 인용. 이하 각종 통계나 그림도 마찬가지.

않은 것들까지 합치면 문예지의 외형적 규모는 상당한 수준에 이를 것으로 판단된다. 그러나 날이 갈수록 정부의 문학 창작 지원이 축소되고 있어서 이러한 외형이 얼마나 지속될지는 의문이다. 더구나 문예지의 양적 팽창의 이면을 들여다보면 반드시 긍정적인 것만은 아니다. 악화가 양화를 구축한다고 할까, 양질의 문예지는 사라지고 수준 이하의 문예지들이 우후죽순처럼 창간되는 사례도 적지 않다.

2014년 기준으로 문예지의 발행주기에 따른 분류(〈표 1〉 참조)를 살펴보면, 총 244종 가운데 73.4%에 해당하는 179종이 계간이고, 37종 15.2%가 월간, 17종 7.0%가 격월간인 것으로 조사되었다. 연간으로 발행되는 경우는 8종, 반년간 발행은 2종이며, 연간 3회 발행되는 경우도 1종으로 조사되었다.

간행 간격	종수	비율
격월간	17	7.0%
계간	179	73.4%
반년간	2	0.8%
연 3회간	1	0.4%
연간	8	3.3%
월간	37	15.2%
계	244	100.0%

〈표1〉 문학 잡지 발행 주기별 분포

문예지를 세부 장르별로 분류(〈표2〉 참조)해보면, 전체 244종의 잡지 중에서 시 195종 79.9%로 가장 많이 나타났고, 수필이 30종, 평론 7종, 동시가 5종으로 나타났다. 그 뒤로 소설 4종, 시조 3종으로 나타났고, 동화나 희곡을 주된 게재 장르로 취급하는 잡지는 존재하지 않았다. 이러한 분포를 보면 시 전문 문예지들이 절대적으로 많은 편이다. 시조를 포함하면 80%를 넘는다고 하겠다. 이런 현상은 일차적으로 1990년대 이후 시 창작 인구가 급속도로 팽창했기 때문에 그 수요를 반영한 것으로 볼 수 있다. 소설 전문지가 적은 것은 창작에 종사하는 소설가가 시에 비해 훨씬 적을 뿐만 아니라 소설의 경우 문예지를 거치지 않고(특히 장편) 단행본으로 직접 발간하는 현상 때문인 것으로 판단된다.

구분	종수	비율
시	195	79.9%
시조	3	1.2%
소설	4	1.6%
수필	30	12.3%
희곡/시나리오	0	0.0%
평론	7	2.9%
동시	5	2.0%
동화	0	0.0%
기타	0	0.0%

〈표2〉 문학 잡지의 세부 장르 분포

이러한 문예지들에 발표된 최근 5년 동안 문예지의 장르별 발표 추이(〈표3〉 참조)를 살펴보면, 시는 60% 정도로 가장 큰 비중을 차지했고, 그 다음으로 수필이 20% 내외를 보이고 있다. 2014년에는 시가 65.6%, 수필 16.1%, 평론 4.2%, 동시 2.8%, 소설 2.0%를 차지하는 것으로 나타났다. 주목할 만한 것은 평론의 비중이 해가 갈수록 축소되고 있다는 사실이다. 이런 현상은 아마도 독자들이 평론을 읽으려 하지 않는 추세가 문예지에도 반영된 것은 아닐까 싶다. 과거 평론이 지도비평이니 입법비평이니 하면서 중요한 역할을 했던 시대와 비교하면 격세지감이다.

구분	시	시조	소설	수필	평론	희곡/시나리오	동시	동화	기타	계
2010년	64.6%	4.7%	3.8%	13.9%	8.9%	0.2%	1.6%	0.6%	1.7%	100%
2011년	57.9%	4.1%	3.5%	16.0%	14.0%	0.1%	2.2%	0.9%	1.3%	100%
2012년	56.4%	5.0%	3.9%	19.5%	10.8%	0.2%	1.7%	0.8%	1.7%	100%
2013년	54.8%	2.8%	4.1%	21.7%	12.1%	0.1%	2.2%	1.0%	1.1%	100%
2014년	65.6%	4.5%	2.0%	16.1%	4.2%	0.1%	2.8%	0.6%	4.2%	100%

〈표3〉 문학 잡지 최근 5년간 세부 장르 발표 추이

이렇듯『2015년 문예연감』에 의하면 한국문학은 큰 문제없이 평화롭게 순항하는 듯이 보인다. 그러나 외형적으로만 그렇다. 그 내용을 깊이 들여다보면 많은 문제점들이 잠복해 있다. 특히 주요 문예지에 대한 정부지원금이 폐지되면서 질적으로 우수한 문예지들이 지면을 축소하거나 아예 문을 닫는 경우가 나타나고 있다. 대신에 그 자리를 차지하는 것은 철저히 상업화되거나 수준이 낮으면서 지극히 사적인 지면이 문예지라는 이름으로 확장되어 나가고 있는 형국이다. 작품집을 출간하는 일도 몇몇 소규모 출판사에서 자비출판의 형태로 이루어지고 있다.

브르디외에 의하면 문학장은 그 안에 들어오는 모든 사람들에게 작용하는 힘들의 장이고, 그 힘들을 보전하거나 변형하려는 경쟁적 투쟁의 장이다.[5] 문예지는 문학장文學場을 구성하는 핵심적 요소로서 그 투쟁의 핵심적인 역할을 수행한다. 그동안 문예지들은 정치권력이나 상업 자본과의 투쟁을 선도하면서 문학장의 순수성을 지켜내고자 노력해왔다. 그러나 문학장

5 P. Bourdieu, 하태환 옮김,『예술의 규칙』, 동문선, 1999, p.306.

에서 주요 문예지들의 역할이 축소되거나 사라지면 유사 문예지들이 창궐하면서 수준 높은 전문 문학(인)들의 설 자리는 점차 사라질 것이다. 그 대신에 상업적 출판 권력이나 황색저널리즘이 문학장의 중심으로 떠오르면서 한국 문학은 퇴락의 길을 갈 것이다. 이런 사태를 미연에 방지하기 위해서라도 우수문예지지원사업은 계속되어야 한다.

3. 문예지의 발전을 위한 조건들

오늘날 문예지의 발간 현황을 보면 상당한 정도의 붐을 이루고 있다. 그러나 문예지가 양적인 증가로 인해 '풍요 속의 빈곤'에 머문다면 한국문학의 발전을 견인하기 어려울 것이다. 문예지를 발행하고 편집하는 사람들이 각고의 노력을 하지 않으면 과유불급이라는 비판에서 자유로울 수가 없다. 그런 비판을 극복하기 위해서는 다음과 같은 몇 가지 조건들을 염두에 둘 필요가 있다.

첫째, 정기간행물 혹은 연속간행물로서의 기본을 지켜야 한다. 문예지의 기본은 정기적, 지속적으로 발간하는 것이다. 정해진 시기에 맞게 문예지를 발간하는 것은 독자에 대한 최소한의 예의이다. 월간지를 표방했음에도 툭하면 격월호로 낸다든가, 특별한 이유도 밝히지 않고 휴간과 복간을 거듭해서는 곤란하다. 월간이든 계간이든 발간 날짜를 정확히 지키지 못하고 있는 문예지들도 적지 않다. 심지어 창간호가 종간호가 되는 사례도 없지 않다. 문예지를 주관하는 사람들은 연속간행물로서의 기본을 지켜내면서 간행의 윤리와 책임의식을 끝까지 지켜내야 한다.

둘째, 창간 이념이나 목표의 일관성을 유지해야 한다. 적어도 문예지를 창간하기 위해서는 우리 문학이나 문단에 대한 치열한 문제의식을 기반으로 하는 이념이나 목표의식이 있기 마련이다. 그런데, 문예지를 지속적으로 발간하면서 현실적 어려움을 핑계로 애초의 이념이나 목표의식이 변질

되는 사례가 적지 않다. 제작비와 원고료를 준비하는 일부터 좋은 원고를 확보하고 편집을 하는 일 등이 모두 만만치 않다. 그러다 보니 애초에 설정했던 창간 이념과 목표를 지켜내지 못하고 잡탕이 되거나 '그 밥에 그 나물'이 되는 경우가 많다. 따라서 문예지를 책임지고 있는 사람들은 항상 초심을 잃지 말아야 하고, 그것이 변질될 것 같으면 존폐의 문제를 심각하게 고려해야 한다.

셋째, 편집권의 전문성과 독립성을 확보해야 한다. 우리나라 문예지들은 대개 주간과 편집위원 체제로 운영되지만, 출판 권력 혹은 상업 자본의 힘이 수시로 관여하는 구조로 되어 있다. 출판 권력은 문학에 대한 전문적 식견도 부족하면서 편집권 간섭을 하면서 상업적 측면을 강화하라고 요구한다. 그것은 장기적으로 볼 때 출판사에도 도움이 되지 않는 장사꾼 논리이다. 주간이나 편집위원들은 그런 요구에 분명한 거부를 하면서 스스로 유능한 작가나 수월한 작품을 발굴하여 게재하려는 노력을 해야 한다. 문예지 편집의 기준에서 지나친 상업주의를 배격하고 문학성을 기조로 삼으려는 단호한 의지가 필요하다.

넷째, 동인지 이상의 공공성을 확보해야 한다. 우스갯소리 중에 우리나라 문예지는 전부 동인지라는 말이 있다. 또한 우리나라 문예지들의 원고 청탁은 술자리나 동창회 자리에서 이루어진다는 말도 있다. 이 말들 속에는 문예지가 우리 문학의 공기公器로서의 역할을 제대로 하지 못하고 있다는 의미가 담겨 있다. 문명文名, 학연, 지연 등과 같은 문학 외적인 요소들을 편집의 기준으로 삼아서는 곤란하다. 문예지 책임을 맡은 사람들은 문예지가 한국문학사라는 공공의 역사를 써 나아가는 공적인 매체라는 생각을 할 필요가 있다. 문학사에 기여할 만한 편집의 틀을 정하고 그에 알맞은 최적의 작가와 작품을 수용하는 혜안을 가질 필요가 있는 것이다.

다섯째, 우수한 신인을 엄정하게 발굴해야 한다. 신인을 발굴하여 문학의 후속 세계를 양성하는 일은 문예지의 중요한 임무 가운데 하나이다. 그런데 일부 문예지들이긴 하지만 후원 그룹을 육성하기 위해 등단 제도를 남용하는 사례가 적지 않다. 문예지의 꼼수와 등단자의 지적 허영심이 결합하여 문단을 어지럽히고 있는 것이다. 공공성을 담보하는 저널로서 문예지가 마구잡이로 등단을 부추기는 것은 문학에 대한 예의가 아니다. 일부 문예지들은 심지어 등단을 미끼로 삼아 노골적으로 후원금을 요구하기도 한다. 이런 현상은 우리 문단을 심각한 위험에 빠뜨리는 일이다. 틀에 박힌 등단 제도를 과감하게 개선하여 건전한 문학 후속세대 양성 시스템을 구축할 필요가 있다.

여섯째, 일반 독자들과의 소통을 활성화해야 한다. 요즈음 문예지는 전문 독자들도 읽지 않을 정도로 소통과 관련한 심각한 문제가 있다. 특히 시 전문지가 더 심각하여 출간을 위한 출간을 하는 데 그치고 있는 경우가 적지 않다. 게재된 시가 지나치게 전위적인 미학을 기반으로 하는 개인적 내면의 문제에 치우치기 때문이 아닌가 싶다. 문예지는 저널리즘의 성격도 있는 것이니, 일반 독자들도 관심을 가질 만한 사회 문제나 현실 문제와 관련된 작품을 수용하는 노력이 필요하지 않나 싶다. 평론도 현학 취미와 당파성보다는 작가와 독자 사이의 매개 역할에 충실히 하는 것들을 적극적으로 게재해야 할 것이다. 작품보다 더 어려운 평론이나 자신의 문학적 이념으로 작품을 재단하는 평론은 문예지가 지양해야 할 대상이다.

일곱째, 문학의 글로컬리즘Glocalism에 관심을 두어야 한다. 요즈음 문예지들이 갖는 공통점 가운데 하나는 해외 문학의 수용이나 우리 문학의 외국어 번역에 인색하다는 점이다. 과거 문예지들은 대부분 외국 문학의 동향을 소개하는 부분이 있었다. 이 부분은 우리 문학의 국제적 감각을 고양하고 세계화하는 데 아주 유용한 것이었다. 그러나 이즈음 문예지들은 지나치게 국수적이다. 또한 지역문학에 대한 관심도 매우 부족하여 문단의 서울 집중화 현상이 지나치다 싶을 정도로 나타나고 있다. 오늘날 지역 문학의 고사 상태는 기본적으로 문학의 전반적인 위축이나 시대적인 트렌드와 관계가 깊은 것이지만, 문예지의 역할과도 무관하지 않다.

4. '문예지=문학=문화콘텐츠'라는 인식

앞서 말한 제반 조건들을 충실히 갖춘 문예지는 우수한 문화콘텐츠의 일종이다. 현 정부는 문화콘텐츠 산업 육성을 문화정책의 우선 순위로 정하여 전폭적으로 지원하고 있다. 정부가 지정한 문화콘텐츠 산업 분야는 출판, 만화, 음악, 게임, 영화, 애니메이션, 방송, 광고, 캐릭터, 지식정보, 콘텐츠솔루션 등이다. 이들 가운데 영화, 게임, 음악, 뮤지컬, 애니 · 캐릭터 등을 5대 킬러콘텐츠 분야로 육성하여 한류의 재점화를 시도하겠다[6]고 한다. 정부의 지원방향을 산업적으로 부가가치가 높은 것들을 중심으로 하겠다는 의지가 나타나는 대목이다. 문화콘텐츠의 토대가 되는 문학 혹은 문예지에 대한 지원 의지는 미약하다고 볼 수밖에 없다.

정부 당국자들은 또한 문화콘텐츠를 대중문화 중심, 테크놀로지 중심으로 생각하는 경향이 농후하다. 자칫 정부가 앞장서서 발전시키겠다는 문화콘텐츠가 속빈 강정이 되지 않을까 염려스럽다. 콘텐츠 분야의 지원 육성을 주관하고 있는 한국콘텐츠진흥원(KOCCA)의 조직을 보면 콘텐츠종합지원센터, 대중문화예술지원센터, 글로벌게임허브센터, 모바일게임센터 등 4개의 센터가 있다.[7] 이들 센터의 업무 가운데 그 원천 자료 역할을 하는 순문학을 비롯한 인문학, 정통미술, 고전음악, 민속자료 등 전문 문화예술에 대한 것은 철저히 배제되어 있다. 정부에서 문화융성을 선도하겠다면서 야심차게 내놓은 문화콘텐츠 분야 정책자금도 마찬가지다.

> 정부가 문화콘텐츠 분야에 정책자금을 5조 5,000억 원 이상 공급한다. 문화콘텐츠 분야 크라우드펀딩 촉진을 위해 100억원 규모 크라우드펀딩 마중물 펀드를 조성하고 금융접근성을 높이기 위해 문화

---

6 문화체육관광부, 『2014 콘텐츠산업 백서』, 진한엠엔비, 2015, pp.

7 www.kocca.kr

> 창조벤처단지에 '금융존'을 설치하고 IBK기업은행 문화콘텐츠 특화 점포를 70개로 늘린다. 문화체육관광부와 금융위원회는 26일 문화창조벤처단지에서 문화콘텐츠 금융 지원을 위한 업무협약을 맺고 이 같은 내용을 핵심으로 한 '문화콘텐츠 산업 금융지원 확대방안'을 마련했다. 정부는 문화콘텐츠 산업에 5조 5,000억 원 이상의 정책자금을 선도적으로 지원해 성공 사례를 만들고 민간 참여를 이끈다는 방침이다.[8]

정부는 문화콘텐츠 산업의 육성을 위해 상당한 규모의 자금을 투자하겠다고 밝힌 것이다. 그런데 이러한 정책에는 알맹이가 빠져 있다. 마치 농업을 육성시키겠다고 하면서 농부에 대한 지원책은 없이 농산물 가공업체에만 지원을 하겠다는 것과 다르지 않다. 문화콘텐츠 산업이란 기본적으로 '원소스 멀티유스(One-Source Multi-Use)'를 지향하는 것인데, 원소스는 없이 멀티유스만 지원하겠다는 셈이다. 문학은 원소스로서 앞서 말한 킬러콘텐츠들의 스토리텔링과 불가분의 관계에 놓이는 것이다. 따라서 문화콘텐츠 육성 방안에 스토리텔링의 기반이 되는 문학에 대한 지원책이 없다는 것은 사상누각에 불과하다. 가령 요즈음 문화 콘텐츠의 대세에 속하는 우수한 영화콘텐츠를 생산, 유통하기 위해 양질의 문학(대본)이 없이 가능한지 생각해볼 일이다.

오늘날은 융복합을 강조하는 시대이다. 문화콘텐츠 산업은 그 자체로 융복합이 중요한 분야이다. 가령 요즈음 영화콘텐츠와 함께 부가가치가 아주 높은 게임콘텐츠를 제작하기 위해서는 매력 있는 스토리텔링이 확보되지 않으면 안 된다. 게임 산업에 역량 있는 스토리텔러를 확보하는 일은 지속적인 성장과 발전을 위해서 아주 요긴하다. 그런데 우리나라 게임 산업체들의 경우 스토리텔링은 일본 만화나 외국 영화를 기반으로 하는 경우가 많

8 《전자신문》 2016년 2월 28일.

다. 그런 게임이 과연 정부가 지향하는 한류 문화의 세계화에 어떻게 부합할 수 있는 것인지 알 수가 없다. 영화, 음악 등의 다른 대중문화 콘텐츠들도 이와 사정이 다르지 않다.

문학 작품에는 무궁무진한 스토리텔링의 요소들이 잠재해 있다. 한 편의 시나 소설에는 한 편의 영화나 게임의 스토리텔링을 감당할 만한 요소들이 다분하다. 특히 문예지들을 통해 발표되는 신작들은 모두가 새로운 스토리텔링과 감성적 요소들을 간직하고 있다. 문화콘텐츠 관련 정부 당국자나 산업체 종사자들은, 문예지가 곧 살아 있는 문학의 보고이고, 그러한 문학은 문화콘텐츠의 원소스라는 인식을 할 필요가 있다. 문화콘텐츠 사업을 발전시킬 유능한 스토리텔러를 양성하여 영화나 게임 산업을 발전시키기 위해서라도 문예지는 활성화되지 않으면 안 된다. 이것이 바로 문예지들이 문학장에서 건전한 역할을 수행하기 위해서 경제적인 뒷받침을 확보해야 하는 이유이다.

문학과 경제의 관계에 관한 생각은 두 극단이 있다. 하나는 순수예술의 반경제적 경제인데, 이는 단기적인 경제적 이익을 부정하며 상징적 자산(예컨대 명성, 작품성)의 축적을 통해 장기적 이익을 추구한다. 다른 하나는 상업적 경제인데, 이는 문학과 예술 상업을 다른 상업과 동일한 것으로 여겨 즉각적이고 세속적인 이익을 추구하는 것이다.[9] 그런데 문예지가 전자만을 추구해야 한다고 주장하기는 어렵다. 문예지는 제작비와 원고료를 지급하면서 현실 속에서 살아남아야 하는 진행형의 매체이어야 하기 때문이다. 포스트모더니스트들의 관점을 잠시 빌려오면 문학은 이제 대중성이나 상업성을 전적으로 부정할 수 없다. 그렇다고 전면적으로 세속적 상업성만을 추구할 수만은 없기 때문에 문예지에 대한 국가의 재정적 지원은 계속되어야 한다.

9 P. Bourdieu, 앞의 책, p.192.

5. 문예지 활성화를 위하여

오늘날 한국문학의 어려운 상황은 문예지의 위기와 관계가 깊다. 물론 문예지의 위기가 전적으로 정부 보조금의 중단 때문이라고 말할 수만은 없다. 그 근본적인 원인은 시대적 흐름과 문예지들의 자구 노력이 부족한 탓도 없지 않다. 전문 독자뿐만 아니라 일반 독자들이 다시 문예지로 돌아오게 하는 노력을 해야 할 듯하다. 이를테면 문학이 자폐의 그늘에서 벗어나 우리 시대 일반 독자들이 관심을 기울일 만한 사회적 문제에 많은 관심을 기울여야 할 듯하다. 또한 SNS 시대 혹은 영상 미디어 시대에 어울리는 소통 방식도 더 적극적으로 생각해볼 필요도 있다. 그러나 이러한 노력을 촉진하기 위해서는 문예지 지원이라는 마중물이 필요하다. 마중물 한 바가지가 큰물을 불러오듯이, 우수문예지 지원 제도는 우리 문학의 활성화를 위해 요긴한 역할을 해왔기 때문이다.

정부 당국에서는 문예지 지원 제도의 중단의 이유를 예산 부족 때문이라고 한다. 그러나 그것은 이유라기보다는 변명으로 들린다. 현 정부는 주요 국가정책 중의 하나로 문화융성이나 문화강국을 들고 나왔지만, 그것을 실현하기 위해 반드시 필요한 코어콘텐츠인 문학을 위한 예산은 그 반대로 가고 있다. 4대강 사업과 같은 토목 사업의 예산 가운데 극히 일부분만 절감해도 문학예술 분야의 지원은 충분하고도 남는다. 또는 문화콘텐츠 분야 지원에 문학 분야를 포함시키는 방법도 있을 것이다. 아무튼 현재처럼 문예지 지원금이 계속 중단된다면 향후 한국문학이 갈 길은 정해져 있다. 그나마 대형 출판사에 소속된 문예지는 살아남겠지만 출판 자본에 의한 예속은 더욱 강화될 것이다. 나머지 문예지들은 폐간의 길을 가거나 근근이 속간을 하더라도 원고료를 지급하는 데 인색할 것이다. 그 피해는 고스란히 가난한 작가들에게 돌아간다. 한 시절 베스트셀러 작가였던 최영미 시인조차도 생활보호대상자가 될 수밖에 없는 이 시대에, 문예지 지원금의 폐지는 그렇잖아도 열악한 작가의 창작 환경을 더욱 고통스럽게 만들 것이다.

혹자는 말한다. 우수문예지 지원 사업의 중단이 정치적 문제와 결부되어 있다고. 만일 그것이 사실이라면 심각한 문제가 아닐 수 없다. 이번 정책 결정이 문예지가 온통 보수적인 성격 일색으로 가지 않기 때문이라면 한국의 문학(문화)정책은 사망선고를 받아야 마땅하다. 문학은 언제나 미학적이든, 정치적이든 진보적인 성향을 띠기 마련이다. 문학은 근본적으로 현실의 결핍을 이야기하고 그 부정을 폭로하면서 이상 세계를 꿈꾸는 언어예술이기 때문이다. 문학이 현실에 보수적으로 안주하는 순간 그것은 문학이 아니라 체제 수호를 위한 교조적 정치 구호에 그치고 만다. 만일 그런 문학만을 지원하려 한다면, 그런 정책은 단언컨대 문화강국이 아니라 문화약국으로 가는 지름길이다. 가령 "지난해 관련 사업은 수혜자 선정 과정에서 몇몇 작가가 정치적 성향으로 인해 탈락된 의혹이 제기돼 논란이 일어난 적이 있다. 이 때문에 문학계에서는 '사업을 축소하고 지원 방식을 변경한 의도가 보복적인 성격을 지닌 것이 아니냐'는 목소리도 나온다"[10]는 지적이 있다. 우수문예지지원사업의 폐지도 이런 맥락에서 결정되지 않았기를 바랄 뿐이다.

단언컨대 문예지의 활성화 없이 문학의 발전, 문화콘텐츠의 발전, 한류문화의 발전은 모두 불가능하다. 지난 수년 동안 우수문예지 지원제도로 인해 양질의 신작들이 다수 생산되어 우리나라 문학의 기반을 튼실하게 했다. 물론 불협화음이 없었던 것은 아니다. 그러나 그것은 아주 지엽적인 문제로서 개선의 여지가 충분하다. 이를테면 몇몇 소수의 문인들이 패널을 구성하여 심사를 진행하는 기존의 방식이 아니라, 다수의 문인 그룹으로 선정단을 구성하여 온라인-오프라인 투표를 통해 심사하는 새로운 방식도 고려해 볼 만하다. 선정단 구성은 공정성을 확보하기 위해 그동안 우수문예지로서 지원을 받은 문예지를 무대로 작품 활동을 활발하게 해온 문인들을 중심으로 하면 될 것이다. 또한 앞서 3장에서 밝힌 문예지 발전의 조건들을 평가 지

10 《문화일보》 2016년 2월 17일.

표로 활용하는 것도 생각해볼 만하다.

사실 상징적, 정신적 자산을 추구해야 할 문인들이 정부를 상대로 예산 운운하는 일은 부끄러운 일이다. 그러나 정부 예산은 특정한 정권의 예산이 아니라 국민의 세금이고 나라의 공공재이다. 나라 예산이 품격과 균형감을 갖추고 미래지향적으로 운용되지 못할 때 건전한 국민은 비판을 하고 저항을 해야 한다. 정부에서 주장하는 한류 문화를 통한 문화융성이란 것이 민족적 자기정체성도 없이 기술적, 상업적인 수준에서 이루어지는 것을 결코 아니다. 진정한 포스트 한류 문화는 민족의 높은 정신성에 기반을 둔 독창적 문학을 주춧돌로 삼아야 하는 것이다. 이 대목에서 우리는 김구의 「나의 소원」의 한 구절을 되새겨보지 않을 수 없다. "나는 우리나라가 남의 것을 모방하는 나라가 되지 말고 이러한 높고 새로운 문화의 근원이 되고 목표가 되고 모범이 되기를 원한다. 그래서 진정한 세계의 평화가 우리나라에서, 우리나라로 말미암아, 세계에 실현되기를 원한다." 이러한 정신이 바로 우리나라 문화융성을 위한 문화 정책의 주춧돌이 되어야 하지 않을까?

시 문예지를 말한다

1. 시의 오늘, 오늘의 시

시 문예지를 말하기 전에 먼저 요즈음의 시에 대해 말해야 할 듯하다. 잘 알려진 대로 요즈음 출판계는 독자들의 급감으로 인해 몸살을 앓고 있다. 과거에 종이책으로 독서를 즐기던 사람들이 영화나 게임과 같은 영상 미디어로 옮겨가면서 출판계는 많은 어려움을 겪고 있다. 대도시의 지하철이나 버스에서 종이책을 읽고 있는 사람을 찾아보기란 하늘의 별따기라고 해도 과언이 아니다. 주위를 돌아보면 저마다 스마트폰을 들고서 영상을 즐기거나 게임을 하면서 시간을 때우고 있는 광경이 보편화되었다. 이런 모습을 보고 있으면 우리나라가 IT 강국이라는 점이 분명한 만큼 전 세계적으로 독서량이 가장 부족한 나라라는 점도 분명하게 알게 된다. 근래에 우리나라 사람들의 문화적 취향은 크게 바뀌었다. 조금 괜찮은 영화는 보통 1,000만 관객을 넘기는 일이 그렇게 어렵지 않은 시대이다. 화려한 영상과 박진감 넘치는 구성력, 그리고 흥미진진한 이야기들이 어우러져 사람들의 문화적 욕구를 채워주고 있는 것이다. 이러한 시대에 시는 더 이상 문화적 관심거리나 상품으로서의 가치를 상실한 듯하다.

그런데 요즈음 들어서 이상한 현상이 벌어지고 있다. 그동안 위축된 출판 시장에서도 변방 중의 변방에 웅크리고 있던 시집의 판매량이 서서히 증가하고 있다. 물론 시집 판매 부수의 급증은 시집 영역 내에서만 그러하다. 예전에 비해서 시집이 조금 더 팔린다는 것이지 다른 도서를 추월할 만큼의 판매량을 기록하고 있는 것은 아니다. 여전히 독서 시장을 가장 많이 점유하고 있는 것은 자기계발서나 교양서적이다. 시집의 영역에서만 보더라도 요즈음의 판매 부수는 저 80년대 시의 부흥이 있었던 시기에 비하면 턱없이 적은 숫자에 불과하다. 박노해나 도종환, 서정윤 등의 시집들이 보여주었던 100만부 시대에 비하면 아주 미미한 증가세에 불과하다. 그렇지만 분명한 변화의 징후가 나타나고 있다. 올해 원로 시인 나태주의 시집과 젊은 시인 박준의 시집은 1만부를 훨씬 상회하는 판매 기록을 보여주고 있다. 이는 최근 10여 년의 시집 판매량에 비하면 주목할 만한 현상이다.

최근 시를 찾는 독자들이 이전에 비해 증가하고 있는 것은 분명하다. 그렇지만 시를 소비하는 독자들 가운데 20대나 30대 젊은층이 차지하는 비중은 아주 적다. 적어도 40대 이상의 중장년층 내지는 60대 이상의 독자들, 다시 말하면 오늘날 영상 문화나 디지털 문화에 익숙하지 않은 독자들이 대부분을 차지한다. 정확한 통계는 없으나 요즈음 시 낭송회나 창작 세미나 등 시 관련 행사에 참여하는 사람들의 분포를 보면 어느 정도 유추해볼 수는 있다. 따라서 이런 현상은 새로운 독자의 탄생이라기보다는 과거 독자의 귀환이라고 보는 것이 타당할 것이다. 물론 독자의 귀환이 중요하지 않은 것은 아니다. 그들은 한 시절 문학소녀나 문학청년이었다가 이런저런 이유로 시를 떠났다가 다시 돌아온 것이니 환영받아 마땅하다. 정작 문제는 새로운 시대에 부응하는 새로운 독자의 탄생이 이루어지지 않고 있다는 점이다. 이상적인 시의 소비는 기존의 독자층과 새로운 독자층의 조화가 이루어져야 하는 것인데, 날이 갈수록 전자의 비중이 높아가고 있다는 데 우려의 눈길을 보내지 않을 수 없는 것이다.

2. 시 문예지의 온 길, 갈 길

새로운 독자의 탄생은 시 문예지의 부흥과 맞물려 돌아가야 한다. 시 문예지는 월간이나 계간과 같이 발간의 시간적 단위 때문에 당대의 시 현상을 그대로 보여주는 매체이다. 문제는 요즈음 시 문예지들이 독자들의 외면을 받고 있다는 점이다. 극히 소수의 독자만이 시 문예지를 소비하고 있는데, 그나마 동인 비슷한 사람들끼리 소비하고 마는 경우가 허다하다. 민음사에서 발간해오다가 최근에 폐간된『세계의문학』정기구독자가 30여 명에 불과했다는 사실을 어떻게 받아들여야 할지 난감하다. 이 문예지를 보면 요즈음 시 혹은 문학이 처한 우울한 현실을 보는 것 같아 마음이 답답하다. 이런 현실은 비단『세계의문학』에만 그치는 일이 아닐 것이다. 대부분의 문예지들이 일반 독자들의 외면을 받고 있는 것은 분명한 듯하다. 당대 문학의 살아있는 현장을 반영하는 문예지의 현실만을 보면 이즈음 시는 위기 중의 위기를 맞이했다.

그래서 일부 시집만의 판매 부수 증가 현상만을 두고 시의 부흥이라고 볼 수는 없다는 말이다. 시집이라는 것은 한 시인이 적어도 수년 동안의 창작물을 모아서 한 권의 책으로 묶어내는 것이기 때문에 생산과 소비의 즉각적 정합성이 많이 떨어진다. 시집의 발간하는 주기는 보통 3년에서 5년 사이가 대부분이지만 어떤 시인의 경우는 10년 주기를 보이는 경우도 있다. 그러니까 시집에 실린 시의 경우 근작을 제외하면 창작 시기가 3년 내지 10년이나 된 것들도 있을 수 있는 것이다. 이처럼 시집은 시에 대한 독자들의 수요나 요구를 즉각적으로 반영하지 못하는 것이다 따라서 시 문예지의 활성화가 이루어져야만 최근에 시적 수요가 크다는 이야기를 할 수 있는 것이다. 시의 새로운 경향과 함께 최근에 시집의 판매는 다소 활발해졌지만 시의 유통이나 소비가 그렇게 활발해졌다고 보기는 어렵다.

또 하나, 일부 시집의 판매 증가가 시의 부흥과 직결될 수 없는 이유는 양적인 충분성의 결여 때문이다. 최근의 시집 판매량 증가가 과거에 비해서 그렇다는 것이지 시 창작과 소비의 선순환 구조를 만들고 자생력을 가지기에 충분한 정도는 아니라는 것이다. 가령 나태주나 박준의 시집이 2만 부 가까이 판매되었다고 하지만, 여러 해 동안 시작에 전적으로 매달린 시간에 비례하여 시인에게 주어지는 경제적 보상은 그다지 크지 않다. 3년 내지 5년에 한 권을 발간하는 시인에게 비록 수천만 원의 인세가 주어진다고 해도, 짧지 않은 창작 기간에 비할 때 그 시인이 경제적인 어려움 없이 생활을 하면서 창작하기에는 턱 없이 부족하다. 그나마 각종 문예지에서 원고료라도 충분히 지급해야 하는데 요즈음 문예지 사정이 그럴 만한 형편이 되지 못한다. 그나마 문화예술위원회에서 운영하던 우수문예지지원사업마저 폐지되면서 문예지가 처한 상황을 최악으로 나아가고 있다. 우수문예지 제도가 원고료 지원 사업이었던 사실을 비추어볼 때 시인들에게 주어지는 경제적 보상이 더 열악해졌다고 하겠다.

물론, 시 계간지의 어려움은 비단 어제 오늘의 일만은 아니다. 근대문학사의 초창기에 우리 시단을 이끌었던 『백조』나 『장미촌』, 『시문학』, 『시인부락』 등의 문예지들은 모두가 경제적 어려움 속에서 발간되었다. 경제적으로 여유가 있는 시인이 일시적으로 출자를 한다든가 특정 동인들이 십시일반으로 경제적인 문제를 해결해 나갔다. 그러다 보니 대부분이 그 생명력을 오래 유지할 수 없었다. 그 이후의 오늘날까지 발간되고 있는 시 계간지라고 해서 별반 다를 것은 없었다. 초창기에 비해 생명이 오래 갔지만 경제적인 어려움은 예전에 비해 크게 다를 바가 없었다. 다만 요즈음은 국가 전체의 경제력과 개인의 경제력이 높아지면서 문예지 발간 비용을 충당할 만한 사람들이 많아졌다는 점이다. 한국문화예술위원회의 『2015 문예연감』에 의하면 우리나라 문예지의 종수가 244개에 이르고 있다. 물론 이 많은 숫자의 문예지들이 모두가 적절한 수준을 유지하면서 공적인 기능을 수행하고 있는 것은 아니다. 악화가 양화를 구축하는 일이 비일비재한데, 문학적 안목이나 소명감이 없이 재력이 있다는 이유만으로 문예지를 발간하는 일은 자제해야 하지 않을까 싶다.

현재 경향 각지에서는 많은 종류의 문예지들이 발간되고 있다. 주목할 만한 것으로는 월간지로서 『현대시』와 『현대시학』이 적지 않은 지령을 유지하면서 속간되고 있고, 『시와표현』이나 『시인동네』도 최근 들어서 월간지를 표방하면서 적극적으로 나서고 있다. 계간지로는 『시작』, 『시인수첩』, 『시와 시학』, 『서정시학』, 『시로 여는 세상』, 『시현실』, 『리토피아』, 『시와반시』, 『시와사람』, 『애지』, 『시와정신』, 『딩하돌하』 등이 경향 각지에서 발간되고 있다. 이들 문예지들은 말 그대로 발행인이나 편집진의 희생정신이 아니면 발간되기 어렵다. 문예지의 출판 메커니즘이란 것이 일정 규모의 정기구독자 그룹이 있어야 하는 것인데, 앞서 예를 든 문예지들의 정기구독자 수는 사실 경제적 독립을 하기에는 턱없이 부족한 실정이다. 전후 사정이 어려운 가운데 인쇄비는 어렵게 마련을 한다고 해도 시인들에게 충분한 원고료를 지급하기는 거의 불가능한 상황이다. 어려운 경제 사정을 조금이라고 덜어보기 위해 일부 문예지들은 시인들에게 원고료 대신 정기구독을 권하기도 한다.

정기구독자의 지원이 미미한 가운데 문예지들이 기대는 것은 기업 광고나 후원자의 도움이다. 그러나 그것도 여의치는 않다. 대기업이나 중소기업을 막론하고 문예지에 광고를 하는 일은 극히 드물다. 주변의 지인을 통해서 어쩌다가 한 번씩 광고를 해준다고 해도 그 액수가 많지 않다. 혹은 발행인의 인간관계에 의해 주변에서 일정한 후원을 받기도 하지만 그것도 지속적이고 안정적으로 이루어지는 것은 아니다. 작년 전까지는 한국문화예술위원회의 우수문예지지원사업이 있어서 그나마 숨통이 트였었으나 지금은 그것마저 사라졌다. 이런저런 후원이 없을 경우에는 그야말로 문예지를 발간한다는 것은 편집인이나 발행인의 주머니를 터는 일이다. 그러나 그것은 임시방편이 될 수밖에 없다. 경쟁력을 갖춘 대형 출판사에서 관심을 가져주면 좋겠지만, 다른 도서나 종합지에 비해서도 경제성이 현격히 떨어지는 문예지를 출간하는 것을 기대하기는 어렵다.

최근 들어서 대형 출판사에서 그나마 관심을 갖는 것은 종합지나 소설 쪽이다. 이를테면 『악스트Axt』(2015년, 은행나무), 『릿터Littor』(2016년, 민음사), 『미스테리아Misteria』(2015년, 문학동네) 등이 격월간 문예지를 창간하면서 새로운 시도를 하고 있다. 그 반응도 고무적이어서 그동안 문예지들이 보여주었던 판매 실적을 크게 웃돌고 있다고 한다. 이들 신생 문예지들의 특성은 독자들의 취향과 수요를 적극적으로 반영하면서 문화를 포괄하는 확장성을 꾀하고 있다는 점이다. 그리고 콘텐츠를 간소화하고 소형화하여 새로운 독자층의 수요를 적극적으로 반영하고 있다. 사실 그동안 문예지들은 너무 무겁거나 필요 이상 심각한 담론에 치중하면서 자기만족에 심취해왔다. 그러다 보니 일부 전문 독자들만이 남아서 고준담론을 즐기는 장으로 변하다 보니 일반 독자들은 대부분 떠나버렸다. 단언컨대 젊고 새로운 독자들이 없는 것은 아닌데 문예지가 그들의 요구에 부응하지 못한 면이 많았던 것이다. 시 계간지도 이제 변신을 해야 할 때가 온 것이다.

나의 고민은 이제 『시작』으로 집중될 수밖에 없다. 『시작』은 2002년 창간된 이래 15년 가량을 발간해왔다. 이 문예지는 처음에 발행인 김태석, 편집주간 맹문재, 편집위원 박주택, 이승하, 문혜원, 허혜정, 장석원, 이상우 등이 주축이 되어 출발했다. 한동안 순항을 했으나 문예지로서의 경제적 한계에 부딪쳐 폐간 위기를 맞기도 했다. 그러나 시인들이 주주 역할을 하는 주식회사로 자리를 잡으면서 '천년의시작'은 지금까지 속간할 수 있었다. 현재는 발행인 이재무, 편집주간 이형권, 편집위원 유성호, 김춘식, 홍용희, 임지연, 김성규 등을 중심으로 발간하고 있다. 요즈음 들어서 '천년의 시작'이 안정적으로 자리를 잡아가면서 『시작』과 '시작시인선'의 발간이 순조롭게 이루어지고 있다. 『시작』은 그동안 젊은 시정신 혹은 시작詩作을 시작始作하는 사람들을 위한 문예지로서의 역할에 충실해왔다. 편집 과정에서 가능하면 젊은 시인들의 목소리를 대변하려고 노력해왔던 것이다. 또한 『시작』은 '시작시인선'이라는 이름으로 시집을 발간해왔는데, 올해에 이미 200호를 돌파하는 성과에 도달하기도 했다. 시집 출간의 과정에서 시작 편집위원들이 심의에 참가하여 엄정하게 심사과정을 거쳐왔음에도 불구하고 200호에 도달한 것은 참으로 감개무량한 일이 아닐 수 없다.

『시작』도 이제는 새 시대의 문화적 흐름에 부응하는 방향으로의 변화를 시도해야 할 상황에 접어들지 않았나 싶다. 그래서 지난 편집회의에서는 『시작』의 새로운 컨셉에 대해 진지한 토론이 있었다. 금년 겨울호까지는 지금의 형태와 콘텐츠를 그대로 유지하되, 내년 봄호부터는 안팎으로 혁신을 하자는 쪽으로 생각이 모아졌다. 그 방향성에 대해서는 현재 발행인과 편집진이 머리를 맞대고 고민하고 있다. 그 구체적인 변화의 아이콘을 어떻게 잡을 것인지 결정된 것은 없으나, 그 변화의 지렛대로 삼고자 하는 몇 가지 원칙을 생각해두고 있다.

그것은 첫째, 새로운 독자의 수요를 반영한다. 새로운 독자는 새로운 감각을 지닌 당대의 시 소비자들이다. 새로운 감각은 시 자체의 고유한 지향점이기 때문에, 시의 생산과 소비에서 그것을 적극적으로 도모하지 않으면 안 된다. 새로운 감각은 또한 새로운 독자층의 형성이라는 시 유통의 선순환 구조를 만드는 데 필수적인 요소이다. 특히 20대와 30대의 젊은층의 수요를 반영해내지 못하면 시는 이제 실버 문화의 일종으로 남게 될 가능성이 높다. 이는 실버 문학이 나쁘다는 것이 아니라 실버 감각만이 필요 이상으로 지배적인 시단을 극복을 해야 한다는 생각이다. 새로운 감각을 발굴 내지 반영을 위해 『시작』은 젊은 감각을 간직한 새로운 시인의 발굴도 게을리하지 않을 것이다. 이 점은 『시작』이 처음부터 지향했던 젊은 시학, 전위적 미학에 대한 일관된 신념을 지키기 위한 것이기도 하다. 앞으로 『시작』의 신인 배출은 젊은 감각을 가장 중요한 기준으로 삼을 것이다.

둘째, 당대의 문화 내지는 대중문화 감각을 수용한다. 문예지든 종합지든 문예지의 가장 중요한 특성은 생산과 소비의 민첩성이다. 시는 당대의 문화 현상을 적극적으로 반영할 뿐만 아니라 그것을 선도적으로 이끌어 나가야 할 의무가 있다. 시가 문학과 예술의 최고最古/最高라는 위상을 지켜나가기 위해서는 당대 문화 현상이나 문예 사조를 외면해서는 곤란하다. 오늘의 문화 현상 가운데 사람들의 삶에 각별히 많은 영향을 끼치는 것은 대중문화이다. 대중문화는 굳이 포스트모더니즘을 끌어오지 않더라도 이제는 고급문화의 상대적 개념이라기보다는 많은 사람들이 소비하는 주류 문화의 일종으로 볼 수밖에 없는 시대이다. 시인들이 요즈음 시의 문제적 부면 가운데 하나인 시(시 평론)가 일반 독자 내지는 일반 대중과 유리되는 엘리트적 자기현시나 자폐적 자아탐구에서 벗어나는 데 많은 노력을 기울여야 하는 이유이다.

셋째, 다른 시 계간지와 변별되는 개성을 추구한다. 사실 현재 발간되고 있는 시 문예지들이 형식과 내용, 편집체제를 보면 대동소이하다. 발간사, 기획특집, 신작시, 오늘의 시(인), 시집평, 계간평 등을 기본으로 하고 약간의 가감이 있을 뿐이다. 그러다 보니 시 문예지가 필요로 하는 필자도 대동소이하고 일정한 수준 이상의 필자에게 원고청탁서를 보내는 일이 반복된다. 시 문예지는 늘어나고 있는데 시인의 빈익빈부익부 현상은 날이 갈수록 심해지고 있는 형편이다. 이런 현상은 시 문예지들이 저마다의 개성이나 독자적인 시인 발굴 등의 노력을 게을리하는 데서 나타나는 일이다. 유명 시인들의 문명文名에 기대어 문예지를 이끌어가 보려는 얄팍한 계산도 한 몫 담당한다. 시 계간지의 개성이 잘 드러날 수 있는 특집도 많은 문예지들이 비슷비슷하고 심지어는 같은 계절이 동일한 주제를 특집으로 삼는 경우도 있다. 『시작』은 이제 이런 문제점을 극복하여 다른 개성, 새로운 개성을 보여주는 시 계간지로 거듭 태어날 것이다.

이들 외에도 시와 비평의 가독성을 강화하는 문제, 일반 독자들을 편집에 참여시키는 문제, 대중문화를 적극 수용하는 동반 문예지를 더 창간하는 문제, 정기구독자를 획기적으로 확대하는 문제, 당대 사회 문제와 시대정신을 적실하게 담아내는 문제 등에 관해서도 지혜를 모으려고 한다. 이런 문제들을 해결할 때 비로소 『시작』은 우리 시대의 살아 숨 쉬는 문예지로서 거듭 태어날 것이다. 『시작』은 내면에 다시 창간한다는 정신으로 갱신에 갱신을 거듭하여 전문 독자뿐 아니라 일반 독자들에게 사랑받는 문예지로 진화해 나아갈 것이다.

3. 시의 부흥과 생산 기반

시의 부흥을 위해서는 무엇보다도 시 문예지의 활성화가 이루어져야 한다. 그 방향성은 양적인 팽창이 아니라 개성 있고 수준 높고 독자가 많은 문예지가 적절하게 유지되는 것이다. 문예지가 많다고 시의 저변 확대가 된다거나 시단이 활성화된다고 볼 수는 없는 일이다. 문제는 시의 창작과 유통, 혹은 시의 생산과 소비의 차원에서 균형감과 균질감이 요구되는 것이다. 문예지의 성패는 무엇보다도 어떤 시인들이 어떤 시를 발표하는지, 그것을 얼마나 많은 독자들이 찾아서 읽어주는지에 달린 것이다. 더 정확히 말하면 시 창작의 양적인 차원보다 그것을 읽는 독자의 양적인 차원이 더 중요하다는 것이다. 이 땅에는 시인이라는 타이틀을 가지고 사는 수많은 사람들이 있는데, 그들에게 먼저 필요한 것은 그들 자신이 우선 양질의 독자가 되어 시의 저변을 확대하는 일이다. 마치 야구가 붐을 이루기 위해서는 동네 야구로부터 프로 야구에 이르기까지 그 경기를 관전하면서 즐기는 사람들의 저변이 넓을수록 좋은 것과 마찬가지다. 관중이 많으면 야구 선수가 더 신나는 경기를 보여줄 것이기 때문이다.

문학장에서 훌륭한 독자는 훌륭한 시인 못지않게 중요한 역할을 한다. 동서고금의 훌륭한 시인은 언제나 훌륭한 독자에서 출발하여 수많은 고뇌의 시간을 거쳐 자신 이름을 완성해 왔다. 그래서 시의 독자들 가운데 양질의 독자들이 있다면, 그들이 창작의 무대에 올라와서 다시 양질의 작품을 쓰고, 그 작품을 다시 다른 독자들이 찾는 선순환 구조를 만든다면 더 없이 좋은 일이다. 문제는 그러한 독자들에게 양질의 작품을 제공할 장을 마련해주어야 하는데, 그 장은 일반적으로 문예지, 시집, SNS, 신문 등의 매체가 아주 중요한 역할을 한다. 이 가운데 문예지는 연속간행물로서의 주기적 연속성, 당대성, 전문성, 집중성, 민첩성 등에 있어서 다른 매체들과 비교도 안 될 만큼 핵심적이다. 그런데 요즈음 들어서 역사와 전통을 자랑하는 문예지들이 하나둘 폐간을 고려하고 있다는 우울한 소식이 들린다. 시의 부흥을 위해서는 시 계간지 혹은 문예지의 부흥이 반드시 필요한데 거꾸로 가고 있다는 생각이 든다. 특히 한국문화예술위원회가 시행하던 우수 문예지 지원제도의 폐지는 많은 우수 문예지들의 존폐를 고민하게 만들었다.

우수문예지지원사업의 폐지는 그렇잖아도 열악하기 그지없는 문예지 발간의 기반에 심각한 균열을 초래하고 있다. 올해 들어서 10억 원 정도였던 관련 예산이 3억 원 이하로 축소되고 그 명칭도 문학 아카이브 사업으로 전환되었다. 그 대신 문학 행사와 관련된 사업에는 예산을 대폭적으로 증액하고 있다. 그러나 일과적 행사나 찾아가는 행사 몇 가지 더 한다고 하여 시의 부흥이 이루어질 것 같지는 않다. 문학 행사는 시를 소비하는 행위에만 국한되는 것이어서 그 생산 기반이 무너지면 아무런 의미가 없는 것이기 때문이다. 생산 기반이란 당연히 시인들의 창작 기반이고, 창작 기반 가운데 시인들에게 원고료를 지원하면서 창작을 독려하는 문예지가 매우 중요한 역할을 한다. 다시 말해 문예지의 부흥이 없이 시의 부흥은 불가능하다. 이런 논지를 나는 지난 8월 24일 박명진 한국문화예술위원장과의 간담회(이형권, 유성호, 방민호 참석)에서 충분히 전달했다. 전향적 정책 결정을 기대해 본다. 물론 그 기대보다 더 중요한 것은 문예지들이 당대인들의 문화적 취미에 부응하는 시대 적합성과 자생력을 갖추기 위한 구체적인 고민과 실천적인 행동이다. 그 고민과 행동을 『시작』부터 시작해보려 한다.

제2부

시인의 말, 시인의 노래

—신경림의 시적 자의식

1. 시인의 자의식

신경림은 1956년 『문학예술』에 「갈대」 등의 작품을 발표하면서 시인으로 등장한다. 등단한 이후 10여 년 동안 농사일과 공사장 인부, 광산 노동자 등의 고된 일상에 파묻혀 별다른 활동을 하지 못했다. 1970년 『창작과비평』 가을호에 「눈길」, 「그날」 등의 작품을 발표하면서 주목받는 시인으로 자리를 잡기 시작한다. 특히 1973년 봄 『농무』를 출간하면서 그는 일약 대한민국의 대표적인 민중 시인으로 자리를 잡게 된다. 이 시집으로 그는 이듬해 제1회 만해문학상을 수상하였고, 1975년 봄에는 『농무』 증보판을 발간하면서 한국 시단에서 차지하는 시적인 입지가 확고해졌다. 『새재』, 『달 넘세』, 『가난한 사랑노래』, 『길』, 『쓰러진 자의 꿈』, 『어머니와 할머니의 실루엣』, 『뿔』, 장시집 『남한강』 등의 시집들은 1970년대 이후 오늘날까지 한국 민중시사 그 자체라고 할 정도의 문학적, 문단적, 역사적 비중이 아주 높다고 하지 않을 수 없다. 그의 시에 대한 논의는 대부분 민중 시인으로서의 역사의식이나 시대정신과 관련된 주제론이 대부분을 차지한다. 이 글은 그런 논의들과는 방향을 조금 다르게 하여 신경림 시의 시적 자의식 문제를 초점화하여 살펴보고자 한다.

시적 자의식의 차원에서 신경림 시인은 리얼리즘 시의 전통 속에서 진정한 의미의 '말'과 '노래'에 대한 시적 성찰을 수행해온 시인이다. 그의 '말'에 대한 관심은 시인으로서 시의 언어에 대한 관심이자 그 이상의 의미를 지닌다. 그의 시에서 '말'은 시의 매재일 뿐만 아니라 인간 정신이나 윤리 의식의 표상으로 등장하곤 한다. 또한 그의 시에 등장하는 '노래'라는 것은 형식의 측면과 내용의 측면을 동시에 내포한다고 보아야 한다. 그 형식의 측면은 신경림 시가 지니는 토속적이고 자연스러운 운율감과 관련되는 것이라면, 그 내용의 측면은 현실의 문제적 부면들을 대상으로 하는 비판 정신과 관계가 깊은 것이라 할 수 있다. 신경림의 시에 등장하는 이러한 '말'과 '노래'는 그의 시적 자의식을 반영하는 것으로서, 그의 시의 근원적 모티브와 시 의식을 탐구하는 게 아주 유용한 역할을 한다.

신경림은 시뿐만이 아니라 산문을 통해서도 '말'과 '노래'에 관한 탐구를 꾸준히 시도해왔다. 이를테면 『민요기행』이라는 저서를 두 권이나 발간할 정도로 우리의 전통적인 '노래'에 대한 탐구에 적극적이었다. 또한 『시인을 찾아서』라는 두 권의 저서를 통해서는 우리 시의 중요한 작품들을 통해 시인의 '말'이 갖는 시대적, 역사적 의미를 탐구하기도 했다. 그는 시 작품뿐만 아니라 산문과 현실에서도 시인으로서의 자의식을 탐구하는 데 적극적이라고 할 수 있다.

2. 시인의 말 : 세상의 진리

우리가 사용하는 언어는 이성이나 감정과 같은 인간 정신 일체를 표상한다. 언어의 역할 가운데 가장 중요한 것은 무형의 인간 정신에 형상을 부여하여 인간과 인간 사이의 소통을 매개하는 일이다. 언어는 음성언어인 말과 문자언어인 글이 있는데, 이 가운데 말은 글보다 더 많은 현장성과 생동성을 갖는다. 문학은 원래 말을 매재로 하는 구술문학으로 출발을 했지만, 복잡한 구조와 수사를 구사하는 현대사회에서의 문학은 주로 문자문학을 일컫는 것으로 바뀌었다. 하지만 현대시에서도 현실감을 고양하기 위해 말이 지니는 구술성을 활용하는 사례가 적지 않다. 김소월이나 홍사용의 민요시에서부터 김지하의 담시나 신경림의 민중시 등은 말의 구술성을 각별히 강조한 사례에 해당한다.

신경림 시의 구술성 차용은 민중적 삶의 현장성을 구현하는 데 아주 유용한 창작 방식 가운데 하나이다. 이런 특성이 외형적으로는 그의 시 전반에서 자연스러운 운율감이나 부드러운 리듬감으로 나타나곤 한다. 그런데 한 가지 더 주목할 것은 '말' 자체가 지니는 정신적 가치를 시의 제재로 삼는 경우가 종종 있다는 점이다. 신경림 시인은 '말'이 인간 정신의 표상이기에 '말'이 타락하면 인간도 타락한다고 본다.

> 하늘의 달과 별은
> 소리 내어 노래하지 않는다
> 들판에 시새워 피는 꽃들은
> 말을 가지고 말하지 않는다
> 서로 사랑한다고는
> 하지만 우리는 듣는다
> 달과 별은 아름다운 노래를
> 꽃들의 숨가쁜 속삭임을
> 귀보다 더 높은 것을 가지고
> 귀보다 더 깊은 것을 가지고
> 네 가슴에 이는 뽀얀
> 안개를 본다 하얗게 부서지는
> 파도소리를 듣는다
> 눈보다 더 밝은 것을 가지고

가슴보다 더 큰 아픔을 가지고

―「봄의 노래」 전문

이 시에서 "소리 내어 노래하"는 일은 가식적인 "노래"를 하는 것이고, "말을 가지고 말하"는 것은 거짓된 "말"을 하는 것이다. "소리" 높여 드러내기 위해 "노래"하는 일, 진실 없이 하는 말을 위한 "말"을 하는 일, 그것은 타락한 인간의 일이다. 이런 "노래"와 "말"로써 "서로 사랑한다"는 고백은 아무런 의미와 가치를 지니지 못한다. 진정한 "노래"는 "달과 별"의 "아름다운 노래"이고 진실한 말은 "꽃들의 숨가쁜 속삭임"과 다르지 않은 것이다. 중요한 것은 "귀보다 더 높은 것"과 "귀보다 더 깊은 것"으로 그러한 소리를 "우리는 듣는다"는 점이다. 이때 "우리"의 존재는 건강한 윤리성과 역사적 공감을 간직한 공동체이다. "우리"가 보고 듣는 것은 "네 가슴에 이는 뽀얀/ 안개"나 "하얗게 부서지는/ 파도소리"와 같이 순수한 마음이다. 그것이 가능한 것은 "우리"가 "눈보다 더 밝은 것"이나 "가슴보다 더 큰 아픔 가지고" 듣거나 보기 때문이다. "우리"는 공동체 의식을 가지고 지혜로운 마음(밝은 눈)과 진실한 마음(아픈 가슴)으로 "너"의 순수한 마음을 듣고 보는 것이다. 그러므로 「봄의 노래」는 인간 타락으로 비정한 시대에 순수하고 진정한 정신성으로서의 "노래"와 "말"을 희구하는 신경림 시인의 마음이 드러난 시이다.

신경림의 시는 개인적, 역사적 윤리의식이 부재하는 시대의 타락 속에서 살아가야 하는 한 인간의 고통을 빈도 높게 드러내곤 한다. 그것을 신경림 시인은 진실한 말의 부재와 상동적 관계로 보곤 한다.

나는 어려서 우리들이 하는 말이
별이 되는 꿈을 꾼 일이 있다.
들판에서 교실에서 장터거리에서
벌떼처럼 잉잉대는 우리들의 말이

하늘로 올라가 별이 되는 꿈을.
머리 위로 쏟아져 내릴 것같은
찬란한 별들을 보면서 생각한다.
어릴 때의 그 꿈이 얼마나 허황했던가고.
아무렇게나 배앝는 저 지도자들의 말들이
쓰레기같은 말들이 휴지조각같은 말들이
욕심과 거짓으로 얼룩진 말들이
어떻게 아름다운 별들이 되겠는가.
하지만 다시 생각한다.
역시 그 꿈은 옳았다고.
착한 사람들이 약한 사람들이
망설이고 겁먹고 비틀대면서 내놓는 말들이
어찌 아름다운 별들이 안되겠는가.
아무래도 오늘밤에는 꿈을 꿀 것 같다.
내 귀에 가슴에 마음속에
아름다운 별이 된
차고 단단한 말들만을 가득 주워담는 꿈을.

—「말과 별-소백산에서」 전문, 『길』(1990)

이 시에는 두 가지의 "말"이 대립적으로 존재한다. 하나는 "아무렇게나 배앝는 저 지도자들의 말들"이고, 다른 하나는 "착한 사람들이 약한 사람들이/ 망설이고 겁먹고 비틀대면서 내놓는 말들"이다. 시인은 물론 후자의 "말들"에 호의를 가지고 있는데, 그것은 유년기의 순수한 시절에 가졌던 "꿈"과도 상통하기 때문이다. 즉 유년기부터 "우리들이 하는 말이/ 별이 되는 꿈"을 꾸어온 시인은 한때 그 "꿈"이 "허황"하다고 여겨보기도 했지만, "착한" 민중의 "말들"을 듣고부터는 그 "꿈"이 결코 "허황"된 것이 아니라고 "다시 생각한다". 이런 생각은 "별"이 될 수 있는 진정한 "말들"이란, "지도자들"의 "욕심과 거짓으로 얼룩진 말들"이 아니라, 소외받고 가난한 가운데서도 꽉 "차고 단단한 말들"이라는 인식에 도달했기 때문이다. 이러한 진술들은 진솔한 민중의식과 민중언어를 중시하는 신경림의 시적 지향을 드러낸 것으로 읽을 수 있다. 시인은(그의 저서명을 따른다면) '진실의 말 자유의 말'의 이상 혹은 본질을 찾고자 하는 것이다.

그런데 "말"이나 시는 인간의 소통을 위한 도구이기에 분명한 한계가 있다. 하이데거 식으로 말하면 시는 진리의 비은폐성을 드러낼 가능성으로만 존재하는 것이지, 진리를 있는 그대로 개진해줄 수 있는 것이 아니다. "말"로써 대화를 한다는 것, 시를 쓴다는 것은 진리의 본질에 다가가기 위한 부단한 추구심과도 같은 것이다.

> 새카만 어둠속에서 서서히 형상이 나타나기 시작했다. 처음, 머리에 인 광주리의 윤곽이 나타나고, 얼굴의 선이 드러나고, 목 어깨 몸통이 드러나더니, 마침내 어둠을 배경으로 생선 광주리를 인 젊은 아낙네가 거기 서 있었다.
> 아직도 끈적끈적하고 진한 어둠이 우리 둘 사이를 가로막고 있었다. 아낙네는 무슨 말을 하는 듯 입술을 달싹이고 있었고, 그의 말은 어둠을 헤엄치면서 서서히 나를 향해 오고 있었다.
> 아, 마침내 그의 말이 내게 이르렀다. 그러나 이미 그때 그 여자의 모습은 서서히 어둠속에 되묻히고 있었다. 몸통이 묻히고, 목어깨 형상이 사라지고, 끝내는 얼굴의 윤곽이, 머리 위에 얹혔던 광주리가 어둠과 하나가 되었다.
>
> 내 형상도 지금 서서히 어둠속에서 드러나고 있다. 얼굴과 목과 어깨의 선이 드러나고 팔다리의 윤곽이 나타나고 있다. 그리하여 나는 당신을 향해서 무엇인가를 말하고 있다. 나의 말은 어둠속을 헤엄치면서 천천히 당신을 향해 갈 것이다. 아, 그러나 나의 말이 당

신에게 이르렀을 때, 이미 내 형상은 서서히 어둠속으로 사라져가
고 있을 것이다.

—「말」 전문, 『달 넘세』

이 시는 신경림의 작품 가운데서 상당한 특이성을 보여주는 사례이다. 그 특이성은 관념어인 "말"을 활물 이미지로 변용시키면서 두 사람 사이의 소통과 관련된 (무)의식을 형상화하고 있다는 데서 찾을 수 있다. 시상의 흐름은 두 연의 내용이 상호적으로 작용하는 양상을 보여준다. 앞의 연은 "젊은 아낙네"가 나에게 "말"을 하는 것이다. 우선 "머리"에 "생선 광주리"를 인 "젊은 아낙네"의 모습이 드러나는 것으로 시작된다. 그리고 "진한 어둠이 우리 둘을 가로막고 있었"음에도 불구하고, "아낙네"가 "무슨 말"을 하니까 그것이 "어둠을 헤엄치면서 서서히 나를 향해" 다가온다. 그런데 "그의 말이 내게 이르렀"을 때 "그 여자의 모습은 서서히 어둠 속에 되묻히고 있었다"고 한다. 뒤의 연은 앞의 연과는 반대로 "나"의 "말"이 "젊은 아낙네"에게 다가가는 과정을 드러낸다. "말"이 둘 사이의 진정한 소통의 회로를 만들고 있는 것이다.

그런데 "젊은 아낙네"의 "말"이 "나"에게 다가왔을 때, "나"의 "말"이 "그"에게 다가갔을 때, 모두 "그"와 "나"의 형상이 어둠 속으로 사라진다고 한다. 이는 "말" 또는 시가 갖는 근원적인 한계성을 지적한 것이다. 시인이 시를 쓰는 것은 존재의 본질을 드러내기 위한 것이지만, 그 불가능성으로 인하여 오히려 시를 쓰고자 하는 욕망이 간절해지는 역설이 발생하는 것이다. 이러한 "말"에 대한 인식은 신경림이 평생토록 시를 쓰게 한 원동력으로 작용했다고 할 수 있다. 그는 평생 가장 이상적인 민중이나 가장 정의로운 역사라는 시적 진실의 세계를 탐구했다고 하겠다. 그래서 진정한 시인의 존재에 대한 사유도 그러한 "말"의 문제와 결부시켜 상상한다. 이를테면 "옛 백제의 서러운 땅에/ 그가 남긴 것은 무엇인가/ 모닥불 옆에서 훨훨 타오르고 있는/ 몇 개의 굵고 붉은 낱말들이여"(「시인의 집-신동엽 시인의 옛집에

서」 부분)라는 시구가 그렇다. 이때의 "굵고 붉은 낱말들"은 신경림 시인도 부단히 추구해온 시적 진리를 개진할 가능성으로서의 "말"과 다름 아니다.

3. 시인의 노래 : 민중의 진실

시는 언어의 노래이다. 시가 노래하는 것은 시가 기본적으로 운문으로서의 성격을 지니고 있다는 점에서 연유한다. 시가 언어로 이루어진다는 사실은 시가 근본적으로 인간의 정신성을 표상하는 특성과 밀접히 관련된다. 그리고 그 정신성은 인간의 감정이나 감각, 정서를 포함하여 인생관, 세계관, 역사의식, 이데올로기 등을 모두 총칭하는 것이다. 따라서 신경림 시가 갖는 '언어의 노래'로서의 특성은 그의 시의 정체성과 상동적인 관계에 놓이게 된다. 그의 시는 유난히 자연스러운 운율감과 민중적 서정을 중시한다는 점에서 노래(특히 민요)로서의 성격을 다분히 지니게 된다.

녹슨 삽과 괭이를 들고 모였다
달빛이 환한 가마니 창고 뒷 수풀
뉘우치고 그리고 다시 맹세하다가
어깨를 끼어 보고 비로소 갈길을 안다
녹슨 삽과 괭이도 버렸다
읍내로 가는 자갈 깔린 샛길
빈 주먹과 뜨거운 숨결만 가지고 모였다
아우성과 노랫소리만 가지고 모였다

—「갈길」 전문, 『농무』

이 시는 신경림 시의 출발점을 드러내주는 작품이다. 이 시에서 시인의 "갈길"은 정의로운 세상을 위한 민중적 연대와 비무장 저항이라는 그의 생각이 암시되어 있다. 즉 이 시의 주인공들이 "녹슨 삽과 괭이를 들"었다는 것은 민중으로서의 농민이라는 점을 드러내준다. 또 "뉘우치고 그리고 맹세하다가/ 어깨를 끼어보고 비로소 갈길을 안다"는 것은 민중적 연대감이 소중하다는 점을 깨달았다는 것이고, "녹슨 삽과 괭이도 버렸다"는 것, "빈 주먹과 뜨거운 숨결만 가지고 모였다"는 것은 기득권에 대한 비무장 저항의 의지와 연관되는 것이다. 그리고 "아우성과 노랫소리만을 가지고 모였다"는 것은 순수한 열정과 의지만을 저항의 무기로 삼겠다는 다짐이다. 이는 애초부터 성급한 행동과 폭력보다는 차분한 의식과 시를 통해서 민중 운동을 하고자 했던 신경림 시인의 성숙한 시적 태도를 암시하는 것이다. 특히 "노랫소리"는 시의 음악성과 관련된다는 점에서 처음부터 신경림 시인은 시적인 저항을 지향했음을 암시해준다.

그런데 세상에는 아름다운 노래만이 있는 것은 아니다. 시인이 지향하는 아름다운 노래와는 전혀 다른 노래도 있다. 이는 앞서 보았던 타락한 말의 모습과 다르지 않은 것이다.

그들은 우리 쪽에 서 있다
우리와 함께 분노하고
발구르며 노래하고
저들을 향해 함께 돌팔매질도 한다
그러나 그들이 돌아가는 곳은
우리네의 산동네가 아니다
산비탈에 위태롭게 붙은 누게집이 아니다.
그들을 기다리는 것은
찌그러진 알루미늄 밥상 위의
퉁퉁 불은 라면과 노랑 물든 단무지가 아니다.
병든 아내와 집 나간 딸애의 편지가 아니다.
온갖 안락과 행복이 김처럼 서린 식탁에서

그들은 우리를 위해 기도하고
우리들의 불행과 가난을 탄식하지만
포도주 향기 그윽한 벽난로 위에
우리의 찌든 삶은
한 폭 벽화가 되어 걸린다.
그들의 아들딸이 박힌 외국의 풍경 옆에
초라한 한 폭 벽화가 되어 걸린다.
그들은 우리 쪽에 서 있지만
함께 분노하고 발구르며 노래하지만
함께 노래하며 돌팔매질 하지만

—「벽화」 전문, 『가난한 사랑노래』(1988)

이 시에 등장하는 세 부류의 인간이 있다. "우리"는 가난하고 소외받은 민중이고, "저들"은 축재와 독재를 일삼는 존재이며, "그들"은 위선적인 종교인을 의미한다. 외형적으로만 보면 "우리"는 "그들"과 함께 "저들"을 향한 저항을 하고 있다. "저들"은 "우리와 함께 분노하고/ 발 구르며 노래하고/ 저들을 향해 함께 돌팔매질도 하"는 존재이다. 그러나 "그들"의 언행은 모두가 위선적인 것에 불과하다. "그들이 돌아가는 곳"은 민중의 삶과는 전혀 상관이 없는 호화주택으로서 반민중적인 "저들"이 사는 생활공간과 조금도 다르지 않다. "산동네"의 초라한 "누게집"이 아니라 "포도주 향기 그윽한 벽난로"가 있는 호화로운 주택인 것이다. 그렇다면 "그들"은 "우리"의 편이라기보다는 "우리"의 처지를 이용하여 "저들"처럼 살아가는 존재일 뿐이다. "우리의 찌든 삶은/ 한 폭 벽화가 되어 걸린다"고 하지 않는가? 이 시에서 "노래"는 민중 의식을 고양시키면서 저항의 의지를 북돋아 주는 예술작품일 터, "그들"의 "노래"는 타락한 신앙인의 위선적인, 너무도 위선적인 사기술에 불과한 것이다.

그렇다면 진정한 노래 혹은 진정한 시의 가치는 무엇인가? 그것은 고달픈 인생살이를 위무해주는 역할을 하는 것이다. 신경림 시에 자주 등장하는 민요는 노래 가운데 가장 민중적이고 전통적인 것이다. 그가 이 구술문학을 시에 수용하는 것은 그 속에서 진솔한 민중적 삶의 가치를 발견했기 때문이다.

조물주는 에누리가 없어 우리에게
산자수명 그 아름다운 산과
눈부시게 맑은 물을 주었지만 그 대신
모진 하늘바래기와
가파른 돌밭밖에 주지 않았다
그래서 이렇게 산자락과
개울가에 붙어살면서
우리가 배운 것은 두려움이니
꼴이나 베고 밭이나 매면서
한과 가난을 노래로 푸는 우리를
겁쟁이라 이르지 말라
어리석다 말하지 말라

—「정선아리랑-정선의 노래꾼 김병하 씨에게」 전문

시의 주인공은 "정선의 노래꾼 김병하 씨"이다. "정선아리랑" 기능보유자인 그의 삶은 강원도 산골짜기의 척박한 환경을 그대로 빼 닮았다. 강원도는 "산자수명 그 아름다운 산과/ 눈부시게 맑은 물"로 유명하지만, 논이든 밭이든 농사일에 적당한 비옥한 토지는 희박하다. "모진 하늘바래기와/ 가파른 돌밭밖에" 없는 척박한 환경 속에서 산다는 것은 삶에 대한 "두려움"의 연속이다. 그런데 "김병하 씨"는 "한과 가난"으로 얼룩진 강원도 산골짜기에서의 삶을 "노래"를 통해서 극복, 승화시키고 있다. 이때의 "김병하"라는 고유어는 단지 한 개인이라기보다는 척박한 환경을 살아가는 민중 전체를 제유하는 것으로 볼 수 있다. 이러한 "김병하 씨"의 주장은 삶의 고난을 "노래"로써 풀어낼 줄 아는 "우리" 민중을 "겁쟁이"라거나 "어리석다고 말하지 말라"는 것이다. 따라서 "김병하 씨"는 주어진 삶의 고난을 예술적으로 풀어낼 줄 아는 미학적이고 지혜로운 민중의 표상이다.

노래가 고달픈 삶을 위무하는 역할은 "시골 사람 모여 사는 산동네만 다니며/ 어리굴젓 새우젓도 팔고/ 진도 아리랑도 부른다"(「진도 아리랑」 부분)에도 드러난다. 시골에서 올라온 사람이 도시 생활에 잘 어울리지 못하면서도 "진도 아리랑"을 부르면서 그 힘겨운 생활을 극복하고 있는 모습이다. 또한 신경림의 시에서 노래는 민족적 화합의 매개이다. 즉 "처음에는 삐거덕대더니만 이윽고 신바람들을 냈지요. 어깨동무도 하고 춤도 추면서 마침내 김건모와 「휘파람」, 김정구와 「월미도」를 마구 뒤섞어 야릇한 노래 한마당을 만들었지요"(「노래 한마당」 부분)에서 "노래"는 연변 사람들과 서울 사람들이 이념적 간극을 넘어 함께 어우러지게 하는 매개체이다. 이처럼 신경림의 시에서 "노래"는 민중 혹은 민족이 고달픈 현실을 극복하기 위해 부르는 예술적 매개인 것이다. 그 "노래"가 시적으로 변이되는 양상이 바로 신경림의 시세계인 것이다.

4. 말과 노래와 시

신경림의 시에 등장하는 '말'과 '노래'는 시적 자의식과 관련된다. 그는 누구나 알다시피 민중시학의 대표자로서 민중의 삶과 민족적 삶을 시로 형상화하는 데 평생을 바쳤다. 그의 시에는 가난하고 고달픈 인간 군상들이 주인공으로 등장하여 신산스런 삶을 살아가는 모습을 보여주곤 한다. 하지만 신경림 시인이 그들의 삶에서 주목하는 것은 가난하고 고달픈 삶 가운데서도 진실하고 정의롭고 정직한 마음을 잃지 않고 꿋꿋하게 살아가는 모습이다. 그리고 그러한 삶이 가능한 것은 그들이 '말'과 '노래'의 진실성을 추구하고 있기 때문이라고 본다. 하여 그의 시에서 진실하지 못한 말과 노래를 추구하는 권력자나 자본가나 종교가들은 단호한 지탄과 비판의 대상이 된다.

중요한 것은 그러한 '말'과 '노래'를 시라는 문학 양식으로 바꾸어 읽으면 그대로 신경림 시의 자의식이 된다는 사실이다. 그러니까 신경림의 시 가운데 '말'과 '노래'에 관한 시는 대부분 시론시의 성격을 지닌다고 볼 수 있다. 그는 부유하고 권력을 지닌 자들의 화려하지만 거짓된 '말'과 '노래'보다는 가난하고 소외된 자들의 초라하지만 진실한 '말'과 '노래'를 옹호해왔다. 그의 시가 후자의 '말'이나 '노래'와 다르지 않다는 사실은 그의 시세계에 일관되게 드러난다. 따라서 신경림 시의 '말'과 '노래'에 관한 시는 그의 시 전반적인 특성을 함축하여 보여주는 것이라고 말할 수 있다. 그의 민중시, 리얼리즘 시는 그의 '말'과 '노래'에 관한 인식에서 나온 것임에 틀림이 없는 것이다. 무릇 진정한 시인의 '말'은 진리를 현현하고, 진정한 시인의 '노래'는 진실을 드러낸다. 신경림의 시는 그러한 '말'과 '노래'의 이음동의어일 뿐이다.

'역동적 고요-가이아 명상'의 (생태)시학
—정현종의 시

자연과 예술의 和唱이여
마음은 춤춘다 아름다움이여
—정현종, 「아름다움이여」 부분

1. 시의 새로움과 균형 감각

정현종 시인은 1965년 『현대문학』에 「독무獨舞」를 발표하면서 시단에 등장하여 지금까지 50여 년 동안 시작 활동을 활발히 전개해왔다. 그는 등단작에서부터 "저 낱낱 찰라의 딴딴한 발정!/ 영혼의 집일 뿐만 아니라 香油에/ 젖는 살"을 지향하면서 정신과 육체 감각, 혹은 이성과 현실 감각의 상호작용을 시적으로 형상화하면서 독자들의 관심을 받아왔다. 그는 1966년에 황동규, 박이도, 김화영, 김주연, 김현 등과 함께 동인지 『사계』를 결성하여 한국시에 진정한 의미의 지성을 도입하는 데 선구적인 역할을 수행하기도 했다. 이들의 동인 활동은 김현이 명명한 대로 '65세대'의 등장이자 이어령이 말한 '제3세대'의 등장과 일치하는 것이었다. 이들은 이후 한국 문단의 주류 역할을 했지만, 당시만 해도 한국 문단에 지성적 현대 감각을 일깨운 도전적인 신인 세력이었다.

정현종은 그동안 첫 시집 『사물의 꿈』(1972) 이후 『나는 별 아저씨』(1978), 『떨어져도 튀는 공처럼』(1984), 『사랑할 시간이 많지 않다』(1989), 『한 꽃송이』(1992), 『세상의 나무들』(1995), 『갈증이며 샘물인』(1999), 『견딜 수 없네』

(2003), 『광휘의 속삭임』(2008), 『그림자에 불타다』(2015) 등의 시집을 발간했다. 그의 시는 초기의 관념적 사물시로부터 후기의 생태시에 이르기까지 감성과 지성의 조화를 기본적 특징으로 다양한 스펙트럼을 간직한다. 관념어와 구상어를 넘나드는 자유자재한 언어 구사 능력, 번득이는 재치와 풍자의 정신은 그의 시가 갖는 특장이다. 그는 또한 번역가로서도 인상 깊은 활약을 했는데, 특히 예이츠와 네루다의 시를 번역하여 한국에 본격적으로 소개하는 업적을 남겼고, 크리슈나무르티의 『아는 것으로부터의 자유』를 번역하면서 명상의 현대적 의미를 탐구하기도 했다.

정현종이 창작 활동을 시작한 1960년대는 4·19혁명의 영향을 받아 자유와 민주주의 사상이 문학 내부에까지 깊숙이 들어온 시기였다. 최인훈의 『광장』을 필두로 하는 혁명 사상은 절대적인 반공주의의 늪에 갇혀 있던 한국문학에 일시적으로나마 숨통을 트는 역할을 했다. 김수영이 보여준 현대적 일상성을 바탕으로 하는 리얼리즘 시나 신동엽이 보여준 역사적 상상력과 결합한 리얼리즘 시는 4·19혁명의 자유정신, 민주정신과 밀접하게 관련되어 있다. 이들은 모두가 역사와 현실과 마음에서 독재의 매커니즘을 몰아내고 자유와 민주 공동체로 나아가기 위한 문학적 노력이었다.

1960년대는 또한 김승옥의 『서울, 1964년 겨울』이 보여주듯 한국 문학이 감수성의 혁명을 이루어낸 시기이기도 하다. 이 시기 〈현대시〉 동인들은 전위정신을 바탕으로 언어 실험과 지적 모험을 감행하여 한국시의 세련미를 더해주었다. 이들의 시에는 딱히 현실적 역사의식이라는 것이 직접 드러나 있지는 않지만, 그렇다고 하여 역사의식의 진공 상태를 지향한다고 볼 수는 없다. 김영태나 오세영 등이 보여주는 실험적 언어는 비루한 현실과 고루한 시를 혁명적으로 갱신해보려는 의도를 드러내고 있었기 때문이다. 그러나 이들 시는 작위적인 표현법이나 필요 이상의 지적인 포즈로 인하여 난해시라는 별칭을 얻으면서 시가 일반 독자들과 괴리되는 현상을 가져왔다.

정현종 시인은 참여주의나 심미주의 사이의 균형 감각을 잘 갖추고 있는 시인이다. 1960년대 정현종의 시는 김수영이나 신동엽 스타일의 참여시나,

김춘수나 김영태 스타일의 순수시와는 다른 시세계를 보여준다. 그의 시에는 김수영 시에 드러나는 것처럼 첨단적 전위정신을 지향하거나, 신동엽에 나타나는 것처럼 직접적 역사의식을 추구하지 않는다. 또한 김춘수 시의 언어 실험이나 김영태 시의 문화적 다양성이 그의 시에는 드러나지 않는다. 그의 시는 다양한 변모를 거쳐오면서도 전기의 시에서는 철학적 관념과 서정의 조화를, 후기의 시에서는 생태적 이념과 감성의 조화를 견지하면서 역설적 상호관계의 시를 보여주었다. 그의 시가 이처럼 일관되게 견지하는 상반되는 것들의 상호작용이나 조화로움의 바탕에는 '역동적 고요' 혹은 '가이아 명상'이라는 (생태)시학이 자리 잡고 있다.

2. '역동적 고요'의 명상시학

정현종 시인은 미당 서정주나 김수영처럼 시에 관한 산문을 적잖이 남긴 시인이다. 『숨과 꿈』, 『생명의 황홀』, 『두터운 삶을 위하여』 등의 산문집에서 그는 시에 대한 자신의 생각이나 특정한 시 작품의 창작 과정에 대해 고백하곤 했다. 시인의 산문은 보통 시로써 말할 수 없는 어떤 잉여의 생각이나 느낌, 주의, 사상과 같은 것을 드러내기 위한 것이다. 정현종 시인의 경우에도 예외는 아니다. 그의 산문은 겉으로 보기에는 간명하지만 행간을 자세히 살펴보면 그 안에 시적이고 함축적인 의미가 내재해 있다. 특히 그의 산문 가운데 「역동적 고요의 공간」은 정현종 시학의 핵심을 드러내고 있어서 그의 시를 이해하기 위해서는 필독해야 할 대상이다. 이 글에는 전반기의 사물시나 후반기의 생태시와 같이 그의 시세계를 지배하는 시학의 고갱이가 드러나 있기 때문이다.

> 한 편의 시가 태어나는 공간에 대한 이해는 시를 쓰고 있는 자기 자신의 내면 공간—말하자면 우리가 상상력 · 의식 · 지성 · 감성 혹은

정서 · 무의식 · 몽상 등의 이름으로 부르는 여러 힘들의 운동과 상호작용을 관찰할 때 가능한 일로서, 우리와 외계를 연결하는 통로인 눈 · 코 · 입 · 귀 · 피부 등 감각 기관들까지도 안을 향해서 열려 있는 상태를 필요로 한다. 이것은 우리의 모든 주의력이 비상하게 모아지는 상태라고 일단 말할 수 있는데, 이런 상태를 우리는 명상이라고 할 수 있고, 이 단계에 이르러 우리는 〈명상의 눈〉에 의해 아주 다른 모습으로 바깥세상과 연결된다. 다시 말하면 육체의 눈이 안쪽으로 향하면서, 그리고 그런 상태가 지속되면서 명상의 눈이 열리는데, 이 명상의 눈이 바깥 사물과 접촉하는 모습은 물론 육안의 그것과 아주 다르다. 즉 육안은 대상의 자극에 의해 즉각적으로 반응하고 비교적 경황없이 접수하는 것이라면, 명상의 눈은 우리의 감각 체험들은 물론, 앞에 말한 여러 힘들이 통합되어 대상을 감싸는 시선이라고 할 수 있다.

그리고 시의 모태는 위에 말한 명상의 공간이다. 우리 마음에 있는 여러 힘들의 통합 사령부라고 할 수 있는 이 명상의 공간에서 그러면 그 여러 힘들은 어떤 모습으로 작용하는 것일까. 아마 다음과 같이 말해볼 수 있을 것 같다. 예컨대 의식과 몽상, 또는 지성와 정서 등 서로 반대되는 힘처럼 보이는 두 개의 힘이 서로를 자기의 눈으로 삼고 귀로 삼아 그 눈과 귀에 의해 각자 자기의 잠든 부분과 귀먹은 부분, 즉 각자의 가난을 채운다. 이 독특한 눈을 우리는 그 두 개의 힘의 공동의 눈이라고 부를 수 있고, 그것들 자신의 안팎을 향해 동시에 움직이는 눈이라고도 할 수 있다. 그리하여 마침내 한 편의 시를 낳기 위한 상태에 이르는 것이다!

그러나 우리의 마음이 그런 역동적 고요에 이르기란 또 얼마나 어려운 일인가![1]

1 정현종, 「역동적 고요의 공간」, 『숨과 꿈』, 문학과지성사, 1982, p.62.

이 부분은 정현종 시론의 기본적 지향점을 드러낸다. 이 글은 중층적으로 상호텍스트성의 시학을 제시하고 있는데, 하나는 "내면 공간" 안에서 이루어지는 것으로서 이성적인 것과 초이성적인 것의 상호작용을 추구한다. 즉 상상력, 감성, 정서, 무의식, 몽상 등과 같은 초이성적인 것과 의식, 지성과 같은 이성적인 것의 상호작용을 지향한다. 다른 하나는 이러한 "내면 공간"과 "외계"의 상호작용이다. 이는 "외계를 연결하는 통로인 눈 · 코 · 입 · 귀 · 피부 등 감각 기관들까지도 안을 향해서 열려 있는 상태", 즉 "명상"의 상태라고 한다. 이때의 "명상"은 아래의 도식처럼 두 겹의 상호작용을 통해 얻어지는 시 창작의 순간인 것이다. 그 순간을 "공간"이라고 표현한 것은 그러한 인식의 과정이 선형적인 것을 넘어서는 복합적 과정이라는 것을 강조하기 위한 것으로 보인다.(아래의 도식에서 =은 동격 혹은 유사, →은 수렴 혹은 지향, ↔은 상호작용을 의미함)

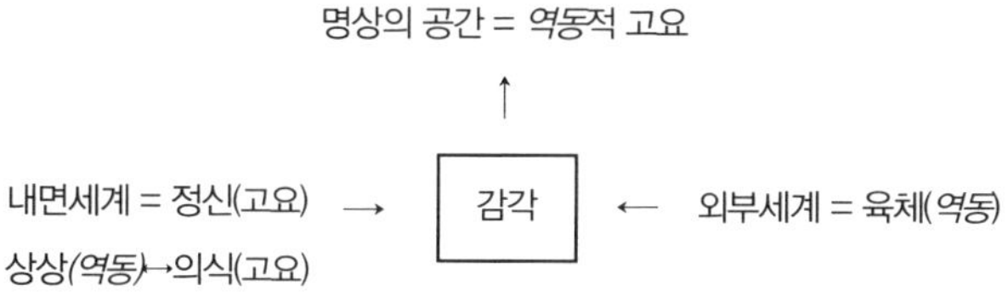

명상의 공간 = *역동*적 고요

↑

내면세계 = 정신(고요) → [감각] ← 외부세계 = 육체(*역동*)

상상(*역동*)↔의식(고요)

여기서 보듯이 "시가 태어나는 공간"은 결국 "명상의 눈"을 갖춘 상태, 즉 "우리의 감각 체험들은 물론, 앞에 말한 여러 힘들이 통합되어 대상을 감싸는 시선"을 갖춘 상태이다. 그 공간은 다름 아닌 "역동적 고요의 공간"으로서 "역동"이 상상적, 육체적인 것이라면, "고요"는 의식적, 정신적인 속성의 것이다. 하여 "역동적 고요"는 "역동"과 "고요"라는 이질적인 요소들이 하나로 통합되어 긴장감을 형성하는 시적 에피파니의 순간인 것이다. 이는 리차즈(I.A. Richards)가 말하는 긴장(tension)의 시학이나, 브룩스가 말하는 역설의 시학과도 연관된다고 할 수 있다. "역동적 고요"는 이질적인 요소들의 통합 혹은 상호작용이라는 점에서, 시적 긴장이 내포와 외연의 길항 작용 속에서 태어나고, 시적 역설이 원관념과 보조관념의 모순작용 속에서 탄생하는 원리와 유사한 속성을 간직하기 때문이다.

한 편의 시가 탄생하는 순간으로서의 "역동적 고요"는 두 가지 상반되는 요소들의 상호작용이라는 면에서 막스 블랙Max Black의 은유 이론과도 유사하다.[2] 막스 블랙은 은유를 상호 유사성보다는 상호 이질성을 바탕으로 이루어지는 상호작용으로 보았다. 아리스토텔레스 이래 은유를 원관념에서 보조관념으로의 의미의 전이(혹은 이동)라고 보는 전통적인 관점에 변화를 가져온 것이다. 물론 "역동적 고요"는 물론 막스 블랙이 말하는 은유적인 표현의 문제뿐만 아니라 은유적 사고의 문제와도 깊이 관련된다. 왜냐하면 "역동적 고요"는 인간 정신 내부의 상반되는 요소들뿐만 아니라 인간 정신과 외부세계 사이의 모순되는 것들 사이의 상호작용과 관계 깊기 때문이다. 이런 점은 아래의 진술에서 더 구체화된다.

> 1) 예컨대 의식과 몽상, 또는 지성과 정서 등 서로 반대되는 힘처럼 보이는 두 개의 힘이 서로 상대방을 자기의 눈으로 삼고 귀로 삼아 그 눈과 귀에 의해 각자 자기의 잠든 부분과 귀먹은 부분, 즉 각자의 가난을 채운다. 이 독특한 눈을 우리는 그 두 개의 힘의 공동의 눈이라고 부를 수 있고, 그것들 자신의 안팎을 향해 동시에 움직이는 눈이라고도 할 수 있다. 그리하여 마침내 한 편의 시를 낳기 위한 최상의 상태에 이르는 것이다.[3]

> 2) 예컨대 薄明은 낮도 아니고 밤도 아니며 낮과 밤이 서로 스며들고 있는 時空이다. 낮과 밤이 화학 변화를 일으키고 있는 시공이

---

2 Max Black, Metaphor, Studies in language and Philosophy(Cornell Univ. Press, 1962, p.32.

3 정현종, 「역동적 고요의 공간」, 앞의 책, p.62.

다. 낮은 밝음 속에 정지해 있고 밤은 어둠 속에 정지해 있다면 박명의 푸른빛은 움직이고 있다. 낮과 밤이 서로 녹아들면서 술이 되는 시간이다.[4]

인용한 1)에서 시를 쓰는 일은 인간 정신의 상반되는 두 요소인 "의식과 몽상, 또는 지성과 정서"가 "각자의 가난을 채우"는 시각이 필요하다고 강조한다. 인용 글에 등장하는 용어를 빌리면, 인간의 정신 가운데 "의식"과 "지성"은 이지적인 요소들이다. 이들은 인간을 합리적이고 냉철하고 이지적인 존재로 만들어주는 반면에 감성적인 존재로부터는 멀어지게 만들어준다. 반면에 "몽상"이나 "정서"는 인간을 감성적인 존재로 만들어주는 요소들이다. 이들은 이지적인 요소들과는 상반되는 정신 요소이다. 그런데 온전한 인간이 되기 위해서는 이들 두 가지 요소들은 모두 갖추어야 한다. 하여 어느 한쪽이 결핍되면 마음의 "가난"에 빠져들기 때문에 서로의 결핍을 채워주어야 한다. 중요한 것은 서로의 결핍을 채우기 위해서는 둘 사이의 상호작용을 가능케 하는 "공동의 눈"을 확보해야 한다는 점이다. 이 "공동의 눈"으로 세상을 바라볼 때 시가 탄생한다.

"공동의 눈"은 한 시인이 자신의 내면만을 보는 눈이 아니고, 내면 밖의 외부세계만을 바라보는 눈도 아니다. 이성과 감성을 동시에 갖춘 이 눈은 인간 정신의 균형 감각을 가지고 "자신의 안팎을 향해 동시에 움직이는 눈"이다. 이러한 시선을 갖추었을 때가 "시를 낳기 위한 최상의 상태"라는 것이다. 그러니까 시가 탄생하기 위해서는 인간 정신의 두 축인 이성과 감성이 상호작용하고, 인간 내부로서의 그러한 정신이 외부세계와 만나야 하며 바로 그 순간 시가 탄생한다. 즉 이성이라는 '고요'와 감성이라는 '역동'이 만나 광의의 '고요'를 만들고, 이 '고요'가 현실이라는 외부와 만나는 순간에 시가 탄생하는 것이다.

4 정현종, 「薄明의 시학」, 위의 책, p.38.

이 순간을 2)에서는 "박명"의 시간대에 비유하고 있다. "박명"의 사전적 의미는 해가 뜨기 전이나 해가 지기 전에 얼마 동안 주위가 희미하게 밝은 상태이다. 정현종 시인은 "박명"을 "낮과 밤이 서로 스며들고 있는 時空"이라고 하여 낮과 밤이 동시에 존재하는 시간이자 공간이라고 본다. 또한 "낮과 밤이 서로 녹아들면서 술이 되는 시간"이라고 정의하여, 상반되는 두 세계가 단순히 뒤섞이는 차원을 넘어서 화학적 결합을 하는 상태라고 본다. 이런 점에서 "박명"의 시학은 상반되는 것들의 긴장 속에서 한 편의 시가 탄생하는 것이라는 "역동적 고요"의 시학과 다르지 않다.

이승훈은 이러한 "명상"의 시학을 가브리엘 마르셀의 '잠기는 관여'와 연관 짓고 있다.[5] 실은 그와 마르셀에 의하면 관여에는 '잠기는 관여'와 '솟아난 관여'가 있는데 전자는 관념이나 사유와 관련된 후자에 비해 관념 이전, 사유 이전의 느낌이나 경험과 관련된다고 보는 것이다. 그런데 이승훈의 이와 같은 견해는 두 가지를 상호작용하는 것으로 보는 "명상"의 의미를 정확히 반영한 것으로 보기 어렵다. "명상"은 위의 표에서도 보듯이 내면세계와 외부세계의 상호작용을 전제로 성립하는 것이기 때문이다. 따라서 "명상"을 마르셀의 개념과 연관 짓기 위해서는 마르셀이 말한 '잠기는 관여'와 '솟아난 관여'의 상호작용이라고 보는 것이 타당할 것이다.

요컨대 "역동적 고요"는 정현종 시 전반의 특성을 아우르는 요소이다. 먼저, 초기시의 근간을 이루는 사물의 시학에서 그것은 '사물 되기의 꿈'과 상통한다. 그것은 다름 아닌 내면으로 열린 '명상의 눈'을 빌린 '절대적인 봄'(absolute seeing)[6]을 통해 사물의 본질에 접근하려한다는 점에서 그러하다. 사물을 육체의 눈을 통해 상대적, 단편적으로 보는 것이 아니라 명상의 눈을 통해 절대적, 통합적으로 보려 하는 것이다. 즉 "명상의 눈은 우리의 감각적 체험들은 물론, 앞에 말한 내면 공간의 여러 힘들이 통합되어 대상을

5 이승훈, 『한국현대시론사』, 고려원, 1993, p.313.

6 정현종, 『생명의 황홀』, 세계사, 1989, p.65.

감싸는 시선"[7]으로서 내면세계와 외부세계, 내면세계 안의 상상과 의식이 상호작용하게 하는 것이기 때문이다. 이런 속성을 지닌 "역동적 고요"는 또한 사물이 지닌 진리의 드러남을 지향한다는 점에서 하이데거(M. Heidegger)가 주장했던 비은폐성의 시학과도 만날 수 있다. '역동적 고요'의 시학은 시는 진리를 드러내주지만, 시가 곧 진리 자체가 되는 것은 아니라는 점에서 비은폐성의 시학과 유사한 속성을 지닌다. 그리고 그 진리 현현의 방식이 현상과 본질의 상호작용에 의한다는 점에서도 유사하다.

3. '가이아 명상'의 생태시학

정현종 시학의 핵심인 "역동적 고요"는 그의 후기시인 생태시의 창작 원리와도 상통한다. "역동적 고요"는 지구와 우주에 존재하는 모든 것들을 전일체적 생명의 원리 속에서 파악하고자 한다는 점에서 생태시학과 만난다. 그의 사물시는 시인의 사물되기를 통해 사물과 인간의 평등한 관계를 탐구하는 것이기 때문이다. 이러한 "역동적 고요"가 문명 비판적인 인식을 기반으로 하는 본격적인 생태시학으로 구체화된 것이 '가이아 명상'의 시학이다. 그의 생태시학은 신비주의적 생명의 관점에서 환경의 문제를 제기하면서도 생명의 실존적 구체성을 다룬다는 점에서 한국의 다른 시인들과 구분된다.[8] 이런 점에서 정현종의 생태의식은 유기물과 무기물, 인간의 마음까지 동등한 가치를 부여하는 심층생태학에 가깝다고 할 수 있다.

> 앞에서 잠깐 비쳤듯이 사람은 만물과 더불어 사람이고 시인은 더구나 만물과 더불어 시인이다. 시인들은 이제 '가이아 명상'이라고

---

7 정현종, 『숨과 꿈』, p.62.
8 정과리, 「환경을 만드는 시인」, 이광호 엮음, 『정현종 깊이 읽기』, p.303.

> 내가 이름 붙여본 그러한 느낌의 우주에 노닐 필요가 있다. 느낌의 우주라고 해도 좋고 감정의 공간이라고 해도 좋으며 섬세하고도 광활한 앎이라고 해도 좋다. 가이아 명상은 천지를 꿰는데, 미생물에서 인간에 이르기까지 전 생명권으로 퍼져나가 생기 있고 탄력적이며 온당하고 착한 움직임이다. 동시에 다차원적으로 움직이는 고요하고도 역동적인 영혼, 모든 생명 현상을 향해 퍼져나가는 슬프고 기쁜 마음, 참되고 착한 움직임.
> (가이아 명상은 그러니까 생명권에 관한 명상이기도 하도 생명권이 하는 명상이기도 하며 그 중의 일부인 우리의 마음의 움직임이기도 하다. 그러니까 내가 가이아 명상에 잠길 때 세균이나 메뚜기, 풀 같은 것들도 명상에 잠기며, 내가 움직일 때 만물이 더불어 움직인다는 느낌을 생각해도 좋다.)[9]

이 부분은 정현종의 전일체적 생태의식이 단적으로 드러난다. "가이아 명상"은 러브록의 '가이아'라는 용어와 정현종의 '명상'이라는 말이 결합된 것으로 읽힌다. 러브록의 가이아는 살아 있는 지구(living earth), 즉 물리적 화학적 환경을 조절할 수 있음으로써 이 지구를 건강하게 유지하는 능력을 갖는 자가自家 규제적인 실체로서의 생물권(bio-sphere)[10]을 의미한다. 정현종의 "가이아 명상"은 이러한 개념에 "역동적 고요"의 시학을 결합시킨 용어로서, 앞서 살핀 "역동적 고요"의 시학에 생태학적 인식을 가미한 생태시학인 것이다. 즉 "가이아 명상"은 "미생물에서 인간에 이르기까지 전 생명권으로 퍼져나가"는 "움직임"이다. "가이아 명상"은 이러한 생물학적인 차원을 넘어서 "다차원적으로 움직이는 고요하고도 역동적인 영혼, 모든 생명 현상을 향하여 퍼져나가는 슬프고 기쁨 마음, 참되고 착한 마음"이다.

---

9 정현종, 「가이아 명상」, 위의책, pp.375~376.

10 J. Lovelock, 홍욱희 옮김, 『가이아』, 범양사, 2001, p.17.

"가이아 명상"은 결국 "역동적 고요"의 생태시학 버전이다. 정현종의 생태시학은 물리적이고 생물학적인 차원과 상호작용하는 인간의 정신적 차원을 지향한다는 점에서 마음의 생태학에 기반을 둔다.[11] 그의 시에서 무기물과 유기물과 인간의 마음이 동등한 존재 의의를 갖는 것은 이런 연유이다. 이처럼 환경 문제나 사회 문제를 마음의 문제와 연관 짓는 태도는, 시의 존재 의미를 지구생명체가 지닌 생명의 황홀감과 인간의 선한(생태적 윤리의식을 갖춘) 마음의 상호작용에서 찾기 때문이다. 이러한 인식을 보여주는 중요한 사례 가운데 하나가 「이슬」이다.

강물을 보세요 우리들의 피를
바람을 보세요 우리들의 숨결을
흙을 보세요 우리들 살을.

구름을 보세요 우리들의 철학을
나무를 보세요 우리들의 시를
새들을 보세요 우리들의 꿈을.

아, 곤충들을 보세요 우리의 외로움을
지평선을 보세요 우리의 그리움을
꽃들의 三昧를 우리의 기쁨을.

어디로 가시나요 누구의 몸 속으로
가슴도 두근두근 누구의 숨 속으로

11 박성창은 정현종의 생태의식을 게리 스나이더의 '영적 심층생태주의'와 함께 마음의 생태학 차원에서 논의하고 있다. 「마음의 생태학을 위한 시론」, 『한국현대문학연구』 16집, 2004, p.54.

열리네 저 길, 저 길의 무한 —

나무는 구름을 낳고 구름은
강물을 낳고 강물은 새들을 낳고
새들은 바람을 낳고 바람은
나무를 낳고……

열리네 서늘하고 푸른 그 길
취하네 어지럽네 그 길의 휘몰이
그 숨길 그 물길 한 줄기 혈관……

그 길 크나큰 거미줄
거기 열매 열은 한 방울 이슬 —
(眞空이 妙有로 가네)
태양을 삼킨 이슬 만유의
바람이 굴려 만든 이슬 만유의
번개를 구워먹은 이슬 만유의
한 방울로 모인 만유의 즙 —
천둥과 잠을 자 천둥을 밴
이슬, 해왕성 명왕성의 거울
이슬, 벌레들의 내장을 지나 새들의
목소리 굴려 마침내
풀잎에 맺힌 이슬……

—정현종, 「이슬」 전문[12]

---

12 정현종, 『세상의 나무들』, 문학과지성사, 1995.

이 시는 전체적으로 생태계 순환의 원리를 노래하고 있다. 1연에서 3연까지는 자연과 인간의 상관적 관계에 대해 은유의 방법으로 노래한다. 1연에서는 자연과 인간 육체의 상관성을, 2연에서는 자연과 인간 정신의 상관성을, 3연에서는 자연과 인간 감정의 상관성을 각각 노래하고 있다. 1연의 '강물, 바람, 흙'이 자연의 세계라면 '피, 숨결, 살'은 인간의 육체일 터, 이들은 전일체적 동일성을 간직한 존재로 그려진다. 2연과 3연도 마찬가지다. 2연의 '구름, 나무, 새들'이 자연을 상징한다면 3연의 '철학, 시, 꿈'은 인간의 정신을 의미하고, 3연의 '곤충들, 지평선, 꽃들'이 자연의 세계라면 '외로움, 그리움, 기쁨'은 인간의 감정을 의미한다. 자연과 인간(육체, 정신, 감정)이 은유적 상호작용을 통해 전일체적 생명을 구성하고 있다는 것이다.

자연과 자연, 인간과 자연, 인간과 인간이 모두 개별적 존재가 아니라 상관적으로 존재한다는 인식은 생태학과 관계 깊다. 4연에서 "열리네 저 길, 저 길의 무한"이라는 시구는 그러한 생태학적 원리가 일시적인 것이 아니라 영원한 생명의 길임을 드러내준다. 또한 5연에서는 온갖 자연물들이 서로가 서로를 잉태해주는 순환적 관계임을 드러낸다. '나무→구름→강물→새들→바람→나무'로 이어지는 순환적 관계는 세상에 존재하는 모든 존재들이 하나로 얽혀 있는 연속적 관계임을 드러내 준다. 5연의 마무리를 말줄임표("……")로 마무리한 것은 그러한 관계가 영원히 지속될 것임을 암시해 준다. 생명의 순환이 영원할 수 있는 것은 그것이 지닌 생명감 때문이다. 6연에서 그러한 생명의 세계를 "푸른 그 길"처럼 생동감이 있고 "길의 휘몰이"처럼 역동성이 있을 뿐만 아니라, "그 숨길 그 물길 한 줄기 혈관"과 같이 생명의 근원이 있는 곳으로 형상화하고 있다.

이처럼 다양한 생명들이 어우러져 있는 세계는 "크나큰 거미줄"과도 같다. 거미줄이 제 기능을 다하기 위해서는 날줄과 씨줄이 촘촘하게 얽혀 있어야 하듯이, 생명의 세계도 다양한 생명들이 모두 상관적으로 존재할 때 제 온전한 모습을 완성한다고 보는 것이다. 이 "크나큰 거미줄"은 생태학자 카프라가 말한 '생명의 그물'과 다르지 않은 의미를 내포한다. 그물이 거미줄처럼 씨줄과 날줄이 조화를 이루어야만 제 기능을 발휘하듯이, 생명 세계도 모든 것들이 하나로 조화를 이루어야만 건강하게 존재할 수 있다는 점을 말하고 있는 것이다. 그 "거미줄"의 "한 방울 이슬"은 온갖 생명을 살아 있게 하는 생명수이다. 이 생명수는 "眞空이 妙有로 가"는 신비한 생명의 원리를 함의하고 있는 것이다. 그래서 "이슬" 속에는 온갖 생명을 존재케 하는 "태양"과 "바람"과 "번개"와 같은 모든 삼라만상이 응축되어 있다. 그래서 "이슬"은 모든 생명의 근본 원인으로서 미물("벌레들")에서 우주적 존재("해왕성 명왕성")까지 머금고 있는 "萬有의 즙"인 셈이다. 하여 "이슬"은 세상에 존재하는 모든 생명이 영원히 상생하기 위해 순환하는 출발점인 동시에 회귀점인 것이다.

정현종 시인은 이외에도 많은 생태시를 썼다. 그의 시에 드러나는 생태의식은 자연 그 자체의 생명감을 감각하는 것을 중시한다. 그의 생태시는 대부분 "무슨 충일이 논둑을 넘어 흐른다"(「나의 자연으로」), "하늘에도 땅에도 우리들 가슴에도/ 들리지 나무들아 날이면 날마다/ 첫사랑 두근두근 팽창하는 기운을"(「세상의 나무들」), "환합니다./ 감나무에 감이,/ 바알간 불꽃이,/ 수도 없이 불을 켜/ 천지가 환합니다"(「환합니다」)와 같이, 자연의 충일한 생명감을 노래한다. 혹은 "깊은 자연/ 얕은 문명"(「깊은 흙」)과 같이 문명을 비판하거나, "다른 무기가 없습니다/ 마음을 발사합니다/ …(중략)…/ 왜가리를 발사합니다 군사 모험주의자들한테/ 뜸부기를 발사합니다 제국주의자들한테"(「요격시 1」)와 같이 생명을 기만하는 제국주의를 비판하기도 한다. 이 시구들은 모두 '역동적 고요' 혹은 '가이아 명상'의 시적 실천으로서 그 인식론적 바탕에는 심층생태학 혹은 사회생태학이 자리를 잡고 있다.

4. 시의 생명과 '불길한 고요'

정현종의 두 산문인 「역동적 고요의 공간」과 「가이아 명상」은 그의 생태시학 혹은 생태시 창작 이론의 핵심을 드러낸다. 그의 시학은 인간의 내면

세계와 현실의 외부세계, 그리고 인간 내면세계의 이지적인 것과 감성적인 것을 역설적으로 통합하는 과정을 중시한다. 그래서 그의 시는 때로 명민한 철학자의 발언 같다가 때로는 감상적인 낭만 시인의 목소리처럼 들리기도 한다. 특히 「역동적 고요의 공간」은 이러한 정현종 시학의 핵심을 모두 포함하고 있다고 해도 과언이 아니다. 정현종이 주장하고 실천했던 초기시의 사물시학이나 후기시의 생태시학은 모두 "역동적 고요"의 시학과 관계 깊다. 그는 외부세계-내면세계, 정신-육체, 이성-감성, 사유-상상 등 이질적이거나 모순되는 것들의 상호작용을 시의 중요한 창작원리로 삼고 있다.

시 창작 과정에서 상반되는 것들의 상호작용을 추구하는 것은 시의 기본 원리인 은유와 상통한다. 은유는 원관념의 내면세계와 보조관념의 현실세계가 상호작용을 통해 의미의 확장을 가져오는 것이기 때문이다. 특히 막스 블랙이 주장한 상호작용의 은유는 정현종의 '역동적 고요'의 시학과 이런 점에서 흡사하다. 또한 '가이아 명상'은 '역동적 고요'에 생태적 인식이 결합하여 성립되는 창작 이론이다. '가이아 명상'은 '역동적 고요'와 상관적인 원리로서 한국 생태시학의 선구적 의미를 갖는다. 특히 '역동적 고요'는 한국의 생태시 논의가 본격화된 1990년대 이전에 제기되었다는 점에서 그렇다. 그의 명상시학은 김지하의 생명시학과 함께 현역 시인에 의해 제기된 매우 유의미한 생태시론인 셈이다. 두 시인의 생태시학은 평론가들의 주도에 의해 본격화되었던 한국 생태시 논의의 장에서 매우 돋보이는 성과였던 것이다. 정현종의 명상시학은 생태학과 미시담론을 기반으로 한다는 점에서, 거시담론과 전통사상을 근간으로 하는 김지하의 생명사상과 구분된다. 하지만 궁극적으로는 전일체적 생명의식이나 마음의 생태학을 지향한다는 점에서는 흡사한 면이 있다.

요컨대 정현종은 사물시학과 생태시학을 통해 한국시의 깊이와 넓이를 충실히 확보한 시인이다. 그의 '가이아의 시학'을 포괄하는 '역동적 고요'의 시학은 한국 생태시론의 선구적 사례라고 할 만하다. 그가 주장하는 '역동적 고요'는 그 자체로 생명이 태어나는 순간, 생명이 존재하는 순간이다.

하여 '역동적 고요'는 생명의 원리, 시의 원리와 다르지 않다. 그러나 정현종 시인은 '역동적 고요'와 상반되는 '불길한 고요'에 대해서는 충분히 경계를 해왔다. 그는 일찍이 이렇게 노래했다. "아 들판이 적막하다—/ 메뚜기가 없다// 오 이 불길한 고요—/ 생명의 황금 고리가 끊어졌느니"(「들판이 적막하다」). 여기서 '역동적 고요'와 전혀 상반되는 "불길한 고요"는 생명이 죽고 시가 죽는 그런 시공간이다. 이러한 고요 속에서는 생명이 살아남지 못하며 시 또한 살아남을 수 없다. 시인은 이 "불길한 고요"를 극복하기 위해 '역동적 고요'를 찾아서 자연의 시 혹은 생명의 시를 탐구해왔던 것이다.

시인과 자연과 동화

—정희성의 시

정희성은 1970년대 리얼리즘 시의 내밀한 경지를 개척한 시인이다. 당시 리얼리즘 시는 「오적」의 시인 김지하를 위시하여 고은, 양성우, 김남주 등이 보여주는 행동적 저항시가 세간의 관심을 끌고 있었다. 이들은 산업의 근대화를 핑계 삼은 유신 독재 체제에 대한 저항 의지를 강고한 목소리로 들려주었다. 그런데 이들과 정신적 지향은 유사하지만 시적 태도에서 내면적 저항 의지와 민중적 삶의 서정성을 강조하는 일군의 시인들이 있었다. 「농무」의 시인 신경림을 비롯하여 김명인, 이동순, 정호승 등이 그들이다. 후자와 유사성을 보이는 정희성 시인은 정치적 핍박과 경제적 결핍으로 고통받는 민중의 삶을 따뜻하게 감싸고 옹호하는 시를 써왔다. 그는 1970년대 내성적 리얼리즘 혹은 따뜻한 리얼리즘 시의 전형을 보여주었다. 그가 「변신」으로 1970년 『동아일보』 신춘문예 시 부문에 당선된 이래 발간해 온 『답청』(1974), 『저문 강에 삽을 씻고』(1978), 『한 그리움이 다른 그리움에게』(1991), 『시를 찾아서』(2001), 『돌아다보면 문득』(2008) 등의 시집은 그러한 시적 지향의 결과물이다. 시력 40년의 성과물 치고는 양적으로 풍성하다고 할 수는 없지만, 시에 대한 신중한 태도나 진정성을 추구하는 시심은 그 양적인 아쉬움을 상쇄하고도 남는다.

정희성의 시는 신경림의 시와 내밀한 연대 관계를 보여준다. 신경림은 시집 『농무』(1973)와 『새재』(1979)를 통해 1970년대의 강팍한 시대 현실 속에서도 꿋꿋하게 살아가는 민중에 대한 애정과 동감을 드러내곤 했다. 가난과 핍박 때문에 힘겹게 살아가는 민중의 삶에 대한 서정적이고 내밀한 연대감은 정희성의 시에서도 유사하게 드러난다. 두 시인이 비슷한 시기에 유사한 특성을 지니는 시집을 두 권씩 발간했다는 사실도 흥미롭다. 시집 『답청』이 『농무』보다 한 해 뒤에, 『저문 강에 삽을 씻고』는 『새재』보다 한 해 전에 각각 출간되어 1970년대 리얼리즘 시의 새로운 경지를 견인했던 것이다. 다만 정희성의 시는 상대적인 것이긴 하지만 언어의 절제미나 균형 감각, 형식의 단아함을 강조한다는 점에서 신경림의 시와 다르다. 정희성의 시에는 1970년대 리얼리즘 시에 결락되었던 감정의 절제와 시적 대상과의 미적 거리감과 같은 고전주의적, 교양주의적인 엄격성이 자리 잡고 있는 것이다.

최근 들어 정희성의 시에 두드러지는 특성은 타인에 대한 포용과 인생에 대한 성찰의 정신이다. 그의 시에서 세상과 자연과 인생은 고발이나 저항의 대상을 넘어 관조적이고 성찰적인 인식의 매개이다. 그가 요즈음 시적 자의식이 직접적으로 드러나는 시를 통해 자신에게 시는 정신적 풍요와 마음의 여유를 추구하는 기제라고 공공연히 밝히는 것도 그러한 특성과 관련된다. 그래서 현실이나 제도의 차원에서 존재하는 시보다 마음에 그려진 시상, 혹은 발표하기 이전의 시 자체를 중시한다.

발표 안 된 시 두 편만
가슴에 품고 있어도 나는 부자다
부자로 살고 싶어서
발표도 안 한다
시 두 편 가지고 있는 동안은
어느 부자 부럽지 않지만
시를 털어버리고 나면

거지가 될 게 뻔하니

잡지사에서 청탁이 와도 안 주고

차라리 시를 가슴에 묻는다

거지는 나의 생리에 맞지 않으므로

나도 좀 잘 살고 싶으므로

—「차라리 시를 가슴에 묻는다」 전문

이 시의 제목에서 "시를 가슴에 묻는다"는 표현은 주목에 값한다. 물질이 아니라 마음의 "부자"를 지향하는 시인의 삶에서 가장 중요한 가치는 "시"이다. 시인은 "시 두 편"만 있으면 물질적으로 풍요로운 "어느 부자 부럽지 않"다고 한다. 그런데 그것이 없으면 "거지가 될 게 뻔하"다고 한다. 보통의 시인이라면 작품을 써서 유명 문예지에 게재하고 원고료를 받고자 하는 욕망으로 시를 쓸 법하다. 그런데 정희성 시인이 아직 소비되지 않은 시를 "가슴에 묻는다"는 표현은, "시"를 문예지에 발표함으로써 얻게 되는 물질적 이익에는 욕심이 없다는 마음을 드러낸 것이다. 정희성 시인이 현실적, 경제적 차원보다는 정신적, 정서적 차원의 풍요를 추구하는 것은 그가 이미 오래전부터 간직해왔던 천민자본주의나 정치적 속물주의에 대한 혐오의식과 연관된다. 시가 현실을 넘어서는 이상적 가치를 지닌다는 생각은 "꽃이 잎을 만나지 못한다는 상사화/ 아마도 시는 닿을 수 없는 그리움인 게라고"(「시를 찾아서」)와 같은 시구에도 드러난다.

오직 시 자체의 진정성을 추구하는 그의 마음은 이번 신작시 가운데 시인의 삶을 대상으로 한 세 편의 시에도 모두 드러난다. 「밝은 낙엽」 「시인 고은」 「노을고개」 등의 시에 등장하는 주인공은 정희성 시인이 평소 호의를 간직하고 있는 황동규, 고은, 안상학 등의 시인들이다. 이들 가운데 앞의 두 시인은 심정적으로 동화同化되고 싶은 대상으로 등장한다.

가파를 것도 없는 산길 오르다가

돌부리에 걸려 내 몸 패대기쳤습니다
단풍잎 손바닥에서 피가 흘렀지만
넘어진 김에 한참 주저앉아 있었지요
때 이르게 물든 나뭇잎 하나
햇살을 받아 밝게 빛나고 있었습니다
병이 들어 바람에 날리는 나뭇잎이
누선淚腺을 건드리며 떨어져 내립니다
언젠가 나도 삶을 송두리째
패대기쳐야 할 날이 오겠지요
그날을 위해 저 나뭇잎의 조용한
착지법着地法을 익히리라 생각했습니다
그러자면 욕망으로 가득찬 육신과 영혼의
무게를 한참은 더 덜어내야 하겠지만요

—「밝은 낙엽-황동규 시인의 시를 보며」 전문

원로 시인 황동규의 시와 삶을 "밝은 낙엽"에 비유하고 있다. "밝은 낙엽"은 비록 조락의 시절을 만났지만 그것을 기꺼이 삶의 원리로 받아들이면서 담담하게 살아가는 역설적 존재를 표상한다. 그러한 존재를 발견하여 자신의 삶을 성찰하는 과정은 이렇다. 산행 중에 "산길 오르다가/ 돌부리에 걸려" 넘어진 시인은 "단풍잎" 같은 "손바닥에서 피가 흘렀"음에도 불구하고 "한참 주저앉아 있었"다. 그때 시인은 "병이 들어 바람에 날리는 나뭇잎"이 떨어지는 광경을 보고 "누선淚腺"의 자극을 받는다. 병들어 떨어지는 낙엽에서 눈물샘을 자극받은 것은, 병고 속에서도 담담한 마음으로 노년을 살아가는 황동규 시인의 삶과 시를 연상했기 때문이다. 시간이 지나면 지상에 내려앉아 저의 생을 담담하게 마무리하는 "나뭇잎"처럼 자연의 이법에 순응하는 황동규 시인의 시와 삶에서 "조용한/ 착지법着地法"을 발견한 것이다. 생이라는 고공의 곡예를 하다가 차분하게 연착륙할 줄 아는 지혜! 그런데 정희성 시인은 황동규 시인의 그러한 모습을 자신의 삶을 성찰하는 계기로 삼는다. 자신도 노년에 접어들었음에도 불구하고 아직 "욕망으로 가득찬 육신과 영혼"으로 살고 있기에 "무게를 한참은 더 덜어내야 하겠"다는 점을 반성적으로 성찰하는 것이다.

이번 신작에 등장하는 또 다른 주인공은 고은 시인이다. 그는 1970년대 초반부터 정희성 시인과 현실 참여시의 길을 함께 걸어온 동지이자 선배 시인이다. 「시인 고은」은 부정한 역사 속에서도 아름다운 시심을 간직하며 살아온 그의 시와 삶에서 부정적 역사에 대한 비판 정신과 진정한 시의 가치를 발견한다.

> 그는 정규적인 교육을 제대로 받지 못했지요
> 머슴 대길이가 우리글을 가르쳐주었답니다
> 생각하거니, 식민지가 무엇을 가르쳤겠습니까
> 차라리 무학이 그의 문학을 만들었다고 봐야지요
> '누님께서 더욱 아름다왔기 때문에 가을이 왔습니다'
> 이게 말이나 되는 소리인가요 그러나 이런 비문非文이
> 기막히게 명문이 되는 지점에 고은의 문학이 있습니다
>
> —「시인 고은」 전문

"차라리 무학이 그의 문학을 만들었다"는 역설적 표현이 이 시의 핵심이다. 알려진 대로 고은 시인은 "정규적인 교육을 제대로 받지 못"하였다. 그러나 "머슴 대길이가 우리글을 가르쳐주었"다는 에피소드의 주인공임에도 불구하고 그는 "우리글"을 최고의 경지에서 자유자재로 구사하는 대시인이 되었다. 그에게 변변한 학벌이 없다는 것은 오히려 "식민지" 시대의 부정한 역사에 순치당하지 않을 수 있는 긍정적 조건이었다는 것이다. "식민지" 치하에서의 제도 교육이라는 것이 사실은 식민 주체의 약탈과 지배를 합리화하기 위한 기제일 뿐이었던 것은 사실이다. 고은 시인은 제도 교육을 받지

않은 것이 오히려 부정한 현실을 시적으로 초극할 수 있는 능력을 갖추게 해주었다는 점, "비문이/ 기막히게 명문이 되는 지점"에서 "고은의 문학"의 위대성이 있다는 점에 각별히 주목한 것이다. 시가 근본적으로 역설이듯이, 그의 삶도 생래적으로 역설이어서, 그는 하릴없이 위대한 시인일 수밖에 없었음을 강조한 셈이다.

인생의 근본적 의미를 성찰하는 매개는 찬란하고 위대한 가치를 지닌 시인들의 삶과 시뿐만 아니라 자연을 매개로 하기도 한다. 자연 현상을 관찰하면서 인생이나 생명의 원리를 깨닫는 일은 최근의 정희성 시에서 빈도 높게 드러나곤 한다. 「바람의 노래」는 자연 현상에서, 「음지식물」은 자연물에서 그러한 원리를 발견한다.

한라산 꼭대기에 올라
귀 기울여보라 제주에서는
바람도 파도소리를 낼 줄 안다
여기는 천상에 속한 나라
누구든 이곳에 오려거든
무기를 버리고 오라
나는 재앙이 아니라 평화를
노래하기 위해 세상에 왔다
바람이 노래하는 이 장엄!
하늘이 바다고 바다가 하늘이다

―「바람의 노래」 전문

이 시도 넓게 보면 시의 의미에 관한 노래이다. 시의 배경은 "한라산 꼭대기"이다. 그곳은 "천상에 속한 나라"이므로 지상의 온갖 속악함에서 자유로운 이상향을 표상한다. 그곳에 부는 "바람"은 우주적 삼라만상을 일체화시켜주는 기운에 해당한다. 그래서 그곳에서는 "바람도 파도 소리를 낸다"고 한다. "바람"의 촉감과 "파도 소리"의 청각이 하나가 되는 세계, 이것은 물론 과학적 진실은 아니겠지만 시적 진실의 차원에서는 온갖 자연 현상들이 혼연일체 속에서 존재하는 원리를 표상한다. 그곳에서는 하늘과 땅의 경계도 인간과 자연의 경계도 존재하지 않는다. 인간의 욕망은 경계를 만들어 배타적인 권리를 주장하는 데서부터 발생하는 법, "하늘이 바다이고 바다가 하늘"인 무경계의 "한라산 꼭대기"는 삼라만상이 다툼 없이 어우러지는 "평화"의 공간이다. 하여 시인은 스스로를 "바람"에 투사하면서 사람들에게 "이곳에 오려거든/ 무기를 버리고 오라"고 요구한다. 시인이 "나는 재앙이 아니라 평화를/ 노래하기 위해 세상에 왔다"고 하니, 이 시는 결국 시인의 임무가 욕망의 경계를 허무는 "장엄!"한 "평화"의 전도사임을 강조하고 있는 셈이다.

시가 평화의 다른 이름이라면 시인의 삶도 평화를 지향해야 한다. 평화는 대립과 투쟁이 아니라 상생과 살림의 가치를 지향하는 데서 출발한다. 그것은 타자에 대한 배려이자 동화의 원리를 기초로 하는 생태적 윤리에 기반을 둔다. 생태적 윤리는 자연 세계에만 존재하는 것이 아니라 인간 세계 내에서도 서로를 존중하며 함께 사는 지혜의 차원에서도 존재한다.

> 음지식물이 처음부터 음지식물은 아니었을 것이다
> 큰 나무에 가려 햇빛을 보기 어려워지자
> 몸을 낮추어 스스로 광량光量을 조절하고
> 그늘을 견디는 연습을 오래 해왔을 것이다
> 나는 인간의 거처에도 그런 현상이 있음을 안다
> 인간도 별수없이 자연에 속하는 존재이므로
>
> —「음지식물」 전문

"음지식물"의 생리는 생태적 적응의 원리를 표상한다. "음지식물"이 "햇빛"이 부족해지자 "그늘을 견디는 연습을 오래 해왔을 것"이라는 추측은,

생태계의 모든 존재들이 아무리 열악한 환경에서도 저의 생명을 유지하기 위해 적응하기 마련이고, 그것은 환경과의 투쟁이 아니라 자기 "조절"에 의한 것이라는 깨달음과 관계된다. 그런데 시인이 정작 강조하고 싶은 것은 이러한 "조절"에 의한 생태 원리가 식물의 세계뿐만이 아니라 "인간"의 세계에서도 적용된다는 점이다. "인간의 거처에도 그런 현상이 있음을 안다"는 진술이 그것이다. 식물 세계와 마찬가지로 인간의 세계에서도 결국은 "자연"의 대원리에 맞게 스스로를 "조절"하면서 적응하기 마련이라는 것이다. 시인은 "음지식물"을 보면서 세상의 "그늘"을 꿋꿋이 견인堅忍하는 것도 "자연"스러운 생의 형식임을 발견한 것이다.

정희성 시인의 근작시들은 시적 대상과의 동화를 시작의 기본 태도로 삼고 있다. 중후한 연륜과 함께 시심이 깊어지면서 시적 대상에 대한 긍정적 가치를 발견하는 데 마음을 주고 있는 것이다. 그 대상이 인간이든 자연이든 마찬가지이다. 이러한 점은 이전의 시(특히 1970년대 시)가 시적 대상에 부정적 인식을 토대로 한 비판과 고발의 정신을 주조로 삼았던 특성과 변별된다. 요즈음 시에서 정희성 시인은 무엇보다도 마음의 평화를 지향하곤 한다. 이번 신작시 가운데 「밝은 낙엽」은 인생 황혼기를 담담하게 긍정하는 황동규 시인의 인생 "착지법"을, 「시인 고은」은 "무학"으로 "문학"을 하면서 "비문"으로 "명문"을 만들어온 한 시인의 역설적 인생의 가치를, 「노을고개」는 자신의 "외로움"보다 타인의 외로움을 배려할 줄 아는 안상학 시인의 따뜻한 성품을 노래한다. 또한 「바람의 노래」는 "한라산 꼭대기"의 "바람"에 삼라만상이 혼연일체가 되는 "평화"의 원리를, 「음지식물」에서는 "음지식물"의 유연한 생명력에서 "조절"을 통해 생태계의 건강과 평화를 유지하는 "자연" 원리를 발견한다. 이들은 모두 위대한 시인이나 생태적 자연의 원리에 동화됨으로써 마음의 평화(나아가 세상의 평화)를 얻고자 하는 정희성 시인의 소망과 관계 깊다.

자연 감각과 유머 감각

—오탁번의 시

죽었던 비유가
반짝 눈을 뜨면서
굴뚝새 굴뚝나비 떼로 날아오른다
—오탁번, 「굴뚝」 부분

시를 재미있게 읽을 수 없을까? 많은 사람들이 보통 시라고 하면 심각하고 심오한 무엇인가가 드러나야 한다고 생각하고 있다. 시단에서마저도 시에는 인생이 대한 깊은 성찰이나 깨달음, 부정한 현실에 대한 단호한 저항의지, 예술적 자의식으로 무장한 절대적 심미의식, 세계에 대한 심오한 철학적 인식 등과 같이 심각한 주제가 드러나야 좋은 시라고 여기는 시인들이 적지 않다. 일반 독자들에게도 시는 가슴이 먹먹할 정도로 진지해야 하는 것으로 인식되면서, 가벼운 에피소드나 쿨 미디어에 익숙한 요즈음 사람들에게 외면당하는 예술 장르가 되어버렸다. 그러나 진지하고 심오한 목소리만이 인생의 진실과 세계의 진리를 개진하는 데 효과적이라고 말할 수 있을까? 오히려 진지하고 심오한 것은 자리행간字裏行間에 숨겨두고 인생과 현실을 재밌고 가볍게 감각해보는 태도도 중요하지 아닐까? 오탁번의 시를 말하는 자리에서 이런 생각을 해보는 것은, 그의 시가 그동안 우리 시에 결핍된 정신적, 정서적 재미를 추구하는 데 하나의 개성을 구축해왔기 때문이다. 그의 여덟번째 시집인 『우리 동네』(시안, 2010)에서도 그러한 개성은 더욱 원숙한 면모를 견지하면서 변함없이 이어지고 있다. 이 시집의 시들은 누구나 어렸을 적에 한 시절을 살았거나 살고 싶었을 법한 "우리 동네" 시골 마을에서 벌어지는 순정하고 해학적이고 진실한 에피소드들을 재밌게 전해준다.

오탁번의 시가 재미를 지향한다고 했을 때, 그 근간이 되는 것은 자연 감각과 유머 감각이다. 자연 감각은 오탁번 시인이 오래전부터 머물고 있는 충북 제천의 '원서헌'에서의 생활을 토대로 삼는다. 대부분의 생애를 서울이라는 대도시에서 살아온 시인이 홀로 전원에 묻혀 산다는 것은 자연에 대한 남다른 감각이 없다면 매우 고독하고 고통스런 일일 터이다. 그러나 오탁번 시인은 대도시의 편리한 삶을 과감히 외면하고 자연과 함께 살아가는 즐거움을 터득한 자연파(?) 시인이다. 그는 유년의 기억이 남아 있는 고향 마을에서 청정한 자연과 더불어 그 자연을 닮은 사람들과 함께 살아가면서 인생을 남다르게 감각한다. 그리고 그것이 가능한 것은 그곳이 "渴筆로 그린 山水畵 속으로/ 그냥 쑥 들어서는 것 같다"(「山水畵」)고 느낄 수 있는 진경의 공간이기 때문이다.

> 눈이 내려 그대로 쌓여 아무도 밟지 않는 숫눈, 경험 없는 처녀를 숫처녀라고 하듯 눈에는 범접 못할 處女性이 있다 은하수 너머 비단 짜던 織女가 잠깐 손이 곱아 베틀 북을 놓쳐 흰 비단 폭이 천지를 뒤덮었나 물레로 실을 잣던 저승에 계신 어머니가 막내아들 걱정에 목화솜을 손에서 떨어트렸나 이토록 가슴 저미는 純粹한 숫눈을 흙 묻은 신발로는 밟을 수가 없다 이 깨끗한 空册에 나는 어떤 思惟도 情緖도 쓸 수가 없다
>
> —「숫눈」 부분

자연에서 느낄 수 있는 매력은 다양하지만, 그 가운데 으뜸이 되는 것은 순수성이다. 자연의 순수성은 인공이나 인위가 가해지지 않은 채 저 '스스로 그러한' 존재태이기 때문이다. 이 시에서 자연이 지닌 순수성은 "숫눈"의 세계로 형상화되고 있다. 시인은 "아무도 밟지 않은 숫눈"을 "織女"가 자던 "흰 비단 폭"이고, "저승에 계신 어머니가" 떨어트린 "목화솜"이라고 상상한다. 이때 "숫눈"의 세계는 이승이나 속세와 절연된 순수한 자연의 세계

를 표상한다. "눈"의 하얀 색감은 그 자체로 순수성의 상징일 터인데, 그것이 대도시가 아닌 깊은 자연에 내린 것이라는 점에서 순수성은 배가된다. 이 순수성은 극단적으로 강조되어 절대적인 차원으로 승화할 때 그것은 신성성의 차원으로까지 나아간다. 그리하여 "눈"의 세계는 마치 "범접 못할 處女性"을 간직한 여인과 동일시된다. 이러한 자연의 신성성에 대한 감각은 "하느님의/ 흰 눈썹 같은/ 해오라기 한 마리/ 산허리를/ 가웃가웃 재며/ 날아간다"(「雪眉」)같이 잘 빚어진 시구를 낳기도 한다.

자연이 신성한 것은 그곳이 생명의 세계이기 때문이다. 자연의 세계는 삼라만상이 상호 관계를 맺으면서 전일적 생명체를 이루는 장소이다. 그곳에서 인간은 만물의 영장이라거나 오만한 호모 사피엔스가 아니라 그저 자연의 일부로서 다른 생명들과 상생해야 할 하나의 개체일 뿐이다.

> 잣눈이 내린 겨울 아침, 쌀을 안치려고 부엌에 들어간 어머니는 불을 지피기 전에 꼭 부지깽이로 아궁이 이맛돌을 톡톡 때린다 그러면 다스운 아궁이 속에서 단잠을 잔 생쥐들이 쪼르르 달려 나와 살강 위로 달아난다
>
> 배고픈 까치들이 감나무 가지에 앉아 까치밥을 쪼아 먹는다 이 빠진 종지들이 달그락대는 살강에서는 생쥐들이 주걱에 붙은 밥풀을 냠냠 먹는다 햇좁쌀 같은 햇살이 오종종히 비치는 우리 집 아침 두레반
>
> —「두레반」 전문

> 무당새가 우편함에 또 알을 깠다
> 올해는
> 큰 우편함 작은 우편함
> 양쪽에 다 둥지를 틀었다
> 주근깨 나란한 하늘빛 알이

다섯 개씩
앙증맞은 둥지 안에
반가운 편지처럼 다소곳하다

—「봄편지」 부분

앞의 시에서 “두레반”은 인간과 자연이 함께 어우러지는 공생의 매개체이다. “아궁이”에서 밤 추위를 피한 “생쥐들”을 배려하는 “어머니”는 자연과 더불어 사는 것의 의미를 온몸으로 실천하는 존재이다. 그리하여 “어머니”가 차린 자연의 “두레반”에서는 “까치들”과 “생쥐들”이 허기를 달래면서 생명의 에너지를 공급받는다. 흥미로운 것은 이 시가 어린 시절의 기억을 이야기하고 있음에도 불구하고 현재형을 채택하고 있다는 사실이다. 이는 순정한 자연의 기억이 시인에게 단지 회억의 대상이 아니라 현재를 살아가는 원동력으로 작용하고 있음을 암시한다. 뒤의 시에서도 자연은 생명의 장소이다. 핵심 모티브인 “무당새가 우편함에 또 알을 깠다”는 사실, 이것은 “또”라는 시어가 암시하듯이 생명의 연속적 순환 관계를 의미한다. 특히 “알”을 깐 곳이 하필 “우편함”이라는 사실은 이 시의 정서적 기능을 고양하는 장치로서 기능한다. “알”이 “봄편지”라는 연상 작용은 “우편함”으로 인하여 자연스럽게 이루어진 것이다. 이 “편지”가 자연에서 살아가는 사람에게는 어느 도시에서 날아온 인간의 편지보다도 반갑고 애틋하지 않을 수 없다. 또한 자연 감각이 도드라지는 시편들 가운데 「도둑눈」, 「꽃밭」, 「待春賦」, 「佛頭花」, 「杜絕」, 「봄」, 「연못」, 「봄나들이」 등도 아주 흥미롭고, 자연을 닮은 어린 아이들의 발상법(동화적 상상)에 기댄 작품들도 이 시집의 흥미를 더한다. 「봄」, 「고비」, 「연못」, 「봄나들이」, 「첫돌」, 「섬마섬마」, 「할아버지 냄새」, 「짝젖」, 「하버지」, 「술래잡기」 등은 동심의 순정한 세계를 재밌게 노래한다. 이들의 시에 드러난 자연 감각이 재밌는 이유는, 자연을 관념적인 이상향이나 득도연得道然하는 도사들의 공간이 아니라, 인간적인, 너무도 인간적인 삶의 터전으로서 아기자기한 생활의 세부들이 고샅고샅 스며들어 있기 때문이다.

오탁번 시의 재미를 구성하는 다른 하나는 유머인데, 그것은 대개 성적인 에피소드와 연관되어 나타난다. 성적인 것을 매개로 유머를 생산하는 방식은 동서고금을 막론하고 공통적으로 나타나는 문화적 메커니즘이다. 성은 어느 사회에서나 은밀하게 유통되는 문화 담론이므로 그 은폐성이 반어, 풍자, 위트, 과장과 같은 수사적 장치를 통해 개진되는 순간에 유머는 발생하기 마련이다. 이번 시집에 실린 시는 아니지만 몇 해 전에 발표한 「굴비」라는 시는 오탁번 시가 지향하는 성적 유머의 전형적 사례를 보여준다.

저녁 밥상에 굴비 한 마리가 올랐다
웬 굴비여?
계집은 수수밭 고랑에서 굴비 잡은 이야기를 했다
사내는 굴비를 맛있게 먹고 나서 말했다
앞으로는 절대 하지마!
수수밭 이랑에는 수수 이삭 아직 패지도 않았지만
소쩍새가 목이 쉬는 새벽녘까지
사내와 계집은
풍년을 기원하며 수수방아를 찧었다

며칠 후 굴비 장수가 다시 마을에 나타났다
그날 저녁 밥상에 굴비 한 마리가 또 올랐다
또 웬 굴비여?
계집이 굴비를 발라주며 말했다
앞으로는 안 했어요
사내는 계집을 끌어안고 목이 메었다
개똥벌레들이 밤새도록
사랑의 등 깜박이며 날아다니고
베짱이들도 밤이슬 마시며 노래 불렀다

—「굴비」 부분

이 시의 이야기는 그 외연만을 따라 읽어 버리면 야한 음담패설에 불과하지만, 그 내포적 의미 맥락을 따라가면 유머 감각과 페이소스가 내장된 진실한 러브 스토리에 해당한다. 시골에 사는 "사내와 계집"은 가난 때문에 힘겨운 삶을 살아가고 있지만, 그런 가운데서도 그들의 사랑은 세상의 어느 부부 못지않게 진실하고 애틋하다. 사랑 이야기는 이렇다. "수수밭"에서 일을 하던 "계집"에게 "굴비 장수"가 "굴비"를 사라고 하자 돈이 없다고 하니, "굴비 장수"는 "계집"에게 몸을 주면 "굴비"를 한 마리 준다고 유혹한다. 잠시 생각하던 "계집"은 남편("사내")에게 맛있는 반찬을 해주고 싶은 요량으로 "굴비 장수"에게 몸을 주고 "굴비"를 한 마리 얻는다. 이때 "계집"의 행위를 판단하는 데는 정절이라든가 순결과 같은 도덕적 가치관은 크게 중요하지 않다. 시상의 핵심은 함께 고생을 하며 살아가는 "사내"에게 맛있는 음식을 해 주고 싶은 "계집"의 애틋한 사랑의 마음이다.

이 순진한 "계집"의 사랑은 "며칠 후"의 사건에서 다시 반복된다. "굴비 장수"에게 다시 몸을 주고 또 "굴비"를 얻은 "계집"이 "사내"에게 "앞으로는 안 했어요"라고 말하는 엉뚱함에서 우리는 페이소스를 동반한 유머 감각을 느끼지 않을 수 없다. 시인이 이 시에서 가장 전경화하려는 것은 이 유머의 밑바탕에 깔려 있는 순박함, 순진함, 진실함이 "계집과 사내"의 사랑을 이어가는 동력이라는 점이다. 또한 이 시에서 "사내"가 "계집"을 사랑하는 마음도 "계집"이 "사내"를 사랑하는 마음에 못지않다는 점도 눈여겨볼 대목이다. "사내는 계집을 끌어안고 목이 메었다"는 진술로 미루어 짐작해보건대, "사내"의 "계집"을 향한 사랑 역시 지극하고 순수하여 도덕적 가치나 현실의 원칙을 초월한 시원적 자연의 세계에 존재하는 것이다. 하여 이들이 벌이는 아름다운 "사랑"의 축제에는 "개똥벌레"와 "베짱이"와 같은 자연물마저도 "등"불과 "노래"로 응원을 한다. 결국 이 시는 유머 자체를 목적으로 한 것이 아니라, 유머를 매개로 하여 사랑의 진실을 강조하려고 한 셈이다.

이렇듯 유머를 통해 삶의 진실을 발견하려는 오탁번의 시세계는 필요 이상으로 엄숙주의가 팽배한 우리 시단에 활력을 불어넣고 있다. 이번 시집에서도 성적인 것을 모티브로 삼아 은근한 웃음을 유발하는 시편들이 적잖이 등장한다. 그런데 오탁번 시에서 성과 관련된 이야기들은 선정적 에로티시즘보다는 인간적, 시원적 순수성을 드러내는 메타포의 차원에서 기능하는 것이 일반적이다.

> 젖니가 난 손자가 젖꼭지를 자근자근대다 꼭 깨물자 에미는 찰싹 궁둥이를 때린다 손자가 응애응애 울면서 삼베 고의 입은 할아버지의 무릎으로 기어온다 쪼글쪼글한 불알이 축 늘어진 사타구니가 성긴 삼베올 사이로 훤히 보인다 손자는 앙증맞은 손으로 할아버지의 불알을 조몰락조몰락 만지작댄다 지저귀를 갈아주던 며느리가 민망해서 아기 손을 톡 치자 고사리같은 손가락이 도르르 말린다 밭일 하다가 돌아온 아들이 호박밭에 내갈기는 오줌이 누리 떨어지듯 하는 어느 여름날
>
> —「三代」 부분

> 장마가 개이고 뙤약볕이 놋요강처럼 따가워지면 강가 모랫벌은 아이들의 신나는 놀이터가 되었다 콩서리를 할 때나 기차놀이를 할 때나 아이들은 굵은 명주실로 만든 낚시줄에 지렁이를 꿰어 강물에 던져놓고는 낚시줄 끝을 고추에다가 매어놓았다 낚시에 고기가 물리면 명주실이 팽팽해지면서 꼬추를 세게 당겼다 그럴 때면 아이들은 '아야! 아야!' 소리치면 낚시줄을 재빠르게 당겼다 '아야! 아야!' 소리가 자꾸 들려올수록 돌화덕에 맛있는 물고기가 노릇노릇 익어갔다 대덕산 그림자가 더덕빛 강물에 사늘하게 비쳤다
>
> —「낚시」 부분

앞의 시는 할아버지와 아들과 손자가 모여 사는 "삼대" 가족이 보여주는 에피소드를 전한다. 삼대의 남자들 사이에 등장한 "에미"는 이 시의 인물 구성에서 중요한 역할을 담당한다. "에미"의 시선이 "할아버지의 불알"과

정서적 긴장감을 유발하면서 그 아슬아슬한 긴장감이 시의 재미를 더해 준다. “성긴 삼베올 사이로 훤히 보이”는 “할아버지의 불알”은 “손자”에게 에로티시즘의 대상이 아니라 은방울과도 같은 일종의 장난감 구실을 한다. “손자”가 “할아버지의 불알을 조몰락”거리는 광경은, 비록 그것을 바라보는 “며느리가 민망”해하기는 해도, 오히려 “손자”와 “할아버지”의 친근감과 순수한 인간상을 표상해 준다. 뒤의 시에서도 “낚시”와 관련된 순진무구했던 유년기의 추억을 말하고 있지만, “꼬추” 역시 앞의 시에서 제시된 “할아버지의 불알”처럼 에로티시즘의 대상이라고 보기 어렵다. “강가 모랫벌”에서 벌어지는 “낚시”는 “콩서리”나 “기차놀이”와 마찬가지로 일종의 놀이에 해당한다. “강가 모랫벌”을 발가벗은 채로 뛰놀면서 “고추”를 낚싯대 삼아 물고기를 낚는 행위는 그 자체로 유쾌한 유머를 유발한다. 더구나 “돌화덕에 맛있는 물고기”라는 성찬도 마련되어 있으니 “강가 모랫벌”은 자연 속에서 펼쳐진 유년의 유토피아라고 할 만하다. 이 두 편의 시가 전하는 건강하고 유쾌한 웃음은 최근의 우리시에서 찾아보기 어려운 흥미로운 사례에 속한다. 이처럼 성적인 메타포를 통한 유머의 세계는 「남근」, 「개좆불」, 「동치미」, 「遮日」, 「擧風」, 「운수 좋은 날」, 「名醫」 등에서도 도드라진다. 또한 「행복」은 특이하게 성적인 것을 환상적 방식으로 형상화하고 있다.

이렇듯 자연 감각과 유머 감각으로 인하여 시가 재미있게 읽힌다고 하여 시를 쓰는 일마저도 즐거운 것만은 아니다. 오탁번 시인은 재미있는 시를 생산하지만 시를 재미 삼아 쓰는 것은 아니다. 그에게 한 편의 시를 쓴다는 것은 치열한 예술적 자의식 속에서 번뇌에 번뇌를 거듭하는 고통스러운 일에 속한다.

> 내 영혼의 피를 찍어서
> 지우고 도 지우며
> 또박또박 쓰기로 한다
>
> 시를 쓸 때는

쇠좆매로 영혼을 때리면서
숫눈처럼 흰
깨끗한 원고지에다
또박또박 쓰기로 한다
피를 토하듯
쓰기로 한다

—「원고지」 부분

시를 쓸 때는 "영혼의 피를 찍어서" 경건하게 쓴다고 한다. 시를 쓸 때는 "쇠좆매로 영혼을 때리면서" 열정으로 쓴다고 한다. 아니 시를 쓸 때는 "피를 토하듯" 혼신을 다하여 쓴다고 한다. 사람들은 이러한 열정과 진지함이 앞서 살펴본 자연 감각이나 유머 감각과 도대체 무슨 상관이 있는지 의아해할 수도 있을 것이다. 어떤 사람은 재미있는 시를 쓰는데 가벼운 마음으로 장난스럽게 쓰면 되지 이렇게 심각할 필요가 있느냐고 묻기도 할 것이다. 그러나 우리는 희극 작가가 재미 삼아 희극을 쓴다는 말을 들어본 적이 없다. 희극 작가가 관중들에게 한 번의 웃음을 선사하기 위해서 몇 날 며칠 동안 작품을 위한 고민과 고통 속에서 시간과 씨름을 한다고 한다. 그래서인지는 몰라도 의외로 비극 작가보다 희극 작가가 우울증에 더 취약하다는 말도 있다. 한 작가가 한 편의 희극 작품을 탄생시키기 위해서는 치밀한 계획이나 미세한 장치를 통한 논리적 구성 작업을 거치지 않으면 안 되기 때문이다. 실제로 문학의 여러 특성들 가운데 유머라든가 위트 같은 것은 낭만적 요소라기보다는 논리적 요소의 성격이 강하다고 할 수 있다. 따라서 오탁번 시인은 자연 감각이나 유머 감각을 통해서 시의 재미를 독자들에게 제공하기 위해, 무념무상의 재미가 아니라「원고지」에 드러난 것과 같은 결연한 의지와 깊은 고뇌를 창작의 씨알로 삼고 있는 것이다.

메트로폴리탄 매트릭스와 서정시의 틈새
—오규원의 시

1. 프롤로그

아침 7시, 평론가 구보 씨는 컴퓨터를 켠다. 원고청탁서를 확인하고 일전에 서울 시내를 돌아다니던 기억을 떠올려본다. 그는 그날 하루 종일 이런저런 일로 메트로metro를 타고 메트로폴리탄 서울을 여유롭게 돌아다녔지만, 그다지 유쾌하지 않았다. 서울이 비정한 인공의 메트로폴리탄 매트릭스라는 생각이 들었고, 지하철역의 문짝에 매달린 시들이 위태로워 보였기 때문이었다. 시들은 누가 어떻게 선정했는지 대부분 통속적인 내용이었고, 여러 달 혹은 여러 해 전부터 같은 것들이 매달려 있었다. 평론가 구보 씨는 생각해 보았다. 과연 음습하고 시끄럽고 번잡스러운 지하철역에서 하릴없이 바쁜 사람들이 시를 읽을까? 그래서 그는 충무로역에 잠시 머물면서 시를 읽는 사람이 있는지 유심히 살펴보았다. 예상했던 대로 지하철을 기다리며 맨 앞줄에 서 있는 사람조차 시를 읽지 않았다. 사람들은 대부분 지하철을 기다릴 때나 타고 내릴 때조차도 스마트폰에 시선을 빼앗기고 있었다. 이런 기억을 떠올리며 평론가 구보 씨는 지금 쓰려는 자신의 글을 과연 몇 명이나 읽어줄 것인지 생각해본다. 갑자기 쓸쓸해진다.

아침 8시, 연구실에 도착한 평론가 구보 씨는 커피를 한잔 마시고 글쓰기를 계획한다. 우선 한국의 대표적인 메트로폴리탄이 서울이니 그곳에 사는 시인들의 시적 자의식을 살펴보는 것이 좋겠다고 생각한다. 언뜻 30년대와 50년대의 모더니즘 시인들이 떠올랐지만 그네들이 활동하던 당시에 서울이 과연 광역도시권역으로서의 메트로폴리탄이라고 할 수 있는지 의문이 든다. 그래서 서울 인구가 1000만에 이르고 현대 문명과 자본주의의 모순이 가장 첨예하게 드러났던 80년대 후반 이후에 왕성하게 활동한 시인들을 생각해 본다. 서울의 도시 문명을 시적 대상으로 적극 수용한 시인들로 오규원, 최승호, 유하, 함민복, 함성호 등이 우선 떠오른다. 그런데 청탁받은 글의 분량을 보니 이들을 모두 다룬다는 것은 불가능하다. 하여 80년대 메트로폴리탄 서울을 배경으로 서정시에 대한 성찰을 선구적로 보여준 오규원의 「시인 구보 씨의 일일」만을 살펴보기로 한다.

오전 9시, 평론가 구보 씨는 책장에서 누렇게 바랜 시집 『가끔은 주목받는 生이고 싶다』(1987)를 찾아 읽기 시작한다. 그가 대학원 초년 시절에 아주 재미있게 읽었던 시집이라 반가운 마음으로 펼쳐보니 여기저기 연필로 밑줄이 그어져 있다. 당시 그는 이 시집, 특히 2부에 실린 연작시 「시인 구보 씨의 일일」을 읽으면서 시에 대한 고루한 생각을 벗어날 수 있었다. 그 후 20여 년이 흐른 지금, 평론가 구보 씨는 이 시를 다시 읽으면서 전체적인 구조, 현대 문명과 자본주의의 모순과 절망, 서정시의 언어와 타자의 미학 등으로 나누어 분석해보려고 한다. 그는 착상 노트에 집필할 때 필요한 시구들을 장별로 몇 개씩 메모해두고 글쓰기를 시작한다.

2. 메트로폴리탄 매트릭스의 모순과 절망

오규원의 「시인 구보 씨의 일일」은 30년대 모더니즘 세례를 받은 박태원의 소설 「소설가 구보 씨의 일일」을 패러디한 연작시이다. 박태원의 소설은 그동안 여러 가지 버전으로 패러디되어 왔다. 60년대 최인훈이 같은 제목의 패러디 소설을 썼고, 80년대 이후에는 유하가 16미리 패러디 영화「시인 구보 씨의 하루」를 만들었고, 주인석이 패러디 소설「검은 상처의 블루스—소설가 구보 씨의 하루」를 썼다. 또 2000년대 들어서서 집단 창작의 방식으로 만든「디지털 구보 2001」이 웹상에서 떠돌아다니기도 했다. 이들 구보 씨 계열의 작품들은 세부적인 차원의 차이는 있을지라도 모두가 현대 문명과 자본주의의 모순 속에서 문학예술의 존재 의미에 관한 성찰을 담고 있다는 공통점을 갖는다. 이들 가운데 오규원의 작품은 80년대 이후 우리 사회와 서정시의 급격한 변화와 관련된 문제적 징후들을 선구적으로 드러내 준다.

모두 14편으로 구성된 연작시「시인 구보 씨의 일일」은 시간적으로 다섯 계절을 배경으로 한다. (1), (2)는 가을, (5)는 겨울, (6), (7), (8)은 봄, (9), (10)은 여름, (13), (14)는 다시 봄을 각각 배경으로 한다. (3), (4)와 (11), (12)는 계절과 관련된 내용이 생략되어 있어서 특정한 계절을 배경으로 한다고 보기 어렵다. 그런데 (13), (14)의 봄은 앞의 계절이 여름이기 때문에 순차적인 시간 구조를 따르지는 않고 있다. 이것은 현대 문명과 자본주의가 지니는 모순이나 부조리를 상징적으로 드러내고자 한 장치로 보인다. 실제로 메트로폴리탄 서울에서 사는 사람들은 언제부턴가 자연의 계절 감각을 상실하고 살아가고 있다. 이는 현대 문명의 자연 침탈로 인해 계절의 순환이 정상적으로 이루어지지 않고 있기 때문이다. 또한 공간적 배경은 (1)의 '길'로 시작하여 '남산, 쇼핑센터, 다방, 낮은 곳, 대림시장, 남산, 어느 대학, 병원, 부산, 바닷가, 포구, 남산, 길'로 이어진다. 시간적으로 '봄'에서 '봄'으로 돌아온 것처럼 공간적으로 '길'에서 '길'로 돌아온 것은 이 시가 원점회귀 구조로 이루어졌음을 의미한다. 이는 이 작품이 구조적 완결성을 지향하는 구보 씨 계열의 작품들과 특성을 공유한다는 것을 의미한다.

시인 구보 씨가 연작시(1)에서 산보를 시작한 "길"은 부조리한 현대 문명 속에서 살아가는 한 시인이 자신의 삶과 시에 대한 성찰적 자의식에 이르는 마음의 통로이다. 그는 그 "길"을 가면서 현대 사회가 자본주의 모순과 비정상적인 정치 현실로 몸살을 앓고 있다고 생각한다.

1) 골드만 같은 여의도
권터 그라스 같은
쇼핑센터에서

나는 사랑하는 애인에게 사주고 싶네 하이네같은 쌍방울표 메리야
쓰, 워즈워드 같은 일곱색 간지러운 삼각팬티, 아 나는 등기소포로
보내고 싶네 바스카 포파의「작은 상자」에 든 월계관표 콘돔
—「시인 구보 씨의 일일(3)-쇼핑센터에서」 부분

2) 엄마엄마이리와요것보세요
개나리꽃밭에오늘은봄비가병아리종종거리고
노랗게종종거리는봄비를개나리가데리고
언덕너머대학에서온페퍼보그의
아랫도리사이로돌아요
—「시인 구보 씨의 일일(7)-개나리 꽃밭에서 불러본 동요」 부분

1)의 배경인 "쇼핑센터"는 대도시에서 자본주의 생활양식을 선도하는 공간이다. 그곳은 자본주의에 의해 생산된 모든 상품의 유통이 이루어지는 동시에 오락과 정보의 집하장이다. 그러나 그곳은 밝고 화려한 외형과는 달리 어두운 그림자가 깊숙이 드리워져 있는 장소이다. 이 시에 등장하는 "나"는 인간의 지성마저도 물질적 욕망으로 간주하는 사람이다. 그는 "구보 씨"라는 이름의 시인으로서 메트로폴리탄을 살아가는 물화된 지식인의 전형이다. 그가 "여의도"의 한 "쇼핑센터"에서 연상하는 "골드만: 여의도, 권터 그라스: 쇼핑센터, 하이네: 쌍방울표 메리야쓰, 워즈워드: 일곱색 간지러운 삼각팬티, 박카스 포파의「작은 상자」: 월계관표 콘돔" 등은 흥미롭다. 이

돌발적인 비유법은 인간의 정신마저 자본주의의 논리에 복속된 메트로폴리탄 시대의 어두운 모습이다.

시대의 그늘은 자본주의 사회의 모순만이 아니다. 2)에서 구보 씨는 부제에서 알 수 있듯이 동심의 언어를 빌려 당시 정치 상황의 비순수성과 폭력성을 인식한다. 이 시의 중심 소재인 "개나리꽃"의 "봄비"는 아름답고 순수함의 표상인데, 당시의 정치 상황에서는 그것이 "언덕너머대학에서온페퍼보그의/ 아랫도리사이"에 존재한다고 본다. 주지하듯 이 시가 배경으로 삼고 있는 80년대는 독재와 폭력의 시대였다. 대학마다 거리마다 "페퍼포그"가 날려 눈물 콧물을 강요하던 시절이었다. 시인 구보 씨는 그런 시절에는 "봄비"마저도 만물을 생동하게 하는 생명의 표상이 되지 못한다고 생각한다. 그리하여 "개나리꽃밭"도 "개나리는 노랗게 폭발한다"(13)는 부정적 이미지로 인식한다.

시대의 기형적인 모습은 "새가 날지 않고 땅 위로 걷는 아침이다/ 기름값을 못해 낸 배가 어부들을/ 보내고 혼자 주저앉아 견디고 있다"(12)는 시구에서도 드러난다. "아침"이라는 희망의 시간이 제 모습을 지켜내지 못하는 "새"와 "배"로 인하여 절망의 시간으로 인식된다. 시대 상황이 "꽃피지않는 아침"(6)으로 비유되는 이유이다. 또 계절 감각도 부정적이고 절망적이다. 만물이 생동하는 봄은 "子宮外 임신처럼/ 誤接된 전화처럼/ 봄은 '오늘도 무사히' 모욕처럼"(13) 다가올 뿐이고, "저기 저 창밖의 여름/ 새로 태어나는/ 절망도/ 통조림도/ 무덤도 모두/ 直立을 하는구나"(9)에서는 생동해야 할 여름마저 절망으로 일어서는 시간이다. 이 연작시는 이처럼 현대 문명과 자본주의의 모순을 비판적으로 인식하는 데 바쳐진다.

3. 서정시, 새로운 언어와 타자의 미학

시인 구보 씨는 이런 시대 상황 속에서도 우리의 삶을 구원해줄 것은 결국 서정시라는 점을 확신한다. 서정시는 그가 절망의 현실에서 희망의 세계를 찾아나서는 소중한 통로인 셈인데, 다만 그 통로는 당시에 익숙하게 보아왔던 전통적인 서정시와는 다른 성격을 간직한다.

1) 가을,하고도가을어느날,

길을가다가자리를못잡아地上에서반짝이는별,그런별빛몇개로반짝이는黃菊이나野菊을만나면가을동안가을이게두었다가그다음菊을다시별로불러별이되게하고몇개는내주머니에늘넣고다니리라.

내주머니가작기는하지만그곳도우주이니별이뜰자리야있읍지만요,딴은주머니가낡아서몇군데구멍이있는데혹지나다니는길에무슨모양을하고떨어져있거든눈꼽이며그곳이나비누로닦아서어디든두고안부나그렇게만전해주시기를.

오해하고싶더라도제발오해하지말아요
시인도詩먹지않고밥먹고살아요
시인도詩입지않고옷입어요
시인도돈벌기위해일도하고출근도하고돈없으면라면먹어요

—「시인 구보 씨의 일일(1) 부분

2) 사물이, 모든 사물이 그냥
그대로 한 편의 詩이듯
사람이, 사람들이 또한
모두 詩구나
詩가 그릇이라면 모든
사물도 그릇이며

시가 밥이라면 모든

존재 또한 지상의 밥이니

―「시인 구보 씨의 일일(4)-다방에서」 부분

1)은 시와 일상을 배타적으로 구분하던 전통적인 시관을 해체한다. 시인은 "길을가다가자리를못잡아地上에서반짝이는별"을 지향하면서 "몇개는주머니에넣고다니"는 존재이다. 별을 주머니에 넣는다는 것은 아름다움의 실재를 지향하면서 산다는 의미일 터, "내주머니가작기는하지만그곳도우주"라는 시구는 시가 자신의 삶에서 절대적으로 소중한 존재라는 사실을 암시한다. 시에 대한 순명의식을 간직한 듯한 이러한 자세는 시대가 변해도 달라지지 않는다. 시인은 이제 과거의 초일상적 존재에서 벗어나 일상성의 영역 안으로 편입되어 자본주의 체제 하에서는 "밥먹고" "옷입"고 "출근도하고" "돈없으면라면먹"는 일상인인 것이다. 그러나 그렇다고 하여 일상 자체가 시가 될 수는 없을 터, 새로운 시는 일상성마저도 시적 대상으로 삼을 수 있는 탈경계를 지향하는 것이다. 심지어 "위법"(1)일지라도 말이다.

일상과 시의 경계를 해체하려는 인식은 2)에 이르러 더 분명해진다. "모든 사물이 그냥/ 그대로 한 편의 詩"이고 "사람, 사람이 또한/ 모두 시"가 된다. 세상에 존재하는 "모두"가 시라는 것은 시를 정제된 형식이나 관념만으로 국한하려는 고루한 문학관을 극복하겠다는 뜻을 내포한다. 마르셀 뒤샹이 일상적인 도구인 화장실의 변기를 「샘」이라는 예술로 변용시켰듯이, 사람이든 사물이든 모든 것은 하나의 오브제로서 새로운 관점에 따라 시가 될 수 있다는 것이다. 이러한 태도는 일종의 후기모더니즘 혹은 탈현대주의 문학관과 관계 깊다고 말할 수 있을 터, 그 바탕에는 현대 문명의 제반 모순을 예술적으로 극복해보려는 의지가 자리 잡고 있다. 시인 구보 씨가 육체의 미학을 강조하는 것도 그러한 의지와 관계 깊다.

인간에게 위험한 별이 여기저기의

땅 위에서 번쩍인다 南山의 밑은
聖하고 더러운 노동의 파란 불빛에 반짝거리는구나
가을의 폐광 천정에서 서울로
불안한 간격으로 떨어지는 녹물과
屍身의 부품을 거리는 담장 아래 숨기고
아직 돌아가는 길을 정하지 못한 나는 즐겁게
즐겁게 불안한 간격의 가지 위에
딱새의 둥지를 틀고 들어앉아
밥그릇 같은 달을 쪼고 있다
南北과 東西統合의 누른 내상이
엎질러진 달빛의 飛瀑에 가 씻길 동안
결국 불안해할 수 있는
살아 있는 내 육체가 아름답구나

―「시인 구보 씨의 일일(2)－남산에서」 부분

세상이 "인간에게 위험한 별"로 "번쩍인다"는 시구는 도시 문명의 화려한 불빛을 비판하기 위한 것이다. 남산에서 내려다보이는 서울은 "가을의 폐광 천정에서 서울로/ 불안한 간격으로 떨어지는 녹물과/ 屍身"의 세상이다. 또한 사회적으로도 "南北과 東西和合의 누른 내상"으로 신음하는 세상이다. 이는 문명적, 정치적 한계에 다다른 세상의 문제적 부면에 대한 비판적 인식이다. 시인 구보 씨는 이런 세상에서 "불안해할 수 있는/ 살아 있는 내 육체가 아름답"다고 한다. 이때 "불안"은 현대 문명의 불연속성에서 오는 것일 터, 그것은 무책임한 도피나 초월을 넘어서는 정직한 반응이기에 아름답다고 본다. 더구나 그것은 관념의 문제가 아니라 "살아 있는 내 육체"로 반응한다는 점에서 더 진솔하다고 본다. 이는 "불안"을 감각하는 "육체"를 통해 모순으로 가득한 현대 문명의 이성 중심주의를 넘어서고자 하는 의도와 관계 깊다.

시인 구보 씨는 이처럼 현대문명과 자본주의의 모순을 비판하면서 새로운 언어와 서정시를 탐구하고 있다. 그의 서정시에 대한 자의식은 어쩌면 서울이 메트로폴리탄 시대를 맞이하면서 겪게 되는 문학적, 예술적 인식 변화의 출발점을 이루고 있다. 현대 문명의 비정함, 정치 환경의 비정상, 자본주의의 모순 등이 극단적으로 나타난 80년대 후반, 서울이 1000만 메트로폴리탄으로 성장한 80년대 후반 한국 사회의 자화상에 대한 성찰을 담고 있다는 것이다. 또한 이 연작시는 일상적인 것, 육체적인 것마저도 예술 작품으로 변용하는 타자의 미학 혹은 탈모더니즘의 사조를 선구적으로 보여준 작품이다. 시인 구보 씨를 따라가보는 것은 새로운 서정시로 나아가는 변곡점을 경험해보는 일이 아닐 수 없다. 서정시의 희망을 위해서는 이 경험을 이 시대의 구보 씨들이 공유해야 한다. 마지막에 시에서 "길 하나/ 불치의 병처럼 갈 줄 모른다"(14)고 강조했듯이 새로움을 향한 "길" 가기는 지속되어야 한다. 그 지향의 방향은 물론 진부하거나 고루하거나 통속적이거나 자폐적인 서정시와 반대쪽이다.

4. 에필로그

오후 6시, 평론가 구보 씨는 글을 마무리하면서 생각해본다. 아도르노의 어법을 빌린다면, 메트로폴리탄 이후에도 서정시는 과연 가능한가? 현대 문명의 총화인 메트로폴리탄에서 중시되는 것은 과학 문명과 자본과 개인의 가치이다. 이러한 가치가 지나치게 강조되다 보니 인간 사회는 날이 갈수록 삭막해져가고 있다. 상대적으로 자연, 마음, 공동체 등의 가치는 관심의 영역에서 사라졌다. 서정시 역시 마찬가지다. 서정시는 이미 메트로폴리탄에서 상품으로서의 가치를 상실하고 말았다. 그렇다고 서정시는 아무리 포장을 해도 경쟁력 있는 상품이 되기는 어렵다. 그렇다면 서정시는 어차피 물질적 상품商品을 지향하고 서정의 상품上品을 지향해야 한다. 또

서정시는 개인의 내부로만 침잠하지 말고 시대 적합성을 제고하기 위한 사회적 상상력도 회복해야 한다. 서정시는 다수자보다는 소수자를, 중심보다는 주변, 경쟁보다는 상생, 과학보다는 예술, 금융보다는 마음, 인간보다는 생태, 이성보다는 감성, 속도보다는 느림, 비판보다는 성찰의 가치를 추구해야 할 것이다.

날이 갈수록 신자유주의의 금융독재가 전 세계 메트로폴리탄을 지배하는 시대에, 서정시의 운명은 무엇보다 마음의 혁명을 어떻게 실천하느냐의 문제와 관계 깊다. 프랑코 베르라디Franco Berardi는 '시와 금융에 대하여'라는 부제가 붙은 저서『봉기』에서 시에 관한 독특한 주장을 한다. 그는 금융독재에 대한 봉기에서 절대적으로 중요한 것은 시를 통한 사회적 상상력과 연대의 회복임을 강조한다. 그는 또한 그런 일이 가능한 것은 금융과 언어는 공통적으로 상징들, 관습들, 내뱉은 소리에 불과하지만, 인간 존재를 행동하도록, 노동하도록, 물리적 사물을 변형시키도록 설득하는 힘을 갖고 있기 때문이라고 한다. 그리고 그는 진정한 봉기는 빠름, 발달, 넘침보다는 느림, 후퇴, 고갈을 통해 이루어져야 한다고 주장하고 있다. 베르라디의 이러한 통찰은 오늘날 서정시의 운명과 관련하여 시사해 주는 바가 적지 않다. 시는 기본적으로 역설과 아이러니의 생리를 지닌 언어 예술일 터, 서정시는 메트로폴리탄 매트릭스가 강고할수록 거기에 틈새를 내어 아름다운 삶의 장소로 회복시키는 역할을 해야 한다.

저녁 7시, 평론가 구보 씨는 서정시에 대한 더 복잡한 생각들이 머릿속을 맴돌지만 일단의 마무리가 필요하다고 생각한다. 그래서 그는 창밖의 어둠을 바라보면서 글쓰기를 마무리한다. 같은 동네에 사는 시인 H에게 전화를 걸어 맥주나 한잔하자고 청하니 기꺼이 동참하겠다고 한다. 평론가 구보 씨는 평소에 탈고를 한 후에 맥주를 한잔 마시는 습관이 있다. 글을 쓰면서 느꼈던 고민과 상념들로 예민해진 머리를 이완시켜 주는 데는 맥주보다 좋은 것이 없기 때문이다. 하루 종일 시인 구보 씨를 만나고 연구실을 나서는 평론가 구보 씨의 발걸음이 가볍다. 탈고(脫稿/脫苦)의 기쁨이다.

슬프지 않은, 슬픔의 노래
—정호승의 시

그대는 내 슬픈 운명의 기쁨
내가 기도할 수 없을 때 기도하는 기도
내 영혼이 가난할 때 부르는 노래
모든 시인들이 죽은 뒤에 다시 쓰는 시
모든 애인들이 끝끝내 지키는 깨끗한 눈물
—정호승, 「사랑」 부분

1

한국 현대시는 슬프다. 한국 현대시가 슬픈 이유는 일차적으로 굴곡 많은 역사와 현실에서 찾을 수 있다. 일제의 식민지 상태에서 시작한 현대화의 과정 속에서 시인들은 차분한 이성적 판단을 할 만한 겨를이 없었다. 현대적인 것과 제국적인 것이 공존하는 고민스러운 시대적 정황 속에서 그들은 슬픔이라는 감정에 쉽게 이입되었다. 그것은 일종의 도피이자 외면이기도 했다. 현대시 초기 주요한이나 김소월 등의 낭만주의 시에서는 물론 정치적 이념을 강조하는 카프 시에서조차도 슬픔은 빈도 높게 나타난다. 심지어는 지성을 적극적으로 옹호한 모더니즘 시에서도 슬픔은 상당한 수준의 밀도를 보여준다. 전형적인 모더니즘 시인인 정지용이나 김광균의 시에서도 슬픔의 감정이 자주 눈에 띈다.

실제로 한국 현대시는 "바람이 불적마다 슬프게 슬프게 삐걱거리는 배가 오른다"(「불놀이」)는 슬픈 시구로 출발했다. 어느 전통주의 시인은 "나 보기가 역겨워/ 가실 때에는/ 죽어도 아니 눈물 흘리우리다"(「진달래꽃」)라고 하여 그 슬픔을 눈물겨운 아이러니를 통해 극복하고자 했다. 다른 정신주의 시인은 "걷잡을 수 없는 슬픔의 힘을 옮겨서 새 희망의 정수박이에 들어부었습니다"(「님의 침묵」)라고 노래하면서 그 슬픔을 불굴의 정신적 의지로 넘어서고자 했다. 또한 어느 유미주의 시인은 "나는 아직 기다리고 있을 테요, 찬란한 슬픔의 봄을"(「모란이 피기까지는」)이라고 하면서 그 슬픔을 역설적으로 극복하려고 했다. 그러나 이러한 슬픔의 극복의지가 슬픔을 부화시켜주지는 못한다. 슬픔의 극복 의지는 오히려 현실의 슬픔을 강조해주기 때문이다.

슬픔의 감정과 관련된 시어들로는 울음, 눈물, 서러움, 한恨 등이 있다.[1] 이들 사이에는 미묘한 차이가 존재하지만 슬픔의 영향권 아래 놓여 있다는 점에서 감정의 계열체라 할 수 있다. 가령 "하루를 섬섬히 버들눈처럼 모여서서 우는 봄비"(「봄비」)라고 노래한 박용래나 "가을 햇빛으로나마 동무삼아 길 따라가면/ 어느새 등성이에 이르러 눈물 나고나"(「울음이 타는 가을강」)라고 노래한 박재삼은, 그러한 관련어들을 창작 과정에서 빈도 높게 활용했다. 이들의 슬픔은 여전히 전통적 정서의 맥락 속에서 존재하는데, 이러한 슬픔의 긍정적인 의미는 아리스토텔레스가 말했던 카타르시스와 연관된다. 슬픔의 감정에 침잠하면서 불안감이나 긴장감이 해소되는 과정에서 정서가 정화되는 것이다. 슬픔은 인간의 내면세계를 정화해주는 값진 체험을 제공한다.

2

현역 시인들 가운데 슬픔이라는 시어를 아주 빈도 높게 사용하는 시인으

---

1 최근 우리 시단에서 최승자, 박진성, 김이듬 등은 슬픔의 정동(affect)을 빈도 높게 노래하고 있다. 이들의 시에서 슬픔은 현대사회의 병리적 징후인 우울증이나 강박증, 히스테리 등과 연동되어 나타난다. 이번 특집의 성격상 이러한 양상에 대해 논급하는 것이 적절할 것이나 필자의 사정으로 인해 다루지 못했음을 아쉽게 생각한다. 다음을 기약해둔다.

로 정호승이 있다. 그의 시에 나타나는 슬픔은 그동안의 한국시에서 자주 얼굴을 드러낸 역사나 전통의 맥락의 범주에 포괄되지 않는 독특한 양상을 보여준다. 그의 시에서 슬픔은 사회적 타자를 감싸 안거나 인생의 실존적 진실을 성찰하기 위한 매개로 기능한다. 이는 그동안 한국시에서 자주 보여주던 연인과의 이별이나 고향(조국)의 상실에서 비롯되는 슬픔과는 다른 모습이다. 그래서 그가 보여주는 슬픔의 시편들은 슬픔을 노래하지만 결코 슬프지 않다. 그의 시에서 슬픔은 소극적이거나 평면적인 감정을 넘어서 인생에 대한 역설적, 반어적 인식을 통한 진실 탐구의 통로 구실을 한다.

> 내 진실로 슬픔을 사랑하는 사람으로
> 슬픔으로 가는 들길에 섰다.
> 낯선 새 한 마리 길 끝으로 사라지고
> 길가에 핀 풀꽃들이 바람에 흔들리는데
> 내 진실로 슬픔을 어루만지는 사람으로
> 지는 저녁해를 바라보며
> 슬픔으로 가는 들길을 걸었다.
> …(중략)…
> 끝없이 걸어가다 뒤돌아보면
> 인생을 내려놓고 사람들이 저녁놀에 파묻히고
> 세상에서 가장 아름다운 사람 하나 만나기 위해
> 나는 다시 슬픔으로 가는 저녁 들길에 섰다.
>
> —「슬픔으로 가는 길」 부분

이 시에서 슬픔은 아름다움이라고 정의된다. 시의 화자는 자신이 "슬픔을 사랑하는 사람"이라고 고백하면서 "슬픔으로 가는 들길을 걸었다"고 한다. 그리고 그런 길을 걷는 이유는 "세상에서 가장 아름다운 사람 하나 만나기 위해"서이다. 시의 화자는 "세상에서 가장 아름다운 사람"은 슬픔의 세계에 있다고 생각하는 것이다. 그렇다면 슬픔의 세계란 어떤 곳인가? 사실 이 시에는 그 구체적인 형상이 드러나지 않아 막연하지만, 그곳이 어떤 곳인지에 관한 몇 가지 단서를 제공해주기는 했다. 그 하나는 "들길"로서 슬픔의 세계는 도시의 공간보다는 전원적 공간이라는 것이고, 다른 하나는 "저녁"으로서 슬픔의 세계가 어수선한 한낮의 시간보다는 차분한 저녁의 시간에 놓인다는 것이다. 또 하나는 "인생을 내려놓고"에서 보이듯 슬픔의 세계는 현실의 삶과는 다른 차원에 존재한다는 것이다. 다시 말해 슬픔의 세계는 욕망으로 들끓는 한낮의 도시에서 펼쳐지는 속악한 인생과는 동떨어진 어떤 곳에 존재한다고 하겠다.

슬픔의 세계, 그곳에서 만날 수 있는 "세상에서 가장 아름다운 사람"은 과연 어떤 모습인가? 그 사람은 우선 슬픔의 가치에 대해 인식하고 살아가는 사람일 터, 그가 인식하는 슬픔은 평면적인 감정을 초월하는 인생의 진실을 함의한다.

슬픔을 위하여
슬픔을 이야기하지 말라

오히려 슬픔의 새벽에 관하여 말하라.
첫아이를 사산한 그 여인에 대하여 기도하고
불빛 없는 창문을 두드리다 돌아간
그 청년의 애인을 위하여 기도하라.
슬픔을 기다리며 사는 사람들의
새벽은 언제나 별들로 가득하다.

나는 오늘 새벽, 슬픔으로 가는 길을 홀로 걸었으며
평등과 화해에 대하여 기도하다가
슬픔이 눈물이 아니라 칼이라는 것을 알았다.

이제 저 새벽별이 질 때까지
슬픔의 상처를 어루만지지 말라.
우리가 슬픔을 사랑하기까지는
슬픔으로 가는 새벽길을 걸으며 기도하라.
슬픔의 어머니를 만나 기도하라.

—「슬픔을 위하여」 전문

이 시는 슬픔을 노래하지만 슬프지는 않다. 슬픔이 슬프지 않은 이유는 슬픔의 바닥까지 내려가 그 근본을 성찰하고 있기 때문이다. 세상에 미만한 슬픔들은 대개 외형적이거나 과장된 것들이 많다. 슬픔을 위한 슬픔, 가식적인 슬픔도 너무도 많다. 이런 슬픔은 곡비哭婢의 울음과 다르지 않다. 남을 위해 대신 울어주는 사람, 마음이 아니라 포즈로 우는 사람, 이들의 슬픔은 마음 깊은 곳에서 우러나오는 진심이 없다. 시의 모두에 등장하는 "슬픔을 위하여/ 슬픔을 이야기하지 말라"라는 경구는 그래서 경고다. 내면과 영혼을 동반하지 않은 '슬픔을 위한 슬픔'은 진정한 의미의 슬픔이 아니기 때문이다. 진정한 슬픔을 만나기 위해서는 "슬픔의 새벽"을 기다릴 줄 알아야 한다. "슬픔의 새벽"은 슬픔이 갖는 마음의 성찰과 진실의 발견을 통해 새로운 삶을 발명하게 해주기 때문이다.

이기적인 사람은 슬픔을 대하는 태도도 이기적이다. 자기 자신의 작은 슬픔을 침소봉대하여 사람들에게 동정심을 유발하려 한다. 그러나 진정한 슬픔은 그런 슬픔이 아니다. 진정한 슬픔은 "첫 아이를 사산한 그 여인"이나 실연의 아픔을 간직한 "그 청년의 애인"의 슬픔을 함께하는 것이다. 혹독한 슬픔의 삶을 살아가는 사람들을 기다리며 그들과 함께하는 사람이 진정한 슬픔의 의미를 아는 사람이다. 진실의 다른 이름인 "슬픔을 기다리며 사는 사람"이 되어야 하는 것이다. 그럴 때 슬픔은 사람들 사이의 차별과 분열을 극복하여 "평등과 화해"에 이르게 하고 "새벽은 언제나 별들로 가득하"게 된다. 하여 "슬픔은 눈물이 아니라 칼"이 되어 세상을 아름답게 변화시키는 정서적 무기가 된다. 겉으로만 "슬픔의 상처를 어루만지지 말"고, 슬픔의 근원인 "슬픔의 어머니를 만나 기도"를 해야 하는 것이다.

정호승 시의 슬픔이 진실한 마음의 표상이라면, 그 진실 속에서 가장 강조하는 속성 가운데 하나가 이타심이다. 이타심이 없는 사람은 이기적인 사람일 터, 그에게 타자는 없다. 슬픔도 오직 자기 자신의 이익을 위해서만 존재해야 한다. 그러나 진정한 슬픔을 아는 사람은 사회적으로 소외된 타자의 가치를 존중하고 환대한다.

사랑보다 소중한 슬픔을 주겠다
겨울밤 거리에서 귤 몇 개 놓고
살아온 추위와 떨고 있는 할머니에게
귤값을 깎으면서 기뻐하던 너를 위하여
나는 슬픔의 평등한 얼굴을 보여주겠다
내가 어둠 속에서 너를 부를 때
단 한 번도 평등하게 웃어주질 않은
가마니에 덮인 동사자가 다시 얼어 죽을 때
가마니 한 장조차 덮어주지 않은
무관심한 너의 사랑을 위해
흘릴 줄 모르는 너의 눈물을 위해
나는 이제 너에게도 기다림을 주겠다
이 세상에 내리던 함박눈을 멈추겠다
보리밭에 내리던 봄눈들을 데리고
추워 떠는 사람들의 슬픔에게 다녀와서
눈 그친 눈길을 너와 함께 걷겠다
슬픔의 힘에 대한 이야기를 하며
기다림의 슬픔까지 걸어가겠다

—정호승, 「슬픔이 기쁨에게」 전문

이 시는 슬픔과 기쁨을 비교하면서, 기쁨보다 슬픔이 가치가 있다고 본다. 사실 인생의 슬픔은 자신의 삶을 성찰하고 내면의 진실에 침잠하게 해준다는 점에서 소중한 감정이다. 역으로 기쁨은 휘발적인 감정의 속성이 강해서 그 자체로 순간적인 심취에서 그쳐버리는 것이 다반사다. 그러나 슬픔은 침잠을 통해 내면의 진실에 도달한다. 이 시에서 "너"는 슬픔을 통한 타자와의 공감을 하지 않는 이기적인 존재, 아니 이기적이고 속물적인 삶을 살아가는 뭇 사람들이다. "너"는 "겨울밤 거리에서 귤"을 팔고 있는 "할머니"를 상대로 "귤값을 깎으면서 기뻐하던" 속물인 것이다.

뿐만이 아니라 "가마니에 덮인 동사자가 다시 얼어 죽을 때/ 가마니 한 장 덮어주질 않는" 존재이다. 이처럼 "무관심한 너의 사랑"은 사랑이라는 이름을 붙일 수 없다. 그래서 "나"는 그들에게 타자와의 공감을 바탕으로 한 슬픔의 가치를 알려주겠다고 한다. 그런 슬픔은 가식적 사랑보다는 가치가 있기에 "사랑보다 소중한 슬픔"이다. "추워 떠는 사람들의 슬픔"과 공감하는 것은 말로만 화려하게 외쳐대는 어느 목회자의 사랑보다도 소중하다. 하여 "나"는 "너"가 그런 슬픔의 공감을 할 줄 안다면 "눈 그친 눈길을 너와 함께 걷겠다"고 한다. 이처럼 "나"와 "너"와 추위에 떠는 사람들을 모두 감정의 연대 혹은 삶의 연대를 하게 해주는 것이 바로 "슬픔의 힘"이다. 하여 이들은 모두가 "슬픔의 평등한 얼굴"을 본 사람들인 것이다.

그렇다면 정호승은 왜 이토록 빈도 높게 슬픔을 노래하는 것일까? 그의 시에서 슬픔은 인간의 삶에서 필요불가결한 필요조건으로서 인생을 성찰하고 세상을 비판하는 데 유용한 감정이다. 그의 시에서 슬픔은 삶의 실존적 조건이자 사회적 조건이라 할 만큼 인생의 안팎을 두루 지배한다.

> 풀잎 위에 앉아서 소년이 운다.
> 낙엽 위 동전 줍던 가을은 가고
> 멧새 한 마리 가을 밖으로 사라지는데
> 서울의 풀잎 위에 소년이 운다.

지난 가을 어머니를 생각하는지
풀잎 끝 잠자리를 기다리는지
단 하루의 미래를 사는 사람 곁에서
소년의 울음 소리가 서울을 울린다.
서울에는 지금 바람이 불어
인간을 가장 슬프게 하는 바람이 불어
길이란 모든 길은 사라지는데
풀잎 위에 앉아서 소년이 운다.

—「가두 낭송을 위한 詩 1」 전문

이 시의 "소년"은 생래적으로 슬픔을 지닌 인간 일반을 표상한다. "낙엽 위 동전 줍던 가을"을 지내온 소년은 남녀노소 빈부귀천을 막론하고 구차하게 살아갈 수밖에 없는 인간의 실존적, 사회적 조건이다. "어머니를 생각하"는 것은 평화로운 모태 세계에 대한 향수를 간직하고 살 수밖에 없는 실존적 조건이고, "서울"에서 부는 "인간을 가장 슬프게 하는 바람"은 슬픔을 벗어날 수 없는 사회적 조건이다. 이런 조건 속에서 살아가는 "소년"이 세상을 아름답게 살아갈 수 있는 방법은 그 슬픔을 정직하게 인식하고, 다른 슬픔(사람)과 함께 공존하는 삶을 살아가는 것이다. "소년이 운다"는 것은 바로 그러한 두 가지 조건에 부합하는 삶을 살아가려는 노력인 셈이다. 이런 노력은 다른 시에서 "어디서나 간절히 슬퍼할 수 있고/ 어디에서나 슬픔을 위로할 수 있는/ 슬픔의 가난한 나그네가 되소서"(「마음이 가난한 사람들에게」)라는 시구로 표현되기도 한다.

정호승 시에서 슬픔은 이처럼 삶을 성찰하고 진실을 탐구하는 매개 구실을 한다. 그가 "나는 눈물이 없는 사람을 사랑하지 않는다/ 나는 눈물을 사랑하지 않는 사람을 사랑하지 않는다"(「내가 사랑하는 사람」)라고 선언을 하는 것도 그러한 슬픔에 대한 인식의 결과이다. 그러나 정호승 시인이 궁극적으로 추구하는 것은 슬픔이 없는 삶, 슬픔이 없는 세상이다. 그의 슬픔에 대한 시적 탐색은 역설적으로 세상의 슬픔을 극복하고자 하는 의지를 내포한다.

우리 다시 만날 때까지
아무도 슬프지 않도록
그대 잠들지 말아라

마음이 착하다는 것은
모든 것을 지니는 것보다 행복하고
행복은 언제나
우리가 가장 두려워하는 곳에 있나니

차마 이 빈손으로
그리운 이여
풀의 꽃으로 태어나
피의 꽃으로 잠드는 이여

우리 다시 만날 때
그대 잠들지 말아라
아무도 슬프지 않도록

—「아무도 슬프지 않도록」 전문

이 시의 슬픔은 앞에서 본 슬픔들과는 달리 슬픈 슬픔이다. 이 시의 슬픔은 "빈손으로"도 "그리"워할 수 있는(마음 깊은 곳에서 진실로 그리운) 사람인 "그대"와의 영원한 이별에서 오는 실제의 슬픔이다. 슬픔의 원인은 "마음이 착하다"고 하는 "그대"가 영원히 "잠들"어버린 일이다. "그대"는 "풀의 꽃"처럼 소박하고 아름답게 태어난 사람이지만, 세상의 우여곡절을 겪으면서 "피의 꽃"처럼 처절한 희생 속에서 잠든 사람이다. 속악한 세상은 항상 악한 사람보다는 착한 사람들에게 시련이 많은 곳이다. 시의 존재 의의는 그렇게 시련을 당하는 사람들의 편에서 그들의 슬픔과 함께 하는 일이다. 시인은 그들과 함께 정서적 공동체를 형성하면서 다시는 그런 시련이나 슬픔이 없어야 한다는 사실을 세상에 알려야 한다. 그래서 "우리 다시 만날 때/ 그대 잠들지 말라"고 염원하는 것이다. 이 염원은 곧 슬픔이 없는 세상을 향한 열망과 다르지 않다. 착한 사람인 그대가 잠들지 않는 세상은 아름다운 세상, 결코 슬프지 않은 세상이기 때문이다.

3

정호승은 슬픔의 시인이다. 그는 인간 삶의 실존적, 사회적 조건으로서의 슬픔을 노래한다. 그러나 그의 슬픔을 노래한 시편들은 결코 슬프지 않다. 그 이유는 슬픔으로 슬픔을 넘어서기 때문이다. 그의 시에서 슬픔은 상처라든가 눈물이라든가 고통이라든가 하는 일상적인 차원과 결합하는 경우가 드물다. 그의 시에서 슬픔은 인생의 깊이를 성찰하고 타자를 환대하는 철학적, 사회적 인식의 통로 구실을 하는 경우가 많다. 물론 그의 시에 슬픔이라는 시어가 등장한다고 하여 모두 이런 의미를 지니는 것은 아니다. 그의 시에 등장하는 슬픔에는 진짜 슬픔도 있고 가짜 슬픔도 있다. 그가 옹호하는 것은 "인간의 얼굴을 가지는"(「슬픔은 누구인가」) 진짜의 슬픔이다. 진짜의 슬픔은 진실한 사람, 아름다운 사람과 이음동의어라고 할 수 있다. 그러나 그는 슬픔을 위한 슬픔이나 가식적 포즈에 불과한 가짜의 슬픔에 대해서는 단호히 부정한다.

정호승 시인은 슬픔이 기망당하는 세상에 대해서 비판을 하기도 한다. 이를테면 "나를 섬기는 자는 슬프고, 나를 슬퍼하는 자는 슬프다. 나를 기뻐하는 자는 슬프고, 나를 위하여 슬퍼하는 자는 더욱 슬프다. 나는 내 이웃을 위하여 괴로워하지 않았고, 가난한 자의 별들을 바라보지 않았나니"(「서울의 예수」라는 시구는 그 대표적인 사례이다. 서울이라는 현실 공간에서 슬픈 인생을 살아가는 사람들을 종교의 이름으로 기망하는 자들을 향해 예수의 자책이라는 비판의 칼을 들기도 한다. 진정한 슬픔의 존재인 예수를 빌려 타락한 권력과 금력의 벽을 쌓고 있는 종교 내지는 사회를 문제 삼고 있는 것이다. 이 시구는 차원이 조금 다르지만 기형도의 "사회자가 외쳤다/ 여기 일생 동안 이웃을 위해 산 분이 계시다/ 이웃의 슬픔은 이분의 슬픔이었고/ 이분의 슬픔은 이글거리는 빛이었다"(「홀린 사람」)는 시구를 떠오르게 한다. 정호승은 타락한 종교를 비판하기 위해, 기형도는 타락한 정치를 비판하기 위해 슬픔을 노래한 것이다.

이렇듯 슬픔은 정호승 시의 핵심어 가운데 하나이다. 한국 현대시에서 슬픔을 그처럼 빈도 높게 활용하면서 다양한 상징태로 만들어내는 시인을 찾아보기 어렵다. 다만, 슬픔과 같은 감정을 직접 드러내거나 지나치게 경구적으로 표현하는 방식은 시적 완성도 면에서 아쉬운 점이다. 희로애락애오욕(喜怒哀樂愛惡慾)과 관련된 언어들은 인간의 감정을 구체적으로 형상화하기보다는 추상적 관념화를 지향하기 때문이다. 정통 시학의 관점에서 감정은 그것을 구체화시켜 주는 객관적 상관물이라든가 보조관념으로 드러나는 것이 바람직하다. 그렇다면 슬픔의 감정을 직접 표현한 정호승의 시들은 일반적인 시론의 차원에서는 좋은 시의 요건을 갖추었다고 보기 어렵다. 더구나 슬픔을 노래하는 적지 않은 시편들이 필요 이상의 잠언이나 경구 형식을 취하고 있어 작위적인 느낌이 들기도 한다. 이런 현상은 정호승의 슬픔의 시가 대중적 사랑을 받게 되는 요소이지만, 사회 현실에 대한 피상적, 대중적 관찰에 그친다고 비판받는 원인이 되기도 한다.

주변인의 초상과 고요한 풍경의 시
—문인수의 시

1

문인수는 1945년 경북 성주에서 해방둥이로 출생하여 1985년『심상』신인상으로 등단한 시인이다. 그는 소위 중앙 문단과 일정한 거리를 유지하면서도 학연이나 지연(地緣/紙緣)에 얽매이지 않는 당당한 지방 시인이다. 서울 이외의 지방 문화가 점점 자생력을 잃어가고 있는 오늘날, 비주류로서의 여러 악조건들을 극복하고 정통 서정시의 중심에 자리를 잡은 그의 모습은 시사해주는 바가 적지 않다. 그는 비록 다른 시인들에 비해 늦은 나이에 등단을 했지만, 이 불리한 조건을 오히려 높은 수준의 시적 성취를 위한 각고와 성숙의 계기로 삼았다. 그의 작품들은 시적 성취라는 것이 반드시 연륜이나 외적인 여건 따위와 일치하지 않는다는 사실을 여실히 증명해주고 있다. 그의 서정시는 현실 감각을 동반한 1980년대의 신서정시나 성찰적 인식을 중시하는 1990년대의 내면화된 서정시와는 다른 서정시의 경지를 개척해가고 있다.

문인수는 그동안『늪이 늪에 젖듯이』(1986),『세상 모든 길은 집으로 간다』(1990),『뿔』(1992),『홰치는 산』(1999),『동강의 높은 새』(2000),『쉬!』(2006),『배

꿈』(2008) 등 6권의 시집을 발간했다. 이 시집들은 사반세기에 이르는 그의 시세계를 총결산하는 것이지만, 그가 시단에서 본격적으로 주목을 받은 것은 『동강의 높은 새』를 발간한 이후부터이다. 이전의 시편들도 전원적 서정과 주변적인 것들에 대한 관심이라는 측면에서 이후의 시편들과 긴밀하게 연관되지만, 사유의 깊이라든가 수사적 세련미를 앞세운 시적 완성도에서 확실한 변화가 있었다. 이를테면 "동강"의 물결을 "새 한 마리"가 "단 일획 깊이 여러 굽이 새파랗게// 일자무식의 백 리 긴 편지를 쓴다"(「동강의 높은 새」)라고 묘사하고, 동백의 낙화를 "뚝, 뚝, 뚝, 듣는 동백의 대가들./ 선혈의 천둥/ 난타가 지나간다"(「채와 북 사이, 동백 진다」)라고 표현한 기발한 시구들은 우리의 서정시가 도달한 한 절창이다. 그래서 시적 성취에 초점을 맞춘다면 그는 2000년대 시인으로 보아도 무방하다.

실제로 그는 2000년대 들어서 이 땅의 서정시에 새로운 문제의식을 제기했다. 그의 시는 예컨대 객관의 주관화라든가 회감의 원리, 순수 서정의 지향과 같은 기왕의 서정시적 관습을 견지하면서도, 주변인에 대한 관심과 관찰자적 시선, 내밀한 사유와 명상적 분위기, 절제된 언어와 고도의 수사적 장치 등 분명히 다른 서정 시인들과는 '다른' 모습을 보여주었다. 이 글에서 주목하고 싶은 것은 문인수 시에 빈도 높게 드러나는 주변인의 초상과 고요의 풍경이다. 그의 시에는 보통의 서정시와는 달리 특정한 인물이 등장하곤 하는데, 그들은 대개 현실에서 소외된 변두리의 공간에서 살아가는 주변인이다. 그런 주변인의 형상과 행동을 일정한 거리에서 관찰하는 방식은 시상 전개의 독특함을 보여준다. 보통의 서정시가 대상에 대한 성급한 서정화나 일방적인 주관화를 지향한다면, 문인수의 시는 오히려 그러한 서정화, 주관화를 의도적으로 지연시키면서 하나의 풍경으로 형상화하면서 그 본질을 천천히, 찬찬히 탐색해 나가는 것이다. 그래서 그의 시는 깊은 서정의 울림을 동반한다.

2

문인수 시에는 "꼭지"와 같은 독거노인, 장애인, 노점상, 미망인, 농민, 어민, 늙은이 등이 빈도 높게 등장하여 서정의 주체로 기능한다. 이들은 대개 신산스런 인생 경험을 충분히 겪은 중년층이나 늙은이들이 대부분이어서 연령상으로도 인생의 주변적 시기를 살아가는 부류에 속한다. 이들이 살아가는 삶의 터전도 도시의 변두리나 인적이 드문 농촌, 산촌, 어촌과 같은 전원적인 변두리이기 때문에 이들의 정체성과 잘 어울린다. 문인수 시인이 이들을 자주 전경에 내세우는 이유는 이들이야말로 삶의 진면목을 보여주는 사람들이라고 보기 때문이다.

> 독거노인 저 할머니 동사무소 간다. 잔뜩 꼬부라져 달팽이 같다.
> 그렇게 고픈 배 접어 감추며
> 生을 핥는지, 참 애터지게 느리게
> 골목길 걸어 올라간다. 골목길 꼬불꼬불한 끝에 달랑 쪼그리고 앉은 꼭지야,
> 걷다가 또 쉬는데
> 전봇대 아래 그늘에 웬 민들레꽃 한 송이
> 노랗다. 바닥에, 기억의 끝이
>
> 노랗다.
>
> 젖배 곯아 노랗다. 이 넌의 꼭지야 그 언제 하늘 꼭대기도 넘어가랴.
> 주전자 꼭다리 떨어져나가듯 저, 어느 한 점 시간처럼 새 날아간다.
>
> —「꼭지」 전문

"꼭지"는 도시의 변두리에서 "독거노인"으로 살아가는 어느 "할머니"의

이름이다. "꼭지"라는 이름은 과거 가부장적 사회에서 축복받지 못하는 딸의 이름으로 흔히 쓰였다고 한다. 딸 부잣집에서 딸은 이제 "꼭지" 떨어지듯 그만 낳고 싶다는 소망이 담긴 것이라 할 수 있다. 하여 "꼭지"라는 이름에는 태생부터 일평생을 천덕꾸러기로 살아온 "할머니"의 가난하고 고독하고 서러운 삶이 담겨 있다고 보아야 한다. 시적 정황으로 볼 때 이 시의 시간적 배경은 "동사무소"에서 자원봉사자들의 점심 봉사가 있는 날이다. "꼭지"는 한 끼니를 때워보려고 "고픈 배"를 움켜쥐고 "동사무소"를 향해 가는데, 화자는 그 모습이 마치 "잔뜩 꼬부라져 달팽이 같다"고 한다. 기력이 쇠하고 등이 굽은 "꼭지"가 목적지를 향해서 천천히 힘겹게 가는 모습이 "달팽이"와 닮았다는 것이다. 보통의 서정시라면 이 대목에서 화가가 연민의 감정을 드러내면서 다소 감상적인 태도를 보일 것이다. 그러나 이 시의 시상의 흐름은 여전히 냉정한 관찰자의 시선을 거두지 않는다. "꼭지"를 "저 할머니"라고 명명하는 것도 그런 태도와 관련된다. 화자는 "꼭지"가 "生을 핥는지, 참 애터지게 느리게" 걸어가는 모습을 응시할 뿐이다.

시상의 변화가 있다면 "민들레꽃 한 송이"에서 비롯되는데, 이 꽃의 노란 색감은 살길이 막막하고 힘겨운 "꼭지"의 생애를 적실하게 상징한다. 누구나 극단적으로 힘들 때에는 하늘이 노랗게 보이는 법, "꼭지"의 힘겨운 생애가 "민들레꽃"의 노란 색깔로 상징된 것은 자연스럽다. "젖배 곯아 노랗"던 "기억의 끝"을 떠올리며 느릿느릿 힘겹게 "동사무소"를 찾아가는 "꼭지"의 모습은, 길가에 버려진 "민들레꽃 한 송이"와 다르지 않은 애잔한 주변인의 초상이다. 화자는 이 느린 걸음걸이로는 고달픈 현실 너머의 세계인 "하늘 꼭대기"에 다다를 수 있을지 의문을 던진다. 그저 "시간"이 "새"처럼 날아갈 뿐이어서 그녀의 목적지인 "동사무소" 혹은 "하늘 꼭대기"까지 가도 가도 멀게만 느껴진다. 이 대목까지도 화자는 주관적 감정을 드러내지 않으면서 "꼭지"의 모습을 묘사하기만 한다(마지막 연의 "이년의 꼭지"에 약간의 감정이 개입하지만 이 시를 지배할 만한 것은 아니다). 그런데 이런 관찰자적 태도가 오히려 독자의 감동을 불러온다. 이처럼 생의 밑바닥을 포복하듯 힘겹게 살아가는 "꼭지"의 모습에 연민의 정을 느끼지 않을 사람은 없다. 이 연민지정이 화자의 노골적인 감정이나 개입이 거의 없기 때문에 오히려 시적 감동으로까지 자연스럽게 이어졌다. 만일 화자가 먼저 감정을 드러내거나 감동을 요구했다면 이 시의 정서적 효과는 반감되었을 것이다. 화자가 독자들에게 감동을 요구하지 않음으로써 오히려 깊고 자발적인 감응을 이끌어낸 것이다.

그런데, 주변인들의 초상이 "꼭지"와 같이 비극적이고 무기력한 모습으로만 등장하는 것은 아니다. 문인수의 시에서 주변인들의 삶은 고독하고 고달픈 것이지만, 그 속에서 얼마든지 서정적, 긍정적 가치를 발견할 수 있는 시적 대상이다. 예컨데 "노점 아주머니"의 힘에 부치는 삶에 "저 바닥은 사실/ 혹한이 돌보는 셈이다. 얼거나 썩지는 않겠다"(「파냄새」)는 식의 역설적 가치를 부여한다. 즉 "그 어떤 절망에도 배꼽이 있구나"(「배꼽」)에서 말했던 것처럼 어떠한 "절망"의 상황에서도 절망을 넘어서는 역설적 생명 에너지를 발견한다. 아래의 시에 등장하는 "저 할머니"의 모습도 그렇다.

> 물들기 전에 개펄을 빠져나오는 저 사람들 행렬이 느릿하다.
> 물밀며 걸어 들어간 자국 따라 무겁게 되밀려 나오는 시간이다. 하루하루 수장되는 저 길, 그리 길지 않지만
> 지상에서 가장 긴 무척추동물 배밀이 같기도 하다. 등짐이 박아 넣는 것인지,
> 뻘이 빨아들이는 것인지 정강이까지 빠지는 침묵, 개펄은 무슨 엄숙한 식장 같다. 어디서 저런,
> 삶이 몸소 긋는 자심한 선을 보랴, 여인네들…… 여 나문 명 누더기 누더기 다가온다. 흑백
> 무성영화처럼 내내 아무런 말, 소리 없다. 최후처럼 쿵,
> 트럭 옆 땅바닥에다 조갯짐 망태를 부린다. 내동댕이치듯 벗어 놓으며 저 할머니, 정색이다.

"죽는 거시 낫것어야, 참말로" 참말로

늙은 연명이 뱉은 절창이구나, 질펀하게 번지는 만금이다.

—「만금이 절창이다」 전문

이 시는 "저 할머니"가 다른 "여인네들"과 "개펄"에서 일을 마치고 일몰즈음의 "만금"으로 돌아오는 장면을 보여준다. 몸 부리고 사는 어촌 생활이 다 그러하듯이 "저 할머니"의 삶도 "하루하루 수장되는" 것과 같고, "누더기 누더기" 살아온 "흑백/ 무성영화"같이 고달프기만 하다. 하루하루를 "최후처럼" 최선을 다해 살아온 "저 할머니"의 삶은 지나온 과거뿐만 아니라 오늘과 내일의 것도 다르지 않을 듯하다. 그래서 "저 할머니"는 온종일 질펀한 개펄에서의 노동을 끝내고 그 수확물을 "트럭 옆 땅바닥"에 내려놓으며 정색을 하고는 "죽는 거시 낫것어야"라고 말한다. "정강이까지 빠지는 침묵"과 같은 "개펄"을 힘겹게 빠져나와 던진 이 한마디가 이 시에 등장하는 유일한 소리이다. 그만큼 이 시에서 전경화된 것이 이 소리다. 그런데 이 소리는 삶의 고달픔을 표현한 것인 동시에 풍요로운 수확에 대한 즐거움을 표현한 것이다. 이 소리는 지나온 삶의 힘겨움을 일시에 덜어내는 정직한 자기위안의 소리이자, 죽음같이 힘겨운 삶이라도 소중하다는 긍정적 인식을 동반하는 것이다. 따라서 그 소리는 "개펄" 바닥같이 고달프고, "조개" 속살같이 풍요로운 "저 할머니"의 삶을 응축해서 쏟아내는 언어이므로 "늙은 연명이 뱉은 절창"이 되는 것이다. 그 소리의 곡진함은 울림이 강하여 "만금" 전체에 "질펀하게 번지는" 것이다. 그래서 "만금이 절창이다".

3

주변인의 초상과 함께 문인수 시에서 주목해야 할 또 다른 국면은 무위자연을 닮은 고요의 풍경이다. 이 풍경의 주인공은 앞서 살펴본 주변인들이 대부분이지만, 때로는 특정한 사물이나 자연물이 그 역할을 담당하기도 한다. 이때 사물은 동식물로 비유되고 동식물은 사람으로 의인화되곤 한다. 주목할 것은 고요의 풍경 속에는 자기 목소리가 강한 주체가 등장하여 자신의 생각을 주장하면서 소란을 피우는 일이 거의 없다는 점이다. 풍경의 주인공들은 그 풍경을 있는 그대로 구성하는 자족적 역할에만 충실하여 다른 것들과 충돌하거나 갈등을 일으키는 일이 없다. 따라서 문인수 시에서 고요는 그 자체가 자연이고 생명이다.

달빛이 늪의 물에 오래 가만히 있다.
달빛 풀리는 물이랑이, 바람 타는 갈대숲이 추는
춤, 춤 속으로 흘러들 뿐 하염없이 오래
가만히 있다. 딴 짓 하지 않는다.
으스름 아래 어디 저 집요한 소쩍새 있다.
개구리 물오리 풀벌레 소리 또한 오래
딴소리하지 않는다. 저 몇 그루 뚝버들의 시꺼먼,
산의 시꺼먼 대가리들 또한 왈칵,
재채기 하지 않는다. 가만히 있다 오래,
무슨 일이 참 많다. 이 소란한, 방대한 고요가 그것인데
누가 밤새도록 걸어놓은 양수기의 발동 소리가,
거기에 발이 툭, 걸린 내 마음까지도 다시 긴
둑길을 따라 천천히 흘러 들어간다. 딴 짓,
딴소리하지 않는다. 오래 가만히 있다.

—「밤늪」 전문

이 시의 지배적 이미지는 밤의 "늪"에 은은한 "달빛"이 비추는 가운데 잔잔한 "바람"이 부는 풍경이다. 여기에 "물이랑"과 "갈대숲" "소쩍새"와 "개구리 물오리 풀벌레", 그리고 "산"의 그림자와 "뚝버들" 등이 덧보태진다.

언뜻 보면 "소란"하기만 할 것 같은 이 "밤늪"이 "방대한 고요"의 세계라는 역설적 표현이 이 시의 지배소이다. 사실 "밤늪"의 "바람"이나 "물이랑" "소쩍새" "개구리 물오리 풀벌레" 등은 모두 소리를 내는 것들로서 "고요"와는 거리가 멀다. 그러나 그 소리들은 오히려 "밤"의 "늪"에 깃들은 고요함을 강조해주는 구실을 한다. 먼 숲속에서 이따금씩 들려오는 뻐꾸기 소리가 오히려 들판의 적막감을 강조해주듯이, 한밤중에 마을에서 멀리 떨어진 "늪"에서의 작은 소리들은 오히려 고요한 풍경을 강화하는 구실을 한다. 더구나 "달빛이 늪의 물에 오래 가만히 있다"는 정적인 분위기와 "개구리 물오리 풀벌레 소리 또한 오래/ 딴소리하지 않는다"는 순정한 분위기는 고요한 상태를 더욱 강화한다.

이 절대적인 "고요"의 풍경은 일종의 생태적 이상 세계를 표상한다. 이 세계에 존재하는 모든 것들은 하나로 일체화되어 전일적 생명체를 구성하고 있는 것이다. 이 시를 단순한 자연(친화)시가 아니라 본격적인 생태시로 읽을 수 있는 이유는, 시의 뒷부분에 등장하는 "내 마음"과 "양수기의 발동 소리"가 등장하기 때문이다. 이들이 등장함으로써 이 시는 본격적인 의미의 생태적 인식은 근대적 인간에 대한 성찰이나 문명 세계에 대한 비판을 바탕으로 삼아야 한다는 필요조건을 갖춘 셈이다. 앞서 등장한 "바람" 소리나 "소쩍새" 소리가 순수 자연의 소리라면, "양수기 발동 소리"는 인공 문명의 소리라고 할 수 있을 터, 이 소란스러운 문명의 소리마저 "흘러들어가"고 포용할 수 있는 이러한 고요의 경지야말로 진정한 의미의 생태적 이상향이라고 할 수 있다. 그래서 그곳은 단순한 "고요"의 세계가 아니라 "소란한, 방대한 고요"라고 하는 역설적 세계가 성립되는 것이다. 이러한 "밤늪"은 바로 생태적 원리가 지배하는 "방대한" 생명의 세계를 표상한다.

고요는 무음의 적막함이나 무생명의 침묵 상태를 의미하는 것이 아니라, 인위적 소음마저도 흡인하여 감싸 안는 포용력을 지닌 것이다. 노자가 『도덕경』에서 "고요함은 자연이다(希言自然)"라고 한 것도, 고요는 무언無言이 아니라 "희언希言"이라고 했으므로 절대적인 무음 상태를 의미하는 것이 아니다. 따라서 고요의 경지는 오히려 자연과 생명의 소음과 어수선함마저도 포용하는 크고 완결된 이상 세계나 우주적 생명의 세계를 표상하는 것이다.

1) 대숲 대나무 꼭대기에 까마귀 떼가 시꺼멓다.
대나무들 우듬지가 휘청휘청 몸부림치며 날아오르려 하고 까마귀들, 커다란 열매처럼 한사코 주렁주렁 자리 잡으려 한다. 풀리지 않는다. 이거, 도저히 안 되겠다 싶은지 까마귀들 제 날개에 붙어 한꺼번에 후다닥 가볍게 떠 날아가고, 대나무들은 또 제 뿌리 짬으로 붙어 일괄 시퍼렇게 와스스 돌아온다. 에라, 마음 비운 것처럼 생멸처럼 어느 명절 끝처럼 결국
만사 해결된 것처럼 고요하다. 이 곳 역시 노인들만 사는 마을,
중화리. 없는 것 빼고 컹 컹 컹 컹 다 있다.

—「중화리」 전문

2) 온 몸, 온 몸으로 사무쳐 들어가듯 아, 몸 갚아드리듯 그렇게 그가 아버지를 안고 있을 때, 노인은 또 얼마나 더 작게, 더 가볍게 몸 움츠리려 애썼을까요.

툭, 툭, 끊기는 오줌발, 그러나 그 길고 긴 뜨신 끈. 아들은 자꾸 안타까이 따에 붙들어 매려했을 것이고, 아버지는 이제 힘겹게 마저 풀고 있었겠지요. 쉬-
쉬! 우주가 참 조용하였겠습니다.

—「쉬!」 부분

1)은 "중화리"라는 어느 시골 마을의 풍경이다. "대숲 대나무 꼭대기"에서 벌어지는 "까마귀 떼"의 소란과 그 이후의 "고요"가 대조적이다. 이 시

의 "대숲"이 마을의 사연과 역사를 간직한 신성한 공간이라면(「대숲」이라는 시에서 "너무 깊이 뿌리내려 떠나지 못하는 바람의 몸, 바람의 성대"라는 시구를 보라) "까마귀 떼"는 그 공간을 소란스럽게 하는 존재이다. 그러나 이 시의 초점은 "까마귀 떼"가 "자리"를 잡으려고 소란을 피우는 상태가 아니라 그 이후 "대숲" 마을이 평화로운 "고요"의 풍경으로 자리를 잡았다는 사실이다. "대숲" 마을은 일종의 신화적 공간으로서 잡스런 소음마저 포용함으로써 "만사해결된 것처럼 고요하다"는 것이다. 이 고요지경은 마치 청춘의 고뇌와 욕망을 넘어선 "노인들만 사는 마을"의 분위기와 다르지 않을 터, 그곳은 "없는 것 빼고 컹 컹 컹 컹 다 있다"에 드러나듯이 평화롭고 넉넉한 공간이 되는 셈이다. 하여 "중화리"는 삶의 소란과 집착과 조바심마저 넘어서는 고요와 자족과 여유가 온전히 살아 있는 시원적이고 평화로운 삶의 터전이다.

2)의 모티브는 "환갑이 넘은 그가 아흔이 넘은 그의 아버지를 안고 오줌을 뉜 이야기"이다. 시인 스스로 "그"는 바로 정진규 시인이라고 밝힌 적이 있어서 흥미를 더하는 이 작품은 언뜻 보면 아주 평범한 가정사적인 에피소드에 불과하다는 생각이 들기 쉽다. 그러나 이 시는 "그"와 "그의 아버지" 사이의 부자지간에서 벌어지는 에피소드로 읽기보다는, 한 생명과 다른 생명의 소통, 혹은 한 생명의 다른 생명에 대한 깊은 애정의 차원에서 읽는 편이 바람직하다. 생명력이 소진하여 나타나는 "툭, 툭 끊기는 오줌발"을 "아들은 자꾸 안타까이 따에 붙들어 매려 했을 것"이라는 진술에는, 부자지간의 육친지정을 넘어서 사위어가는 한 생명의 회생을 염원하는 진솔한 마음씨가 담겨 있다. 오줌을 시원하게 누이려는 염원, 생명줄을 오래 이어가고픈 한 인간의 극진한 염원이 "쉬!"라는 한 음절 속에 응축되어 있는 것이다. 하니 그 순수하고 진지한 염원에 "우주가 참 조용"할 수밖에 없을 터, 생명을 향한 긴절한 소망 앞에 "우주"마저 고요지경에 동참하고 있는 셈이다. 이 고요한 순간이 바로 한 생명이 우주 전체와 상통하는 시간이다.

4

모든 것이 화려하고 소란스러운 이 시대에 문인수 시인은 주변적인 인물과 고요한 풍경의 세계에 주목한다. 이 역설적 관심이 그의 시가 존재하는 근거이다. 그가 그려낸 인물의 초상은 세상을 앞장서서 이끌어가는 중심적 인물이 아니라, 가난하고 소외된 현실의 바닥을 온몸으로 살아가는 초라하고 작은 주변인들이다. 그러나 시인은 이들이 누구보다도 인생의 진면목을 보여주는 사람들이라는 점을 주목한다. 또한 그가 그려낸 풍경은 왁자한 소리들이 크게 울려 퍼지는 소음의 세계가 아니라, 고요하고 조용한 가운데 사물과 자연이 저의 존재 의미를 진진하게 드러내는 세계이다. 그가 추구하는 주변적이고 고요한 것의 가치는 현실적, 현상적 세계 너머에 존재하는 시원적, 본질적 가치의 세계이다. 우리가 주목할 것은 그곳이 일종의 낭만적 이상향에 해당하는 것이지만, 인간의 현실과 무관한 초월적인 세계는 아니라는 점이다. 그곳은 '인간적인, 너무도 인간적인' 세계로서 시인 스스로도 다음과 같이 밝힌 적이 있다.

> 절경은 시가 되지 않는다.
> 사람의 냄새가 배어 있지 않기 때문이다.
> 사람이야말로 절경이다. 그래,
> 절경만이 우선 시가 된다.
> 시, 혹은 시를 쓴다는 것은 그 대상이 무엇이든 결국
> 사람 구경일 것이다.

여섯 번째 시집 『배꼽』의 「시인의 말」에 나오는 구절이다. 이 구절에는 문인수 시인의 시에 대한 생각이 가장 함축적으로 드러나 있다. "절경은 시가 되지 않는다"고 할 때의 "절경"은 인간이 제거된 풍경이다. 아무리 아름답고 완벽한 자연이나 사물의 풍경이 있다고 해도 그것을 모방하는 것만으로

시가 될 수 없다는 말이다. 그래서 "절경만이 우선시가 된다"고 할 때의 "절경"은 "사람"을 의미한다. 이때의 사람이란 사람다운 사람, 즉 작고 초라하고 늙었을지라도 진정성을 간직한 존재를 지시한다. 그리하여 "시를 쓴다는 것", 그것은 "사람 구경"이라는 진술은 이런 맥락에서 나온 것이다. 이때 "구경"이라는 말에 주의를 기울일 필요가 있는데, 이 말에는 그가 추구하는 시는 주체의 시가 아니라 객체의 시 혹은 풍경의 시라는 의미를 함의한다. 따라서 절경의 시학은 문인수 시의 특성을 온전히 밝혀준다.

절경의 시학은 문인수 시인이 2000년대 우리 시단에 돌올하게 빛나는 새로운 서정을 개척할 수 있는 밑거름이 되었다. 그의 시에서 절경을 구성하는 작고 초라하고 가난하고 늙은 주변인들은, 모두가 작위나 가식에서 멀리 벗어나 있는 착하고 진실하고 아름다운 생애의 주인공들이다. 이들의 초상이 우리 시사에서 돌올한 이유는 대개 이러한 주변인들이 리얼리즘 계열의 시의 전유물처럼 여겨지면서 민중사관적 차원에서만 다루는 관행에 변화를 주었기 때문이다. 그의 시에서 주변인은 어떤 행위나 목적의 대상이 아니라 저 스스로 의의를 간직한 순수한 자연과 별반 다름없는 무위적 존재로 등장한다는 점도 리얼리즘 시와 다른 점이다. 이때 주변인이라고 하는 것은 탈구조주의의 용어를 빌리면 타자로서 사회적 소수자이자 인간 세계에서 소외된 자연물이나 사물까지도 포괄하는 것으로 이해할 수 있다. 그래서 문인수의 시에서 어떤 사물이나 자연물까지도 존재론적 의미를 부여받으면서 앞서 살핀 주변인다운 무위적 존재로 형상화되곤 한다.

칼끝 위의 둥근 모음

—황학주의 시

황학주 시인은 돌발적인 비유와 개성적인 문체/문채를 통해 한국 서정시의 다채로움을 견인해왔다. 그가 보여주는 시적 상상의 세계는 매우 섬세하고 정치하고 기발하며, 그의 영혼은 심미적인 이상을 향해 떠도는 보헤미안의 열정으로 가득하다. 그의 언어는 살 속의 혈관이나 뼈 속의 신경 세포마저도 감각하면서 인간 영혼의 가장 깊숙한 곳까지 침투하곤 한다. 그는 우리 시단에서 가장 배율이 높은 언어의 현미경을 소유한 시인이라고 말할 수 있을 만큼 미세한 감각의 소유자이다. 이 감각으로 그가 노래하는 것은 무엇인가? 그는 그동안 사랑과 상처의 시인이라고 불려왔거니와 그의 시에서 상처는 사랑을 부르고 사랑은 다시 상처를 낳는다. 랭보가 절규했듯이, 상처 없는 영혼이 어디 있으랴마는 그 상처에 대한 그의 반응은 남다르다. 그는 상처에 민감한 시인이지만, 그 상처를 피하거나 초월하지 않는다. 그는 상처를 차분히 응시하고 반추하면서 그것을 극복하기 위한 사랑을 추구한다. 그에게 사랑은 상처를 치유하고 결핍된 욕망을 충족시키고자 하는 실존의 에너지이다. 진정한 실존은 타자에 대한 사랑으로써만이 가능한 것이고, 사랑은 타자를 통해 깊고 넓은 자아를 발견하는 통로이기 때문이다. 하여 그의 시는 사랑과 다르지 않고, 그의 사랑은 곧장 시로 모아진다.

이번 신작시에도 사랑과 관련된 두 편의 시가 있다. 「혜원」과 「인생이라는 그날부터 지금까지」인데, 이들은 현재진행형의 사랑이 아니라 지나간 사랑을 반추한다는 공통점을 지닌다. 사랑을 노래하되 지나간 사랑을 노래하는 것은 비단 황학주의 시뿐만이 아니라 모든 사랑시가 지니는 일반적인 특성이다. 사실 현재 진행 중인 사랑을 대상으로 사랑시를 쓴다는 것은 쉽지 않다. 진행형의 사랑은 사랑 자체에 몰입하거나 상대방에게 빠져 있기 때문에 사랑에 대한 성찰적, 미학적 거리가 부족할 수밖에 없다. 하여 지나간 사랑, 떠나간 사랑이야말로 사랑과 인생에 대한 깊은 성찰과 시화詩化를 가능케 한다.

> 금곡은 경마장 가는 길이 있었다 혜원의
> 외진 거처엔 나무가 좀 볼 만했지만
> 나무에 묶이며 찔리며 산다는 느낌이었다
> 오늘처럼 눈이 펑펑 오는 날
> 밖에 무엇이 보이는지 유리에 이마를 대보지 못한 이유도
> 그 때문이라 할 수 있다
> …(중략)…
> 둘 사이에 벌어진 일의 박무 또한
> 잠깐 사이 더 이상은 보이지 않았다
> 혜원이 살던 소용돌이치는 금곡이 어디 있는지
> 아니 춘천 가는 기차가 다니긴 하였는지 아무도 구경할 틈이 없었다
> 다시 보고 싶어도
> 이렇게 빠른 시간의 승용마에 명령할 생각은 못하네
> 그리고 나는 썼다, 다만
> 이런 아픔은 신혼이 아니라도 견딜 수 없을 정도라 하였다
>
> —「혜원」 부분

술어들로 미루어볼 때 "혜원"은 과거의 사랑이다. "나"는 기억 속의 그녀

를 불러들여 사랑이 지닌 비극적 속성을 곰곰이 마음에 새긴다. 그녀가 살았던 장소는 "경마장 가는 길"의 "금곡"이라는 작은 고장이었다. 그곳은 "외진 거처"로서 현실의 윤택함이나 화려함이 제거된 초라한 공간이었다. 그곳은 또한 무성한 "나무"가 있어도 포근한 풍경을 구성하지 못하고, 그곳에 사는 그녀가 오히려 "나무에 묶이며 찔리며 산다는 느낌"이 들 정도로 안쓰러운 사랑의 장소이다. 그곳은 "눈이 펑펑 오는 날"에 밖을 동경하는 낭만마저도 허락하지 않는 곳이다. 이 서럽고 슬픈 사랑은 그렇기 때문에 더욱 "나"의 마음을 아프게 한다. 아픈 사랑은 깊은 사랑이라고 할 수 있을 터, 그녀의 이름이 "나"의 아픔으로 전이되는 순간 사랑은 기억의 깊은 골짜기를 오래오래 흐르기 마련이다. 더욱이 "둘 사이에 벌어진 일"로서의 사랑은 "박무薄霧"처럼 나타났다가 곧장 사라지는 "잠깐 사이"에 불과한 것이기에 더욱 슬프다. 이는 시간이 흐른 뒤 다시 찾은 사랑의 장소가 마음이 "소용돌이치는" 곳인 까닭이다. 슬퍼서 깊은 사랑, 그것은 "빠른 시간의 승용마"를 타고 가는 것이기에 "다시 보고 싶어도" 볼 수 없고, 다시 돌이키고 싶어도 되돌릴 수 없다. 그래서 "나는 쓴다"고 고백한다. 어떤 상황 속에서도 사랑의 "아픔"은 "견딜 수 없을 정도"의 슬픔으로 남겨진다고. 이때 "나"의 쓰는 행위는 사랑의 슬픔을 초극하는 행위이다. 슬픔을 슬프다고 쓰는 순간, 사랑을 사랑이라고 쓰는 순간, 그것은 마음 깊은 곳에 인생의 사건으로 등재되는 것이다. 사랑은 아픈 만큼 소중한 것이다. 이 사랑의 아픔은 "사라진 꽃과 관계해서/ 내가 아프다"(「이 둥근 별의 수조」)고 할 때의 고통과 다르지 않다.

에로스, 인간, 시간. 이들의 공통점은 영원하지 않다는 것이다. 에로스는 인간의 사랑이기 때문에 시간에 구애받을 수밖에 없다. 사랑을 기억하는 사람들은 그래서 평생을 사랑해도 허무한 것이 사랑이라고 말할 수밖에 없다. 영원하기를 바라지만 영원할 수 없는 것, 그럼에도 불구하고 끝없이 지향하면서 살 수밖에 없는 것, 그것은 인간의 사랑이 지닌 운명이다. 라캉이 말한 대로 완전한 '성관계는 없다'고 할지라도 그것을 향해 지향해나가는 과정 자체가 인간이 할 수 있는 최고의 사랑이다. 아래의 시는 죽음으로도 완성되지 않는 사랑의 기억을 떠올리며 인생을 성찰한다.

찬비 내리는 장지에
아픔으로 발전한 사이가 아닌 것처럼
서먹서먹한 묘비명

우산을 쓰고 둘러서서 하관을 했다
그다음 어디로 갈 것인지 침묵한 채
주차장으로 내려가는 사람들 뒤에서
산 벚꽃 두른 봄은 누가 목매단 듯이 호들갑을 떨었다

사랑하는 이름을 잊기도 하고
사랑하던 기억을 잊기도 한다면
사랑이야말로 모두 망각과 계급장을 떼고 붙겠다는 물귀신 아냐?

소쇄掃灑한 세상의 헛간에서
녹슬어간 빗소리의 발목뼈를 찾아내는
주인은 아무래도 시간인 모양이다
나뭇가지 속을 흐르는 시간의 실핏줄
한 가지에 닿아 잎 틔운 그날부터 지금까지

—「인생이라는 그날부터 지금까지」 부분

"찬비 내리는 장지"의 풍경이 소슬하다. 안정감 없이 서 있는 "묘비명"은 오랫동안 "아픔으로 발전한 사이"가 아닌 인간들의 관계처럼 왠지 어색하다. 그 언저리의 주검도 아직 죽음을 받아들이지 못하고 있는 듯하다. "우산을 쓰고 둘러서서 하관을 했"지만, 산 자도 죽은 자도 "어디로 갈 것인지" 모른 채 어수선하다. "산 벚꽃"이 핀 "봄"이 "호들갑을 떨었다"는 것은 시인을 포함한 산 자들의 허탈감이 자연물에 투사된 것이다. 이 허탈감은 한때는 굳게 믿었던 "사랑"에서 비롯된 것이기에 시인은 죽음으로써 "사랑하는 이름"이나 "사랑하던 기억"을 잊어버린다는 것에 대해 쉽사리 동의를 하지 못한다. "사랑"은 "망각과 계급장을 떼고 붙겠다는 물귀신"임을 떠올리며 사랑의 유한성에 대해 이의를 제기한다. 그러나 사랑의 유한성을 아무리 부정하려 해도 그것은 마음의 염원일 뿐 결과적으로 세상의 영원한 "주인은 아무래도 시간"일 수밖에 없음을 인정하지 않을 수 없다. 인간의 사랑은 영원한 추구의 대상일 뿐 완전한 실현의 대상이 될 수는 없는 것이다. 그래서 태어나면서 죽을 때까지, 즉 "잎 틔운 그날부터 지금까지" 모든 사랑과 인생을 지배하는 것은 결국 "시간의 실핏줄"임을 각성한다. "소쇄한 세상의 헛간"을 살아가는 인간은 이러한 진리에 대한 성찰적 인식으로 저의 존재를 증명할 수밖에 없다. 시인은 유한자로서의 한계를 인정하는 동시에 무한에의 꿈을 포기하지 않는 인간적인, 너무도 인간적인 마음으로 사랑의 실체에 육박한 것이다.

황학주 시인은 사랑을 무한 동경하면서 상처받은 생애를 영위해가며, 그 동경을 실천하는 방식은 당연하게도 시를 쓰는 행위이다. 현실 생활에서의 그는 한때는 사업가로서 활동했었고, 현재는 국제민간구호기구인 '피스프렌드'의 대표로 일하고 있지만, 어느 한 순간도 시와 거리를 두고 살았던 적은 없었다. 그는 시가 사랑과 인생을 이끌어가는 궁극의 에너지이자 영혼의 각성제라는 자의식이 철저하다. 이번 신작시 가운데 「서로에게 박수」와 「자음 이전」에는 그의 시적 자의식이 드러난다.

> 나는 평생 유독한 시를 쓰고 싶었다. 말 못하는 마음을 들고 쩔쩔 매며 몸속에 들어있는 시의 초침. 가늘게 떨리는 그 자력이 사각사각, 스치는 소리에 베이고 싶었다.
>
> 그리하여 나는 평생을 떠돌았으나

손금이 터진 자기 손을 한 생 늦게 내려다보듯이 물끄러미 짚어보면서 굽은 자기 발가락뼈들을 가만히 찾아가는 혈관을 모른 척 눌러보면서 백사장을 깔고 앉아 줄줄 새는 달빛 붕대로 심장을 싸맨 채 우는 날 보고자 한 시와의 관계, 굳이 말을 하지면 우리는 서로를 낳고 있는 사이라고 생각했다.

아직 서로를 낳고 있는 중이라면 우리는 저마다 젊은 神을 가졌다

누군가는 무용지물이라고도 하는, 아이쿠 독을 가진 우리여, 서로에게 박수!

—「서로에게 박수」 전문

이 시에서 통속적 가치를 기준으로 보면 "무용지물"인 시가 정신적 가치나 영혼의 차원에서는 절대적으로 중요하다는 점을 강조한다. "나"가 평생을 떠돌며 추구한 "유독한 시"는 유독有毒한 시이자 유독惟獨한 시이다. 유독有毒한 시에서 '독'은 독이면서 약인 파르마콘의 의미를 내포하는 것으로서 존재의 모순을 함의한다. 시는 인생의 모순을 통찰하는 양식이라는 점에서 '독=시'라는 등식이 성립하는데, 이때 '독'은 현실 세계나 비예술의 세계에서는 독이 되지만 영혼의 세계나 예술의 세계에서는 약이 된다. 오늘날은 진정한 의미의 '독'이 없는 시대이므로 시인은 그러한 '독'이 있는 시를 지향하고자 한다. 따라서 "말 못하는 마음"을 말할 수 있는 "시"는 세상의 모순, 인생의 모순을 드러내어 진리를 밝히는 양식이 된다. 그것은 "달빛 붕대로 심장을 싸맨 채 우는" 서러운 삶의 주인공(혹은 시인)이 "평생을 떠돌"며 추구해온 대상이다. 그에게 시는 모든 현실적인 안정과 위락을 포기할 수 있을 정도로 절대적인 가치를 지닌 것이다. 그래서 시인과 "시와의 관계"는 "서로를 낳고 있는 사이"가 된다. 쌍방이 서로 탄생을 구가하는 관계가 지속된다면 "우리는 저마다 젊은 神을 가졌다"고 하는 데서도 그 절

대성이 강조된다. "젊은 神"이란 말 그대로 정신과 영혼의 생산성을 지닌 존재일 터, 중요한 것은 그러한 생산적 관계가 일방적이지 않다는 점이다. 다시 말해 "나"가 "시"를 온몸으로 추구하면 "시"도 "나"에게 영혼의 응답을 하는 그런 관계이다. 그래서 "시"와 "나"는 서로에게 오직 하나뿐인 절대적인 존재이기에 유독有毒한 시는 곧 유독惟獨한 시가 되는 것이다. "시"가 인생("나")의 모순을 통찰하는 유아독존唯我獨尊의 절대적 존재라는 인식, 이것이 바로 "나"와 "시"가 "서로에게 박수"를 보내야 하는 이유이다.

한편으로 시는 존재론적 성찰을 넘어서 세상 사람들의 슬픔을 위무하는 언어 양식이다. 시가 타락한 세상에서 상처받은 영혼들과 함께 하는 언어 예술이라는 인식은 황학주 시에서 빈도 높게 드러나는 특성 가운데 하나이다. 그의 시는 상처받고 소외받은 타자에 대한 정서적 동질감을 지향하면서 포용적 인생관을 지향한다. 「자음 이전」은 이와 관련된 시학을 드러낸다.

한밤중 아파트 뒤안길에서 남자가 울부짖는다
처음부터 끝까지 모음으로 이루어진 비명—
나는 골목을 돌아가다가 멈칫한다
남자는 이마를 전봇대에 걸어놓은 듯 붙이고 서서 후들대었다
아픈 것이 터져 생기는 소리를
이렇게 둥근 모음으로만 만들 수 있다니
으우어어아아아
둥근 모음들의 낯선 비애가 뾰족한 칼 끝에 몸을 싣는다

…(중략)…

자음의 세계로 진입하면서
영악한 영장류가 되거나 자폐증을 품게 된
지친 고독들이 피크닉을 와 서성인다 칼끝을 합치고 쌓은

아파트 빌딩 우거진 동굴들의 원시림에서

골목 담벼락에 매달려 검은 그림자가 울부짖는다 나도 저
울부짖음과 함께 울부짖음으로 동무해 주며
수수만 년 전 동굴에 버려진 늑대의 아이가 그러했듯이
멀리 떨어진 부족의 전사들이 동시에 그러했듯이
모음의 발성으로 자음을 애도하며
나도 칼끝 위에서

—「자음 이전」 부분

시의 표제인 "자음 이전"은 "모음"의 세계를 의미하고, "모음"의 세계는 "자음의 세계"를 포용한다. 이때 "자음"의 세계는 인간과 자연이 시원적 순수성을 상실한 세계이다. 그 세계는 자음이 '발음 기관의 장애를 받으면서 나는 소리'라는 특성과 상통한다. 사실 현대 사회를 구성하는 첨단의 문명들은 인간적이고 순수한 삶을 가로막는 장애물들이다. 문명의 이름으로 자본과 욕망은 질주하듯 인간 너머를 향해 질주해왔지만, 문명은 인간과 충돌하여 인간을 도구적 존재로 변화시켜버리고 말았다. 거기엔 사랑도 없고 포용도 없고 소통도 없다. 그곳은 "아파트 빌딩"에 살면서 "영악한 영장류가 되거나 자폐증을 품게 된" 현대의 타락한 인간 세계인 것이다. 현대는 인간이 "영악한 영장류"로서 자연과 우주를 정복하려는, 상극의 원리가 지배하는 시대이므로 평화와 안정을 기대할 수 없다. 더구나 물질문명의 급속한 발달로 인해 현대 사회는 인간과 인간, 인간과 자연의 진정한 소통은 사라지고 이기적인 개인만이 존재하는 "자폐"의 세상이 되어버렸다. 호모 사피엔스라는 영예를 지나치게 추구하다가 그 과욕이 결국 자신을 해치는 부메랑이 되어 되돌아온 것이다. 이 시에 등장하는 "남자"는 그러한 세상에서 상처받은 인간을 상징한다. 그가 "울부짖는" 행위에서 나오는 "둥근 모음들의 낯선 비애"는 상처를 온몸으로 감각하면서 극복해보려는 마음과 관련된

다. 그의 울음은 그러니까 세상과 자신의 내면을 "자음"의 세계에서 "모음"의 세계로 승화시키기 위한 것이다. 음성학적으로 모음은 '장애를 받지 않고 나는 소리'이기 때문에, "둥근 모음"의 세계는 조화롭고 부드러운 어머니의 세계를 표상한다. "모음"의 세계는 거친 자음들로 서걱대는 세상에서 지쳐 돌아온 탕아를 따뜻하게 품어주고 위무해준다. 따라서 그 세계는 아버지의 법이 지배하기 이전의 상상계로서 모성으로 채워진 안정과 평화의 세계이다. 시인은 그러한 모음의 세계를 추구하는 시를 쓰고자 하는데, 그런 시를 추구하려는 마음은 오늘의 시대가 각박할수록 더욱 절박하다. 그래서 시인은 "모음의 발성으로 자음을 애도"하기 위해 "뾰족한 칼끝"의 현실적 시련마저도 마다하지 않는 것이다. 따뜻한 세상과 인간다운 시에 대한 절실한 희원이 도드라진 시이다.

황학주의 신작시들은 사랑과 시를 위한 아름다운 헌사이다. 그는 한 인간으로서 진실한 사랑을 노래하고, 다른 한편으로는 한 시인으로서 견결한 자의식을 노래한다. 그의 사랑시는 지나간 사랑에 대한 진지한 성찰과 그 사랑의 유한성에 대한 정직한 인식을 보여준다. 그의 시에서 보여주는 사랑의 유한성에 대한 인식은 인간 존재의 근원적인 결핍감과 연결되면서 인생에 대한 깊은 성찰을 이끌어준다. 그의 사랑시를 읽으면서 우리는 깨닫는다. 완전한 사랑이 불가능한 줄 알면서도 그것의 가능성에 대한 부단한 탐구의 과정 자체가 인간이 도달할 수 있는 최고의 사랑이라는 점을. 또한 그의 시론시는 시의 정체성에 대한 근원적인 질문을 던진다. 그가 시를 쓰는 이유는 유독(有毒/惟獨)한 마음으로 자음의 세계를 넘어 모음의 세계로 나아가기 위한 것이다. 그는 시와 독을 동일시하고 있는데, 이는 독이 약이 될 수 있다는 역설적 논리의 뒷받침을 받는다. 황학주 시인은 시가 비인간적 물질 만능의 가치관이 지배하는 '칼끝 위' 같은 현대 사회에서는 백해무익한 독이지만, 그런 사회를 인간적 진실이 살아있는 '둥근 모음'의 세계를 지향해나가는 데는 둘 없는 영혼의 약이 될 것이라고 믿는다. 이 '둥근 모음'의 세계는 '사랑'의 세계와 다르지 않을 터, 그리하여 황학주 시인에게 사랑은 시이고 시는 다시 사랑이다. 그래서 항상 '칼끝 위'에 서 있는 듯한 그가, 그의 시가 위태로워 보이지는 않는다.

되새김 넘어 되살림의 시
—이은봉의 시

1

벌써, 그렇게 되었다. 이은봉 시인이 어느덧 "지구 밖에서 지구 보네/ 시간 밖에서 시간 보네"(「지구 밖에서」)라고 노래하는 연륜에 이르렀다. 그는 이제 세상에 대한 거시적 통찰과 인생의 "시간"에 대한 깊은 성찰이 자연스러운 지경에 이른 것이다. 해맑은 미소 때문에 나이를 가늠하기 어려운 그가 벌써 '시력 30, 인생 60'이라니 세월은 무상하다는 말이 새삼스레 다가온다. 더욱이 그의 시력 30년이 보통의 세월이었던가? 말할 수 있는 것조차 말할 수 없었던 신산스런, 너무도 신산스런 세월이 아니었던가? 많은 이들이 알고 있는 대로 그는 저 80년대 초반 혹독한 세월을 시로써 견디어온 시인이었다. 그 시절 그가 '짱돌'의 시인이었음을 아는 사람은 다 아는 사실, 그는 언어의 '짱돌'을 얼토당토하지도 않은 "어릿광대"(「코메디언 전씨」)에게 던지며 신산스런 세월을 견뎌냈다. 그런데 그의 저항은 치기 어린 군중 심리나 편협한 진영 논리에서 벗어나 있다. 그의 시에서 저항은 시대와 인간이 근본적으로 간직해야 할 기본적인 것들에 대한 깊은 성찰과 균형 감각을 토대로 한다.

시력 30년에 이르렀다는 것, 그것은 한 시인으로서 대단히 영광스러운 일임에 틀림없다. 다만 그것이 진정한 의미의 영광스러움이 되기 위해서는 한 가지 조건이 있다. 부단히 시적 진화를 해왔다는 전제 조건이 충족될 때라야만 진정으로 영광스러운 것이다. 이 대목에서 우리는 근대시 초창기의 몇몇 시인들이 20대 후반 전후에 요절을 하면서도 위대한 시적 유산을 남겼다는 사실을 떠올려야 한다. 굳이 소월이나 이상의 이름을 들지 않더라도 한 시인의 성공 여부가 반드시 그 시력의 크기와 비례하는 것은 아니다. 이즈음처럼 시인들이 장수하는 시절에 시력 30년 자체는 그다지 대단한 일이 아니라는 말이다. 중요한 것은 어떻게 진화해왔느냐는 것이다. 오늘 한국의 시단에는 30년이 아니라 40년, 50년의 시력을 자랑하는 많은 시인들이 존재하지만, 그 가운데 등단 이래로 부단한 진화의 과정을 거쳐 온 시인은 그다지 많지 않다.

다시 이은봉 시인으로 돌아와보자. 그의 시력 30년은 어떠했는가? 그의 초기시는 80년대의 민주, 민족, 민중 운동의 거시 담론의 자장 속에서 출발했고, 90년대 이후의 시는 소시민적 삶의 서정과 애환과 같은 미시담론을 배후로 삼고 있다. 그리고 2000년대 들어서 자연시 혹은 생태시를 추구하면서 삶의 근본적인 원리에 대한 성찰을 주조로 삼고 있다. 이러한 패턴은 백무산 시인을 비롯하여 시적 변신에 성공한 80년대의 몇몇 진보 시인들의 모습과 흡사하게 닮아 있다. 그런데 이은봉은 그러한 패턴을 보여주는 가운데 그들과는 조금 다른 모습을 보여주고 있다. 그것은 과거의 되새김(反芻)을 넘어서고 있다는 것이다. 되새김이라는 것은 지나간 일들에 대한 아쉬움을 회억의 메커니즘에 담아서 드러내는 것일 터, 한때 우리 문단을 주도했던 후일담 문학이 그 대표적인 양상일 터이다. 후일담 문학을 별반 좋아하지 않는 나로서는 되새김을 넘어선 그의 시에 매력을 느끼지 않을 수 없다.

그의 시는 과거를 되새기기보다는 본질적인 것들을 현재에 되살리고자 한다. 그리고 되살림의 대상은 그의 시심 깊은 곳에 간직하고 있던 순수하고 아름다운 자연이나 생명이다. 그런데 생명이나 자연을 되살리는 시의 배후에는 저항의식이 내재되어 있다는 사실을 주목할 필요가 있다. 특히 생태시의 범주에 드는 것들은 80년대의 정치 현실에 대한 저항 의식의 새로운 버전이다. 다만 저항 대상이 폭력적 정치 현실에서 문명 현실과 생태계 오염으로 옮겨간 것이다. 따라서 80년대 민중 시인들이 90년대 넘어서면서 생태시 쪽으로 방향을 선회하는 것은 아주 자연스러운 현상이다. 이 글은 이러한 양상이 이은봉의 최근 시에서 어떻게 드러나고 있는지 시집 『걸레 옷을 입은 구름』(2013)을 중심으로 살펴보려고 한다.

2

이은봉의 시가 되새김보다 되살림을 추구한다는 것은 그 밑바탕에 현실주의 시학이 자리 잡고 있다는 사실을 의미한다. 현실주의 시학은 시간적으로 미래나 과거보다는 현재를 중시하는 경향이 있다. 간혹 과거의 기억이 등장한다고 해도 그것은 시상을 지배하는 요소가 아니라 현재를 인식하기 위한 매개 역할에 그친다.

오월이라고 오동꽃 벙그러진다
아까시아꽃 하얗게 웃는다
새끼 제비들 벌써 빨랫줄 위에까지 날아와 앉는데
모란꽃 뚝뚝 떨어진다
한바탕 흙먼지를 날리며 회오리바람 분 뒤
타다다다, 여우비 쏟아진다

지난 1980년대 이후, 꽃 피고 지는 오월
함부로 노래하지 못했다
최루탄 가스로 가득 찬 역사에 들떠

꽃이나 나무 따위 들여다보지 못했다

오월이라고 눈 들어 숲 바라보니
반갑다고 오동꽃 눈 찡긋한다
어이없다고 아까시아꽃 헛기침한다
이제는 꽃이며 나무와도 좀 친해져야겠다
저것들, 이승 밖에서부터 나를 키워준 것들
너무 오래 버려두어 많이 서럽겠다

—「오월이라고」 전문

이 시의 "1980년대"라는 과거는 비인간적, 반자연적인 시절이었다. 시인은 이제 "최루탄 가스"로 표상되는 폭력과 억압의 "역사"는 가슴 깊이 묻어두고(그러니 망각은 아니다), 그 시절에 까마득히 잊고 살았던 "꽃이나 나무"를 시 속에서 되살려내고 싶다고 밝힌다. 이때 "꽃과 나무"는 물론 자연을 제유하는 것일 터, 그것은 "이승 밖에서부터 나를 키워준 것들"이니 시인에게 진정으로 소중한 존재가 아닐 수 없다. 사실 이은봉 시인은 그의 시와 삶으로 유추해보건대 80년대라는 질곡의 세월이 아니었다면 순수한 서정 시인이 되었을 법하다. 그는 순수하기 때문에 오히려 폭력의 역사 앞에서 침묵할 수 없었던 현실주의 시인이었다. 그러니 독재의 한 페이지가 넘어간 90년대 이후, 특히 최근 들어서 그가 순수한 자연 서정을 노래하거나 삶의 본질을 탐구하는 것은 자연스러운 일이 아닐 수 없다. 그는 자신의 시심 속에 사장되었던 자연 서정과 삶의 본질을 되살려내면서 시의 새로운 국면을 열어온 것이다.

그의 시에서 자연은 동일시의 정서를 바탕으로 아름답고 밝은 세계로 되살려진다. 가령, "등불 환히 켜 들고 걷는 하늘길이다/ 길 끊긴 곳, 빈 공중을 향해 내뿜는/ 샛노란 물줄기다 절벽 끝까지/ 몰려와 삐악거리는 저 병아리 떼"(「저 산수유꽃」)와 같은 이미지로 드러난다. 이른 봄에 피는 노란 산수유꽃을 활유活喩하여 표현한 "샛노란 물줄기"나 "병아리 떼"의 이미지는 활기차고 아름답기 그지없다. 이런 자연의 세상은 독자들에게 "황홀하다 여기가 잠시, 정토인가"(「산벚꽃」)라는 느낌을 전해준다. 특히 꽃을 소재로 한 적지 않은 시들은 이처럼 순수하고 아름다운 자연의 세계를 표상한다.

이은봉의 시에는 80년대 청년기의 시대 현실과 관련된 것들보다는 그 이전의 유년기의 기억들이 빈도 높게 드러난다. 그러나 과거의 기억들은 지나간 시간을 회억하는 후일담을 구성하기보다는 오늘의 삶에 전망을 제공하는 '오래된 미래'로 되살아난다.

> 다섯 개의 맑은 우물이 출렁대는 마을이 있었네 언덕마다 사과꽃이 피어오르는 마을이 있었네 앞뜰에는 염소 떼가 풀을 뜯고 있었네 뒤뜰에서는 병아리 떼가 어미닭을 쫓고 있었네
>
> 이 마을의 우물가에서 나는 처음 한 사랑을 알았네 복사꽃 냄새에 쫓겨 그만 청춘을 불살랐네
>
> 밭두렁을 거닐며 내일을 노래하던 마음이여 개나리 샛노란 꽃빛 속 한없이 자맥질하던 마음이여
>
> 언제나 사랑은 버들잎과 살구알과 풀여치와 굴참나무와 소쩍새 울음소리와…… 봄을 섞으며 크고 있었네 그렇게 미래는 지난 세월로 자라고 있었네 가난한 축제로 자라고 있었네
>
> 오늘도 내일은 이 마을을 향해 걷고 있었네 아스라한 배꽃 향기 속으로 씩씩하게 걸어 들어가고 있었네
>
> —「옛 마을을 향한 내일의 노래」 부분

이 시에서 시간은 순차적 흐름에서 일탈해 있다. 시의 공간인 "다섯 개의 우물이 출렁대는 마을"은 "있었네"라는 서술어가 밝혀주듯이 과거의 시간 속에 존재하는 것이다. 그곳은 "우물"로 상징되는 생명의 공간으로서 "나"는 "처음 한 사랑을 알았"고 "청춘을 불살랐"던 것이다. "사랑"과 "청춘"은 그 무엇보다도 미래를 꿈꾸게 해주는 삶의 에너지일 터, 그래서 그 "마을"은 "내일을 노래하던 마음"의 공간인 것이다. 하여 "지난 세월"은 단순히 되새김의 대상이 아니라 "미래"를 "자라"게 해주는 되살림의 시간이 된다. 중요한 것은 "지난 세월"이 과거의 입장에서만 "미래"가 아니라는 점이다. 인용의 마지막 연에서 "오늘도 내일은 이 마을을 향해 걷고 있"다는 진술이 그러한 사실을 말해준다. 따라서 "다섯 개의 우물이 출렁대는 마을"은 현실의 공간을 넘어 "나"의 현재뿐 아니라 미래까지도 관여하는 마음속에 공간인 셈이다. 그 공간은 아무리 첨단의 문명이 발달한 테크노피아의 세계라고 해서 달라질 것이 없다. 그곳은 오래된 미래의 세계, 즉 오래 꿈꾸어온 아름다운 생명의 세계이기 때문이다.

되살림의 더 적극적인 양태는 생태시로 이어진다. 이은봉의 생태시는 오래된 미래를 되살리는 일이자, 한때 몸 담았던 민중시를 다른 버전으로 되살리는 일이다. 특히 그의 생태시는 본질주의적인 생명사상보다는 민중시학의 저항 정신과 연관된다는 사실을 주목할 필요가 있다. 다시 말해 그의 생태시는 피상생태학이나 근본생태학보다는 사회생태학의 범주에서 이해하는 것이 바람직하다.

> 구름이 이리저리 몰려다니며 자꾸 나와 달 사이의 교신을 끊는다. 걸레옷을 입은 구름……
> 교신이 끊기면 나는 달에 살고 있는 잠의 여신을 부르지 못한다.
> 옛날 구름은 그냥 수증기, 수증기로는 나와 달 사이의 교신을 끊지 못한다.
> 오늘 구름은 고름덩어리, 걸레옷을 입은 구름은 제 뱃속 가득 납과

수은과 카드뮴을 감추고 있다.

이제 내 숨결은 달에게도 가지 못한다 달의 숨결도 내게로 오지 못한다

…(중략)…

끝내 바람이 구름의 걸레옷을 벗기지 못하면 누구도 잠들지 못한다

하느님조차도 눈 부릅뜬 채 몇 날 몇 밤을 깨어 있어야 한다

잠들지 못하면 어떤 영혼도 바로 숨쉬지 못한다 그렇게 죽는다

—「걸레옷을 입은 구름」 부분

이 시는 일반적인 생태시와 구별되는 개성을 보여준다. 생태계 오염을 고발하는 생태시들이 흔히 취하는 당위적 담론의 양식에서 벗어나 "달"과의 "교신"을 문제 삼고 있다. 또 그것이 동화적 상상력과 연결되면서 흥미를 더한다. 동화적 상상의 세계는 인간의 순수하고 맑은 마음과 관계 깊기 때문에 건강한 자연을 추구하는 생태시와 잘 어울린다. 그렇다고 생태계 오염의 문제를 고발하는 데 무관심한 것은 아니다. 즉 "수증기"로 이루어진 "옛날 구름"과 "납과 수은과 카드뮴"과 같은 치명적인 오염 물질을 간직한 "오늘 구름"의 대조는 인상적이다. 시인은 후자를 "걸레옷을 입은 구름"이라고 비유함으로써 동화적 상상력을 통해 자연의 오염을 고발하고 있다. 또한 고발의 차원은 복합적이라는 사실도 흥미롭다. 생태계의 오염은 자연뿐만 아니라 "나"를 비롯한 모든 인간("누구도")에게 부정적인 영향을 끼치는 것이라고 한다. 나아가 "하느님"이나 "영혼"마저도 "죽는다"고 함으로써 자연, 인간, 종교를 아우르는 다층적 생태의식을 보여주고 있다.

이은봉의 생태시가 지향하는 또 하나 중요한 맥락은 생명의 근원에 대한 성찰이다. 오늘날 생태 문제가 심각한 것은 생태 오염이 현상적 차원에서뿐만이 아니라 근원적인 차원에서 이루어지고 있다는 점이다. 시인은 그것을 오염된 돌에 비유한다.

돌 속에서 엉금엉금 기어 나온 후 너무 오랫동안 돌을 잊고 살았다

쭈글쭈글 속이 빈 돌의 껍데기가 어머니의 뱃가죽이라는 걸 알았을
때는 세상의 시간 이미 허옇게 늙어 있었다

돌도 벌써 붉그죽죽 녹슬어 있었다 수은 납 카드뮴 따위가 스며들어
늦가을 두엄 위로 나뒹구는 썩은 밤송이만큼이나 몰골이 지저분했다

저 돌이 언젠가는 내가 되돌아가야할 집이라니…… 아무 생각 없이
세상을 걷어차 온 아랫도리가 싫었다 미웠다 역겨웠다

시간의 회초리에 종아리를 맞다 보면 늦었어, 늦었어 혀를 차는 소
리나 겨우 알아들을 수 있었다

미처 악수를 청하기 전이지만 이 모든 일이 내 거친 아랫도리에서 비
롯되는 일이라는 것을 안 것은 그나마 다행이었다

쭈글쭈글 껍데기뿐인 돌은 그래도 반갑게 내 손을 잡아주었다 돌의
손은 어머니의 젖가슴만큼이나 따뜻해 찔끔찔끔 눈물이 흘러나왔다

—「돌 속의 잠」 부분

"나"는 세속의 시간을 정신없이 살다가 자신의 삶을 성찰하면서 생명의 근원을 탐구하는 존재이다. 자신이 "돌에서 엉금엉금 기어 나"왔다는 것으로 미루어 보건대 "돌"은 생명의 근원이라 할 수 있다. 그것은 "어머니의 뱃가죽"이라는 표현에서 더욱 명확해진다. 그런데 생명의 근원을 "돌"에 비유한 것은 흙의 상상력과 관계 깊다. 흙은 생명의 발아와 생육을 가능케 하는 터전인데, 그 흙이 견고한 불변의 형상을 갖추게 된 것이 다름 아닌 "돌"이

다. 그러니까 "돌"은 흙이 지닌 생명의 근원이라는 메타포를 강조하기 위한 것이다. 문제는 "언젠가 내가 돌아가야 할 집"인 "돌"이 "수은 납 카드뮴 따위가 스며들어" 오염되고 말았다는 점이다. 이때의 "돌"은 어머니의 자궁이거나 지구 전체, 아니 우주라고 보아도 무방하다. 흥미로운 것은 그 오염의 원인이 "내 거친 아랫도리"의 욕망 때문이라는 점이다. "나"의 생명과 그 근원이 죽음의 공간으로 변해버린 것은 다름 아닌 "나" 자신의 욕망 때문이라고 보는 것이다. 이때의 "나"는 한 개인이라기보다는 인간중심주의의 메커니즘 속에 존재하는 '인간' 전체일 터이다. 따라서 이 시의 테마는 지구 생태계가 파괴해버리는 인간의 무한 욕망에 대한 비판적 성찰이다. 더구나 오염으로 쭈글쭈글해진 "돌"이 "손길을 내밀어주"면서 탕아처럼 살아온 "나"를 포용해주고 있는 데서 인간의 반자연적 삶의 문제점은 더욱 도드라진다.

생태 오염에 대한 문제 제기는 "담쟁이 넝쿨처럼/ 갈퀴손이 달려 있는/ 사람의 문명"(「담쟁이넝쿨」)이나 "무엇이 봄의 발목을 잡고 있을까/ 산 고개 넘어오다 노루 올무에라도 걸린 걸까"(「발목 잡힌 봄」)와 같은 시구에서도 인상적으로 진술된다. 이처럼 인간적인 삶과 자연의 순리를 파괴하는 생태 오염의 문제는 이은봉 시인의 주요 관심사 가운데 하나이다. 거듭 말하거니와 요즈음 이은봉 시인이 생태시에 많은 관심을 갖고 있는 것은 그가 여전히 현실주의 시학에 뿌리를 깊이 두고 있음을 의미한다. 그는 기본적으로 휴머니스트로서 인간이 인간답게 살지 못하게 하는 모든 것에 대한 저항을 하는 시인이다. 어느 시대이든 인간의 삶을 위협하는 것들은 있게 마련일 터, 한 시절 독재자가 그러한 존재였다면 요즈음에는 생태계의 오염의 주체들이 그러하다. 그의 시에 자주 등장하는 봄이라는 계절감이나 순정한 자연물들은 그들에 대한 저항을 통해 도달하고자 하는 아름다운 세계이다.

3

마지막으로 주목해볼 것은 이은봉의 되살림의 시학이 에로티시즘과 결합하는 양상이다. 빈도가 높은 편은 아니지만, 그의 시는 에로티시즘의 감각을 통해 자연과 생명의 존재감을 드러내곤 한다. 에로티시즘은 약동하는 생명의 근원적 생리라는 점에서 생태시와 결합하는 것이 자연스럽다.

> 농협 창고 뒤편 후미진 고샅, 웬 낯빛 뽀얀 계집애 쪼그리고 앉아 오줌 누고 있다
>
> 이 계집애, 더러는 샛노랗게 웃기도 한다 연초록 치맛자락 펼쳐 아랫도리 살짝 가린 채
>
> 왼편 둔덕 위에서는 살구꽃 꽃진 자리, 열매들 파랗게 크고 있다
>
> 눈 내리뜨면 낮은 둔덕 아래, 계집애의 엄니를 닮은 깨어진 사금파리 하나, 반짝반짝 빛나고 있고.
>
> —「민들레꽃」 전문

"민들레꽃"은 길가에 들판에 어디에나 피어나는 봄꽃이다. 화려하지는 않지만 노아의 방주 때도 살아남았다고 전해진다는 꽃이다. 하얀 홀씨가 닿는 곳이면 어디든지 뿌리를 내리고 살기 때문에 끈질긴 생명력을 표상하는 꽃이다. 이 시에서는 "농협 창고 뒤편 후미진 고샅"에 자리를 잡고 자란 "민들레꽃"이다. 그런데 그 모습을 시인은 "낯빛 뽀얀 계집애 쪼그리고 앉아 오줌 누고 있다"고 표현한다. 이 모습은 노상 방뇨의 부정적 이미지보다는 순수한 생명의 아름다운 이미지에 가깝다. 노란 꽃잎에 초록 잎사귀를 간직한 "민들레꽃"의 외형을, "샛노랗게 웃기도 하"면서 "연초록 치맛자락

펼쳐 아랫도리 살짝 가린” 모습이라고 비유하고 있다. 그리고 그 주위에는 “살구꽃 꽃진 자리, 열매들 파랗게 크고 있”고 그 곁의 “낮은 둔덕 아래”에는 “계집애의 엄니를 닮은 깨어진 사금파리 하나, 반짝반짝 빛나고 있”다. “민들레꽃”과 그것을 둘러싼 풍경이 아름다운 광경을 연출한다. 이와 비슷한 시구들은 건강한 생명을 드러내는 데 효과를 발휘한다. 하여 봄의 광경도 “엉덩이를 들썩이는 골짝물로 흘러내리리 버들잎 여린 입술로 뽀짝거리며 피어나리 이웃집 순이의 옷고름에 매달려 웃는 달뜬 마음이리”(「봄 들판」)와 같이 형상화된다. 전원의 고구마 밭도 “저 고구마 밭, 스물하나/ 내 어린 아랫도리를 꽈악, 잡고 놓지 않던/ 상이 년의 짧은 원피스 같다”(「고구마 밭에서」)에서처럼 에로티시즘의 이미지로 표현된다.

이렇듯, 요즈음 이은봉의 시는 시인 자신이 오랫동안 잊고 지냈던 자연과 생명의 본질을 탐구하는 데 바쳐지고 있다. 그의 시에는 이른바 진보 시인들의 시에 자주 드러나는 과거 민주화 운동의 기억에 대한 되새김이 잘 드러나지 않는다. 대신 진보 시인으로서 생래적으로 지닌 저항 정신을 자연과 생명의 본질을 훼손하는 문명, 사회, 인간에 대한 비판 정신으로 변환시키고 있다. 그것을 나는 ‘되새김 넘어 되살림의 시’라고 명명했다. 또 그러한 되살림의 지향이 에로티시즘과 결합하면서 건강하고 아름다운 모습으로 형상화되기도 한다. 또한 이즈음의 이은봉 시에서 이순耳順의 나이에 어울리는 인생 성찰의 시편들이 자주 얼굴을 내민다는 사실도 기억해야 한다. 대개 시간의 흐름이나 죽음을 매개로 이루어지는 그런 시편들도 실은 나이에 구속되지 않고 새로운 삶, 건강한 삶을 되살려 보고자 하는 의지의 발현이라 할 수 있다. 그의 시는 지금 넓어지고 깊어지는 중이다.

사랑의 춤을 위한 파반느
—홍성란의 시조

사랑이 시를 쓴다는 건, 사랑이 시를 버리고 싶다는 건
사랑을 깃발처럼 펄럭이고 싶다는 것
그것도 사랑이라고 눈물에 꾹 눌러두는 무인
—홍성란, 「무인拇印」 부분

1. 시와 춤

여기, 운명적이고 인간적인 사랑이 있다. 홍성란 시인은 그것을 『춤』(2013)이라고 명명하면서 다채로운 언어의 동작을 선보이고 있다. 때로는 우아하게 때로는 단아하게 때로는 애절하게 때로는 고독하게 펼쳐 보이는 언어의 동작들, 이들은 모두 시의 형상이다. 춤을 춘다는 것은 몸으로 마음의 외형을 만들어내는 일일 터, 민감성 심장을 가진 홍성란 시인의 춤도 대상을 향한 사랑을 다양한 언어의 몸짓으로 표현한다. 사랑의 대상은 자연, 우주, 가족, 연인 등으로 다양하지만 그 중심적 역할을 하는 것은 연인이다. 그래서 이 시집의 사랑은 아가페나 필리아보다는 에로스가 빈도 높게 나타난다. 사랑의 특성도 초월적이거나 이상적인 것보다는 운명적이고 인간적인 것이 중심을 이룬다. 『춤』을 읽는 것은 오늘의 우리 시조가 도달한 하나의 진경을 감상하는 일이다.

오늘날 시조는 무엇인가? 시조는 21세기에도 여전히 많은 시조시인들이 공유하고 적지 않은 독자가 공감하는 살아 있는 문학 양식이다. 600여 년의 전통을 지닌 시조는 아직도 '오래된 과거'의 장르가 아니라 '오래된 미래'의

장르로서 중요한 역할을 부여받고 있다. 진정한 새로움은 오래된 것을 부정하는 것이 아니라 거기서 미래의 새로운 에너지를 얻기 마련이다. 시조는 최소한의 자기정체성마저 포기하면서 지나치게 분방해져가는 오늘의 시 가운데서 그 양식적 품위를 지켜나가는 역할을 충실히 수행하고 있다. 무릇 문학적, 문화적 선진국을 지향하기 위해서는 새로운 양식을 계발하는 일과 고유의 양식을 지켜나가는 일이 동시에 이루어져야 한다. 한국시의 실체는 '현대시=자유시'가 아니라 '현대시=자유시+시조'라는 구도로 구성된다고 할 때, 당연히 자유시와 시조는 상호 배타적인 것이 아니라 공존공영의 시 양식이어야 하는 것이다.

우리 시단에서 시인과 시조 시인이 엄격하게 구분되는 현상은 문제가 아닐 수 없다. 시인은 시조를 외면하고 시조 시인은 자유시를 외면하는 현실은 어제 오늘의 일이 아니다. 사실 한국의 문학적 환경 속에서 시인이라는 이름 속에는 일반 시인과 시조 시인으로서의 역할이 모두 포함되어 있는 것이다. 일반 시인과 시조 시인은 상호 배타적인 별개의 존재일 수는 없다는 말이다. 따라서 현대 시인들은 현대시를 창작하면서도 시조를 창작하는 일에 관심을 기울일 필요가 있다. 문화 선진국의 위대한 시인들은 대부분 현대시를 창작하면서도 민족 고유의 시를 창작하는 데에도 관심을 갖는다. 이것은 아주 자연스러운 일이다. 전통적인 서정 시인이든 전위적 실험 시인이든 한국 시인의 내면에는 민족 고유의 시심이 자리를 잡고 있다고 할 수 있으니까 말이다. 반대로 시조 시인들도 첨단의 시대감각을 살리기 위해서라도 자유시를 창작하는 일도 필요하지 않나 싶다. 우리 시단의 장르 순결주의는 다문화를 지향하는 이 시대에 결코 바람직한 현상이라고 할 수 없다.

홍성란 시인은 현대시로서의 자유시를 창작하지는 않지만, 시조 속에 현대시의 감각을 충실하게 살려내는 모습을 보여준다. 그녀의 시조를 읽다보면 형식적 요소에 그다지 제약을 받고 있다고 느껴지지 않는다. 형식 속에서 형식의 구속을 넘어서는 것은 현대적 문화와 전통적 시조에 대한 감각을 동시에 확보하지 않으면 불가능한 일이다. 『춤』에서는 그러한 감각이 여러 층위에 걸쳐서 다양하게 드러나는데, 여기서는 사랑과 관련된 시편들을 중심으로 그 양상을 경성드뭇하게 살펴보고자 한다. 이 시집에서 사랑은 시의 가장 중심이 되는 제재로서 그 고전적이고 보편적인 가치뿐만 아니라 현대적이고 개성적인 특성이 두루 나타난다. 적지 않은 시편들에서 사랑은 시적이고 시는 사랑을 노래하는 서정적 형식으로 기능한다.

2. 백수광부의 아내와 에로스

무용가는 몸으로 춤을 추지만 시인은 언어로 춤을 춘다. 주지하듯 서양 문화에서 언어로 춤을 춘 최초의 존재는 뮤즈라는 이름을 가졌다. 뮤즈는 시와 음악과 각종 예술을 주관하는 신으로서 각박한 세상을 아름답고 풍요롭게 하는 존재이다. 한편 한국 문학에서 언어로 춤을 춘 사람의 시초는 "백수광부의 아내"이다. "백수광부의 아내"는 언어로 춤을 춘다는 점에서 뮤즈와 같지만 춤의 대상이 에로스적 사랑이라는 점에서 뮤즈와는 다르다. 홍성란 시인에게 시는 "백수광부의 아내"가 추는 사랑의 춤과 다르지 않은 것으로 인식된다.

> 백수광부의 아내처럼 강가에서 헤매노라
>
> 무더기 흩어 앉은 돌에도 마음이 있어 눈발은 점점 굵어지고, 어떤 돌은 먼저 온 돌에 앉기도 하고 어떤 돌은 돌팔매에 뚝 떨어져 앉기도 하니, 어떤 돌은 미끄러지다 앉고 어떤 돌은 돌에 닿아 깨어져 나가기도 하니 목매어, 목이 메어
>
> 겨울 강 돌밭에서 헤매노라 울지 못해 우노라
>
> —「뮤즈의 노래」 전문

비련의 여인 "백수광부의 아내". 시인은 왜 그녀를 호명하면서 "뮤즈의 노래"라고 말을 했을까? 알려진 대로 "백수광부의 아내"는 물에 빠져 죽은 남편을 그리워하면서 죽음마저 거부하지 않는 진실한 사랑의 화신이다. 그녀의 사랑은 인간의 보편적인 사랑의 속성을 간직한 것으로서 정열적이고 희생적이고 슬프고 아름답다. 「공무도하가」는 그녀의 사랑을 한 편의 서정시로 승화시킨 것으로 노동요나 의식요가 지배적이었던 고대 시대에 개인의 사랑을 대상으로 한 한국 최초의 서정시이다. 여기서 우리는 홍성란 시인이 생각하는 시의 원형이 무엇인지 짐작할 수 있다. 우선 "강가에서 헤매노라"는 것은 시가 헤맴 혹은 방랑의 양식이라는 점을 암시해준다. 시는 현실에서의 결핍을 벗어나기 위해 이상을 향한 방랑의 형식인 것이다. 또 "무더기 흩어 앉은 돌에도 마음이 있어"에서 보듯이 시는 시인과 자연을 비롯한 모든 물상들과의 "마음"의 대화라고 인식한다. "겨울 강 돌밭"은 그러한 대화의 공간이자 시가 탄생하는 시원적 공간이다.

시가 "마음"의 대화라는 것은 시를 통해 인간과의 소통을 원하는 홍성란 시인의 시관詩觀과도 관계 깊다. 시는 가장 깊은 정신과 영혼을 서정적인 언어로 형상화하여 그것을 읽는 독자와 마음의 소통을 하는 것이다. 밀란 쿤데라의 표현에 의하면 시는 희망과 절망, 사랑과 그리움의 "끝까지 가보는 것"(「시인이 된다는 것」)이 가능한 문학 양식이다. 시는 가장 전위적이고 상징적인 언어를 사용하기에 인간 영혼의 가장 깊은 곳까지를 드러낼 수 있는 예술 양식이다. 시의 소통은 표면적인 소통에 그치고 마는 일상적인 대화와는 근본적으로 다른 것이다.

> 시를 쓴다는 건 나를 들킨다는 것 나를 들킨다는 건 누가 날 좀 알아준다는 것
>
> 누가 날 좀 알아주라고 거리에다 시를 쓴다 날 좀 알아주라고 소루쟁이 바랭이풀 기는 벌레 노량으로 지켜보는, 인적 없는 푸서리 영원

의 변방에다 어정어정 시를 쓴다

꽃상여
만장비단 어디 가고
둥그렇게 부푼 집

—「선릉」 전문

시인은 "시를 쓴다는 건 나를 들킨다는 것"이라고 한다. 흔히 말하길 시를 쓰는 일은 알몸을 드러내는 것과 같다는 말도 있거니와, 이는 시가 가장 주관적인 문학 양식이기 때문에 개인의 체험을 직접 고백하는 데서 오는 속성이다. 그런데 중요한 것은 이 시에서 "들킨다는 것"은 부정적인 의미가 아니라는 점이다. 그것은 "누가 날 좀 알아준다는 것"으로서 상대방이 자신의 삶과 마음을 충분히 이해해준다는 것과 다르지 않다. 시인은 독자를 생명으로 삼는 예인일 터, 자신의 시를 읽고 자신을 알아주는 이가 있다면 그보다 반가운 일은 없을 것이다. 이러한 인식은 시적 자의식의 일종으로서 홍성란 시인이 한 시인으로서의 자기정체성을 분명하게 정립하고 있다는 점을 증명해 준다.

그런데 이 시에서 홍성란 시인의 시 의식을 드러내는 다른 하나는 시를 쓰는 장소와 관련된다. 2연에서 "거리에다 시를 쓴다"와 "인적 없는 푸서리 영원의 변방에다 어정어정 시를 쓴다"가 그것이다. 시의 공간인 "거리"와 "변방"은 현실과 현실 너머를 의미할 터, "거리"는 생활공간의 일종이라면 "변방"은 순수한 자연과 같은 초월적 세계이다. 두 공간을 가리지 않는다는 것은 그만큼 홍성란 시의 대상이 넓은 범위에 걸쳐 있다는 것인데, 실제로 이 시조집의 사랑시들에서도 이상적 사랑과 현실의 사랑 사이의 다양한 양태를 여러 갈래로 노래한다. 또한 마지막 연에서 시는 죽음 이후까지도 마음의 소통을 하게 하는 것이라는 점을 암시해준다. 시는 죽은 뒤에도 타자와의 소통을 위해 "둥그렇게 부푼 집"을 완성하는 것이다. 이때 "집"은 하이데거가 말한 존재의 집에 해당하는 것일 터, 시가 지니는 상징으로서의 속성을 함의하는 것이라고 읽어도 무방하다.

시의 상징 기능에 대한 인식은 시선집 『백여덟 송이 애기메꽃』(2012)에서도 드러난다. 시구 "말씨들/ 꽃처럼 돌아온 저녁/ 바람 먹고/ 훅,/ 큰다"(「따뜻한 상징」)가 그것이다. 이때 "말씨들"이 성장을 한다는 것은 그것이 상징적 의미를 획득한다는 것, 즉 일상의 언어를 넘어서 시의 언어로 서정적인 진화를 해나간다는 뜻이다. 시가 상징의 언어라는 점에 대한 인식은 시가 지니는 다의적 기능과 함축적 기능에 대한 충분한 이해와 관계 깊다. 『춤』의 시조들이 단시조를 중심으로 한 간명한 언어 의식을 보여주는 것은 그러한 상징 기능에 대한 의식과 무관하지 않다고 볼 수 있다. 물론 이 시집은 상징적 언어뿐만 아니라 비유적 언어, 묘사적 언어, 구술적 언어, 경구적 언어 등이 두루 활용되고 있지만, 그러한 언어들에서조차도 시적 응축미를 살리려고 노력한 흔적들이 산재한다.

3. 운명적인, 너무도 운명적인 사랑

『춤』은 사랑을 노래하는 시집이다. 시의 본문 가운데 사랑이라는 시어가 생각보다 자주 등장하지는 않지만, 시적 정황이나 표현으로 미루어볼 때, 많은 시편들이 사랑하는 이에 대한 열망과 그리움, 사랑의 기쁨과 그리움 등과 관련된 시상을 드러내고 있다. 시집을 열자마자 "아파도/ 아파도 빈 둥지만 하겠니"(「그 새」)와 같이 "새"처럼 날아간 사랑의 공허감으로 시작하여, "나는 꼭/ 당신이 불러야 할 이름이었잖아요"(「추신」)라고 하면서 사랑의 운명을 긍정하는 것으로 마무리되기까지, 이 시집은 사랑의 파노라마를 보여준다. 연속되는 사랑의 파노라마에서 그 표제 장면은 빈 뜨락에 떨어지는 나뭇잎의 모습이다.

얼마만 한 축복이었을까

얼마만 한 슬픔이었을까

그대 창문 앞

그대 텅 빈 뜨락에

세계를 뒤흔들어놓고 사라지는

가랑잎

하나

—「춤」 전문

이 시의 제목은 '사랑'으로 바꾸어 읽어도 무방하다. 이 시의 핵심은 사랑이란 "축복"이자 "슬픔"으로서의 양가적 속성을 지닌다는 성찰적 인식이다. 시인이 발견한 사랑은 인간의 실존적 고독을 타자의 가치를 통해 위무해주는 위대한 육체적, 정신적 "축복"이다. 그러나 동시에 인간의 사랑은 항시 무한을 동경하면서 유한에 머물고 마는 속성을 지녔다. 사랑은 때로 인간을 더욱 고독하게 하고, 언젠가는 이별을 할 수밖에 없는 것이기에 "슬픔"이다. 사랑은 "그대"와 나 사이에서 "세계를 뒤흔들어놓고 사라지는" 것이기 때문에 "축복"이자 "슬픔"인 것이다. 그렇기 때문에 사랑을 하는 동안에 "그대"는 나에게 "세계" 전체와 동일시된다. "그대"와 사랑을 하면서 나는 "세계"를 얻은 것처럼 "축복"으로 넘치고, "그대"와의 사랑이 역경에 처할 때에 "세계"를 상실한 것처럼 "슬픔"으로 가득 찬다. 이때의 "세계"는 그 의미의 범주를 확장하면 우주와 다르지 않다. 하여 사랑을 한다는 것은 하나의 우주를 얻는 일이다.

나의 우주는 어디로 가시었나

눈구름 몰리는 겨울 오목눈이 텃새도

숨어 다 살게 되듯이 표설같이 나부끼며

표설같이 나부끼며 억새풀 달뿌리풀
바람 더딘 검불집 다 내어주듯이
그러니 짱당그린 토끼풀 새파랗게 엎디어

새파랗게 엎디어 감감 기다리려니
눈구름 몰려와도 그 어디 계시더라도
저토록 따뜻한 울음 눈발 속에 흐르나니

—「표설飄雪」 전문

역시 "나의 우주"는 '나의 사랑'이라고 읽어도 무방하다. 그렇다면 "나의 우주는 어디로 가시었나"라는 모두의 질문은 사랑에 대한 열망의 표현으로 읽을 수 있다. 사랑은 "눈구름 몰리는 겨울"의 나부끼는 눈("표설")처럼 그 실체를 찾기가 여간 어려운 게 아니다. 그러나 "오목눈이 텃새도/ 숨어 다 살게 되듯이" 사랑은 어딘가에 존재하기 마련이다. 사랑은 "억새풀 달뿌리풀/ 바람 더딘 검불집 다 내어주듯이" 척박한 환경 속에서도 "토끼풀 새파랗게 엎디어" 있듯이 끈질긴 생명력을 품고 존재하는 것이다. 사랑은 우주가 그러하듯이 "눈구름 몰려와도 그 어디 계시더라도" 항구적으로 존재하는 것이고, "따뜻한 울음"과 같은 역설적인 원리 속에 사랑에 대한 열망도 나를 지배하는 것이다. 그리하여 "눈 오는 날/ 아무도 찾지 않는 산굽이 돌아 네가 날 찾으면 좋겠다"는 소망과 함께 "네 얼음집에 갇히었으면 좋겠다"(「설인에게」)고 말할 수 있는 것이다. 이와 같은 사랑에 대한 긍정과 열망은 이 시집의 곳곳에 나타난다.

사랑이 시작되는 걸 두려워하지 않으리

다시 외로워지는 걸 두려워하지 않으리

외딴섬
지독한 고독만이 어둠 속에 빛이어도

—「다시 사랑이」 부분

"사랑"과 "고독"은 일란성 쌍생아와도 같은 것이어서 사랑을 하면 할수록 외로워지기 마련이다. 그러나 사랑을 하기 전의 외로움과 사랑을 할 때의 외로움은 질적으로 전연 다르다. 전자는 일반적으로 혼자 있음으로 발현되는 소외의 감정에 속하는 것이지만, 후자는 더 완전하고 일체적인 사랑을 지향하는 데서 오는 열망과 관계 깊은 것이다. 사랑에 깊이 빠진 사람이 사랑하는 사람과 같이 있어도 외롭다고 느끼는 것도 그런 연유이다. 사랑하는 이와의 완전한 일체감을 원하지만 인간적 한계로 인하여 그것이 불가능한 데서 오는 외로움 때문이다. 이와 같은 "사랑"과 "고독"의 속성에 대해 시인은 "사랑이 시작되는" 것과 "다시 외로워지는" 것을 동일시하면서 이들을 모두 "두려워하지 않으리"라고 다짐을 하는 것이다. 이렇듯 "외딴섬"처럼 "지독한 고독"이 찾아오더라도 사랑을 기꺼이 수용하겠다는 의지는 사랑과 인생에 대한 깊고 넓은 통찰의 결과가 아닐 수 없다. 이 시는 사랑이 인간다운 삶을 살아가기 위한 하릴없는 운명임을 자각하게 해준다.

4. 인간적인, 너무도 인간적인 사랑

사랑에 대한 열망과 운명적인 속성에 대한 인식은 인생의 본질에 대한 성찰과 관계 깊다. 그런데 사랑은 본질적이고 정신적인 차원과 함께 구체적이고 육체적인 차원에서도 이루어지는 것이다. 인간의 사랑인 에로스에서 몸은 인간의 마음을 담아내는 그릇이기 때문에 진정한 사랑은 마음으로만 이루어질 수 없다. 인간의 사랑을 노래하면서 고상한 정신주의만을 내세우는 것은 윤리적으로도 진솔하다고 볼 수 없다. 이를테면 인간다운 사랑을 위해서는 "몸이 한 말 마음이 지키지 못하면 무효다"(「가을날」)라는 전복적 인식이 필요하다. 몸이 생각한다는 말도 있거니와 몸은 마음과 함께 하나가 되어 사랑을 완성시키는 실체이기 때문이다.

> 코끝만 스쳤대도 비는 비, 그대
>
> 개울가 마른 언덕 쇠뜨기는 번져서
>
> 그 눈길
> 허전히 머문 자리 훅, 끼치는 살 냄새
>
> —「여우비」 전문

> 우리가 몸을 씻는 건 첫날밤을 위해서만은 아니다
>
> 알 수 없는 허깨비 너와 나 서로 보이게, 머리 가슴 배 손과 눈이 생겨나 붙안고 그리워 눈부처 만나고 싶게, 부드럽고 동그란 마음 만들어준 몸이 고마워 몸에게 절하듯이 달빛에 물을 받아 실개울 소리 내며 몸에게 절하듯이, 물을 붓는 것이다 사무친 마음 씻는 것이다
>
> 보이는
> 네 몸이 외로워 손길 자꾸 보태는 것이다
>
> —「손과 눈이 생겨나」 전문

앞의 시에서 시인은 일시적으로 지나가는 "여우비"에서 사랑의 대상인 "그대"를 연상하고 있다. 사랑의 인연이라는 것은 사실 순간적으로 다가

오는 에피파니epiphany와도 같은 것일 터, 그 찰나의 느낌이 사랑의 근본적인 속성에 맞닿는다. "여우비"가 "개울가 마른 언덕 쇠뜨기"를 다시 살아나게 하듯이, 사랑의 에피파니는 인간의 메마른 가슴을 촉촉이 적셔주는 역할을 한다. "여우비" 지나가듯 "훅, 끼치는 살냄새"는 생생한 사랑의 감각이라고 할 수 있다. 그런데, 진정한 사랑은 몸과 마음을 동시에 관장하는 속성을 지닌다. 뒤의 시에서 "몸을 씻는 것"은 "첫날밤"의 몸 섞음을 위한 것인 동시에 "사무친 마음을 씻는 것"이라고 본다. "보이는/ 네 몸이 외로워 손길 자꾸 보태는 것"이라는 시구에서 "몸"과 외로움이라는 마음이 하나가 되는 이유가 바로 그것이다. 사랑은 거기서 파생하는 외로움마저도 몸과 마음으로 동시에 감각하는 것이다.

너 있는 데 내 마음 따로 멀리 가 있어

내 마음 보이지 않아 쓸쓸한 저녁

내 몸에 마음 두고 간 슬픈 사람 있을까

쏘다니던 바람 잦아든 벌판

마른 풀 기대어 눕고 보랏빛 어둠 내린다

몸일까, 사무치는 건 못 보는 마음일까

—「궁리」 부분

이처럼 사랑 속에서의 "몸"과 "마음"은 일체적인 것이다. 사랑의 대상인 "너"가 지금은 없는 상황에서 몸이 멀어지니 "너"를 향한 "내 마음"도 "보이지 않아 쓸쓸한 저녁"인 것이다. "내 몸에 마음 두고 간 슬픈 사람" 역시

"나"와 마찬가지로 몸으로 사랑을 감각하는 사람이라고 할 수 있다. 시인이 사랑의 대상에 대한 사무침이 과연 "몸일까" 아니면 "마음일까" 하고 "궁리"를 하는 것은 양자택일을 위한 일이기보다는 둘을 모두 긍정하는 태도의 표현이다. 이런 양상은 "죽고라도 그려낼 눈빛/ 언약 너와 맺고 싶다/ 뼈도 살도 해진, 몸으로 한 번 꼭 한 번"(「와다」)과 같은 시구에서도 반복된다. "와다"는 시인이 밝힌 대로 약속이나 언약을 의미하는 인도 말인데, 시인은 그런 사랑의 언약을 "뼈도 살도 해진, 몸으로 한 번 꼭" 해보고 싶다고 한다. 언약이라는 것은 마음의 약속일 터인데, 그것을 몸으로 해보고 싶다는 것은 그만큼 사랑의 진솔성을 배가시키기 위한 것이다.

이 시집의 사랑이 인간적인 진솔성을 담보하는 것은 몸의 발견을 통해 사랑의 노래를 부르기 때문이다. 뿐만 아니라 "저 혼자 슬프지 않은 사랑을 네가 아느냐"(「천남성은 피어」)라고 묻거나, "사랑도 몸 무거우면 이별을 낳으리니"(「가을시편」)에서도 사랑의 실체에 대한 정직한 인식이 드러난다. 짝사랑일지라도 아름다울 수 있다는 것, 만남과 이별은 한 몸일 수밖에 없다는 것, 그것은 인간에게 주어진 사랑의 속성 가운데 하나이다. 나아가 사랑은 타자와 하나가 되고 싶어 하는 인간적 욕망의 일종이다.

둘이 한 곳을
바라보는 게 사랑이라면

글쎄 나는 싫겠다
나란히 가기만 한다면

엇갈린 한순간이라도 좋으리
만나기만 한다면

—「철길에서」 전문

이 얼마나 인간적으로 정직한 사랑론인가? 보통은 점잖은 관념 속에서 "둘이 한 곳을 바라보는 게 사랑"이라고 한다. 이는 남녀 관계에서 소유욕을 앞세운 구속과 집착을 버리고 상대방에 대한 진실한 사랑과 배려가 중요하다는 의미를 내포한다. 그런데 시인은 그런 사랑이라면 "나는 싫겠다"고 단언을 한다. "나란히 가기만" 하는 것보다는 "엇갈린 한 순간이라도" "만나기"를 원한다는 것이다. 물론 이 시에서의 "만나기"는 상대방에 대한 구속과 집착을 목적으로 하는 것은 아니다. 그것은 진정한 사랑은 적당한 거리를 두고 바라보기만 하는 것이 아니라 완전한 합일이 되어 혼연일체가 되는 것을 의미하기 때문이다. 사실 "철길"처럼 나란히 가는 것은 심신이 하나가 되는 인간적인 사랑보다는 적당한 거리를 두고 바라보는 초월적인 사랑에 가깝다. 하니 "사랑"은 "만나기"를 추구해야 한다는 것은 인간적인, 너무도 인간적인 사랑론이라 할 수 있다. 이것은 홍성란의 사랑시편들이 대부분 인간적이고 진솔한 사랑을 노래하게 되는 정신적 바탕에 해당한다.

5. 파반느같이

이처럼 사랑의 춤은 우아하고 아름다운 언어의 동작들로 구성되었지만, 그 동작들은 단순한 육체의 움직임을 넘어 깊은 영혼의 울림을 동반하는 것이다. 그것은 시선집 『백여덟 송이 애기메꽃』(2012)의 "누웠던 정물들 춤을 추고 있구나// 이 나라/ 목마른 영혼들 속을 풀고 있구나"(「봄비」)라는 시구에도 함축적으로 드러난다. 이 시구는 봄비를 맞으면서 새 생명의 활력을 찾는 모습을 춤에 비유하면서 인간 "영혼"의 활력을 고양하는 것이기도 하다. 그러한 춤과 가장 근사하게 어우러지는 사랑의 마음과 몸이 이 시집을 구성한다. 그리고 그 사랑은 우주적 원리에 상응하는 타자와의 조화를 추구하는 것이지만, 관념적이거나 초월적인 것이 아니라 인간의 삶과 관련된 구체적인 것이다. 이처럼 사랑의 운명적인 본질과 인간적인 속성을 일관되게 형상화하고 있는 시조집을 만나기는 쉽지 않은 일이다.

이 시집에는 물론 사랑의 시편들만이 있는 것은 아니다. 자연과 생명의 원리에 관한 시, 인생의 연륜을 성찰하는 시, 애틋한 사모(부)곡으로서의 시, 시적 자의식을 드러내는 시, 문명을 비판하는 시 등이 다양하게 실려 있다. 홍성란 시인은 그만큼 시적 관심에 다양한 것인데, 이런 다양성을 정형의 시 형식에 자연스럽게 담아내고 있다는 사실 자체만으로도 놀라운 일이다. 이것이 가능한 것은 홍성란 시인의 가슴 깊이 내재한 사람과 세상에 대한 넉넉한 사랑 때문이 아닐까 싶다. 아니, 무엇보다도 그것은 시인의 가슴 깊숙이 자리 잡은 시(조)에 대한 사랑 때문에 가능한 일이라고 하겠다. 이 글의 모두冒頭에 제시한 대로 홍성란 시인에게 시를 쓰는 일은 "사랑이 시를 쓴다는" 욕망만이 아니라 "사랑이 시를 버리고 싶다는" 욕망까지도 포함하는 인간적인, 너무도 인간적인 "사랑"을 바탕으로 하는 것이다. "사랑"과 "시"의 길항관계 속에서 이 시집은 탄생한 것이다. 결국 이 시집은, 시는 타자에 향한 사랑이고 사랑은 타자를 향한 시일 수밖에 없다는 시적 진실과 함께 존재하는 것이다.

—덧붙이는 말: 나는 이 글을 진솔한 사랑의 춤을 위한 파반느(pavane, 舞曲)라고 생각하고 썼다. 이 시집에서 펼쳐진 춤들은 운명적이고 인간적인 사랑이라는 주제를 구현하고 있는 우아하고 세련된 몸짓들로 구성되었다. 시인이 사랑의 『춤』을 추고 있으니 독자가 그 춤을 위한 파반느를 연주해주는 것은 당연하고 자연스러운 일이다. 이 글은 그러니까 '죽은 왕녀를 위한 파반느'가 아니라, 살아 있는 이 시대의 사랑을 위한, 아니 그런 사랑을 춤추는 '살아 있는 시인을 위한 파반느'이다.

‘꽃의 시’가 ‘시의 꽃’이 되려는 순간

—김영남의 시

꽃은 한 생명의 절정이고, 생명의 절정은 아름답고 신성하다. 고대 이집트인들은 꽃의 향기 속에 신성한 힘이 있다고 믿었고, 그리스의 철학자 아리스토텔레스는 식물에도 영혼이 있다고 생각했다. 고대 프레스코 벽화에 푸른 수련의 매혹적인 향기를 즐기는 인물 장면이 자주 등장하는 것도 꽃의 신성성에 대한 사람들의 호감과 관계 깊다. 꽃은 그 도드라지는 아름다움과 다양한 개성으로 인하여 많은 시인과 예술가들이 시적 대상으로 삼아왔다. 보들레르가 발견한 ‘악의 꽃’은 실재하는 꽃은 아니지만 현대사회의 화려한 문명(꽃)의 이면에 드리운 어두운 그림자(악)를 표상한다. 우리나라 사람들에게 좋아하는 시를 물으면 언제나 김소월의 「진달래꽃」이나 김춘수의 「꽃」과 같이 꽃을 노래한 것이 으뜸을 차지하곤 한다. 「진달래꽃」은 전국 어느 곳에서나 피는 생태적 보편성에 이별의 정한이라는 한국적 정서의 고갱이를 담아내면서 많은 사람들의 심금을 울려주었다. 「꽃」은 또한 한국인들만의 특수한 정서라기보다는 타자와의 관계를 통해 의미 있는 존재가 되고 싶은 모든 인간의 보편적인 의식을 노래하여 많은 사람들의 공감을 이끌어냈다. 이 두 편의 ‘꽃의 시’는 한국에서 꽃을 노래한 시 가운데 돌올하게 빛나는 작품으로서 ‘시의 꽃’이라고 할 만하다.

김영남 시인도 요즈음 꽃들에게 매혹을 느끼고 있다. 그는 1997년 『세계일보』 신춘문예에 「정동진역」이 당선된 이래 지금까지 『정동진역』(1998), 『모슬포 사랑』(2001), 『푸른 밤의 여로』(2006) 등 세 권의 시집을 발간했다. 이들 시집의 시편들은 재치 있고 유머가 넘치는 언어, 풍자적이고 기발한 상상, 낭만적 사랑과 감수성 등으로 일련의 독특한 세계를 구축한 것으로 평가받아왔다. 생기발랄하면서 재미가 있는 언어로써 인생의 성찰과 세상에 대한 비판정신을 함의한 시를 창작해 온 김영남 시인이, 정적인 심미의 대상인 꽃을 상상의 매개로 한 시에 대해 많은 관심을 보이고 있는 것은 다소 의아하다고 볼 수도 있다. 그러나 그는 최근 들어 시에 대한 내공이 쌓이면서 새로운 모색을 하고 있고, 그 모색의 한 부분을 담당하는 것이 꽃에 대한 관심과 사랑인 것으로 보인다. 하여 최근 그가 보여주는 '꽃의 시'가 어떠한 양상으로 전개되고 있는지를 살펴보는 일은, 앞으로 그의 시가 지향할 시적 변모의 밑그림을 미리 살펴보는 일과 다르지 않다. 동시에 이 일은 그가 진정한 의미의 '시의 꽃'을 피울 수 있을지를 가늠해보는 기회가 될 것이다.

이미 발간한 김영남 시인의 시집들에도 꽃을 대상으로 한 시가 간혹 드러난다. 이번 신작시를 포함하여 그동안 발표한 김영남의 시에서 꽃은 구체적 정서의 등가물인 동시에 형이상학적 인식과 관련된다는 점에서 김소월의 '꽃'과 김춘수의 '꽃'을 아우르는 특성을 지니는 것이라 할 수 있다. 현실 너머의 낭만 세계를 꿈꾸는 그의 시에서 꽃은 심미적 대상이면서 삶의 이치를 깨닫게 해주는 철학적 존재이다.

> 맑은 날 나는 창가의 장미꽃과 충돌했다. 제일 크고 예쁘게 핀 것과 여러 번 충돌했다. 갑자기 부딪치니 아팠다. 눈이 아팠고, 생각이 아팠고, 옛날이 아팠다. …(중략)… 나는 장미와, 아니 장미가 아닌 것과 충돌했다. 돌아와 그 꽃을 쓰다듬어주었다. 그랬더니 그 꽃이 나를 걱정스런 모습으로 쳐다보았다. 걱정 속에서 난 처음으로 향기로운 명상에 잠길 수 있게 되었다. 아름다운 꿈도 오래도록 꾸게 되

었다. 날마다 새로운 장미꽃 친구들도 내 창가를 찾아왔고 나는 더
이상 장미꽃과 충돌하지 않았다.

—「나는 가끔 장미꽃과 충돌한다」 부분

세 번째 시집에 실려 있는 이 시는 꽃을 탐색하려는 김영남 시인의 의도를 단적으로 드러낸다. "창가의 장미꽃과 충돌"한 사건을 진술하고 있는 이 시에서, "장미꽃"은 일상 속에 존재하지만 일상을 넘어선 아름다움의 대상이다. 이때 "충돌"은 미적 체험에 의한 정서적인 충격의 의미를 지니는 것으로 읽힌다. "충돌"의 객체인 "장미꽃"이 "제일 크고 예쁘게 핀 것"이라는 진술로 미루어볼 때, "장미꽃"의 아름다움은 현실에서 최고이자 그 너머의 이상적 경지에 근접한 존재라고 볼 수 있다. 인간의 마음속에서 대상과의 "충돌"은 정서적 이질감으로부터 오는 것일 터인데, 그렇다면 "충돌"의 순간 "눈"과 "생각"과 "옛날이 아팠다"는 것은 "장미꽃"의 아름다움과 상응하지 못하는 시인 자신의 삶에 기인한다는 점을 암시한다. 그런데 정작 눈여겨 볼 것은 "충돌" 이후이다. "충돌" 이후 "그 꽃을 쓰다듬어 주었"더니 "향기로운 명상"과 "아름다운 꿈"의 세계에 진입할 수 있었다고 하지 않는가? 이는 진정한 심미의 세계를 감각하는 길은 대립이나 "충돌"의 과정을 극복한 이후 화해나 포용의 정신에 의해 가능했던 것이라는 점을 암시한다. "장미꽃"과의 "충돌"은 심미 세계에 진입하기 위한 통과의례였던 셈인데, 그 이후 "날마다 새로운 장미꽃 친구들"과의 만남이 가능한 심미적 이상의 세계에 도달한 것이다. 따라서 이 시는 한 시인이 미적 충격을 계기로 하여 자신의 비루한 삶을 성찰하면서 이상적 심미의 세계로 나아가는 과정을 형상화한 것이라 할 수 있다.

꽃의 충격으로 심미적 이상 세계를 지향하는 마음은 김영남의 '꽃의 시'들이 지향하는 기본적 특성 가운데 하나이다. 그리고 꽃에 대한 시인의 관심은 당연히 그 생리적 기능보다는 그것의 정서적, 정신적 차원의 상징적 의미에 집중된다. 꽃의 상징적 의미는 보통 꽃말이나 전설과 관련되지만,

그것은 대부분 사은유(dead metaphor)에 속하기 때문에 그것을 시에 그대로 수용하여 재현하는 것은 시적이지 못하다. 따라서 시인들은 창작 과정에서 일반적으로 통용되는 꽃말이나 꽃과 관련된 전설을 개성적으로 응용하여 새로운 시적 의미를 창출해내야만 한다. 아래의 시는 그러한 요구에 적실하게 상응한 사례이다.

이것은 포옹에 관한 리뷰다

쌀쌀한 풍경 화사하게 바꾸어놓고

앞에서 뒤로, 뒤에서 앞으로

가슴과 가슴, 뺨과 뺨 맞대고

썰렁한 옆구리 어루만져주는

네가 눈 감아야 할 이유이고 사연

그때 그 포옹이기까지

나는 열차 타고 따뜻한 남쪽을 더 가야 할 것이고

누군 동생 찾아 산골짜기 헤매고 개울을 더 건너야 할 것이다

음악인지 신음인지 모를 이 여운

궁핍한 시절 돌담 위의 명상

리스본항으로의 산책이다

—「찔레꽃 향기」 전문

"찔레꽃"은 보통 슬픈 꽃으로 명명된다. 찔레꽃 전설은 슬프지만 애잔한 감동을 전해준다. 먼 옛날 몽고에 끌려간 고려의 여인이 고향과 가족에 대한 그리움으로 향수병에 걸려 일시적으로 귀국을 했다. 그러나 10여 년 만에 고향집에 돌아온 여인은 가족들이 뿔뿔이 흩어져서 찾을 수가 없었다. 여인은 몽고의 남편에게 한 달간의 시간만을 허락받았기에 다시 몽고로 돌아가야 했지만, 계속 고향집에 머물러 가족을 그리워하다가 끝내 마음의 병이 깊어 죽음을 맞이했다. 이 전설의 고갱이는 역사적 여건 때문에 슬픈 운명을 살 수밖에 없었지만, 목숨의 마지막까지 고향과 가족을 사랑하는 마음을 놓지 않았다는 여인의 애틋하고 아름다운 생애이다. 이 시에서 "찔레꽃 향기"를 "포옹에 관한 리뷰"라고 정의하는 것도 찔레꽃 전설과 무관치 않다. "포옹"은 대상을 감싸 안음으로써 대상과 한마음이 되는 행위일 터, 척박한 현실 속에서 가족과 하나가 되고 싶은 여인의 마음과 이 시의 "너"(혹은 "누구")가 "포옹"을 지향하는 마음은 다르지 않다. 즉 여인의 "포옹"같이 따뜻한 가족애는 원나라의 노예처럼 살 수밖에 없었던 고려의 황폐한 역사적 현실을 개선하는 효과를 발휘한다. "찔레꽃"은 담장 밑이나 음습한 개울 근처와 같이 황폐한 곳에서 피면서도 그 향기는 기름진 땅에서 자라는 다른 꽃보다 더욱 강렬한 생리적 속성과도 상통한다. 하여 시인은 찔레꽃이 "썰렁한 풍경 화사하게 바꾸어 놓"고 "썰렁한 옆구리를 어루만져 주는" 꽃이라고 노래한다. 그러나 이것은 단지 과거를 회상하는데 그치는 복고적인 시상은 아니다. 시인은 "찔레꽃"에 어느 시대이든 누구에게나 있을 수 있는 "궁핍한 시절", 그 시절을 정신적으로 극복할 수 있는 "명상"의 의미를 덧붙인다. 나아가 "찔레꽃"에 대해 척박한 현실을 넘어 이상 세계를 향하는 행위로서 "리스본항으로의 산책"이라는 의미를 부여하기도 한다. 따라서 "찔레꽃 향기"는 환경이 척박할수록 더 아름다운 존재의 역설을 표상하는 것으로서의 새로운 의미를 획득한다.

이렇듯 꽃말이나 꽃의 전설을 토대로 새로운 시적 기의를 만드는 방식은 그 덧대는 의미의 수준에 따라서 창조성이나 개성의 정도가 결정된다. 이것은 시적 메타포의 기본 속성과도 연관되는 것으로서 꽃이 지닌 관습적 의미에 지나치게 의존할 경우 시적 창조력이 빈약해지만, 반대로 관습적 의미에서 너무 동떨어져도 독자들의 시적 감응을 이끌어내기가 어렵게 된다. 아래의 시는 관습적 의미와의 적절한 거리를 유지하면서 언어의 함축적 사용을 각별하게 보여준 작품이다.

오해로 돌아선 이

그예 그리움으로

담을 타는 여인

아래 벗겨진 신발

모두 매미소리에 잠들어 있구료

내 아직 늦지 않았니?

—「능소화」 전문

"능소화"는 구중궁궐화九重宮闕花라는 별칭으로도 불린다. 옛날 옛적에 잘 익은 복숭아 빛깔처럼 아름다운 뺨을 가진 능소라는 궁녀가 있었는데, 그녀는 뛰어난 미모 덕분에 임금의 눈에 띄어 빈嬪의 자리에까지 올랐다. 그러나 빈이 된 이후 임금은 능소의 처소에 한 번도 오지 않았는데, 궁궐 사람들이 능소가 임금의 사랑을 독차지할까 봐 그녀를 가장 후미진 곳에 기거하도록 했기 때문이었다. 아무리 기다려도 오지 않는 임금에 대한 그리움 때문에 능소는 상사병에 걸려서 결국은 이승에서의 삶을 마무리하고 말았다. 그녀는 유언으로 "임금께서 오시는 길목의 담장 가에 묻혀서 죽음 이후에라도 임금님을 기다리겠다"는 말을 남겼다. 그래서 궁궐의 사람들은 그녀를 담장 가에 묻어주었는데, 그 자리에서 언젠가는 오실 임금님의 발자국 소리를 들으려고 귀를 연 듯 활짝 핀 것이 능소화라는 것이다. 따라서 "능소"가 죽음을 맞이하고 "담을 타는 여인"이 된 것도 "오해"에서 비롯된 것이다. 그런데 이 시에서 중요한 것은 "능소화"에 얽힌 이러한 이야기가 시인의 주관성 혹은 창의성의 차원으로 나아갔는가 하는 점이다. 시인은 이 시에서 "능소"와 임금의 사랑 이야기가 지닌 비극성에 주목하면서 그 원인은 "오해"라고 규정한다. 사실 "능소"가 임금의 사랑을 받지 못하게 된 것은 임금의 마음보다는 주변 사람들의 시기와 질투 때문이었다. 이에 대한 긍정적인 대답은 "내 아직 늦지 않았니?"라는 사랑의 미련을 드러내는 진술에서 찾을 수 있을 터, 이 시구로 인해 이 시는 객관적 이야기의 차원에서 주관적 해석과 창조적 상징의 차원으로 나아간다. 이 시는, 사랑의 비극이 "오해"에서 출발한다는 전설의 내용에 비극적 사랑에는 항상 미련과 아쉬움을 동반한다는 내용을 덧붙임으로써 "능소화"에 새로운 의미를 부여한 것이다. 또한 전설의 서사를 운율적 언어로 압축하여 시적 여운을 만들어낸 것도 일종의 새로움이라고 할 수 있다.

한편 김영남의 시에서 꽃은 인간의 삶에 드리워진 비장하고 비극적인 아름다움을 표상하기도 한다. 예컨대 동백꽃을 보면서 "북풍에 시달리던 상처/ 눈 위에 툭툭 떨구는" 때에 그것의 "원인과 결과도 부화해오겠지요"(「동백꽃」)라는 시구는, 인간이 느낄 수 있는 최대의 절망 상태에서 얻어지는 역설적인 삶의 욕구를 보여주는 점에서 일종의 비극미를 드러낸다. 이러한 비극미는 아래의 시에서처럼 열린 세계나 진보적 가치를 지향하면서 느끼는 슬픔의 마음속에서도 발견된다.

바람이 차고 푸르다

창밖에선 삐거덕 삐거덕 거리는 소리

청둥오리가 감나무 사이를 무더기로 날 때

오리들 오리들은 누구의 집에 들러

대문 저리 슬프게 열며 지나가는 걸까

내가 열리면 난 무엇으로 영접할까

이럴 때 난 옛 툇마루에 나앉아

앵강만으로 떠난 서포, 그 돌아오지 않은

흰 옷자락을 생각한다.

서글픈 이야기 하나 문질러 본다.

—「성에꽃」 전문

이 시에서 "성에꽃"은 "서글픈 이야기 하나"로 응축된다. 늦가을이나 겨울에 만나는 성에꽃은 사실 진짜 꽃이 아니다. 다만 유리창에 수증기가 서린 성에가 얼어붙으면서 꽃의 형상을 갖추게 되기 때문에 성에'꽃'이라는 이름을 얻은 것이다. 아무튼 이 꽃 아닌 꽃은 을씨년스러운 계절에 고독하고 싸늘한 풍경과 어우러진다. 일찍이 최두석은 "엄동혹한일수록/ 선연히 피는 성에꽃"을 "차가운 아름다움"(「성에꽃」)이라고 하여 그 민중들의 삶에 깃든 역설적 "아름다움"을 표상하는 것으로 노래한 적이 있는데, 김영남은 현실적 맥락을 직접 드러내지는 않은 채 실존적 차원의 슬픔과 서러움의 표상으로 형상화하고 있다. 예컨대 "바람이 차고 푸르다"는 상황의 설정은 슬픔과 서러움을 강조하는 시적 배경으로서, "감나무 사이"로 나는 "청둥오리"와 "대문 열며 지나가는" "오리들"의 풍경을 더욱 을씨년스럽게 한다. 특히 "대문"을 여는 "오리들"의 오종종한 걸음걸이는 안쓰러워 보이기는 하지만 무엇인가 닫혀 있는 세계를 부정하는 몸짓으로서 의미가 있다. 시인이 닫힌 세계를 지양하고 열린 세계를 지향하는 "오리들"의 행위에 동조를 하면서 "내가 열리면 난 무엇으로 영접할까" 묻는 것은 바로 그러한 의미이다. 그러면서 "앵강만으로 떠난 서포"의 "흰 옷자락을 생각"하는 것은, 닫힌 세계에서 열린 세계를 지향하는 일의 어려움을 강조하는 것이다. 오늘날처럼 자기만의 영역으로 칩거하여 이기적으로 살아가는 시대에 서포처럼 타자와의 열림을 지향하는 진보적 삶을 추구한다는 것이 얼마나 어려운 일인가? 이 시는 결국 "성에꽃"을 통해 열린 삶, 진보적인 삶을 살아가기 위해서는 언제나 슬픔을 겪어낼 수밖에 없다는 인생 원리를 제시한 것이다.

요컨대 김영남의 시에서 꽃은 심미적 이상 세계에 다가서기 위한 서정적 통과제의의 표상이다. 그의 시에서 꽃들은 아름다움의 역설적 의미, 미련과 아쉬움 드리운 인간적인 사랑의 아름다움, 삶의 상처에서 비롯되는 비극적인 아름다움 등 다양한 함의를 가진다. 그의 '꽃의 시'는 몇 가지 점에서 주목을 요한다. 하나는 아직 우리 시단에서 다양한 꽃들을 집중하여 노래한 사례를 찾아볼 수 없다는 점에서, 다른 하나는 꽃말이나 꽃의 전설을 현대적으로 재창조하여 꽃에 대한 관습적 의미나 정서를 고양하고 있다는 점에서, 또 하나는 그동안의 김영남 시가 치중하지 않았던 함축적 언어를 사용하고 시적 여운을 추구한다는 점에서 그렇다. 특히 짧은 시행과 잦은 행련 구분은 오늘날 우리 시가 빠진 언어 남용으로 인한 시 장르의 정체성 혼란을 극복해보려는 창작 방법으로 보인다. 시와 언어에 대한 시인의 자의식은 「수련」에 단적으로 드러난다. 즉 "언어들 언어들에게/ 고개 숙이는/ 정중함이다// 그 정중함 무엇이 훔쳐간다"는 진술에는 관습적 언어("정중함")를 일탈하여 새로운 시를 지향하려는 의지가 포함된 것으로 읽힌다. "수련"에서 정중함을 "훔쳐"내니 "무엇이 웃음을 여러 겹 포개놓는다"는 마무리 시구도 그 연장선상에서 읽힌다. 이때의 "웃음"은 새로운 언어나 새로운 상상을 얻었을 때 느끼는 정서적 열락이라고 할 수 있을 터, '꽃의 시'를 쓰면서 이러한 "웃음"의 진정성에 도달하는 순간 김영남 시인은「꽃」이나「진달래꽃」과 나란한 '시의 꽃'을 피워낼 것으로 기대된다.

리비도, 에로티시즘, 그리고 시
—김선태의 시

1. 목포의 사랑

목포에는 유달산이 있고, 이난영의 노래가 있고, 이들과 빼닮은 김선태의 시가 있다. 여러 해 전에 나는 김선태 시인과 유달산에서 이난영의 노래를 들으며 소주를 나눈 적이 있다. 시절은 봄꽃이 앞다투어 피어나기 시작하는 초봄이었는데, 유달산에서 내려다보이는 삼학도의 풍광은 서럽도록 아름다웠다. 우리는 산자락을 타고 흘러내리는 이난영의 노래 「목포의 눈물」을 따라 부르면서 목포 사람들의 삶과 사랑을 이야기했다. 남도의 남단에 위치한 전형적인 항구 도시인 목포, 그곳은 뱃사람들의 고달프고 건강한 삶의 사연들이 고삳고삳 배어 있는 스토리텔링의 원적지이다. 그곳에 사는 사람들의 이야기는 그대로 한 편의 시라고 할 만큼 농밀한 정서적 울림을 간직하고 있다.

목포 사람들에게 삶과 노래(예술)는 불가분의 관계에 놓인다. 모두 3절로 구성된 「목포의 눈물」의 첫 절은 "사공의 뱃노래 가물거리면/ 삼학도 파도 깊이 스며드는데/ 부두의 새악씨 아롱젖은 옷자락/ 이별의 눈물이냐 목포의 설움"이다. 목포 사람들의 삶과 정서는 이 노래에 등장하는 "사공"의 그것과 별반 다르지 않다. "사공"은 배를 타고 떠돌아다니는 유랑의 주인공이기 때문에 "부두의 새악시"와의 사랑도 잦은 "이별"로 인해 슬프고 서럽다. 이 "이별의 눈물"이 바로 남도 바다를 배경으로 살아가는 목포 사람들의 서러운 삶을 표상한다. 배를 따라 유랑하는 삶으로 인해 사랑마저 지켜내기 어려운 데서 오는 감정이 곧 "목포의 설움"인 것이다.

김선태 시인은 목포의 정서를 남도의 정서, 한국의 정서로 확산시켜나가고 있다. 토착적 지역 정서의 아우라가 사라지고 개성 없는 개인 서정이 지배하고 있는 요즈음의 시단에서 그의 시는 오롯한 존재 의의를 지닌다. 그는 김영랑에서 김지하, 송수권, 고재종 등으로 이어지는 남도 서정의 정체성을 지켜가고 있는 시인이다. 그의 시는 김영랑의 심미적 언어를 계승하면서 김지하의 민중적 가락, 송수권과 고재종의 토속적 정서를 이어받았다. 다만 김선태의 시는 그들의 시에 비해 낭만주의 성향이 강하게 드러나고 진술방식에서 스토리텔링storytelling의 기능을 빈도 높게 활용하는 특성을 보여준다. 그의 낭만주의는 삶의 근본을 탐구하기 위한 유랑의식이나 에로티시즘과 관계 깊고, 그의 스토리텔링은 인간적인 삶의 애환을 현실감 있게 드러내기 위한 시적 장치이다.

2. 리비도, 에로티시즘, 그리고 시

김선태의 이번 신작시 5편은 「섬의 리비도」 연작시 4편(9~12)과 「진도 만가」 1편으로 구성되어 있다. 「섬의 리비도」 연작은 이미 발표된 1~8의 후속작품이라 할 수 있을 터, 그동안의 성과로 미루어볼 때 김선태 시인이 요즈음 "섬"으로 표상된 남도 사람들의 삶을 "리비도"라는 본원적 에너지 차원에서 재조명하는 데 심혈을 기울이고 있는 듯하다. 이와 같은 "섬"과 "리비도"의 세계는 사실 김선태 시인이 최근 들어서야 관심을 갖게 된 것은 아니다. 오래전부터 그는 남도 사람들의 삶과 서정을 리비도의 차원에서 혹은 에로티시즘의 차원에서 형상화해 왔다. 다만 이번 연작시를 통해 좀 더 집중적으로 그런 세계를 탐구하고 있는 것이다.

> 선녀들이 내려와 엉덩방아를 찧었다는 관매도 방아섬 정상에는 거대한 남근석 하나가 우뚝 솟아 있지요 무슨 버섯처럼 생긴 이 자연산 바위는 관매도 일대의 섬 여인네들에겐 신앙의 상징으로 통하지요 아이를 갖게 해 달라 빌면 아이를 점지해주고, 고기가 많이 잡히게 해 달라 빌면 만선이 되게 해주고, 나이 들어 풀이 죽은 남편의 거시기에 힘을 불어넣어 달라 빌면 빳빳하게 일으켜 세워주지요 어디 그뿐입니까 먼 바다로 고기잡이 나갔다 돌아오는 뱃사람들에겐 길잡이 구실까지 해준다니 그야말로 살아 있는 생불이 아니고 무엇입니까 그래서 관매도 여인네들은 사는 일이 힘들고 답답할 때마다 남근석 쪽을 바라보며 위안을 얻는다지요 지금도 배를 타고 방아섬 주변을 지날 때면 처녀들은 부끄러워 노을처럼 얼굴 붉히고 아지매들은 그 우람한 모습을 우러르며 물비늘 가득한 웃음바다가 되고 맙니다
>
> —「섬의 리비도 · 11—방아섬 남근석」 전문

이 시의 소재는 "방아섬 남근석"이다. "방아섬 정상"에 솟아 있는 이 "남근석"은 "섬 여인네들에겐 신앙의 상징"이다. 신앙이라는 것은 현실 생활에서 맞이한 시련이나 고충을 극복하기 위한 정신적 활동이다. 그 활동이 "남근석"을 매개로 이루어진다는 것은 "남근석"이 지닌 상징적 의미 때문이다. "남근석"은 보통 생명과 풍요의 상징으로서 "아이를 갖게 해 달라" 거나 "고기가 많이 잡히게 해달라"는 기원의 대상이다. 그런데 "방아섬"에서는 "남근석"이 "풀이 죽은 남편의 거시기"를 되살리는 일과 "뱃사람들에겐 길잡이" 구실까지 한다고 한다. 시인은 이처럼 다양한 기능을 하는 "남근석"을 "생불"이라고 할 정도의 가치를 지닌다고 본다. "남근석"이 "관매도 여인네들"이 "사는 일이 힘들고 답답할 때마다" "위안을 얻는다"고 하니 번뇌하는 중생을 구제하는 "생불"보다 못할 리 없다는 것이다.

이 시는 표현미에서도 독특한 면모를 보여준다. 우선 앞부분에서는 "남근석"과 관련된 이야기들을 스토리텔링의 기법으로 제시한다. 이 시의 화자는 "남근석" 이야기를 "~지요"라는 종결어미로 제시함으로써 청자에게 상당한 친근감을 갖게 하고 있다. 그리고 그 이야기가 과거의 지나간 이야기가 아니라 "지금도" 살아 있는 이야기라고 함으로써 청자의 흥미를 더욱 크게 유발하고 있다. 즉 "남근석"을 바라보는 순진한 "처녀들은 부끄러워 노을처럼 얼굴 붉히고" 있고 세상 경험이 많은 "아지매들은 그 우람한 모습을 우러르며 물비늘 가득한 웃음바다가 되"고 있다고 한다. "남근석"은 오늘에도 살아서 여인들을 "노을"이나 "웃음바다"로 만들어버리는 기이한 영험을 지닌 존재인 것이다. 특정한 이야기가 지니는 과거와 현재의 의미를 중첩시킴으로써 이야기의 진정성을 배가시키고 있는 셈이다.

「섬의 리비도」 연작시에 나타나는 공통적인 속성은 성적 욕망으로서의 리비도가 에로티시즘의 차원에서 드러난다는 점이다. 앞서 살핀 시에서 "남근석"이라는 소재 자체도 그러하려니와 그것을 둘러싼 여인들의 사연도 에로티시즘과 관계 깊다. 다른 시에서도 에로티시즘은 다양한 양상으로 드러나는데, 아래의 시에서는 더 노골적이다.

> 다도해 어느 섬 기슭엔 좆여가 있다 만조 때는 바닷물 속에 잠겼다가 간조 때 불쑥 드러나는 모양새가 꼭 발기한 좆같다 하여 붙여진 이름이다 좆여에는 석화 같은 온갖 조개들이 붙어 있고 해초들이 무성한 음모처럼 나풀거린다 물고기들도 이곳을 은신처로 삼는다 그래서인지 사시사철 낚시꾼들로 바글거리고 해녀들도 즐거워라 주변을 헤엄치며 물질을 한다 허옇게 거품을 문 파도들이 끊임없이 좆여를 기어오르며 애무를 한다 제 좆 같은 시커먼 몸뚱어리 하나로 조개며, 해초며, 물고기며, 해녀를 건사하는 좆여는 거대한 석불이다 그 존재감 하나로 다도해 풍경이 질펀하다 우뚝하다
>
> —「섬의 리비도 · 10—좆여」 전문

시의 소재인 "좆여" 역시 남성의 성기를 지시한다. 시에 의하면 "좆여"는 "간조 때 불쑥 드러나는 모양새가 꼭 발기한 좆"과 같기 때문에 붙여진 이름이다. 실제로 "여"는 물속에 잠겨 보이지 않는 바위를 일컫는 말이므로, "좆여"는 평소에 보이지 않다가 "간조" 때만 일시적으로만 드러나는 남성 성기의 모습을 한 바위를 지시한다. 그런데 그런 "좆여"에는 여성 이미지인 "온갖 조개들이 붙어 있"을 뿐만 아니라 "해초들이 무성한 음모처럼 나풀거린다"고 하여 성적인 교합의 이미지를 간직하고 있다. 더구나 그곳에 파도가 치는 모습을 보며 "거품을 문 파도들이" "애무를 한다"고까지 상상한다. 시인은 이 에로티시즘의 광경이 단순한 자연의 풍광에 그치는 것이 아니라 인간의 일과 깊이 연관되는 것이라고 본다. 거대한 자연이 연출하는 이러한 에로티시즘의 광경으로 인해 "낚시꾼들"이나 "해녀들"이 즐겨 찾는다고 한다. 에로티시즘의 지향은 인간의 본성 중의 본성이니 자연스러운 일이다.

이처럼 "좆여"는 "그 존재감 하나로" 인하여 "다도해 풍경이 질펀하다 우뚝하다"고 한다. 특정한 자연물과 그 주변의 풍광에서 생명의 시원적 원리인 에로티시즘을 발견한 것이다. 주지하듯 동서고금의 예술 속에서 남성의 심볼은 항시 생명이나 에로티시즘을 상징하는 것으로 보아왔다. 김선태의 시에서도 그러한 맥락을 크게 벗어나지는 않는데, 특기한 것은 그러한 생명감이나 에로티시즘을 종교적 신성성에 연결을 짓고 있다는 점이다. 이 시에서 "좆여"를 "석불"이라고 한다거나 앞의 시에서 "남근석"을 "생불"이라고 비유하고 있는 것은 색다른 모습이다. 리비도 혹은 에로티시즘이 말초적, 감각적 차원이 아니라 인간의 삶을 지탱해주는, 보다 근원적인 에너지로 승화되고 있는 것이다.

삶의 근원적 에너지인 에로티시즘은 여성의 육체성과도 깊이 관련된다. 특히 젊은 여성의 아름다운 육체는 생명의 근원이자 심미적 삶의 풍요로움을 상징한다. 그래서 희랍신화에 등장하는 미의 여신인 비너스의 완벽하게 균형 잡힌 아름다운 몸이나, '아름다운 것은 선하다'는 명제를 성립시킨 고급 창부 프리네의 고혹적인 몸은 많은 예술가들의 작품에 등장한다. 또한 "조도군도의 젖무덤"은 남도에 사는 섬사람들의 마음을 지배한다.

> 올망졸망 섬들이 새떼처럼 흩어져 잠방거린다는 조도는 한때 '좆도가리' 혹은 '좆대가리'라는 말로 서러운 멸시를 받았지요 헌데 그 멸시를 그냥 멸시해버려도 좋을 만큼 황홀한 젖무덤들이 떠 있는 곳이기도 하지요 느닷없이 웬 젖무덤이냐고요? 한번쯤 도리산 전망대에 올라가 조도군도를 빙 둘러보세요 청둥오리 떼 같은 섬들이 일시에 봉긋한 젖무덤으로 바뀝니다 누구 것이 더 탐스럽고 매혹적이냐 자랑하듯 널려 있는 젖무덤들 앞에서 그만 입이 쩍 벌어집니다 얇은 비단 물안개라도 끼는 날이면 보일락 말락 더욱 애간장을 태우지요 그 황홀경에 눈이 먼 남자들은 아예 배를 빌려 타고 가설랑 젖무덤을 기어오르려고도 하지요 하지만 가까이 다가가면 시커먼 돌섬으로 바뀌고 맙니다 아득한 시원의 조도 바다에는 아직도 팜므파탈이 살고 있습니다 그것도 떼를 지어 살고 있습니다 오늘도 거친 파도들에게 젖을 물린 채 허옇게 울부짖고 있습니다
>
> —「섬의 리비도 · 12—조도군도 젖무덤」 전문

이 시에 등장하는 "젖무덤"은 "조도군도"의 여러 섬들의 형상을 비유한다. 그것은 한때 "좆도가리"로 불리면서(시 말미의 각주: "조도 가는 뱃길이 멀고 험해 목포에서 배가 하루 한 차례밖에 없었"던 시절에 배의 "안내원들이 조도 갈 승객들에게 선승을 재촉하며 외치던" 말) 멸시를 받았다고 한다. 그러나 그 섬들이 여성성의 차원에서 다시 발견하면서부터 "조도군도"의 섬들은 "매혹적인" 존재로 재평가되고 있다고 한다. "전망대에 올라가 조도군도를 빙 둘러보"면 "섬들이 일시에 봉긋한 젖무덤으로 바뀌"고 만다는 것이다. 그것은 남성을 치명적으로 유혹하는 속성을 지녔기 때문에 "팜므파탈"이고, "거친 파도들에게 젖을 물린" 것이기에 모성애적 존재이기도 하다. 여성의 몸은 이처럼 치명적인 사랑과 모성애에 걸친 폭넓

은 사랑의 표상이다.

그런데 리비도가 발랄한 에로티시즘으로 나타나는 경우도 있다. 에로티시즘이 어떤 놀이와 결합을 할 때 그것은 유희적 성향을 띠기 마련인데, 놀이는 또한 축제를 이루는 기본 요소로 기능하면서 삶의 본능적 에너지를 자극하는 요소가 되기도 한다.

> 눈길이나 손길로 전해져오는 촉감도 촉감이지만 뛰다가 서로의 엉덩이에 수도 없이 몸이 닿게 되는 건 또 어떻고요 그렇게 땀범벅이 되도록 정신없이 놀다 보면 어느새 몸은 후끈 달아오르고 마음속 연정이 싹터 올라선 그대로 부부의 연을 맺게 되는 경우가 많다니 강강술래치곤 참 유별나지 않나요? 그래서 이곳 사람들은 일명 짝짓기놀이라고들 하지요 허나 짝을 구하기 어려웠던 섬 총각들의 속내를 들춰보면 꼭 음탕하다거나 재미를 위한 놀이라고만 할 수 없지요 그런 지혜를 발휘해서라도 장가를 들어야겠다는 참 짠하고도 절실한 연애 방식이기도 하니까요
>
> —「섬의 리비도 · 9—뛰뛰기 강강술래」 부분

이 시는 "뛰뛰기 강강술래"를 소재로 하고 있다. 이 놀이는 성년이 된 남녀가 몸을 부딪치면서 춤을 추는 것이다. 이는 "섬"이라고 하는 한정된 공간 속에서 "연애"를 성사시키기 위한 방식으로 흥미를 더한다. "땀범벅이 되도록 정신없이 놀다 보면 어느새 몸은 후끈 달아오르고 마음속 연정이 싹터 올라"오게 하는 이 놀이는 사랑의 가교 역할을 하는 것이다. 이렇듯 남녀 간의 연정을 놀이를 통해서 성취한다는 것은 아주 낭만적이고 자연스러운 일이다. 이 "짠하고도 절실한 연애 방식"은 요즈음 커피숍이나 카페에서 인위적으로 만나 이미지만을 보고 사랑의 대상을 결정하는 것과 대조된다. 사랑과 놀이의 결합을 통해 사랑의 즐거움과 진정성을 고양하고 있는 것이다. 그렇기에 김선태 시가 탐구하는 '섬의 리비도'는 시원적 공간인 '섬'을 배

경으로 펼쳐지는 인간의 근원적 욕망과 사랑 혹은 에로티시즘의 표상이다.

3. '산다이'의 노래

리비도는 모든 인간의 무의식 속에 내재하는 성적 욕망으로서 삶의 근원적 에너지로 작용한다. 하지만 그것이 충족되지 않을 때는 불안으로 변하면서 이상 행동이나 병증으로 나타나기도 한다. 프로이트는 처음에 리비도를 자기 보존 본능과 대립되는 것으로 보았으나, 나중에는 이 둘을 결합하여 삶의 본능인 에로스라고 명명하면서 죽음의 본능과 대립시켰다. 그렇다면 리비도는 인간이 삶을 살아가게 하는 근본적 욕망이자 에너지에 해당한다고 할 수 있다. 리비도가 예술적으로 호명될 때 에로티시즘으로 나타나곤 하는데, 에로티시즘은 동물성을 벗어난 성적 욕망이자 서로 낯선 세계를 아우르는 인간성을 의미한다. 어쨌든 리비도는 인간의 삶과 예술 행위의 저변을 이루는 본원적 요소임에 틀림없다.

김선태 시인의「섬의 리비도」연작은 요즈음의 시단에서 보기 어려운 이야기 시 혹은 스토리텔링 시의 흥미로운 사례이다. 그의 이야기 시는 일찍이 미당의 '질마재 신화'를 닮은 모습이지만, 폭넓은 배경과 심층 심리의 차원을 드러내고 있다는 점에서 색다르다. 그리고 그의 섬과 리비도에 관한 이야기는 건강하고 아름다운 에로티시즘을 기반으로 한다는 점에서 흥미롭다. 그가 일찍이 시창작의 방향으로 "서남해 섬마을에는 산다이가 지천이지요. 산다이란 노래하고 춤을 추며 노는 공동체"(「섬의 리비도 · 1-산다이」 부분)를 설정한 것은 그러한 리비도의 각별한 의미와 관계 깊다. 그것은 "윤리와 도덕, 제도와 관습의 울타리마저 넘어가버린"(「섬의 리비도 · 4」 부분) 섬 사람들의 건강하고 절박한 사랑 이야기이자 삶의 이야기인 것이다. 김선태 시인이 들려주는 그 이야기는 아름다우면서도 절박한, 웃음이 나면서도 서러운 이야기이다. 산전수전 다 겪어낸 "흑산도 작부들"(「섬의 리비도 · 6」 부분)

의 그 노랫가락처럼.

이번 신작시 가운데 「진도 만가」는 외톨이처럼 존재한다. 이 시는 "기러기 떼가 편대를 지어 진양조 가락을 끌며 가고 있었다// 슬픔은 북망산 능선을 타고 넘어 진도 바다 물비늘로 반짝거렸다// 살아생전 얽힌 인연의 실타래도 한 올 한 올 연실처럼 풀려나갔다// 신산고초의 생애와 작별하는 날의 저 찬란한 통곡// 세상 어떤 슬픔이 저토록 곰삭은 그늘을 드리울 수 있단 말인가"(전문)라고 하여, 외형적으로는 「섬의 리비도」 연작에서 벗어나 있는 듯하다. 그러나 이 작품 역시 남도의 섬사람들 이야기라는 점에서는 「섬의 리비도」 연작과 무관한 것만은 아니다. 죽은 사람과 작별하는 순간의 "찬란한 통곡"이나 "곰삭은 그늘" 역시 죽음을 통해 삶의 근원적 의미를 성찰한다는 점에서 그렇다. 따라서 김선태 시인에게 리비도는 삶의 근본적 욕망이고, 그것의 감각적 · 미학적 현현이 바로 시라고 할 수 있다.

푸른 은유의 숲을 찾아서

—배한봉의 시

1. 자연 은유와 서정시와 생태시

여기, '푸른 은유의 숲'을 찾아가는 시인이 있다. 배한봉이다. 그는 경남 함안에서 태어나 1998년 월간 『현대시』로 등단한 이래 『흑조』(1998), 『우포늪 왁새』(2002), 『악기점』(2004), 『잠을 두드리는 물의 노래』(2006) 등의 시집을 발간했다. 그의 시세계는 등단 초기부터 지금까지 커다란 변화 없이 일관된 지향점을 견지해왔다. 그것은 대략 시적 대상으로서의 '자연'과 그와 관련된 정서적 감응으로서의 '순수 서정'으로 수렴할 수 있다. 그에게 자연은 '푸른 은유의 숲'으로서 삶의 터전이자 시적 상상의 보고이다. 그의 시가 '자연 서정'이라는 일관성을 유지해왔다는 것은 그만큼 시에 대한 신념이랄까 자의식이 분명하다는 것을 반증한다. 그러나 오해는 하지 말자. 그의 시가 일관성을 유지해왔다고 하여 그동안 발전적 변화를 보여주지 못했다는 것은 아니다. 그의 시는 '자연을 위한, 자연에 의한, 자연의' 시를 추구해 왔지만, 자연을 바라보는 관점이나 언어 의식에 있어서는 일정한 진화의 과정을 겪어왔다. 초기 시에서 현실에 대한 부정적 인식을 토대로 한 불모지 의식을 자주 보여주었다면, 최근의 시에서는 자연에 대한 긍정적 인식을 기반으로 한 낙원 의식을 빈도 높게 드러내고 있다. 그 표현의 방식에서도 최근의 시에 이를수록 더욱 은유적이고 함축적인 언어를 지향하고 있는 모습을 보여준다.

자연을 매개로 한 배한봉의 시세계는 편의상 리리시즘 차원의 순수 서정시 계열과 리얼리즘 차원의 생태시 계열로 양분할 수 있다. 순수 서정시는 유년기의 가난하지만 따뜻했던 기억, 어머니와 아버지로 대표되는 가족에 대한 애틋한 사랑, 젊은 시절의 정신적 방황과 관련된 내적 고뇌 등이 시상의 모티브로 작용한다. 또한 생태시는 자연의 오염과 순수성을 상실한 인간의 모습, 생명과 우주의 원리를 표상하는 건강하고도 오묘한 생태 현상, 에코토피아에 대한 낙관적 전망 등이 지배소 역할을 담당한다. 물론 두 계열이 배타적으로 변별되는 것은 아니다. 순수 서정시에서 드러내는 자연과 인간의 아름다움은 생태시가 지향하는 생태 낙원을 구성하는 요소이고, 반대로 생태시를 통해 시인이 궁극적으로 지향하는 것은 순수 서정이 살아 숨쉬는 아름다운 세계이기 때문이다. 기질적으로도 배한봉 시인은 서정 시인으로서의 감수성이 풍부할 뿐만 아니라 생태 시인으로서의 비판 정신이나 성찰 의식도 견결하다.

그의 창작 활동이 20세기와 21세기의 접경 시점에 집중되어 있다는 사실은 문명사적인 의미를 갖는다. 특히 생태시 계열이 그렇다. 20세기 말은 한국적 상황에서 문명이라는 이름의 개발이 절정을 이룬 시기인 동시에 그 문제점이 가장 적나라하게 드러난 시기였다. 한국 시단에서 1990년대에 소위 생태시 붐이 일어난 것은 그러한 문명사적인 맥락과 함께하는 것이었다. 그러나 1990년대의 생태시는 세기말 의식과 맞물리면서 그 초점을 건강한 자연보다는 병든 문명 현실에 두었다. 문명 현실과 그로 인한 생태 오염을 비판하는 생태시도 물론 당대적 의미를 충분히 갖지만, 그것은 대개 선언적이거나 교조적인 언어에 의지하기 때문에 시가 지녀야 하는 발견과 전망의 차원을 놓치게 마련이다. 21세기에 들어서면서 자연의 발견과 생태 낙원에 대한 전망의 시들이 본격적으로 등장한 것은 그러한 생태시의 한계에 대한 자각과 관련된다. 그 자각의 선두에 배한봉 시인이 있다. 따라서 그의 생태시는 생태 오염의 고발뿐 아니라 자연 원리의 발견과 에코토피아의 전망에 이르기까지 다양한 양태를 보여준다는 장점이 있다.

2. 나는 고발한다, 그래서 시인이다

배한봉 시의 생태의식은 우리 시대가 '푸른 은유의 숲'을 상실했다는 진단에서 출발한다. '푸른 은유의 숲'은 시원적이고 신화적인 순수성이 살아 숨쉬는 자연의 세계이다. 이때 푸르다는 것은 생태적으로 건강한 자연을, 은유의 숲은 그러한 자연의 본성이 살아 있는 시원적인 세계를 상징한다. 은유의 기능 가운데 하나가 의미의 전이를 통해 대상의 본질이나 본성에 육박하는 것이므로, 은유가 사라진 시대는 본질이나 본성보다는 현상이나 외양만이 살아있는 껍데기의 시대라고 할 수 있다. 하여 푸른 은유가 죽은 시대에 대한 고발은 시인에게 주어진 신성한 임무가 된다.

피고 지는 것이 꽃의 말이라면
날고 우짖는 것은 새의 말
사람이 따라 흥얼거리면 노래이고
기록하면 시였다
자연의 모든 말은 은유였으니
사람의 말도 은유였다
모든 말이 시와 노래였던 때는
사람도 자연이던 때
토끼와 뻐꾸기와 구름과 별
달과 해와 바람 모두 한 식구였다
사람이 도시를 만든 뒤부터

집 잃은 제비는 돌아오지 않았고

이슬은 별빛을 품지 않았다

회색 풍경 속의 텅 빈 곳이여

나무의 말 다람쥐의 말 들으러

나는 오늘 산에 오른다

—「은유의 숲」 부분

이 시의 시간적 구도는 "도시를 만든 뒤"와 그 이전으로 양분된다. "도시" 이전에는 "꽃의 말"과 "새의 말"이 그대로 "시" 즉 "은유"였으니 그 시대는 존재의 아우라가 살아 있던 아름다운 시절이었다. "자연의 모든 말이 은유였으니/ 사람의 말도 은유"였던 것이다. 그 시절에는 "사람도 자연"의 일원으로서 "달과 해와 바람"이 "한 식구"처럼 혈연적 관계를 형성하고 있었다. 그러나 "도시" 이후 "사람"과 "자연"은 그들 사이의 관계뿐 아니라 본성마저 달라져버렸다. "도시"는 인간중심주의에 복속된 근대 문명이 집약된 공간이고, 그 "문명"은 속화와 타락의 길로 질주하는 속성을 간직할 뿐이다. "회색 풍경 속의 텅 빈 곳"은 인간다운 인간, 자연다운 자연이 사라진 삭막한 "도시" 공간으로서, 빌딩과 상품과 욕망이 넘쳐나지만 진정한 의미의 "사람"이나 "자연"은 부재하는 "텅 빈 곳"이다. 그래서 시인은 "나무의 말 다람쥐의 말을" 듣기 위해 "은유의 숲"을 찾아서 "산에 오른다"고 한다. 그의 산행은 그러므로 생태적 삶의 실천이나 자연과 함께 하는 시 쓰기를 상징한다.

엇나간 문명에 대한 고발 의식이 거시적인 차원을 확보하면 지구 전체를 착취하는 인간의 삶을 문제 삼는다. 지구는 인류를 비롯한 모든 생물종들이 살아가야 할 유일한 삶의 터전이다. 지구가 병들면 그곳에 존재하는 어떤 생명체도 건강할 수가 없다. 그런데 오늘날 지구의 생태는 인간의 이기적인 욕망을 앞세운 난개발로 인해 심각한 위기의 상황을 맞이하고 있다. 실제로 오늘날 지구에 사는 생물종의 30% 이상이 멸종 위기를 맞이하고 있고, 북극에서는 곰이 먹이를 구할 수 없자 자신의 새끼를 잡아먹는 일이 벌어졌다고도 한다. 이 끔찍한 현실 앞에서 시인은 침묵할 수가 없다.

> 사람의 몸 저 깊은 곳
> 생명의 강이 되는 눈물,
> 그리하여 사람 몸도 눈물 왕국 되게 하는 눈물,
>
> 그렇기 때문인가
> 둥근 것만 보면
> 깎거나 쪼개고 싶어 한다
>
> 지구도 그 가운데 하나다
> 숲을 깎고 땅을 쪼개 날마다 눈물을 뽑아 먹는다
> 번성하는 문명의 단맛에 취해
> 드디어는
> 북극의 눈물까지 먹는다
>
> —「지구의 눈물」 부분

이 시의 모티브는 "지구"와 "눈물"이 둥글다는 형상성을 지녔다는 데서 출발한다. 그런데 "눈물"은 긍정과 부정의 상반되는 의미를 갖는다. 그 긍정적 의미는 "생명의 강"으로 표현되고 있듯이 "눈물"이 생명수와 같은 의미를 지니는 것으로 간주된다. "눈물 왕국"은 "눈물"이 지닌 생명수라고 하는 생산적인 의미가 생동하게 살아 숨 쉬는 세계를 의미한다. 그러나 "눈물"의 이러한 긍정적인 의미가 인간의 이기적인 욕망과 결합할 때 문제는 심각해진다. 삶의 유일한 터전인 "지구"에서 "숲을 깎고 땅을 쪼개 눈물을 뽑아 먹"고 마는 것이다. 시인은 "번성하는 문명의 단맛에 취"한 이러한 행동이 극단적으로 전개되면서 "북극의 눈물까지 먹는다"고 본다. 이 시구에서 우리는 최근 들어서 지구온난화가 가속화되고 북극의 빙하가 급속히 녹아내리고 급기야는 지구 생태계 전체에 부정적인 영향을 끼치고 있는 사실을 떠올릴 수밖에 없다. 이는 지구를 착취와 정복의 대상으로만 여겨온 인간에게 가해지는 경고의 메시지다. 시인은 북극의 생태 위기가 인간 전체, 생물 전체의 위기로 비화되고 있는 사실에 주목한 것이다.

고발의 정신이 발현되는 시는 배한봉의 시 전편으로 볼 때에 그다지 많은 편은 아니지만, 그 진정성이나 절실함의 차원에서는 양적인 문제를 뛰어넘는 수준을 유지하고 있다. 문명의 이기인 전기에 대해 "전기 스위치를 올리자, 번쩍! 짐승 한 마리 눈을 뜬다. …(중략)… 당신은 언제 어디서 감전 또는 누전이라는 짐승의 광기를 만나게 될지 모른다"(「사나운 짐승」)라는 경고의 메시지를 보내는가 하면, 우포늪에 놀러온 사람들에게 "차 안에서 에어컨 바람이나 쐬면서/ 아주 경제적으로 1억 4천만 년을 읽는다"고 조소를 보내기도 한다. 이런 경향은 가령 "웃개나루, 도회지 생활에 찌든/ 마음 탓일까, 시름의 가파른 시간 끝내 못 버리고/ 낙동강 가로지른 국도나 달리며/ 언제 다시 올지 망연한 갈증만 흩어놓는다"(「웃개나루」)와 같은 "도회지 생활"의 "시름"에 대한 성찰적 인식으로까지 나아간다. 하여 시인은 "죽음을 뚫고 나온/ 금강역사金剛力士"(「시인」)처럼 반생태적 현실에 대해 강고한 비판정신을 간직한 고발인의 위치에 서게 된다.

3. 나는 발견한다, 그래서 시인이다

배한봉의 생태시는 문명 현실에 대한 고발을 지향할 뿐만 아니라, 자연 원리의 발견을 통해 생태 의식을 고양하는 역할에도 충실하다. 고발의 시가 생태 현실에 대한 부정적 측면에 주목한 것이라면, 발견의 시는 생태 원리에 대한 긍정적 인식을 배후로 삼는다. 다시 말해 발견의 시가 자연 자체의 아름다움과 그 위대한 원리에 초점을 맞추는 것이라면, 고발의 시는 자연과 문명에 관한 대립적 갈등 속에서 문명에 대한 비판적 인식을 기초로 한다. 전체적으로 볼 때 배한봉 시의 본령은 고발의 시보다는 발견의 시라고 할 수 있을 터, 발견의 시는 자연 현상에 대한 미세한 관찰을 통해 그것에 내재한 심오한 자연 원리에 대한 긍정적 깨달음을 지향한다.

> 봄날 나무 아래 벗어둔 신발 속에 꽃잎이 쌓였다
>
> 쌓인 꽃잎 속에서 꽃 먹은 여자 아이가 걸어 나오고, 머리에 하얀 명주수건 두른 젊은 어머니가 걸어 나오고, 허리 꼬부장한 할머니가 지팡이도 없이 걸어 나왔다.
>
> 봄날 꽃나무에 기댄 파란 하늘이 소금쟁이 지나간 자리처럼 파문지고 있었다. 채울수록 가득 비는 꽃 지는 나무 아래의 허공. 손가락으로 울컥거리는 목을 누르며, 나는 한 우주가 가만가만 숨 쉬는 것을 보았다.
>
> —「복사꽃 아래 천년」 부분

표제에 등장하는 "복사꽃"이 자연을 제유하는 것이라면, "천년"은 자연이 지닌 연속적 시간성이라는 생리를 상징한다. 시상의 모티브는 "신발 속의 꽃잎"이다. 그 속에서 "여자 아이" "어머니" "할머니"가 "걸어 나"온다는 상상은 자연의 시간적 연속성을 형상화한 것이다. 실제로 백 년 전, 천년 전에도 "복사꽃"은 피었을 것이고, 그 시절의 한 여자뿐 아니라 그 어머니, 그 어머니의 어머니까지도 그 꽃의 아름다움으로 인생을 애틋하게 장식했을 터이다. 주지하듯 자연의 생명력은 불교의 윤회사상이나 기독교의 영생사상에서도 엿볼 수 있듯이 끝없는 순환의 과정 속에 존재한다. 시인은 이러한 시간적 연속성이 "우주"라고 하는 공간적 무한성으로 확대되어 나아가면서, 자연은 시공 양면에서 절대적 차원을 간직한 존재라는 생각에 이른다. 사소한 자연 현상에서 궁극의 생명 원리를 발견한 것이다. 더욱이 "채울수록 가득 빛나는 꽃 지는 나무 아래의 허공"에서 무한 공간으로서의 "우주"를 상상한 것은, 채움과 비움이 맞물려 있는 자연의 역설적 존재 원리를 깨달은 것이라 할 수 있다. 시인은 하나의 자연 현상에서 우주적 시간뿐 아니라 우주적 공간과 함께 하는 인간 생명의 역사적 존재감을 발견하고 있는 셈이다.

배한봉 시인이 자연 원리를 발견하는 공간은 주로 우포늪과 과수원이다. 이들은 모두 시인이 생활의 터전으로 삼고 있는 곳이라는 점에서 구체적인 체험의 장소이다. 실제로 시인은 우포늪 근처에 살면서 오랫동안 과수원 농사를 짓고 있다. 시와 일체화된 삶으로 인해 그의 시에서 자연은 피상적 관찰의 대상이거나 관념적 사유의 대상에서 벗어나 있다. 특히 "생명의 자궁"(「부화하는 숲」)인 우포늪이 배한봉 시인에 의해 한국시의 상징적 공간으로 자리를 잡았다는 사실은 시사적 의의를 지닌다. 이것은 마치 섬진강이 김용택 시인에 의해 한국의 대표적인 시적 공간으로 자리매김된 것과 비견될 수 있다.

> 바람이 풀어놓은 수만 권 책으로
> 설렁설렁 더위 식히는 도서관, 그 한켠에선
> 백로나 물닭 가족이 춤과 노래 마당 펼치기도 한다
> 그렇게 하루가 깊어가고
> 나는 수시로 그 초록 이야기 듣는다
> 그러다가 스스로 창랑滄浪의 책이 되는 늪에는
> 수만 갈래 길이 태어나고
> 아득한 옛날 공룡들이 살아나오고
> 무수한 언어들이 적막 속에서 첨벙거린다
> 이때부터는 신의 독서 시간이다
> 내일 새벽에는 매우 신선한 바람이 불 것이다

자연 도서관에 들기 위해서는
날마다 샛별에 마음 씻어야 한다

—「자연 도서관」 부분

나무들은 몸 속에
악기를 하나씩 가지고 있다
악보는 태양과 구름과 바람
별과 어둠, 그대와 나의 삶과 생각들

오늘도 나는 악기들을 조율하러 과수밭에 오른다
전지하고, 열매 솎고, 풀을 베고
열매 따며 악기의 음계를 따라가면
어느새 악기들은 나를 조율하는 조율사가 되어 있다
내 삶의 곁가지를 전지하고 욕망을 솎고
억세게 뻗쳐오른 번뇌를 조율하고 있다

—「악기점」 부분

앞의 시에서 우포"늪"은 "바람이 풀어놓은 수만 권 책"으로 채워진 "도서관"이다. 그런데 이 "도서관"은 관념적이고 현학적인 지식을 제공하는 도서관이 아니라 구체적인 자연의 감각과 신화적 상상이 살아 숨 쉬는 생명의 공간이다. 실제로 우포늪이 지닌 생태적 가치와 역사는 "수만 권 책"으로 대신할 수 없다. 1억 4천만 년에 생성되었다는 우포늪의 역사와 생태를 책으로 펴낸다면 수십 만 권의 책으로도 담아낼 수가 없을 정도로 방대하다고 하지 않을 수 없다. 기나긴 시간 동안 존재해온 우포늪의 역사를 자세히 (상상해)보면 "늪에는/ 수만 갈래 길이 태어나고/ 아득한 옛날 공룡들이 살아나오"는 것을 발견할 수 있었기 때문이다. 그곳에서 시인은 마음의 생태학을 강조한다. 즉 "신"마저도 "독서"를 하는 그곳에 들어가기 위해서는 "날마다 샛별에 마음 씻어야 한다"고 한다. 시인은 우포늪에서 자연물과 인간의 "마음", 인간과 "신"마저 함께 존재하는 위대한 자연을 발견한 것이다.

뒤의 시에서는 과수원의 "나무들"을 "악기"에 비유하고 있다. 이 "악기"가 연주하는 것은 자연과 인간과 우주가 함께 하는 생명의 소리라고 할 수 있다. 이 "악기"의 소리는 그러므로 온 생명이 하나의 몸처럼 함께 살아가는 소리들을 모은 지상 최고, 최대의 화음이라고 할 수 있다. 그런데 "악기"가 좋은 소리를 내기 위해서는 "조율"의 과정이 필요할 터, 시인은 과수나무를 가꾸는 일("전지 하고, 열매 솎고, 풀을 베고")을 그런 과정으로 비유한다. 그리고 "악보는 태양과 구름과 바람"과 같은 자연물들과 함께 "그대와 나의 삶과 생각들"이라고 한다. 이때 "나무들"은 천상과 지상을 연결하는 우주수宇宙樹와 다르지 않고, 인간의 "삶과 생각들"에 깃든 "욕망"과 "번뇌"를 "조율"하는 정화수淨化樹와 다르지 않다. 따라서 "나무들"은 단순한 과수나무가 아니라 자연과 인간, 신을 하나의 유기체처럼 연결해주는 생명의 네트워크임을 발견한 셈이다. 비단 "나무들"뿐이랴, 이 시는 모든 생명이 상관적으로 공존공영하는 자연 원리를 형상화한 것이다.

자연의 발견은 배한봉의 시에서 가장 빈도 높게 드러나는 테마이다. 그의 시에서 자연은 자연물뿐 아니라 인간과 신, 그리고 우주마저도 포괄하는 무궁무진의 존재이다. 이를테면 "덤불 언덕을 우주의 붉은 중심으로 만든 저기 저 천의무봉의 알 하나/ 누추하고 쓸쓸해서 아픈 한 세상이 환해진다/ 새 세계를 얻으려면 제일 먼저 가지고 있던 세계를 놓아야 한다"(「홍시를 딴다」)는 시구가 그런 존재 의식을 드러낸다. "홍시"가 숙성하여 지상에 떨어지는 자연현상을 통해 "우주의 붉은 중심"을 보고, 그것이 버림으로써 얻는 인생의 진리를 함의하고 있다는 사실을 발견하는 것이 그렇다. 또한 "비음산 용추 계곡 소沼가 하얀 얼음으로, 늙은 산벚나무 발목을 꽉 붙잡고 있다 …(중략)… 아무리 추워도 우리 오래오래 사랑하자는 굳센 맹세인 것이다"(「얼음이 산벚나무 발목을 꽉」)에서는 자연의 겨울 풍경을 통해 "사랑"의 생리를 형상화하고 있다. 또한 마음과 자연의 상호작용은 "멧돼지 같은 이 슬픔 좀 삭아서 올해

엔 과수원에 뿌릴 거름이나 되었으면 좋겠군요. 마음이"(「누 떼가 강 건너듯」), "가우뚱, 한쪽으로 기운/ 낡은 쪽배의/ 저 중심/ 늙은, 우포 사람들의 일생을 안다"(「우포 사람들」)는 시구를 탄생시킨다. 마음이 자연으로 환원되거나 자연이 인간으로 환원되는 상관적 관계를 발견한 것이다.

4. 푸른 은유와 에코토피아

자연은 불안한 것인가 믿을 만한 것인가? 문명에 찌든 모습을 보면 자연은 분명 절망적인 상황에 놓여 있고, 왕성한 생명력을 지닌 건강한 모습을 보면 자연은 분명 희망으로 가득 차 있다. 그렇다면 문명이나 근대적 이성이 부과하는 시련과 마주친 자연은 어떠한 존재인가? 생태학자인 러브록(J.E. Lovelock)의 가이아 이론에 의하면 환경과 생물로 구성된 지구생명체는 자기조절 능력을 충분히 갖추고 있다고 한다. 생태 오염이 심각한 지경에 이르렀을지라도 지구의 자정 능력과 인간의 성찰이 담보된다면 지구생태계는 건강을 유지할 수 있다고 보는 것이다. 배한봉 시인도 낙관적 전망을 내놓는다. 지구와 우주의 자정 능력을 신뢰하면서 어떠한 상황에서도 자연은 생태 낙원을 향해 열려 있다는 사실에 주목한다. 이것을 우리는 '푸른 은유의 숲'에 대한 신뢰라고 말할 수 있다. '푸른 은유'는 이 지상과 우주에 존재하는 모든 것들이 상생의 관계에 놓이는 원리, 순수한 자연 혹은 그것에 닥친 시련마저도 승화하여 에코토피아로 갈 수 있다는 믿음을 원관념으로 취한다. 그 보조관념은 구체적 자연.현상이다.

벌레 한 마리 나뭇잎을 갉아먹고 있다

바람 불고 잎들이
뒤척거린다

그 아래 잎들의 신음이 쌓여
그림자가 얼룩지고 있다
산책 나온 아침, 눈이 동그래진다

나뭇잎에 허공 길이 뚫리고
거기 헛발 디딘 햇빛
금싸라기를 쏟아 세상이 다 환해진다
아, 나뭇잎 허공
벌레 먹은 이 자리가
우화를 기다리는 은유의 길이라니,

허공에 빠진 내 생각을 뜯어먹으며
또 살찐 벌레 한 마리 지나간다

—「푸른 힘이 은유의 길을 만든다」 전문

이 시에서 "푸른 힘"은 생태계의 자정 능력을 비유한다. 시인은 "산책" 길에 "벌레"가 "나뭇잎을 갉아먹"는 모습을 보면서 "잎들의 신음" 소리를 듣는다. 이때 "벌레"가 반생태적인 존재로서 가해자라면 "나뭇잎"은 피해자로서의 순수한 자연이라 할 수 있다. 확대 해석한다면 "벌레"는 이기적 인간이나 삭막한 문명이라고 볼 수도 있다. 그런데 이 시는 현실에 대한 고발 이상의 생태의식을 드러낸다. 왜냐하면 "벌레" 먹은 "허공"에 "금싸라기" 같은 "햇빛"이 도달하는 모습을 보며 "세상이 다 환해진다"고 보기 때문이다. 이것은 생태적 순환의 원리를 함의하는 것이라 할 수 있을 터, "나뭇잎"과 "벌레"는 현상적으로는 피해자와 가해자인 듯하지만, 생태적으로는 그들이 생명의 그물로 연결된 전일적 존재라고 볼 수 있는 것이다. 특히 "벌레 먹은 이 자리"를 "우화를 기다리는 은유의 길"이라고 보는 것은, "은유"가 하나의 의미가 다른 의미로의 전이되는 동일성의 원리인 것처럼 자연도 "나뭇잎"이라는 한 생명이 "벌레"라는 다른 생명과 상관적으로 존재하는 생태 원리에 근거한다는 점을 의미한다. 예컨대 "나뭇잎"은 "벌레"의 먹이로서 "벌레"는 "나뭇잎"의 거름으로서 상보적인 것이기 때문이다. "우화"는 이러한 상생의 존재 원리를 상징한다. 따라서 이 시는 생태 낙원에 대한 낙관적 전망을 제시하고 있는 것이다.

이 시대의 대표적인 자연파 시인 혹은 생태 시인으로서 배한봉이 지향해 온 '푸른 은유의 숲'에 대한 낙관적 전망은 낭만적 이상주의에 뿌리를 두고 있는 것은 아니다. 그의 시는 "저 풀과 나무의 푸른 사랑의 힘이 세상을 설레게 한다"(「푸른 힘이 세상을 설레게 한다」)는 인식에 기초하지만, 에코토피아를 향한 전망은 무갈등의 낭만정신을 넘어서 삭막한 문명 현실을 극복하려는 역설적 의지를 동반한다. 그의 시에서 자연은 반자연적인 것들이 부과하는 시련과 상처마저도 딛고 일어서는 힘을 내재하고 있다. 자연에 대한 신뢰는 "혹한의 힘으로 한껏 붉고/ 한껏 깊어진 저 감나무 등불처럼"(「감나무 등불」) 살고자 하는 삶의 지향이나, "덧난 상처"에도 불구하고 "우리 삶의 길을 비추"고 "쿵, 우주 하나 일으켜 세우"(「붉은 눈」)는 달의 모습처럼, 문명과 욕망으로 인한 삶의 "상처"를 극복하여 생태 낙원에 이르고자 하는 의지와 연계된다. 그것은 "매연에 목이 타고 팔 잘린 아스팔트 나라의 나무도/ 차디찬 이 어둠 속 별을 헤며 서 있다"(「내일은 해가 뜬다」)는 생태적 낙관주의와 밀접히 관계 되는 것이다.

이처럼 배한봉의 시에서 자연은 피상적 관찰이나 관념적 사유의 대상이라기보다는 온갖 섭생들과 함께 살아가고 느끼고 생각하면서 인생과 우주의 원리를 터득하게 해주는 은유적 실체이다. 배한봉은 그 실체에 도달하기 위해서 '푸른 은유의 숲'으로 가는 길을 찾아서 오늘까지 부지런히 걸어왔다. 그 길을 가기 위해 시인이 얼마나 투명하고 맑고 긴장감 넘치는 삶을 살아왔는지 아래의 시구에 잘 드러난다. 그가 걸어온 "시의 길"은 이기적 문명이나 속된 욕망을 과감히 떨쳐버린 생태 구도자의 "차고 맑은" 정신성과 함께하는 것이었다. 때로는 "냉기의 극한"이나 "벼린 칼날" 같은 문명과 욕망의 위협 속에서도 염결한 정신성을 꼿꼿하게 유지해야 하는 '가난하고 외롭고 높고 쓸쓸한' 길이었다. 따라서 그의 자연은, 그의 시는 맑고 건강하다고 말하지 않을 수 없다.

> 그 끝에서 마삭줄 같은 물줄기가 흘러나오고 있다
> 침묵이 냉기의 극한에서 내뿜는
> 단 한 줄의 시구詩句
> 그 허옇고 긴 두루마리 문장에서 새나오는
>
> 시의 길은 이렇게, 차고 맑다
> 스윽, 벼린 칼날 같이 내 목덜미 지나간다
>
> —「얼음바위」 부분

고향과 사랑과 타자와 시
—고영민의 시

해 질 녘, 해 질 녘엔
세상 어떤 것도 대답이 없고
죽은 사람은 모두 나의 남편이고 아내이고
해 질 녘엔 그저 멀리 들려오는
웃는 소리, 우는 소리
—「허밍, 허밍」 부분

1

시집 『구구』를 열면, "가질 수도 버릴 수도 없는"이라는 짧은 구절이 먼저 나타난다. 「시인의 말」 전문이다. 「구구」라는 시에도 등장하는 이 인상적인 구절은 한 편의 응축적인 시로 읽어도 무방하다. 시인은 왜 시집의 모두에 그렇게 적었을까? 이 시집이 계륵鷄肋이라도 된다는 말인가? 사실 그런지도 모르겠다. 요즈음 세태에서 시라는 것이 계륵과 크게 다르지 않다고 생각할 수도 있다. 한 시절 언어예술의 주류였을 뿐만 아니라 모든 예술의 으뜸을 차지했던 영광을 상실하고, 서점의 한 구석이나 도서관의 먼지 낀 수장고 신세를 면하기 어려운 것이 오늘날 시가 처한 상황이다. 그러나 나는 이 구절을 고영민 시인이 지향하는 시적 이상에 대한 고민을 드러낸 것으로 읽고 싶다. 시인이면 누구에게나 시적 이상이 있을 터인데 평생 시를 써도 그것에 도달할 수 없다. 그래서 그것은 "가질 수도" 없는 것이다. 한편 그 이상 때문에 시인은 프로메테우스의 고통을 운명처럼 간직하고 살아갈 수밖에 없다. 현실이나 의지의 문제 때문에 그 이상을 포기하고 싶을 때도 있겠지만, 시인이라는 운명에 발을 들여놓았기 때문에 그것을 "버릴 수도 없는" 것이다.

그렇다면 시인의 운명은 어디에서 오는가? 그것은 현실 너머의 '더 먼 곳'을 이미 보아버렸다는 사실과 관련된다. 그곳은 현실에 존재하지 않는 어떤 궁극의 세계 혹은 심미의 세계라고 말할 수 있을 터, 그곳을 잠시나마 보아버린 사람에게 현실은 언제나 결핍 혹은 불화의 대상일 뿐이다. 시인은 보들레르가 노래했듯이 "구름의 왕자를 닮아/ 폭풍 속을 넘나들고 사수를 비웃지만/ 지상에 내려오면 야유 속에 내몰리는"(「알바트로스」) 존재이다. 고영민 시인이 '더 먼 곳'을 보아버린 사연은, 윤성학 시인이 『사슴공원에서』라는 시집의 발문에서 소개한 시에 흥미롭게 제시된다. "눈은 하늘에서 오는 것이 아니라/ 하늘보다 더 먼 곳에서 온다// 빈 그네만이 걸려 있는/ 고향에서 온다"(「눈 오는 날」 전문)는 시가 그것이다. 여기서 "눈"을 '시'라고 바꾸어 읽는 것이 가능하다면 고영민 시인의 시가 태어난 원적지는 "하늘보다 더 먼 곳"으로서의 "고향"이다. 그에게 "고향"은 단순한 향수의 대상을 넘어서 현실에서 잃어버린 소중한 것들이 살아 숨 쉬는 이상적 세계인 셈이다. 따라서 그의 시는 사람들이 보지 못한 그곳의 이상적이고 아름다운 풍경을 그리는 마음의 기록이다.

고영민의 시에서 "고향"의 주요 계열체는 사랑, 타자 등을 들 수 있다. 그의 사랑은 아가페, 필리아, 에로스 등이 다양하게 등장하지만 중심을 이루는 것은 에로스이다. 특이한 것은 에로스가 대부분 진행형보다는 과거형이나 일방향의 형태로 등장한다는 점이다. 즉 그의 사랑시의 주조는 이별의 시나 그리움의 시, 혹은 짝사랑의 시이다. 이 온전하지 못한 사랑들이 실은 사랑이나 인생을 성찰하는 데 유의미한 역할을 수행한다. 또한 그의 시에서 타자는 세상의 변두리에 서성이는 초라하고 소외된 것들이다. 시간의 흐름 속에서 사라져가는 것들, 늙은이와 죽은 이들, 외롭고 가난한 사람들이 빈도 높게 등장한다. 시인의 눈길은 이들을 연민과 애정으로 따뜻하게 환대하면서 그 존재의 심연의 꿰뚫어본다. 요컨대 고영민의 시세계는 이번 시선집 혹은 네 권의 시집에 온전히 드러나듯이 '하늘보다 더 먼 곳'으로서의 고향을 시작으로 사랑을 거쳐 타자에 이르는 다양한 범주를 보여준다.

2

고영민 시인이 고향을 자주 호명하는 이유는 무엇인가? 그의 시 가운데는 고향의 자연이나 사람, 사물에 관한 시편들이 많은 편이다. 그가 태어나서 유년기를 보낸 고향인 충청남도 서산은 순수한 자연과 자애로운 (조)부모님의 기억이 살아 있는 장소이다. 청소년기 이후 대부분의 삶을 대도시에서 살아온 그가 그러한 고향을 자주 찾는 이유는 일차적으로는 현실과의 불화 때문일 것이다. 그러나 그 불화가 그의 시에서 창작의 모티브나 테마의 구실을 직접적으로 수행하는 경우는 많지 않다. 현실과의 불화는 그의 시세계 전반의 흐릿한 인식론적 배경 구실을 하는 데 머물곤 한다. 하여 그가 노래하는 고향은 굳이 속악한 현실을 전제하지 않더라도 그 자체로 자연스러운, 너무도 자연스러운 삶의 공간이다.

대문 옆에 아이들이 서 있다
조금 떨어져 방한모를 쓴 노인이 서 있다
노인 옆엔 지게가 비스듬히 서 있다
그 밑에 누렁이와 장화가 서 있다
아무 것도 하지 않고 그냥 서 있다
일제히 마늘밭을 쳐다보고 있다
반짝반짝 살비듬이 떨어지고 있다
남향집을 비추는 빛은 서 있는
아이들의 입속과 노인과 개의 입속,
검은 장화 속에서도 환히
빛나고 있다

—「남향집」 전문

이 시의 "남향집"은 저 스스로(自) 그렇게(然) 존재하는 자연自然의 집이다. 이 집과 그 주변의 풍경을 구성하는 것들은 모두 "서 있"거나 그저 "있다". "대문 옆에 아이들이 서 있다"고 시작하여 "방한모를 쓴 노인"과 "지게"와 "누렁이와 장화"가 이웃처럼 어우러져 "서 있다." 주목할 것은 "아무 것도 하지 않고 그냥 서 있다"는 사실이다. 무위자연이랄까, 인간과 동물과 사물이 아무런 대화도 없이 그저 하나의 프레임 속에 아름답고 평화로운 풍경을 구성하고 있다. 그들이 "일제히 마늘밭을 쳐다보고 있다"는 것은 인간과 자연과 사물이 모두 유기체적 연속성 차원에서 하나로 존재하는 모습이다. "남향집을 비추는 빛"은 그들의 연속성을 더욱 강조해준다. "빛"이 "아이들의 입속과 노인과 개의 입속"뿐만 아니라 "검은 장화 속에서도 환히/ 빛나고 있다"고 한다. 어떤 존재에게도 공평하게 전달되는 "빛"이다. 이때의 "빛"은 세상의 모든 존재자들을 평등하게 빛나도록 만들어 주는 자연의 원리를 상징한다.

"남향집"은 그 자체가 하나의 고향이자 자연으로서 "아주 깨끗하고 순수했던 시절"(「꽃나무를 나설 때」)의 공간이다. 혹은 "하나가 둘이 되고, 셋이 되고/ 마음 가는대로/ 열이 되지"(「수필」)처럼 몸과 마음이 풍요로운 생산의 공간이다. 고향은 또한 언제나 자신을 환대해주는 가족이 있는 곳이다. 타향살이 혹은 현실의 삶 속에서 아버지, 어머니를 비롯한 가족들은 그 하나하나가 모두 고향이다. 이러한 가족의 소중한 의미는 죽음마저도 넘어서는 것이어서 특히 아버지, 어머니는 돌아가신 뒤에도 마음의 고향으로 살아 숨쉰다. 이를테면 "아버지가 나를 오래 쳐다본 적이 있지/ 돌아가시기 몇 달 전"의 일을 기록한 아래의 시에 그러한 사정이 잘 드러난다.

> 눈이 그의 영혼이므로
> 사람은 죽을 때 두 눈을 감지
> 사랑을 할 때도 두 눈을 감지
> 독수리는 죽은 者의 두 눈을
> 가장 먼저 빼먹지

오래 쳐다본다는 것은 처음으로 보는 것
나는 발밑에 내려와 있는
햇볕을 내려다보고 있었고
그 사이 당신은 나의 무엇을 처음으로 보았나

눈이 그의 영혼이므로
한 사람의 눈빛은 쉽게 변하지 않지
그리고 오래 쳐다본 것들은 모두 고스란히
두 눈에 담아서 간다네
눈이 그의 영혼이므로

—「눈의 사원」 부분

이 시는 "아버지"께서 돌아가시기 며칠 전에 "나"를 유심히 바라보던 아버지의 눈길을 떠올리면서 "눈"의 상징적 의미를 탐구하고 있다. "눈이 그의 영혼"이라는 시구는 "눈"이 인간의 자아와 외부세계와 연결시켜주는 "영혼"의 통로라는 상징적 의미를 이끌어낸다. 사람의 죽음을 일컬어 눈을 감았다고 한다든가, 사랑에 빠진 사람을 향해 사랑에 눈이 멀었다고 하는 표현을 생각해봐도, "눈"이 인간의 삶에서 차지하는 상징적인 의미가 얼마나 중요한 것인지 알 수 있다. 이 시에서 "아버지"의 "눈"이 "나"를 오래 쳐다보는 것도 같은 맥락이다. "아버지"는 사랑하는 자식과의 내적 일체감 혹은 영혼의 교감을 위해, 자신의 죽음을 앞두고 처음이자 마지막으로 "나"에게 따뜻한 눈길로 깊은 사랑을 전하고 있다. 처음 본 듯이 오래 쳐다보는 것은 사랑하는 자식의 모습을 저승에서도 잊지 않기 위해 "두 눈에 담아서 가"려는 마음의 표현이다. 이렇듯 "아버지"는 죽음을 맞이하면서도 "나에게" 자식에 대한 사랑과 인생의 깊이를 깨닫게 해주는 소중한 존재이다. 하여 "아버지"는 아련한 고향의 풍경과 함께 "나"의 마음속에 아직 살아 있는 것이다.

어머니도 마찬가지다. "나"는 화장터에서 어머니의 흔적을 받아들면서 "함은 뜨거웠다// 어머니를 받아 안았다// 갓 태어난 어머니가/ 목 없이 잔뜩 으깨진 채/ 내 품안에서/ 응애, 첫울음을 터뜨렸다"(「출산」)고 상상한다. 이 상상은 슬프지만 삶에 대한 깊은 깨달음을 전해준다. 돌아가신 "어머니"의 유골함을 받아들고 갓난아기가 "첫울음을 터뜨렸다"고 하는 것은 어머니가 죽음을 통해 "나"의 마음 깊은 곳에 거듭 태어났다는 의미이다. "나"에게 어머니는 피어있을 때만 아름다운 꽃이 아니라 "피어 있을 때보다/ 떨어질 때 더 아름다운 꽃"(「밤벚꽃」)으로서의 각별한 의미를 지닌 존재이다. 돌아가신 "어머니"는 비록 육신은 사라졌지만 "나"의 마음속에서는 살아생전보다 더 애틋하게 살아계실 것이니, "어머니"의 죽음이 단순한 소멸이 아니라 새로운 탄생일 수 있다고 상상한 것이다. 이 시는 "어머니"와의 이별이라는 크나큰 슬픔을 역설적 상상으로 극복하고 있는 것이다.

돌아가신 아버지와 어머니가 고향의 상징이라면 현재의 가족들 또한 새로운 고향이나 다름없다. 새로운 고향은 이를테면 "이제 앞강으로 물을 거슬러 오르는 물고기들이 차갑게/ 알을 슬어놓고는 한 生을 전해주러 떠내려올 시간입니다/ 방 안에는 온통 숨소리뿐입니다 나는 딸과 아내의 숨소리/ 사이로, 내 숨소리를 유심히 들여다봅니다"(「숨의 기원」)와 같은 생명과 평화의 연원이다. 이 시에서 "나"는 늦은 밤에 옹기종기 모여서 잠을 자는 가족들을 바라보면서 그들의 "숨소리"뿐만 아니라 자기 자신의 숨소리를 찬찬히 살피고 있다. "앞강으로 물을 거슬러 오르는 물고기들"이 전해주는 "한 生"의 서사는 "나"와 관련된 인생의 내력을 온전히 표상한다. 한밤중에 "딸과 아내의 숨소리/ 사이로, 내 숨소리"를 통해서 아버지, 어머니가 전해주던 시원적 생명의 장소인 고향의 의미를 다시 발견하고 있다. 이때 "숨의 기원"은 생명의 기원이자 인생의 서사가 발원하는 원적지이다.

3

고영민의 시에 등장하는 또 하나의 '더 먼 곳'은 사랑이다. 시인은 사랑에 관한 한 지독한 이상주의자라고 말할 수 있다. 그 이유는 시인이 현실과 타협하는 사랑보다는 현실 너머의 완전한 사랑을 추구하기 때문이다. 문제는 완전한 사랑이 인간에게 주어지지 않는다는 것, 그리고 시인은 그런 사랑을 결코 포기하지 않는다는 것에 있다. 그것을 포기하는 순간 시인은 사랑을 노래할 수 없기 때문이다. 완전한 사랑은 언제나 과거나 미래, 혹은 상상 속에서만 가능한 것이어서 현실에서 잠시 사랑의 향연이 펼쳐진다 하더라도 그것은 결국 결핍의 흔적으로만 남는다. 고영민의 사랑시 가운데 유난히 짝사랑과 이별의 고통과 그로 인한 이별이 빈도 높게 나타나는 것은 그런 이유 때문이다.

새소리가 높다

당신이 그리운 오후,
꾸다만 꿈처럼 홀로 남겨진 오후가 아득하다
잊는 것도 사랑일까

잡은 두 뼘 가물치를 돌려보낸다
당신이 구름이 되었다는 소식
몇 짐이나 될까
물비린내 나는 저 구름의 눈시울은

바람을 타고 오는 수동밭 끝물 참외 향기가
안쓰럽다

하늘에서 우수수 새가 떨어진다

저녁이 온다

울어야겠다

—「반음계」 전문

이 시는 "당신이 그리운 오후"의 심사를 노래하고 있다. 실연으로 인한 "당신"의 부재 속에서 그를 향한 그리운 마음을 드러내고 있다. 화자는 사랑하는 이를 잊기 위해 한적한 저수지로 낚시를 온 듯하다. 낚시를 하는 도중에 사랑하는 이에 대한 집착을 놓는 심정으로 "잡은 두 뼘 가물치를 돌려보내"기도 하면서 "당신이 구름이 되었다는 소식"을 떠올린다. 서러운 마음을 하늘에 투사하여 "구름의 눈시울"을 발견하고, "참외 향기"마저 "안쓰럽다"는 부정적 정서 속으로 빠져든다. "저녁"이 되어 "하늘에서 우수수 새가 떨어지"는 모습을 보면서 화자의 정서는 더 낮은 곳으로 침잠한다. 이것이 바로 "저녁이 온다/ 울어야겠다"는 고백의 이유이다. "오후"가 사랑이 사라지는 시간이라면 "저녁"은 사랑의 기억이 사라지는 시간일 터, 화자가 울고 싶은 것은 사랑이 사라지는 것보다 더 슬픈 것은 "당신"의 기억에서 멀어지는 것이기 때문이다. 따라서 "반음계"는 상실한 반쪽을 그리면서 온전한 사랑을 향한 열망의 기표일 터, 고영민 시의 그 많은 울음소리들은 이러한 반쪽 사랑 혹은 사랑의 결핍에서 기원한다.

사랑의 결핍이 클수록 사랑에 대한 열망도 커진다. 사랑은 "가진 것 없이 매달린 내가/ 너에게 오래오래 가닿는 길은/ 축축하고 무른 땅에 떨어져 박히는 것/ 네 입속에 혀를 밀어넣듯// 거부해도 네 입속에 혀를 밀어넣듯/ 다시 혀를 밀어넣듯"(「네 속에 혀를 밀어넣듯」) 끝없이 추구하는 것이다. 그러나 그러한 추구심이 사랑의 완성을 의미하는 것은 아니다. 사랑은 완성될 수 없음을 알면서도 추구하는 것 자체가 인간적인, 너무도 인간적인 사랑이다. 사랑이 비록 망각의 강으로 흘러드는 실체 없는 흔적에 불과할지라도 그것은 인간 실존의 한 조건이기 때문에 포기할 수 없다.

산비알 흙이
노랗게 말라 있다
겨우내 얼었다 녹았다 푸석푸석 들떠 있다

저 밭의 마른 겉흙이
올봄 갈아엎어져 속흙이 되는 동안
낯을 주고 익힌 환한 기억을
땅 속에서 조금씩
잊는 동안

축축한 너를,
캄캄한 너를,
나는 사랑이라고 불러야 하나
슬픔이라고 불러야 하나

—「내가 갈아엎기 전의 봄 흙에게」 전문

이 시는 계절의 순환과 사랑의 생리를 대비하고 있다. "산비알"의 "마른 겉흙이/ 올봄 갈아엎어져 속흙이 되는 동안"의 변화가 사랑의 기억과 그 망각의 과정으로 보고 있다. 그 과정을 "환한 기억을/ 땅 속에서 조금씩/ 잊는 동안"이라고 표현하여, 인간의 사랑이 지닌 유한성에 대해 성찰하는 모습을 보여준다. 겨울 동안 햇살을 받아가면서 대기와 함께 호흡하던 "겉흙"이 "속흙"으로 변해가는 정황, 그리하여 "겉흙"이 지녔던 "환한 기억"을 "조금씩/ 잊는 동안"의 일은, 인간사로 비유하면 한때 열렬했던 사랑의 기억이 점차 사라져가는 비극을 의미한다. 이 비극적인 사랑은 "사랑이라고 불러야 하나/ 슬픔이라고 불러야 하나"에 암시되어 있는 것처럼 "슬픔"과 등가이다. 이 슬픔은 사랑의 실체는 어디론가 사라지고 "한 빛깔이 지나가고/ 다시 그 뒤를 다른 빛깔이 지나면서/ 또렷해지는/ 자취"(「회감回感」)로만 남는 데서 오는 것이다.

그러나 사랑이 흔적으로만 남는다고 하여 그 소중한 가치가 사라지는 것은 아니다. 가령 이미 지나가버린 철없는 시절의 사랑도 "빈 스티로폼 박스"처럼 뒹굴다가 사라지고 말 것 같아 그 안에 "커다란 돌멩이를 넣어주는"(「첫사랑」) 마음을 갖게 한다. 또한 "이 저녁엔 사랑도 事物이다/ 나는 비로소 울 준비가 되어 있다"(「저녁에 이야기하는 것들」)고 하듯이, "사랑"이라는 추상이 "사물"이라는 구체적 형상을 만나 실제의 "사랑"으로 나아가는 "저녁"의 일이기 때문이다. 이때의 우는 행위는 고영민 시의 울음이 자주 그러하듯이 슬픔이나 고통이라기보다는 타자와의 감정의 연대나 동일시를 위한 것이다. 즉 "저녁"이 낮과 밤의 중간 지점에서 그 둘의 경계를 지우듯이, 사랑은 인간과 사물, 인간과 자연의 경계를 지우면서 사랑의 주체와 타자의 일체감에 이르는 것이다. 이러한 사랑이라면 비록 현실에서 항상 결핍으로 남는다 해도 그 마음의 흔적만으로도 이미 아름답고 소중한 것이 아닐 수 없다. 이것이 바로 고영민 시의 사랑론이다.

4

고영민 시인이 추구하는 또 하나의 '더 먼 곳'은 타자이다. 타자는 근대적 이성이나 남성성, 정신성, 다수자 등에 대응하는 감성이나 감정, 여성성, 육체성, 소수자 등을 의미하는 것이다. 이들 가운데 고영민 시에서 주목할 것은 사회적으로 가난하고 병들고 소외된 소수자들이다. 그의 시에는 이런 사람들에 대한 이해와 연민지정이 자주 드러난다. 이는 데리다가 시인은 타자를 환대해야 한다는 주장에 부합하는데, 고영민의 시는 타자를 환대함으로써 리리시즘의 협애에서 벗어난다.

비둘기가 울 때마다 비둘기가 생겨난다

비둘기는 아주 오래된 동네
텅 빈 동네

학교를 빠져나와 공중화장실에서
긴 복대를 풀어놓고
숨죽인 채 쌍둥이 사내애를 낳고 있는
여고생
빈 유모차를 밀며 공중화장실 옆을 지나는
할머니 머리 위

비둘기는 비둘기를 참을 수 없다
밀려오는 요의尿意처럼
누군가는 비둘기를 속속들이 알고 있다

비둘기가 비둘기에게 물을 붓는다
비둘기는 꺼질 리가 없다

가질 수도 버릴 수도 없는 비둘기가 연신
비둘기를 뱉어낸다

—「구구」 전문

이 시의 "구구"라는 비둘기 소리는 슬프고 쓸쓸하다. "비둘기"는 평화의 새가 아니라 그 무엇도 부를 수 없이 저 스스로를 호명(구구=鳩鳩)할 수밖에 없는 외로운 존재이다. 혹은 그러한 공간이다. "공중화장실"에서 "사내애를 낳고 있는/ 여고생"이나 폐지를 주우며 "공중화장실 옆을 지나는/ 할머니"도 같은 처지이다. 그런데 한자 구(鳩)가 "비둘기" 외에도 '모이다'라는 의미도 지니고 있기 때문에 "비둘기"라는 "텅 빈 동네"는 타자들이 모여 있는 공간으로 볼 수도 있다. 특히 "가질 수도 버릴 수도 없는 비둘기"라는 시구는 화자의 "비둘기"에 대한 태도를 나타낸다. 스스로 타자와 동일시될 수도 없고 타자를 외면할 수도 없는 화자의 솔직한 마음이 드러난다. 만일에 타자에 대해 냉정하게 외면한다면 냉혈 인간과 다르지 않고, 지나치게 과장된 감정을 드러낸다면 거짓일 가능성이 높다. 요컨대 이 시는 인간적인 솔직함으로 타자들에 대한 이해와 배려의 마음을 노래하고 있는 것이다. 타자에 대한 이러한 태도는 다른 시에서 더 적극적으로 드러나기도 한다.

벚나무 밑에 꽃잎이 하얗게 쏟아져 있다
봉지쌀을 사오던 아이가 나무 밑에 그만 쌀을 쏟은 것만 같다
아이가 주저앉아 글썽글썽 쌀을 줍는 것만 같다
집에는 하루 종일 누워만 지내는 병든 엄마가 있을 것만 같다
어린 자식들에게 아무 것도 해줄 수 없어
속이 썩을 대로 썩은 늘 우는 엄마가 있을 것만 같다
배고파도 배고프다고 말을 하지 않는 착한 동생들이 있을 것만 같다
날 저무는 문밖을 내다보며 그저
왜 안오지? 왜 안오지?
중얼거리고 있을 것만 같다
벚나무야, 내게 쌀 한 봉지만 다오
힘껏 나무를 발로 차본다
쌀을 줍고 있는 아이의 작은 머리통 위로
먹어도 먹어도 배부를 리 없는 흰 꽃들이
하르르, 쏟아진다

—「봉지쌀」 전문

이 시에서 "봉지쌀"의 원관념은 "벚꽃"이다. "벚나무 밑에 꽃잎"의 무리를 "봉지쌀을 사오던 아이가" 실수로 그만 "쌀을 쏟은 것만 같다"고 한다. "봉지쌀"은 가난하고 소외받은 자들의 생활을 대변한다. 쌀을 쏟은 "아이"의 "집"에는 "하루 종일 누워만 지내는 병든 엄마가 있을 것"이고, "배고파도 배고프다고 말을 하지 않는 착한 동생들이 있을 것"이다. 너무 가난하여 많은 쌀을 살 수 없는 그들은 하루하루 "봉지쌀"로 연명할 수밖에 없는 처지에 놓여 있다. 그런데 그들에게 생명과도 같은 "봉지쌀"을 그만 땅바닥에 쏟아버리고 말았다는 것은 "아이"에게 너무도 큰 사건이다. 그래서 "아이"는 배고픔을 참고 기다리고 있을 가족들을 생각하면서 그 쌀을 주워 담다가 "벚나무"를 걷어차면서 "쌀 한 봉지"를 달라고 애원한다. 이때 "쌀을 줍고 있는 아이의 작은 머리통 위로" "흰 꽃들이/ 하르르, 쏟아진다." 이 장면은 아름답지만 일종의 페이소스를 자아낸다. "아이"가 간절히 원하는 쌀이 아니라 "먹어도 배부를 리 없는 흰 꽃들이" 쏟아지다니! 이 대목에 이르면 독자들의 연민과 동정과 슬픔은 최고조에 달한다. 타자를 환대하는 시인의 마음이 독자들에게 전이된 까닭이다.

타자에 대한 관심은 고향시나 사랑시와 구별되는 윤리의식과 연관된다. 그런 의식이 구체화되는 방식은 타자의 슬픔과 고통에 공감하려는 태도에서 출발하는데, 그런 태도는 다른 시에서도 자주 나타난다. 이를테면 "코에 호스를 꽂은 채 누워 있는 사내는 자신을 반쯤 화분에 묻어놓았다 자꾸 잔뿌리가 돋는다 노모는 안타까운 듯 사내의 몸을 굴린다"는 장면과 "뉴스를 보니 어떤 씨앗이 700년 만에 깨어났다는구나 노모는 혼자 중얼거리며 길어진 사내의 손톱과 발톱을 깎아준다"(「식물」)는 장면이 그렇다. 이처럼 슬프고 안타까운 타자의 사연에 관심을 기울이는 것이다. 그런데 주목할 것은 식물인간이 된 아들과 그를 정성으로 간호하는 늙은 어머니의 이 비극적인 사연이, 시에 편입되면서 지극하고 아름다운 사랑(모성애)의 이야기로 변모된다는 점이다. 이처럼 타자의 시를 구성하는 이야기는 슬프지만, 그 이야기를 지탱하는 타자의 모습과 그를 환대하는 화자의 마음씨는 아름답다.

따라서 고영민 시인의 타자시는 사회적 윤리의식을 그려내는 동시에 미학의 차원으로까지 나아가고 있다고 하겠다.

5

고영민 시는 서정의 심도가 깊고, 감정의 그늘도 촉촉하다. 이즈음처럼 시가 촉기를 상실하고 이지理智나 자폐의 골짜기로 숨어드는 시대에, 그의 시는 분명히 독자들의 마음 깊은 곳으로 다가갈 것이다. 그의 고향과 사랑과 타자의 시는 지성이나 내면의 과잉을 경계하면서 촉촉한 정서를 바탕으로 한 미적 형상을 창출해내고 있기 때문이다. 그의 시는 또한 다변의 언술이나 현란한 수사와도 일정한 거리를 두고 서정시 본연의 회감回感과 파토스를 추구하는 동시에 인간과 사회를 향한 에토스를 견지한다. 고향시나 사랑시가 '울음'으로 표상되는 파토스 쪽에 기울어져 있다면, 타자시는 나르시시즘을 넘어서는 공동체적 에토스를 망각하지 않는 미덕을 보여주고 있다. 그의 파토스에 기울어진 시에서는 눈물의 시인 박용래가 연상되고, 에토스를 견지하는 시에서는 신경림의 따뜻하고 애잔한 시편들이 떠오른다. 이러한 그의 시세계가 구축되는 데는 무엇보다도 그만의 절박하고 견결한 시적 자의식이 작용했음은 물론이다.

다른 곳을 마다하고
저 소나무는 왜 벼랑 끝에 서 있을까

뿌리 절반을 아예
하공에 박아두고 있다.

절벽으로부터

한 걸음 더
절벽,
가지 위에 커다란 둥지가 걸려 있다

저속에 사는 낭떠러지 새는
격랑의 허공에
두근거리는 나무의 오랜
심장을 올려놓고

누구도 꺼내가지 못할 알을
추락하면서 낳는다

—「문장」 전문

이것이 바로 그의 시가 탄생하는 정신적 배후이다. 이 시의 주인공은 "벼랑 끝"의 "소나무"와 "낭떠러지 새"이다. 그리고 공간적 배경은 "벼랑 끝"의 "소나무" 위에 있는 "낭떠러지 새"의 "둥지"이다. 언제라도 추락할 수 있는 그 위태로운 자리에서 "낭떠러지 새"는 "누구도 꺼내가지 못할 알을/ 추락하면서 낳는다". 고영민 시인은 자신의 "문장"(시)을 "낭떠러지 새"의 "알"에 비유하고 있는데, 이는 현실의 나태 때문에 언제 추락할지 모른다는 긴장감으로 시를 쓴다는 자의식을 고백한 것이나 다름없다. 무릇 시인은 하나의 시문을 얻기 위해서 현실이나 언어, 혹은 자신과의 불화를 견뎌내야 한다. 비트겐슈타인의 말대로 '어떤 하나의 언어를 상상한다는 것은 어떤 하나의 삶의 형식을 상상한다는 것'이기 때문이다. 이 시를 보건대 고영민 시인은 오늘 이후에도 시 쓰기의 "절벽"에 기꺼이 설 것임에 틀림없다. 더 깊고 빛나는 울음소리를 위해, 결코 "추락"을 두려워하지 않는 시심으로! 오늘도 시의 "알"을 낳기 위해 마음의 "절벽" 앞에서 선 고영민이라는 슬픈 새의 울음소리가 '허밍, 허밍' 들리는 듯하다.

제3부

시의 함축미에 대하여

—이시영의 『호야네 말』, 최동호의 『수원 남문 언덕』

1. 압축과 함축

시의 본질적 속성 가운데 하나가 언어를 함축적으로 사용하여 예술적 미감을 발휘하는 것이다. 시는 다른 문학 장르보다 짧은 형식을 통해 표현되는 것이기 때문에 언어의 함축성을 활용하지 않고는 좋은 결과물을 기대할 수 없다. 시가 아무리 긴 형식을 선호한다고 해도 그것은 어디까지나 시 자체 내에서의 상대적인 특성일 뿐이어서 그것이 시 장르 자체의 특성으로까지 이어지지는 못한다. 산문시이든 서사시이든 다수의 언어를 사용하는 시 양식일지라도 그 자체로 함축적인 의미를 형상하지 못하면 시로서의 기본 자질을 갖추지 못한 것이 된다. 언어가 견지하는 함축의 정도 차이는 있을지라도 함축 자체를 거부해서는 시라고 볼 수 없기 때문이다.

언어를 경제적으로 사용하는 것과 함축적으로 사용하는 것은 의미가 다르다. 언어의 경제적인 사용이 일상적인 수준의 것이라면, 함축적인 사용은 시학적인 차원의 것이라 할 수 있다. 이를테면 요즈음 젊은이들이 SNS에서 언어를 짧게 사용하려는 경향은 의사전달의 효용성을 위한 것이지 미학적인 차원의 것은 아니다. 국적불명의 단축어나 절단어, 이모티콘 등을 사용하는 것은 의사소통의 속도전을 위한 기능적인 것에 불과하다. 그러나 시인들이 언어를 함축적으로 사용하는 것은 시의 미적 차원을 고양하기 위한 예술적 행위의 일종이다. 언어의 주름을 제거하고 그 에누리를 최소화함으로써 긴밀하고 탱글탱글한 시의 미감을 살리는 것이다.

흥미로운 것은 우리 시단에서 언어 사용의 패턴이 세대별로 많은 차이가 있다는 사실이다. 젊은 시인들일수록 언어 사용을 과도하게 하는 경향이 있는 반면, 중장년 시인들일수록 언어 사용을 자제하고 있는 형편이다. 그런데 더 흥미로운 것은 이러한 차이가 일상생활에서는 반대의 현상으로 나타난다는 사실이다. 일상 언어에서 젊은 사람들일수록 경제적 언어 사용을 지향하는 반면, 중장년 세대일수록 많은 언어를 사용하려는 경향이 농후하다. 이런 차이를 어떻게 해석해야 할까? 이것은 언어사회학이나 시학적으로 복잡한 논의가 필요할 터이지만, 시를 중심으로 생각한다면 그것은 아마도 젊은 세대 시인들이 지니고 있는 이중적 언어 감각과 연관되지 않을까 싶다. 그들은 일상 언어의 경제성을 최대화하려는 반면에 시적 언어는 아감벤(G. Agamben)이 말했던 세속화(secularization)를 통해 당대적 실감을 살려내고자 하는 의지가 강하다고 하겠다. 이들에 비해 중장년 시인들은 시의 세속화를 기꺼워하지 않는 경향이 있는 것이다.

최근 이시영 시인과 최동호 시인이 출간한 두 시집 『호야네 말』과 『수원 남문 언덕』은 시적 언어의 함축성을 전형적으로 보여준다. 두 시인은 오래전부터 시어의 함축성을 적극적으로 옹호하고 실천해 온 우리 시단의 장년 혹은 원로이다. 이시영 시인은 역사와 자연 서정의 꼭지를 짧은 언어로 형상화하여 그 꼭지 아래의 함축적인 의미와 미학을 함축적으로 드러내곤 한다. 또한 최동호 시인은 정신과 자연 서정의 여백을 줄이고 줄여서 극단적으로 짧은 시 형식을 지향해 왔는데, 그는 자신의 이러한 시적 지향을 극서정시라는 용어로 표현해왔다. 그렇다면 최동호가 극서정시의 시인이라면 이시영은 극자연시의 시인이라고 불러도 무방할 것이다. 그리고 두 시인은 공통적은 함축미의 달인이라는 점이다.

2. 이시영 : 국가 초월의 극자연시

이시영 시인은 반국가적 자연주의자이다. 아니 그는 반국가적 국가주의라고 하는 편이 나을 듯하다. 그가 반대하는 국가는 비속한 자본주의의 얽매인 비인간적인 국가이고, 그가 지향하는 국가는 자연의 순리와 인간의 정리가 살아 있는 아름답고 평화로운 국가이다. 그가 지향해온 이러한 국가주의는 최근 발생한 세월호 참사 속에서 국가의 의미를 다시금 생각해보게 한다.

> 어디 남태평양에 아직 발견되지 않은 섬은 없을까. 국경도 없고 경계도 없고 그리하여 군대나 경찰은 더욱 없는, 낮에는 바다에 뛰어들어 솟구치는 물고기를 잡고 야자수 아래 통통한 아랫배를 드러내고 낮잠을 자며 이웃 섬에서 닭이 울어도 개의치 않고 제국의 상선들이 다가와도 꿈쩍하지 않을 거야. 그 대신 밤이면 주먹만 한 별들이 떠서 참치들이 흰 배를 뒤집으며 뛰는 고독한 수평선을 오래 비춰줄 거야. 아 그런 '나라' 없는 나라가 있다면!
>
> —「'나라' 없는 나라」 전문

이 시는 정보의 양를 기준으로 하면 수십 행의 길이가 필요하다. 자연이나 국가의 의미에 대해 깊은 이해와 통찰을 내용으로 하는 시이기 때문이다. 시인이 상상하는 "남태평양에 아직 발견되지 않은 섬"은 순수한 자연의 세계이다. 그곳은 "군대나 경찰"과 같은 이데올로기적 국가장치(알뛰세르)가 없는 공간이자, "제국의 상선"과 같은 자본주의적 착취도 없는 평화로운 공간이다. "밤이면 주먹만 한 별들이 떠서 참치들이 흰 배를 뒤집으며 뛰는 고독한 수평선을 오래 비춰주"는 이곳은 유토피아나 다름없다. 이런 곳에 무책임한 국가나 이기적인 기업이 있을 리 없으니, 단언컨대 세월호 참사 같은 일도 절대로 벌어지지 않을 것이다. 그곳에 "나라"가 있다면 자연이 곧 "나라"이고 백성이 곧 "나라"인 그런 나라가 있을 뿐이다. 그런 자연 "나라"의 풍경은 이러하다.

> 동양파라곤아파트 동쪽 정원 측백나무 옆
>
> 고양이 세 마리가 나와 자울자울 해바라기를 하고 있는데
>
> 그중 두 놈은 흰 배에 검은색 등이고
>
> 나머지 한 놈은 완전 호랑이 색깔이다
>
> 그런데 저렇게 평화로울 수 있다니!
>
> —「평화롭게」 전문

이것은 짧지만 강렬한 인상을 주는 상생과 평화의 풍경이다. 시의 주인공들이 "고양이 세 마리"가 환기하는 것은 다양한 가치관을 지닌 존재들이다. "흰 배에 검은색 등"을 한 "두 놈"과 "완전 호랑이 색깔"인 "나머지 한 놈"은 서로 개성과 이념이 다른 인간을 비유한 것으로 읽을 수 있다. 이들이 서로 개성과 이념이 다를지라도 "평화로울 수" 있는 것은 "측백나무"가 있고 "자울자울 해바라기"가 가능하기 때문이다. 나무나 해와 같은 순수한 자연과 더불어 존재하는 것들은 무엇이든 함께 살아가는 지혜를 간직한다. 이 시에 등장하는 "고양이 세 마리"처럼 각기 다른 개성을 지닌 사람들이 자연을 배경으로 "평화롭게" 살아가는 것은 자연스러운 일이다. 그것은 시를 통해 간접적으로 드러난 시인의 바람이기도 하다.

이렇듯 반국가적 국가주의는 자연에 대한 극단적 옹호를 바탕으로 하는 것이기 때문에 극자연주의라고 지칭해도 무방할 것이다. 특히 이 시집의 1~3행으로 진술되고 있는 다수의 시편들에는 언어 자체의 인위성마저 배제하려는 극자연주의의 시학이 바탕에 깔려 있다.

> 1) 이 아침에도 다람쥐들은 재빨리 능선을 넘겠구나
>
> —「첫눈」 전문

2) 이 세상이 그렇게 빨리 망하진 않을 것 같다
언 땅속에서 개나리 한 뿌리가 저렇게 찬란한 봄을 머금고 있었다니

—「조춘」 전문

3) 자동차 바퀴가 무지막지한 소리를 내며 달리고 있었다
그 옆에서 귀뚜라미가 착한 앞발을 들고
가느다랗게 가느다랗게 울고 있었다

—「남부순환도로에서」 전문

이들은 모두 자연의 섭리를 자연의 언어로 간명하게 담아내고 있다. 1)은 자연의 부지런한 속성을 보여준다. "아침"형 자연물인 "다람쥐들"은 "첫눈"이 오는 차가운 계절을 맞이하면서 "재빨리 능선을 넘"어 자연의 이법에 적응하고 있는 모습니다. 또한 2)는 자연에 대한 신뢰감을 드러낸다. 봄이 되면 "찬란한 봄"을 가장 먼저 연출하는 "개나리"꽃을 탄생시키기 위해, "언 땅속에서"도 "한 뿌리"를 지켜내고 있는 자연으로 인해 "세상이 그렇게 빨리 망하진 않을 것 같다"고 한다. 믿을 수 없는 세상에 대한 강렬한 부정 정신이 숨겨져 있지만, 그것을 자연에 대한 무한 신뢰를 통해 긍정적 정신으로 승화시키고 있는 시이다. 그리고 3)은 자연을 향한 문명의 폭력을 고발하고 있다. "자동차 바퀴"로 상징되는 문명의 폭력성은 "귀뚜라미의 착한 발"로 표상되는 자연의 순수성을 위협하고 있다. 자연의 위기를 고발하는 데 더 이상의 구구한 설명을 필요하지 않다. "자동차"의 "무지막지한 소리"에 대비되는 "귀뚜라미"의 작은 울음소리를 제시하는 것만으로 오히려 매우 효과적으로 자연 옹호의 시심을 드러낸다.

3. 최동호 : 속도 초월의 극서정시

최동호 시인은 일찍이 정신주의를 시 창작과 시 비평의 화두로 제시해왔다. 그의 정신주의는 인위적 현대 문명에 대한 비판 정신과 대안 제시의 기능을 모두 함의하고 있다. 현대 문명을 상징하는 것 가운데 하나는 속도일터, 그것은 자연의 리듬이 제거된 문명의 리듬을 의미하는 것이다. 문명의 리듬은 인간적 서정을 파괴하여 자연과 인간을 괴리시키는 것인데, 최동호 시인은 이러한 현상을 초월하기 위한 방식으로 극서정시를 주창하면서 스스로 창작을 실천한다.

뛰어들고 싶다

—「지하철」 전문

이 시는 이 시집의 시편들 가운데 길이가 가장 짧다. 뿐만 아니라 필자가 읽은 최동호의 시 가운데서도 가장 짧다. 언뜻 시의 형식만을 보면 장꼭도의 유명한 시구 "너무 길다"(「뱀」 전문)가 생각나기도 한다. 시인은 제목을 "지하철"이라고 붙여놓고 거기에 "뛰어들고 싶다"고 한다. 시적 언어의 길이는 그것이 짧을수록 의미의 분광점에 가깝기 때문에 매우 다양한 함축성을 갖기 마련이다. 이 시의 내용을 제목과 함께 자세히 살피면 다양한 차원에서 읽어낼 수가 있다. 우선 행위 주체의 다양한 해석이 가능하다. 즉 '나 혼자, 친구와 함께, 애인과 함께' 등으로 해석할 수 있다. 그리고 행위 장소의 다양한 해석도 가능하다. 즉 '지하철 객실에, 지하철 선로에, 지하철 바퀴에' 등으로 해석할 수 있다. 여기에 행위 시간도 다양하게 상정할 수 있다. 즉 '사랑한 후에', '실연한 후에, 귀가 시간에' 등을 상상해 볼 수 있다. 이들 다양한 가능태들은 교직하면(반어적 맥락를 포함하여) 이 시는 실로 인생에서 맞이할 수 있는 행복의 극단과 불행의 극단 사이를 오가는 매우 다양한 해석이 가능하다.

또한 이 시의 제목인 "지하철"은 현대문명이 지니는 양가적 속성을 함의한다. 편리하지만 위험한 것, 빠르지만 비인간적인 것, 정확하지만 반서정적인 것. 이것은 바로 현대 문명이 지닌 일반적인 속성이다. 그러나 서정시인은 그러한 문명의 양가성 가운데 후자에 관심을 집중할 수밖에 없다. 하릴없이 문명의 속도에 몸을 싣고 살아가지만 마음과 영혼은 그 반대편의 서정적 세계를 지향하기 마련이다. 그렇다면 (다소 비약적이지만) 이 시의 "지하철"은 서정의 세계를 지향하기 위한 디딤돌 구실을 하는 것이다.

1) 발 끝에 중심을 잃은

발레리나는

별을 따러 도약한

나비

―「발레리나」 전문

2) 금동귀고리 귀밑을 흔드니

창녕박물관

섬돌에

자울자울 햇빛이 걸어간다

―「가야소녀」 전문

두 시는 모두 서정시의 전형을 보여주고 있지만, 그 서정을 지향하는 방향과 성격은 서로 다르다. 1)은 근대적 예술인 "발레"를 소재로 하고 있다. 그 주인공인 "발레리나"는 춤을 통해 인생을 승화하는 존재로서 이 시에서 캡처한 장면은 "발 끝에" 있는 무게 "중심을" 벗어나 공중으로 부양하는 장면이다. 시인은 그 장면은 "별을 따러 도약한 나비"라는 비유를 통해 그 아름다움을 강조하고 있다. 천상의 "별"은 "발레리나"가 현실을 초월하여 추구하고자 하는 예술적 이상일 터, 순간적인 하나의 동작을 통해 춤 전체 혹은 "발레리나"의 인생, 나아가서 예술 일반의 의미를 탐구하고 있는 것이다. 이에 비해 2)는 전통적 예술품인 "금동귀고리"를 소재로 하고 있다. "창녕박물관"의 "금동귀고리"는 역사 맥락을 지닌 아름다움의 표상이다. 그것을 흔드는 순간 거기서 나오는 금빛에 대해 "섬돌에/ 자울자울 햇빛이 걸어간다"고 비유한다. "금동귀고리"가 잠시 반짝, 하는 순간의 아름다움을 전통적 서정의 차원에서 감각하고 있는 것이다.

극서정은 이처럼 순간을 포착하여 그 순간이 거느린 넓고 깊은 심미의 세계를 감각하는 창작 방식이다. 이는 시집의 서문에서 "극서정시를 끝까지 밀고 나가면 마지막에 일행시나 일자 시에 도달하게 된다. 그러나 난관은 시적인 공감을 고양시키는 극적 구성을 어떻게 예술 형태로 만들어내는 가이다"라는 진술과 상통한다. 실제로 이 시집에 실린 짧은 시편들은 그러한 함축미를 통해 "예술 형태"를 구축하고 있다. 그리고 그것의 사상적 배경은 동양적 정신주의, 구체적으로 말하면 노장의 무위사상과 상통한다.

흩어졌다 모여드는 참새 떼

모기 날개 달고 오토바이 질주하는 세상

붕새 날개 느리게 펼치고

구만창천을 휘저으며 자유로이 날아보자

—「장자풍으로」 전문

이 시에서 "오토바이 질주하는 세상"은 속도에 얽매여 살아가는 현대 사회를 지시한다. 그런 사회를 살아가는 사람들을 "참새 떼"라고 한 것은 시대적인 유행에 부화뇌동하는 현대인의 생리를 드러내기 위한 것이다. 그들이 날고자 하는 욕망으로 "모기 날개"를 달았다는 것도 세속적 가치에 얽매여 애초부터 비상이 불가능한 그들의 모습을 드러낸다. 그러나 시인은 그들이 살아가는 "오토바이"처럼 시끄럽고 요동치는 세상을 거부한다. 대신에 "붕새 날개 느리게 펼치고"서 "구만창천을 휘저으며 자유로이 날아보자"고 제안한다. "모기 날개"가 아니라 "붕새 날개"를 달고 "장자풍으로" 살아보자고 한다. 시인은 그것이야말로 서정적인, 너무도 사정적인 생의 한 방식이라고 주장하는 것이다.

4. 새로움과 본질

시의 새로움은 새로운 것을 창조하는 데에만 있는 것은 아니다. 시의 새로움은 이미 존재하는 소중한 것들 가운데 망각의 저편을 물러난 것들을 호명하는 데서도 성취된다. 「잃어버린 시간을 찾아서」의 마르셀 푸르스트가 "진정한 발견은 새로운 풍경을 바라보는 것이 아니라 새로운 눈을 갖는 것이다"고 말했던 것도 그런 의미와 상통한다. 나는 이 말을 이번에 발간된 이시영과 최동호의 두 시집과 관련하여 이렇게 바꾸어본다. "진정한 시는 새로운 언어를 발명하는 것이 아니라 자연 · 서정에 대한 새로운 시선을 발견하는 것이다." 두 시인의 시는 모두 전통적인 서정에 뿌리를 깃들면서 거기서 '오래된 미래'를 발견하는 모습을 보여주었다. 그 '오래된 미래' 가운데 함축미도 핵심적 요소에 속한다. 두 시인의 시는 많은 것을 말하지 않으면서도 짧지만 강렬한 인상을 통해 많은 것을 보여준다. 시의 본질 추구를 통해 새로움을 추구하는 것이다.

요컨대 이시영의 『호야네 말』에 실린 시편들은 순수한 자연을 지향하는 극자연시를 추구하고 있다. 인간이 등장해도 순수한 자연을 닮은 사람이 등장하고, 간간히 드러나는 낭만주의도 자연 서정에 기대고 있는 모습이다. 하지만 그 배후에는 선한 역사, 정한 세상에 대한 의지가 살아 있다는 점을 간과해서는 안 될 것이다. 자연스럽지 못한 세상이기 때문에 자연을, 순수하지 못한 세상이기에 순수를 추구하는 것이 이시영 시의 기본 모티브이기 때문이다. 이것이 바로 이 시집이 은근한 자연 서정을 바탕으로 삼고 있으면서도, 「찬贊 김정남 선생」 같은 역사적 인물을 노래한 시나, 「구럼비의 바다」와 같은 시국 관련 시가 이 시집에서 자연스럽게 어우러지는 이유이다.

또한 최동호의 『수원 남문 언덕』에 실린 시편들은 이른바 극서정시를 통해 함축미의 전범을 추구하고 있다. 그러나 함축성 자체만을 추구하기보다는 함축성 배후에 거느리는 예술성을 강조한다. 단순한 함축성이 아니라 예술적 함축미를 추구하는 것이다. 특히 제1부의 시편들이 그러한 양상을 전형적으로 보여주는데, 앞서 살핀 「지하철」과 「망월의 밤」, 「번개 팅」, 「수원천」 등의 1행 시들과 「가야 소녀」를 비롯하여 「손가락」, 「매미 껍질」, 「뿔난 별들」 등과 같은 4행 시들은 함축성이 예술미와 결합한 수준 높은 시학의 경지를 보여주었다. 그리고 2, 3, 4부의 시편들 역시 전통적 서정의 방식에 기대어 인생에 대한 성찰과 본향에 대한 탐구를 밀도 있게 수행하고 있다. 이 시집은 그래서 서정적인, 너무도 서정적인 시들의 모음집이다.

슬픈, 운명의 알레고리

—오세영의 『바람의 아들들』

슬픔은
돌이킬 수 없는 존재의 자기 응시다.
—「개」 부분

1

시인은 말한다. "시란 무엇인가? 결국 인간이란 무엇이냐는 질문이 아니겠는가?"(「머리말」) 이 간명한 진술 속에는 이 시집의 시편들이 지향하는 기본적인 의도가 함축적으로 담겨 있다. 인간 탐구는 동서고금의 시인들이 오랫동안 한결같이 추구해온 시의 테마이자 목적이었다. 시인이 인간 탐구를 하기 위해서는 인간의 내면적 본질을 대상으로 할 수도 있고, 인간 삶에 영향을 끼치는 구체적 현실을 대상으로 삼을 수도 있다. 이 시집에서 두 가지 경향을 모두 보여주는데, 그 형상화 방식은 다양한 동물들의 생리를 관찰하여 그것을 인간의 본성에 비유하는 것이다. 당연히 수사 장치로 알레고리의 방식을 즐겨 활용할 수밖에 없다. 이 방식은 원래 서사물에서 배경과 인물과 사건을 갖춘 이야기 형태로 제시되는 것이 일반적이지만, 오늘날에는 시에서도 복잡한 사회 현상과 인간 내면을 형상화하기 위해 자주 활용된다. 특히 고백적 해사解辭체의 시나 특정한 역사 사건과 연관되는 시에서 알레고리는 풍자적, 교훈적 의미를 드러내기 위한 장치로 빈도 높게 활용된다. 이 시집의 시들은 그와 달리 짧고 간명한 시적 진술 속에서 동물 알레고리를 통해 인간의 본성을 드러낸다.

이 시집은 일종의 테마 시집으로서 개성적이고 흥미로운 면모를 보여준다. 60종류의 동물들을 소재로 하여 그것들이 지닌 속성을 통해 인간의 본성에 대한 깨달음을 전해준다. 한 시집의 모든 시들이 동물을 소재로 한 경우는 일찍이 윤곤강의 『동물시집』(1939)이 있었는데, 여기에는 독사, 나비, 고양이, 낙타, 염소, 쥐 등을 소재로 한 30편의 시가 실려 있다. 이 시집이 동물을 통해 인간 본성을 풍자적, 교훈적으로 드러내고 있다면, 오세영의 시집은 거기에 덧붙여 부조리한 사회에 대한 비판 의식을 강화하고 있다. 시의 편수도 두 배로 늘렸다. 그러나 두 시집은 모두 동물 소재의 우화寓話에서 일반적으로 드러나는 동화적 상상이 자주 드러나지 않는다는 점에서 비슷하다. 동화적 상상을 수용하지 않았다는 것은 그만큼 두 시집들이 인간의 본성, 사회의 본질에 대한 지적인 탐구 정신이 치열하다는 것을 의미한다. 즉 시들이 독자에게 일방적으로 교훈을 전달하기보다는 독자들과 함께 깊이 사유하고 성찰하는 데 바쳐지고 있다. 동물 우화는 곧 어린이를 위한 동화라는 등식을 벗어난 특성을 보여주는 것이다.

모두 4부로 구성된 이 시집은 각 부마다 15편의 시가 실려 있다. 마치 동물도감처럼 모두 다른 동물들을 대상으로 한 시들이 빼곡히 열거되어 있다. 거칠게 구분하더라도 파충류에서부터 초식동물, 육식동물, 그리고 집짐승과 날짐승, 들짐승 등 다양한 동물들이 등장한다. 이처럼 많은 동물들의 생리를 자세히 관찰하여 인간 형상과 연관 지어 노래했다는 것은 시인의 대단한 열정과 집중력의 결과가 아닐 수 없다. 이제 언어의 동물농장, 아니 다양한 인간 군상의 세계로 들어가보자.

2

먼저 인간 내면에 대한 탐구의 양상을 살펴본다. 인간의 내면세계는 정신의 측면과 관련되는 것으로서 의식과 무의식의 차원을 두루 망라한다. 시비是非와 선악善惡을 비롯하여 희로애락애오욕喜怒哀樂愛惡慾 등이 모두 시의 대상이 된다.

> 이 세상의
> 생을 영위하는 자들 가운데서
> 황소만큼 든든히 대지에
> 발을 딛고 우뚝 선 자 있거든 어디 한번
> 나와 보아라.
> 든든하다는 것은 곧
> 믿음직스럽다는 것,
> 모든 믿음직한 존재는 말보다
> 실천을 앞세운다.
> 등에 햇빛을 지고
> 온 몸으로 대지를 갈아엎어
> 싱그럽게 생명을 키우는
> 짐승이여
> 너의 노역은 정녕
> 운명을 사랑하는 행위일지니
> 네 처연한 눈동자에 스치는 흰구름이
> 문득 하늘의 무게를 말해주는 구나.
>
> —「소」 전문

"소"의 속성은 "말보다는 실천을 앞세운다"는 것과 "운명을 사랑하는 행위"로서의 "노역"에 순응하는 것이다. "소"는 예로부터 인간의 곁에 살면서 불평 한마디 없이 인간을 위해 노동력을 제공해왔다. 자신의 욕망보다는 타자를 위해 살아가는 "소"의 생리는 이기적인 인간과 비교할 때 더욱 믿음직스런 모습이 아닐 수 없다. "소"가 지닌 긍정적인 의미는 불교의 심우도尋牛圖에도 나타나는데, 거기서 소는 속된 욕망을 초탈한 불법佛法 자체를 의미하기도 한다. 시인이 이러한 "소"의 "처연한 눈동자에 스치는 흰 구름"에서 "하늘의 무게"를 느끼는 것은, 그 무게를 기꺼이 받들어 살고 있는 존재에 대한 외경심을 간직하고 있기 때문이다. 시인이 "소"에 주목하는 것은 무엇보다도 자신의 운명을 거역하려는 인간에 대한 비판적 인식과 관계 깊다.

동물의 생리를 통해 인간에게 교훈적 의미를 전하는 것은 이 시집의 시가 보여주는 핵심적 진술 방식이다. 이를테면 "빛의 고향을 향해 달리는 바람의/ 아들"(「말」)에서는 이상과 본질의 세계를 향해 노마드의 삶을 살아가는 존재를 노래한다. 또한 "녹색의 전사들, 그 자연의 파르티잔"(「멧돼지」)에서는 비정한 인간에 저항하는 혁명가의 모습을 드러낸다. 뿐만 아니라 "온전히 남을 위해 바침으로서 이제/ 우주 그 자체가 된 양"(「양」)에서는 거룩한 희생정신의 표상을 읽고 있다. 나아가 "덕으로, 사랑으로 베풀며 살아가는 짐승"(「코끼리」)에서 "노동이 놀이 되는 생의 기쁨"으로 "유희를 즐길 줄 아는"(「다람쥐」) 존재로서 호모 루덴스로서의 인간을 발견하기도 한다. 이외에도 다양한 인간 군상들이 동물의 형상이나 생리를 통해 제시된다.

이 시집의 시들이 간직한 또 하나의 특색은 동물을 통해 인간이 지닌 편견을 바로잡고자 하는 것이다. 인간의 어리석음 가운데 하나는 어떤 대상이나 사람에 대한 균형 잡힌 시선을 놓치고 편견 속에서 살아간다는 점이다.

> 아찔하고도 황홀하여라.
> 애잔한 비음鼻音의 그 교태와
> 부드럽고도 따뜻한 체온,
> 짙게 루즈를 바른 술집 여인같기도 하고
> 조신한 양가집 숙녀같기도 하다.
> 그러나 보았는가.
> 탐할 것 모두 탐하면

한 순간
기민하게 담을 넘어 어둠속으로 사라지는
그 배신을,
야옹, 한마디 던지는
앙칼진 외침을,

……알 것은 다 알았다.……

짐승들의 여간첩
김수임, 배정자 혹은
마타 하리.

—「고양이」 부분

이 시는 "그러나"를 중심으로 시상이 양분된다. 앞부분은 "고양이"가 지닌 긍정적인 이미지를 드러낸다. "아찔하고도 황홀"한 "교태"와 "따듯한 체온"을 지닌 여성의 모습을 보여주고 있다. "고양이", 특히 그 입술에서 여인의 관능적 이미지를 발견하는 것은 서정주의 「화사」나 이장희의 「봄은 고양이로다」와도 흡사한 발상이다. 그러나 이 시가 그들과 다른 것은 뒷부분이다. 이 시는 관능적 아름다움 속에 감추고 있는 "고양이"의 위험한 생리를, 자신의 욕망을 채운 뒤에는 "배신"을 하는 "짐승들의 여간첩"과 연관 짓는다. "고양이"는 "김수임, 배정자 혹은/ 마타 하리"와 같은 존재인 것이다. 따라서 이 시에서 고양이는 관능적이고 매혹적인 동시에 팜므파탈처럼 위험한 속성을 간직한 존재이다. 보들레르의 시 「고양이」에 등장하는 것처럼 "위험한 향기"를 지닌 존재인 것이다.

동물을 통해 인간의 편견을 교정하려는 양상은 이 시집에서 다양한 방식으로 드러난다. 예컨대 악어는 "생존에는 때로/ 잔혹과 자비가 교차되는 법,/ 그 모순의 합리화인지 악어는/ 통째 악어를 집어삼키면서도 한편으로는/ 눈물을 흘린다"(「악어」)고 정의된다. 이는 인간이 지닌 이중적 속성과 다르지 않을 터이다. 또한 돼지라는 동물에 대해서는 "복권"의 상징이자 "신에게" 바치는 "공물"임에도 "탐욕"(「돼지」)의 표상으로 규정하기도 한다. 이는 존재의 단면만을 바라보는 인간의 편견을 드러내주는 것이다. 어떤 시는 또 고난의 삶으로 "흘린 눈물의 흔적들"이 많지만 "그래도 한 가닥/ 자존만큼은 지켜야 하는"(「낙타」) 인간 존재를 통찰하기도 한다. 그리고 "먹고, 자고, 뀌고"를 반복하는 게으른 삶이지만, "단 한 끼도 생명을 잡아먹진 않았다"(「하마」)고 말할 수 있는 순진한 인간도 발견한다.

인간은 사람과 사람이 모여 구성된 사회공동체 속에서 살아간다. 인간은 사회적 동물이므로 개체적으로 저 혼자 살아갈 수 없는 존재이다. 인간人間이라는 용어 자체가 '사람 사이' 혹은 '사람들'과 같은 공동체의 의미를 지니고 있다는 것은 의미심장한 일이다. 하여 인간 탐구는 기본적으로 사회 탐구와 연관될 수밖에 없는 것이다.

일용에 필요한 정보는 무엇이든
다 얻는다.
다락이나, 창고나, 주방이나 그 숨긴 곳 어디든……
곡식, 과일, 빵, 과자……
양식을 구하기 위해
벽구멍을 통과, 커튼을 타고,
천정을 건너뛰면서
경로를 찾아 치밀하게 싸이트를 해킹하는
한 마리의 쥐,
그 반짝이는 눈, 기민하게 놀리는
발가락 아니
손가락,
우리 사는 삶은 정보의 바다라는데

쥐구멍에는 이미 볕들었던가.

당당히

내 서재 컴퓨터의 모니터 앞에 버티고 앉아

나를 빠꼼이 쳐다보고 있는

미키 마우스.

—「쥐」 전문

이 시의 제목인 "쥐"는 컴퓨터 부품의 하나인 "마우스"를 지시한다. 컴퓨터 프로그램을 작동하는 데 실제 사용하는 "마우스"를 보고, 실제 동물인 쥐의 생리와 결합시켜 "일용에 필요한 정보는 무엇이든/ 다 얻는" 존재라고 한다. 온갖 웹사이트를 서핑하면서 정보를 탐하는 인공의 "마우스"를, 온 집안 구석구석을 돌아다니면서 먹을 것을 탐하는 실제 동물인 "쥐"에 비유한 것이다. 이 식탐과 함께 큰 문제는 "치밀하게 사이트를 해킹하는" 존재인 "마우스"가 "나를 빠꼼이 쳐다보고 있"다는 것이다. 이것은 정보의 바다에서 사는 인간은 파놉티콘에서 사는 존재와 다름없다는 사실을 말해준다. 실제로 요즈음은 개인 정보 유출이 큰 사회적 문제가 될 정도로 인간은 사생활의 비밀을 빼앗긴 채 유리병 같은 세계 속에서 살아가야 하는 시대이다. 이 시는 컴퓨터 주변기기인 "마우스"와 실제 동물인 "쥐"를 통해 이러한 사회 문제를 비판하는 언어의 예리한 눈초리를 보여준다.

사회 탐구의 시편들 가운데 자본주의의 문제적 부면과 관련된 것들도 흥미롭다. 자본주의는 오늘날 이 지구상에 존재하는 대부분의 사람들에게 영향을 끼치는 생산 양식이자 삶의 양식이다. 자본주의 체제 하에서 모든 것은 시장경제원리에 의한 상품성으로 그 가치가 결정된다. 심지어는 인간성조차도 자본에 종속되는 양상이 빈번하게 나타난다.

보스와, 형님 그리고 행동대원이 있다.

어차피 삶이란 먹이 쟁탈전,

홀로서기보다는
조직의 일원으로 몫을 챙김이
보다 안정적이다.
아프리카
푸른 초원에서 평화롭게 풀을 뜯는
짐승들도
붙잡히면 누구나 서로의 먹잇감,
네 것, 내 것이 어디 따로 있던가.
보스의 냉혹한 명령에 따라
잘 조직된 하이에나 한 무리가
매복 기습으로 덮친다.
일 순 착한 누우 한 마리의 사지가
갈기갈기 찢긴다.
월가 서브프라임 모기지의 금융 파생상품들을
게걸스럽게 식탐하는
작전세력들.

—「하이에나」 전문

"하이에나"는 보통 그 잔혹하고 공격적인 속성으로 인해 야생의 포식자로 불린다. "잘 조직된 하이에나 한 무리"는 야생의 제왕인 호랑이나 사자마저도 두려워하지 않을 정도로 용맹스럽기까지 하다. 그런데 시인이 정작 주목하는 것은 그러한 동물의 세계가 아니라 그보다 더 잔인한 인간의 세계이다. 신자유주의를 배경으로 하는 무한경쟁시대에 접어들면서 자본을 독점한 세력들에 의한 약탈의 메커니즘은 "하이에나"의 생리보다 잔혹하다. 자본주의가 가장 발달한 미국에서 펼쳐지는 금융독재에 의한 약탈 시스템이 그 단적인 사례이다. 가난한 서민들을 이용하여 부를 축적하려던 금융회사 '리먼 브라더스'의 파산(2008년)은 그 문제적 국면을 적나라하게 드러내고 말았다. 미국의 "월가 서브프라임 모기지(신용등급이 낮은 서민들을 상대로 주택자금을 빌려주는 시스템)의 파생금융 상품들"을 통해 돈을 벌려던 금융독재자들 때문에 미국 전체, 아니 세계 전체가 경제 혼란에 빠져들었던 것이다. 건전하지 못한 자본주의는 많은 사람들을 도탄에 빠지게 하는 것인데, 시인은 "하이에나"라는 동물을 떠올리면서 인간의 그러한 모순을 강력하게 비판하고 있다. 엇나간 "천민자본주의가 생산하는 싸이코 패스"(「고슴도치」)들이 들끓는 인간 세계를 문제 삼고 있는 것이다.

자본주의 체제에 가장 적응하지 못하는 인간 부류는 아마도 시인일 터이다. 더구나 오늘날에는 더욱 그러한데, 소설이나 영상 예술과는 달리 문화산업과 연관 짓기가 쉽지 않기 때문이다. 시인을 일컬어 동양에서 '사무사思無邪'의 존재라 하거나 서양에서 '자연의 모방자'라고 해온 것은 그만큼 시인은 돈이나 권력과 같은 속물적 가치에서 벗어난 존재임을 표명한 것이다.

속인들은 감히
넘볼 수 초차 없는 곳에서 산다.
기암절벽 위
양지바른 둔덕에 홀로 정좌하여
날마다 일용하는 양식은
향그러운 난蘭과 맑은 이슬.
의로운 마음은 항상
높은 데 빛을 좇아
낮에는 구름과 더불어 도道를 논하고
밤에는 별과 함께 시詩를 쓴다.
약육강식이 자랑인 세상에서
혹자는
네 무욕無慾을 비웃을지 모르나
어질고 문약함이 오히려 그대를

높은 곳으로 인도치 않았던가.
머리에 쓴 고운 관과
바람에 날리는 하이얀 수염이
네 뿌리의 예사롭지 않음을
말해 주는구나.

—「산양」 전문

"산양"은 특이하게도 아슬아슬한 "기암절벽 위"에서 "향그러운 난蘭과 맑은 이슬"을 먹으면서 살아가는 동물이다. "산양"의 그러한 생리는 속된 현실에서 초탈하여 살아가는 고고한 인간상을 비유하는 것으로 이해할 수 있다. 그는 "의로운 마음은 항상/ 높은 데 빛을 좇아" 살아가면서 "낮에는 구름과 더불어 도道를 논하고/ 밤에는 별과 함께 시詩를 쓰"는 존재이다. 그런데 시는 현실적으로는 가장 쓸모없는 것이지만 정신적으로는 가장 쓸모 있는 것을 생산하는 언어예술이다. 시가 지향하는 "무욕" 혹은 '사무사'의 정신은 "오히려 그대를/ 높은 곳으로 인도"하기 때문이다. 이러한 시(인)관은 "한 시대를 살아가는 사람들 가운데/ 너와 함께 울 수 있는 자는 오직/ 시인밖에 없어/ 오늘 밤 나도 왠지 모를 슬픔에 젖은 채/ 한 잔의 술을 앞에 놓고 밤새워/ 시를 쓰나니/ 과거와 현재를 착각하고 사는 새여,/ 시인이여"(「소쩍새」 전문)와 같은 시구에서도 드러난다. 이 시구에서 "울 수 있는 자"를 다른 표현으로 바꾸면 '진실한 자'일 것이다. 시인은 궁극의 진실을 위해 현상적, 현실적인 것에 얽매이지 않고 사는 존재이다.

이외에도 이 시집에는 동물로써 인간 군상이나 그 속성을 표상하는 흥미로운 사례들이 다양하게 나타난다. 즉 염소=서당 훈장님, 당나귀=십자가의 성인, 족제비=바람꾼, 표범=자객, 판다=삐에로, 캥거루=올림픽 3관왕, 기린=벙어리, 원숭이=남사당패, 코뿔소=정글의 기사, 고래=바다의 황제, 곰=아수라, 늑대=야누스, 삵=테러리스트, 두더지=수행자, 뻐꾸기=유녀*遊女*, 부엉이=파수꾼, 참새=신이 보낸 합창단, 까치=스토커(파파라치), 기러기=미화원, 오리=제주 해녀, 박쥐=아웃사이더, 닭=신의 딸 등이 그것이다. 이 시집은 이처럼 다양한 동물 알레고리를 한 시집 속에서 집중적으로 드러냈다는 점에서 독특하고 흥미롭다. 또한 이 시집은 요즈음처럼 시가 지나치게 장난스럽거나 지나치게 심각하여 독자들의 외면을 받는 시대에 시를 읽는 재미를 배가시켜주었다는 점에서도 주목에 값한다. 「시인의 말」을 빌린다면 이 시집의 시편들은 인생이라는 '어려운 내용을 쉽게 쓴 시'에 해당할 것이다.

3

이제 이 시집의 지배적인 감정인 슬픔에 대해 생각해본다. 슬픔은 동물과 비슷한 한계를 지니고 태어난 인간 실존에 대한 성찰과 관계 깊다. 사실 인간은 슬픈 운명의 소유자이다. 인간에게는 유한자로서 세상에 내던져진 존재로서의 실존적 슬픔도 있고, 사회적 존재로서 살아가는 과정에서 부딪치는 슬픔도 있다. 그러나 이 슬픔은 인간 성찰의 매개로서 유의미한 역할을 한다. 슬픔은 인간의 마음을 침전하게 하는 속성이 있기 때문에 자아를 성찰하고 반성하면서 새로운 전망을 향해 나아가게 하는 속성을 지녔기 때문이다. 시인의 말을 빌리면 "슬픔은/ 돌이킬 수 없는 존재의 자기 응시"(「개」)인 것이다. "응시"는 깊은 내면을 들여다보는 것이기에 그 피상을 관찰하는 것과는 근본적으로 다르다. 운명적으로 슬픔을 간직하고 사는 인간을 탐구하기 위한 전제 조건은 자신에 대한 근본적 성찰일 터, 오세영 시인은 "나는 몰래 지은 죄 많아/ 항상 마음이 슬픈 사람"(「까치」)임을 고백하여 그 전제 조건을 충족시킨다. 이때 "나"는 인간의 본성을 표상하는 것으로 읽어도 무방하다.

인간의 본성 가운데는 강한 것도 있고 약한 것도 있고, 선한 것도 있고 악한 것도 있다. 이들 가운데 어떠한 속성일지라도 기본적으로는 유한자로서의 슬픈 존재라는 공통점을 벗어날 수는 없다. 이를테면 시인이 야생의 왕자로 불리우는 한 동물에서 "거친 발톱과 사나운 이빨이/ 할퀴고 물어뜯는/ 한 생은 슬프기만 한"(「호랑이」) 속성을 발견하는 것도 인간의 속성에 대한 성찰이다. 호랑이가 아무리 용맹스럽고 모든 동물의 제왕일지라도 "슬프기만 한" 존재인 것과 마찬가지다. 인간이 사회적으로 아무리 잘난 존재라고 해도 실존적 차원에서는 유한자로서의 운명을 수용해야 하기에 슬플 수밖에 없다. 또한 생리적으로 열악한 조건을 지닌 동물을 보고 "눈물이 없어 어쩐지 더 슬퍼만 보이는/ 짐승"(「당나귀」)이라고 하거나, "날개 있어도 날지를 못하"는 존재에게 "슬픈 모가지여!"(「타조」)라는 탄식을 보내는 것도 인간 성찰의 맥락에서 벗어나지 않는다. 모든 인간은 어쩌면 어느 한 부분에서는 이러한 한계를 지닌 슬픈 존재가 아닐 수 없기 때문이다.

슬픈 것을 슬프다고 말하는 것은 아름다운 일일 터, 슬픔은 정직한 성찰을 매개로 도달할 수 있는 침잠의 세계이기 때문이다. 그 세계는 또한 진실의 세계이기에 더욱 의미심장하다고 하겠는데, 상상 속의 동물을 통해서도 "인생은 거짓도 진실임을"(「용」) 깨우쳐준다. 무릇 현실에서 거짓이라고 하는 것이 본질(혹은 시) 속에서는 진실이 될 수 있다. 따라서 이 시집에서 보여준 다양한 동물들의 형상을 긍정적으로 혹은 부정적으로 형상화한 것은 결국 인간의 본성을 드러내 진실하게 성찰하기 위한 것이다. 또한 긍정과 부정을 오가는 양가적 속성도 마찬가지다. 동물을 매개로 인간을 말하는 이러한 방식은 굳이 동물애호가가 아닐지라도 시적 전달에 있어서 흥미를 더한다. 또 표현 방식에서 알레고리를 취하되 단순한 의인화의 수법을 통한 교훈의 전달에서 벗어나 있다는 점도 흥미롭다. 때로는 동물의 생리를 그대로 형상화하기도 하고, 때로는 동물의 생리와 인간의 속성을 병렬시키기도 하고, 때로는 인간의 시선으로 동물을 바라보기도 한다. 그렇다. 이 시집은 인간 속성의 복잡다단한 측면을 다양하게 반영하고 있다. 그래서 슬프지만, 아름답고 진실하다.

바람의 감각과 실재의 탐구
—김영석의 『바람의 애벌레』

1

이 시집은 "새를 찾으러 나갑시다"(「새에 관한 소문」)라는 문장으로 문을 닫는다. "새"에 관한 탐색을 청유하며 마무리되지만, 시집 전체는 그 "새"에 관한 수소문의 언어로 구성되었다고 해도 과언이 아니다. "새를 찾으러 나갑시다"라는 결구는 그러니까 이 시집의 모두에 연결되면서 시집 전체를 관류하는 테마가 된다. 문제는 탐색의 대상인 "새"의 정체성이 과연 무엇인가 하는 점이다. 같은 시에 의하면 "새"는 "바로 우리들 주위를 날아다니지만/ 다만 우리 눈이/ 볼 수 없을 뿐"이고 "입만 열면/ 제 말이 그만 새가 되어/ 눈 덮인 담장도 채 넘지 못하고/ 힘 없이 떨어져 죽는 것"이라고 한다. 그 "새"가 분명히 존재하지만 "볼 수 없"다는 진술로 미루어 볼 때 실재적이고 불가시적인 존재라는 것을 알 수 있다. "새"가 "소문"으로 존재한다는 표제의 내용도 그러한 사실을 암시한다. 그리고 그것이 "말"과 관련이 있으며 "담장도 채 넘지 못"한다는 점에서 일종의 세계 인식과 관련된 본질적 존재라고 할 수 있다.

이 본질적 존재는 현실의 기준으로 볼 때는 환상이지만, 현실 너머의 세계에서는 겉모습 이전의 실재에 해당한다. 이때의 실재는 라캉이 말하는 실재계와 유사하다. 그것은 현실 세계에서는 부재하지만 본질 세계에서는 실재하기 때문에 오히려 끝없는 욕망의 대상으로서 삶을 지탱해주는 일종의 환상인 것이다. 라캉에 의하면, 상상계는 언어의 세계인 상징계에 들어서면서 큰 타자인 '오브제a'를 만들어 삶의 욕망으로 대상화한다. 그 욕망은 인간의 삶을 견인하지만 환상의 투사물이기 때문에 포착하는 순간 아무것도 아닌 것이 된다. 이 '오브제a'의 경험이 삶의 충동을 유지시켜 준다. 마치 무지개를 바라보고 무지개를 향해 달려가지만, 무지개가 있던 곳에 가보면 무지개가 헛것에 불과하다는 것을 깨닫게 되는 것과 비슷하다. 무지개와 같은 헛것을 쫓는 일은 그러나 허무하고 무의미한 일은 아니다. 그러한 행위의 반복은 비록 그것이 완성되는 일은 불가능할지라도 헛것을 넘어서기 위한 부단한 노력이라는 점에서 의의가 크다. 시인은 기본적으로 현실이나 현상에 안주할 수 없는 존재이므로 시인에게 실재를 향한 탐구는 매우 종요로운 일이 아닐 수 없다.

이 시집에서 실재의 세계에 대한 탐구는 탈의미의 언어를 기반으로 삼는다. 탈의미는 문자 그대로 의미를 벗어나는 것으로서 이때의 의미라는 것은 현실의 관념이나 이데올로기를 지시한다. 한때 김춘수가 무의미시를 내세워 비슷한 시도를 했었지만, 시(언어)라는 존재 자체가 의미의 진공 상태를 실현할 수 없는 것이기에 일종의 자기모순에 빠졌다. 탈의미의 시는 의미의 무화가 아니라 의미(현실)의 실체를 부정하지 않으면서 그 이전의 실재를 탐구한다는 점에서 무의미시와는 다르다. 무의미시가 자의적 내면세계와 관련된 개인적 상징을 드러내는 데 치중한 반면, 탈의미의 시는 내면보다는 우주적 실재의 세계를 감각적으로 탐구하고 있다는 점에서도 서로 다르다. 방법적으로도 무의미시가 절대적 이미지를 활용했다면, 탈의미의 시는 직관적 이미지를 빈도 높게 활용한다. 김영석 시인이 스스로 명명하고 추구해온 관상시觀象詩도 이러한 탈의미 시의 관점에서 파악해볼 수 있다.

2

세상은 알 수 없는 것들로 가득하다. 인간의 문명이 아무리 발달해도, 인간의 지식이 아무리 심오해도 궁극적 세계는 불가지의 것으로 남아 있다. 인간이 발견한 진리라는 것도 따지고 보면 절대적인 것은 아무것도 없다. 인간이 이미 발견한 진리는 시간과 공간의 변화에 따라서 새로 발견한 진리에 자리를 내주어야 하기 때문이다. 현상적인 가변의 진리가 가상이라면 본질적인 불변의 진리는 실재에 해당한다. 이 불변의 진리에 다가가는 출발점은 그것이 현실에서는 불가지의 대상이라는 점을 자각하는 것이다.

> 우리가 도무지 알 수 없는
> 보이지 않는 땅속 어둠 속에서
> 눈도 코도 귀도 지울 수 없고
> 모양도 지울 수 없는
> 지렁이가 꿈꾸고 있다
> …(중략)…
> 시작도 끝도 없는
> 지렁이의 꿈은 볼 수 있지만
> 꿈꾸는 지렁이를
> 우리는 볼 수 없다
> 우리들의 눈과 코와 귀와 입으로
> 날빛에 몸이 드러난
> 온갖 모양은 알 수 있지만
> 어둠 속 지렁이는 모양이 없어
> 우리는 결코 알 수가 없다
> 꽃잎 지는 것을 바라보고
> 바람 부는 소리를 들을 뿐이다.

—「지렁이」 부분

이 시는 가시적인 것과 비가시적인 것을 구분한다. "지렁이의 꿈"은 가시적인 것이지만, "꿈꾸는 지렁이"는 불가시적인 것이다. 둘의 차이는 전자가 "꿈"에 초점을 둔 가상적인 것이라면 후자는 "지렁이"에 방점을 둔 실재적인 것이라는 데서 찾을 수 있다. 또한 이 시에서는 "알 수 있"는 것과 "알 수 없"는 것을 구분한다. 전자가 "날빛에 드러난/ 온갖 모양"이라면, 후자는 "어둠 속 지렁이"이다. 외형적인 "모양"은 현상적인 것이기 때문에 쉽게 알 수 있지만, 본질로서의 "지렁이"는 심연의 어둠 깊은 곳에 존재하는 것이어서 "우리가 도무지 알 수 없"다고 한다. 그럼에도 불구하고 시인은 그 본질에 대한 탐구를 포기할 수는 없다. 앞서도 말했듯이 궁극의 진리를 탐구하는 것은 시인의 사명이기 때문이다. 그런데 인간의 인지 능력이나 서툰 지식으로 알려고 하면 더 알 수 없는 것이 궁극적 진리의 세계이다. 오히려 직관에 의해 그 존재를 감각하는 일이 그 진리의 세계에 근접하는 일이다. 어차피 진정한 진리의 세계는 인간(능력) 너머에 존재하는 것이므로, "꽃잎 지는" 모습과 "바람 부는 소리"로써 그 진리의 세계를 어렴풋이 감각할 뿐이다. 이런 차원에서의 진리 혹은 실재의 세계에 대한 감각적 인식은 이 시집의 중요한 목표이다.

진리의 세계를 알 수 없다는 것은 그것을 추구하는 시인의 지적인 능력 부족을 의미하지는 않는다. 시인은 현실적, 논리적 지식을 구하는 자가 아니라 초논리적 궁극의 진리를 추구하는 존재이기 때문이다. 즉 "이 세상 어딘가에/ 알려지지 않은 사막이 살고 있다네/ 신기루에 가려져 보이지 않고/ 탐험가들은 영영 돌아오지 못한다네"(「사막」)의 "사막"처럼 궁극적 진리의 세계는 "탐험가들"이 부단히 탐색을 하지만 저의 존재 자체를 드러내지 않는다. 그것은 "보이지 않는 칡뿌리가 얼마나 깊고 먼지/ 도대체 언제 어디서부터 시작되었는지/ 우리는 도무지 알 수가 없다 …(중략)… 아마도 그것은 태초에/ 우주를 낳고 만물 속에 숨어서/ 한없이 뻗어가고 있는 것인지 모른다"(「칡뿌리」)고 할 때의 "칡뿌리"의 세계이기도 하다. 이 불가지의 세계가 바로 시인의 시적 탐구 욕망을 자극한다. 그것은 "망각의 깊이에서/ 적막의 틈에서 돈는" "무지無知의 별빛"(「풀」)과 같이 현실의 기억이 없는 "망각"과 현상의 소리가 없는 "적막" 속에서만 발견할 수 있는 것이다. 현실의 세계에서는 실재에 대해서 "아직은 아무도 아는 사람이 없다"(「민들레」)고 말할 수밖에 없기 때문이다.

불가지의 세계에 대한 감각적 인식은 현상적 것들에서 현실적 의미(가식)를 벗겨내는 데서 이루어진다. 그 감각적 인식의 매개로서 이 시집에서 자주 등장하는 시어 가운데 하나는 '바람'이다. 이 시집에서 '바람'은 간혹 허무한 삶을 의미하기도 하지만, 대개는 현상 세계에서는 부재하는 실재의 세계나 그 매개를 표상한다. '바람'은 눈에는 보이지 않지만 피부 감각으로는 분명히 느낄 수 있는 실체이기 때문에, 현상이나 형상으로는 존재하지 않지만 본질로서는 실재하는 대상을 드러내는 데 적실하다. '바람'의 추구는 타자의 철학자인 레비나스가 말했던 무한에의 욕망, 즉 '보이지 않는 것에 대한 욕망'과도 유사하다.

무쇠 낫을 들고
숲길을 뒤덮은 푸나무를 쳐 낸다
길을 내며 나아갈수록
베어진 나무들이 피워 올리는
늪 같은 어둠 속으로 깊이 빠진다
오랜 세월 수많은 벌레와 새들이 죽어
마침내 이루어진 이 늪을 지나자
밤낮도 아닌 희미한 미명 속에
고인돌들이 끝없이 늘어서 있고
고인돌 속에는 아직 태어나지 않은
바람의 애벌레들이 꿈꾸고 있다
초승달 같은 낫을 들고
애벌레의 꿈을 들여다본다

어느 먼 숲을 흔드는 바람 소리뿐
꿈속은 텅 비어 있다
초승달 빛을 뿌리는 낫을 들고
텅 빈 꿈속에서
아직 태어나지 않은 바람 소리를
꿈속의 한 잎 귀가 듣는다

—「바람의 애벌레」 전문

"늪 같은 어둠"의 "숲길"을 경유한 시의 주인공이 "희미한 미명"의 시간에 만난 것은 "고인돌들"이다. "숲길을 뒤덮은 푸나무를 쳐내"는 일은 현실적 의미의 껍질을 벗겨내는 일이다. 그 껍질을 벗겨낸 뒤 시인은 "고인돌 속"에서 "아직 태어나지 않은/ 바람의 애벌레들이 꿈꾸고 있"는 광경을 발견한 것이다. 이때 "어둠"은 "오랜 세월 벌레와 새들이 죽어" 만들어진 것이므로 현실에서의 죽음 혹은 부재 상태와 연관된다. 그리고 "미명"의 시간은 어둠과 죽음을 넘어서 빛과 삶의 세계로 나아가는 시발점이라 할 수 있다. 그 시간에 발견한 "고인돌"은 시원적 세계를 표상하고, 그 "속"에서 발견한 "바람의 애벌레들"은 시간의 한계를 넘어선 실재의 세계를 상징한다. 그런데 "바람의 애벌레들"이 꾸는 "꿈속은 텅 비어 있"으며 그 속에 "아직 태어나지 않은 바람 소리"가 있다고 한다. "바람의 애벌레들"은 "어느 먼 숲"의 "바람 소리"로만 감각할 수 있는 미지의 것인 셈이다. 따라서 실재의 세계는 가까이 존재하지 않고, 현실적인 것을 비운 상태와 관련되고, 현실에서는 탄생 자체가 불가능하다는 것이기에 감각적인 인식의 대상일 뿐이다.

3

'바람'은 또한 세상에 존재하는 온갖 사물과 인간을 상관적으로 아우르는 에너지를 표상한다. 세상에 존재하는 것들은 겉으로 보기에 저마다 독립적으로 존재하는 듯하지만, 깊이 생각해보면 모두가 전일적 일체를 이루고 있다는 사실을 부정하기 어렵다. 이는 만물은 하나와 같다(萬物一如)는 동양적 생명 원리에 연결된 것으로 볼 수 있거니와, 또한 만물을 생성시키고 그것들을 하나로 연결시켜주는 공통적 에너지는 기氣라고 할 수 있다. 김영석의 시에서 '바람'은 정기가 만물을 만든다(精氣爲物)는 차원에서의 기와 아주 흡사하다.

> 하늘 가까이
> 이마를 대고 있는 산은
> 새들을 낳는 푸른 자궁이고
> 새들이 다시 돌아와 묻히는
> 큰 무덤이다
> …(중략)…
> 오늘도 산은 바람이 불면
> 풀잎이나 나뭇잎을 부딪치며
> 땅 속에선가 하늘에선가
> 스밋시 스빗시르르르
> 기요로 키이키리리리
> 가늘고 슬픈 새소리를 낸다.
>
> ―「산과 새」 부분

> 한 줄기 바람이 일자
> 온갖 푸나무 빛으로 털갈이를 한
> 노루 멧돼지 산짐승들이
> 뽕나무 줄기 줄기로 내달리고
> 소를 몰고 쟁기질하던 늙은이는

워낭소리 따라 뿌리 속으로 사라진다
어느덧 매화나무 가지마다
물고기들이 은비늘 반짝이며 열려있다
뽕나무에 잘 익은 거름을 주고 있으면
아득히 먼 옛날 바다도 보이고
물고기들이 은빛 날개 새가 되어
흰 구름 푸른 하늘 나는 것도 보인다

—「거름을 내며」 부분

앞의 시에서 "산"은 생멸("자궁" "무덤")의 장소로서 "바람"과 함께 만물의 근원을 표상한다. "바람"은 "산"으로 하여금 "풀잎이나 나뭇잎"을 "부딪치"게 하여 "가늘고 슬픈 새소리"를 내게 한다. "산"과 "새"는 상이한 존재임에도 불구하고 "바람"의 작용으로 동일시되고 있는데, 그 결과를 "스밋시 스빗시 르르르/ 기요로 키이키리리리리"라는 음성상징어로 형상화하고 있다. 소리와 빛은 모두 기氣에 해당한다는 말도 있거니와, 새소리로써 만물의 조응 상태를 감각적으로 인식하고 있는 것이다. 뒤의 시에서도 "바람"은 "산짐승들"과 "뽕나무 줄기"와 "늙은이", 그리고 "물고기들"과 "먼 옛날 바다"와 "새"를 일체화시키는 매개이다. 수중과 지상과 "하늘"을 매개하는 "바람"은 그러므로 우주 만물을 생동하게 하는 에너지이다. 그것은 시간과 공간을 넘나든다. 다른 시에서도 "사람들은 문득 제 가슴 모래사장에/ 바람이 그려놓은 듯한/ 한 여자의 희미한 얼굴을 보게 됩니다/ 한 남자의 희미한 얼굴을 보게 됩니다(「당신 가슴속 해안선을 따라가다 보면」)에서처럼, "바람"은 인간의 내면세계에 지배하는 음양의 상관적 존재 원리를 표상한다. 또한 "바람"은 "바람이 성글게 집을 지은 대밭에/ 푸른 달빛이 댓잎을 타고 흐르면/ 그늘 속 돌멩이 하나 살아나와/ 오색영롱한 물거품을 피워 올린다"(「돌게」)에서는 "돌멩이"(「돌게」)로 표상된 단독자로서의 실존적 자각을 이끌어준다. 이들은 기는 마음을 관장한다(治氣養心)는 차원에서의 기의 세계와 연관시켜볼 수 있다.

'바람'은 나아가 우주의 존재 원리를 표상하기도 한다. 우주는 지상에 존재하는 인간을 비롯한 모든 생명들의 존재를 가능케 하는 절대적 시공간이다. 지상의 생명들은 지상에 발을 붙이고 살지만 실은 우주라는 시공간 전체의 영향을 받아서 존재하는 것이다. 그러한 우주적 원리는 자연과학의 힘으로 밝혀내는 데 한계가 있고, 물리적 차원에서 우주의 원리를 밝혀낸다고 한들 그것이 불변의 진리라고 말할 수도 없다. 그래서 시인은 상상과 직관에 의지해 지상과 천상을 아우르는 우주의 기운을 감각하고자 하는데, '바람'은 그 매개 구실을 한다.

바람은 잡초 밭에서 일어나고
잡초는 바람 속에서 생기는 것
잡초와 바람이 한 몸으로 흔들리면서
밤낮으로 어둠을 낳고
이름 모를 수천 마리 짐승들이
그 어둠을 몰고 바다에 투신하여
흰 소금이 되면
소금이 제 살 속에
방울방울 진주처럼 키운 빛들이
하늘로 올라가 별이 되는 것

—「잡초와 소금」 부분

바람이 불어 갈대가 흔들리는가
갈대가 흔들려 바람을 보는가
눈과 귀로 보고 들으니
바람도 있고 갈대도 있는가
바람이 없으면
흔들리는 갈대도 없고

흔들리는 갈대가 없으면
바람도 없는가

달아 달아
거울 같은 호수에 비친 달아
거울 같은 허공에 비친 달아

—「달아 달아」 전문

앞의 시에서 "바람"은 "잡초"와 "별"과 계기적 관계를 형성하고 있다. "잡초와 바람이 한 몸"이 되어 "어둠을 낳"을 뿐 아니라 그 "어둠"은 다시 "짐승들"과 하나가 되고 "바다"의 "소금"이 되기도 한다. 뿐만 아니라 "소금"이 머금은 "빛"은 "하늘로 올라가 별이" 된다고 한다. 마치 천지개벽의 한 장면을 연상케 하는 이러한 연쇄적 사건들의 단초가 되는 계기는 "바람"이다. 이때 "바람"은 지상과 천상을 아우르는 우주적 세계를 감각하게 한다. 뒤의 시에서 "바람"도 "갈대"와 상관적으로 존재한다. 중심 문장들이 의문의 형식을 취하고는 있음에도 불구하고 시상의 흐름으로 볼 때 진술 내용은 긍정적 인식을 함의한다. "바람"이 있으면 "갈대"도 있고, "바람"이 없으면 "갈대"도 없으니, 둘 사이에는 존재론적 인과 관계가 형성되고 있는 셈이다. 그리고 그들과 "달"도 상관적인 존재라고 할 수 있을 터, 시인은 결국 지상과 천상에 존재하는 만물은 모두 하나라는 우주에 대한 인식에 이른 것이다. 이는 원효의 불일불이론不一不二論, 즉 지구상에 존재하는 모든 생명들은 다르면서 같고 같으면서 다른 전일체라는 생각과 비슷하다. 이러한 상관적 존재론은 "땅 속 어둠을 벗고/ 막 나온 개구리들이/ 어린 새끼들 소리로 울어 쌓니/ 밤하늘 별빛이 총총하고/ 은하수 흰 깁에/ 배꽃도 눈부시다"(「입춘」)에서도 적실하게 드러난다.

4

한편 우주의 궁극적 원리는 '허공'과 '고요'로 표상되기도 한다. '허공'과 '고요'는 현상계의 물질이나 소리가 없는 상태이기 때문에 오히려 본질적 세계를 표상하는 데 유용하다는 점에서 '바람'과 유사한 속성을 지닌다. 먼저 '허공'은 시작도 끝도 없는 무한의 세계로서 불교에서 말하는 색계色界 너머의 궁극적 세계이다. 무無 혹은 공空이라고 바꿔 부를 수 있는 '허공'은 현상계를 아우르는 무한하고 불변하는 우주의 근원적 원리를 표상한다.

비로소 그 새가
허공으로 둥지를 틀고
쉼 없이 알을 까 무한대로 증식한다는
옛날부터 눈 밝고 귀 밝은 이는
더러 보기도 하고 듣기도 한다는
전설의 소공조巢空鳥임을 깨달았다
호르르르 호르르르
광대한 벽공을 무연히 바라보면서
허공이 무한한 까닭을
이제야 비로소 조금 알 것 같다.

—「소공조」 부분

투명한 가을 햇살을 등에 받으며
망연히 널 뒤주를 바라본다
문득 헛간 가득히
잘 썩은 거름 냄새가 피어오르고
길게 누운 내 그림자가
거름 냄새에 갈까마귀 떼로 흩어지더니

널 뒤주 속 광활한 허공으로 날아간다
길게 날아가던 갈까마귀 떼가
하늘의 지평선 같은
회색빛 오작교를 놓자
거기 한 뿌리 과일처럼
해와 달이 소슬히 달려 있다

—「널 뒤주」 부분

앞의 시에서 "소공조"는 지상이 아니라 "허공으로 둥지를 틀고" "무한대로 증식한다"고 한다. 우주는 부단히 팽창한다는 과학자들의 주장도 있거니와, "허공"에서 "무한대로 증식하"는 "소공조"를 상상하는 일은 우주의 "광대한 벽공"을 상상하는 것과 다르지 않다. "소공조"가 현실의 새가 아니라 전설의 새라는 점은 "허공"이 가상과 허상으로 가득한 현실 너머의 근원적 세계임을 암시한다. 그래서 "허공이 무한한 까닭"을 짐작할 수 있는 것이다. 뒤의 시에서 "널 뒤주 속 광활한 허공"도 우주적 무한 세계를 암시한다. '나'의 "그림자"가 변한 "갈까마귀 떼"가 "회색 및 오작교를 놓자" 그곳에 우주의 광경이 펼쳐지는 것은 그러한 점을 뒷받침한다. 우주적 광경에서 "해와 달이" 마치 "한 뿌리 과일처럼" 달려 있다는 것은 '나'가 곧 우주라는 점을 의미한다. 이렇듯 무한한 우주, '나'와 일체적인 우주를 표상하는 "허공"은 문자 그대로의 빈 공간이 아니다. 예컨대 "해 질 녘 보랏빛 허공 속으로/ 한 줄기 기러기 떼 잠겨가듯/ 언제나 풍경은/ 늘 빈곳을 채운/ 비어 있는 풍경"(「풍경」)에서처럼, "허공"은 텅 비어 더 많은 것을 채우고 있는 우주적 실재를 표상한다. 다른 시구에 의하면 "천지는 텅 비어/ 없는 듯이 있고/ 사람은 마음이 가득 차/ 있는 듯이 없네"(「마음」)의 세계이고, "망각의 깊이에서/ 적막의 틈에서 돋는 풀이여/ 무지無知의 별빛이여"(「풀」 전문)에서처럼 "무지"가 오히려 "별빛"처럼 영롱한 생의 감각을 울리는 세계이다.

'바람'이나 '허공'처럼 불가지적, 불가시적 실재는 '고요'의 경지를 지향한다. 주자朱子는 『근사록近思錄』의 첫머리에서 고요에 대해 이렇게 언급한다. "극極이 없는 것이 태극太極이다. 태극이 움직여 양陽을 낳고 움직임은 극에 이르러 음陰을 낳고 극에 이르러 다시 움직인다." 이때 "고요"는 현실의 소리가 없는 무(음)의 세계로서 우주의 궁극적 원리에 해당한다.

당신은 지금
길가에 뒹굴고 있는
돌멩이 하나를 보고 있습니까
돌멩이가 있다면
그것을 보고 있다면
거기 고요한 꽃이 피어 있습니다
…(중략)…
고요한 꽃이 없으면
해도 달도 뜨지 않고
바람조차 일지 않습니다
고요한 꽃은 없기에
언제나 거기 피어 있습니다.

—「거기 고요한 꽃이 피어 있습니다」 부분

큰 산 하나가 잠긴
고요 속에서
고즈너기 피어있는 산국을
누가 보고 있는가
보는 이가 보는 이를 보며
꽃잎과 함께
한 줄기 투명한 바람이 될 때

저 산국을 누가 보고 있는가

—「산국」 전문

앞의 시에서 "고요"는 존재의 근원을, 뒤의 시에서 "고요"는 내적 자아를 각각 성찰하는 매개이다. 앞의 시에서 "길가"의 "돌멩이 하나"에서 상상한 "고요한 꽃"은 잡스러운 것들이 제거된 존재의 근원적 모습이다. 소란한 겉모습 이전의 "고요"한 상태의 "꽃"은 "해"와 "달"과 "바람"의 존재를 가능케 하는 것이다. 그 "꽃"은 역설적 존재이다. "고요한 꽃은 없기에/ 언제나 거기 피어 있"는 "꽃"은 현상으로는 부재하지만 본질적으로는 실재한다는 것이다. 뒤의 시에서 "산국"은 "고요 속에서" 저의 진정한 모습을 성찰하는 존재이다. 누군가가 "보는 이가 보는 이를 보"는 자기 응시의 행위는 "고요 속"의 "산국"을 매개로 마음속에 내재한 존재의 근원을 찾아보려는 행위이다. 마음속에 부처가 있다는 말도 있거니와 우주의 삼라만상도 인간의 마음에 따라 생멸하는 것이다. "한 줄기 투명한 바람"은 "고요" 속의 "산국"으로 표상된 마음의 궁극을 성찰하는 매개 구실을 한다. 이때 시인은 "고요한 흰 백지 속에서" 마음의 궁극인 "내소사를 찾아 헤매는 나그네"(「내소사는 어디 있는가」)가 된다. 따라서 '고요'를 매개로 한 궁극 혹은 실재의 세계에 대한 탐구는, 우주로 통하는 원심적 상상과 마음으로 이어지는 구심적 상상이라는 두 방향을 모두 포괄하는 것이다.

5

경험 현상 너머의 그 어떤 세계도 알 수 없다는 것, 인간의 지적 능력은 유한적이어서 세계 그 자체가 무엇인지를 할 수 없다는 것은 불가지론(agnosticism)의 철학이다. 그런데 시인은 상상과 직관에 의존하는 존재이기 때문에 불가지론에 얽매이지 않는다. 알 수 없는 것은 말할 수 없는 것과 다르지 않을 터, 하이데거 식으로 말하면 '시인은 말해질 수 없는 것을 시로써 말하는 존재'이기 때문이다. 김영석 시인이 추구하는 불가지, 불가시의 세계에 대한 탐구는 가시적인 것, 현상적인 것에 지나치게 의존하는 요즈음의 시단에서 오롯이 빛나는 면모이다. 그가 심혈을 기울여온 관상시는 그 절정에 해당한다. 앞서 살핀 시들은 대부분 정도의 차이는 있을지언정 시인이 주장하고 있는 "눈에 보이는 것 너머의 그리고 의미 이전의 보이지 않고 개념화되지 않는 움직임, 즉 상을 느껴보자는 것"이라는 관상시의 의도와 연관 지을 수 있다. 그 실상을 느껴보기 위해 관상시의 전형에 해당하는 작품을 하나 살펴본다.

산기슭 자귀나무 꽃가지에
나비 형상의
물고기 등뼈 하나 걸려 있다
새가 그런 것일까
탈화하여 날아간 것일까

나침반처럼 그것이 가리키는 곳
먼 하늘가에
흰 나비 떼 분분하다

—「나침반-기상도 22」 전문

이 시에서 산속에서 만난 "나비 형상의/ 물고기 등뼈"가 일종의 현상이라면, 그것이 "탈화"한 것으로 상상되는 "먼 하늘가에/ 흰 나비 떼"는 실재의 세계에 해당한다. 현상은 실재를 가리키는 "나침반"인 셈이니, 실상을 깨닫는 길은 현상에서 찾는 데에 있다. 이는 이 글의 모두에서 말했듯이 현상(현실)을 부정하지 않으면서 본질(실재)을 탐구하는 탈의미의 시학에 상응한다. 요컨대 이러한 관상시에는 시적 주체, 개인의 주관적 체험, 현실적 의미 등이 제거되어 있다는 점에 유의할 필요가 있다. 시적 주체가 없다는 것은 시의 구성 요소들이 즉자적으로 존재한다는 것이고, 개인 체험이 배제되었다는 것은 직관적 이미지를 지향한 결과이다. 또한 현실적 의미가 없다는 것은 현실 너머의 실재 세계를 추구한다는 것이다. 이제까지 살펴본 '바람', '허공', '고요'는 이런 차원에서 실재의 세계를 탐구하는 매개적 구실을 충실히 담당하는 것들이다.

김영석 시인은 결국 자신의 존재마저 무화시킴으로써 무한실상無限實相을 탐구하고자 한다. 이때의 실상이란 공空이나 본체, 본성 등과 다르지 않은 것으로서, 현실에 남아 있는 논리적 고리를 단절시킨 무자성無自性의 세계이다. 이제까지 우리는 그 세계를 실재라고 불렀거니와 아래의 시는 그가 얼마나 철저하게 자신을 둘러싸고 있는 관념(현실)을 버림으로써 실재를 탐구해왔는지를 보여준다. 이 시집의 시편들에서 시인은 스스로 "녹아 없어졌기에" "목소리가 없으므로" 독자들은 알 수 없고 볼 수 없는 현상 너머의 실재를 감각해볼 수 있었던 것이다.

> 왜냐고 끝없이 묻는 그대에게
> 그러나 내 목소리는 결코 들리지 않는다
> 그대의 모든 앎과 생각과 말 속에도
> 나는 이미 녹아 없어졌기에
> 그저 바라만 볼 뿐
> 목소리가 없으므로
> 목소리가 없으므로……

—「왜냐고 묻는 그대에게」 부분

다른 우주로의 여행

—김길나의 『시간의 천국』

1. 시와 우주

시인은 먼저 이렇게 말한다. "오늘 하늘이 쪽빛이다.// 여기서 아득하다."(「시인의 말」) 시인이 보고 있는 "하늘"은 우리가 살아가고 있는 지상 혹은 지구를 넘어선 공간으로서 우주라는 말로 바꾸어도 무방하다. "하늘"이 "아득하다"는 것은 인간의 지혜로는 미칠 수 없는 광막한 우주의 상태를 의미하는 것으로 읽을 수 있다. 김길나 시인의 우주적 상상은 이즈음 우리 시단에서 흔치 않은 개성으로 다가온다. 그동안 우주적 상상이 우리 시단에 전혀 없었던 것은 아니지만, 그것은 대부분 정신적 초월이나 신비로운 세계의 차원에서 이루어지곤 했었다. 이를테면 김지하는 "저 먼 우주의 어느 곳엔가/ 나의 병을 앓고 있는 별이 있다"(「저 먼 우주의」 부분)와 같이, 인간이 이룩한 과학적인 지식보다는 신비주의적이고 정신주의적 차원의 우주적 상상을 보여준다. 그러나 김길나의 시는 우주물리학과 관련된 과학적 지식에 기반을 둔 상상을 펼친다는 점에서 김지하의 시와는 다른 모습이다.

과학의 발달이 인간의 시적 상상력에 반드시 도움을 주는 것은 아니다. 왜냐하면 첨단 과학의 발달로 인하여 신화적 세계나 신비의 영역이 상당히 위축될 수 있기 때문이다. 포스트모더니스트들이 문학의 위기를 운위하면서 그 근거로 들었던 것이 인간의 상상을 앞서가는 첨단 과학의 발달이었다. 이를테면 아폴로 11호의 달 착륙이라는 인류사의 대사건은 과학의 차원에서는 매우 유의미한 일이었지만, 시인들은 달이 가지고 있는 신비스러운 영역을 빼앗기면서 시적 상상의 많은 부분을 잃어버렸다. 달 세계는 이제 토끼가 방아를 찧는다는 상상의 공간이 아니라 물도 공기도 생명도 없는 죽음의 땅으로 변해버렸다. 그렇다면 시적 상상과 과학의 발달은 상극적이므로 시를 지켜내기 위해서 과학을 포기해야 하는 것인가? 그러나, 그것은 인간이 이룩한 모든 문명을 포기하고 원시의 시절로 돌아가자는 말과 다르지 않다. 불가능한 일이다. 시인들은 이제 현실의 영역으로 편입된 상상의 세계는 경험의 차원에서 수용하고 더 너른 상상의 세계를 찾아나서야 한다.

이 시집에서 김길나 시인은 우주물리학적 지식과 시적 상상을 절묘하게 결합시킴으로써 시적 영역을 확대한다. 적지 않은 시편들에서 우주적 상상은 지구적 상상으로는 탐구하지 못하는 어떤 광대한 영역을 시의 범주 속으로 편입시켜 주는 역할을 한다. 이 시집에 빈도 높게 등장하는 블랙홀이나 웜홀, 화이트홀과 같은 우주적 개념들이 그러하다. 이러한 개념들은 철학과 예술 분야에서도 시공간에 대한 새로운 인식을 가능케 했다. 그것들은 물론 완전하게 실증되지는 않은 것이어서 과학적 진리라고 보기 어려운 부분도 있지만, 그렇기 때문에 오히려 시적 상상의 영역으로 편입되기가 용이한 측면도 있다. 과학적 가설과 시적 상상은 현실 너머를 추구한다는 공통점이 있기 때문이다. 어쨌든 이 시집을 열면 "다른 우주로의 여행"(「웜홀-씨」 부분) 혹은 '다른 상상 세계로의 여행'이 시작된다.

2. 0시, 시간 너머의 시간

김길나 시인이 우주 세계를 상상하는 동인은 무엇보다도 현실 세계의 결핍을 넘어서기 위한 것이다. 근대의 도구적 이성주의나 획일적 합리주의는 그다지 과학적이지도 인간적이지도 않은 것이라는 사실은 이미 밝혀졌다. 철학적으로는 니체 이후, 과학적으로는 아인슈타인 이후 그러한 비과학적, 비인간적 절대주의를 극복하기 위한 노력은 상당한 수준에서 진행되어 왔다. 김길나 시의 우주적 상상은 그러한 노력의 일환으로서, 특히 근대적 시간관을 극복하고자 하는 상상은 아주 흥미롭다.

이곳, 시계포의 시간들을 아나키즘이 장악 중이다
시간의 질서가 어긋난 공간에서 시간은 따로따로 혼자씩 제멋대로 돌아간다

현재가 부재중인 이 시계포에는 고장 난 오늘이 걸려 있다
수많은 시계들이 한결같이 현 시간을 지워버렸다

시간의 굴레에서 풀려나기 좋은 이 시계포에는 이미 시간의천국이란 입간판이 세워져 있다
시간의천국에서는 어제와 내일이 나란히 붙어 있다

과거에서 온 정오 곁에서 미래에서 온 밤이 열한시를 알린다
정오와 열한시 사이에서 북적대는 혼돈, 계절들은 한자리에 혼재한다

아직도 과거를 운행 중인 시계가 지나간 계절들을 펼쳐놓을 때
자전 속도가 빨라진 시간에 앞당겨온 내일의 내가 어제의 나를 언뜻 건너다본다

이곳 시계들은 여전히 서로 다른 시간을 보여주고 있다
서로 다른 시간으로 가는 생체시계를 각자 펄떡이는 심장에 달고

이 시계포의 고객들이 시계와 시계 사이 자유 만발한 꽃길을 오가는
동안 시계포의 출입문이 닫혀졌다

현재의 출구를 찾지 못하고 헤매는 시간을
시간의천국이 장악 중이다

—「시간의 천국」 전문

이 시는 "시계포"의 많은 시계들이 각기 다른 "시간"을 가리키고 있는 정황을 소재로 삼고 있다. 이처럼 다양한 시간이 공존하는 "시계포"의 모습을 "아나키즘이 장악 중"이라고 한다. 시인은 그곳을 "시간의 질서가 어긋난 공간"으로서 "혼돈"과 "혼재"의 상황을 무정부주의에 빗대고 있는 것이다. 정치적 의미로 "아나키즘"은 무질서와 혼란의 상황을 지시하지만, 다른 한편으로는 그 혼란이 기존의 강고한 국가주의를 극복하게 하는 혁명 정신을 표상하기도 한다. 이 시에서 "시간의 아나키즘"은 절대적 시간이라는 허상을 믿으며 살아가는 현대인들이 강고한 선입관에서 벗어날 수 있는 출구 역할을 한다. 이와 관련하여 저마다 다른 시간을 가리키고 시계들이 전시된 "시계포"의 상호가 "시간의천국"이라는 것은 흥미롭다. 그곳은 "시간의 굴레에서 벗어나기 좋은" 곳으로서 "서로 다른 생체시계를 각자 펄떡이는 심장에 달고" 살아갈 수 있는 세계이다. 그곳은 시간의 획일주의가 사라진, 그 상대성과 다양성이 확보된 곳으로서 "현재의 출구를 찾지 못하고 헤매는 시간을" 온전히 "장악"하고 있는 세계인 것이다. 그렇다면 그곳은 고루하고 경직된 현실("고장난 오늘") 너머에 존재하는 실재의 세계라고 해도 무방할 것이다.

시인은 왜 "천국의 시간"을 상상하는가? 그 이유는 "시간을 쪼아 먹고/ 비만해진 뻐꾸기가 시계 밖으로의 탈출을 꿈꾸고 있다/ 시계가 고장 나고/ 고장 난 시계에서 시간이 두서없이 오간다"(「시계에서 나온 계절」 부분)는 시구에 암시되어 있다. "시계"는 근대 문명과 관련되는 현실의 시간으로서 모험과 도전보다는 안위와 획일성만을 추구하는 속성을 지닌다. 그런 속성을 지

닌 "비만해진 빼꾸기"가 지배하는 세상은 "고장 난 시계", 즉 파편화된 시간 혹은 파편화된 의식으로 채워진 곳이다. 그곳을 벗어나기 위해서 김길나 시인은 영속적이고 역설적인 시간으로서의 "0시"를 상상한다.

꿈속에 얹히는 흰 눈과 잠의 바깥에서 흰 눈을 이고 떠는
마른 가지 틈새로
제야의 보신각 종소리로 부서지는 이의 우수의 종소리의
여운을 붙들고 일어서는 평정, 그 틈새로
만인의 손에서 타오르는 촛불과 임종하는 이의 독방에서
스러지는 불빛, 그 틈새로
생이 시를 향해 절룩이는 비문의 시와 시의 무덤인 백지,
그 틈새로
태어나는 의미와 의미를 뒤엎는 허무, 그 틈새로
쳐들어오는
0시
빠져나가는
0시

그리고 허무를 서른세 번째 해부하는
0시

—「보신각 종소리」 전문

이 시는 "허무"가 인생의 본성이자 시의 본질이라고 노래한다. 그런 허무의 시간은 "보신각 종소리"가 울려 퍼지는 "0시"이다. 이때 "0시"는 삶의 열정과 죽음의 고독이 공존하는 "틈새"의 시간이다. 그 시간은 "만인의 손에서 타오르는 촛불과 임종하는 이의 독방에서/ 스러지는 불빛"의 "사이"에 존재한다. 또한 시의 존재와 부재, 즉 "생이 시를 향해" 나아가는 것과 "시

의 무덤"의 "사이"에 존재하는 시간이다. 다시 말해 "0시"는 "태어나는 의미와 의미를 뒤엎는 허무, 그 틈새"의 시간으로서 생명 혹은 시가 "쳐들어오는" 생성의 시간이자 "빠져나가는" 소멸의 시간이다. 이러한 생성과 소멸로 인한 "허무"의 반복, "허무를 서른세 번째 해부하는" 시간인 것이다. 시간에 대한 이러한 인식은 니체가 말했던 영원회귀의 사상이 연상된다. 삶의 진리라는 것은 불변의 것이 아니라 순간순간 변화와 생성의 연속일 뿐이라는 니체의 허무주의가 드리워져 있다. 니체 식으로 말하면 삶과 죽음, 생성과 소멸이 하나일 수밖에 없다는 허무를 인정하는 순간 인생과 시에 대한 긍정적인 태도를 갖게 된다. 그 긍정의 힘은 순간적인 삶을 부단히 변화시키면서 창조적인 삶을 살아가게 하는 에너지가 된다. 따라서 "0시"는 현실의 시간을 넘어서 창조적인 삶이 가능한 시간, 시의 시간이다.

김길나의 시에서 "0시"는 역설적 의미를 지니는 상징으로 빈도 높게 등장한다. 그것은 "0시"라는 시간이 하루 24시간의 출발점이자 종착점으로서의 모순을 포괄한다는 속성에 주목한 결과이다. 시집 『둥근 밀떡에서 뜨는 해』에는 「0時에서 0時 사이」라는 제목의 연작시가 10여 편 등장하기도 하고, 다른 시집에서도 "0시"는 시의 제목이나 소재로 자주 등장한다. 그들 가운데 인상적인 시구를 몇 개 추려보면 1) "영원의 특이점"(「0時」), 2) "영원이며 찰나인 0時"(「0時-합환지」), 3) "자전하는 둥근 시간/ 꽉 차고 텅 비는/ 교환이다"(「0時에서 0時 사이-둥근 바퀴」) 등과 같다. 1)은 우주물리학에서 말하는 중력의 무한대 상태로서 우주 붕괴의 말기나 우주 팽창의 시초를 의미하는 모순의 공간이다. 또한 2)에서처럼 "영원"과 "찰나"를 동시에 지니는 모순의 시간이며, 3)과 같이 스스로 존재하는 "꽉 차고 텅 비는" 모순의 속성을 함의한다. 김길나의 시에서 이러한 모순이 시적 상상력과 결합하면서 우주와 생명의 근원적 속성으로서의 역설의 원리를 형상화하는 데까지 나간 것이다.

3. 웜홀의 에로티시즘

"0시"가 역설적 원리에 의한 생성과 창조의 시간이라면 그에 상응하는 공간은 어떤 모습일까? 현대 우주물리학에 의하면, 부피가 0이 되고 질량은 무한대가 되는 순간, 하나의 우주가 소멸하고 새로운 우주가 탄생한다고 한다. 우주의 종말과 시작에 관한 이러한 아인슈타인의 이론은 우주에 관한 새로운 인식을 가져왔다. 이 시집에 연작 형식으로 등장하고 있는 "웜홀"과 관련된 다수의 시편들은 그런 인식을 기반으로 하는 과학적, 상상적 형상을 보여준다.

총은 이미 벌레들로 장전되어 있다
별이 죽는 시간을 밤이라 호칭하는 이곳에서
폭발하는 것들의 불꽃이 밤을 꽃피게 하고
현장인 구멍, 거기 격렬하게 빨려들어
숨 가쁘게 발사되는 총알들,
리비도의 소용돌이인 야성의 통로에서 이미
벌레들의 웜홀 여행은 시작되었다
죽음을 통과하는 열정의 속도만큼
경주는 치열하고 통로는 칠흑의 카오스다
생명에 닿기 전 모든 가능성과 파괴가 혼재하는
순간은, 아슬아슬하다 벌레들의 자살이 창궐한다
생성과 소멸이 격돌하는 순간에 퍽퍽 쓰러지는 벌레들 곁에
이 세상에서 반쪽짜리로 죽어간 것들의 쉼표들이 나뒹군다
마침표는 생사를 가른 가혹한 질주 끝에 완성되었다
이제야 보인다 통로 끝머리에 둥글게 차오른
저것! 사랑의 알이다 갈망이 만월로 부푼
에로스 신전이다!

고독한 닻소리를 꼬리에 매단 벌레 한 마리
마침내 닿는다 목마른 모음으로 출렁이는 신천지에

순간, 생명 프로그램은 자동 시행되었다
별에서 벌레로, 벌레에서 호모사피엔스까지
길고 먼 유전의 여정을 담고 한 줄의 문장으로 읽힐
나는 웜홀 밖으로 나왔다
지구라는 또 하나의 자궁 속으로
자전하는 지구의 블랙홀로

—「웜홀 여행–기이한 순간들」 전문

제목의 "웜홀 여행"은 물론 상상의 여행일 터, 이 시는 "웜홀"이라는 우주물리학 현상을 에로티시즘으로 비유한다(혹은 그 반대로 볼 수도 있다)는 점에서 특이하다. 우주물리학에서 "웜홀"은 블랙홀과 블랙홀을 연결하는 통로 구실을 한다. 이때 하나의 블랙홀을 하나의 우주라고 한다면, 다른 하나의 블랙홀 역시 또 하나의 우주라고 할 수 있다. 만일에 "웜홀"을 통해 하나의 블랙홀에서 다른 블랙홀로 여행을 한다면 시간과 공간이 전혀 다른 세계를 만나게 된다. 그리하여 "웜홀"을 통과하는 일은 이전과는 전혀 다른 차원의 새로운 우주 세계로 진입하는 것이다. 흥미로운 것은 이러한 "웜홀"의 특성과 여성의 자궁이 하나의 생명을 탄생시키는 과정과 다르지 않다고 본다는 점이다.

시의 모두에 등장하는 "총"은 정신분석학적 측면에서 보면 남근을, "벌레들"("총알들")은 남성의 정액을 의미하는 것으로 볼 수 있다. 또한 "폭발하는 것들의 불꽃이 밤을 피게" 한다는 것은 남녀의 열렬한 사랑 행위를, "리비도의 소용돌이인 야성의 통로에서 이미/ 벌레들의 웜홀 여행이 시작되었다"는 것은 자궁을 향한 정자들의 질주를 연상케 한다. 그런데 수많은 정자들 가운데 "사랑의 알"(난자)을 만나 생명을 탄생시킬 수 있는 것은 오직 하나뿐이다. 그리하여 이 "여행"은 "생사를 가르는 가혹한 질주"이자 "죽음을 통과하는 열정"이다. 그러한 지난한 과정을 통과한 하나의 "벌레"가 결국 "사랑의 알" 혹은 "에로스의 신전"에서 새 생명으로 잉태되는 것이다. 그 이후에 "생명 프로그램은 자동 시행"되면서 이 지상에 하나의 생명이 등장하여 살아가게 되는 셈이다. 이처럼 이 시는 "나"가 리비도의 욕망에서 출발하여 잉태와 출산을 거쳐, 하나의 생명으로 태어나는 과정을 "지구라는 또 하나의 자궁" 혹은 "지구의 블랙홀"에 진입하는 것으로 본다. 사실 주체적 존재론에 따르면 하나의 생명이 탄생한다는 것은 하나의 지구, 하나의 우주가 탄생하는 일과 다르지 않으니, 이 시의 전체적인 시상은 시적 설득력이 충분하다.

사랑과 생명 탄생의 과정을 "웜홀"의 원리와 동일시하는 것은 작은 생명과 거대한 우주의 상관성을 직관적으로 인식한 결과이다. 그런데 시인은 이 원리의 발견에서 한 걸음 더 나아가 사랑의 과정뿐만 아니라 연속적 일체감을 지향하는 사랑의 근본적 속성마저도 우주의 원리와 흡사하다는 점을 발견한다. 물론 과학적 발견이 아니라 시적 발견이다.

이미 거대한 구멍은 뚫려 있는 것
구멍, 빛을 감금하고 혼돈을 방생하는 아나키즘의 늪
구멍, 약육을 삼킨 강식자의 피 묻은 혀들이 첩첩이 포개지는 에로틱한 동굴
구멍, 초강력 빨대에 빨려든 연인들을 하나로 맷돌질하는 사랑의 칠흑 구렁
구멍, 죽음의 밀도가 삶을 압착하는 현장

그리고 삼키고 쏟아내는 이쪽과 저쪽의 두 개의
구멍, 그 통로는 위험하고 사건은 잔인하다
식욕이 왕성할수록 허기져 있는 블랙홀이 너와

내가 겨우 피신해 있는 사건지평선을 확 잡아당긴다
물러날 곳이 없다

—「지평선」 부분

이 시의 "지평선"은 우주물리학 용어로 블랙홀의 경계선인 '사건의 지평선'의 의미한다. '사건의 지평선'은 외부에서 물질이나 빛이 자유롭게 안으로 들어갈 수 있지만, 밖으로는 외부로 나갈 수 없는 경계의 선이다. 그것은 마치 에고가 강한 사람의 속성과 비슷하여 자신을 향한 구심적 이기심만 가지고 있다. 그러나 아무리 중력이 강한 블랙홀일지라도 나란히 두 개의 블랙홀이 있으면 "구멍"(웜홀)을 만들어 서로를 끌어당긴다. 무한중력으로 인해 그 "지평선"이 안으로 끌려들어가는 것은, 마치 이기적 에고를 지닌 사람이 사랑하는 사람을 향해 강력하게 이끌리는 것과 다르지 않다. 인간의 사랑이란 바로 이러한 블랙홀의 현상과 같이 상대를 강력하게 끌어들여 온전히 하나가 되고자 하는 것과 마찬가지다. 이것이 바로 "초강력 빨대로 빨려든 연인들"을 통해 보여주는 "물러날 곳이 없는" 절박한 사랑의 속성이다. 이처럼 두 블랙홀 사이에 존재하는 "구멍"은 사랑의 대상과 나, 외계와 내면이 일체화되는 세계인 것이다.

사랑이 상대와의 일체화를 지향하는 속성을 지닌다는 인식의 밑바탕에는 유기체적 세계관이 자리를 잡고 있다. 유기체적 세계관은 근대 사회를 지배했던 기계적 세계관을 극복하고자 하는 사상이라는 점에서 성숙한 사랑의 원리와 유사하다. 사랑이란 주체가 연대와 동일시를 통해 타자와 하나의 운명 공동체로 나아가는 일이기 때문이다.

복숭아 향이 먼 회귀선을 넘어와 지금 여기서
붐빈다 한 알의 복숭아 안에 복숭아꽃이 들어 있다
꽃이 입 맞춘 나비들이 꽃 속으로 들어와 날아다닌다
모든 어제의 어제가 깨어 있는 안의 안,

그 중첩된 내부로 누군가 들어왔다
도화 빛 물든 복숭아 표층에 구멍이 뚫린 날,
저쪽 외계 생명체가 이쪽 내부로 들어왔다
…(중략)…
그것, 구렁이었다
그에게 사랑은 밥이었으므로
폭력이고 정복이고 그 완성은 죽임이었으므로
먹히는 사랑에 병든 그녀는 물큰해지도록 농익어 갔다
나는 벌레 든 그녀를 입에 넣고 삼켰다
구멍 뚫린 도화 빛 세상 한 알이
또 다른 입구로 들어온 것이다

—「웜홀 여행-벌레 구멍」 부분

이 시는 세 개의 사건으로 구성되어 있다. 1)한 알의 복숭아가 열매 맺는 과정, 2)그 복숭아에 구멍을 내는 벌레의 행위, 3)"나"가 그 복숭아를 먹는 일이 그것이다. 그런데 이러한 사건들의 배후에 공통적으로 존재하는 기본 원리는 우주의 모든 것들은 상관적으로 존재한다는 유기체적 세계관이다. 그리고 이러한 사건들이 우주 현상으로서의 "웜홀"과 다르지 않다고 한다. 1)은 "한 알의 복숭아 안에 복숭아꽃이 들어 있"고, "나비들이 꽃 속으로 들어와 날아다닌다"는 시구에 드러난다. 한 알의 복숭아가 탄생하기 위해서는 내외부의 다양한 존재들이 관여를 하고 있다는 것이다. 2)는 벌레가 "복숭아"에 구멍을 내는 일을 "외계 생명체가 이쪽 내부도 들어왔다"고 하고, "복숭아"를 갉아먹는 일을 "중력의 무 공간에 터널을 뚫는 일, 집 한 채를 짓는 일"에 비유한다. 그리고 그 "집"을 짓는 일이 "폭력이고 정복이고 그 완성은 죽임"인 "사랑"의 과정이라고 본다. 사랑이란 에로스와 타나토스가 하나의 몸으로 구성되는 것이라는 속성에 대한 깨달음을 노래한 것이다.

그리하여 "나"가 그 "복숭아"를 먹는 일을 "벌레 든 그녀를 입에 넣고 삼켰다"고 한다. 3)에 해당하는 이 사건은 "구멍 뚫린 도화 빛 세상 한 알이/ 또 다른 입구로 들어온 것"이라고 한다. "복숭아"를 먹는 일은 그것이 열매가 되기 위한 모든 과정이나, 그 열매를 벌레가 먹고 생명을 이어가는 과정과 연속적인 사건이 되는 셈이다. 3)이 결국은 1)이나 2)와 불가분의 연속 관계 놓이면서 세 사건은 모두 우주의 탄생 혹은 "나"의 탄생이라는 하나의 큰 사건으로 일체화되는 것이다. "꽃"과 "나비"가 "복숭아"가 되고 "복숭아"가 "벌레"가 되고 "벌레"가 다시 "나"가 되는 과정, 그것은 지구가 태양계와 연속적이고 태양계가 은하계와 연속적이고 은하계가 다시 우주와 연속 관계에 놓이는 원리와 일치한다고 보는 것이다. 이것은 동시에 인간의 본성인 사랑 행위로까지 이어지면서 무기물, 유기물, 인간 등이 연속 관계에 놓이는 것이라는 전일체적 우주관을 드러낸 셈이다.

4. 경계, 역설의 동력

사랑은 "웜홀"과 동일한 속성을 지녔다는 것, 작은 미물에서 광대한 우주는 모두가 연속적 관계망 속에 존재한다는 것, 이런 인식의 배후에는 경계 혹은 제3의 지대에 대한 역설적 사유가 내재한다. 모순되는 것들을 일체화시켜주는 경계는 역설적 인식의 자리이다. 이런 인식은 파편적이고 평면적인 세계관을 극복하여 총체적이고 입체적으로 세계관으로 나아가게 한다. 시인은 우주의 원리와 생명의 원리, 시의 원리가 다르지 않다는 점을 강조하고자 하는 것이다.

> 이곳과 저곳에서 새가 없어지고 새가 난다
> 경계에서 새는 죽고 새는 죽지 않았다
>
> 나는 죽은 새와 살아 있는 새를

동시에 지니고 있다

이곳과 저곳을 오고가는 태양이 경계에서 솟는다
아직 살해되지 않은 꽃이 오고 있다
꽃 속에 동거했던 물이 달콤하고도 여린 성분을 감추고
힘세게 바람으로 오고 있다

경계를 지우고자 꿈꾸며 경계에서 피어나는 슬픈 역설을
우리는 이곳에서 사랑이라 불렀다
흐르는 물, 흐르는 바람, 흐르는 불인 사랑의
열역학과 이동에 대해 아는 바가 없으므로 우리는 침묵했다

…(중략)…

소년이 아파트 옥상으로 올라갔다
옥상과 바닥의 경계에서 소년이 사라졌다
사건은 모든 경계에서 이미 일어나고 있다
경계에서 나는 살아 있고 나는 죽어 있다

—「경계에서」 부분

"경계"는 이 시집 전체를 관통하는 하나의 인식론적 원점이다. 그곳은 "새는 죽고 새는 죽지 않았다" 혹은 "나는 살아 있고 나는 죽어 있다"는 모순을 함께 끌어안는 세계이다. 삶을 더 긍정하고 새롭게 살아가기 위해서는 죽음을 인정하면서, 삶과 죽음이라는 모순을 역설적으로 승화시켜야 하는 것이다. 사실 인간을 포함한 모든 생명은 유한적인 존재로서 언젠가는 죽음을 외면할 수 없는 존재이다. "사랑"의 속성도 그와 비슷한 것이어서 에로스와 타나토스를 한 몸에 담고 있다. 죽음을 감싸 안은 삶 혹은 사랑에 대한 인식은

정신의 "혁명"과도 같은 것으로서 우주의 존재 원리와도 다르지 않다. 그래서 시인은 "죽은 별들의 불변의 에너지가 그곳으로/ 건너가 폭풍이 인다"고 말할 수 있는 것이다. 생명과 사랑이 영원하다는 것은 그런 현상이 끝없이 반복되기 때문이다. 이는 우주에서 별의 죽음이 다른 에너지로 변전하여 끝없이 새로운 별을 탄생시키는 것과 마찬가지다. 이런 원리는 "경계"에 대한 인식을 통해 "나는 죽은 새와 살아 있는 새를 동시에 지니고 있"을 뿐만 아니라, "경계를 지우고자 꿈꾸며 경계에서 피어나는 슬픈 역설"의 세계에 다가가게 한다. 이 "역설"은 "나"와 "새"에 표상된 생명과 사랑과 우주의 존재 원리이자 시 쓰기의 원리이다.

이렇듯 우주물리학적 현상들이 과학적 지식이나 정보에 머물지 않고 시적 상상의 영역과 만날 수 있게 되는 것은 역설의 원리에 의지한다. 역설은 우주의 명멸과 생명의 생사가 지닌 모순을 넘어 더 크고 깊은 우주와 생명으로 나아가는 상상의 통로이다.

> 거기, 종착과 시발의 합류인 장대한 시공간이 원형으로 돌돌
> 말려 있다 신기한 세계는 그러니까 씨앗이었던 것!
>
> 꽃은 죽고 꽃은 살고, 이 역설의 동력이 집합되고 압축된 몸
> 체는 눈곱만한 씨앗이었던 것!
>
> 종점에서 하차한 나는 티끌만큼 작아져서 말을 잃고 손발을
> 잃고 시푸른 구멍으로 빠져 들고 말았다
>
> 아득한 씨앗우주의 웜홀로 빨려들었다
> 이제 곧 다른 우주로의 여행이 시작될 것이다
>
> —「웜홀 여행-씨」 부분

죽음을 동결시킨 힘, 거기 끝과 시작이 맞물려 있을지도
모를 당신의 기묘한 얼음을 채집한다고 덧붙인다

환상을 벗고 당신의 실체를 보아버린 나는 당신의 황량함
이 피어 올린 극단의 빛을,

극단을 뒤엎는 역설의 미학을 지금 탐색 중이라고 추서를
보탠다

하여, 내 안에 숨은 폐허가 당신의 자기장에 끌려
들어가는 순간이 오고

끝내 나는 당신의 적멸을 향해 산화한다고 최후 기록을 남긴다

이제, 나는 없다

—「달에게 투신」 부분

앞의 시는 "씨앗"에 응축된 "역설의 동력"을 말하고 있다. 생명의 삶과 죽음, 우주의 "종착과 시발"과 같은 모순되는 것들이 하나의 작은 "씨앗"에 담겨 있다는 것이다. 식물학적으로 작은 "씨앗"은 이전의 식물이 죽음으로써 생겨난 열매지만, 그것이 싹을 틔우면 하나의 온전한 생명이 다시 탄생한다. 우주의 "씨앗"인 "웜홀"도 마찬가지다. 블랙홀의 소멸과 화이트홀의 확장성을 모두 간직한 것으로서 새로운 우주의 계기이다. 뒤의 시는 "달" 탐사선이 "달"이 지니고 있던 환상을 벗어버리고 그 황량한 실체를 보아버린 사실을 시상의 모티브로 삼는다. 그러나 그 이면적 의미는 "달"에 인간의 감정을 투사하여 마치 연인의 황량한 내면세계를 보아버렸다는 뜻이 된다. 즉 "나"는 그 황량함으로 인하여 연인에 대한 동정심과 사랑의 계기가

마련될 수 있을 것임을 생각한다. 뒷부분에서 "극단을 뒤엎는 역설의 미학을 지금 탐색 중"이라는 것은 그러한 의미이다. 이렇듯 "역설"은 우주적 상상의 한 방식이면서 생명과 인생의 근본 원리를 탐색하는 방식인 것이다.

5. 나무가 된 시인

다른 우주를 꿈꾼다는 것은 '다른 상상'의 세계를 창조하는 일이다. 김길나 시인은 '다른 상상'을 위해 블랙홀, 웜홀, 화이트홀, 사건의 지평선, 특이점 등 우주물리학적 용어들을 자주 동원한다. 이들이 아직 명확히 실증되지 않은 가설에 머물러 있을지라도 이들로 인하여 시적 상상의 세계가 광대한 우주의 영역으로까지 확장되고 있는 것은 사실이다. 이처럼 유의미한 시적 상상이 얼마나 오랫동안 지속될 것인지는 가늠하기 어렵지 않다. 김길나 시인의 끝없이 생성 소멸하는 나무가 되고자 한다는 고백을 들어보면, 우주와 생명과 시는 마침내 영원히 회귀할 것임을 어렵지 않게 짐작할 수 있다.

> 한때, 견고했고 불꽃이기도 했던 몸들이 녹아 흐르는
> 물, 삶과 죽음의 소용돌이를 걸러낸
> 물, 걸러진 고요 속에서 푸른 힘을 뽑아 올린
> 물, 그 물을 내부로 빨아들이며 나무들이
> 시를 쓴다
>
> 수없이 잎을 지우고
>
> 꽃을 넘어온
>
> 과육

씨알로 되돌아올 줄 아는 시는, 그러므로

죽지 않는다

나무가 된 시인의 시집을 나는 혀로 읽어 삼켰다

시인이 시 안에서 살고 있는 시를

—「나무시집」 전문

이 시에서 시를 쓰는 주체인 "나무들"은 하나의 우주와 다른 우주를 연결하는 우주수宇宙樹이다. 이 나무가 시를 쓰는 데 자양분으로 삼는 것은 "삶과 죽음의 소용돌이를 걸러낸/ 물"이다. 즉 삶은 죽음과 함께한다는, 죽음이 삶의 일부라는 역설적 인식이 그것이다. 이러한 역설은 "수없이 잎을 지우고// 꽃을 넘어" 비로소 "과육"이 되었다가, 다시 "씨알로 되돌아올 줄 아는 시"의 탄생 원리이다. 한 알의 "씨알"이 "잎"과 "꽃"과 "과육"으로 거쳐 다시 "씨알"이 되는 무한("수없이") 반복의 과정은 니체가 말하는 영원회귀의 세계관과 다르지 않다. 완벽한 시라는 목표에는 이를 수 없을지라도 허무의 순간순간을 긍정하면서 시적 언어로 옮기는 영원한 반복이 곧 시 쓰기인 것이다. 이러한 인식이 바로 "나무가 된 시인"이 부단히 시를 쓰게 하는 창조의 특이점, 혹은 다른 우주로의 여행을 꿈꾸는 것을 가능하게 하는 언어의 "웜홀"이다. 이 시(집)의 주인공인 "나무가 된 시인"은 그런 세계관을 시심의 근간으로 삼고 있는 김길나 시인과 다르지 않음은 물론이다. 그러므로 자연히 김길나 나무 이후에도 또 다른 김길나 나무가 태어나 다시, 또 다시 시의 열매를 맺을 것이다.

'맨 앞'의 아포리아와 '수리'되는 에피그램

—이문재의 「지금 여기가 맨 앞」, 안현미의 『사랑은 어느날 수리된다』

1

한 권의 시집을 읽고 나서 가슴속에 여운으로 남는 것은 언제나 그 전체가 아니다. 한 권의 시집을 덮고 나서 끝내 잊히지 않는 것은 기발하고 감동적인 몇몇 시편들, 그중에서도 오래도록 가슴속에 잉잉거리는 것은 촌철살인 같은 몇몇 시구들일 뿐이다. 그런 시구들은 아포리아나 에피그램의 형식으로 시에 등장하는 것이 일반적이다. 러시아 형식주의자들의 용어를 빌리면 그것은 전경화 부분 혹은 지배소라고도 할 수 있다. 지배소는 시 전체를 아우르면서 시상을 이끄는 요소라고 할 수 있을 터, 한 편의 시가 잘 빚어진 구조를 갖추기 위해서는 지배소의 역할이 매우 중요하다. 이 글은 이문재의 시집 『지금 여기가 맨 앞』과 안현미의 시집 『사랑은 어느날 수리된다』에서 시의 지배소로 기능하는 몇몇 아포리아나 에피그램을 살펴보고자 한다.

아포리아는 원래 철학에서 논리적 난관을 의미하지만, 문학에서 그것은 모순이나 역설을 통해 시적 진실을 드러내는 방식이다. 에피그램도 철학적인 용어로서 사람들에게 교훈을 주는 경구警句를 의미하지만, 문학 쪽에서는 기지나 풍자가 넘치는 기발한 생각을 나타내는 단시나 시구를 의미한다.

요즈음에는 에피그램이 단시의 형식으로 창작되는 사례는 흔치 않기 때문에 시 전체의 일부분인 짧은 시구의 형태로 등장한다. 사실 좋은 시는 모두 아포리아나 에피그램을 작품 속에 포함하고 있다고 해도 과언이 아니다. 이를테면 맛있는 과일 전체의 고갱이인 씨앗처럼 아포리아나 에피그램은 시 전체를 단단하게 아우르는 핵심적 요소이기 때문이다.

이번에 출간한 이문재의 시집과 안현미의 시집은 흥미로운 아포리아와 에피그램을 간직한 다수의 시편들을 포함하고 있다. 이문재의 시집에는 삶의 연륜에서 우러나오는 심오한 아포리아가, 안현미의 시집에는 치열한 삶의 현장에서 뽑아올린 인상적인 에피그램이 빈도 높게 등장한다.

2

이문재의 시집은 제목부터가 아포리아의 형식을 갖추고 있다. "지금 여기가 맨 앞"이라는 시집의 제목은 동명의 시 제목에서 차용한 것이다. 이 시는 "지금 여기가 맨 끝이다"와 "지금 여기가 맨 앞이다"라는 두 의미소가 역설적으로 결합하여 "나무는 끝이 시작이다"(그러므로 "지금 여기가 맨 앞")라는 아포리아를 수렴한 것이다. 특히 "지금"이라는 시간은 언제나 미래로 향해 나가는 출발점이자 과거를 거슬러 가는 출발점이다. 이것은 나무 끝이 땅으로 나가는 출발점이자 새로운 가지로 나아가는 출발점인 것과 마찬가지다. 「땅 끝이 땅의 시작이다」라는 시에서도 비슷한 인식이 드러난다. 특히 시인에게 "지금 여기가 맨 앞"인 것은 그가 항상 창조적 언어, 새로운 언어의 첨단을 꿈꾸기 때문이다. 그래서 이 시집은 그러한 꿈의 언어로 구성되어 있다.

꽃을 내려놓고
죽을힘 다해 피워놓고

꽃들을 발치에 내려놓고
봄나무들은 짐짓 연초록이다.

꽃이 져도 너를 잊은 적이 없다는
맑은 노래가 있지만
꽃 지고 나면 봄나무들
제 이름까지 내려놓는다.
산수유 진달래 철쭉 라일락 산벚—
꽃 내려놓은 나무들은
신록일 따름 푸른 숲일 따름

…(중략)…

꽃은 지지 않는다.
나무는 꽃을 떨어뜨리고
더 큰 꽃을 피워낸다.
나무는 꽃이다.
나무는 온몸으로 꽃이다.

—「큰 꽃」 부분

시의 첨단은 인식의 갱신과 관계 깊다. 보통 사람들이 머물고 있는 습관적, 관습적 인식에서 벗어나는 일이 시의 첨단에 이르는 방법의 하나이다. 봄에 피는 꽃은 다른 계절에 피는 꽃과는 달리 대개 낙화 후에 연초록 잎사귀를 돋아낸다. 여름꽃이나 겨울꽃이 푸른 잎사귀를 충분히 성장시킨 연후에 꽃을 피우는 것과는 생리가 전연 다르다. 봄꽃의 그러한 생리는 낙화가 낙화가 아니라는 발상을 하기에 충분한 근거를 제공한다. 봄꽃 나무들은 울긋불긋한 꽃을 떨군 뒤에 잎사귀들로 연초록 꽃을 피우기 때문에 꽃이 떨어진다고 꽃이 아주 사라지는 것은 아닌 셈이다. 이것은 앞서 살핀 표제작의 "나무는 끝이 시작이다" 혹은 "지금 여기가 맨 앞"이라는 인식과 다르지 않을 터, 어떤 꽃의 끝이 다시 피어나는 다른 꽃의 시작이라 할 수 있다. 그래서 시인은 "나무는 꽃을 떨어뜨리고/ 더 큰 꽃을 피워낸다"는 역설적 진리에 도달하게 되는 것이다. 이러한 아포리아는 이 시집의 곳곳에서 산견되는데, 인상적인 것들 가운데 몇 가지 살펴보면 다음과 같다.

1) 사막에
모래보다 더 많은 것이 있다
모래와 모래 사이다

—「사막」 부분

2) 사랑은 눈이 아니다
가슴이 아니다
사랑은 손이다
손을 잃으면
모든 것을 잃는다

—「사랑이 나가다」 부분

3)
아직도
내가 낯설어 하는 내가 더 있다

—「밖에 더 많다」 부분

1)은 어떤 존재가 진정으로 존재하기 위해서는 관계의 거리가 있어야 한다는 점을 말하고 있다. 모래와 모래의 중간에 "사이"가 없다면 그것은 이미 모래가 아니라 진흙이나 돌덩어리가 되었을 것이다. 이러한 관계는 사

람과 사람, 삶과 죽음 사이에서도 존재하는 진리의 차원에 속한다. 인간이라는 말 속에 이미 함의되어 있듯이 진정한 의미의 인간은 사람과 사람의 사이(人間)에 존재하는 것이다. 사람이 한 인간으로 개체적, 독립적 존재가 되기 위해서는 다른 사람과의 "사이"가 존재해야 하는 것이다. 그 "사이"의 다른 이름은 사람을 향한 비판적 거리, 혹은 반성적 거리라고 부를 수 있을 것이다. 2)에서 "사랑은 손이다"라는 명제는 "사랑은 눈"처럼 가시적인 것이고, "사랑은 가슴"처럼 마음과 관련된 것이라는 상식을 벗어난다. 그리고 "사랑은 손"에서 "손"은 촉감의 연대를 의미한다. 사랑은 피상이나 관념으로 존재하는 것이 아니라 구체적 감각을 통해서 존재하는 것이 진리에 가깝다고 보는 것이다. 이런 사실을 설득하기 위해 우리는 굳이 니체나 메를로 퐁티의 몸 철학을 거론하지 않아도 될 것이다. 3부의 첫머리에 놓인 「손이 손을 찾는다」, 「손의 백서白書」, 「아직 손을 잡지 않았다면」, 「아주 낯선 낯익은 이야기」 등의 시들도 비슷하다. 3)은 자아의 새로운 발견과 관련되는 아포리아이다. 인간은 저 스스로는 잘 아는 듯하지만 한편으로 생각하면 다른 사람이 아는 나보다도 나는 나를 알지 못할 경우도 많다. 이 시구들의 공통점은 아포리아를 통해 현실적 상식을 뒤집어서 새로운 시적 진리에 도달하고 있다는 점이다.

다른 시에서도 "내가 놓친 그대여/ 저 높은 곳에서 언제나 빛인 그대여"(「혼자만의 아침-빛과 소금」), "정말 느린 느림은 없었습니다/ 나는, 나를 너무 많이 사용하고 있었습니다."(「정말 느린 느림」), "나 그토록 가지려 했으나/ 소유하지 못한 것이 하나 있으니/ 다름 아닌 무소유였다"(「산촌」) 등의 시구도 인상적이다. 도달할 수 없는 사랑의 "그대"는 항상 높은 "빛"으로 존재한다는 것, 자신을 "너무 많이 사용"하여 진정한 느림("그린 느림")은 없다는 것, "무소유"를 소유할 수 없음에 대한 역설적 인식 등은 흥미로운 아포리아다.

3

안현미 시집의 제목은 에피그램의 형식을 취하고 있다. 시집 제목은 「이별수리센터」라는 시의 결구인 "사랑은 어느날 수리된다"를 차용한 것인데, "사랑이 수리된다"(거짓 사랑이 手理되어 진실한 사랑으로 受理된다)는 것은 진정한 사랑, 새로운 사랑의 시작된다는 것을 의미한다. 같은 시의 "우리 모두 미래의 누군가에겐 위로가 될지도 모르는 존재들이란 누나의 말은 이별과 함께 수리해서 쓸게요"라는 시구가 그런 의미를 뒷받침한다. 지나간 사랑의 이별을 수리手理하는 것은 진실하고 새로운 사랑을 수리(受理, 받아들임)하는 것과 다르지 않은 것이다. 이 시집에는 이와 같은 사랑 혹은 인생에 관한 에피그램이 빈도 높게 등장한다. 이들 에피그램은 논리적 모순이나 역설보다는 경구警句적 특성을 지향한다는 점에서 아포리아와는 다르다.

> 연암은 열하를 일러 '사나이가 울 만한 곳'이라 했다는데
> 당신은 바다를 일러 '사랑이 올 만한 곳'이라 한다
>
> 지금은 세계가 확장되는 시간
>
> 난 세계를 한번도 읽어본 적 없다
> 그런 늘 당신으로부터 사랑이 왔기 때문
> 그밖의 것에 대해서는 나중에, 아주 나중에 말할 수 있다
>
> 지금은 사랑이 확장되는 시간
>
> 물고기가 키스하는
> 이 명랑, 이 발랄!

우리는 본능적으로 어떤 시간을 활용할지 아는 연인처럼
혹은 맨 처음 바다로 나아간 최초의 사람처럼

우리는 진짜 인생을 원해

저 바람 좀 봐 애인들 도대체 어디로 데려가는 거야
저 파랑, 저 망망!

그리고 공연히 무작정의 눈물이 왔다

—「사랑」 전문

이 시는 사랑에 관한 깊은 깨달음을 전한다. 시의 배경인 "바다"는 확장성을 지닌 공간이다. "바다"는 육지의 모든 물이 최종적으로 안착하는 장소이자, 육지 너머의 세계로 나아가는 데 매개적 역할을 하는 공간이다. "사랑이 올 만한 곳"으로서 그 공간은 "세계가 확장되는 시간" 혹은 "사랑이 확장되는 시간"을 간직한다. 이 시구들은 사랑이 "바다"라는 공간을 시간의 차원으로 전이시킴으로써(공간의 시간화) 타자와의 시공간적 연대를 통해 주체의 정신적, 정서적 확장을 꾀하는 것이라는 의미를 함의한다. 진정한 사랑은 바다 속에서 "물고기가 키스하는" 것과 같이 "명랑"하고 "발랄"한 것이자 "맨 처음 바다로 나아간 최초의 사람처럼" 시원적 순수성을 간직하게 한다고, 보는 셈이다. 하여 사랑은 아집과 편견과 고독의 수렁에서 벗어나 "진짜 인생"을 살아갈 수 있게 하는 것이다. 따라서 "무작정의 눈물"은 사랑을 깨달은 자의 순수한 마음을 표상하는데, 이것이 바로 "바다는 사랑이 올 만한 장소"라는 에피그램의 궁극적 함의이다. 이와 같은 에피그램은 사랑과 인생에 관한 다양한 차원의 성찰로 이어진다.

1) 설명할 수 싶었지만 설명할 수 없는 차원으로

인생이란 뭘 좀 몰라야 살맛나는 법

—「카이로」 부분

2) 그해 내 마음의 가장 높은 봄을 지나

아득히 날아가던 너라는 비행기

—「사랑 2.0」 부분

3) 사랑에 관한 한 우리는 조금씩 이방인이 될 수 있다

그해 봄밤 미친 여자가 뛰어와

내 그림자를 자신의 것이라 주장했던 것처럼

—「봄밤」 부분

1)은 침묵의 가치를 밝혀준다. "설명"이라는 것은 어떤 사실에 대해 세세히 알려주는 진술 방식을 의미한다. 그것은 친절하긴 하지만 함축적이고 정서적인 측면을 고갈시킨다. 그런 인생은 인간적 가치를 구현하지 못할 터, 그래서 시인은 "그가 사용하는 인생은 침묵처럼 두꺼웠다"(같은 시)는 경지를 지향한다. 침묵은 설명보다 많은 것을 말해주기 때문이다. 그것은 "최초의 바다, 당신이 내게 보여준/ 설명하고 싶었지만 설명할 수 없었던 그 거대한 물결"(「이 별의 재구성」)의 차원인 것이다. 2)는 기의처럼 영원히 도달할 수 없는, 기표의 미끄러짐 속에서만 존재하는 인간의 사랑을 형상화한다. 그 사랑은 내 인생의 절정("가장 높은 봄")에서도 "비행기"처럼 "아득히 날아가는" 속성을 지녔다. 사랑은 늘 그러하니 시인의 깨달음은 사랑의 정곡을 찌른 것이다. 3)의 시구 역시 사랑의 실체에 대한 깊은 인식으로 드러낸다. 누구나 "사랑"을 하는 사람은 자신이 주인이라고 생각하지만, 실제는 "이방인"에 불과한 경우가 허다하다. 누구나 "사랑"의 주인이 될 수 있다면 왜 그 많은 사랑의 실패와 이별이 있겠는가? 이 시구 역시 사랑에 대한 깊은 통찰의 에피그램이다.

이외에도 "파 한 단 다듬는 동안 그동안만큼이라도 내 생의 햇빛이 남아 있다면, 그 햇빛을 함께 해줄 사람이 있다면"(「구리」), "사랑이여 차라리 죽는다면 당신 손에 죽겠다"(「사랑의 사계」), "사랑의 부재 또한 사랑이 아니겠는가"(「그도 그렇겠다」), "눈물 속에 들어가 그 눈물의 일부가 되어버리는 것 그게 내가 생각하는 사랑이라고, 고백하지 못한 고백을 기억한다."(「에셔에게서 훔쳐온 ∞」) 등 사랑과 관련된 에피그램도 흥미롭게 읽힌다. "파 한 단 다듬는 동안"의 짧지만 많은 사랑, 죽음("부재")까지 품어 안는 치열하고 크나큰 "사랑", "눈물의 일부가 되어"도 좋을 진솔한 "사랑"에 관한 에피그램은 진정한 사랑의 의미를 성찰케 한다. 이러한 시구들이 가득한 이 시집을 우리는 '사랑의 교본'이라고 불러도 좋을 것이다.

4

두 시집은 최근 우리 시단에서 보기 드물게 시상의 깊이와 밀도를 보여주는 작품들로 구성되어 있다. 이문재 시인의 『지금 여기가 맨 앞』은 『제국호텔』 이후 10년 만에 발간한 다섯 번째 시집이다. 10년 만에 시집을 냈다는 것은 작품에 대한 자기검열이 강하거나 과작이라는 의미일 터, 이전 시집과 변별력도 없이 습관처럼 2~3년 만에 시집 한 권씩 찍어내는 우리 시단의 풍토에 대비된다. 어쨌든 이 시집은 신제국주의와 생태오염 문제를 적극적으로 다루었던 『제국호텔』에 비해 인생론 차원의 아포리아와 사회적 상상력이 빈도 높게 드러나는 특성을 보여준다. 요즈음 감각적인 언어가 필요 이상 난무하는 우리 시단에서 인생의 연륜과 사회에 관한 깊은 통찰을 기축으로 하는 이러한 시세계는 오히려 개성적이다.

안현미는 그동안 두 시집 『곰곰』과 『이별의 재구성』을 발간하여 언어 감각과 현실 감각의 조화를 보여준 시인이다. 이번 시집은 그러한 시세계의 한 절정 혹은 완성이라고 할 정도로 그동안의 시세계를 안정감 있게 업그레이드시켜주고 있다. 특히 이번 시집에 드러나는 다양한 에피그램은 그녀의 인생 체험이 그만큼 깊어지고 길어졌다는 것을 암시해준다. 특히 이 시집의 장점은 사랑과 인생에 대한 에피그램에서 비루했던 개인적 삶의 기억, 소외된 자들에 대한 따듯한 포용의 시선, 전 지구 차원의 상상력을 보여주는 시에 이르기까지 다양하게 분포되어 있다. 그래서 이 시집의 외형은 얇지만 그 내용은 두껍다고 말할 수 있다.

두 시집을 이렇게 경성드뭇하게 살펴보고 충실히 읽었다고 말할 수는 없으리라. 그러나 분명한 것은, 이문재 시인의 표현을 빌리면 지금 이 글을 마무리하는 이 자리가 두 시집 읽기의 '맨 앞'이라는 사실이다. 두 시집은 많은 독자들이 지금부터 다시 읽어서 시편마다 숨겨놓은 삶과 언어의 비의를 더 밝혀내야 한다. 안현미 시인의 표현을 빌리면, 두 시인이 세상에 떠도는 사랑과 인생의 고루한 관습을 수리手理해 만든 아포리아나 에피그램도 다른 독자들에 의해 거듭 수리受理되어야 한다. 다시 말해 두 시집은 이즈음 우리 시의 "맨 앞"으로 "수리"되어 마땅하다.

시의 윤리, 삶의 윤리

—곽효환의 『슬픔의 뼈대』, 유병록의 『목숨이 두근거릴 때마다』

1

시의 윤리에 충실한 시인이 있고, 삶의 윤리에 충실한 시인이 있다. 시의 윤리에 충실한 시인이 탐미주의자라면, 삶의 윤리에 충실한 시인은 교훈주의자이다. 모든 시인들은 실상 이러한 탐미주의자와 교훈주의자 사이에 존재한다고 할 수 있다. 조금 거칠게 구분한다면 비교적 젊은 시인들이 전자에 기울어져 있고, 대체로 중장년의 시인들은 후자 쪽에 기울어져 있다. 구체적으로 말하면 오늘의 시단에서 둘 사이를 구분하는 기준은 소위 386세대 이전이냐 이후냐의 차이가 아닐까 한다. 물론 386세대라는 말이 등장한 이후 십수 년이 흘렀으니 그 말은 이제 486세대 혹은 586세대라는 용어로 대체되어야 하지만, 어쨌든 연령상으로 보면 80년대에 대학을 다닌 40대 중반을 넘어선 시인들은 삶의 윤리에 충실하다. 그리고 90년대 이후 등장한 시인들의 시에는 상대적으로 시의 윤리에 충실하려는 경향이 도드라진다. 이런 현상의 배후에는 80년대 민주화 운동이라는 거대 담론의 영향을 받았느냐, 아니면 90년대 이후 미시 담론의 영향권 아래서 시를 썼느냐의 차이가 내재한다.

곽효환의 시집 『슬픔의 뼈대』와 유병록의 시집 『목숨이 두근거릴 때마다』

는 요즈음 우리 시에 나타나는 시의 윤리와 삶의 윤리를 살피는 데 유용한 텍스트이다. 곽효환은 1996년『세계일보』를 통해 등단한 이래 시집『인디오 여인』과『지도에 없는 집』을 발간한 40대의 중견 시인이다. 그는 삶의 윤리에 충실하다. 그의 시에는 비루한 현실과 윤리적 충직성의 갈등에서 오는 슬픔의 감정이 빈도 높게 나타난다. 그 슬픔은 센티멘털리즘을 넘어서는 윤리적 성찰의 결과라는 점에서 주목을 요한다. 그에 비해 유병록은 2010년『동아일보』신춘문예를 통해 등단한 30대 초반의 신예 시인이다. 그는 시의 윤리에 충실하다. 그는 어두운 현실과 관련된 내면세계를 심미적, 감각적으로 형상화하는 특성을 보여준다. 그의 시에 자주 얼굴을 내미는 불안이나 울음, 흑백의 이미지 등이 그 구체적 목록들이다. 그의 시는 구체적 삶과 관련된 내용의 측면보다는 시적인 비유와 심미적 표현을 강조한다.

2

곽효환이『슬픔의 뼈대』에서 보여주는 삶의 윤리는 이상과 현실 사이의 괴리에서 오는 슬픔과 관계 깊다. 그는 부정한 사회, 부조리한 현실을 향한 분노와 비판의 언어, 자기 자신의 한계에 대한 성찰과 반성의 언어를 빈도 높게 구사한다. 성찰과 반성의 언어는 이상적인 존재나 정의로운 존재를 대하면서 자신의 비루한 삶을 되돌아볼 때 자주 나타난다.

> 안개비 자욱한 도심의 공동묘지
> 죽어서 산 자들과 살아서 죽은 내가
> 맞는 이른 아침,
> 길 잃은 시간들이 물방울처럼 달려 있다
> 빼곡히 늘어선 돌들의 무덤에서
> 나는 슬픔의 뼈대를 생각한다
> 지워지지 않는 아니

끝내 지울 수 없는 사람
그래서 더 아프고 더 슬픈
나의 그늘은 어둡고 무겁다

죽어서 산 자들을 찾아 서성이는 아침
나는 아직 이별의 방식을 모른다
여름을 잃어버린 쌀쌀한 오늘
내내 흐리고 굵은 비 쏟더니
불투명하게 젖어 있다
시작을 기억할 수 없으므로
지나간 끝을 용서할 수 없으므로
이렇게 어둡다가 날이 기울어도 좋을 것 같다
죽은 자들의 공원에서
나의 그늘은 깊다

—「나의 그늘은 깊다–페르 라세즈에서」 전문

시인은 프랑스의 고도 파리를 여행하던 중 "페르 라세즈" 공동묘지에서 자신의 삶을 되돌아보고 있다. "페르 라세즈"는 발자크, 쇼팽, 빅토르 위고, 오스카 와일드, 기욤 아폴리네르, 마르셀 프루스트 등 한 시대를 풍미했던 위대한 예술가들의 무덤이 있는 곳으로 유명하다. 무덤의 주인공들은 시인이 "죽어서 산 자들"이라고 명명하듯이 이승의 현실이나 인간적 한계를 초월한 자리에 존재한다. 시인은, 이들 위대한 예술가들의 무덤 앞에 서서 삶은 비록 유한하지만 예술은 영원하다는 진리를 새삼 떠올려보는 것이다. 위대한 예술은 "슬픔의 뼈대"처럼 인간의 유한적 속성("슬픔")을 견고한 영원성("뼈대")으로 승화시키는 속성을 지닌 것이다. 시인은 이러한 생각과 자신의 처지를 대비하면서 스스로를 "살아서 죽은" 사람이라고 자책하고 "나의 그늘은 어둡고 무겁다"고 고백한다. 이때 "슬픔의 뼈대"는 "나"의 실연의 슬픔이 승화된 것으로 볼 수도 있다. 어쨌든 이 자책과 고백은 시인이 견지하는 진솔한 삶의 윤리를 반영한다. 자신을 일상에 얽매여 "살아서" 진정한 예술의 차원에서는 "죽은" 존재로 규정하는 겸양지심 자체가 높은 윤리의식의 표현이라고 하겠다.

곽효환 시의 윤리 의식을 구성하는 또 하나의 감정은 그리움이다. 그의 그리움은 슬픔의 계열체로서 이상의 세계를 잃고 비루한 현실을 살아가는 자신에 삶에 대한 성찰을 동반한다. 그리움이란 지금 여기에 없는 것, 즉 부조리한 현실을 비판하고 그 너머의 이상적 세계에 대한 지향과 관계 깊다는 점에서 윤리적이다.

> 눈물 고인 쓸쓸한 몸을 부리면 영영 잠들 것 같은 겨울밤
> 다시 눈포래 치는 벌판을 휘청휘청 돌아오며
> 내가 사랑했던 꽃과 나무와 지명과 사람을 차례로 불러보며
> 내가 그리워하는 백석과 용악을 읽는다
> 어른거리는 시행 사이로
> 이제 곧 남이 될 그네가 어지러이 지나가고
> 끝내는 백석과 용악과 내가,
> 바구지꽃과 흰 당나귀와 나타샤와 그대가 뒤엉켜
> 목 놓아 울며 겨울 강을 건너는
> 어깨 들먹이며 끝내 잠들지 못하는 이 밤
>
> 그만하면 됐다
> 겨우내 그만치 앓았으면 그만 다 털어내도 되겠다
>
> —「백석과 용악을 읽는 시간」 부분

시인은 실연의 아픔을 북방의 두 시인 "백석과 용악"의 시를 읽으며 극복하고 있다. 이들 북방의 두 시인은 고달픈 삶의 여정 속에서도 아름답고 낭만적인 시세계를 개척한 것으로 유명하다. "나"는 그들의 시를 통해 삶의 상처를 위안받고 있다. 그들의 시는 시인이 생각하는 이상적인 세계로서 그리움의 대

상이다. 시인은 그들의 시에 자신의 체험을 융합함으로써 자신의 고통을 순화시키고 있는 것이다. 시인이 사랑했던, 그러나 "이제 곧 남이 될 그네"는 하릴없이 헤어져야만 하는 여인일 터, 그 여인과의 이별에서 비롯된 상처를 두 북방 시인의 시와 맥락을 구성하고 있다. 즉 "백석과 용악과 나"를 "바구지꽃과 흰당나귀와 나타샤와 그대"와 하나의 시속에 편입시킴으로써 이별의 고통을 간접화하고 있는 것이다. 그러면서 결국에는 "그네"를 탓하지 않는 삶의 윤리 의식에 도달한다. 이러한 그리움의 윤리는 북방의 상상력을 보여주는 시나 차마고도와 시베리아의 여행을 소재로 한 시편들에서도 빈도 높게 드러난다.

한편, 곽효환 시에서 삶의 윤리를 드러내는 또 하나의 방식은 비정하고 부조리한 세상을 향한 분노와 비판이다. 그의 시 가운데 우리 사회의 현실 문제와 관련된 시가 적지 않은 편이고, 그 비판 의식은 저 80년대의 백무산이나 박노해와 비교해도 뒤지지 않을 정도로 분명하다.

왜 나는 슬퍼하는가

희망을 실은 네 번의 버스와 함께
여름은 기울고
여기저기 수런거리는 말들이 지나가고
그네는 끝내 내려오지 않고
희망은 길을 잃고
절망을 희망으로 바꾸고 싶은 사람들만 남은
젖은 여름 뒤에 어슬렁거리는 늦더위
출근 시간 라디오 인터뷰에서
이제 계절을 구분 짓기보다는
예측하기 어려운 기상을 걱정해야 한다는
기상청 예보관의 말소리가 뿌옇게 흩어졌다

—「희망버스」 부분

"희망버스"는 오늘날 우리 사회의 중요한 이슈 가운데 하나이다. 그것은 또한 우리 사회의 부조리한 부면을 개혁하기 위한 자발적 시민운동의 상징이다. 이를테면 용산 참사, 한진중공업 사태, 기륭전자 노조탄압, 제주 해군기지 건설 강행 등 국가와 기업에 의해 자행되는 반민주적, 반시민적, 반생태적 행위에 대한 저항 운동이라 할 수 있다. 시인은 이러한 "희망버스"를 체험하면서 "희망은 길을 잃고" 사는 우리 시대를 생각하면서 "절망을 희망으로 바꾸고 싶은 사람들"과 함께하고픈 마음을 간직한다. 시인은 지리한 "여름"의 "늦더위" 속에서 "예측하기 어려운 기상을 걱정해야 한다"는 기상예보를 들으면서, 세상을 올곧게 아름답게 만들어보고파 하는 "희망버스" 탑승자들의 열망에 대해서도 "걱정"을 하고 있다. 어수선한 시국을 생각하면서 "희망버스"가 정말로 "희망"의 "버스"가 될 수 있을지 걱정하는 것이다. 이런 걱정 속에서 시인이 "왜 나는 슬퍼하는가"라고 묻는 배후에는 역시 부조리한 세상에 대한 강고한 비판 정신이 깔려 있다.

그런데 이러한 분노, 비판, 성찰, 반성이 결국 슬픈 감정으로 수렴되고 있다는 점은 주목할 만하다. 스스로 슬퍼한다는 것은 두 가지의 사항을 전제로 한다. 하나는 자신의 한계를 정직하게 인정하는 윤리적 결단이고, 다른 하나는 세상의 부조리와 불의에 대한 강고한 부정 의식이다. 시인은 슬픔을 통해 그러한 결단과 부정 의식을 마음 깊은 곳에 내면화하고 있는 것이다. 그 내면화의 강도는 슬픔이 깊어질수록 더 커질 것임은 물론일 터, 곽효환 시인은 슬픔은 단순한 감정의 유로流露로서 센티멘털리즘과는 거리를 두고 있다. 하여 그의 슬픔은 윤리적 견결성을 상징한다.

3

유병록의 『목숨이 두근거릴 때마다』는 삶의 윤리보다는 시의 윤리를 더 적극적으로 추구한다. 이 시집의 적지 않은 시편들이 어두운 곳에서 살아가는 고통스러운 존재들을 전경화하고 있지만, 그것은 공동체적인 신념이나 슬픔보다는 절대적인 아름다움을 향한 예술적 자의식과 깊이 관계된다. 그의 시에 자주 등장하는 울음이나 불안은 시인의 내면에 자리 잡은 그러한 자의식의 일종이다. 먼저 울음은 이런 모습이다.

때리면 운다, 그런 점에서
인간은 타악기처럼 다루어야 한다는 음악론을 펼치며
사내는 연주를 시작한다
온몸으로 우는 것이 타악기의 윤리이듯
여자가 갓 만든 북처럼 둔탁하게 울린다
두드릴 때마다
더 깊은 곳에서 소리가 흘러나온다
질 좋은 가죽이란 숱한 무두질 끝에 완성되는 법
북으로 말씀드리자면
사나운 짐승의 가죽일수록 깊은 소리를 낸답니다
뜨거운 울음을 삼킨 가죽만이
음악을 온전히 이해할 수 있죠
아름다운 소리를 얻을 때까지 더 세게 더 경쾌하게
북을 치는 사내

다들 안심하세요
능숙한 연주자는 가죽을 찢는 법이 없으니까요
찢어진다 해도 짐승 따위는 얼마든지 있답니다

—「북 치는 사내」 전문

언뜻 보면 못된 남성이 연약한 여성에게 폭력을 행사하는 풍경을 떠올릴 수도 있지만, 시가 함의하는 사연은 그런 것이 아니다. 이 시의 "북을 치는 사내"는 예술적 절대 음감을 얻기 위해 부단히 노력하는 존재이다. 그가 주장하는 "인간은 타악기처럼 다루어야 한다는 음악론"은 음악의 높은 경지에 이르기 위해서는 고단한 연마의 과정을 거쳐야 한다는 의미로 읽힌다. 그 과정은 "온몸으로 우는 것이 타악기의 윤리"를 "사내"의 윤리로 내면화하는 것이다. "타악기의 윤리"를 확대 해석하면 예술의 윤리와 다르지 않을 터, 이때의 윤리는 관습적 도덕관념을 초월하여 진정한 의미의 심미적 이상을 실현해나가는 일이다. "두드릴 때마다/ 더 깊은 곳에서 소리가 흘러나오"게 하는 능력을 기르는 것이 예술의 윤리일 것이다. 따라서 "북 치는 사내"는 심미를 추구하는 예술의 윤리에 철저히 복무하는 존재인 셈이다. 이때 예술은 시라고 바꾸어 읽어도 무방하다.

예술의 윤리는 무엇보다도 부단한 미적 쇄신을 통해 삶과 현실을 갱신하는 것이다. 세상의 통념에 얽매여 교훈적인 담론만을 생산하는 예술가가 있다면 그는 세속의 가치에 얽매인 도덕 교사 이상의 역할을 하지 못한다. 엄격히 말한다면 그는 진정한 예술가의 윤리를 충실히 지켜내지 못하는 사람이다. 따라서 예술가의 윤리는 때로 인간이 지닌 비윤리적 본성에 대한 정직한 성찰까지도 아우르는 것이다.

> 이빨이 뾰족해진다
> 차례차례 잠든 새끼들의 숨통을 끊는다
> 털 속으로 흐르는 식은땀
> 죄는 이빨이 아니라 몹쓸 자궁에 있지
> 통째로 들어내고 싶어
> 두근거리는 맥박을 꺼내고 싶어
> 질질 흘러나오는 젖이 역겨워 거식증을 앓겠지만
> 털갈이하는 계절이 오면
> 잃어버린 식욕도 되찾으리라
>
> 목숨이 두근거릴 때마다
> 흰 토끼는 숨통을 물어 벽에 던진다
> 천둥의 밤이 고요해질 때까지

털 속의 불안이 다 지나갈 때까지

—「흰 이야기」 부분

"흰 토끼"는 앞의 시에 등장하는 "북을 치는 사내"와 유사한 존재이다. "흰 토끼"가 "잠든 새끼들의 숨통을 끊는다"는 것은 인간 혹은 예술가가 지닌 "불안" 심리를 비유하는 것으로 읽을 수 있다. 예술가는 다른 누구보다도 내면의 목소리에 민감하게 반응하는 존재이다. 그는 일반 사람들이 감각하지 못하는 타자의 목소리에도 귀를 기울여 인간의 내적 심연을 들여다보는 존재이다. 그는 "죄는 이빨이 아니라 자궁에 있다"면서 "죄"의 근원에 대한 통찰을 통해 인간의 근본을 탐구하는 존재인 것이다. 따라서 "목숨이 두근거릴 때마다/ 흰 토끼는 숨통을 물어 벽에 던진다"는 것은, 비정한 반생명적 행위보다는 "털 속의 불안"을 극복, 승화하기 위한 혹독한 성찰의 행위이다. "불안"을 극복하기 위해 그것을 철저히 성찰해보는 것은 오히려 정직한 자기 인식이라는 윤리의식을 표상한다. 정직성은 선악이나 시비마저 넘어서 진실을 추구하기 위한 기본 윤리에 속하기 때문이다. 그렇다면 "흰 이야기"는 심미적 윤리의식을 동반하는 '시 이야기'라고 바꾸어 적어도 무방하다.

유병록 시가 지향하는 정직성의 윤리는 또한 세상의 어두운 부면까지 아우른다. 인간이 살아가는 세상은 아수라와 같이 혼란스럽고 타락된 공간이다. 예술의 역할 가운데 하나는 "거울이 아닌 적이 없었던 캄캄한 하늘에/ 내 광대뼈가 환하게 비칠 때까지"(「흑경黑鏡」) 어두운 세상을 있는 그대로 응시하고 승화시키는 일이다. 그런 세상을 작위적, 허위적으로 미화시키는 일은 예술가의 임무가 아니다.

골목에서 아이들이 진흙을 던지며 뛰어다닌다 소녀들의 원피스는 쉽게 더러워진다 저녁이면 늙은 여인들이 부둥켜안고 싸우거나 부둥켜안고 운다

피와 땀이 섞인 곳, 물도 흙도 아닌 오물에 가까운 무엇, 부서지는

소리와 썩어가는 냄새의 뒤범벅……

진흙의 독이 퍼진다 누가 그 침범을 막을 수 있겠는가 중독된 자가 이 곳을 떠날 때, 골목으로 난 창문을 한없이 더럽히는 진흙

발을 더럽히지 않고는 지날 수 없다
무거운 생이 지나갔다 한들
그 발자국을 오래 남겨두지 않는다

—「진흙의 문장」 전문

"골목"에서 벌어지는 장면은 이전투구泥田鬪狗를 연상케 한다. "골목"은 "소녀들의 원피스는 쉽게 더러워지"는 비순수 공간이자, "피와 땀이 섞인" 고달픈 삶의 공간이자, "진흙의 독이 퍼지"는 위험한 공간이다. 그곳은 다름 아닌 신산스러운 삶의 공간이고, 그곳에서 쓰이는 "문장"은 바로 그러한 삶을 반영한 시(예술)라고 할 수 있다. 그렇다면 시는 정제되고 순수한 세계를 그리는 것이 아니라 인간의 현실처럼 우여곡절의 세계를 문장으로 옮겨 적은 것이다. 그렇다면 시를 쓴다는 것은 "골목"이라는 공간이 "발을 더럽히지 않고는 지날 수 없"는 것처럼 현실의 어두운 부면까지 정직하게 드러낼 수 있어야 하는 것이다. 그래야만 비록 그곳이 인간의 삶의 "발자국"은 오래 보전하지 못할지라도, "발자국"의 영원한 "문장"을 생산할 수 있을 것이기 때문이다.

이렇듯 유병록의 시는 철저한 자기 응시를 통한 정직성의 윤리를 담보한다. 그의 정직성은 "사나운 짐승"이든 "몹쓸 자궁"을 가진 "토끼"이든 있는 그대로의 성찰하면서 미학적인 성취를 얻는다. 정직성은 아름답다는 것, 아름다움은 정직성을 토대로 한다는 것, 이것은 시의 윤리에 해당한다. 진실과는 거리가 멀거나 실재를 지향하지 않는, 거짓으로 꾸며진 시를 아름답다고 할 수 없기 때문이다. 또한 시가 "진흙의 문장"이어야 한다는 것도 현실의 어둠마저도 정직하게 들여다보려는 윤리성을 담보한다. 이는 "아무도 매장되지 않은 들판은 없"을지라도 "대지가 꺼내놓은 수천 개의 심장"

(「붉은 달」)을 인식하고, "죽은 자는 몇 권이 책이 된다"(「사자死者의 서書」)는 역설적 진리에 도달하기 위한 전제이다. 따라서 유병록의 시는 삶의 윤리 너머에 존재하는 시의 윤리 혹은 미의 윤리를 강조하고 있다.

4

시의 윤리는 예술의 윤리이고, 삶의 윤리는 현실의 윤리이다. 이들은 서로 배타적이거나 완벽하게 하나로 결합될 수 있는 것은 아니다. 시와 삶이 일원론이냐 이원론이냐의 논쟁이 지속적으로 이어지는 것은 시가 지닌 이런 속성 때문이다. 삶은 윤리적인데 시는 비윤리적일 수도 있고 그 반대의 경우도 가능하다. 그리고 특정한 삶의 태도가 지닌 윤리성의 여부는 시대와 상황, 혹은 시인의 개성에 따라 취할 수 있는 다양한 시적 태도에 속한다. 이를테면 유병록의 "오리의 목을 자르자" "오래 쓴 연필처럼 뭉뚝한 부리가 붉은 호수에 떠 있는 흰 병을 바라본다"(「붉은 호수에 흰 병 하나」)는 시구는 윤리적인가 그렇지 않은가? 이것은 삶의 윤리로 볼 때는 동물을 학대하는 지극히 비윤리적 모습이다. 그러나 심미주의의 가치 속에서 이 장면은 삶의 윤리를 초월한 자리에 존재한다. 순수한 예술 혹은 시의 차원에서 미의 윤리에 충실한 것이라 할 수 있다.

앞서 살핀 대로 곽효환의 시는 삶의 윤리 혹은 현실의 윤리에 충실하다. 구체적인 현실의 삶에서 발견한 불구의 역사나 결핍된 사랑은 그의 시를 구성하는 지배소이다. 슬픔은 그러한 것들에 대한 윤동주 시인이 느꼈던 부끄러움과 마찬가지의 윤리적 태도와 연관된다. 그래서 나는 그를 '슬픔의 모럴리스트'라고 부르고 싶다. 그에 비해 유병록의 시는 시의 윤리 혹은 예술의 윤리에 충실하다. 그는 비루한 현실과 불안한 내면을 외면하지 않으면서 그것을 심미적으로 승화시키는 독특한 재주를 보여준다. 그가 바라보는 삶은 검은 색처럼 어둡지만, 그가 거기서 끌어올린 시는 붉은 색처럼 강렬하다. 그래서 나는 그를 '심미적 리얼리스트'라고 부르고 싶다.

낙타와 화사와 고래의 시

—이영식의 『휴休』

1. 키 큰 남자

이영식 시인을 생각하면 떠오르는 시구가 있다. "아름다운 벌레처럼 꿈틀거리는/ 그의 눈썹에/ 한 개의 잎으로 매달려/ 푸른 하늘을 조금씩 갉아먹고 싶다"(문정희, 「키 큰 남자를 보면」). 나는 그의 키가 얼마인지는 정확히 모르지만 그 또래의 시인들 가운데 아주 큰 편에 속하지 않을까 싶다. 그런데 요즘처럼 육체적 조건을 중시하는 시절에 그는 자신의 큰 키를 곧추세워 자랑하는 법이 없다. 그는 육신의 키만 큰 것이 아니라 마음의 키도 크다고 할 수 있다. 어느 사람을 만나든 그는 항상 낮은 자세로 자신의 시와 인생에 대해 진솔하게 털어놓는다. 그는 자신의 삶을 밑바닥 인생들과 나란히 배열하는가 하면, 자신의 시에 대해서도 아무 쓸모가 없는 것이라고 겸손하게 고백하기도 한다. 이처럼 마음의 키가 큰 남자의 낮은 자세는 역설적으로 높은 정신세계를 간직하고 있음을 말해 준다. 이 "키 큰 남자"의 "눈썹"은 항상 시의 높은 이상인 "푸른 하늘"을 향해 열려 있기 때문이다.

이영식 시인이 자신을 낮추는 자세는 그동안의 시에도 빈도 높게 드러난다. 첫 번째 시집에서 그는 "서로 부대껴 소음이 되는 틈새에/ 난청으로 박혀 있는 중고품/ 문득, 나를 낚는다"(「청계천에서 낙타를 낚다」, 『공갈빵이 먹고 싶다』)고 한다. 자신을 시장판의 "중고품"처럼 낡고 보잘것없는 것으로 묘사한 것이다. 두 번째 시집에서도 그는 "우리가 상한 날개 껴입고 헛춤을 추는 것은 아직도 추락할 꿈이 남아 있"(「백치시인 1」, 『희망온도』)기 때문이라고 한다. 그는 "더 낮은 곳"을 향해 "추락할 꿈"이 있기에 "헛춤"과 같은 시를 쓰며 산다는 것이다. 그런데 그가 "추락"을 지향한다고 하여 소심한 비관주의나 자학적 패배주의에 빠져든 것은 아니다. 그의 "추락"에 대한 욕망은 역설적으로 더 나은 세계를 향해 상승하고자 하는 열망과 다르지 않다. 이상이 상승하려면 현실이 "추락"해야 하고 진실이 상승하려면 거짓이 "추락"해야 하듯이, 이영식 시인은 높은 시의 영혼에 도달하기 위해서 더욱 처절한 "추락"을 꿈꾸어온 것이다.

그는 비루한 현실 너머의 이상 세계를 꿈꾸는 낭만주의자이다. 그의 시에서 현실은 외면적으로는 세상의 어둡고 궁벽한 곳이며, 내면적으로는 자아의 가장 깊고 내밀한 그늘이다. 그곳은 시인이 세상의 중심에서 소외된 타자들을 따듯하게 감싸 안으면서 사회적, 시적 이상을 꿈꾸는 장소이다. 그의 이상은 진솔한 인간미가 넘치면서 미적 감동이 살아 숨 쉬는 아름답고 서정적인 세상이다. 그의 이상주의는 현실이 생략된 막연한 동경이 아니라 현실의 바닥을 노둣돌로 삼는 도약의 정신과 관계 깊다. 다시 말해 그의 이상주의는 "쓸개꽃이 폐허처럼 피"어 있는 현실을 낮은 포복의 자세로 주유하면서 "희망이라는 이름으로 둥실 떠오를" 이상의 "태양"을 "기다리"는 자세를 취한다(「쓸개꽃이 피었습니다」). 물론 현실의 "폐허"와 이상의 "태양" 사이의 거리는 낙타의 발바닥과 속눈썹 사이의 거리만큼이나 멀다. 하지만 그 사이에 이영식의 시가 있다.

2. 시, 낙타처럼 역설적인

이 시집에는 상당히 많은 시들이 시적 자의식의 문제를 테마로 삼고 있다. 그만큼 이영식 시인은 시의 정체성에 관한 근본적인 고민을 많이 한다고 볼 수 있는데, 눈에 띄는 것은 시적 자의식이 드러나는 시편들에는 사막의 성자인 낙타가 자주 등장한다는 점이다. 그의 시에서 낙타의 상징적 의미는 그 생리적인 특성에서부터 발원한다. 주지하듯 죽음의 땅 사막에서 생명의 물 오아시스를 찾아내는 낙타의 탁월한 능력은 타의 추종을 불허한다. 특히 사막의 살인적인 열기를 이겨 내는 능력과 거친 모래바람 속에서도 멀리까지 바라보는 시력은 거친 환경 속에서도 생명을 오롯이 지켜 내려는 치열한 실존적 의지를 상징한다. 낙타는 사막처럼 삭막한 세상에 휩쓸려 살아가는 현대인을 오아시스같이 맑은 영혼의 세계로 안내하는 마음의 나침반이다. 이영식 시인이 낙타를 노래하는 것은 그 역설적 의미가 시의 속성과 온전히 일치하기 때문이다.

낙타의 몸속에는 지도가 숨어 있다
어미젖 떼고 마신 첫 물 냄새로 시작하여
사막 곳곳 샘터의 기억을 새겨 넣는다

…(중략)…

낙타는 알라에게 목을 꺾지 않는다
무릎 높고 보폭 좁은 걸음 도도하기 짝이 없다
인간이 세워 놓은 아흔아홉 신궁神宮 너머
카멜의 누각, 그 높은
정신을 향해 긴 눈썹이 열린다
깃털 같은 마지막 짐 하나에 거꾸러지면서도

그들의 별자리에 신성神聖을 모셔 놓았다

낙타사파리를 떠나자
일상의 갈고리에 걸려 비루먹던 나날들
뚝, 떼어 던지고 사막으로 가자
낙타가 길 없는 길을 어떻게 제 몸피 속에 그려 넣는지
그리움 깊으면 십 리 밖 물 냄새도 맡을 수 있는지
오래전 우리 꿈에서 빠져나간 몽고반점 같은
물의 지도를 따라가 보자

한입 베어 물고 싶은 날고기 같은 하늘 아래
사막의 시간은 산 채로 씹힐 것이다
날것, 그대로의 나를 만날 것이다

—「낙타사파리」 부분

시의 배경인 "풀 한 포기 없는 타클라마칸 황사 계곡"은 죽음의 공간이다. 가도 가도 물 한 모금 없는 사막에서 생존을 이어간다는 것은 불가능에 가까운 일이다. 그러나 "낙타"는 이 불가능을 가능하게 하는 사막의 선지자이다. "낙타"는 "몸속에" "물"의 "지도"를 간직하고 있기 때문에 "사막 곳곳 샘터"를 찾아가는 비범한 능력을 지녔다. 등허리에 우뚝 솟은 혹肉峰은 산꼭대기의 둥근 레이더처럼 생명의 "물"이 있는 곳을 안내해주는 지도의 구실을 한다. "낙타"는 최악의 상황에서도 살아남는 능력을 간직한 위대한 생명을 상징한다.

"낙타"는 "사막"에서 살아가는 생물 가운데 키가 가장 큰데, 그것은 극한적인 상황에 결코 굴복하지 않는 정신적인 차원의 높이를 표상한다. "낙타는 알라에게 목을 꺾지 않는다"고 할 정도로 내적 의지와 기개가 높다. 다시 말해 "낙타"는 "인간이 세워놓은 아흔아홉 신궁神宮 너머/ 카멜의 누각,

그 높은/ 정신을 향해 긴 눈썹이 열리”는 존재이다. 그 “긴 눈썹”은 세상의 가장 높은 곳에 존재하는 “신성神聖”한 정신의 상징이다. 시인이 “낙타사파리를 떠나자”고 하는 것은 그 높은 세계를 향하고자 하는 의지의 표현이다. 야성이 살아 있는 “낙타”를 찾아가는 것은 “일상의 갈고리에 걸려 비루먹던 나날들”에서 일탈하는 일이다. 그리하여 “사막의 시간”과 정면으로 대결하여 “날것, 그대로의 나”를 대면하는 일, 그것은 “나”의 순수한 영혼을 높은 “별자리”에 올려놓는 일과 다르지 않다. “낙타”가 삭막한 사막을 딛는 발바닥으로 그 눈썹처럼 높은 신성에 이르렀듯이, 시인도 속악한 “일상”의 바닥을 딛고 일어서서 높은 시혼에 이르고자 하는 것이다.

그러나 높은 시혼에 이르는 길은 멀고 험하다. 인간이 추구하는 이상이라는 것은 그 자체가 이상일 뿐, 현실에서 그것을 완전하게 실현한다는 것은 불가능하기 때문이다. 이상은 영원한 기의의 세계이고 시는 그것을 향한 영원한 기표일 따름이다. 그 기표를 추구하는 일은 영원히 반복될 수밖에 없지만, 그 끊임없는 반복의 과정이 바로 시의 역사라고 말할 수 있다. 시를 쓴다는 것은 결국 아포리아의 강을 건너려는 영원한 시도이다.

「별이 하늘에 떠 있다」
는 말에 나는 동의하지 않는다
사막을 넘으면 또, 사막
길 잃은 무명의 가슴에 별빛이 닿아
나사못처럼 빙글 돌아 박힐 때
몇 억 광년 날아와 뜰채에 담기듯
반짝, 꼬리 치는 별을 보라
영혼까지 빨아먹는 사막
별은 하늘에 떠 있는 게 아니라
어둠의 임계점 너머 박힌 나침반이다
촉수 세운 바늘이다

…(중략)…

나의 詩가 그러하다
은유의 옷 휘감아 두르고
아포리아 사막을 건너려 하지만
길라잡이가 되지 못하는 별
나도 속고 시도 속고
신기루 허상 속으로 떨어지고 마는
겉 발효된 언어의 술지게미여
시를 읽고 취하는 건 늘
모순의 혹을 굳기름처럼 떠메고 사는
낙타, 시인뿐이다

—「아포리아 사막을 건너다」 부분

"별"은 인간이 추구해 마지않는 이상적인 삶의 세계이지만, "「별이 하늘에 떠 있다」/ 는 말에 나는 동의하지 않는다"고 한다. 이것은 이상으로서의 "별"이 현실과 동떨어져 존재하는 것에 대한 부정적 인식을 의미한다. "별"이 "어둠의 임계점 너머 박힌 나침반"이라는 것도 "나침반"의 속성이 그러하듯이 "별"이 인간의 삶과 밀접한 상관성 속에 존재해야 한다는 의미이다. 이는 완벽한 삶이 불가능하기 때문에 오히려 더 치열하게 그런 삶을 추구할 수밖에 없는 인생의 이율배반적 속성과 일치한다. "별"로 표상된 인생의 기의는 인간이 부단히 인생의 기표를 살아가게 하는 동기를 부여하는 것이다. 생략된 부분에 제시된, 잔인한 살상 행위와 "신의 뒤통수에 기도를 올"리는 경건한 행위가 동시다발적으로 일어나는 현실은 그러한 기의와 기표의 모순과 관련된다. 기의와 기표의 모순, 신성과 속악의 모순은 인간의 삶이 지닌 영원한 "아포리아"가 아닐 수 없다. 그러나 이 영원한 "아포리아"가 인간을 살아가게 하고 꿈꾸게 한다.

시의 후반부에서 "나의 詩가 그러하다"고 한다. 시인은 자신의 시 쓰기가 "은유"라는 우회로를 통해 삶의 "아포리아"를 극복하려는 시도라고 고백한 것이다. 문제는 "아포리아"를 극복하는 데 "길라잡이"라고 생각했던 "별"조차도 별반 도움이 되지 못한다는 점이다. "아포리아"는 그 늪에서 벗어나려 하면 할수록 늪 속으로 더욱 깊이 빠져들게 하는 속성을 지녔기에 "나도 속고 시도 속고" 있을 뿐인 것이다. 그러나 "아포리아"는 소크라테스가 대화의 상대에게 자신의 무지함을 깨닫게 하는 방법이었던 것처럼, 풀 수 없는 난제인 동시에 새로운 진리를 터득하는 하나의 계기에 해당한다. "시를 읽고 취하는 건 늘/ 모순의 혹을" "떠메고 사는/ 낙타, 시인뿐"이라고 할 때의 "시인"은 그러한 깨달음에 다가가는 존재이다. 보들레르가 「알바트로스」에서 그렸던 존재, 지상에서는 추레한 행색을 지녔을지라도 하늘에서는 왕자와 같은 고귀한 영혼의 소유자, 그가 바로의 "시인"인 것이다. 삶이, 시가 모순 혹은 "아포리아"라는 사실을 깨달았다는 것만으로도 시인은 이미 높은 진리의 세계의 문턱에 도달한 존재이다.

3. 나, 화사처럼 속물적인

이영식 시인이 시와 삶이 "아포리아"라는 사실을 깨닫는 일은 우선 자신을 낮추는 것에서 시작한다. 실제로 그는 보통 사람들이 애지중지 간직하고 사는 과장된 자긍심이라든가 과도한 허영심 같은 것이 전혀 없다. 한 직장인이나 가장으로서 현실적인 삶의 이력을 보건대, 그는 결코 그렇게 낮은 곳에 존재하는 사람이 아니다. 사회인으로서, 생활인으로서 그는 다른 사람들의 존경과 사랑을 받으며 성공적으로 삶을 이끌어 온 사람이다. 시인으로서의 삶도 마찬가지다. 그는 시력 10여 년 만에 타고난 재기와 간단없는 노력으로 나름대로의 시세계를 견고하게 구축하고 있는 시인이다. 그는 그저 무관심하게 지나치기 쉬운 지극히 일상적인 체험과 생활의 언어 속에서도 아름다운 시적 서정을 발견하는 독특한 능력을 지닌 시인이다. 그럼에도 불구하고 그는 스스로를 "한물간 물건"(「슬픈 뿌리」)이라고 정의하고, "나는 누구의 부속附屬이었다냐"(「돼지부속집」)라고 물으면서 한없이 낮은 곳에 임한다. 낮은 자세로 자신을 성찰한다.

화사 두 마리 엉겨 붙어
똬리 틀다 숨어들어 간 풀밭에서의 식사
—휴식도/공포도 아니야
곁에 붙어 앉은 여자가 내 입에 넣어 주는 김밥 덩이가
무슨 미끼처럼 느껴지기도 하는데
허벅지까지 드러낸 꽃무늬 망사스타킹
티브이 화면에서 본 꽃뱀 같기도 한 것인데
아, 무심한 척 눈길 돌리고
단무지와 시금치 우걱우걱 씹어 보지만
텐트 치고 일어서는 용두머리
저 뱀의 체위에 갇히고 싶다는 음란의 뿌리가
스멀스멀 말초신경을 감아 오는데
포도주 몇 잔 빌려 쟁쟁거리는 내 언어는
—해탈도/풍자도 아니야
뱀이 사라진 풀밭, 여자의 깊은 수풀 속
페르몬 향기 따라 모여드는 개미들
내 일탈의 밑그림 속에는
아직도 수천 마리의 벌레가 알을 까고 있어
그들이 슬어 놓은 별과 바람이 새끼를 치고 있어
뱀 장사의 낡은 허리띠처럼 내 안에 똬리 튼
이 속물근성은
옛적 임성기약국 앞을 지날 때 발기하던 벌레의 날갯짓

—자본도/부채도 아니야
내 청춘의 가난한 습성일 뿐,

—「벌레 먹다」 전문

"풀밭에서의 식사"는 시인 자신의 "속물근성"을 의미한다. 이 시구는 시인이 밝혔듯이 인상파 화가 마네의 「풀밭 위의 식사」에서 따온 것이다. 이 그림은 근엄하게 차려입은 두 신사와 적나라한 나체의 여인을 통해 당시 사회에 미만했던 이율배반적인 "속물근성"을 비판한 작품이다. 여기에 등장하는 "화사 두 마리"는 그러한 "속물근성"의 핵심에 해당하는 인간의 동물적 욕정을 암시한다. 그런데 시인은 이러한 그림의 상황을 자신의 처지와 동일시하고 있다. 시인은 소풍에 동행을 해준 "곁에 붙어 앉은 여자"를 순수한 마음으로 대할 수가 없음을 고백한다. 혹시 이 여자가 "꽃뱀"은 아닐까 하는 생각과 함께 "허벅지까지 드러낸 꽃무늬 망사스타킹"에만 눈길을 주고 있다. "여자가" "입에 넣어주는 김밥 덩이"에도 입맛을 느끼지 못하면서 "음란의 뿌리"만 살아서 "용두머리"가 발기되는 욕정을 느낀다. 그래서 "풀밭에서의 식사"가 "휴식도/공포도 아니"라는 것이다. 어느 여자와의 소풍이 순수한 의미의 "휴식"이라거나 "꽃뱀"과 관련된 "공포"를 느끼는 자리가 아니라, 육체적 욕정에만 사로잡혀 살아가는 자신의 "속물근성"만 확인하는 자리가 된 셈이다.

시인이 자신의 "언어"를 "해탈도/풍자도 아니"고 하는 것도 "속물근성"으로 가득한 자신의 정신세계를 고백한 것이다. "해탈"과 "풍자"는 모두 속악한 현실에서 일탈하여 올곧은 세계로 나아가려는 의지와 관련된 것이므로, 그것들을 부정하는 것 역시 육체적 욕망에 사로잡혀 사는 자신의 "속물근성"을 드러낸 셈이다. 또한 시인은 그러한 "속물근성"의 연원이 오래된 것임을 고백한다. 젊은 시절, 시도 때도 없이(이 말은 '진정한 시詩도 진실한 삶도 없이'로 이해할 수도 있겠다) "여자의 깊은 수풀 속"을 마음에 두고 살았던 시인은 "옛적 임성기약국"으로 연상되는 성적 일탈의 기억을 "발기하던 벌레의 날갯짓"으로 규정하고 있다. 시인은 그것에 대한 어떠한 합리화나 변명도 하지 않는다. 그저 "청춘의 가난한 습성일 뿐", 자신의 삶을 현실화시키는 "자본도" 도덕적인 일탈과 관련된 마음의 "부채도 아니"라고 한다. 이것은 도저한 정직성의 세계일 터, 자신의 "속물근성"을 있는 그대로 고백함으로써 시인은 오히려 "속물근성"에서 멀리 벗어난다. 고해성사로 죄의 사함을 받고 깨끗한 영혼으로 거듭나듯이.

이제 이영식 시인이 낮은 곳을 향하는 이유가 드러난 셈이다. 그는 "바닥을 친 자의 뒤통수 같은 술빵"처럼 "나를 통과한 바람 속에 한 번쯤 갇혀 보고 싶었던"(「바람이 가끔 나를 들여다보네」) 것이다. 그는 "저를 허물고 바람을 세우는 파도/ 낮고 낮아져 모음만으로 노래가 되는 시"(「바다에서 시인에게」)처럼 자신을 낮춤으로써 "나"의 극명한 본질을 자각하는 시를 쓰고 싶었던 것이다. 자신을 낮춤으로써 오히려 인격이 높아지는 것처럼, 그의 시 쓰기는 세상과 마음의 낮은 곳에서 높은 정신의 원형질을 찾아내려는 시도인 셈이다. 시인은 자신의 그러한 모습을 "잉크병"에 투사하기도 한다.

> 오래된 잉크병이다 손만 뻗으면 닿을 수 있는 책상 서랍 속에 이십여 년 웅크려 있지만 그는 이미 내 마음 밖 1,000km 멀리 갈라파고스 섬이다 섬의 입구는 화석처럼 단단히 봉해진 채 출입을 끊었다 마비된 듯 꼼짝달싹 않는 그에게 남은 것은 침묵의 자세뿐이다
>
> 푸르다 못해 검게 말라붙은 저 유리 벽 안에 내 상상을 뛰어넘는 코끼리거북 바다이구아나 왕바다도마뱀이 문자를 꿈꾸며 출렁거렸다는 종의 기원과 붓에서 펜촉으로 만년필까지 수천 년 섭렵했다는 변이의 역사가 믿겨지지 않는다
>
> 아날로그 시대의 대표적인 유물, 투박하고 허접해진 그 몰골을 쓰레기통에 던져 버리려 몇 번 시도한 적이 있다 그럴 때마다 그에게도

품위 있게 죽을 권리가 있지 않을까 하는 생각에 다시 서랍 속 면벽의 자세로 되돌려 놓고는 했다

가을도 깊어 소슬한 밤 어둠 속에서 웬 울음소리가 들린다 코끼리거북 바다이구아나 왕바다도마뱀…… 갈라파고스 群島의 부족 누군가 묵은 울음보를 털어 내는 모양이다 안방 아랫목 자리보전하시는 팔순 어머니의 잠꼬대처럼 늙은 잉크병은 문자향 휘날리며 헤엄치던 옛적 푸른 바다를 꿈꾸고 있다

—「갈라파고스」 전문

"오래된 잉크병" 혹은 "코끼리거북 바다이구아나 왕바다도마뱀"은 시인 자신을 표상한다. 그런데 "잉크병"은 낡은 유물과도 같은 존재로서 "이미 내 마음 밖 1,000km 멀리 갈라파고스 섬"일 뿐이라고 고백한다. 이때 "나"와 "잉크병"의 거리는 첨단 문명을 살아가는 현실적 인간과 "아날로그 시대"의 아우라를 지향하는 시적 인간과의 거리를 의미한다. "갈라파고스 섬"은 시인이 밝힌 대로 "남미 대륙 에콰도르에서 서쪽"에 있는, 독특한 생명 진화의 흔적으로 인해 다윈의 진화론의 근거가 된 곳이다. "잉크병" 혹은 시인 자신이 이 섬과 같다는 것은 시라는 것이 현실 세계와는 동떨어진 세계에 존재한다는 의미이다. 첨단의 기술 문명과 상업자본주의가 지배하는 오늘의 세계에서 시(인)는 변두리 중의 변두리에 존재하는 "갈라파고스 섬"과 다르지 않다는 것이다. 그러니 이 시대의 시인은 저의 존재를 아무리 외쳐도 들어주질 않아 "남은 것은 침묵의 자세"일 수밖에 없다.

그러나 "침묵"이 시(인)의 의미를 부정하는 것은 아니다. "잉크병"에는 "저 유리 벽 안에 내 상상을 뛰어넘는" 생명의 세계와 "붓에서 펜촉으로 만년필까지 수천 년" 인간의 역사가 함의되었기 때문이다. 시인이 "잉크병"을 몇 번이고 "쓰레기통에 던져버리려"다가 포기하고 마는 것은 그런 이유 때문이다. 그래서 시인은 쓸쓸한 가을밤에 자신의 마음과 상상을 사로잡

는 “잉크병”의 “울음소리”를 듣는다. 그 “울음소리”는 비록 “팔순 어머니의 잠꼬대”와 같을지라도 여전히 “문자향 휘날리며 헤엄치던 옛적 푸른 바다를 꿈꾸고 있”는 것이다. 이 시구는 송찬호의 “부글거리는 이 잉크의 늪에 한 마리 푸른 악어가 산다”(「만년필」)는 표현을 더 확장하고 구체화시킨다. 하여 시인은 “잉크병” 혹은 자신의 현존재가 무용한 것만은 아니라는 사실을 거대한 시공간의 상상으로 증명한다. 시(인)는 “갈라파고스 섬”의 독특한 생태처럼 오늘의 속악한 현실과 멀리 떨어진 특이성의 세계를 꿈꾸는 존재인 것이다. 이 꿈으로 인해 낡은 “유물”에 불과했던 “잉크병”은 시와 삶의 ‘오래된 미래’를 꿈꾸는 유의미한 존재로 전환된다. 시는 문학의 종류 가운데 가장 오래되고 낡은 것임에도 불구하고, 여전히 사람들에게 높은 영혼의 꿈을 꾸게 하는 최고最古/最高의 양식으로 살아남는 것이다.

4. 삶, 고래처럼 낭만적인

인간의 인간다운 삶은 일상적이고 도구적인 생활 너머의 이상 세계를 꿈꾸는 데서 시작된다. 그 꿈은 각박한 현실에서 일탈하고자 하는 과감하고 열정적인 의지가 뒷받침되지 않으면 불가능하다. 이영식의 시에서 현실 일탈의 욕망을 구체화시켜주는 것은 혁명의 정신과 사랑의 마음이다. 혁명은 다양한 차원에서 이루어지는 전면적이고 급격한 변화를 의미한다. 혁명에는 정치적인 혁명이 있을 수 있고 개인적인 혁명이 있을 수 있고, 생활의 혁명이 있을 수 있고 미학의 혁명도 있을 수 있다. 이영식 시인의 혁명 정신은 개인적이고 미학적인 차원을 지향한다.

> 고래들이 떼 지어 바닷가 백사장에 널브러졌다 수십 마리 난쟁이밍
> 크고래가 머리를 육지로 향한 채 착하게 숨을 놓았다

고래야 그 옛날 땅 위에 마지막 발자국 남기고 바다로 간 최초의 고래야 너는 어느 궁벽한 곳 난쟁이로 살다가 바다로 뛰어들었니

나는 너의 일탈과 무모함을 사랑한다 가당찮은 혁명을 사랑한다

땅을 벗어던지는 순간 몸속에 출렁거렸던 것은 공포가 아니라 상상한 상자, 난바다 떠돌다가 그 간절함이 신성神聖에 닿아 지느러미를 얻었다지

…(중략)…

구백 킬로 밖 음파의 진동까지도 느낀다는 고래야 소리로 보는 너의 시안詩眼을 사랑한다 새끼에게 젖을 짜 먹이는 포유를 사랑한다

난쟁이고래, 너는 백설공주와 일곱 장난꾼들의 집이 궁금해 주검까지 육지로 밀고 와 건들바람에 풍장을 치르는 게로구나

—「최초의 고래에게 부치다」 부분

이 시의 모티브는 "수십 마리 난쟁이밍크고래"가 "바닷가 백사장에" 몰려와 집단적으로 죽음을 맞이한 사건이다. 이 사건을 두고 시인은 독특한 상상을 한다. "난쟁이밍크고래"는 원래 육지에 사는 "난쟁이"였으나 현실을 일탈하여 새로운 세계로 나아가려는 열망으로 "바다로" 갔다. 육지의 "난쟁이"가 바다의 "난쟁이밍크고래"가 된 것은 "최초의 고래" 즉 새로운 세계를 열기 위해 "일탈과 무모함"을 동반하는 "가당찮은 혁명"을 실천했기 때문이다. 이 "고래"는 새로운 세계인 바다로 뛰어들면서도 "공포가 아니라 상상"을 했고, "지느러미를 얻"은 것도 현실의 세계를 넘어서는 "상상"의 세계를 열망했기 때문이다. 이 "신성神聖"의 "지느러미"는 바다라는 새로운 세계를 마음

껏 주유하는 자유정신을 표상한다. 하여 "고래"는 진정한 혁명가인 것이다.

그런데 "고래"는 먼 곳까지 "소리로 보는" 공감각적 능력을 갖추고 항상 "최초"의 상상을 추구한다는 점에서 시인과 유사하다. "고래"의 "시안詩眼"과 "포유"는 모두 "가당찮은 혁명"의 정신과 연계되는 것일 터, "시안"은 현실 너머의 세계를 보는 능력과 관계되고 "포유"는 바다 생물의 속성에 반하는 육지 동물의 생리이기 때문이다. 이 점은 "고래"는 지상에서 육지를 꿈꾸는 혁명을 시도했듯이, 바다에서는 자신의 지상 시절과 관련된 "백설공주와 일곱 장난꾼들"을 잊지 못하는 데서도 드러난다. 이 "최초의 고래"는 그러므로 일탈의 정신 혹은 혁명의 정신으로 살아가는 시인을 표상한다고 할 수 있다. 결국 "고래"는 자기 혁명을 통해 새로운 세계를 개척해나가는 시인의 초상이다. 이 혁명의 정신은 "그의 작품엔 제목이 없다"(「제목 없는 시」)고 할 때의, 일체의 규율("제목")에서 자유로운 순수한 예술혼과도 관계 깊다.

혁명의 정신은 낭만적인 사랑의 열정과 상통한다. 진정한 사랑은 일상적 현실이 강요하는 기계적이고 도구적인 삶을 일탈함으로써 실천할 수 있기 때문이다. 또한 인간의 세상에는 완전한 사랑이 존재하지 않으므로, 사랑을 한다는 것은 완전한 사랑을 향한 부단한 추구의 과정일 뿐이기 때문이다.

> 서랍 속 깊이 묻혀 혼자 낡아가는 첫사랑 편지 같은 여자
> 세상과는 담 쌓고 남정네와도 담 쌓고
> 그래, 섬처럼 홀로 닫고 살아왔으니 꼭 품어 안으면 물푸레 수액처
> 럼 축축한 슬픔이 단숨에 내 가슴으로 번져오겠지
> 새들의 지도에나 올라 있을 듯한 섬, 물푸레
> 그 먼 고도孤島에 가서 물푸레나무 달인 물로 시나 쓰며 며칠 뒹굴다
> 가 물푸레 그늘 같은 여자에게 코가 꿰었으면 좋겠네
> 물푸레 코뚜레에 동그랗게 갇혀 오도 가도 못했으면 좋겠어
> 이 배 저 배 갈아타며 나돌아 다니지 않고

그 여자가 끄는 대로 이러구러 끌려다니다 나도 물푸레나무로나 늙었으면 좋겠네
제 발치의 성긴 그늘이나 깁는 바보 나무가 되었으면 좋겠어야
지금, 나는 물푸레섬으로 간다

—「나는 지금 물푸레섬으로 간다」 부분

"물푸레섬"은 낭만적인 사랑의 공간으로서 "새들의 지도에나 올라 있을 듯한 섬"이다. 그곳에서 시인이 만나고 싶은 사랑은 "첫사랑 편지 같은 여자"이다. 그녀는 "세상과는 담 쌓고 남정네와도 담 쌓고" 살아온 여자, 그래서 "꼭 품어 안으면 물푸레 수액처럼 축축한 슬픔"을 간직한 여자이다. 시인은 그 여자의 "슬픔"을 진실한 사랑으로 보듬으면서 살아보고 싶다고 한다. 시인의 사랑은 그녀에게 "코가 꿰었으면 좋겠"다든가 "그 여자가 끄는 대로" 살겠다는 것으로 보아 단순한 동정심보다는 "슬픔"의 공감을 바탕으로 하고 있다. 그녀와의 공감은 아마도 시인이 "켜켜이 삼킨 울음 안에 나를 들어앉힌 저 풍장의 깊은 내공"(「징」)을 쌓아왔기에 가능한 일이다. 아무튼 "물푸레 그늘 같은 여자"와 인생의 "그늘"을 공유하고 살겠다는 것은 그만큼 깊고 진실한 사랑을 추구하겠다는 것을 의미한다. 그래서 시인은 현실의 모든 것들을 멀리하고 "제 발치의 성긴 그늘이나 깁는 바보 나무"가 되기 위해 "물푸레섬으로 간다"고 상상할 수 있었던 것이다. 이 낭만적인, 너무도 낭만적인 이 사랑을 우리는 마음의 혁명이라고 부를 수 있겠다.

5. 에피파니와 야만

이영식 시인은 낙타를 닮았다. 그의 시와 삶은 낙타의 훌쩍한 키나 생리적 특성과 근사하게 부합한다. 그는 사막처럼 삭막하고 비루한 현실 속에서도 낙타처럼 따뜻하고 고졸한 생명의 시를 쓴다. '사막의 생명' 혹은 '낮춤

의 높임'이라는 역설, 이것처럼 그의 시가 지닌 속성을 적실하게 드러내주는 표현은 없다. 사막이라는 열악한 환경으로 인해 낙타의 생명력이 더 돋보이듯이, 이영식의 시는 일상적 현실의 비루한 존재들과 함께 낮은 포복을 하면서 높은 영혼을 지향하기 때문에 더욱 시적이다. 자신의 속물근성을 뱀의 모습으로 형상화하는 순간, 그는 진솔한 성찰의 주체가 되어 속물근성에서 멀리 벗어난다. 또한 일상적 현실에서 일탈하려는 자신을 고래에 투사하는 순간, 그는 순수한 사랑과 혁명을 꿈꾸는 열렬한 낭만주의자가 된다. 그의 낭만주의는 막연한 동경이나 초월이 아니라 현실과 이상을 아우르는 역설의 정신과 관계가 깊다는 점에서 주목에 값한다.

이 시집에 시적 자의식을 드러내는 시가 상당히 많은 편인데, 그것들이 비교적 다른 작품에 비해서 완성도가 높은 편이다. 자의식은 자기 정체성에 대한 깊은 사유를 동반하는 것일 터, 시를 운명으로 살아가는 시인의 철저한 자기 탐구는 그 자체로 치열한 시정신의 소유자임을 증명하는 것이다. 아래의 시를 보면 그는 시를 삶의 일부가 아니라 삶 전체로 밀고 나가려는 의지를 다잡고 있다.

> 지상의 가장 낮고 궁벽한 곳에서 고물고물 발원한 문장이 오체투지로 이어진다
>
> 서로 뒤엉겨 밀고 밀리며 똥구덩이 벽을 기어오르다가 빙글 옆으로 구르는 놈은 오자 같고 뚝 떨어지는 놈은 탈자 같다
>
> 모든 부패의 고리에 탯줄을 댄 페이소스, 고래로 구더기의 문법이고 지극함이다
>
> 식탁 위에 앉은 파리대왕, 음— 구더기들의 우상이시다

밥 한 알갱이 빌어먹겠다고 덤벼드는 목숨에게 신문지 접어 일격을 가하는 나는 파리를 잡는 것인가 시를 잡는 것인가

딱! 적중이다

좀 더 야만스럽게 쓰지 못한 구더기들의 생애가 방점 하나로 요약된다

—「어느 궁벽한 날의 사냥」 부분

이 시에서 "사냥"은 일차적 의미는 "파리를 잡는 것"이지만, 그 비유적 의미는 "시를 잡는 것"이다. 두 행위의 유사성은 "지상의 가장 낮고 궁벽한 곳"에서 출발하여 지상의 가장 높은 곳으로 우화등선한다는 점이다. "파리"가 "똥구덩이"의 "구더기들"에서 탄생했듯이 시도 인생의 "궁벽한 날"에 완성된다고 보는 것이다. 따라서 시인이 "파리를 잡는" 순간은 시의 에피파니epiphany를 경험하면서 한 편의 시를 완성하는 시간이다. 이 시에서 주목할 것은 이 현현顯現의 순간에도 시인은 "좀 더 야만스럽게 쓰지 못한 구더기들의 생애"를 생각하고 있다는 점이다. 이는 자신의 시에 대한 성찰적 자의식과 무관하지 않을 터, 그의 시가 앞으로도 "더 야만스럽게" 나아갈 것임을 예상케 하는 대목이다. 그의 "야만"은 작위적 상상이나 기교주의를 거부하면서 삶의 진정성을 생동하는 언어로 살아내려는 한 시인의 실존 의지이다. 네온사인 같고 인공 조미료 같은 이 시대의 시가 그의 "오체투지"로 인해 야성의 생명력을 얼마나 더 회복할 수 있을지, 기다려 볼 일이다.

이성을 넘어서, 이상을 찾아서

—김원중의 『문인 줄 알았다』

1. 이성을 넘어서

한 시인이 시를 쓴다는 것은 근본적으로 삶의 결핍감이나 충만감을 간직하고 살아가기 때문이다. 삶의 결핍감을 보상받기 위해 시인은 시라는 상상과 정서의 형식을 빌려 충만한 세계를 만들어간다. 결핍감이 클수록 시에 대한 열망이 커진다. 또한 시인은 삶의 충만감을 드러내기 위해서 시를 쓴다. 인생을 살아가면서 경험하는 사랑의 기쁨이나 삶의 행복감도 시의 대상이 된다. 충만감이 클수록 시를 향한 열망이 고조된다. 시인이 시를 쓰게 되는 동기는 결국 현실적 삶의 기준으로 볼 때 '모자라거나 넘치는 상태'이다. 인생을 살아가면서 충만감이나 결핍감을 절실하게 느끼지 못하는 사람은 시를 쓸 수가 없다. 그런데 근대 사회 이후 시인들이 시를 쓰는 동기는 충만감보다는 결핍감이 지배적이다. 현대 사회는 문명이 부과하는 불연속성의 불안감이 인간의 삶을 지배하고 있기 때문이다.

시집을 열자마자 시인은 "악사가 음악을 그치자/ 마법이 사라졌다// 읽고 있던 책의/ 활자가 뒤틀리고/ 기다리던 당신이/ 돌아왔다"(「지금」 전문)고 노래한다. 이때 "악사"를 시인이라고 바꾸면 "음악"은 시라고 읽을 수 있다.

사실 시는 언어로 연주하는 음악이라고 할 수 있으니 이렇게 바꾸어 읽는 것이 어색한 일은 아니다. 그렇다면 시는 "마법"과 관계가 깊다고 말할 수 있을 터, 시가 사라지자 "읽고 있던 책의/ 활자가 뒤틀리고/ 기다리던 당신이 돌아왔다"고 할 수 있다. 이것은 시의 기능과 관련하여 두 가지를 내용을 암시해 준다. 시가 부재하는 곳에서는, 인간의 정신세계("책")가 온전한 구실을 못한다는 것과 이상적 존재("당신")가 현실적 존재로 전락하고 만다는 것이다. 그러니까 이 시집의 첫 작품은, 시는 인간 세상에 정신과 이상을 존재케 하는 것이라는 김원중 시인의 시관을 응축하여 보여주고 있는 것이다.

시가 인간 정신과 관계 깊은 것은 시가 지향하는 직관이나 감성, 감정이 인간의 삶에서 아주 중요한 역할을 하기 때문이다. 시는 현대 사회를 지배하고 있는 건조한 이성주의와 각박한 합리주의에서 인간 정신을 해방시켜 줄 수 있는 감성의 통로인 것이다. 그래서 시는 이성 너머에 존재하는 이상을 꿈꾸는 방식이라고 말할 수 있다. 이성이 현실을 구성하는 규율이라면 시는 이성 너머의 세계를 구성하는 핵심소이다. 이성 너머에는 예술적 감성과 인간적 감정, 혹은 심미적 직관이 살아 숨 쉰다고 말할 수 있다. 이성 너머의 세계를 지향하는 것은 현대 예술의 공통적 특성으로서 주지적 인식을 강조하는 모더니즘에서조차도 이성을 그 자체로 수용하지는 않는다. 사실 주지주의는 감정의 지나친 유로를 제어하기 위해 지성을 브레이크로 활용했을 뿐 이성을 맹목으로 추구한 것은 아니었다.

김원중 시인이 시를 인간 정신의 핵심이자 이상 추구의 기제라고 인식한 것은, 그가 현실의 삶을 초극하고자 하는 욕망이 강하고, 그 욕망의 실현이 시를 통해 가능하다고 보았다는 것을 의미한다. 이 시집에 빈도 높게 등장하는 시에 대한 역설적 인식이나 생태적 세계관, 진정한 사랑에 대한 추구 등은 그러한 욕망과 관계 깊다.

2. 일상의 재발견과 공空의 역설

시는 현실의 논리를 벗어나 존재(해야) 한다. 시를 쓰는 사람은 현실적인 삶의 자장에서 벗어나고자 하는 정신적 자세를 갖추고 그것을 부단히 실천해 나가야 하는 존재이다. 가령 일상에 대한 상식적인 생각을 부정하는 것도 탈현실을 실천하기 위한 그 하나의 방식이다.

천일야화는 천 일 밤 이야기가 아니라
천 일하고도 하룻밤 이야기이다
이 천 일에 달라붙은
잉여 혹은 사족 같은 하루가
새로운 삶을 가능케 한다
사족은 뱀의 다리이니
있어도 없어도 그만
혹은 없거나
있어도 보이지 않는 것이다

그러나 바로 이런 사족 같은 것이
삶의 수레를 돌게 한다
잠을 깨우는 자명종 소리
하루를 여는 한 잔의 커피
쇼우 윈도우에서 비상하는 마네킹이
리코더에서 삐져나온 틀린 음이
죽음에서 나를 불러내
내일을 여는 힘이다

천형으로 얼룩진 마디마디를

뱀이 사족으로 밀고 가듯
잉여 혹은 사족 같은 일상에 기대어
또 하루가 지고 온다

—「잉여 혹은 사족 같은 하루」 전문

이 시에서 말하는 "일상"이란 무엇인가? 잡다한 것들로 구성되는 일상이란 "있어도 없어도 그만"인 것처럼 보이지만, 다시 생각해보면 그것은 "삶의 수레를 돌게 하"는 것이다. "잠을 깨우는 자명종 소리"나 "하루를 여는 한 잔의 커피"와 같은 것들이 인생을 실감하게 해준다. 아무리 위대한 정치가나 철학자라 할지라도 그들의 정치 행위나 철학 행위는 그런 일상적인 것들의 매개에 의해 이루어진다. 인간의 삶은 "잉여 혹은 사족 같은 일상에 기대어/ 또 하루가 지고 온다"고 보는 것이다. 이 시는 인생의 그러한 속성을 『천일야화』의 에피소드에 빗대어 제시하고 있다. 주인공인 샤리아르 왕은 왕비의 불륜을 인지한 이후 뭇 여성들과 결혼을 하고 첫날밤이 지나면 그 여성을 죽여 버리는 식으로 여성에 대한 보복을 하며 살아간다. 영리하고 지혜로운 샤흐라자드는 대신의 딸로서 다른 여성들을 구하기 위해 왕과 결혼을 한다. 그녀는 매일밤 재밌는 이야기를 들려주다가 끝을 맺지 않고 다음날 들려주겠다고 한다. 왕은 다음 날을 기다려 이야기를 듣고, 다시 다음날 이야기를 더 듣다가 결국 여성에 대한 보복 심리를 치유하게 된다. 그러니까 『천일야화』의 존재 의미가 "천 일하고도 하룻밤 이야기"에 있듯이, 인생도 "잉여 혹은 사족 같은 일상"이 근본적 존재 의미를 간직한다는 것이다.

시적 진실의 차원에서 일상적인 것은 항상 가치가 없는 것으로 규정되어 왔다. 시인들은 일상적인 것에 대해 속악하고 비루하고 비예술적인 것이라고 여겨왔기 때문이다. 그러나 이러한 인식은 고전적인, 너무도 고전적인 세계관에 속한다. 요즈음과 같은 포스트모더니즘 시대에 일상적인 것과 예술적인 것의 경계는 분명치 않다. 마르셀 뒤샹의 「변기」나 앤디 워홀의 「브릴로 비누상자」는 예술이 일상적인 것의 변용을 통해서도 얼마든지 성취될 수 있다는 것을 보여준다. 뒤샹이 「샘」을 통해 '이미 만들어진' 물질을 단지 선택함으로써, 워홀은 「브릴로 비누상자」를 통해 '이미 만들어진' 물질을 대량 생산함으로써 일상의 예술화를 꾀했다. 어쨌든 현대 예술은 과거에 비예술적이라고 규정해왔던 일상에 대한 역설적 인식을 통해 그 영역을 확대해왔다. 그것은 현대적 일상을 통해 현대인의 삶의 영역을 확대해온 것과도 상통하는 것이다. 『천일야화』에 나오는 "잉여"의 하룻밤처럼.

일상에 대한 역설적 인식은 예술이 공空과 관련된다는 생각과 밀접한 연관성을 갖는다. 공은 비움의 가치와 관련되는 것으로서, 이를테면 물질적인 것이나 현실적인 것을 비울수록 정신적인 것이나 이상적인 것이 채워지는 역설의 원리를 함의한다. 사실 시를 비롯한 예술은 현실적인 것을 버림으로서 현실 이상의 것을 얻는다는 점에서 근본적으로 이 역설의 원리에 기대고 있다.

애욕의 중력을 거부하는
시린 줄의 가벼움으로
거미는 삶을 지탱한다
격정은 숨 가빠
단발 비명으로 터지나
기억은 죽음처럼 넉넉해
한숨의 고치에서
영원처럼 풀려난다

선과 선을 잇는 귀퉁이
더 이상 뻗지 못한 슬픔의 자리
3차원의 광장으로 뻗지 못하고
흔들리는 평면을 펼친다
허공의 벽만

환영처럼 어른거릴 뿐
그 어디에도 이르지 못한다

8개의 발로 허방을 버티며
순간보다 빨리 움직이며
강철보다 질긴
혼신의 실로
바람에 흔들리는
희망의 집을 직조한다

공空의 예술가 내 사랑 거미

—「거미 1」 전문

지구상에 존재하는 모든 것들은 "중력"의 영향에서 완전히 벗어날 수가 없다. 그런데 "거미"는 "중력"의 영향에서 자유로운 모습으로 살아간다. 물론 "거미"가 중력에서 자유롭다는 것은 엄밀한 자연 과학적 진리에 속하는 것은 아니지만 상징적 차원에서는 충분히 그렇게 생각해볼 수 있다. 그것은 공중에 거미줄을 치고 살아가는 거미의 생리적 속성에서 유추된 것으로서, "애욕의 중력을 거부하는/ 시린 줄의 가벼움으로" "삶을 지탱한다"고 보는 것이다. 그러나 "거미"의 자유에는 "선과 선을 잇는 귀퉁이" 너머로 "더 이상 뻗지 못하는 슬픔의 자리"가 존재한다. "거미"의 "슬픔"은 "3차원의 광장으로 뻗지 못하고/ 흔들리는 평면"에 머물러 살 수밖에 없는 존재로서 거미줄 너머의 "그 어디에도 이르지 못한다"는 한계에서 파생된 것이다. 그러나 정작 중요한 것은 "거미"가 허공 속에서 그 너머를 꿈꾸며 사는 존재라는 사실이다. 즉 "거미"는 "허방을 버티며/ 순간보다 빨리 움직이며/ 강철보다 질긴/ 혼신의 실"을 가지고 "희망의 집을 직조"하는 존재이다. 시인은 "거미"의 이러한 모습은 마치 현실의 신산스러운 일상을 살아가면서 그 너머의 세계를 꿈꾸는 위대한 예술가의 모습과 다르지 않다. 하여 시인은 이 역설적 존재를 표상하는 "거미"에 대해 "공空의 예술가 내 사랑 거미"라는 찬사를 보내고 있는 것이다.

3. 시원적 세계의 지향과 생태의식

복잡한 현대 사회를 기준으로 볼 때 시원적 자연은 이상 세계의 또 다른 이름이다. 현대 문명에 대한 대항 이론으로서 생태학의 주요 목표 가운데 하나는 훼손된 지구 환경과 잃어버린 순수 자아를 발견하는 일이다. 생태시인들은 그러한 생태학적 인식을 토대로 자연의 상상력을 발휘하면서 삶의 건강성을 유지하고자 한다. 이 시집에는 이러한 생태학적 상상력을 보여주는 시가 빈도 높게 나타난다.

> 사각거리는 짐승의 발소리와
> 소요하는 달빛의 속삭임
> 망각으로 부식되던 기억들을 불러내고
> 살갗에서 새 비늘 돋는다
> 신발을 벗은 발이
> 밤바다를 유영한다
> 어둠 속에서 들리는
> 라쿤의 울음이
> 잠을 저만치 밀어내며
> 내 몸을 적신다
> 새들이 어둠을 벗겨 낸 새벽
> 텐트 주위에 라쿤의 삼각형 발자국
> 선명하게 찍혀 있다

세상을 잠으로 버텨온 나는
바깥세상이 두려운 난장이
그날 이후 내 가슴에
없던 길이 열려
초록 배가 드나든다

—「그 라쿤」 전문

이 시는 달밤의 숲속에서 경험한 시원적 자연 세계를 형상화하고 있다. 시의 주인공인 "라쿤"(미국 너구리)과 시공간 배경인 "달빛"이 내리는 숲은 그런 세계의 중심 구도를 형성한다. 그곳에서는 "사각거리는 짐승의 발소리와/ 소요하는 달빛의 속삭임"을 들을 수 있다. 이때 "살갗에서 새 비늘이 돋는다"는 것은 그동안 반생태적으로 살았던 인생에 대전환이 일어나고 있는 징조이다. "신발을 벗은 발"은 자연 그대로의 모습이자 "밤바다"는 자연 그대로의 시간이다. "라쿤의 울음"과 함께 밤을 지샌 "나"는 "텐트 주위에 라쿤의 삼각형 발자국"을 보면서 지난밤에 시원적 자연과 함께했던 시간의 의미를 생각해본다. 그 의미는 "그날 이후/ 내 가슴에/ 없던 길이 열려/ 초록 배가 드나든다"는 시구에 함축되어 있다. 시원적 자연과 함께했던 경험으로 "나"는 생태적 삶의 가치를 깨닫고 그것을 삶의 원리로 여기면서 살아가게 된 것이다. 하여 시인의 내면에 새로 난 "길"은 "초록 배"가 드나들 수 있는 생태적 뱃길이다.

생태의 세계에 들어서게 되면 무아無我의 경지에 도달하게 된다. 무아의 지경은 역설적으로 문명에 타락하지 않은 순수한 '참 나'를 찾는 경지라고 할 수 있다. 그러나 그러한 나를 찾는 일은 "가장 비옥하고 복잡한/ 생태계"를 이루고 있는 "사라져가는 맹그로브 숲에서/ 내게로 오는 길이 가물거린다"(「맹그로브 숲에서」)는 시구에 보이듯, 쉽지 않은 일이다. 그래서 시인은 자연을 통해 속악한 현실의 나를 깊이 성찰하고 반성한다.

그 앞에 서면
두 세상이 동시에 열린다
물 밖 세계와 물속 세상

하늘과 물이 만나는 경계는
시시각각 그 모습을 바꾸어
경계의 불안함을 숨긴다
바람이 제 스스로의 소리에
놀라 숨을 멈춘 새벽
수면은 만 호짜리 수채화가 되고
물결 이는 오후엔
마음의 결이 아롱져
구상과 추상 사이를 오가는데
대지의 눈 망막
어디에도 내 모습은 없다
저 물속으로, 아니 저 하늘 속으로
뛰어들어야만 나를 볼 수 있으려나

하늘물은
그림자 없는 나를
끝없이 밀어내고 있다

—「하늘물」 전문

시의 제목인 "하늘물"은 시인이 시의 말미에 밝힌 대로 "소로가 『월든』에서 호수에 비친 하늘을 보며 물과 호수가 어우러진 모습을 'sky-water'라고 한" 것을 차용한 것이다. 이 단어에는 심오한 의미—자연의 세계는 천상("하늘")과 지상("물")이 하나로 어우러지는 가운데 인간("나")이 무아의 지경에 이르는 것—를 내포하고 있다. "하늘물"은 "물 밖의 세계와 물속 세상", "구상과 추상 사이"를 두루 아우르는 "경계"의 세계로서 장엄한 대자연의 세계를 표상한다. "대지의 눈"이라 할 수 있는 "하늘물" 호수의 "수면은 만 호짜리 수채화가 되"기도 하는 것이다. 그러나 그 장엄하고 아름다운 대자연의 "어디에도 내 모습은 없다"고 한다. 이때의 "나"는 인위적인 것으로 무장한 문명인일 것이므로 "나"가 없는 것은 자연스럽다. 그것은 "단 오 분간도/ 스스로를 내려놓지 못해/ 빛만이 자욱한 내 삶/ 그대에게 다가서지 못함을 용서하시라(「오분간」)는 인식과 상통한다. 하여 시원적 순수 세계로서 "하늘물은/ 그림자 없는 나를/ 끝없이 밀어내고 있다"는 것이다. 자연은 말 그대로 '스스로 그러함'의 세계라는 인식에 도달한 것으로 다른 시에서도 "햇살의 눈물이 비쳤을 뿐/ 그저 햇살이 고왔을 뿐/ 서럽도록 고왔을 뿐"(「그저 햇살이」)의 세계로 묘파된다. 자연은 속악하고 인위적인 인간을 성찰하게 한다.

4. 미끄러지는 기표로서의 사랑

현실 너머의 세계를 향한 열망은 사랑의 실재에 대한 추구로 나타나기도 한다. 사람들이 현실 속에서 보통 사랑이라고 부르는 것은 진정한 의미의 실체라고 볼 수 없다. 현실에서의 사랑은 늘 불완전한 사랑으로서 완전한 사랑의 그림자에 지나지 않는다. 그럼에도 불구하고 인간은 완전한 사랑을 꿈꾸며 불완전한 사랑을 살아가야 할 운명을 간직한 존재이다.

투명함이 함정이었다
당신은 너무 맑아 속까지 들여다보였다
당신의 깊은 곳에
그대로 들어갈 수 있을 듯했다
밝은 미소와 상냥한 태도에

가려진 거부의 벽을 보지 못했다
그러나 내겐 그 유리의 성에
들어갈 암호가 없었음으로
들어서는 순간
열려 있던 문이 닫혔다

세상과의 연애는 항상 이러했다
문 너머 빛나던 하늘의 별은
언제나 이마의 시퍼런 별로 추락했다
깨어진 유리문 파편,
얼음 조각으로 혹을 문지른다
시린 고통이 온몸으로 퍼진다
타 버린 꿈의 재로 그리는 암화暗畵,
한 획을 더한다

저기 또 다른 문이 보인다
열린, 닫힌 문으로 나는 돌진한다

—「문인 줄 알았다」 전문

이 시의 "당신"은 "너무 맑아 속까지 들여다보"이는 절대 순수의 존재이다. 그래서 화자는 "당신의 깊은 곳에/ 그대로 들어갈 수 있을" 것이라고 생각을 한다. 그러나 "당신"은 화자의 생각이나 열망과는 다르게 "거부의 벽"을 간직하고 있는 존재이다. "당신"에게 "들어서는 순간/ 열려 있던 문이 닫혀"버리고 당신의 세계에 도달하는 것은 불가능해진다. 그런데 이 사랑의 불가능성은 사랑의 근원적 속성으로서 "세상과의 연애는 항상 이랬다"는 시구에 드러나듯이 항상성과 보편성을 지닌다. 이는 라깡의 '성관계는 없다'는 명제가 떠오르는 대목으로서 "문 너머 빛나던 하늘의 별"과 같은 절대적인 "사랑"은 "언제나 이마의 시퍼런 별로 추락"하고 만다. 그러나 이 사랑의 불가능성에 대한 도전을 멈출 수는 없다. 사랑이란 본질적으로 기의를 향한 기표의 미끄러짐과 같은 것이고, 그 미끄러짐의 반복적 시도가 사랑의 실재에 근접하게 해주기 때문이다. 실패를 거듭하고 나서도 다시 "열린, 닫힌 문으로 나는 돌진한다"고 하지 않는가? 닫혀있는 "문" 혹은 불가능한 사랑을 향해 부단히 다가가는 것, 이것이 바로 인간이 겪어내야 할 사랑의 숙명이다.

사랑을 향한 미끄러짐은 열정과 용기를 필요로 한다. "사랑은 모든 것을 걸어야만 가능한 것이지 눈 먹고 귀 멀어 오직 그대만 보이고 들린다 그대가 떠난 지금 나는 새 안경이 필요하다"(「홑눈」)는 정도의 용기와 마음의 집중이 필요하다. 사랑은 때로 지상의 존재를 근본적으로 넘어서고자 하는 전복의 욕망과 관계되는 것이다.

그대와 같이하는 산책은 춤
사랑은 중력도 거부한다
아니 능히 이겨 낸다

서울 현대미술관
샤갈의 「산책」 앞에 발길이 멎는다
붉은색 보자기에선
포도주가 꽃으로 피어나고
검은 말이 나무가 되고
성당의 돌문은 나비가 된다
세상은 발아래에서 돌고
나는 초록의 현기증에 공중 부양한다

그림에서 눈을 떼자

세상은 내 발을 끌어당기고
나는 인파에 쫓겨
단단한 바닥에 기우뚱,
서둘러 중심을 잡는다

—「사랑은 중력도 거부한다」 전문

시의 모두를 "그대와 같이하는 산책은 춤"이라고 시작한다. "춤"은 사랑의 전율을 실감하기 위한 몸동작이다. 또한 "사랑은 중력도 거부한다"고 한다. 다시 말하면 진정한 사랑은 "중력"으로 상징되는 현실의 압력이나 제약에서 자유로운 상태에 놓인다는 것이다. 그러한 상태에 대한 인식은 "샤갈의 「산책」"이라는 작품—지상에 발을 딛고 있는 남자와 공중에 떠 있는 여자가 손을 꼭 잡고 있는 그림—을 보면서 이루어진다. 시인은 이 그림에서 "포도주가 꽃으로 피어나고/ 검은 말이 아무가 되고/ 성당의 돌문은 나비가 된다"는 장면에 주목한다. 사랑은 이처럼 현실적인 이성과 논리를 초월한 그 무엇인 것이다. 이 위대한 사랑의 장면을 보면서 "나는 초록의 현기증에 공중 부양한다"고 한다. 그러나 이러한 실재의 사랑은 잠시 동안만 환상적으로 다가온다. 그림 감상을 끝내고 보니 "세상은 내 발을 끌어당기고" 나는 사랑의 기의를 지향하면서 계속 미끄러져갈 뿐이다. 인간의 사랑은 "'그대를 누구보다도 사랑한다'고 되뇌지만/ 그대의 '그대'가 없는,/ 메아리만 이리도 시린 세상의 땅에"(「동백」)서처럼, 영원히 도달할 수 없는 기표일 뿐이다. 그래서 "나를 던짐으로써만 다가갈 수 있는/ 당신"(「비 오는 산」)이지만, "항상 허기만을 남겨주던/ 끝까지 밀고 가보지 못한"(「앵두」) 존재일 뿐이다. 그래서 결국에는 "봄마다 내 손톱에/ 뜨는 분홍 초승달/ 한 번도 반달로 영글지 못한/ 내 그리움의 비늘"(「봄과 손톱」)만 있을 뿐이다.

5. 인생 성찰과 '전율'의 가치

사랑만이 그런 것이 아니다. 인생도 현실 너머의 세계를 향한 강렬한 욕망 속에서 존재하는 것이다. 이상적인 인생이라는 것은 사실상 불가능한 것일 터, 그럼에도 불구하고 인간은 현실의 삶을 고양하기 위해서는 부단히 그러한 인생을 추구해나간다. 먼 산의 무지개처럼 가까이 다가가면 멀어지고 더 다가가면 실체가 사라지는 것, 그것이 바로 인생의 실제 모습이라고 할 수 있다.

상수리나무 가지를 흔들고
단풍나무 붉은 잎을 간질이고
솔잎을 미끄러지며
바람이 지나간다
스스로는 없는 몸
다른 것들을 흔들어
자기의 모습을 드러낸다
지금껏 나도
얼마나 많은 다른 몸을 흔들어
삶의 궤적을 이어 온 걸까?
내가 만난 사람들의 울림이
애무와 상처 사이
다채로운 분광分光되어
시야를 가로막는다
사라져 가는 것들을 예감하는
산비둘기 울음소리
수묵화처럼
온 산을 적시는데

자꾸만 미끄러지는 발을 멈추고
바람에게 길을 묻는다

—「바람에게 길을 묻다」 전문

이 시에서 "길"은 인생길을 의미한다. "바람"의 속성은 실체가 없이 흘러다니는 것이기에 "스스로는 없는 몸, 다른 것들을 흔들어/ 자기를 드러낸다"는 속성을 지닌다. 시의 화자 역시 바람처럼 떠도는 인생임을 실감하면서 자신이 "얼마나 많은 다른 몸을 흔들어/ 삶이 궤적을 이어 온 걸까"를 성찰하고 있다. 살아간다는 것이 "애무와 상처 사이/ 다채로운 분광"의 어딘가에 존재하는 일일 터, 사랑하는 일과 상처받는 일을 반복하면서 인생의 의미를 생각해 보지만 정답은 없다. 진정한 인생을 찾아나서 보지만 그것은 하나의 실재로서 현실 너머에만 존재하는 것, 그래서 화자는 "자꾸만 미끄러지는 발"과도 같은 인생살이가 무엇인지 자신의 삶을 닮은 "바람"에게 물어보는 것이다. 그러나 역시 이 미끄러짐의 반복과 길에 대한 의문이 인생을 지탱해 주는 에너지이다. 그 "길"은 영원히 찾을 수 없을지라도 그 탐색의 여정 자체가 인생에 의미를 부여한다.

그러면 시인이 현실 너머의 세계를 이처럼 적극적으로 찾아나서는 이유는 무엇일까? 그것은 바로 현실 너머의 세계만이 마음 깊이 우러나오는 감동이 있기 때문이다. 인간이 인간답게 살아가기 위해서는 마음의 느낌과 울림이 있어야 한다. 느낌과 울림이 없는 삶은 건조한 생존 이상도 이하도 아니므로, 정신적인 윤택과 정서적인 풍요를 구가하기 위해서는 감동을 추구하는 삶이 요긴하다. 김원중 시인은 그러한 감동을 "전율"이라고 명명한다.

전율의 멈춤은
삶의 종말이기에
내 평생 전율을 찾아 헤매었다

떨림 속에서 잉태되어
전율의 다리를 건너온 생명은
촉수를 뻗쳐 교감의 세계를 탐한다
타성은 운명이기에
삶 어디에도 해방은 없다
거미줄에서 파닥거림만이 내 실존의 춤

진공 속으로의 잠입만이 이 떨림의 지옥에서 나를 구한다
그러나 전율이 내 삶의 힘이기에
그 진공은 또 다른 지옥,
삶은 지옥에서 또 다른 지옥으로의
이동만을 허락한다
그 이동의 짧은 순간
전율과 정지 사이
천국은 그림자처럼 스쳐 갈 뿐

긴 지옥과 짧은 천국의 음보를 지닌
내 삶의 엇박자 전율
내가 사랑하는 전율

—「내 사랑하는 전율 1」 전문

시에 의하면 "전율의 멈춤은/ 삶의 종말"이다. 그런데 비루하기 그지없는 현실을 살아가는 과정 속에서 "전율"을 쉽게 체험할 수 있는 것은 아니다. "전율"은 이성주의나 합리주의의 매트릭스에 갇혀 사는 각박한 인생을 해방시키는 것이지만, 그것의 실체를 만나는 것이 매우 어렵기 때문에 "삶 어디에도 해방은 없다"고 말할 수밖에 없다. 세상에 미만한 한낱 곤충처럼 죽음에 대한 저항을 위해 "거미줄에서 파닥거림만이 내 실존의 춤"일

뿐이다. 현실을 살아가는 인생의 과정에서 그러한 "전율"로 충만한 천국은 있을 수 없기 때문에 "삶은 지옥에서 또 다른 지옥으로의/ 이동만을 허락한다"고 보는 것이다. 왜냐하면 "천국은 그림자처럼 스쳐갈 뿐"이고, "긴 지옥과 짧은 천국의 음보"의 "엇박자 전율" 속에만 존재하기 때문이다. 이렇듯 인생이란 오랜 "지옥"의 세계를 벗어나 천국의 얼굴을 잠깐 훔쳐보는 순간의 "전율"을 부단히 추구하는 일이다. 그런데 이러한 "전율"이 나르시시즘에 그친다면 진정한 의미의 정신적 고양이라고 볼 수 없다. 하여 "전율"은 보통 자신의 내부보다는 외부에서 전해 오는 속성을 지닌 것일 터, "삶과 죽음을 잇는 미지의 바다 위에/ 나는 오늘도 그대의/ 떨림으로 살아있"(「내 사랑하는 전율 2」)는 것이다.

6. 이상을 찾아서

이 시집에 수록된 일련의 생태시들은 현대 문명사회를 살아가면서 시원적 자연을 상실한 데서 오는 결핍감과 관계 깊다. 생태시는 기본적으로 현대문명의 포악성을 비판하는 것을 기조로 삼는 것이지만, 다른 한편으로 자연의 원리를 발견하고 그러한 원리가 살아있는 에코토피아를 동경한다. 하여 김원중 시인이 시원적 자연의 세계를 동경하는 것은 문명사회가 결핍하고 있는 건강한 생명력과 순수한 서정을 되찾고자 하는 열망과 관계 깊다. 또한 사랑시들도 마찬가지다. 현실에서 인간의 사랑은 완전할 수 없다. 사랑이 영원하다거나 위대하다는 것은 현실태가 아니라 가능태이지만, 많은 사람들은 사랑을 할 때에 이 가능태를 곧장 현실태라는 환상 속에서 머문다. 그러나 이 환상이 잘못된 것은 아니다. 완전한 사랑을 향한 열망이 있음으로써 인간의 사랑은 불완전성을 최소화할 수 있게 되는 것이다.

이렇듯 김원중 시인은 자연의 연속성과 사랑의 완전성을 열망하면서 시를 쓰고 있다. 그의 열망은 이성 중심주의를 기조로 하는 근대 문명사회가 결핍하고 있는 이상 세계를 추구하는 마음과 다르지 않다. 그러나 그의 이상주의는 대책 없는 낭만주의와는 다르다. 그는 이상 세계를 꿈꾸지만 현실을 완전히 부정하지는 않는다는 점에서 온건한 이상주의자의 면모를 지닌다. 그는 이상 세계를 추구하되 현실의 삶에 대한 성찰적 인식을 기조로 삼는다는 점에서 과격하지 않다. 그의 이상주의는 현실적 삶의 혁명이나 전복을 추구하기보다는 내면적 성찰을 통해 점진적 변화를 추구하는 방식으로 드러난다. 따라서 그의 시는 현실적, 서정적 설득력이 강하다. 이 점은 김원중 시가 갖는 장점이자 특성이라고 할 수 있을 터, 최근 우리 시단의 자연시나 사랑시가 보여주는 비현실감을 상당한 정도로 극복해주고 있다.

이 시집을 닫으려 하니 마지막 작품이 눈에 하나 어른거린다. "영원으로 가는 길엔/ 날개가 필요하다/ 모든 것 비워/ 공기처럼 가벼운/ 만지면 바스러질/ 날개,/ 영혼의 문"(「잠자리」 전문)이라는 예사롭지 않은 시를 보라. "모든 것을 비워/ 공기처럼 가벼운" "잠자리"의 "날개"는 김원중 시인이 추구해온 시를 표상한다. "만지면 바스러질" 것만 같은 연약한 "날개"가 "잠자리"를 높은 하늘의 세계에 존재케 하듯이, 현대 사회라는 거대한 물결 속에서 여리고 보잘것없어 보이는 예술 혹은 시가 인간의 영혼을 구원하는 것이다. 그에게 시는 영원 혹은 영혼의 세계로 가는 "날개"와도 같다. 이는 앞서 살폈던 일상에 대한 역설적 인식, 공空에 대한 역설적 인식과도 연관된다. 김원중 시인에게 시는 무엇보다도 삶과 현실에 밀착하여 그 너머를 꿈꾸는 역설적 언어의 형식인 셈이다.